快乐学电脑系列丛书

# 快乐学电脑——Excel 基础与应用

甘登岱　主编

清华大学出版社

北　京

## 内 容 简 介


本书是Excel 2007的入门与提高教材，旨在帮助初学者快速掌握使用Excel进行数据处理的方法。全书共10章，主要内容包括：Excel 2007基础操作，数据的输入与编辑，工作表的编辑，工作表的美化，打印工作表，公式和函数应用详解，数据的排序、筛选与分类汇总，数据的分析，最后两章通过两个典型实例来巩固所学知识。

本书附带一张多媒体教学光盘，采用语音讲解、视频演练的方式，再现了书中每个实例的实现过程，使读者学习Excel 2007更加容易。

本书可作为广大电脑爱好者的良师益友，同时也可用于高职、高专以及电脑短训班的电脑办公教材。





**图书在版编目(CIP)数据**

快乐学电脑——Excel基础与应用/甘登岱主编. —北京：清华大学出版社，2008.12
(快乐学电脑系列丛书)
ISBN 978-7-302-18593-2

Ⅰ.快…　Ⅱ.甘…　Ⅲ.电子表格系统，Excel 2007—基本知识　Ⅳ.TP391.13

中国版本图书馆CIP数据核字(2008)第144787号

**责任编辑**：章忆文　宣　颖
**封面设计**：山鹰工作室
**版式设计**：杨玉兰
**责任印制**：杨　艳
**出版发行**：清华大学出版社　　**地　址**：北京清华大学学研大厦A座
http://www.tup.com.cn　　**邮　编**：100084
**社　总　机**：010-62770175　　**邮　购**：010-62786544
**投稿与读者服务**：010-62776969，c-service@tup.tsinghua.edu.cn
**质　量　反　馈**：010-62772015，zhiliang@tup.tsinghua.edu.cn
**印 刷 者**：北京国马印刷厂
**装 订 者**：三河市李旗庄少明装订厂
**经　销**：全国新华书店
**开　本**：185×260　**印　张**：17.75　**字　数**：427千字
附光盘1张
**版　次**：2008年12月第1版　**印　次**：2008年12月第1次印刷
**印　数**：1～5000
**定　价**：32.00元

本书如存在文字不清、漏印、缺页、倒页、脱页等印装质量问题，请与清华大学出版社出版部联系调换。联系电话：(010)62770177转3103　产品编号：029504－01

# 前　言

Excel 2007 是微软公司推出的办公自动化组合套件之一，是一款优秀的电子表格处理软件，可完成许多复杂的数据运算，进行数据分析和预测，并且具有强大的图表制作功能，被广泛应用于财务管理、经济管理、行政人事、金融统计等众多领域。

本书结合 Excel 2007 在实际中的应用，详细介绍了该软件的使用方法。

- 第 1 章主要介绍如何启动和退出 Excel 2007，Excel 2007 工作界面各组成元素的名称及作用，新建、保存、关闭与打开工作簿的方法，工作簿、工作表和单元格三者之间的关系，以及获取帮助的方法。
- 第 2 章首先介绍在 Excel 2007 中输入数据的基本方法及输入技巧，然后介绍如何编辑和保护数据等。
- 第 3 章介绍工作表的编辑方法，包括单元格、行与列及工作表的基本操作，以及工作表的显示方式、拆分与冻结窗格。
- 第 4 章介绍工作表的美化操作，如设置单元格格式、表格格式及套用 Excel 内置样式的方法，最后介绍条件格式的使用方法。
- 第 5 章介绍工作表的打印方法，主要包括设置页面、设置打印区域、添加页眉和页脚，以及在打印时设置缩放的方法等。
- 第 6 章介绍 Excel 2007 中公式和函数的应用方法。
- 第 7 章介绍数据的排序、筛选和分类汇总操作，以方便地管理、分析数据。
- 第 8 章介绍如何利用合并计算、数据透视表和图表对数据进行分析和比较等。
- 第 9 章通过对销售费用与销售额进行分析，介绍 Excel 在现实生活中的典型应用。
- 第 10 章通过对财务报表进行综合分析，以此来预测企业的发展前景。

我们随书附赠一张精彩的多媒体教学光盘，采用语音讲解、视频演练的方式，再现了书中每个实例的实现过程，使读者学习 Excel 2007 更加容易。

本书由金企鹅文化发展中心策划，甘登岱主编。参与本书编著的人员还有郭玲文、郭燕、白冰、孙志义、姜鹏、朱丽静、常春英、丁永卫、李秀娟等。如果在学习的过程中遇到困难和疑问，欢迎与我们联系。

E-mail：jqewh@163.com

网站：www.bjjqe.com

编　者

# 多媒体教学光盘的使用方法

(1) 读者可以用以下几种方法来运行多媒体教学光盘。

- 启动计算机，将光盘放入光驱，光盘会自动运行并播放片头影片。单击鼠标可跳过影片，进入多媒体教学光盘主界面，如下图所示。

- 如果将光盘放入光驱后，电脑没有反应，那是光驱没有设置成自动播放模式，为此，可首先单击“开始”按钮，选择“所有程序”→“附件”→“Windows 资源管理器”命令，如下图所示。

打开“资源管理器”窗口，在左侧窗格中单击⊞ 我的电脑 图标，再单击光驱图标 我的光盘 (I:)，打开光盘文件目录，在右侧窗格找到 Start 文件，双击便可运行该光盘，如下图所示(如果光驱读盘不畅，请将光盘中的内容全部复制到电脑上再播放)。

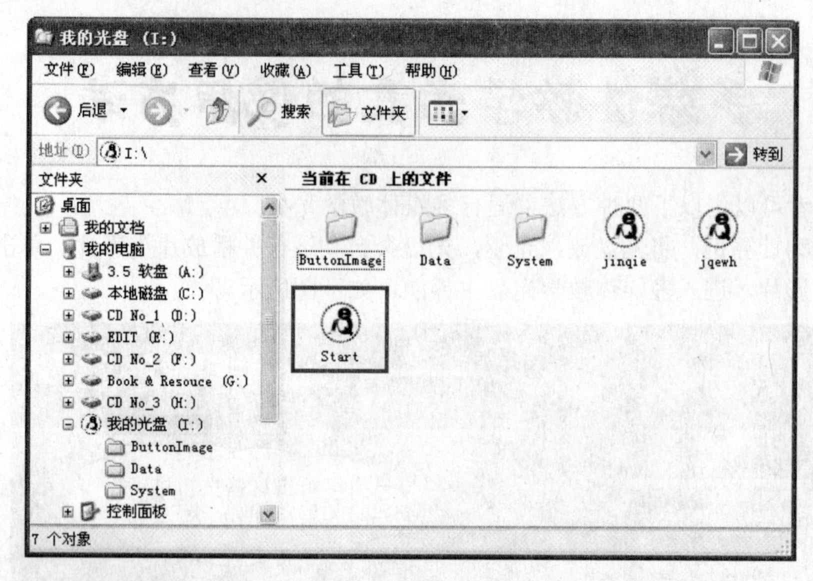


(2) 单击相关教程导航按钮，可以打开教学窗口，如下图所示。

(3) 教学窗口中控制面板中各播放控制按钮的功能说明如下。

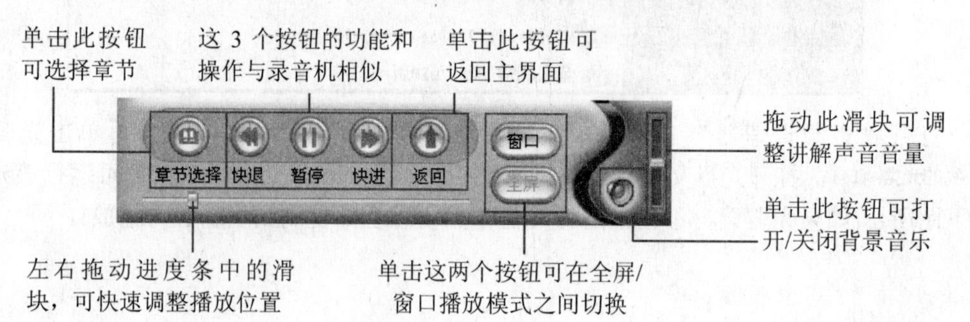

# 目　录

第 1 章　从零起步 ........ 1
1.1　初识 Excel 2007 ........ 1
1.1.1　启动 Excel 2007 ........ 1
1.1.2　耳目一新的 Excel 2007 工作界面 ........ 2
1.1.3　退出 Excel 2007 ........ 4
1.2　工作簿和工作表的基本操作 ........ 4
1.2.1　认识工作簿、工作表与单元格 ........ 4
1.2.2　工作簿的新建、保存、关闭与打开 ........ 6
实例　创建账单表 ........ 9
1.3　获取帮助 ........ 11
练一练 ........ 12
问与答 ........ 12
第 2 章　数据的输入与编辑 ........ 16
2.1　数据输入基本方法 ........ 16
2.1.1　输入文本 ........ 16
2.1.2　文本数据的自动换行 ........ 17
2.1.3　输入数值 ........ 18
2.1.4　数值格式设置 ........ 19
2.1.5　输入日期和时间 ........ 21
2.2　数据输入技巧 ........ 22
2.2.1　记忆式输入 ........ 22
2.2.2　将数字以文本格式输入 ........ 23
2.2.3　快速输入数据 ........ 23
2.2.4　同时在多个单元格中输入相同的数据 ........ 27
2.2.5　同时在多张工作表中输入或编辑相同的数据 ........ 27
实例 1　制作鑫鹏电脑城月销售记录表 ........ 29
2.3　数据的基本编辑 ........ 30
2.3.1　数据的清除 ........ 30
2.3.2　数据的移动与复制 ........ 31
2.3.3　数据的查找与替换 ........ 34
2.4　为单元格设置数据有效性 ........ 37
2.5　为单元格创建下拉列表 ........ 39
2.6　数据的保护 ........ 41
2.6.1　保护工作簿 ........ 41
2.6.2　保护工作表 ........ 42
2.6.3　保护单元格 ........ 43
实例 2　编辑鑫鹏电脑城月销售记录数据 ........ 45
练一练 ........ 47
问与答 ........ 48
第 3 章　工作表的编辑 ........ 53
3.1　单元格基本操作 ........ 53
3.1.1　选择单元格 ........ 53
3.1.2　插入单元格 ........ 55
3.1.3　删除单元格 ........ 55
3.1.4　为单元格添加批注文字 ........ 56
实例 1　编辑“身高、体重表”(1) ... 58
3.2　行与列基本操作 ........ 60
3.2.1　选择行与列 ........ 60
3.2.2　调整行高与列宽 ........ 61
3.2.3　隐藏和显示行或列 ........ 63
3.2.4　删除行或列 ........ 64
3.2.5　插入行或列 ........ 65
实例 2　编辑“身高、体重表”(2) ... 66
3.3　工作表基本操作 ........ 67
3.3.1　切换工作表 ........ 68
3.3.2　设置工作表组 ........ 68
3.3.3　插入与删除工作表 ........ 69
3.3.4　重命名工作表 ........ 71
3.3.5　复制与移动工作表 ........ 71
3.3.6　设置工作表标签颜色 ........ 74
3.3.7　隐藏工作表 ........ 75

实例 3 编辑“身高、体重表”(3) ... 75
3.4 工作表显示方式 ... 77
3.4.1 全屏显示工作表 ... 77
3.4.2 调整工作表显示比例 ... 78
3.5 拆分与冻结窗格 ... 79
3.5.1 拆分窗格 ... 79
3.5.2 冻结窗格 ... 81
练一练 ... 83
问与答 ... 83

第 4 章 工作表的美化 ... 89

4.1 设置单元格格式 ... 89
4.1.1 设置字体、字号、字形和颜色 ... 89
4.1.2 设置对齐方式 ... 91
4.1.3 单元格内容的合并及拆分 ... 93
4.1.4 设置数字格式 ... 94
4.1.5 复制单元格格式 ... 96
实例 1 设置“布匹价格表”的单元格格式 ... 98
4.2 设置表格格式 ... 100
4.2.1 为表格添加边框 ... 100
4.2.2 为表格添加底纹 ... 102
实例 2 为“布匹价格表”添加边框和底纹 ... 104
4.3 套用表格格式和单元格样式 ... 105
4.3.1 套用表格格式 ... 106
4.3.2 套用单元格样式 ... 107
实例 3 美化“布匹价格表” ... 108
4.4 使用条件格式 ... 111
4.4.1 添加条件格式 ... 111
4.4.2 修改条件格式 ... 118
4.4.3 清除条件格式 ... 119
4.4.4 条件格式管理规则 ... 119
实例 4 利用条件格式标识“布匹价格表” ... 120
练一练 ... 124
问与答 ... 125

第 5 章 打印工作表 ... 131

5.1 页面设置 ... 131
5.1.1 设置纸张 ... 131
5.1.2 设置页边距 ... 132
5.1.3 设置纸张方向 ... 132
5.2 设置打印区域 ... 133
5.3 设置页眉和页脚 ... 134
实例 1 对“布匹价格表”进行页面、打印区域及页眉和页脚设置 ... 136
5.4 分页预览与分页符调整 ... 138
5.4.1 分页预览 ... 138
5.4.2 调整分页符 ... 139
5.5 打印预览 ... 141
5.6 设置打印时的缩放 ... 143
5.7 打印工作表 ... 143
实例 2 打印“布匹价格表” ... 144
练一练 ... 145
问与答 ... 146

第 6 章 公式和函数应用详解 ... 148

6.1 使用公式 ... 148
6.1.1 公式中的运算符 ... 148
6.1.2 公式中的运算顺序 ... 150
6.1.3 创建和编辑公式 ... 150
6.1.4 移动和复制公式 ... 152
实例 1 制作编辑部开支表 ... 155
6.2 公式中的引用设置 ... 156
6.2.1 引用单元格或单元格区域 ... 156
6.2.2 相对引用、绝对引用和混合引用 ... 157
6.2.3 引用不同工作表中的单元格或单元格区域 ... 159
6.2.4 不同工作簿间单元格的引用 ... 160
6.3 公式中的错误和审核 ... 162
6.3.1 公式中返回的错误值 ... 162

6.3.2 公式审核 ....................................163
6.4 使用函数 ....................................165
6.4.1 函数的分类 ....................................165
6.4.2 函数的使用方法....................................166
6.4.3 获取函数帮助....................................169
实例 2 判断闰年 ....................................170
6.5 数组公式 ....................................172
6.5.1 数组公式的建立方法....................................172
6.5.2 使用数组公式的规则....................................175
实例 3 数组公式应用之一——计算完成率 ....................................176
实例 4 数组公式应用之二——为特长生加 20 分....................................177
练一练 ....................................178
问与答 ....................................179
第 7 章 数据的排序、筛选与分类汇总....................................181
7.1 数据排序 ....................................181
7.1.1 简单排序 ....................................181
7.1.2 多关键字排序....................................184
7.1.3 自定义排序 ....................................185
实例 1 “年度考核表”数据的排序 ....................................187
7.2 数据筛选 ....................................189
7.2.1 自动筛选 ....................................189
7.2.2 高级筛选 ....................................191
实例 2 “年度考核表”数据的筛选 ....................................194
7.2.3 取消筛选 ....................................197
7.3 分类汇总 ....................................197
7.3.1 简单分类汇总....................................197
7.3.2 多重分类汇总....................................199
7.3.3 嵌套分类汇总....................................201
7.3.4 分级显示数据....................................202
实例 3 “图书销售记录表”数据的分类汇总....................................204
练一练 ....................................205
问与答 ....................................206
第 8 章 数据分析 ....................................209
8.1 合并多张工作表中的数据 ....................................209
8.1.1 建立合并计算....................................209
8.1.2 更改合并计算....................................213
实例 1 进货数据的合并计算....................................215
8.2 数据透视表....................................217
8.2.1 创建数据透视表....................................217
8.2.2 更改数据透视表的版式....................................220
8.2.3 更改数据透视表的数据源....................................220
8.2.4 显示或隐藏数据透视表元素....................................221
8.2.5 删除数据透视表....................................221
实例 2 创建按付款方式分类的数据透视表....................................222
实例 3 查看基本工资最高的 4 名职工信息....................................224
8.3 创建和编辑图表....................................225
8.3.1 图表类型....................................226
8.3.2 创建图表....................................227
8.3.3 编辑图表....................................229
实例 4 创建邮局回款报表图表....................................231
8.4 格式化图表....................................233
8.4.1 设置图表区格式....................................233
8.4.2 设置绘图区格式....................................235
8.4.3 设置图例字体格式....................................236
8.4.4 设置图表背景墙....................................237
实例 5 格式化邮局回款报表图表....................................238
练一练 ....................................241
问与答 ....................................241
第 9 章 典型实例 1——销售费用统计与销售额分析....................................244
9.1 销售费用统计与分析....................................244
9.1.1 按地区统计各月销售费用....................................244
9.1.2 创建各地区各月销售费用三维圆柱图....................................245
9.1.3 创建销售费用区域分布图....................................247
9.1.4 创建销售费用变动趋势图....................................248

9.2 销售额统计分析......249
9.3 销售费用与销售额相关性分析......251

第10章 典型实例2——财务报表综合分析......254

10.1 财务报表分析的基本方法......254
10.2 财务状况变化及分析......256
10.2.1 财务状况分析......256
10.2.2 资产变化分析......258
10.2.3 负债变化分析......260
10.3 资产负债表综合分析......261
10.3.1 资产结构分析......261
10.3.2 企业偿还能力分析......263
10.4 利润表综合分析......264
10.4.1 盈利能力分析......264
10.4.2 成本、费用消化能力分析......266

附录 Excel 2007快捷键速查表......269

# 第1章 从零起步

**本章学习重点**

- ☞ 初识 Excel 2007
- ☞ 工作簿和工作表的基本操作
- ☞ 获取帮助

微软公司最新推出的 Excel 2007，其工作界面极具人性化，能让用户方便、快捷地完成各项操作。下面我们来学习一些 Excel 的基础知识。

## 1.1 初识 Excel 2007

Excel 是微软公司出品的 Office 系列办公软件中的一个组件。它是一款优秀的电子表格处理软件，可以快速生成各种财务报表，完成诸多复杂的数据运算，进行数据的统计和分析，并且具有强大的图表制作功能。下面我们以其最新版本 Excel 2007 为例，介绍该软件的基本操作方法。

### 1.1.1 启动 Excel 2007

安装好 Office 2007 软件后，可按下图所示的步骤启动 Excel 2007。

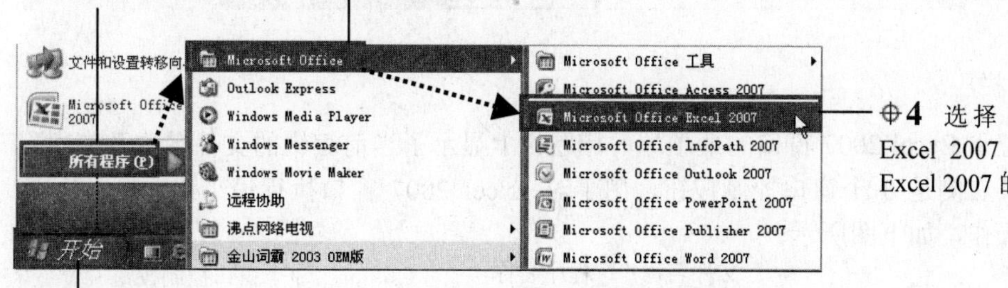


⊕1 单击“开始”按钮。

⊕2 选择“所有程序”。

⊕3 选择 Microsoft Office。

⊕4 选择 Microsoft Office Excel 2007 命令，即可进入 Excel 2007 的工作界面。

**提示**

我们可以为 Excel 2007 创建一个桌面快捷方式图标，以后直接双击该图标即可快速启动 Excel 2007。创建方法如下：将鼠标指针依次单击“开始”→“所有程序”→Microsoft Office→Microsoft Office Excel 2007 命令，然后右击鼠标，在弹出的快捷菜单中选择“发送到”→“桌面快捷方式”命令，如下图所示。

## 1.1.2 耳目一新的 Excel 2007 工作界面

启动 Excel 2007 后，呈现在我们面前的就是其美观的工作界面，其主要由标题栏、Office 按钮、快速访问工具栏、功能区、编辑栏、工作表编辑区和状态栏组成，如下图所示。各主要组成元素的功能如下。

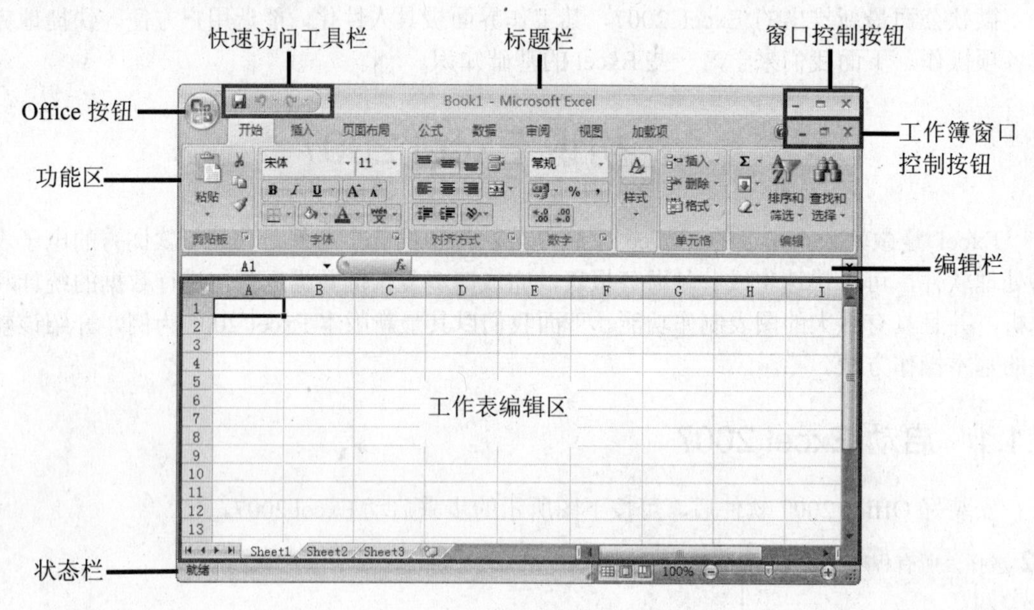


### 1. 标题栏

标题栏位于 Excel 2007 窗口的最顶端，标题栏上显示了当前编辑的文件名称及应用程序的名称，其右侧是 3 个窗口控制按钮，用于对 Excel 2007 窗口执行最小化、最大化/还原和关闭的操作，如下图所示。

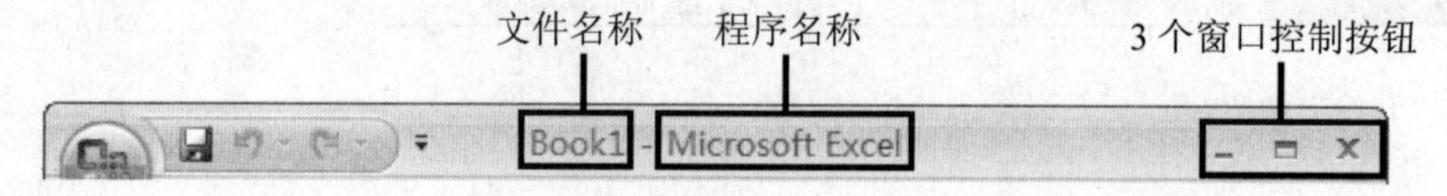


### 2. Office 按钮

Office 按钮位于窗口的左上角。单击该按钮，在展开的列表中选择相应的选项，可执行文件的新建、打开、保存、打印和关闭等操作，如下图所示。

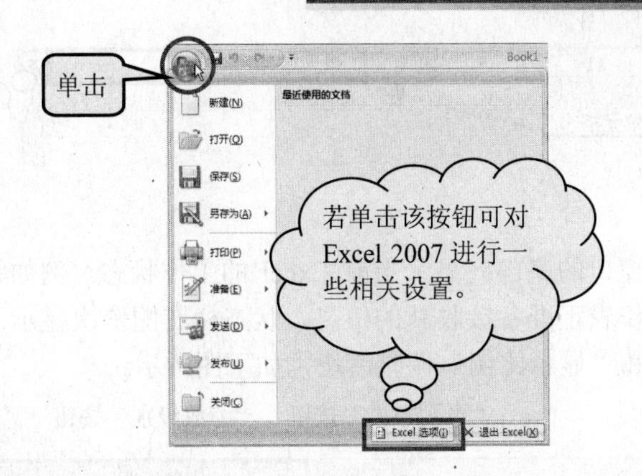


### 3. 快速访问工具栏

默认情况下，该工具栏位于 Office 按钮的右侧，列出了一些使用频率较高的工具按钮，如“保存”按钮、“撤销”按钮和“恢复”按钮。我们也可以通过单击其右侧的下三角按钮，在弹出的列表中选择要显示或隐藏的工具按钮。

### 4. 功能区

Excel 2007 将用于数据处理的所有命令组织在不同的选项卡中，并显示在功能区。单击不同的选项卡，可切换功能区中显示的工具命令。在每一个选项卡中，命令又被分类放置在不同的选项组中，如下图所示。

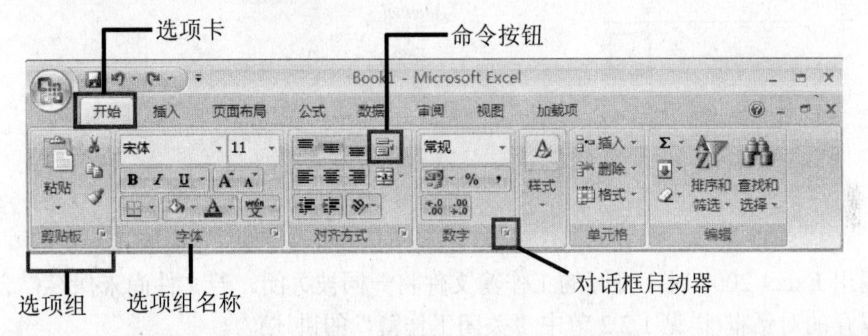


选项组的右下角通常都会有一个“对话框启动器”按钮，用于打开与该组命令相关的对话框，以便用户对要进行的操作做更进一步的设置。例如，单击“对齐方式”选项组右下角的“对话框启动器”按钮，可打开如右图所示的“设置单元格格式”对话框，显示对齐方式的选项。

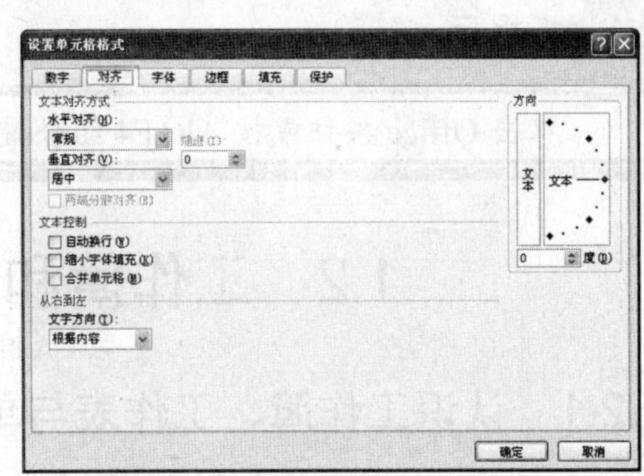

### 5. 编辑栏

编辑栏主要用于输入和修改活动单元格中的数据。当在工作表的某个单元格中输入数据时，编辑栏会同步显示输入的内容，如下图所示。

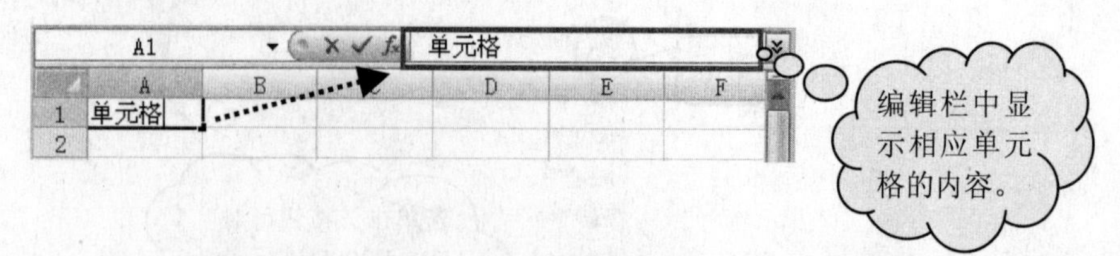


6. 状态栏

状态栏位于 Excel 窗口的底部，显示当前 Excel 的工作状态。例如状态栏的左侧显示“就绪”字样，表示工作表正准备接收新的信息。状态栏右侧依次显示了“页面布局”按钮、“缩放级别”按钮和“显示比例”调整滑块，如下图所示。

“页面布局”按钮　“缩放级别”按钮　“显示比例”调整滑块

## 1.1.3 退出 Excel 2007

要退出 Excel 2007，常用方法如下。

- 单击 Excel 程序窗口右上角(即标题栏右侧)的“关闭”按钮，如左下图所示。
- 单击 Office 按钮，在展开的列表中单击“退出 Excel”按钮，如右下图所示。

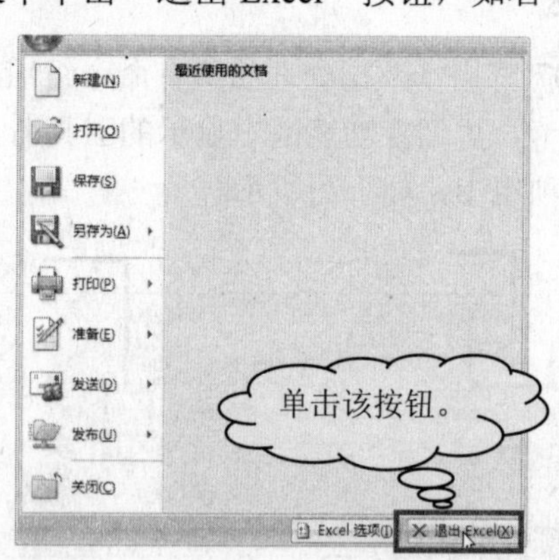


在退出 Excel 2007 时，打开的工作簿文件将一同被关闭。若文件尚未保存，会弹出提示用户保存的对话框(详见 1.2.2 节中“关闭工作簿”的讲述)。

提示

双击 Office 按钮或按 Alt+F4 组合键也可退出 Excel 2007。

# 1.2 工作簿和工作表的基本操作

## 1.2.1 认识工作簿、工作表与单元格

在 Excel 中制作电子表格，免不了要和工作簿、工作表与单元格打交道。形象地说，工作簿就像是我们日常生活中的账本，而账本中的每一页账表就是工作表，工作表又由数以百万计的单元格组成。

1. 工作簿

在 Excel 中生成的文件就叫做工作簿，其扩展名是.xlsx。也就是说，一个 Excel 文件就是一个工作簿。

2. 工作表

工作表是由行和列所构成的一个表格，是数据处理的主要场所，由单元格、列标、行号、工作表标签和滚动条等组成。其中，行由上至下用数字"1、2、3、…"编号；列从左到右用字母"A、B、C、…"编号，如下图所示。工作表总是存储在工作簿中，一个工作簿可以包含1～255个工作表。一个工作表最多可包含1 000 000行和16 000列。

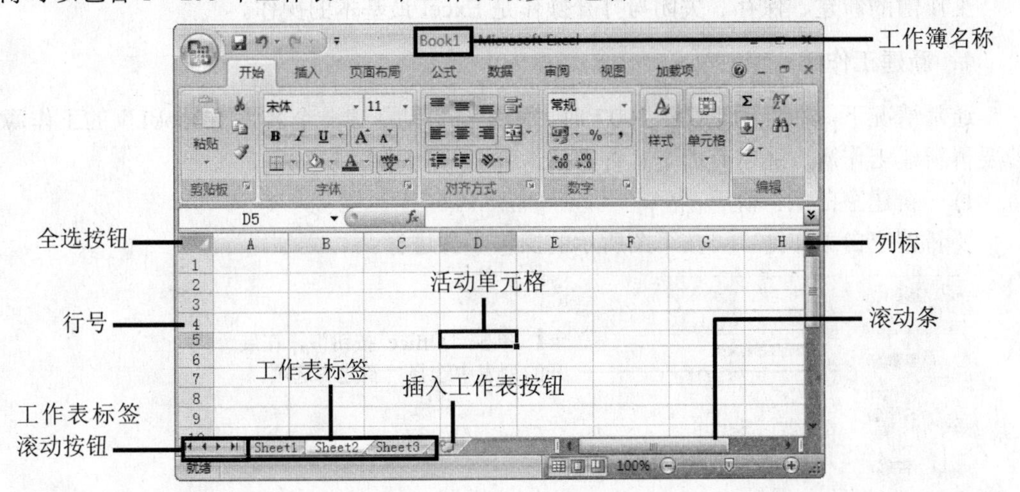


工作表是通过工作表标签来标识的，单击不同的工作表标签可在工作表间进行切换。

提示

默认情况下，工作簿窗口处于最大化状态，与 Excel 2007 窗口重合。单击功能区右侧的"还原"按钮，将使工作簿窗口处于还原状态，此时功能区右侧的 3 个按钮消失，如下图所示。

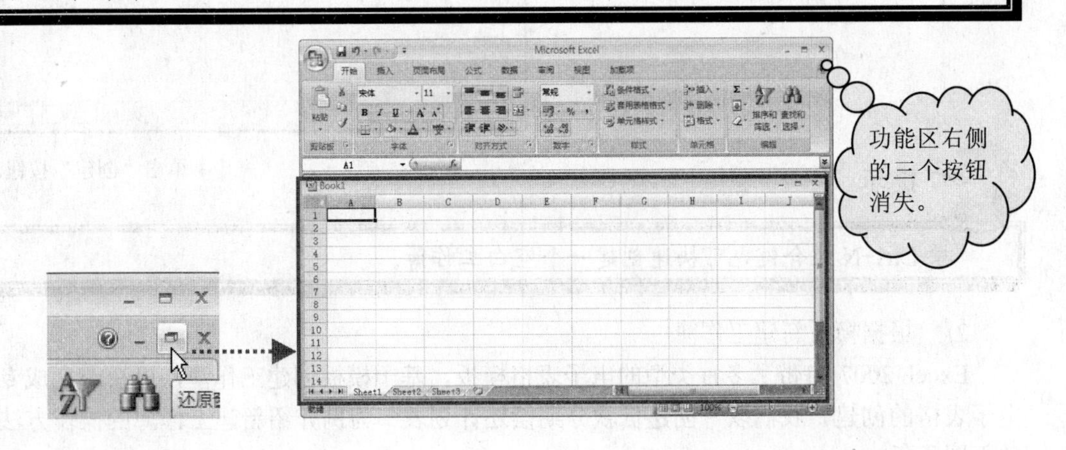

3. 单元格与活动单元格

单元格是 Excel 工作簿的最小组成单位。工作表编辑区中每一个长方形的小格就是一个单元格，每个单元格都用其所在的单元格地址来标识，如 A1 单元格表示位于第 A 列第 1 行的单元格。

工作表中被黑色方框包围的单元格称为当前单元格或活动单元格，用户只能对活动单元格进行操作。

## 1.2.2 工作簿的新建、保存、关闭与打开

工作簿的新建、保存、关闭与打开操作是 Excel 最基本的操作。

1. 新建工作簿

通常情况下，在启动 Excel 2007 时，系统会自动新建一个名为“Book1”的工作簿。若要再新建工作簿，通常有如下几种方法。

1) 新建空白工作簿

要新建空白工作簿，可按下图所示的操作步骤进行。

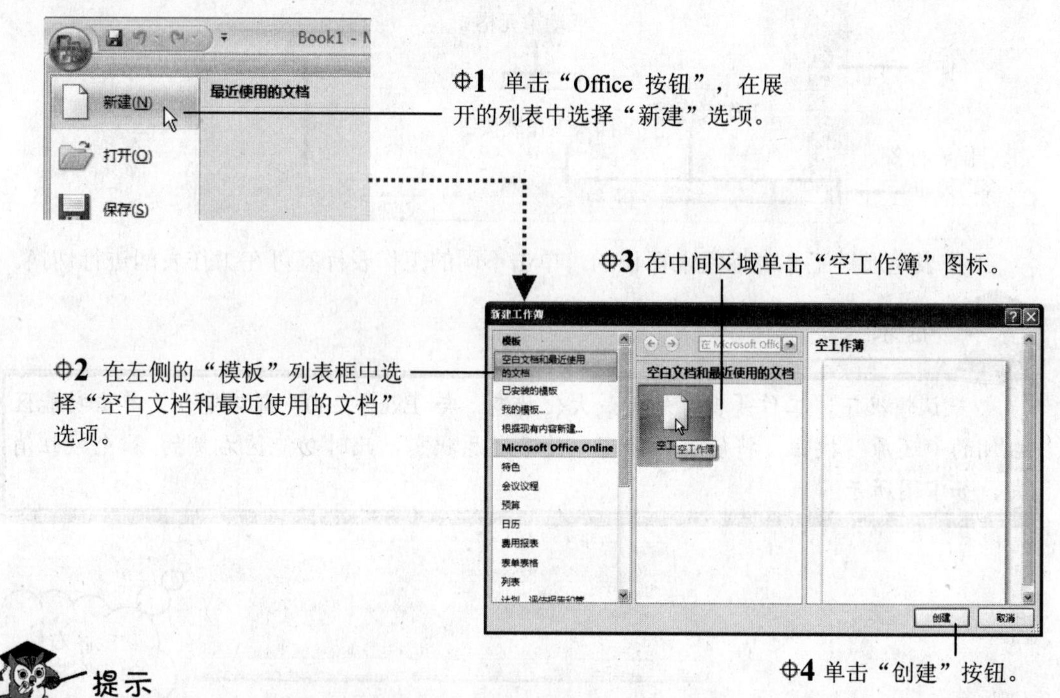


提示

按 Ctrl+N 组合键也可快速创建一个空白工作簿。

2) 根据模板新建工作簿

Excel 2007 自带了多种类型的电子表格模板，基于模板创建工作簿，可快速完成专业电子表格的创建。我们以“创建贷款分期偿还计划表”为例介绍新建工作簿的操作方法，如下图所示。

2．保存工作簿

当对工作簿进行了编辑操作后，为防止数据丢失需将其保存。

1) 保存新工作簿

如果工作簿没有保存过，可按下图所示的操作步骤进行保存。

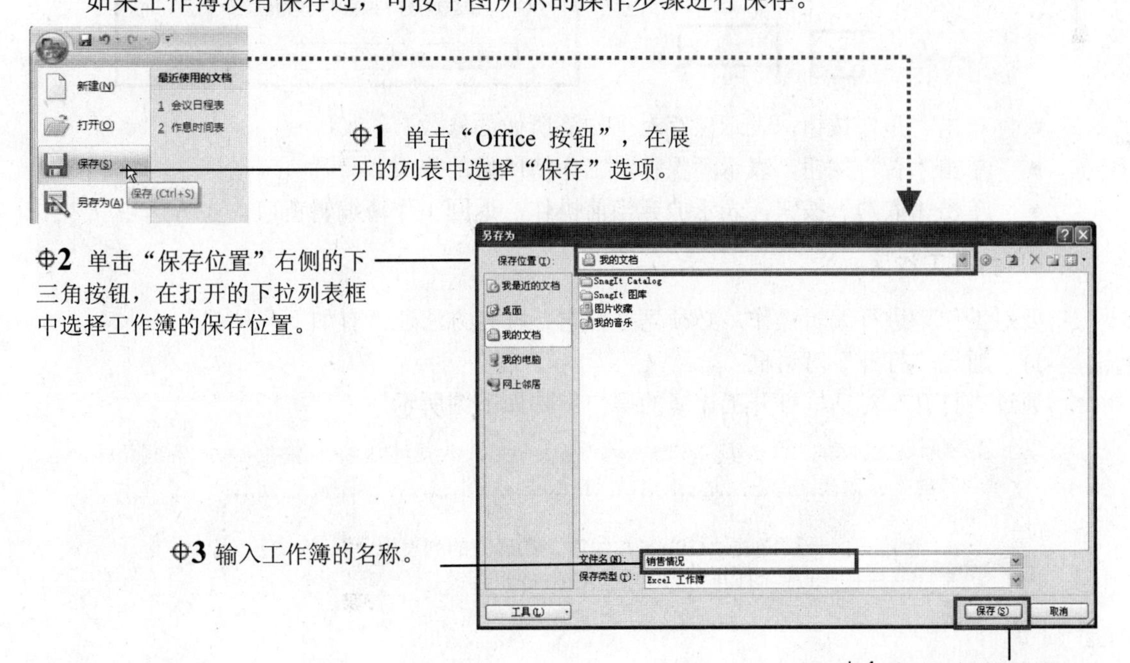


快乐学电脑

提示

单击“快速访问工具栏”上的“保存”按钮或按 Ctrl+S 组合键，也可打开“另存为”对话框。

2) 保存已保存过的工作簿

若工作簿已经保存，再次对其保存的操作与保存新工作簿相同，但此时不再打开“另存为”对话框。

提示

在编辑工作簿的过程中，应该养成随时保存的习惯，这样可以避免因误操作或计算机故障而造成的数据丢失。

3) 保存备份

要保存工作簿的备份，则单击“Office 按钮”，在展开的列表中选择“另存为”选项，在打开的“另存为”对话框中进行相应的设置，即可保存文件。

### 3. 关闭工作簿

要关闭工作簿，可单击工作簿窗口右上角的“关闭”按钮或单击“Office 按钮”，在展开的列表中选择“关闭”选项，如左下图所示，若工作簿尚未保存，此时会打开如右下图所示的提示对话框，其中：

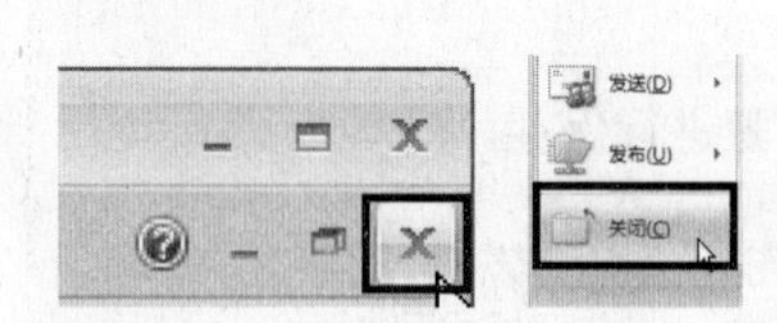

- 单击“是”按钮，表示保存对工作簿所做的修改。
- 单击“否”按钮，表示不保存对工作簿所做的修改。
- 单击“取消”按钮，表示放弃当前操作，返回工作簿编辑窗口。

### 4. 打开工作簿

要对工作簿进行编辑操作，必须先打开它。打开方法通常有如下几种。

1) 通过“打开”对话框

通过“打开”对话框打开工作簿的操作步骤如下图所示。

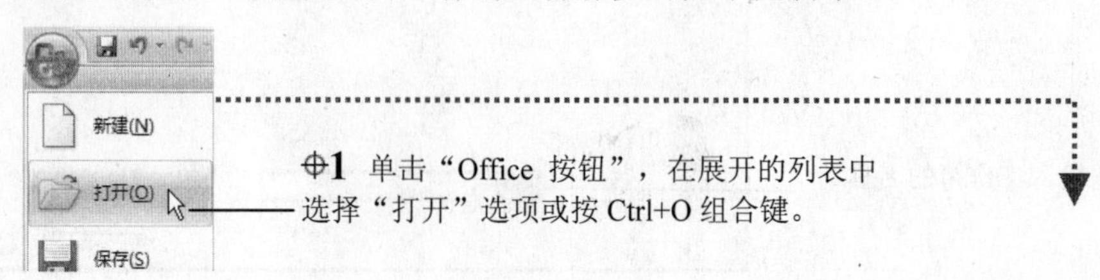

⊕2 在“查找范围”下拉列表框中找到工作簿所在的文件夹。

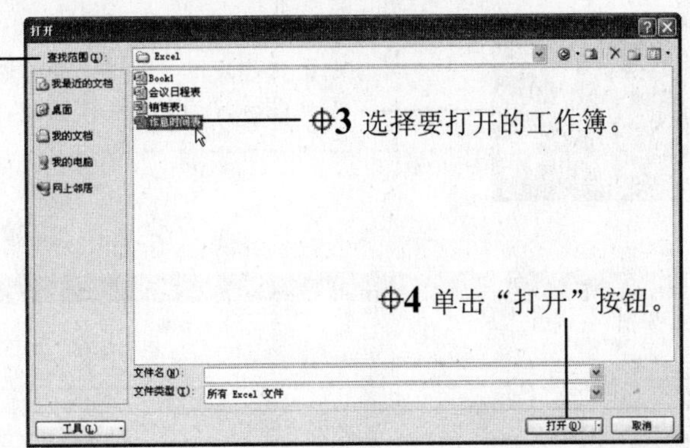


2) 打开最近使用的文件

要打开最近曾使用过的工作簿，可单击“Office 按钮”，在打开的“最近使用的文档”列表中进行选择，如左下图所示。

**提示**

此外，单击“开始”按钮，在弹出的菜单中选择“我最近的文档”选项，在展开的列表中显示了用户最近打开过的所有文档，单击带有图标的 Excel 文件，如右下图所示，也可快速打开最近使用过的工作簿。

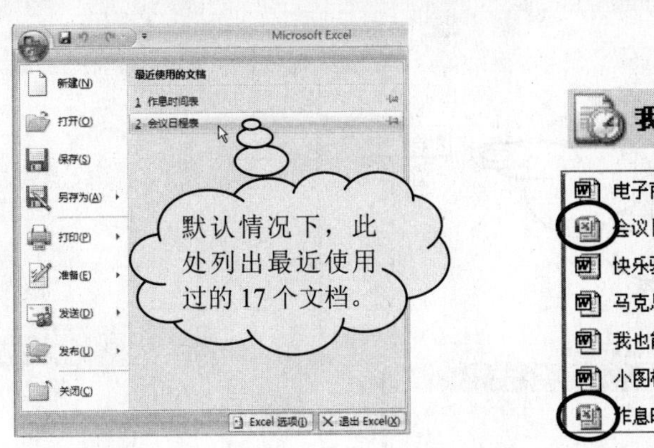


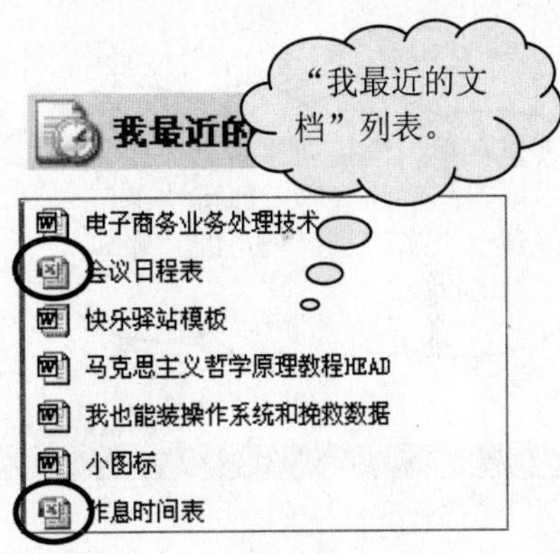


## 实例 创建账单表

下面通过创建一个如右图所示的“账单表”工作簿并保存，熟悉一下新建、保存和关闭工作簿的方法，操作步骤如下图所示。

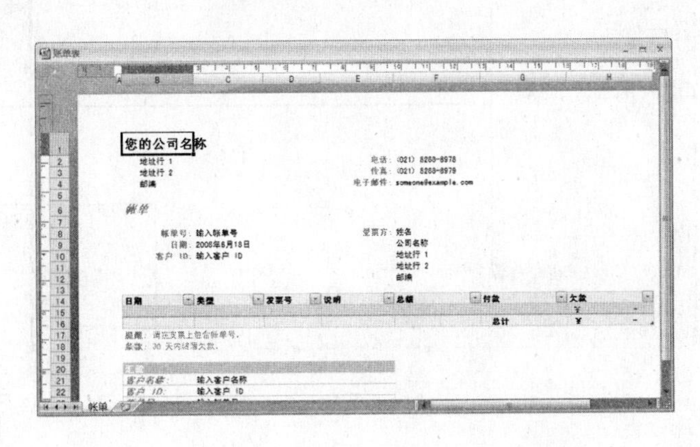

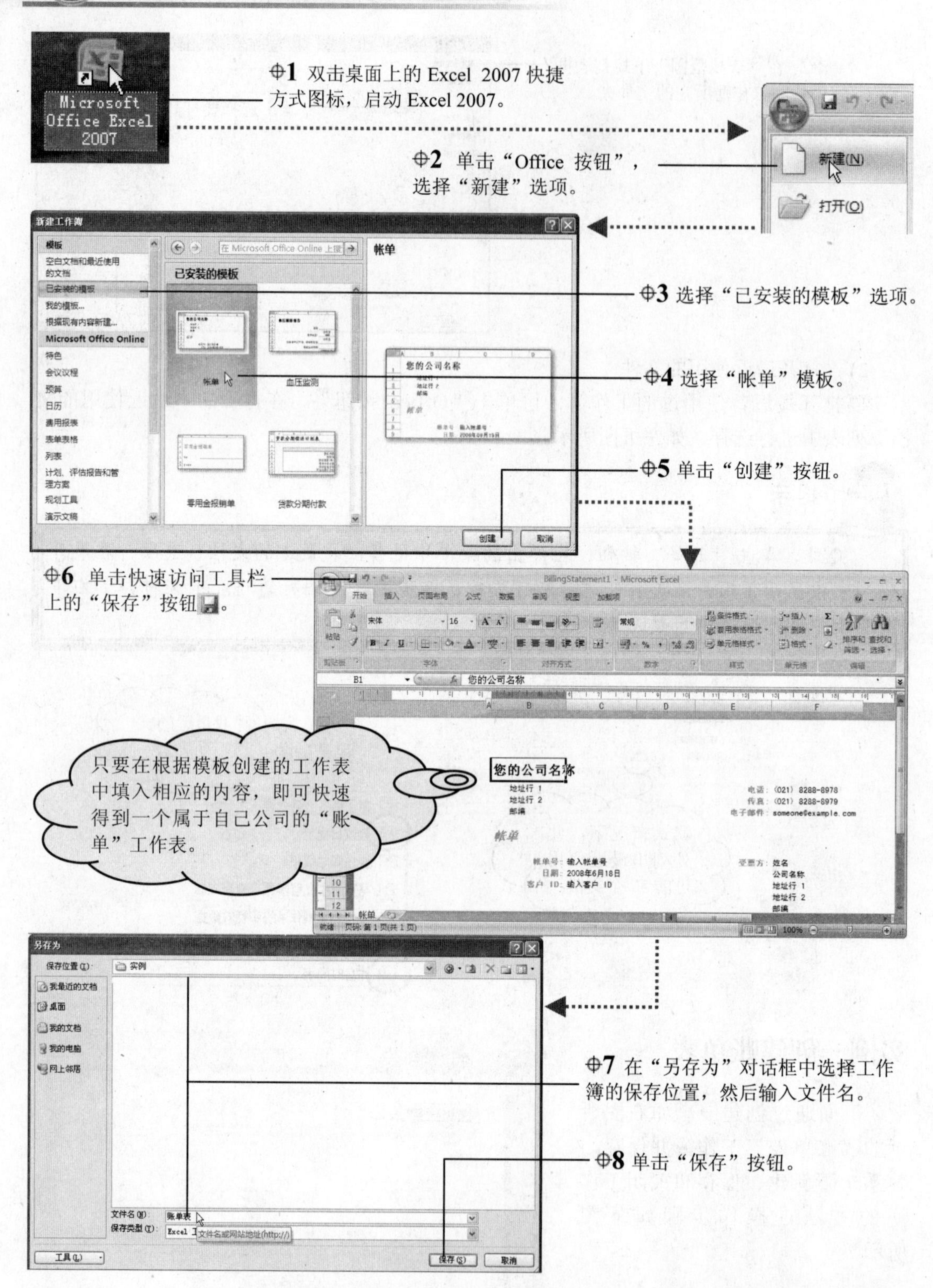


⊕1 双击桌面上的 Excel 2007 快捷方式图标，启动 Excel 2007。

⊕2 单击“Office 按钮”，选择“新建”选项。

⊕3 选择“已安装的模板”选项。

⊕4 选择“帐单”模板。

⊕5 单击“创建”按钮。

⊕6 单击快速访问工具栏上的“保存”按钮。

⊕7 在“另存为”对话框中选择工作簿的保存位置，然后输入文件名。

⊕8 单击“保存”按钮。

⊕9 单击“Office 按钮”，在展开的列表中选择“关闭”选项，关闭该工作簿。

# 1.3 获取帮助

在使用 Excel 2007 的过程中，难免会遇到一些不熟悉的操作，此时可单击工作簿窗口右上角的“帮助”按钮来获取帮助，操作步骤如下图所示。

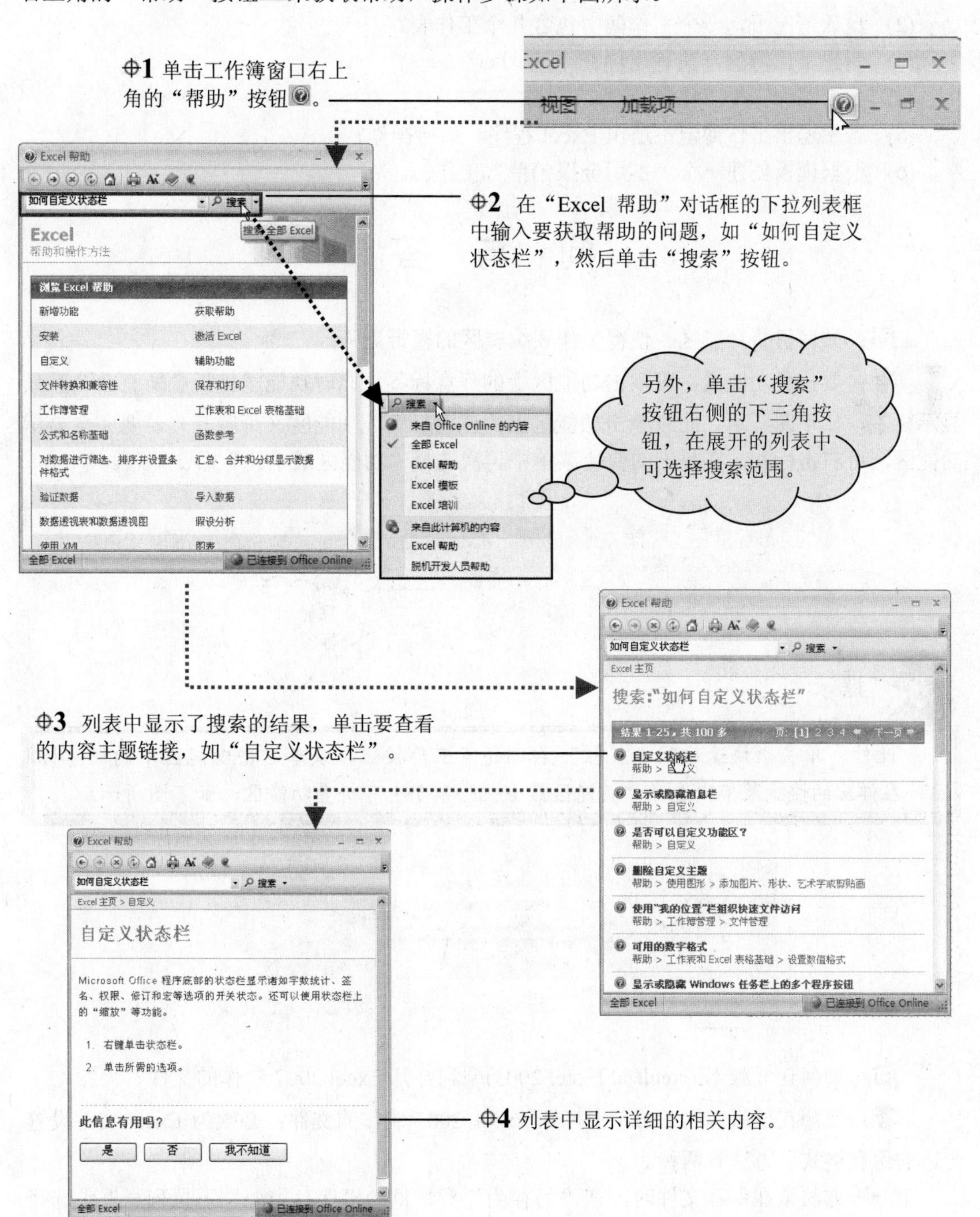

# 练 一 练

简答题

(1) Excel 2007 的工作界面主要包含哪些元素？简述各元素的含义。

(2) 默认情况下，一个工作簿中包含几个工作表？

(3) 新建工作簿的方法有几种？

(4) 如何保存一个工作簿？

(5) 若想退出工作簿但不退出 Excel 程序，如何操作？

(6) 根据模板创建一个“零用金报销单”工作簿。

# 问 与 答

**问**：如何折叠功能区，使得工作表编辑区的视野更开阔？

**答**：要折叠功能区，可双击功能区上的任意标签，此时功能区将折叠所有命令且只显示标签，如下图所示。此时单击功能区上的任意标签，功能区又可展开。若要完全显示功能区，可右击标签，在弹出的快捷菜单中再次选择“功能区最小化”命令即可。

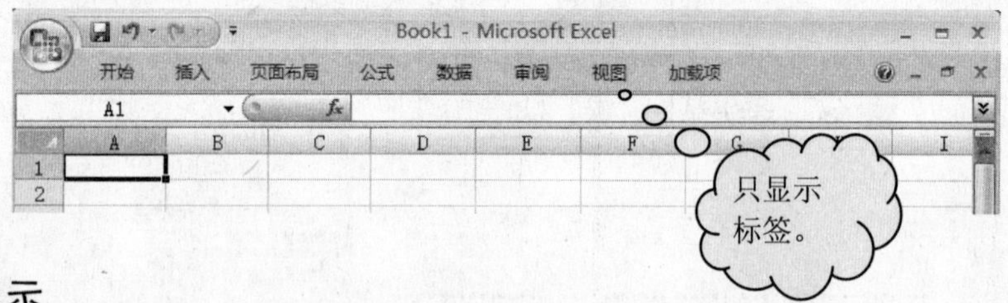


提示

此外，单击“快速访问工具栏”右侧的下三角按钮，或者右击功能区中的任意标签，在弹出的快捷菜单中选择“功能区最小化”命令也可折叠功能区，如下图所示。

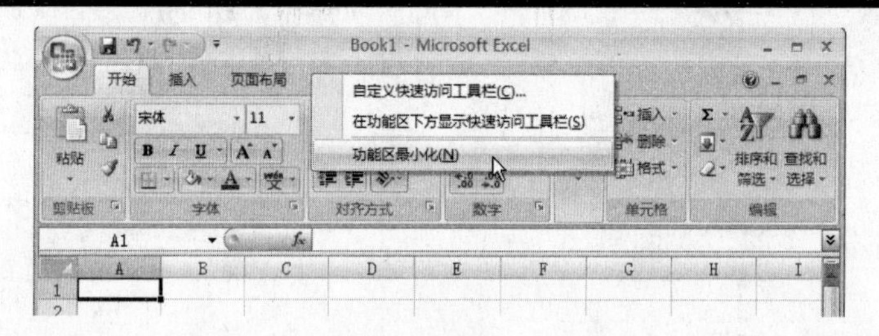


**问**：如何让低版本 Excel(如 Excel 2003)顺利打开 Excel 2007 制作的文件？

**答**：要想在低版本的 Excel 中打开 Excel 2007 制作的文件，必须为 Excel 文件设置合适的保存格式，方法有两种。

第一种方法是在保存文件时，在“另存为”对话框的“保存类型”下拉列表框中选择“Excel 97-2003 工作簿”选项，如下图所示。

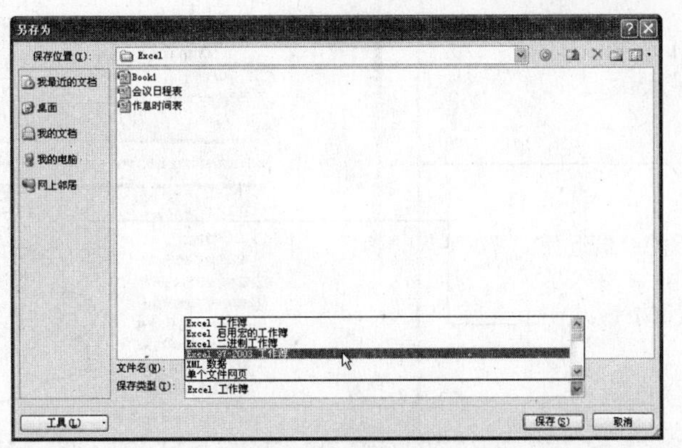

第二种方法是在“Excel 选项”对话框中进行设置，操作步骤如下图所示。

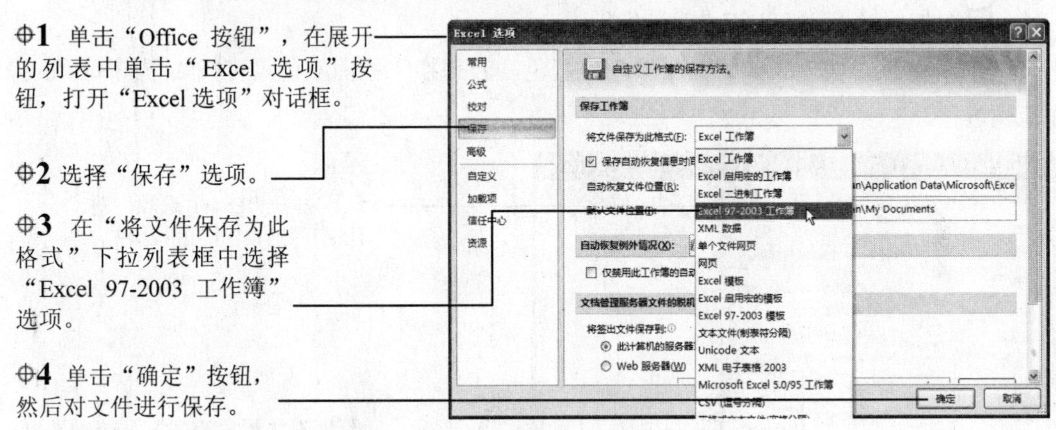


**问**：如何设置新建工作簿包含的工作表个数？

**答**：默认情况下，新建的工作簿只包含 3 个工作表。要自定义新建的工作表个数，操作步骤如下图所示。

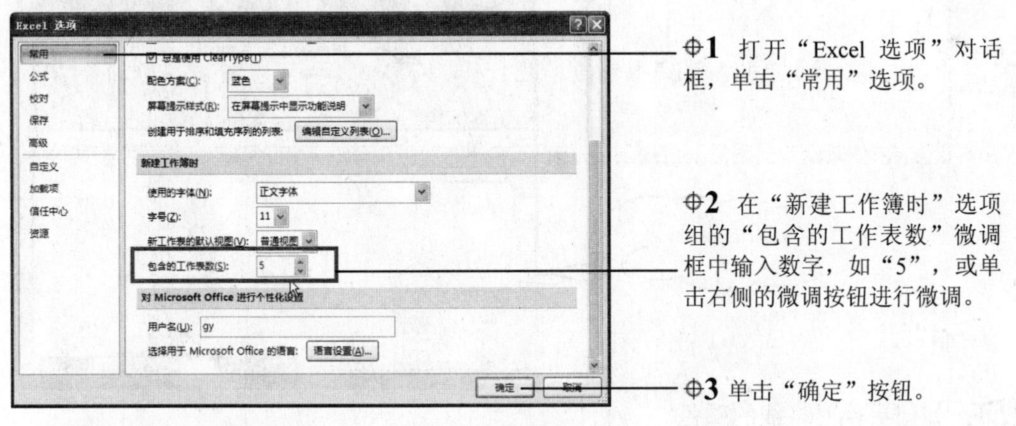


**问**：如何设置“最近使用的文档”数目？

**答**：默认情况下，在 Office 列表框的“最近使用的文档”列表中会显示 17 个用户最近使用过的文件，要想改变文件的显示数目，操作步骤如下图所示。

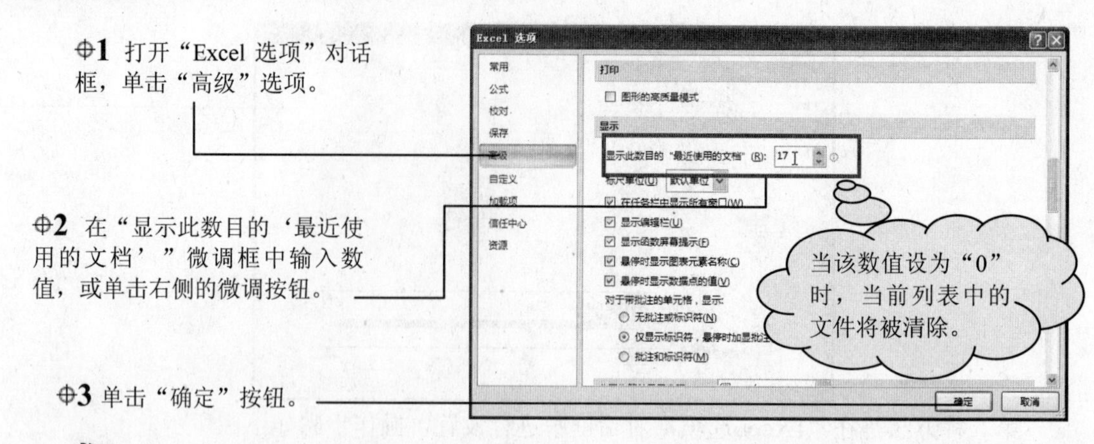


**问**：如何给 Excel 2007“换装”？

**答**：Excel 2007 默认的界面颜色为蓝色，若想换个界面颜色，可按如下图所示的操作步骤进行。

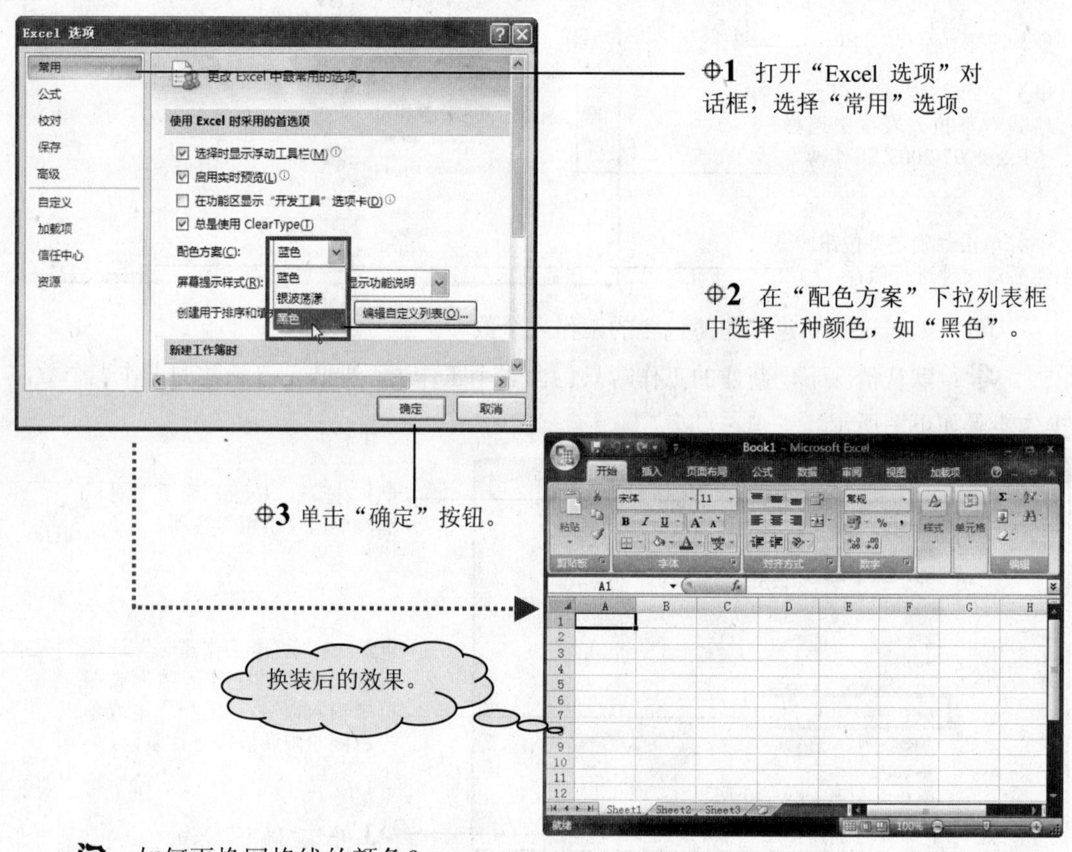


**问**：如何更换网格线的颜色？

**答**：工作表默认的网格线是灰色的，要改变网格线颜色，操作方法如下图所示。

**问**：如何一次打开多个工作簿？

**答**：要一次打开多个不相邻的工作簿，可在“打开”对话框中单击第一个要打开的工作簿，然后按住 Ctrl 键的同时单击其他要打开的工作簿，如左下图所示；若要一次打开多个连续的工作簿，可在单击第一个工作簿后，按住 Shift 键的同时再单击最后一个要打开的工作簿，如右下图所示。

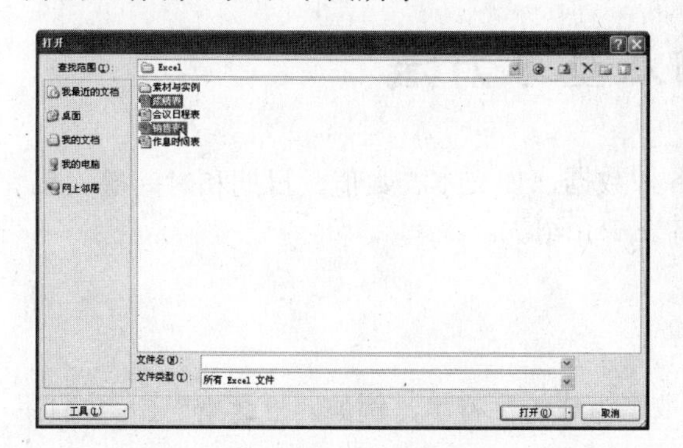

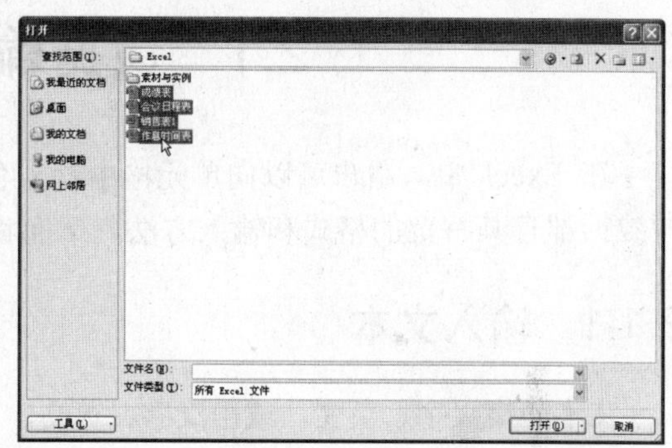

# 第2章 数据的输入与编辑

**本章学习重点**

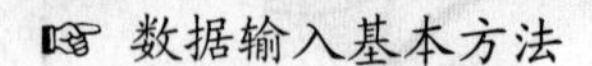
☞ 数据输入基本方法

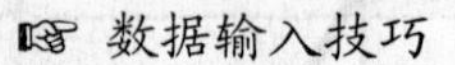
☞ 数据输入技巧

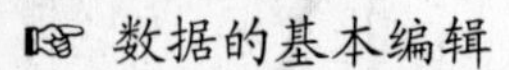
☞ 数据的基本编辑

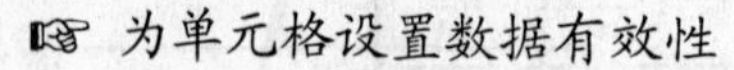
☞ 为单元格设置数据有效性

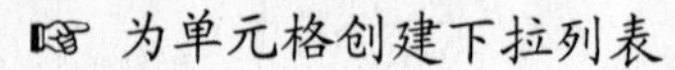
☞ 为单元格创建下拉列表

☞ 数据的保护

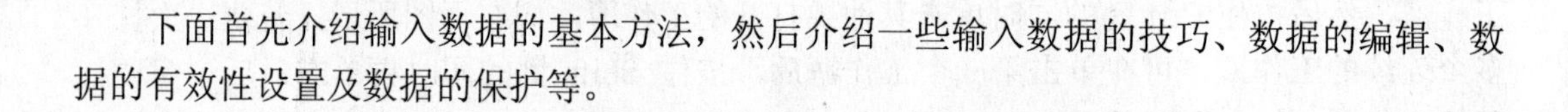
下面首先介绍输入数据的基本方法，然后介绍一些输入数据的技巧、数据的编辑、数据的有效性设置及数据的保护等。

## 2.1 数据输入基本方法

在 Excel 中，用户可以向单元格中输入各种数据，如文本、数值、日期和时间等。每种数据都有其特定的格式和输入方法，下面将一一介绍。

### 2.1.1 输入文本

文本是指汉字、英文，或由汉字、英文、数字组成的字符串，例如，“北京”、“项目1”、“A12”等都属于文本。

单击要输入文本的单元格，然后可直接输入文本，输入的内容会同时显示在编辑栏中。输入完毕，按键盘上的 Enter 键或单击编辑栏上的“输入”按钮✔确认。默认情况下，在单元格中输入文本型数据时，输入的内容会沿单元格左侧对齐，如下图所示。

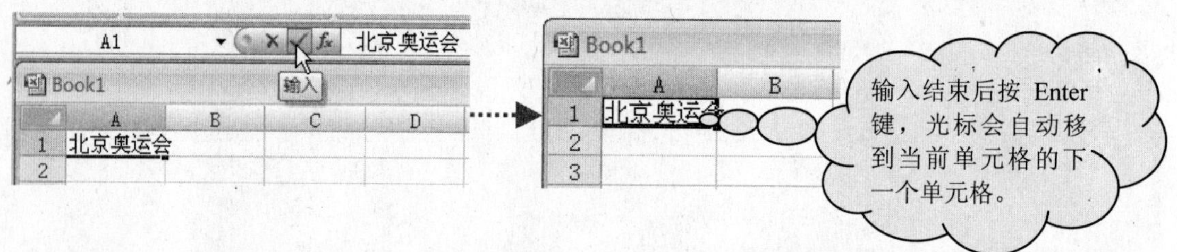


如果输入的文本长度超出单元格长度，并且当前单元格后面的单元格为空，则文本会扩展显示到其右侧的单元格中，如左下图所示。若后面单元格中有内容，则超出部分被截断，不显示，如右下图所示，如果单击该单元格，在编辑栏中可看到内容依然存在，只是暂时隐藏起来了。

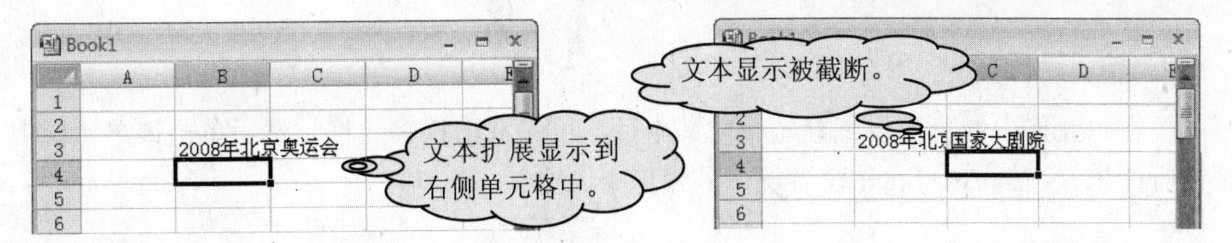


无论文本如何显示，其内容都被保存在当前单元格中。

提示

在输入文本的过程中如果发现错误，可以使用 BackSpace 键将输错的字符删除；或将光标定位在编辑栏中，在编辑栏中进行修改；若文本已经输入完毕，则双击需要修改的单元格，然后在该单元格中直接修改。另外，单击某个单元格，然后按 Delete 或 BackSpace 键可删除该单元格中的内容。当然也可以单击编辑栏中的“取消”按钮✕或按 Esc 键，取消输入。

提示

如果输入数据后要在当前单元格右侧的单元格中继续输入数据，可按 Tab 键或“→”键。另外，按“←”键可将光标移至当前单元格左侧的单元格。

## 2.1.2 文本数据的自动换行

如果希望文本在单元格内以多行显示，可以将单元格格式设置成自动换行，也可以输入手动换行符。

### 1. 自动换行

要让文本自动换行，可首先单击目标单元格，然后在“开始”选项卡中的“对齐方式”选项组中单击“自动换行”按钮，如下图所示。

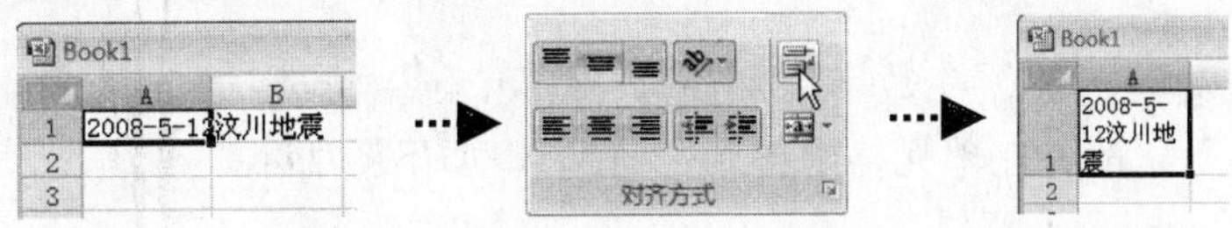


提示

单元格中的数据自动换行以便适应列宽，此时单元格所在行的行高被自动调整。当更改列宽时，数据换行会自动调整。但是，如果为单元格所在行设置了固定行高，则虽然文本能自动换行，但行高却不会自动调整。

如果单元格处于编辑状态，“自动换行”按钮不可用，即此时无法设置自动换行。也就是说，只有先退出编辑状态，才能为单元格设置自动换行。

2．输入换行符

要在单元格中的特定位置开始新的文本行，可先双击该单元格，然后单击该单元格中要断行的位置，按 Alt+Enter 组合键，效果如下图所示。

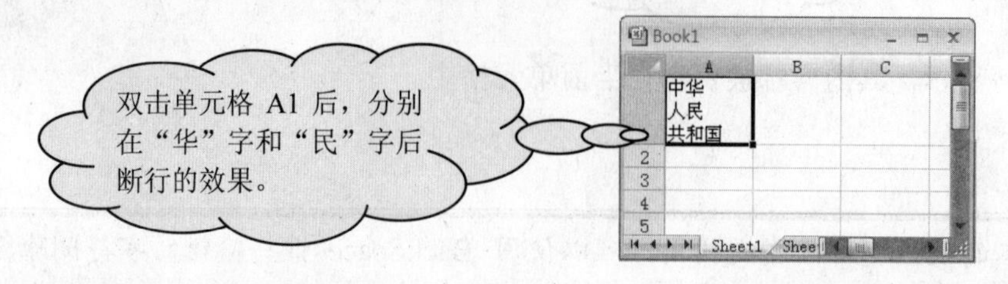


## 2.1.3 输入数值

在 Excel 中，数值型数据是使用最多也是最为复杂的数据类型。数值型数据由数字 0～9、正号、负号、小数点、分数号“/”、百分号“%”、指数符号“E”或“e”、货币符号“￥”或“$”和千位分隔号“，”等组成。

输入数值型数据时，Excel 自动将其沿单元格右侧对齐。此处以输入普通数字为例，介绍数值型数据的特点，如下图所示。

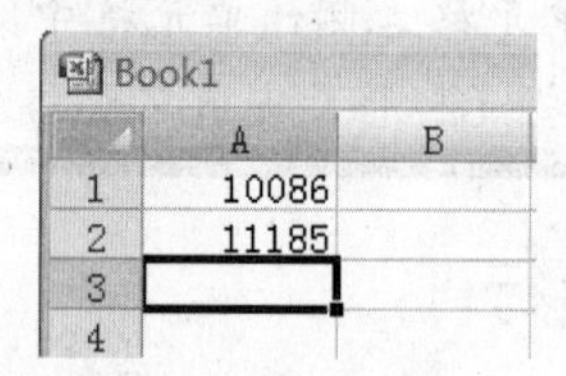

如果输入的是百分比数据，可以直接在数值后输入百分号“%”。例如，要输入 30%，应先输入“30”，然后输入“%”。

1．输入负数

如果要输入负数，必须在数字前加负号“-”，或给数字加上圆括号。例如，输入“-10”或“(10)”，都可在单元格中得到“-10”，如下图所示。

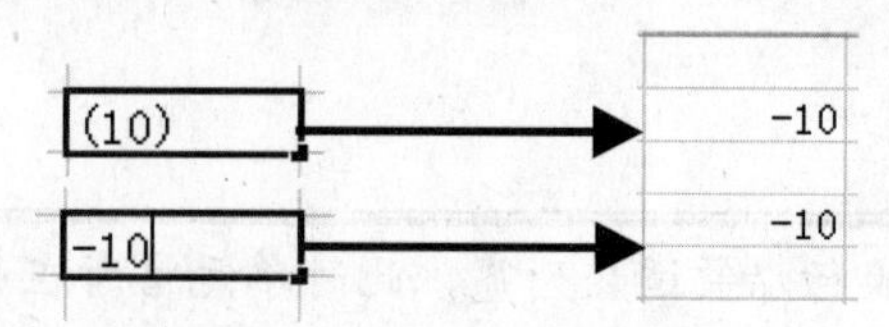


2．输入分数

分数的格式通常为“分子/分母”。如果要在单元格中输入分数(如 4/5)，应先输入“0”和一个空格，然后输入“4/5”，单击编辑栏上的“输入”按钮✔后单元格中显示“4/5”，编辑栏中则显示“0.8”；如果不输入“0”，Excel 会把该数据当作日期格式数据处理，存储为“4 月 5 日”，如下图所示。

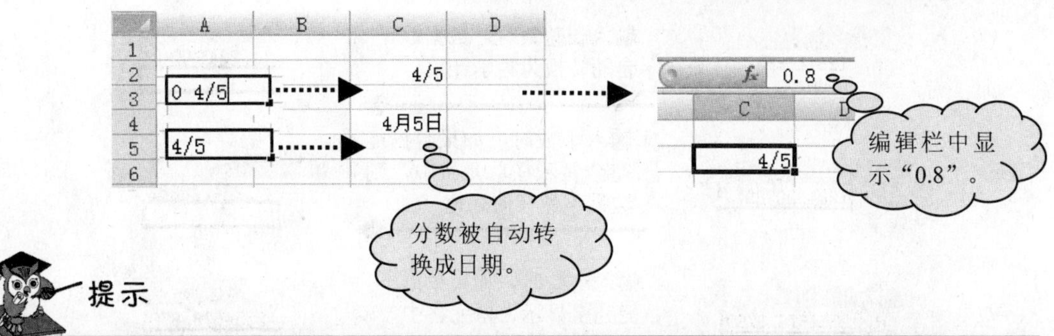


**提示**

用以上这种方法输入的分母最大不能超过99。

### 3. 输入小数

如果输入小数，一般可以直接在指定的位置输入小数点即可，如下图所示。

| | A | B |
|---|---|---|
| 1 | | |
| 2 | | 1.55 |
| 3 | | |

| | A | B |
|---|---|---|
| 1 | | |
| 2 | | 1.55 |
| 3 | | |

**提示**

当输入的数据量较大，且都具有相同的小数位数时，可以利用“自动插入小数点”功能，方法是：单击“Office 按钮”，在展开的列表中单击“Excel 选项”按钮 Excel 选项(I)，打开“Excel 选项”对话框，单击左侧的“高级”选项，选中“自动插入小数点”复选框，在“位数”微调框中输入或通过微调按钮指定相应的小数位数(如 3)，如左下图所示。设置小数位数后，只要在单元格中输入数值，系统会自动为其添加所设置的小数点位数，如右下图所示。在输入带有小数位数的数字后，应清除对“自动设置小数点”复选框的选定，以免影响后边的输入。

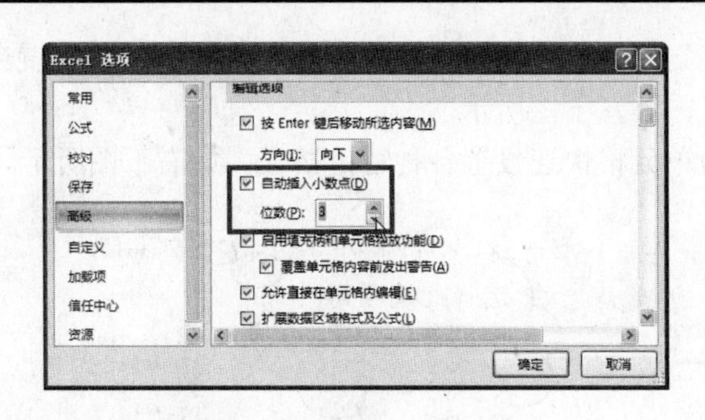


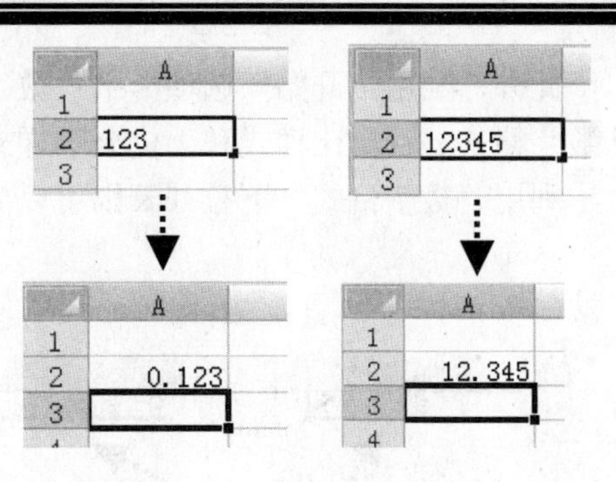


## 2.1.4 数值格式设置

当输入的数据位数较多时，如果输入的数据是整数，则数据会自动转换为科学计数表示方法；如果输入的是小数，则系统会根据情况进行自动调整，如下图所示。

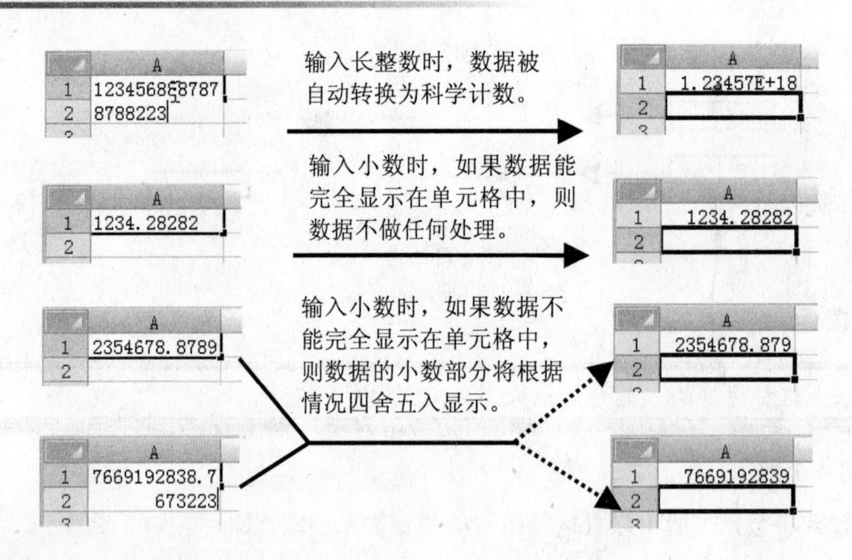


提示

无论单元格中如何显示，单元格中存储的仍是输入的数据，利用编辑栏就可以看到这一点。至于单元格中数据的显示方式，它只影响显示。

要手工调整单元格中显示的小数位数，可单击“开始”选项卡中“数字”选项组中的“增加显示的小数位数”按钮和“减少显示的小数位数”按钮，如下图所示。

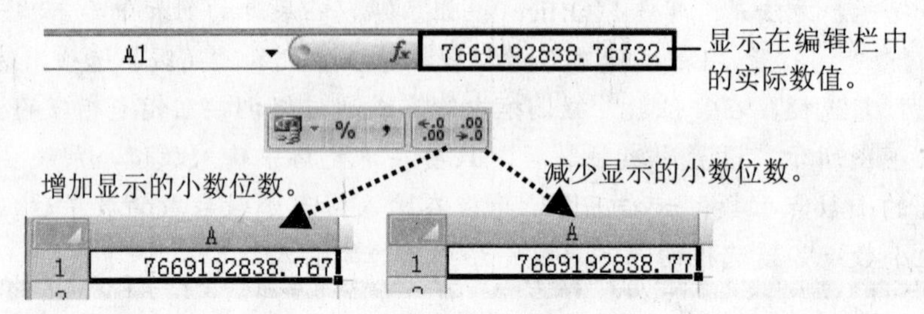


此外，利用“开始”选项卡中“数字”选项组中的按钮，还可为数值设置会计数字格式、百分比样式和千位分隔样式，如左下图所示。

利用“数字格式”下拉列表则可以为单元格快速设置各种特定格式，如右下图所示。

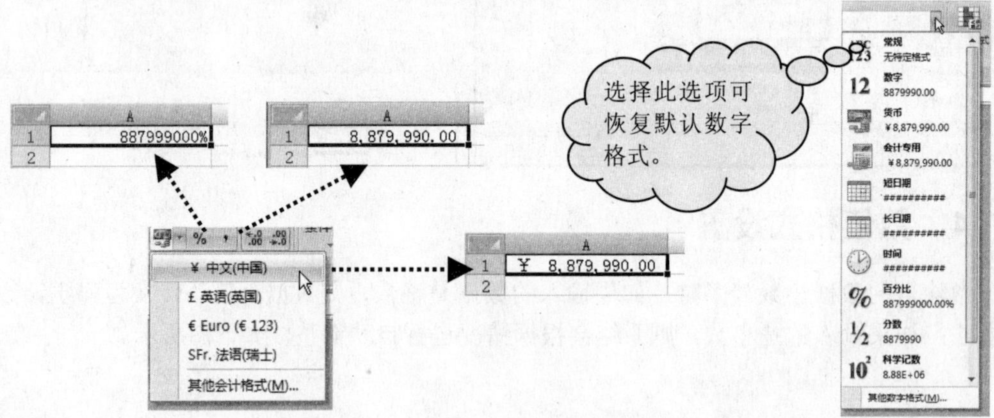

## 2.1.5 输入日期和时间

Excel 是将日期和时间视为数字处理的，它能够识别出大部分用普通表示方法输入的日期和时间格式。

用户可以用多种格式来输入一个日期，可以用斜杠“/”或者“-”来分隔日期中的年、月、日部分。比如要输入“2007 年 1 月 7 日”，可以在单元格中输入“2007/1/7”或者“2007-1-7”。若省略年份，则以当前的年份作为默认值，显示在编辑栏中，如下图所示。

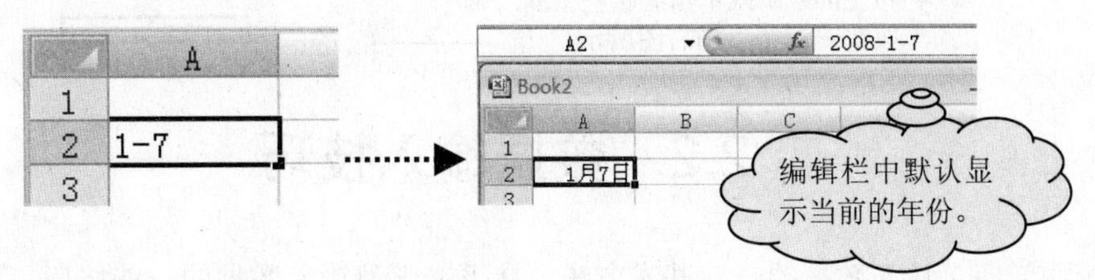

**提示**

如果要在单元格中插入当前日期，可以按键盘上的 Ctrl+;组合键。

在 Excel 中输入时间时，可用冒号(:)隔开表示时间的时、分、秒。系统默认输入的时间是按 24 小时制输入的，因此，如果要以 12 小时制输入时间，则应当在输入的时间后键入一个空格，然后输入“AM”或“PM”。

例如，要输入下午 3 时 25 分 38 秒，以 24 小时制输入时间格式为“15:25:38”，而用 12 小时制输入时间格式为 3:25:38 PM，如下图所示。如果不输入空格，则所输入的数据将被当作文本型数据处理。

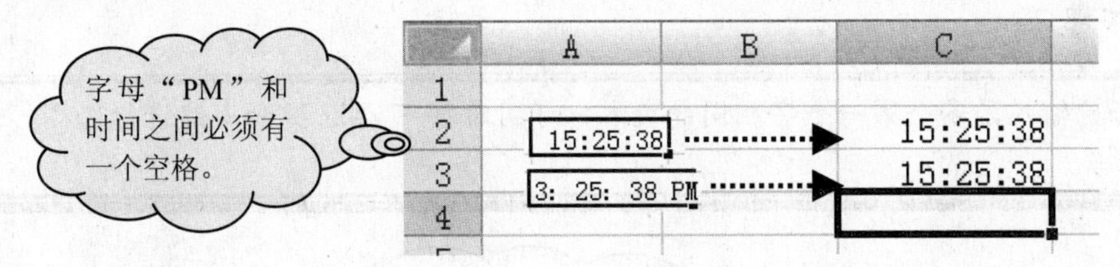

**提示**

如果要在单元格中插入当前时间，则按 Ctrl+Shift+;组合键。

如果要同时输入日期和时间，则在日期与时间的中间用空格加以分隔。例如，要在 B3 单元格中输入“2008 年 2 月 21 日下午 2:30”，操作步骤如下图所示。

| | A | B | C |
|---|---|---|---|
| 1 | | | |
| 2 | | | |
| 3 | | 2008/2/21 | |
| 4 | | | |

❶ 单击 B3 单元格，输入“2008/2/21”。

快乐学电脑

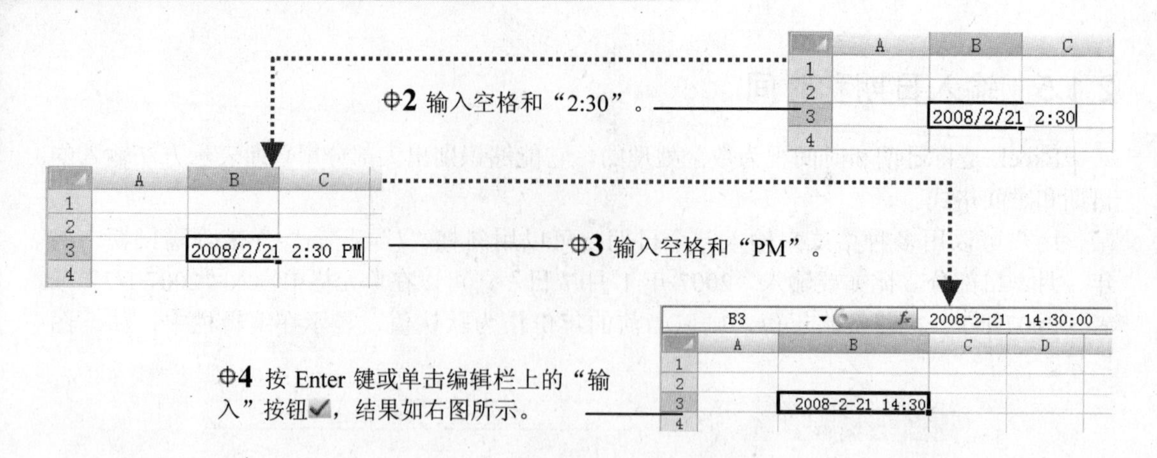


# 2.2 数据输入技巧

上面学习了输入数据的一些基本方法，接下来学习输入数据的一些技巧。

## 2.2.1 记忆式输入

记忆式输入是指用户在输入单元格数据时，系统会自动根据用户已经输入过的数据提出建议，以免重复录入。

在输入数据时，如果在单元格中输入的起始字符与该列已有的输入项相符，Excel 可以自动填写其余的字符。例如，在一列中已经输入过"张小红"3 个字，在该列旁边数据区域的其他单元格中再输入"张"字，单元格中就会自动显示出"张小红"字样，如左下图所示，此时若直接按 Enter 键，就可将该内容输入到单元格中。

提示

若已输入了多个第一个字相同的文本，可同时按下 Alt 键和↓键进行选择，如右下图所示。

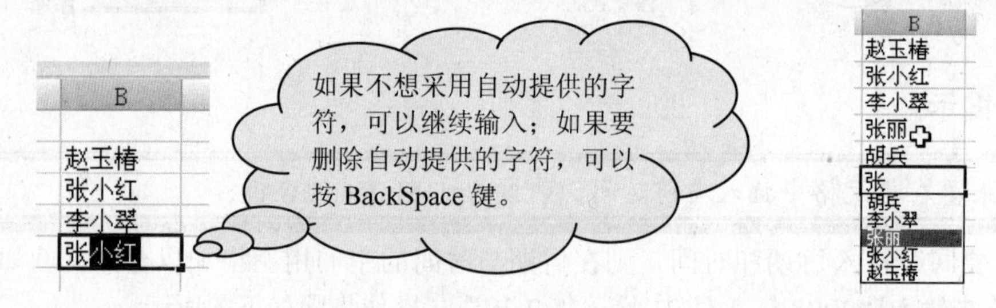

提示

在一行中重复的项不能自动填写。

## 2.2.2 将数字以文本格式输入

默认情况下，在单元格中输入数字，Excel 会自动将其沿单元格右侧对齐，而有时用户需要将数值型的数字设置为文本型，如身份证号、邮政编码、电话号码和表格中以数字开头的序号等。

要将数字以文本格式输入，可在输入的数字前加单引号“'”，然后再输入数字，此时所输入的数字会以文本格式显示，如下图所示。

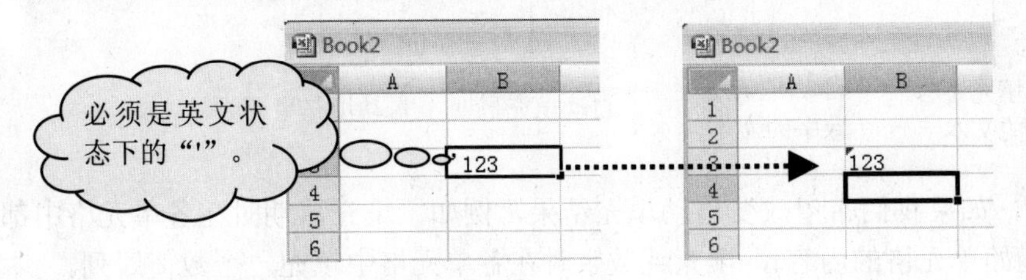


## 2.2.3 快速输入数据

Excel 之所以广受大家喜爱，能够快速输入数据是重要原因之一。例如，我们在输入基本数据后，只需简单地拖动单元格的填充柄，即可在其相邻单元格中自动填充数据。

### 1. 利用填充柄在一行或一列相邻单元格中快速填充数据

填充柄是位于选定单元格或选定单元格区域右下角的小黑方块。将鼠标指针指向填充柄上时，鼠标指针由白色的空心十字形指针变为黑色的实心十字形指针，如下图所示。

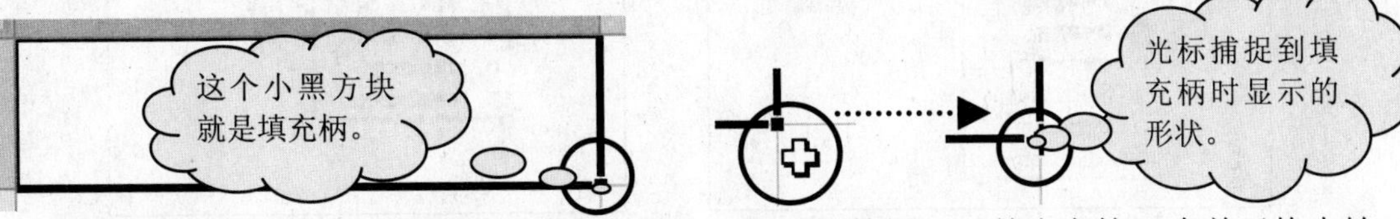


如果希望在一行或一列相邻的单元格中输入相同的数据，可首先在第 1 个单元格中输入基本数据，然后上、下，或左、右拖动填充柄即可，如下图所示。

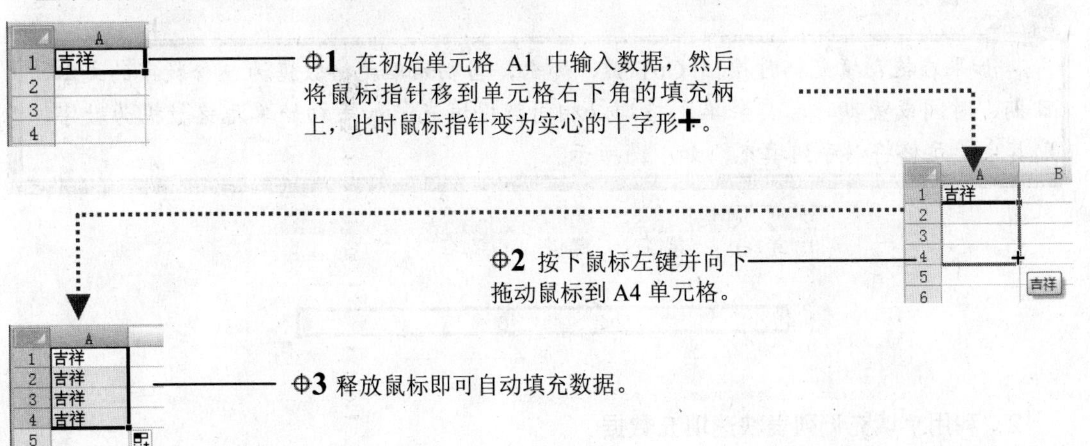


上面是初始单元格中为文本型数据的自动填充效果。下面我们再来看看，如果初始单

元格内容为包含数字的文本、日期、时间或星期，则执行自动填充时的效果如下图所示。

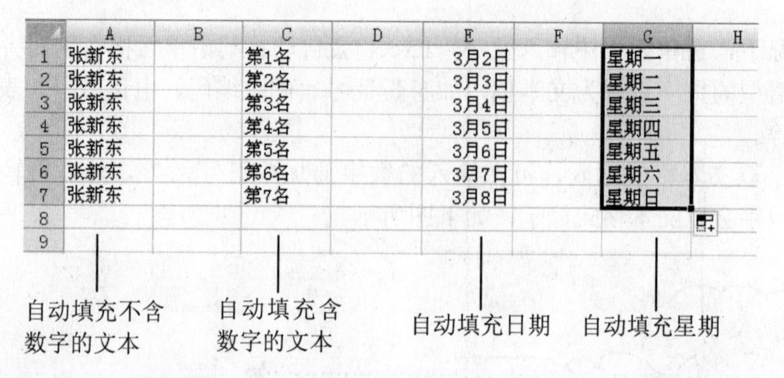


在这种情况下，如果我们希望改变自动填充结果，例如，填充星期时在各单元格中都填充"星期一"(初始单元格的内容)，填充纯数字时在各单元格中填充一个数值序列。

这其实很简单，不知大家是否注意到，每次当我们执行完自动填充操作后，都会在填充区域的右下角出现一个图标。这个图标被称为"自动填充选项"按钮，单击它将打开一个填充选项列表，从中选择不同选项，即可修改默认的自动填充效果，如下图所示。

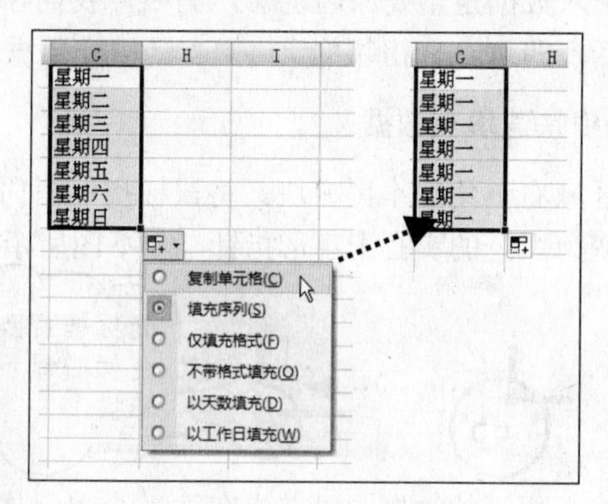


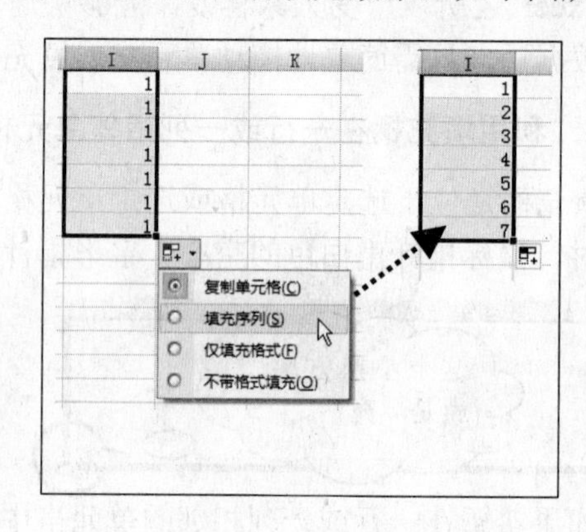


提示

如果在拖动填充柄时按住 Ctrl 键，那么，当初始单元格数据为包含数字的文本、日期、时间或星期时，其余单元格均以相同数据填充；如果初始单元格数据为数字，则其余单元格将以序列填充，如下图所示。

|  | A | B | C | D | E |
|---|---|---|---|---|---|
| 1 | 第1名 | 第1名 | 第1名 | 第1名 | 第1名 |
| 2 |  |  |  |  |  |
| 3 |  |  |  |  |  |
| 4 | 1 | 2 | 3 | 4 | 5 |
| 5 |  |  |  |  |  |
| 6 |  |  |  |  |  |

2．利用"填充"列表快速填充数据

利用"填充"列表可以将当前单元格或单元格区域中的内容在上、下、左、右相邻单

元格或单元格区域中快速填充。

下面以利用“填充”列表向下和向右填充数据为例进行介绍，操作方法如下图所示。向上和向左的填充与此类似，此处不再详述。

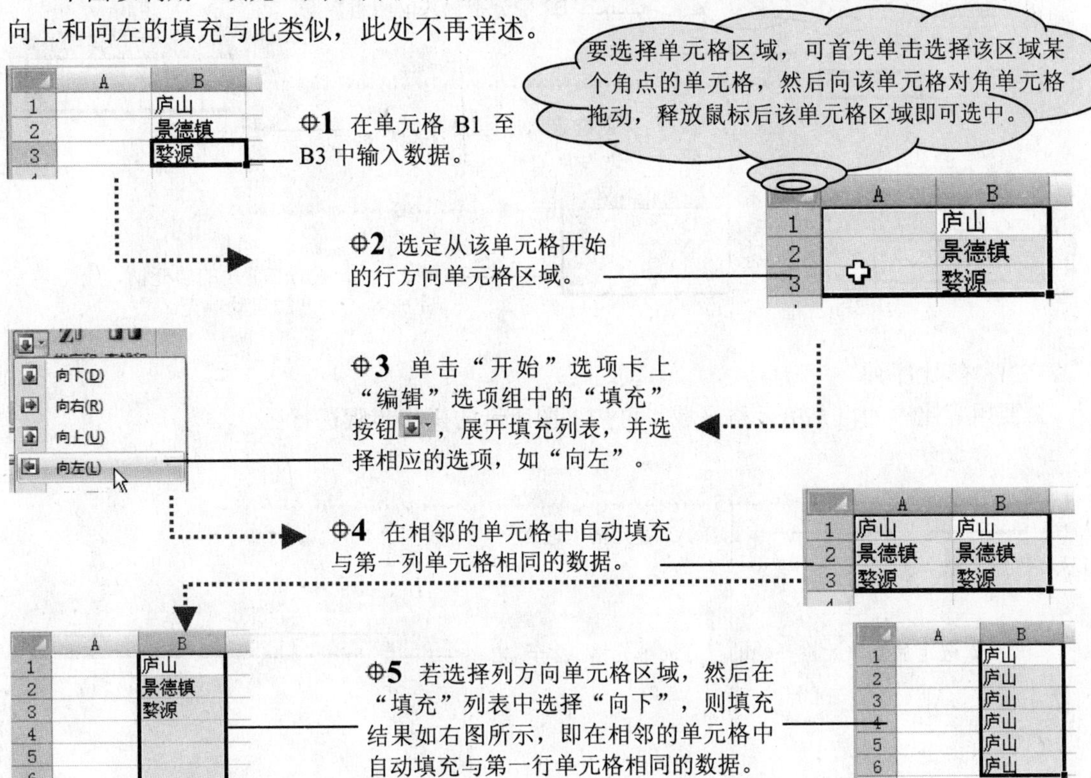


**提示**

若要用当前单元格上方或左侧单元格中的内容快速填充当前单元格，可以按 Ctrl+D 或 Ctrl+R 组合键，如下图所示。

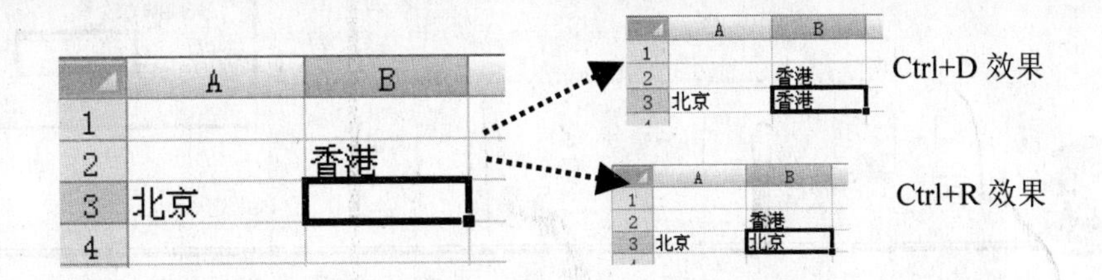


### 3. 等差序列和等比序列的自动填充

在 Excel 中，我们除了可以像前面介绍的那样直接填充简单数据序列外，还可以进行一些更复杂的数据序列的自动填充，如等差序列、等比序列等。

1) 等差序列

对于等差序列的自动填充，可以采用输入等差序列的前两组或前两个数值，以确定序列的首项和步长值，然后再拖动填充柄向上、下、左、右进行填充，如下图所示。

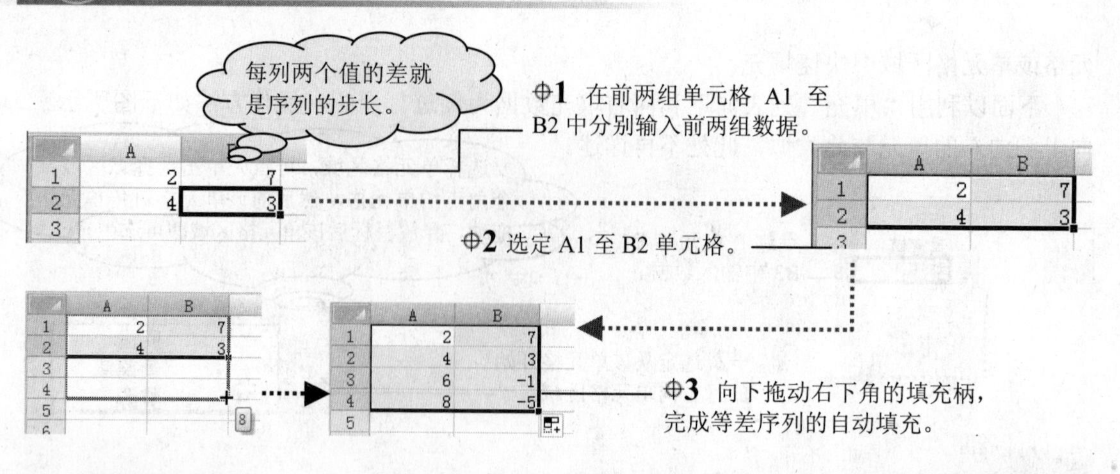


2) 等比序列

要用等比序列填充单元格区域，可按下图所示的操作步骤进行。

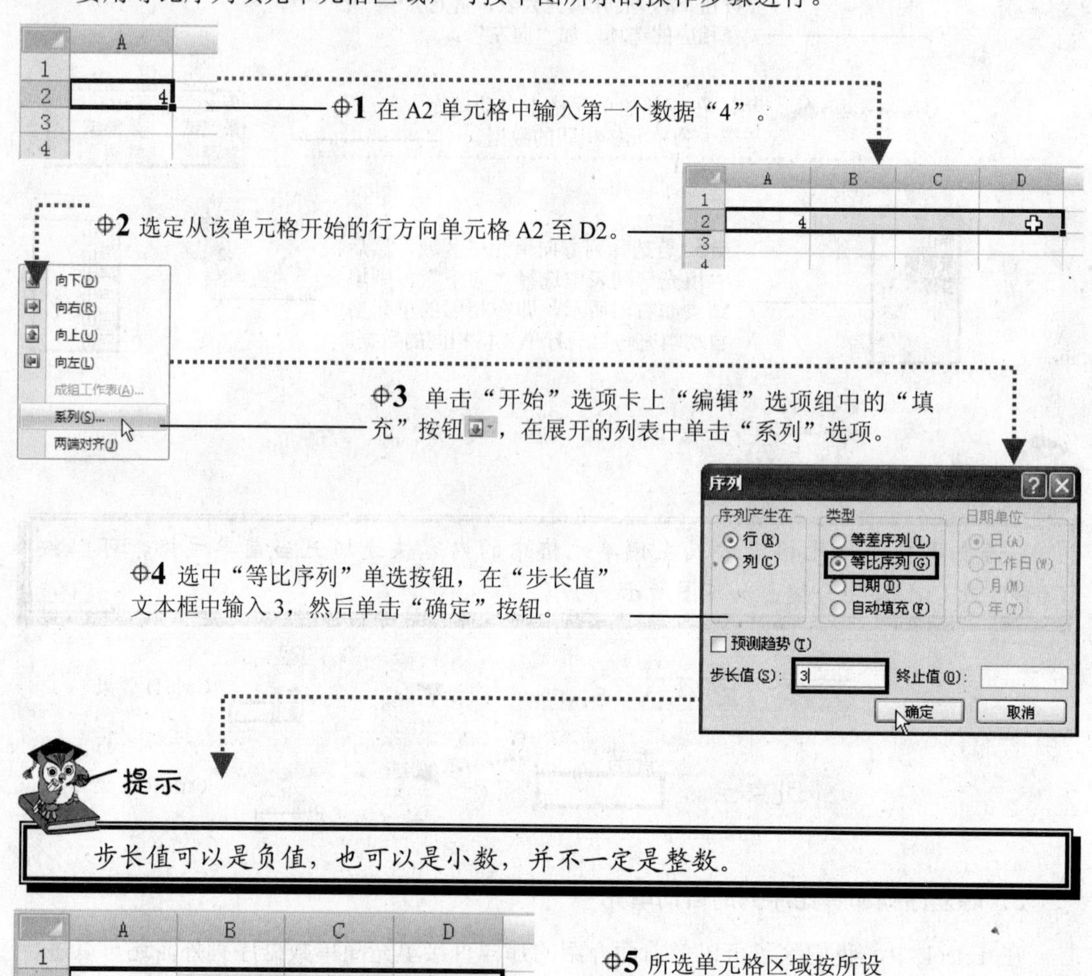


**提示**

步长值可以是负值，也可以是小数，并不一定是整数。

|   | A | B | C | D |
|---|---|---|---|---|
| 1 | | | | |
| 2 | 4 | 12 | 36 | 108 |
| 3 | | | | |

⊕5 所选单元格区域按所设置的条件填充等比序列。

### 4．多组序列的自动填充

我们除了可以单独填充一个数据序列外，还可以同时填充多个数据序列。例如，要同

时在单元格A1到A5中填充星期，在单元格B1至B5中填充对应的日期，可按下图所示的操作步骤进行。

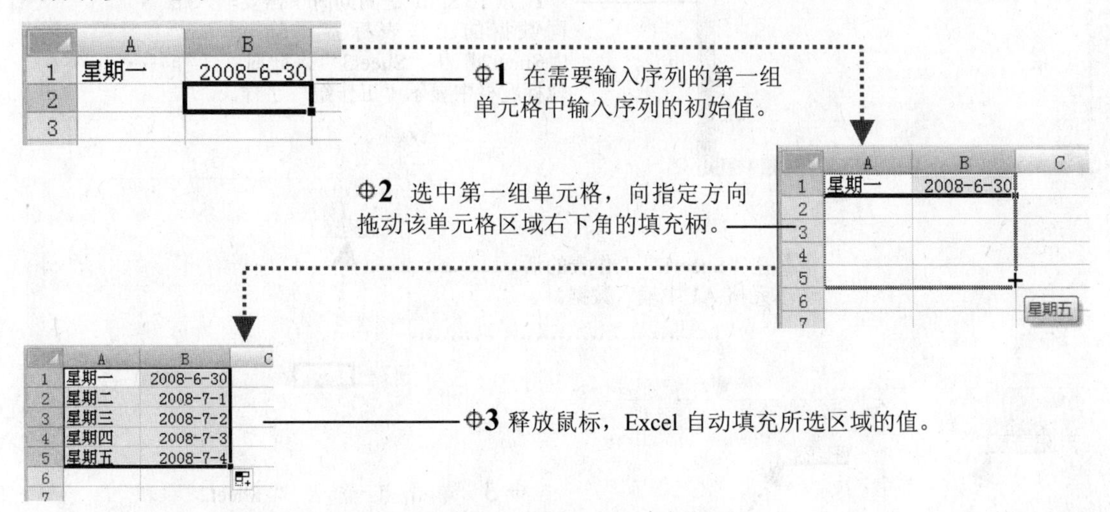


## 2.2.4 同时在多个单元格中输入相同的数据

要同时在多个相邻或不相邻单元格中输入相同的数据，应首先选中要填充相同数据的多个单元格，然后输入数据，最后按Ctrl+Enter组合键填充所选单元格，操作步骤如下图所示。

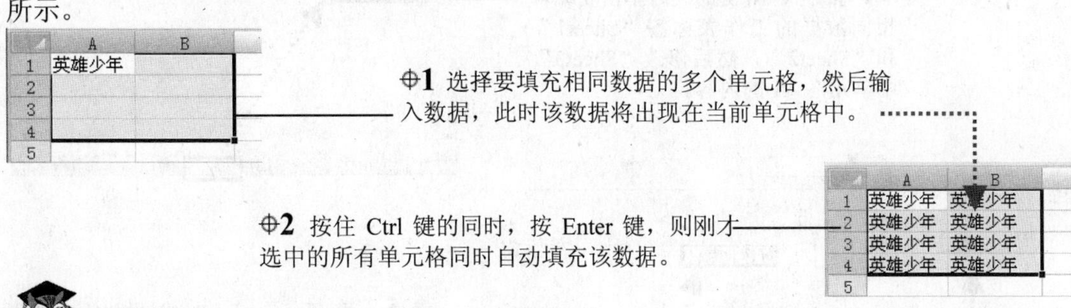


**提示**

要选择不相邻的多个单元格，可在选择第1个单元格或单元区域后，按住Ctrl键选择其他单元格或单元格区域。

## 2.2.5 同时在多张工作表中输入或编辑相同的数据

利用Excel提供的工作表组功能，用户可以快捷地在同一工作簿的多张工作表中输入或编辑一批相同或格式类似的工作表。

要采用工作表组操作，首先必须将要处理的多个工作表设置为工作表组。当在组中的一个工作表的单元格中输入数据时，会自动在组中其他工作表的相应位置输入数据，即用户操作的结果不仅作用于当前工作表，而且还作用于工作表组中的其他所有工作表。

要同时在多张工作表中输入或编辑相同的数据，可按下图所示的操作步骤进行。

快乐学电脑

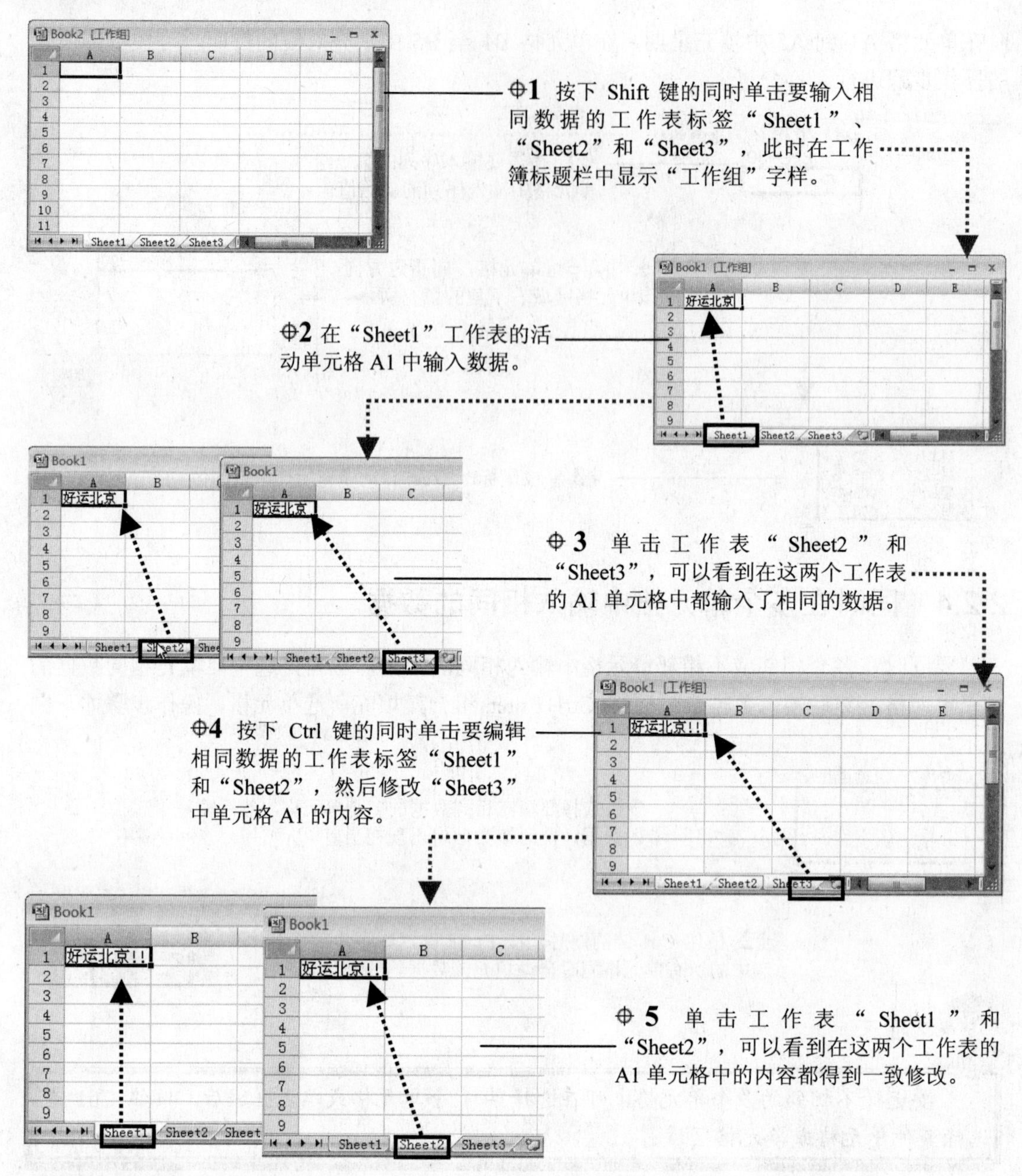


若已经在某个工作表中输入了数据，那么也可快速将该数据填充到其他工作表的相应单元格中，操作方法如下图所示。

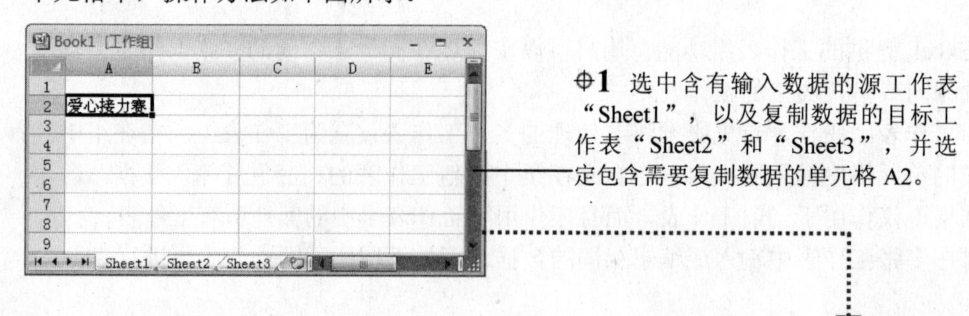

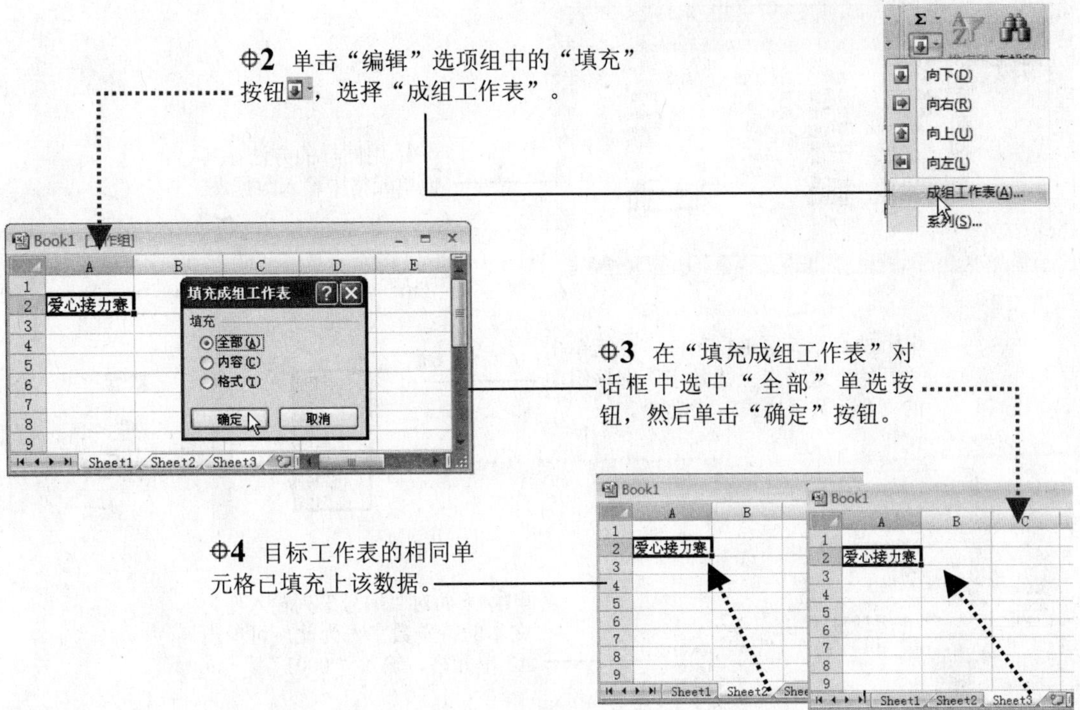


## 实例1 制作鑫鹏电脑城月销售记录表

下面通过制作“鑫鹏电脑城”工作簿，熟悉一下文本、普通数字、文本型数字和货币符号的输入，以及小数位数的添加等，操作步骤如下图所示。

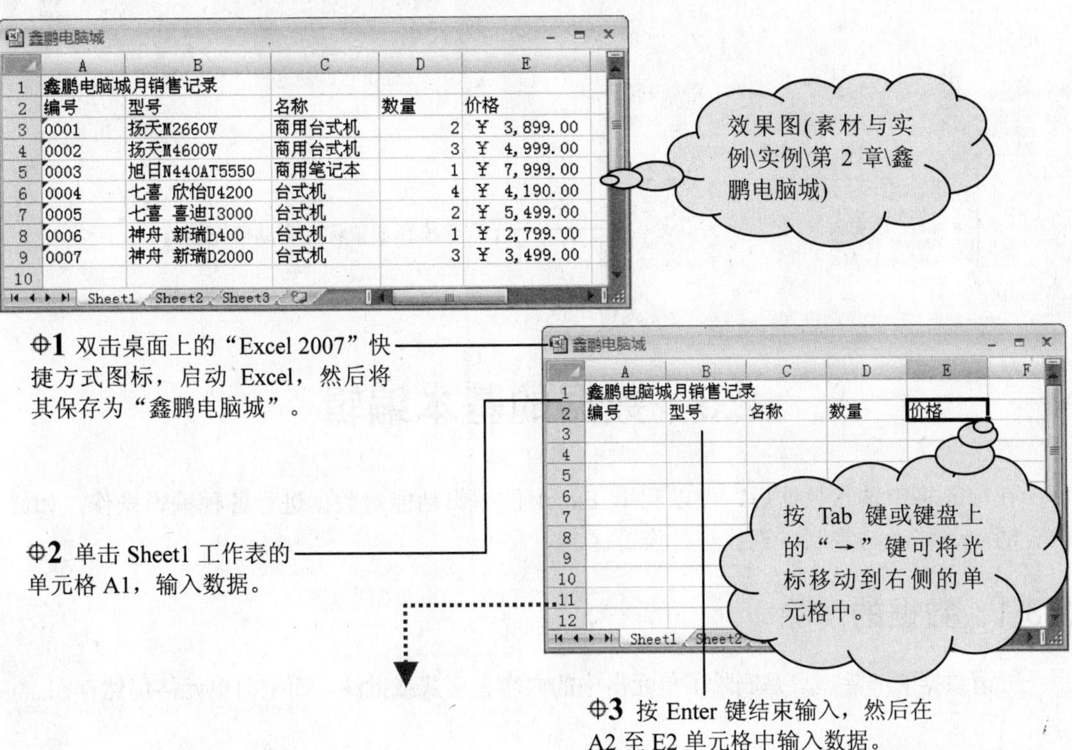

|  | A | B | C | D | E |
|---|---|---|---|---|---|
| 1 | 鑫鹏电脑城月销售记录 |  |  |  |  |
| 2 | 编号 | 型号 | 名称 | 数量 | 价格 |
| 3 | 0001 | 扬天M2660V | 商用台式机 | 2 | ￥ 3,899.00 |
| 4 | 0002 | 扬天M4600V | 商用台式机 | 3 | ￥ 4,999.00 |
| 5 | 0003 | 旭日N440AT5550 | 商用笔记本 | 1 | ￥ 7,999.00 |
| 6 | 0004 | 七喜 欣怡U4200 | 台式机 | 4 | ￥ 4,190.00 |
| 7 | 0005 | 七喜 喜迪I3000 | 台式机 | 2 | ￥ 5,499.00 |
| 8 | 0006 | 神舟 新瑞D400 | 台式机 | 1 | ￥ 2,799.00 |
| 9 | 0007 | 神舟 新瑞D2000 | 台式机 | 3 | ￥ 3,499.00 |
| 10 |  |  |  |  |  |

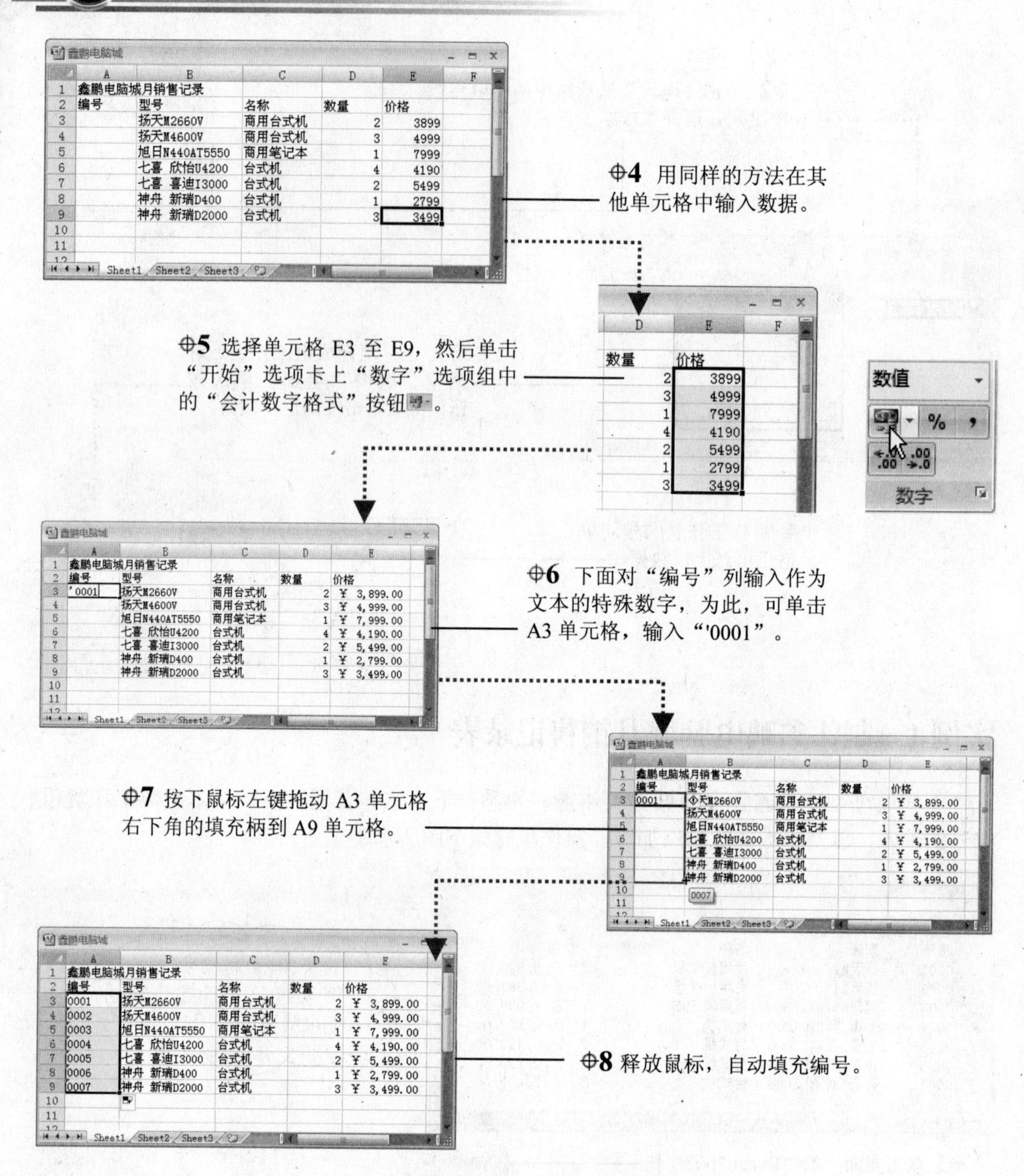


# 2.3 数据的基本编辑

在单元格中输入数据后，可以利用 Excel 的编辑功能对数据进行各种编辑操作，如修改、清除、移动与复制、查找与替换等。

## 2.3.1 数据的清除

所谓数据的清除，只是删除了单元格中的内容、格式或批注，而空白单元格仍然存在。

要清除数据的内容和格式，可参考下图所示的操作步骤。

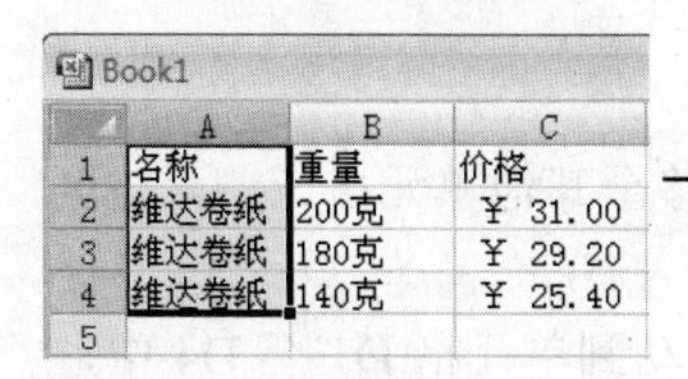


⊕1 选中要清除内容的单元格或单元格区域。

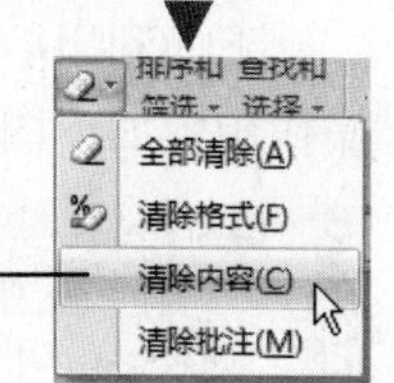


⊕2 单击“开始”选项卡上“编辑”选项组中的“清除”按钮，在展开的列表中选择“清除内容”命令。

- **全部清除**：将单元格的格式、内容、批注全部清除。
- **清除格式**：仅将单元格的格式取消。
- **清除内容**：仅将单元格的内容取消。
- **清除批注**：仅将单元格的批注取消。

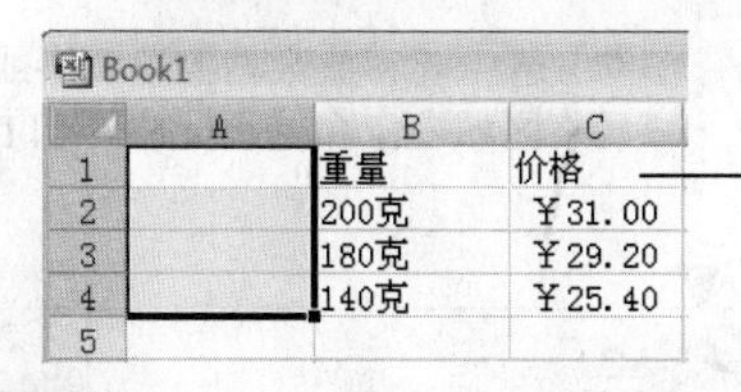


⊕3 所选内容即可清除。

提示

选定单元格或单元格区域后按 Delete 键，相当于选择清除列表中的“清除内容”命令。

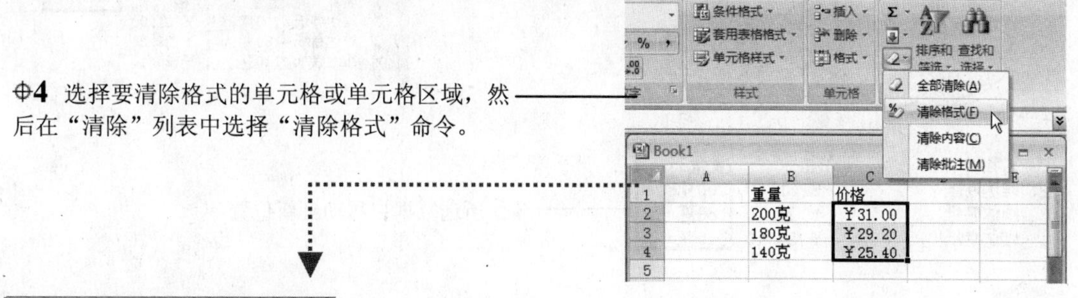


⊕4 选择要清除格式的单元格或单元格区域，然后在“清除”列表中选择“清除格式”命令。

Book1

|  | A | B | C |
|---|---|---|---|
| 1 |  | 重量 | 价格 |
| 2 |  | 200克 | 31 |
| 3 |  | 180克 | 29.2 |
| 4 |  | 140克 | 25.4 |
| 5 |  |  |  |

⊕5 单元格区域的货币格式被取消，只显示数字。

## 2.3.2 数据的移动与复制

数据的移动与复制是 Excel 中经常要用到的操作。对于单元格的数据，可以通过 Excel 的“剪切”、“复制”和“粘贴”命令，或利用右键快捷菜单、鼠标拖放等方法，将它们移动或复制到其他单元格中。

1. 移动数据

移动数据是指将输入到某些单元格或单元格区域中的数据移至其他单元格或单元格区域中，原单元格中的数据将被清除。

下面利用剪切、粘贴功能，将单元格 B1 至 B4 中的内容移动到单元格 D1 至 D4 中，操作步骤如下图所示。

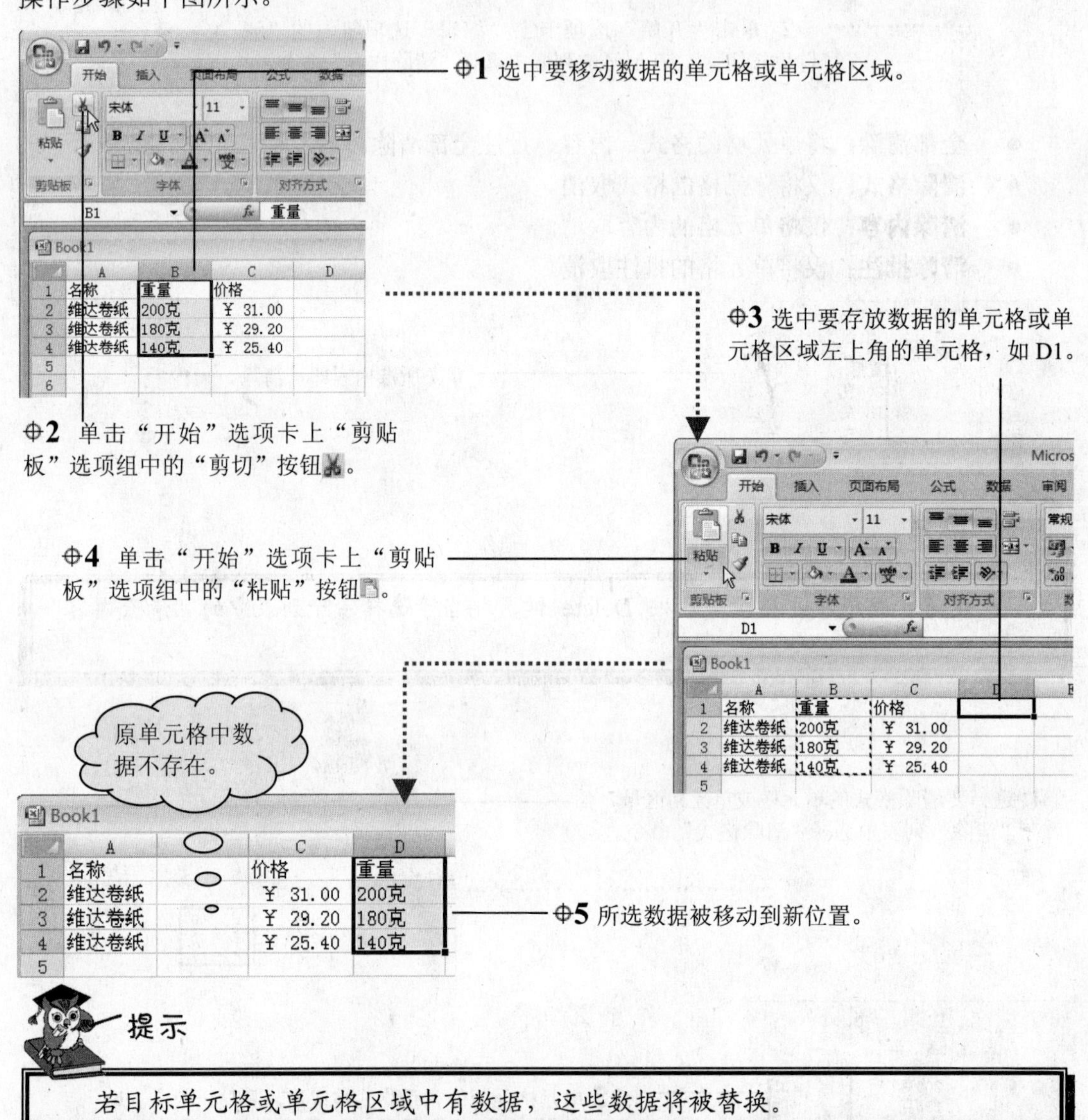


提示

若目标单元格或单元格区域中有数据，这些数据将被替换。

下图所示是利用拖动方法来移动数据的操作步骤。

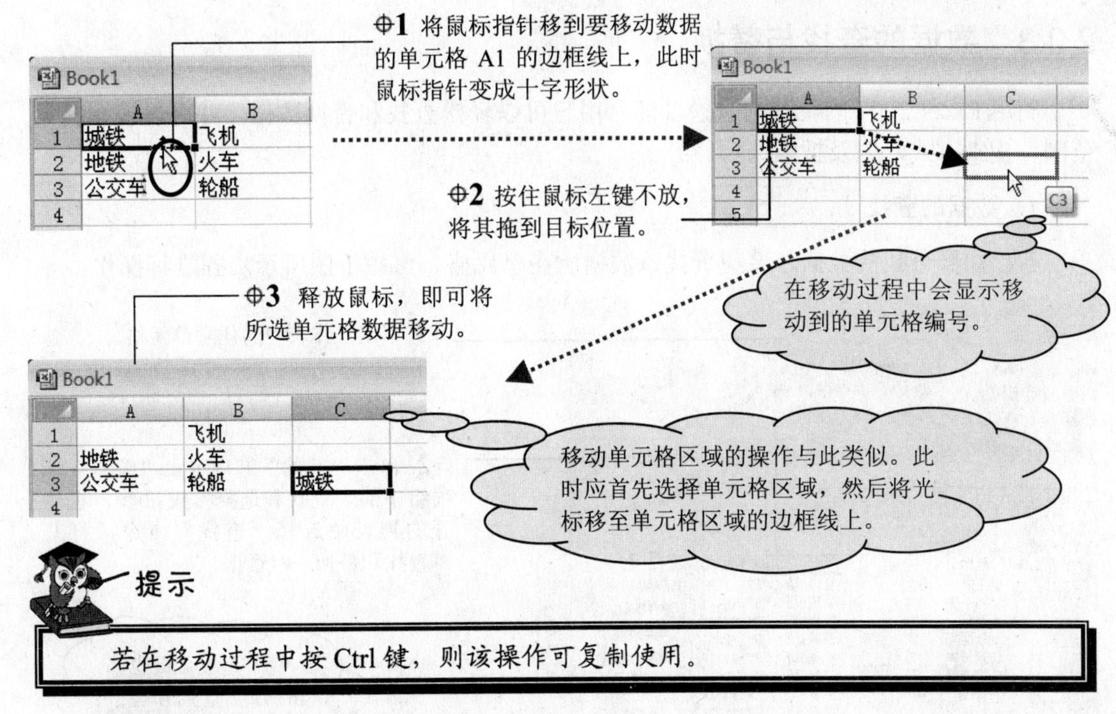


**提示**

若在移动过程中按Ctrl键，则该操作可复制使用。

### 2. 复制数据

复制数据是指将所选单元格或单元格区域中的数据复制到指定位置，原位置的内容仍然存在。要复制单元格或单元格区域中的数据，可参考下图所示操作步骤进行。

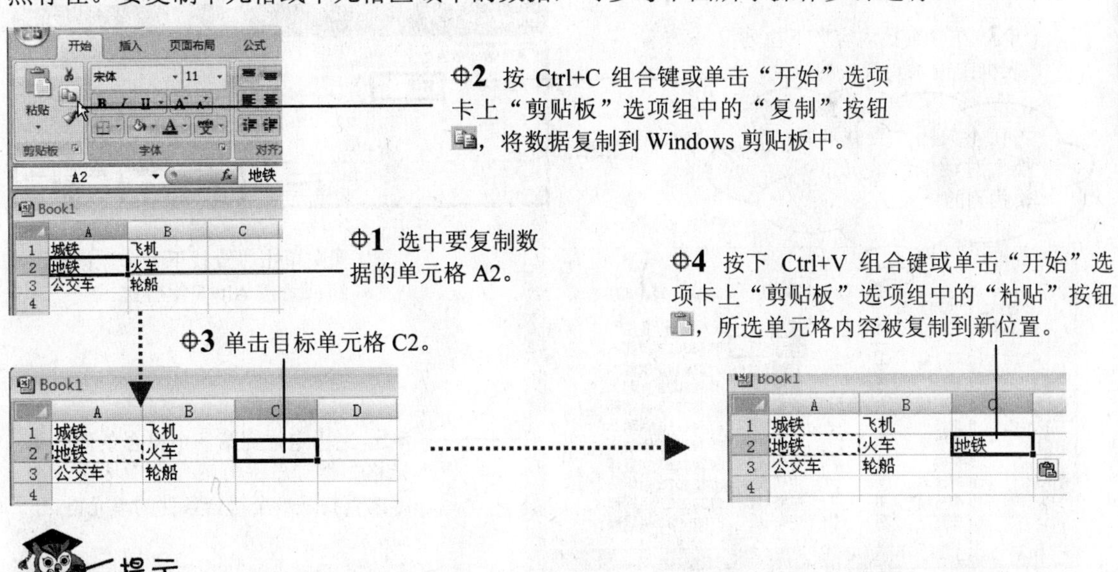


**提示**

按Esc键可取消待复制单元格显示的动态边框。

复制单元格区域的操作与此类似，即首先选中要复制的单元格区域，按下Ctrl+C组合键，再单击目标单元格区域左上角的单元格，按下Ctrl+V组合键即可。

## 2.3.3 数据的查找与替换

利用 Excel 2007 的查找与替换功能，用户可以轻松查找和替换数据，并可以设置搜索范围、搜索方式，以及搜索选项。

### 1. 数据的查找

若已知要查找的数据，希望查找该数据所在单元格，可按下图所示步骤进行操作。

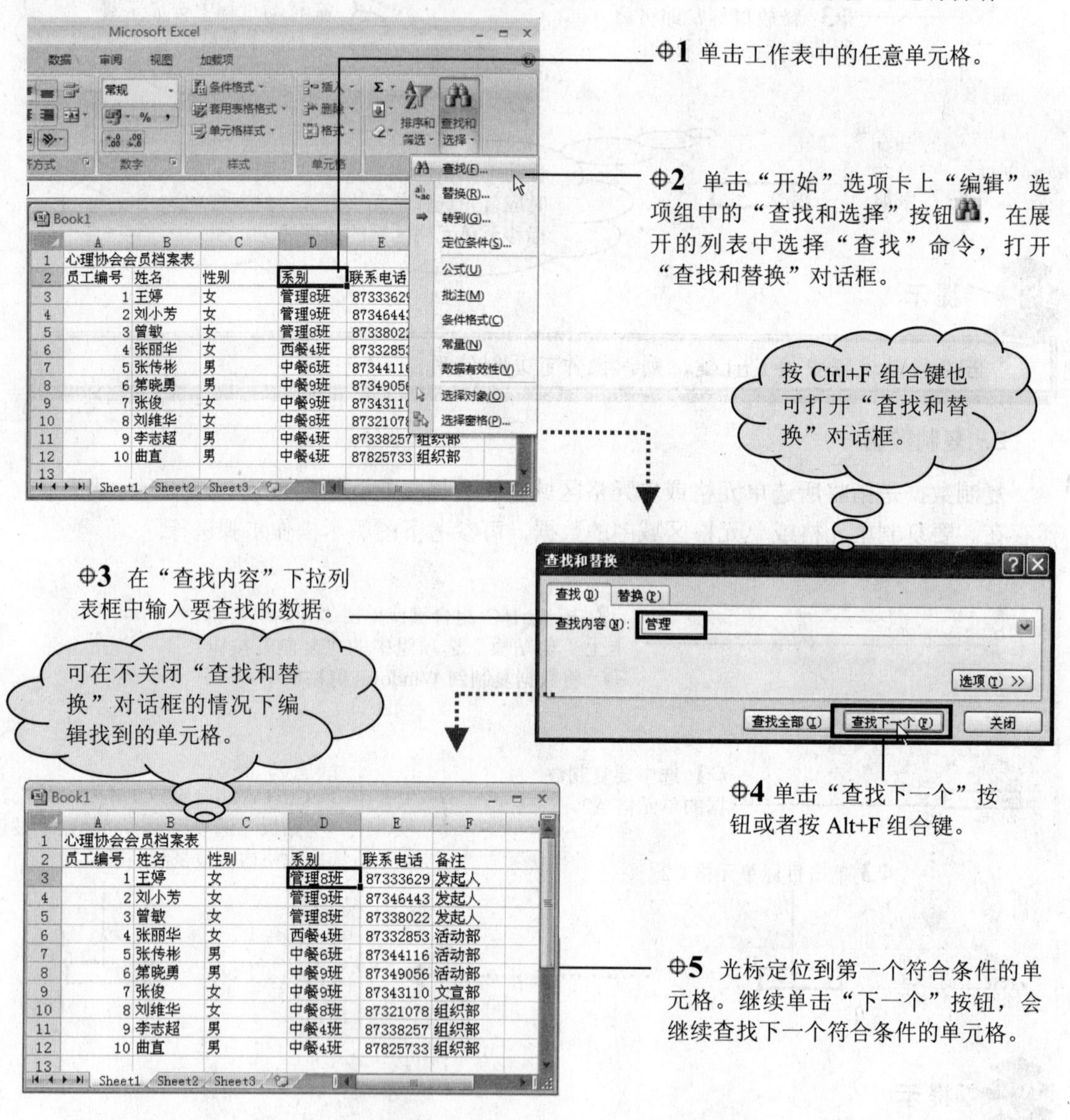


若单击“查找和替换”对话框中的“选项”按钮，可展开对话框，如下图所示。

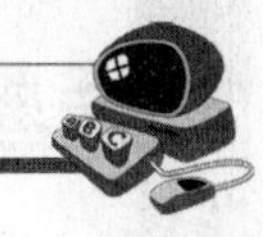

对话框中各选项的功能如下。

- **范围：**设置仅在当前工作表中或整个工作簿中查找数据。
- **搜索：**设置搜索顺序(逐行或逐列)。
- **查找范围：**设置在全部单元格(默认选择“值”)、包含公式的单元格(选择“公式”)或单元格批注中查找数据。
- **区分大小写：**设置搜索数据时是否区分英文大小写。例如，如果不选中该复选框(默认)，则搜索“a”时，将查找所有内容包含“a”和“A”的单元格。如果选中该复选框，则只查找内容仅包含“a”的单元格。
- **单元格匹配：**设置进行数据搜索时是否严格匹配单元格内容。例如，如果不选中该复选框(默认)，则查找“a”时，将查找所有内容包含“a”的单元格(如 ab，cac 等)。如果选中该复选框，则仅查找内容为“a”的单元格，此时将无法查找内容为 ab、cac 的单元格。
- **区分全/半角：**设置搜索时是否区分全/半角。对于字母、数字或标点符号而言，占一个字符的是半角，占两个字符的是全角。

若单击“查找全部”按钮，对话框的下方会显示所有符合条件的记录，如下图所示，查找完毕，单击“关闭”按钮关闭对话框。

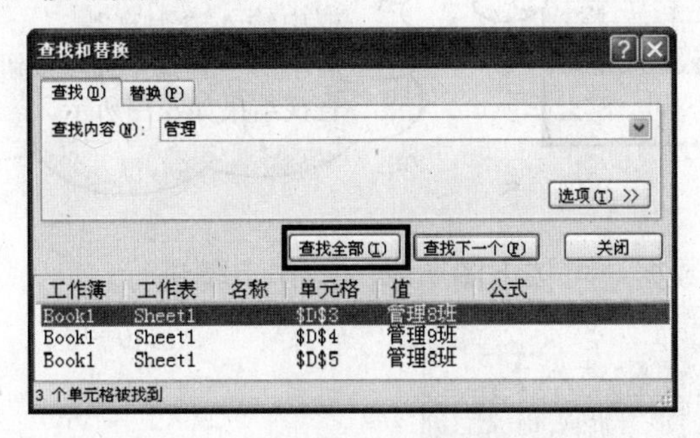


若只知道要查找的部分内容，可以用通配符来进行查找。下面我们使用通配符来查找工作表中同时含有“上官”和“雪”字的单元格，操作步骤如下图所示。

提示

通配符包括星号“*”和问号“？”。?代表任意单个字符(“?”必须在英文状态下输入)，*代表任意多个字符。

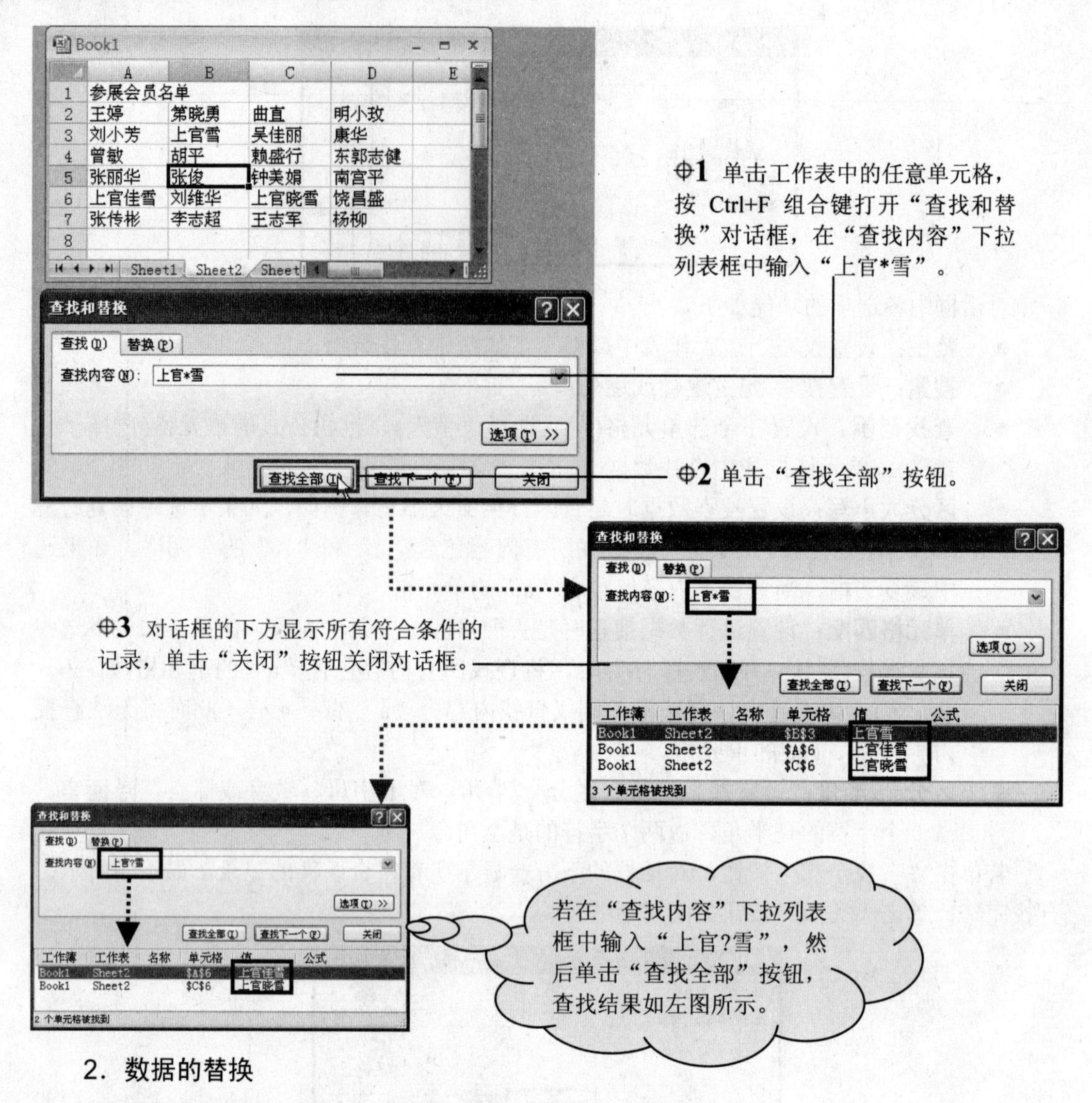


## 2. 数据的替换

要替换单元格中的数据，可按下图所示的操作步骤进行。

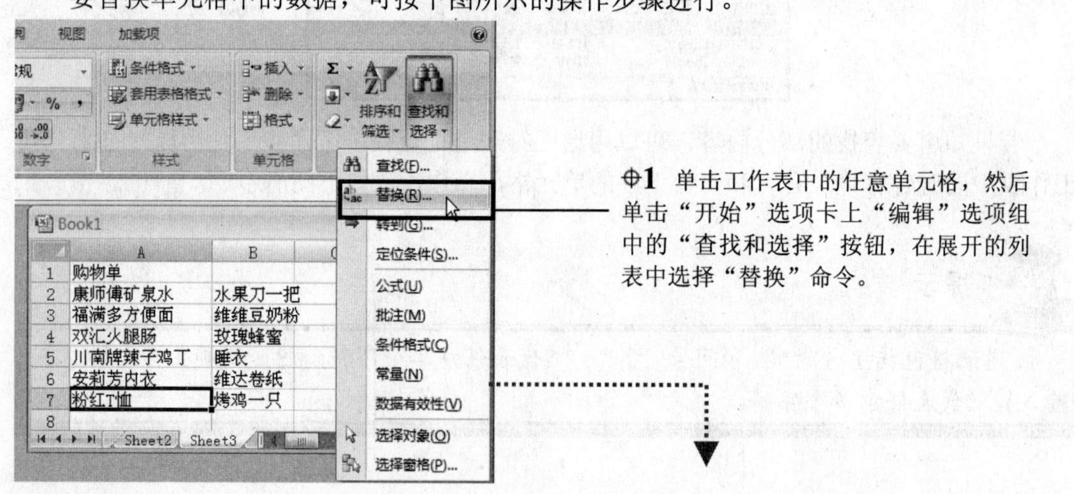

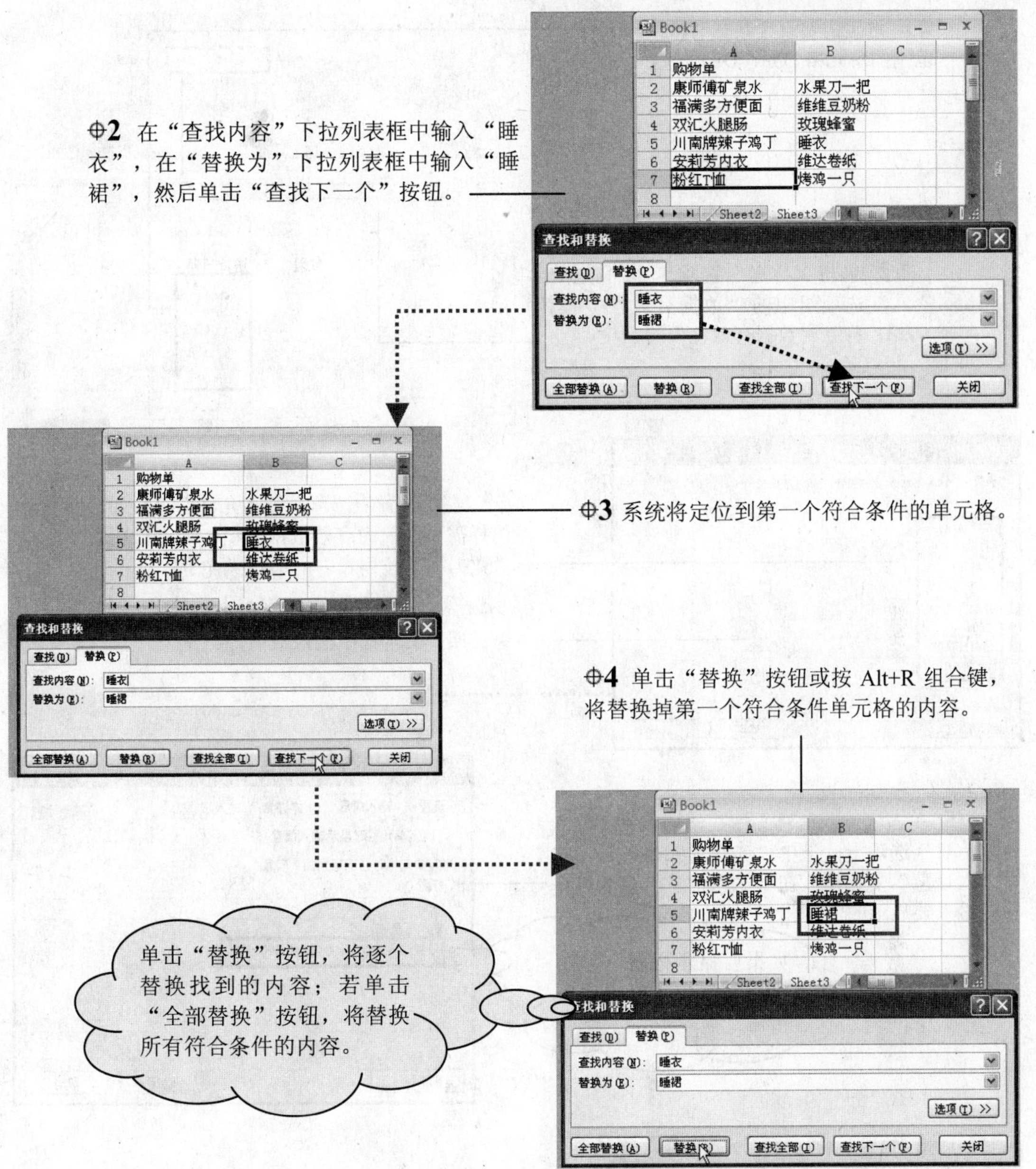


# 2.4 为单元格设置数据有效性

在建立工作表的过程中，有些单元格中输入的数据没有限制，而有些单元格中输入的数据具有有效性。为保证输入的数据都在其有效范围内，我们可使用 Excel 提供的“有效性”命令为单元格设置条件，以便在出错时得到提醒，从而快速、准确地输入数据。

例如，要在单元格 D3 至 D8 中设置数据有效性，然后在其中输入数值，可按下图所示操作步骤进行。

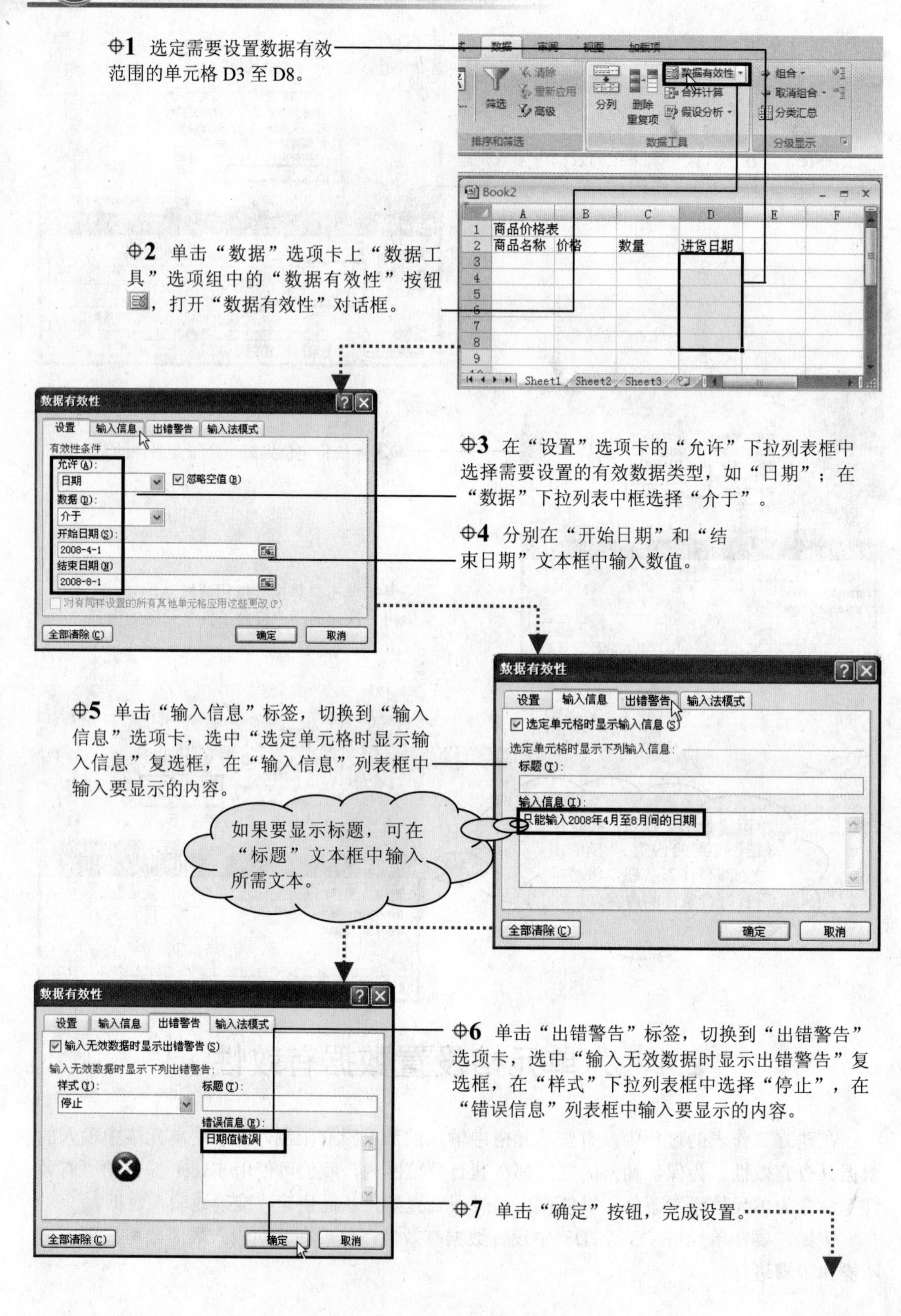

⊕1 选定需要设置数据有效范围的单元格 D3 至 D8。
⊕2 单击“数据”选项卡上“数据工具”选项组中的“数据有效性”按钮，打开“数据有效性”对话框。
⊕3 在“设置”选项卡的“允许”下拉列表框中选择需要设置的有效数据类型，如“日期”；在“数据”下拉列表中框选择“介于”。
⊕4 分别在“开始日期”和“结束日期”文本框中输入数值。
⊕5 单击“输入信息”标签，切换到“输入信息”选项卡，选中“选定单元格时显示输入信息”复选框，在“输入信息”列表框中输入要显示的内容。
如果要显示标题，可在“标题”文本框中输入所需文本。
⊕6 单击“出错警告”标签，切换到“出错警告”选项卡，选中“输入无效数据时显示出错警告”复选框，在“样式”下拉列表框中选择“停止”，在“错误信息”列表框中输入要显示的内容。
⊕7 单击“确定”按钮，完成设置。
数据有效性
设置
输入信息
出错警告
输入法模式
允许(A):
日期
忽略空值(B)
数据(D):
介于
开始日期(S):
2008-4-1
结束日期(N)
2008-8-1
全部清除(C)
确定
取消
选定单元格时显示输入信息(S)
标题(T):
输入信息(I):
只能输入2008年4月至8月间的日期
输入无效数据时显示出错警告(S)
样式(Y):
停止
错误信息(E):
日期值错误
商品价格表
商品名称
价格
数量
进货日期

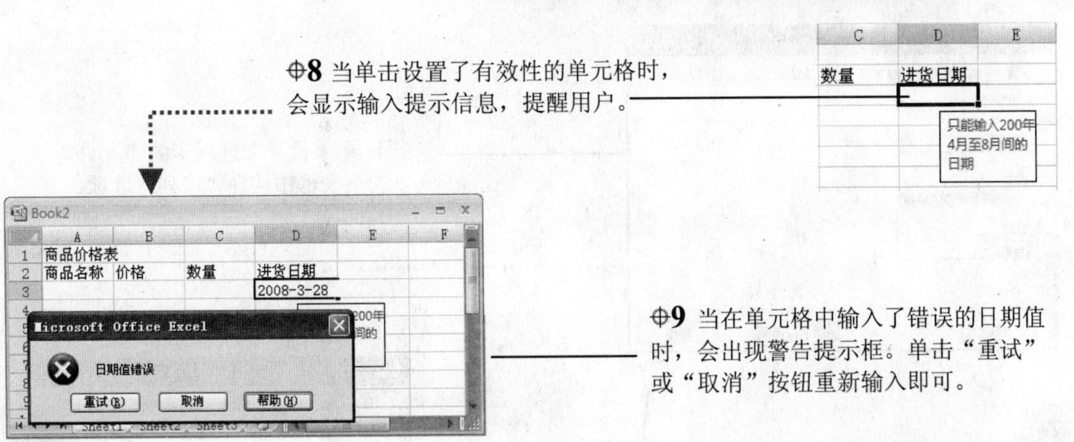


⊕8 当单击设置了有效性的单元格时，会显示输入提示信息，提醒用户。

⊕9 当在单元格中输入了错误的日期值时，会出现警告提示框。单击“重试”或“取消”按钮重新输入即可。

提示

要对工作表中其他符合相同条件的单元格进行同样的有效性设置，只需按前面介绍的复制单元格的方法进行操作即可。

如果需要清除单元格的有效性设置，只需在“数据有效性”对话框中单击“全部清除”按钮即可。

# 2.5　为单元格创建下拉列表

如果某些单元格中要输入的数据很有规律，如图书系列(精品教程、速成教程、案例教程、畅通无阻、快乐驿站)，希望减少手工录入的工作量，这时我们就可以为单元格创建下拉列表。具体设置如下图所示。

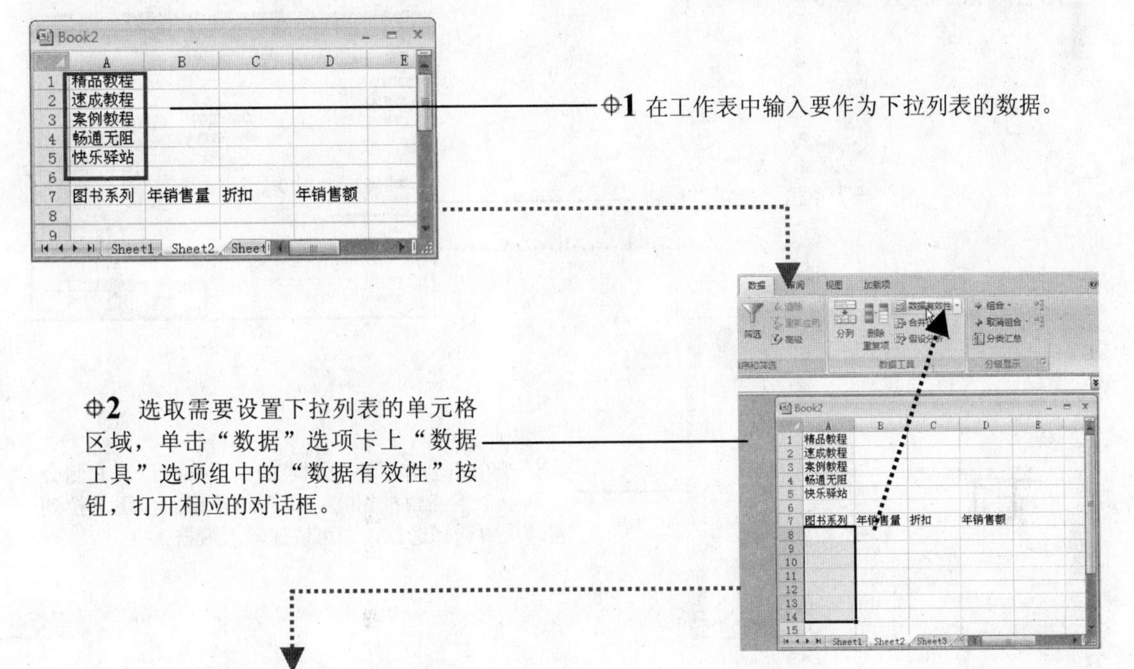


⊕1 在工作表中输入要作为下拉列表的数据。

⊕2 选取需要设置下拉列表的单元格区域，单击“数据”选项卡上“数据工具”选项组中的“数据有效性”按钮，打开相应的对话框。

快乐学电脑

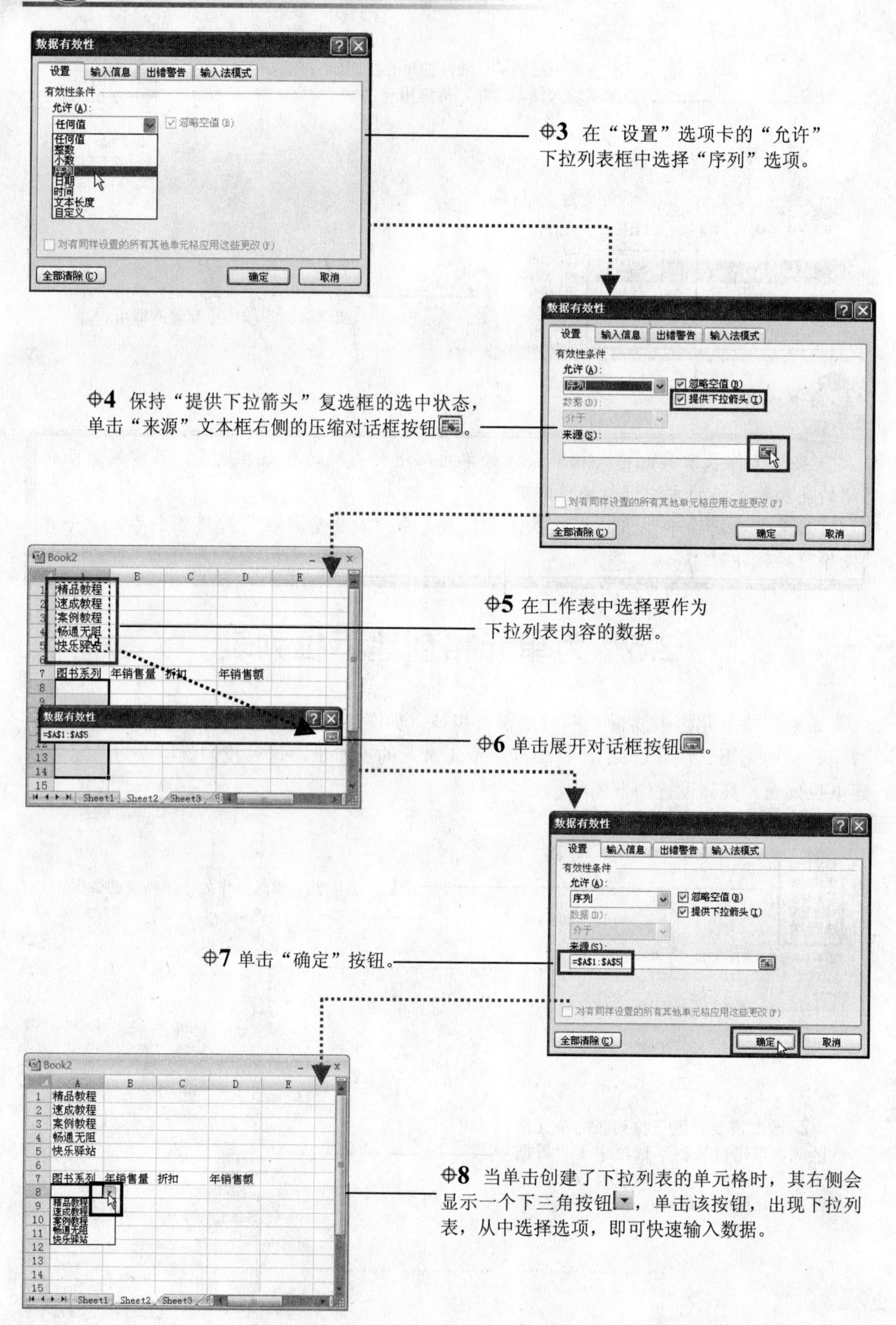
数据有效性
设置
输入信息
出错警告
输入法模式
有效性条件
允许(A):
任何值
忽略空值(B)
任何值
整数
小数
序列
日期
时间
文本长度
自定义
对有同样设置的所有其他单元格应用这些更改(P)
全部清除(C)
确定
取消
⊕3 在“设置”选项卡的“允许”下拉列表框中选择“序列”选项。
序列
提供下拉箭头(I)
数据(D):
介于
来源(S):
⊕4 保持“提供下拉箭头”复选框的选中状态，单击“来源”文本框右侧的压缩对话框按钮。
Book2
精品教程
速成教程
案例教程
畅通无阻
快乐驿站
图书系列
年销售量
折扣
年销售额
=$A$1:$A$5
Sheet1
Sheet2
Sheet3
⊕5 在工作表中选择要作为下拉列表内容的数据。
⊕6 单击展开对话框按钮。
⊕7 单击“确定”按钮。
⊕8 当单击创建了下拉列表的单元格时，其右侧会显示一个下三角按钮，单击该按钮，出现下拉列表，从中选择选项，即可快速输入数据。

# 2.6　数据的保护

当工作表建立好以后，为了防止有些重要数据被他人改动或复制，用户可以利用 Excel 提供的保护功能，对所建的工作表或工作簿设置保护措施。

## 2.6.1　保护工作簿

为防止他人添加或删除工作簿中的工作表，或者查看其中的隐藏工作表(第 3 章详细介绍)，及改变工作簿窗口的大小和位置等，可以为工作簿设置保护措施。其具体操作步骤如下图所示。

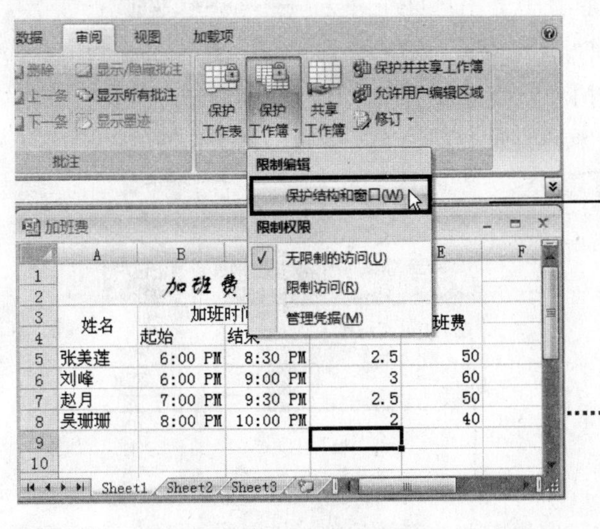


⊕1 打开要保护的工作簿，单击“审阅”选项卡上“更改”选项组中的“保护工作簿”按钮，在展开的列表中选择“保护结构和窗口”命令，打开“保护结构和窗口”对话框。

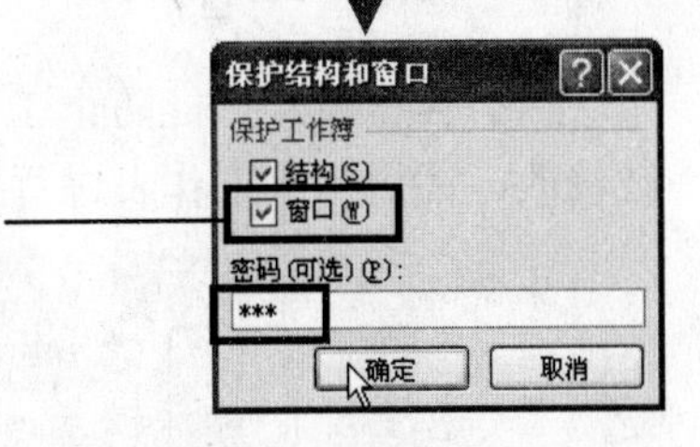


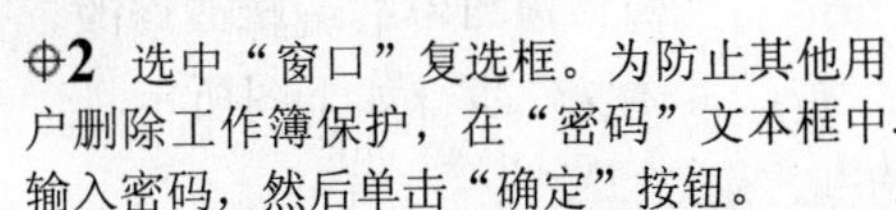

⊕2 选中“窗口”复选框。为防止其他用户删除工作簿保护，在“密码”文本框中输入密码，然后单击“确定”按钮。

- **结构：**选中此复选框可使工作簿的结构保持不变。删除、移动、复制、重命名、隐藏工作表或插入新的工作表等操作均无效。
- **窗口：**选中此复选框可使工作簿的窗口保持当前的形式。窗口不能被移动、调整大小、隐藏或关闭。
- **密码：**在此文本框中输入密码可防止未授权的用户取消工作簿的保护。密码区分大小写，可以由字母、数字、符号和空格组成。

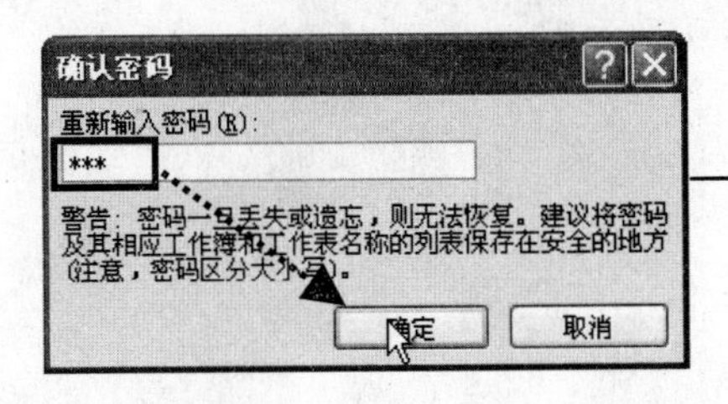


⊕3 再次输入刚才的密码，然后单击“确定”按钮。

保护工作簿后，就不能随意对工作簿进行结构和窗口的编辑和修改操作了。下图所示是工作簿保护前、后右击工作簿中工作表标签的效果。从右图可以看到许多对工作表的操作菜单变为灰色，不可用。

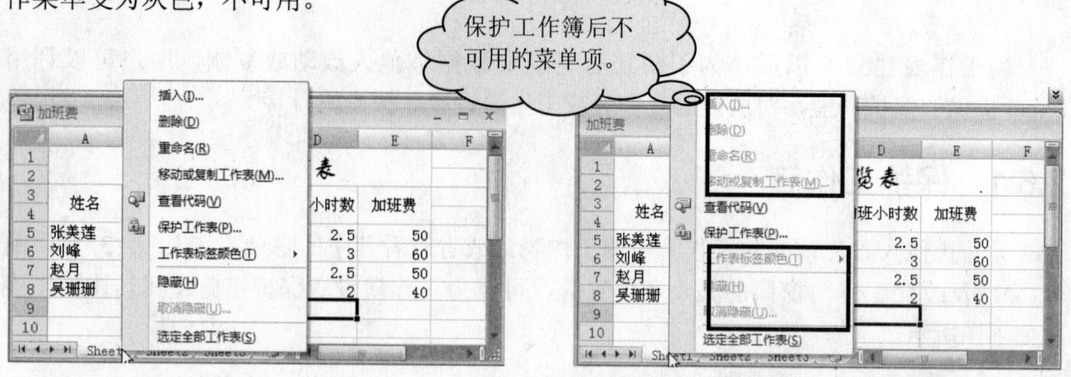


要撤销工作簿的保护，可单击“审阅”选项卡上“更改”选项组中的“保护工作簿”按钮，在展开的列表中取消“保护结构和窗口”复选框，如左下图所示。若设置了密码保护，会打开如右下图所示的对话框，输入保护时的密码，方可撤销工作簿的保护。

## 2.6.2 保护工作表

保护工作簿，只能防止工作簿的结构和窗口不被编辑或修改，要使工作表中的数据不被修改，还需将该工作表进行保护，具体操作步骤如下图所示。

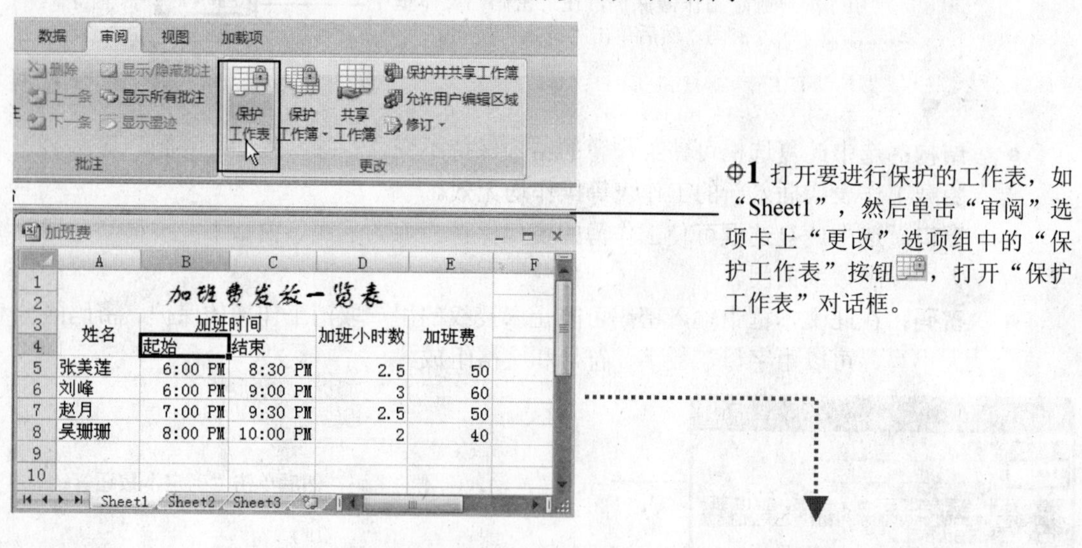


1 打开要进行保护的工作表，如“Sheet1”，然后单击“审阅”选项卡上“更改”选项组中的“保护工作表”按钮，打开“保护工作表”对话框。

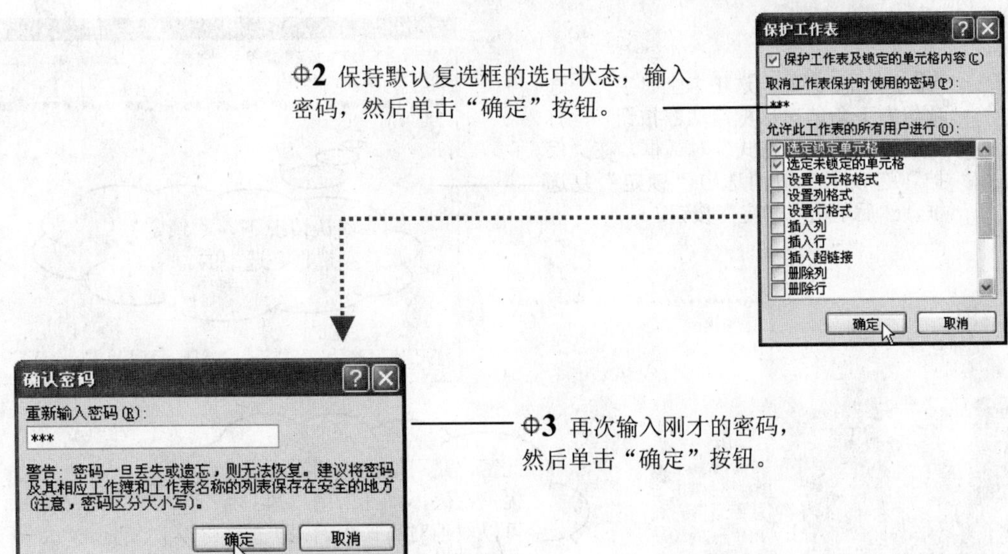


这时，工作表中的所有单元格都被保护起来，不能进行任何操作。若试图进行编辑、修改操作，系统会弹出下图所示的提示对话框，提示用户该工作表是受保护且只读的。

要撤销工作表的保护，只需单击“审阅”选项卡上“更改”选项组中的“撤销工作表保护”按钮，若设置了密码保护，会打开提示对话框，输入保护密码方可撤销工作表的保护。

## 2.6.3　保护单元格

对工作表设置保护后，工作表的所有单元格都不能修改。这样，用户自己如果想随时对该工作表的单元格进行修改，操作起来就显得不方便。其实，在实际应用中 Excel 允许用户只对工作表中的部分单元格实施保护，而对另一些部分内容则可以随时改动。

例如，只想保护下图所示 E 列中的“加班费”数据，此时可按下图所示步骤进行设置。

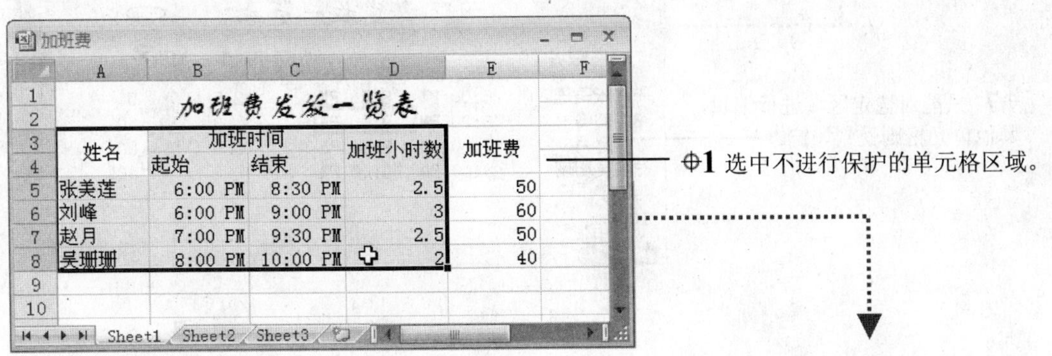

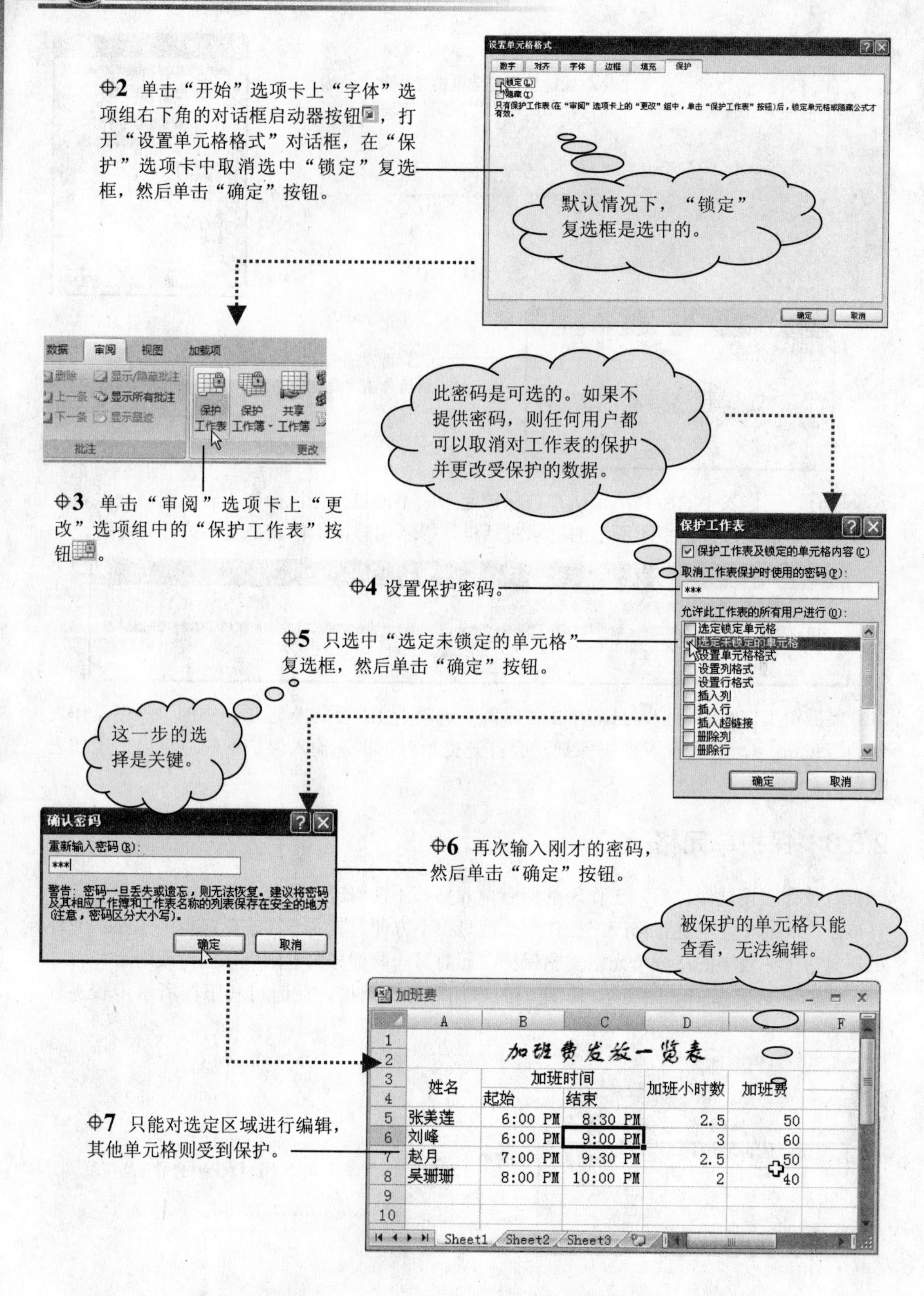
⊕2 单击“开始”选项卡上“字体”选项组右下角的对话框启动器按钮，打开“设置单元格格式”对话框，在“保护”选项卡中取消选中“锁定”复选框，然后单击“确定”按钮。
默认情况下，“锁定”复选框是选中的。
⊕3 单击“审阅”选项卡上“更改”选项组中的“保护工作表”按钮。
此密码是可选的。如果不提供密码，则任何用户都可以取消对工作表的保护并更改受保护的数据。
⊕4 设置保护密码。
⊕5 只选中“选定未锁定的单元格”复选框，然后单击“确定”按钮。
这一步的选择是关键。
⊕6 再次输入刚才的密码，然后单击“确定”按钮。
被保护的单元格只能查看，无法编辑。
⊕7 只能对选定区域进行编辑，其他单元格则受到保护。
设置单元格格式
数字
对齐
字体
边框
填充
保护
锁定(L)
隐藏(I)
确定
取消
数据
审阅
视图
加载项
删除
显示/隐藏批注
上一条
显示所有批注
下一条
显示墨迹
批注
保护工作表
保护工作簿
共享工作簿
更改
保护工作表
保护工作表及锁定的单元格内容(C)
取消工作表保护时使用的密码(P):
允许此工作表的所有用户进行(O):
选定锁定单元格
选定未锁定的单元格
设置单元格格式
设置列格式
设置行格式
插入列
插入行
插入超链接
删除列
删除行
确定
取消
确认密码
重新输入密码(R):
警告：密码一旦丢失或遗忘，则无法恢复。建议将密码及其相应工作簿和工作表名称的列表保存在安全的地方(注意，密码区分大小写)。
确定
取消
加班表
加班费发放一览表
姓名
加班时间
起始
结束
加班小时数
加班费
张美莲 6:00 PM 8:30 PM 2.5 50
刘峰 6:00 PM 9:00 PM 3 60
赵月 7:00 PM 9:30 PM 2.5 50
吴珊珊 8:00 PM 10:00 PM 2 40
Sheet1
Sheet2
Sheet3

# 实例 2　编辑鑫鹏电脑城月销售记录数据

下面通过编辑鑫鹏电脑城月销售记录表来熟悉数据的查找与替换、单元格格式的清除及工作表的保护操作，如下图所示。

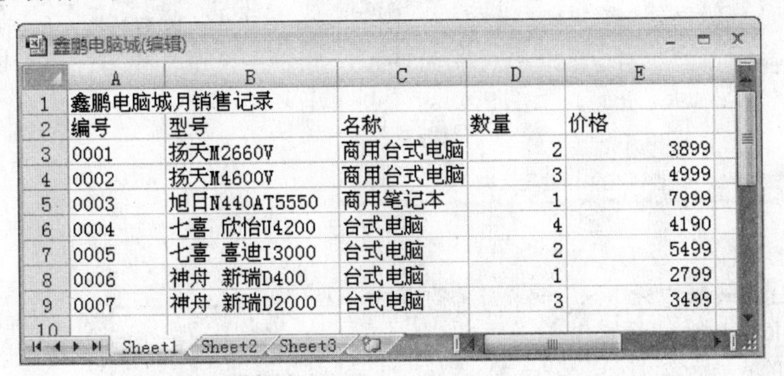


| | A | B | C | D | E |
|---|---|---|---|---|---|
| 1 | 鑫鹏电脑城月销售记录 | | | | |
| 2 | 编号 | 型号 | 名称 | 数量 | 价格 |
| 3 | 0001 | 扬天M2660V | 商用台式电脑 | 2 | 3899 |
| 4 | 0002 | 扬天M4600V | 商用台式电脑 | 3 | 4999 |
| 5 | 0003 | 旭日N440AT5550 | 商用笔记本 | 1 | 7999 |
| 6 | 0004 | 七喜 欣怡U4200 | 台式电脑 | 4 | 4190 |
| 7 | 0005 | 七喜 喜迪I3000 | 台式电脑 | 2 | 5499 |
| 8 | 0006 | 神舟 新瑞D400 | 台式电脑 | 1 | 2799 |
| 9 | 0007 | 神舟 新瑞D2000 | 台式电脑 | 3 | 3499 |
| 10 | | | | | |

首先查找内容为“台式机”的单元格，并将其替换为“台式电脑”，然后将“单价”列中 E3:E9 单元格区域中的格式清除，最后将该工作表设置密码保护，具体操作步骤如下所示。

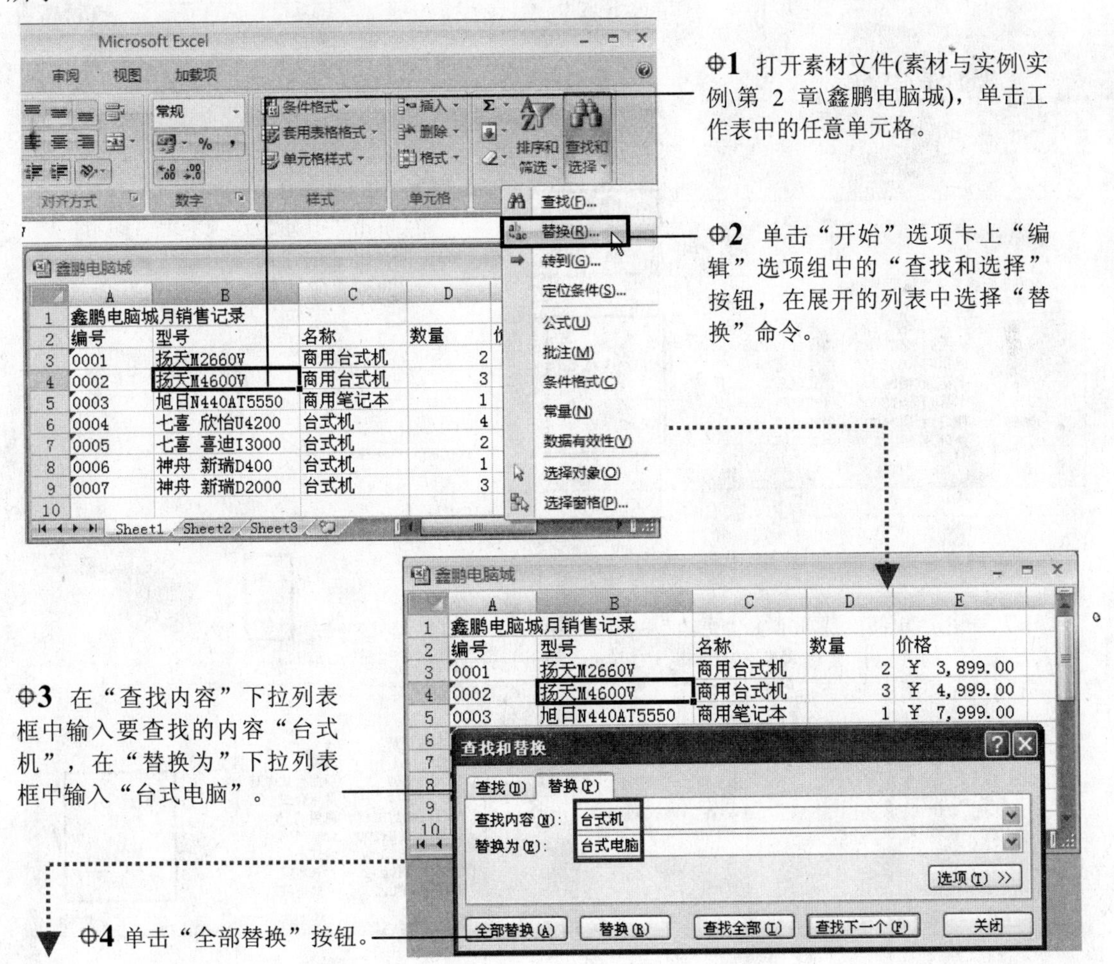


❶ 打开素材文件(素材与实例\实例\第 2 章\鑫鹏电脑城)，单击工作表中的任意单元格。

❷ 单击“开始”选项卡上“编辑”选项组中的“查找和选择”按钮，在展开的列表中选择“替换”命令。

❸ 在“查找内容”下拉列表框中输入要查找的内容“台式机”，在“替换为”下拉列表框中输入“台式电脑”。

❹ 单击“全部替换”按钮。

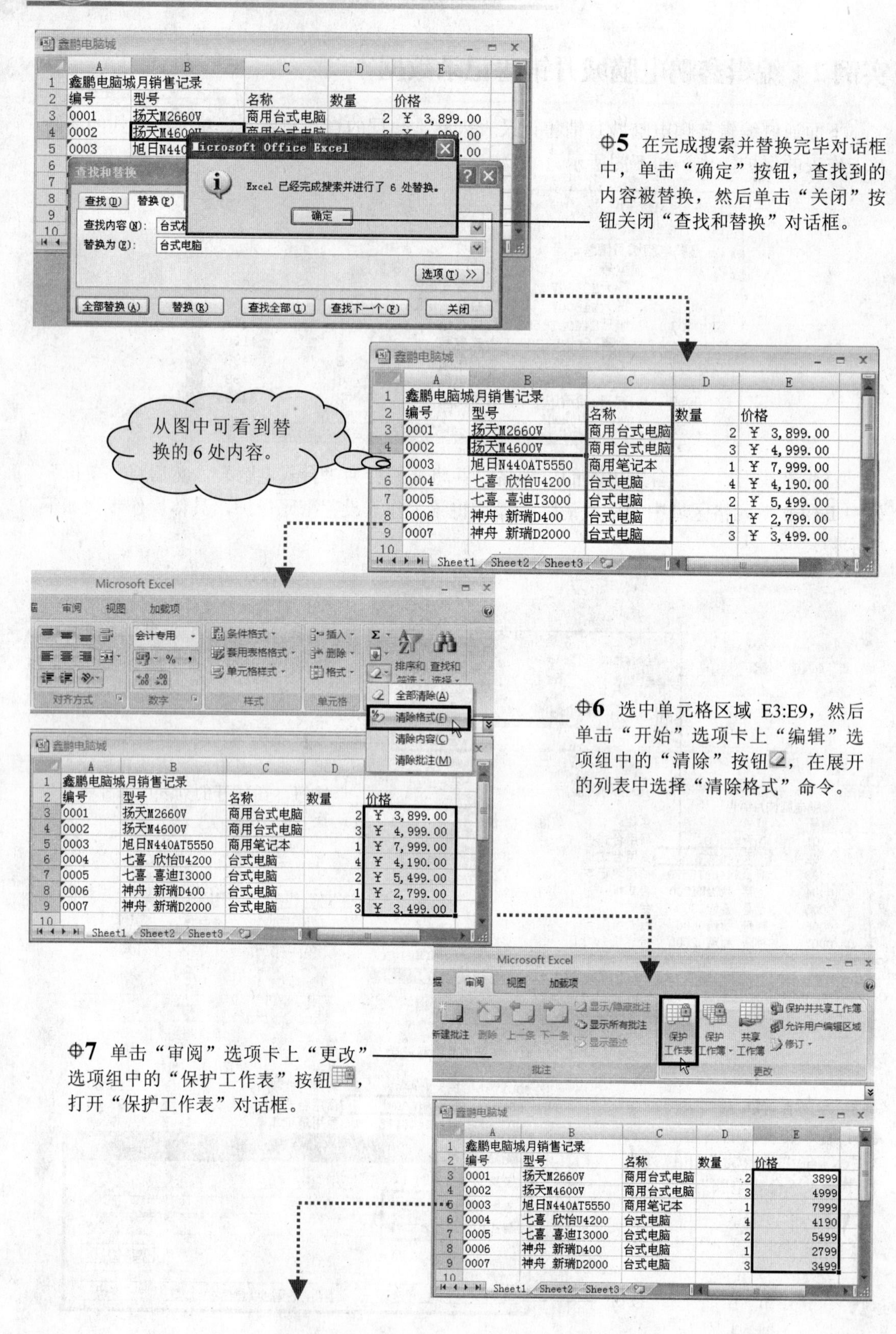


⊕5 在完成搜索并替换完毕对话框中，单击“确定”按钮，查找到的内容被替换，然后单击“关闭”按钮关闭“查找和替换”对话框。

⊕6 选中单元格区域 E3:E9，然后单击“开始”选项卡上“编辑”选项组中的“清除”按钮，在展开的列表中选择“清除格式”命令。

⊕7 单击“审阅”选项卡上“更改”选项组中的“保护工作表”按钮，打开“保护工作表”对话框。

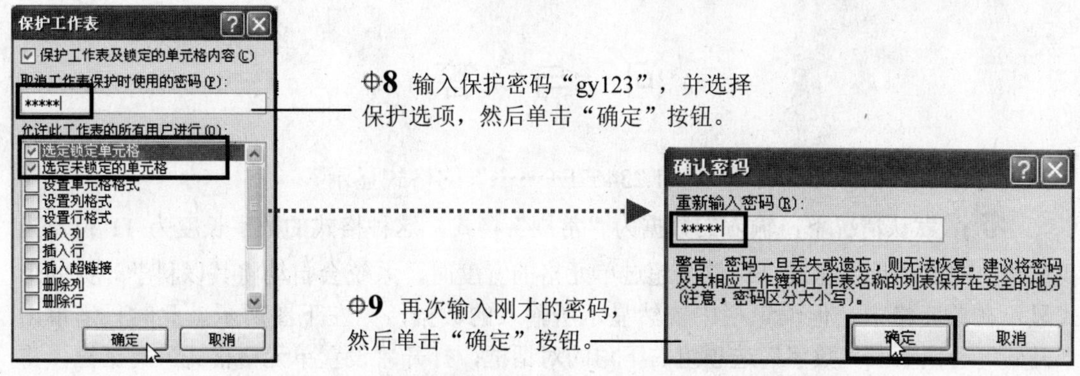


❽ 输入保护密码“gy123”，并选择保护选项，然后单击“确定”按钮。

❾ 再次输入刚才的密码，然后单击“确定”按钮。

# 练 一 练

## 1. 简答题

(1) 文本型数据包括哪些？如何输入？

(2) 数值型数据包括哪些？如何输入？

(3) 在单元格中输入相同的数据有哪些方法？

(4) 如何在多张工作表的相同单元格中输入数据？

(5) 输入时间有几种方法？需要注意什么？

(6) 数据的基本编辑操作有哪些？

## 2. 操作题

利用所学知识制作下图所示的“笔记本电脑销售报表”。“序号”列的数字为文本型；“单价”列的数字为“货币”、货币符号为“¥”、小数位数为“2”，并应用千位分隔符号；“数量”列单元格D3至D11的数据有效性条件为：整数、大于或等于0，输入信息为“不能输入负整数！”，错误信息为“请重新输入！”；最后将该工作表设置密码保护。

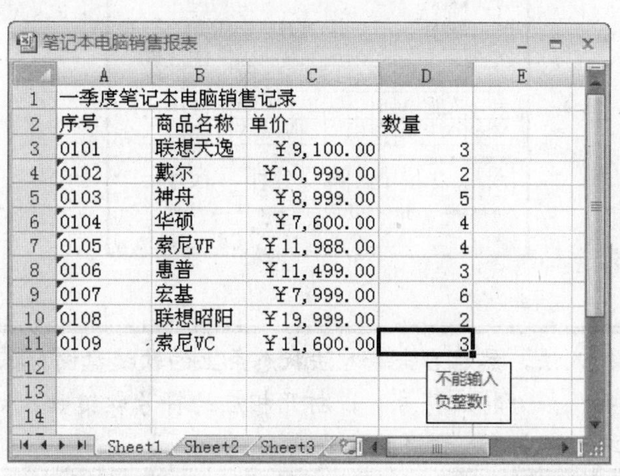
笔记本电脑销售报表

| | A | B | C | D | E |
|---|---|---|---|---|---|
| 1 | 一季度笔记本电脑销售记录 | | | | |
| 2 | 序号 | 商品名称 | 单价 | 数量 | |
| 3 | 0101 | 联想天逸 | ¥9,100.00 | 3 | |
| 4 | 0102 | 戴尔 | ¥10,999.00 | 2 | |
| 5 | 0103 | 神舟 | ¥8,999.00 | 5 | |
| 6 | 0104 | 华硕 | ¥7,600.00 | 4 | |
| 7 | 0105 | 索尼VF | ¥11,988.00 | 4 | |
| 8 | 0106 | 惠普 | ¥11,499.00 | 3 | |
| 9 | 0107 | 宏基 | ¥7,999.00 | 6 | |
| 10 | 0108 | 联想昭阳 | ¥19,999.00 | 2 | |
| 11 | 0109 | 索尼VC | ¥11,600.00 | 3 | |
| 12 | | | | | |
| 13 | | | | | |
| 14 | | | | | |

# 问 与 答

**问：** 输入的数据为什么以“1.23457E+……”的格式显示？

**答：** 默认情况下，输入的数据为“常规”格式，这种格式的数字长度为 11 位，当我们输入的数字长度超过 11 位或超过单元格的宽度时，系统会自动将其以科学计数的形式显示在单元格中，但编辑栏中依然显示所输入的数据，如左下图所示。此时只需单击“开始”选项卡上“数字”选项组右下角的对话框，打开“设置单元格格式”对话框，将单元格的数字类型设置为“数值”，即可在单元格中完全显示数据，如右下图所示。

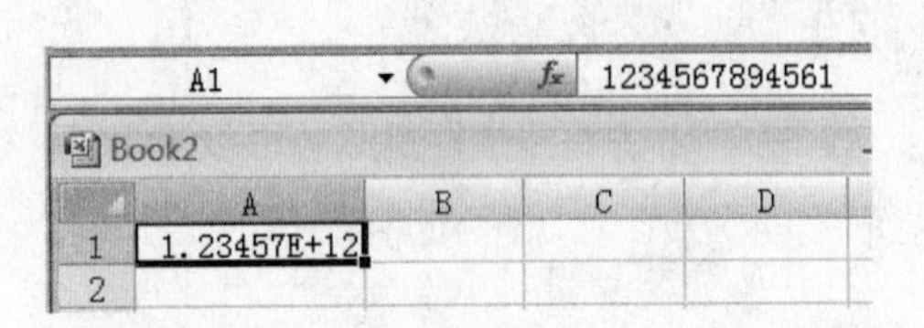

**问：** 如何在单元格中输入符号？

**答：** 用 Excel 来制作报表时，常常需要输入很多符号，有些可以使用键盘输入，而有些需要使用“符号”对话框来输入，方法是：单击“插入”选项卡上“文本”选项组中的“符号”按钮，打开“符号”对话框，如下图所示；通过选择不同的字体和子集，可选择不同的符号，最后单击“插入”按钮或双击所需符号，即可将所选符号插入到单元格中。

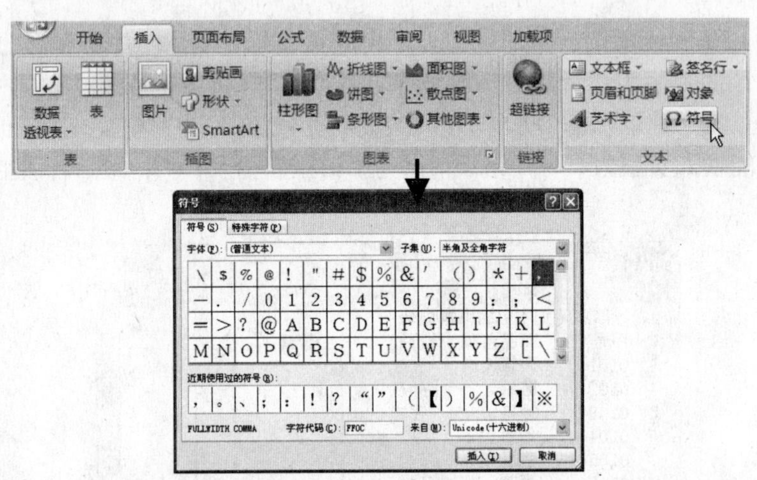

**提示**

也可打开中文输入法，然后右击输入法状态条上的软键盘图标，在弹出的快捷菜单中选择相应选项，如“特殊符号”，打开相应的符号软键盘，如下图所示。单击所需符号，即可在单元格中输入相应的符号。

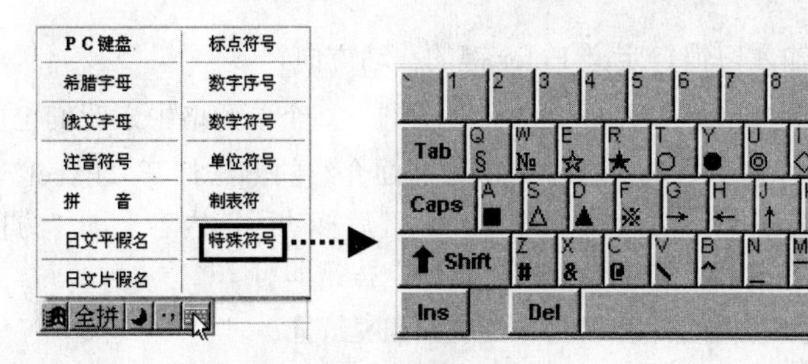


**问：** 如何快速输入中文大写数字？

**答：** 要在单元格中输入中文大写数字，可按下图所示的操作步骤进行。

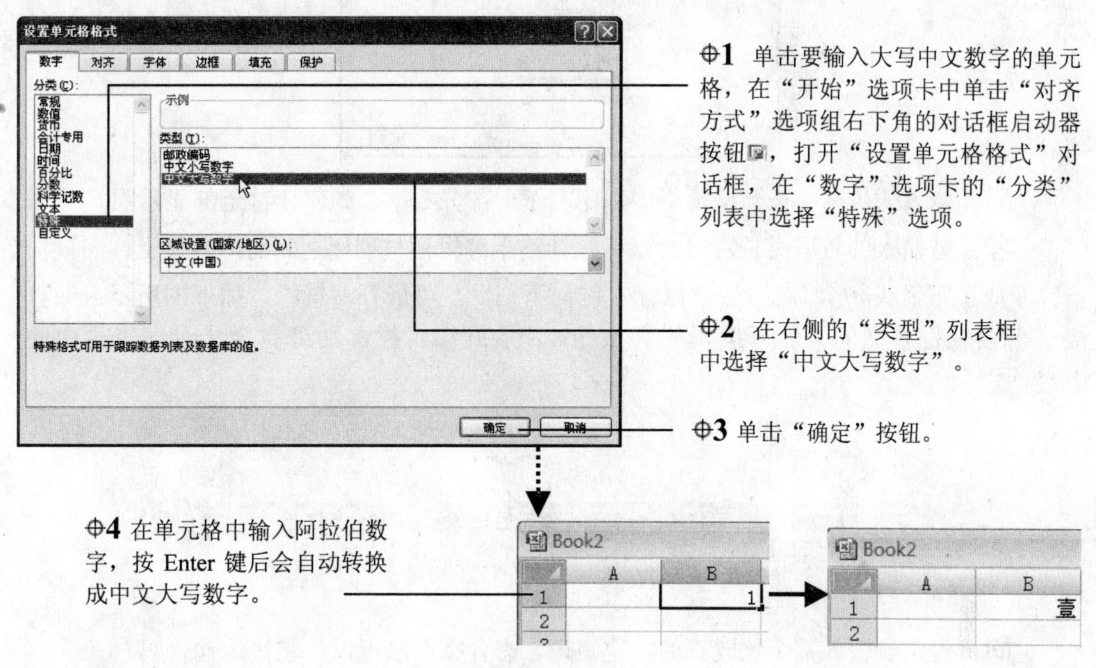


**问：** 如何在多个单元格内输入多行数据？

**答：** 若要在少量单元格中输入多行数据，可在换行时按下Alt+Enter组合键即可；若有大量的单元格需要这样的操作，可在选中这些单元格后，在“开始”选项卡中单击“对齐方式”选项组中的“自动换行”按钮。

**问：** 如何输入以0开头的数字串？

**答：** 默认情况下，在输入以0开头的数字串时，按下Enter键后不显示前面的“0”。若在输入数字前先输入单引号“'”，即可完全显示。如下图所示，其实质是将数值转换为文本。

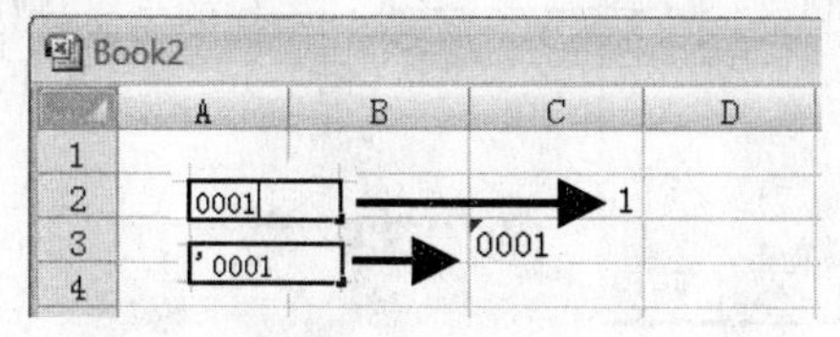

**问**：如何根据自己的输入习惯自定义Enter键的移动方向？

**答**：默认情况下，按下Enter键光标会向右移动到下一个单元格中，我们也可根据自己的习惯自定义Enter键的移动方向。方法是，用前面介绍的方法打开“Excel选项”对话框，单击左侧的“高级”选项，然后在“按Enter键后移动所选内容”的“方向”下拉列表中进行选择，如下图所示，设置完毕单击“确定”按钮即可。

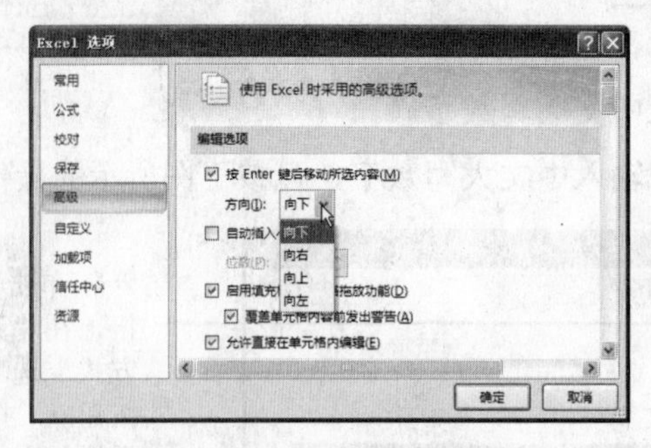


**问**：输入的数据很长，编辑栏中都隐藏了一部分数据，如何让它全部显示呢？

**答**：若输入的数据过长，可将鼠标指针移至编辑栏与列标之间的分界线上，当鼠标指针变成上下箭头↕形状时，按下鼠标左键向下拖动，可展开编辑栏，如下图所示；或直接单击编辑栏右侧的“展开编辑栏”按钮，展开编辑栏，则可完全显示编辑栏中的内容。

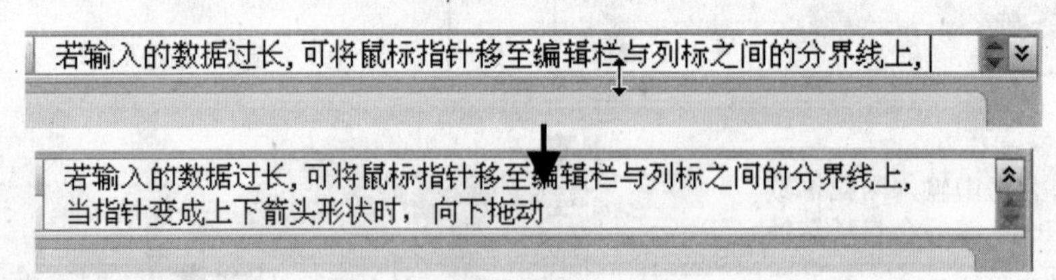


**问**：经常要输入某个比较长的特定短语，有什么办法可以让它快速输入吗？

**答**：有，可以使用Excel 2007的自动更正功能。利用该功能可以把经常使用的文字定义为一条短语，当输入该条短语时，“自动更正”功能便会将它更换成所定义的文字。

例如，我们要将“bjjqe”定义为“北京金企鹅图书销售报表”，以便在单元格中输入“bjjqe”时，快速地将其替换为“北京金企鹅图书销售报表”，具体操作步骤如下图所示。

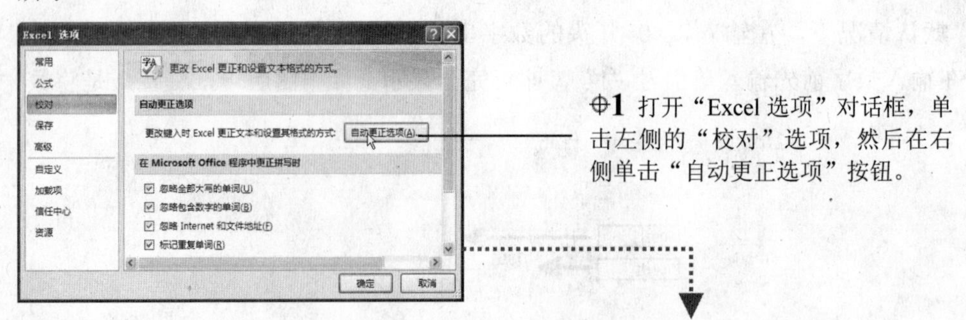

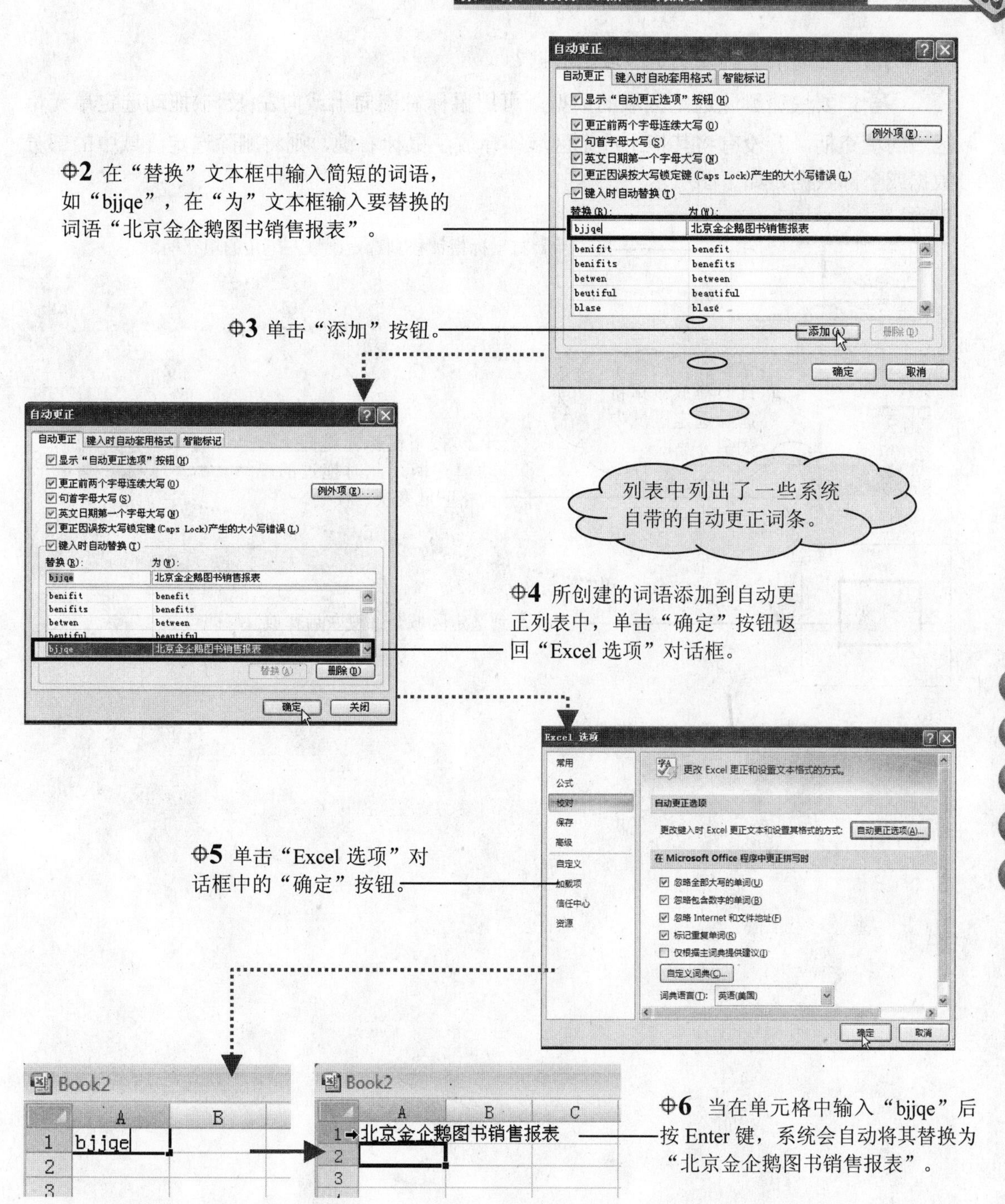


⊕2 在“替换”文本框中输入简短的词语，如“bjjqe”，在“为”文本框输入要替换的词语“北京金企鹅图书销售报表”。

⊕3 单击“添加”按钮。

列表中列出了一些系统自带的自动更正词条。

⊕4 所创建的词语添加到自动更正列表中，单击“确定”按钮返回“Excel 选项”对话框。

⊕5 单击“Excel 选项”对话框中的“确定”按钮。

⊕6 当在单元格中输入“bjjqe”后按 Enter 键，系统会自动将其替换为“北京金企鹅图书销售报表”。

提示

如果不想使用某个自动更正词条，可在“自动更正”对话框中把这个词条删除就可以了。

**问**：如何快速删除选定区域的数据？

**答**：要快速删除选定区域的数据，可用鼠标右键向上或向左(反向)拖动选定单元格区域的填充柄，若没有将其拖出选定区域即释放了鼠标右键，则将删除选定区域中的部分数据或全部数据，如下图所示。

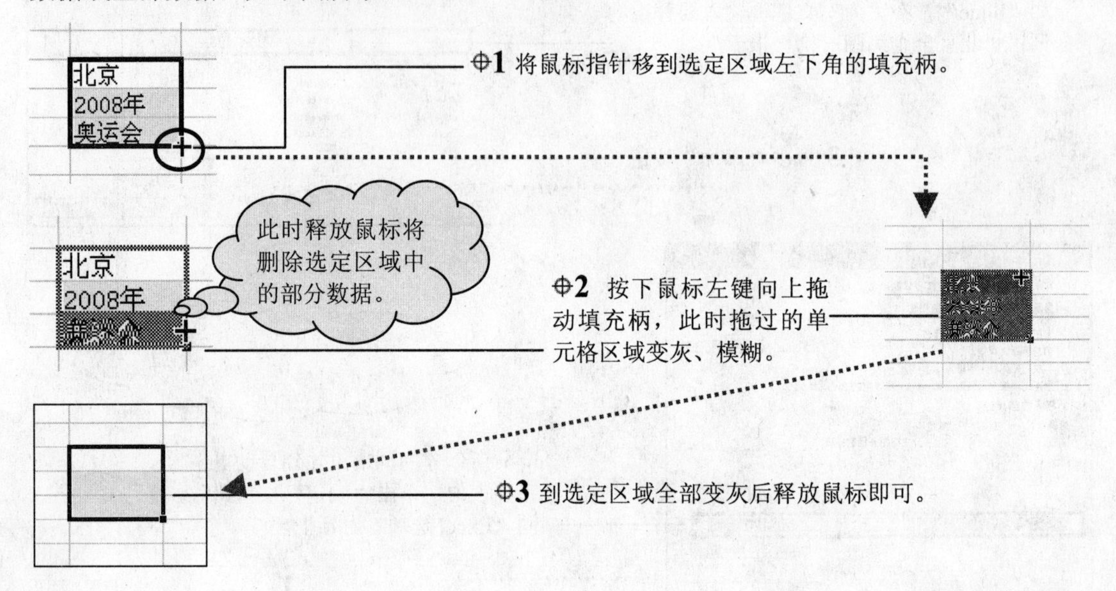

# 第3章 工作表的编辑

**本章学习重点**

- 单元格基本操作
- 行与列基本操作
- 工作表基本操作
- 工作表显示方式
- 拆分与冻结窗格

熟悉了工作表中数据的输入操作后，接下来我们还要学习如何对工作表进行编辑操作，如单元格的选择，插入和删除行、列、工作表等。

## 3.1 单元格基本操作

要对工作表进行编辑操作，首先要对单元格进行相关的基本操作。

### 3.1.1 选择单元格

在单元格中输入或修改数据时，首先要选择单元格。

**1．选择单个单元格**

要选择单个单元格，常用方法有如下两种。

1) 利用鼠标

将鼠标指针移至要选择的单元格上方后单击，选中的单元格以黑色边框显示，此时行号上的数字和列标上的字母将突出显示。

2) 利用名称框

在工作表左上角的名称框中输入单元格地址，按下 Enter 键，即可选中与地址相对应的单元格，如下图所示。

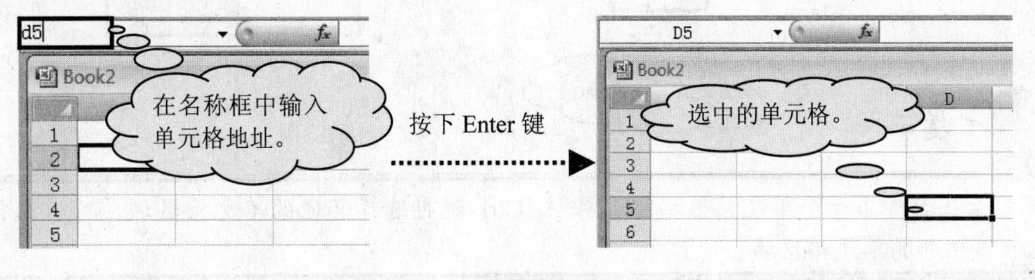

提示

利用键盘上的“↑”、“↓”、“→”、“←”键可移动到指定的单元格，也可选择单个单元格。

### 2．选择不相邻单元格

首先单击要选择的任意一个单元格，然后按住 Ctrl 键的同时单击其他要选择的单元格，如下图所示。

提示

单击工作表中的任意单元格，可取消已选择的单元格。

### 3．选择相邻单元格区域

要选择相邻单元格区域，常用方法有如下两种。

- 按下鼠标左键拖过想要选择的单元格，然后释放鼠标即可，如下图所示。

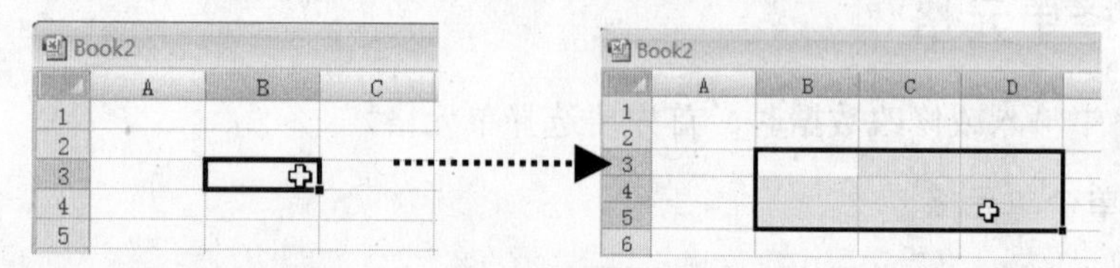

- 单击要选择区域的第一个单元格，然后按住 Shift 键单击最后一个单元格，此时即可选择它们之间的多个单元格，如下图所示。

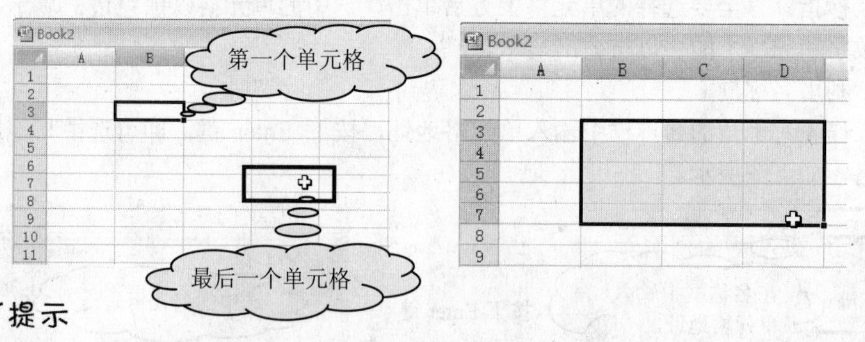


提示

若在选择第一个单元格区域后，按住 Ctrl 键再选择其他的单元格区域，可以选择几个不相邻的单元格区域。

按 Ctrl+A 组合键或单击工作表左上角行号与列标交叉处的“全选”按钮，可以选取工作表中的所有单元格。

## 3.1.2 插入单元格

要在工作表中插入单元格，可以使用“插入”下拉列表或右键快捷菜单。当插入单元格后，现有单元格将发生移动，原来的位置被新的单元格替代。

利用“插入”下拉列表插入单元格的操作步骤如下图所示。

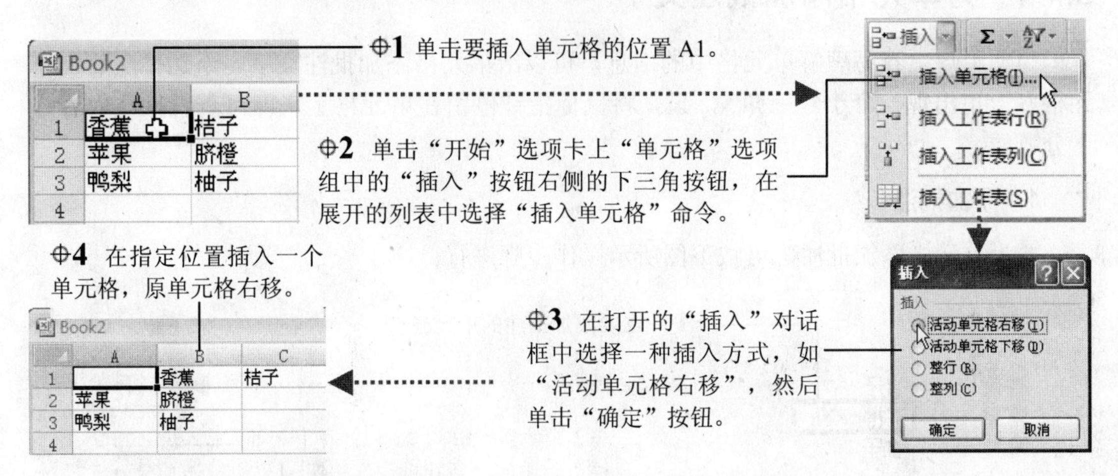


此外，右击要插入单元格的位置，在弹出的快捷菜单中选择“插入”命令，也将打开“插入”对话框，选择插入方式。

## 3.1.3 删除单元格

当删除单元格时，周围的单元格会移动来填充删除的单元格。

要删除单元格，可以利用“删除”列表(见“提示”说明文字)，也可以使用右键快捷菜单，操作方法类似。下面利用右键快捷菜单删除单元格，操作步骤如下图所示。

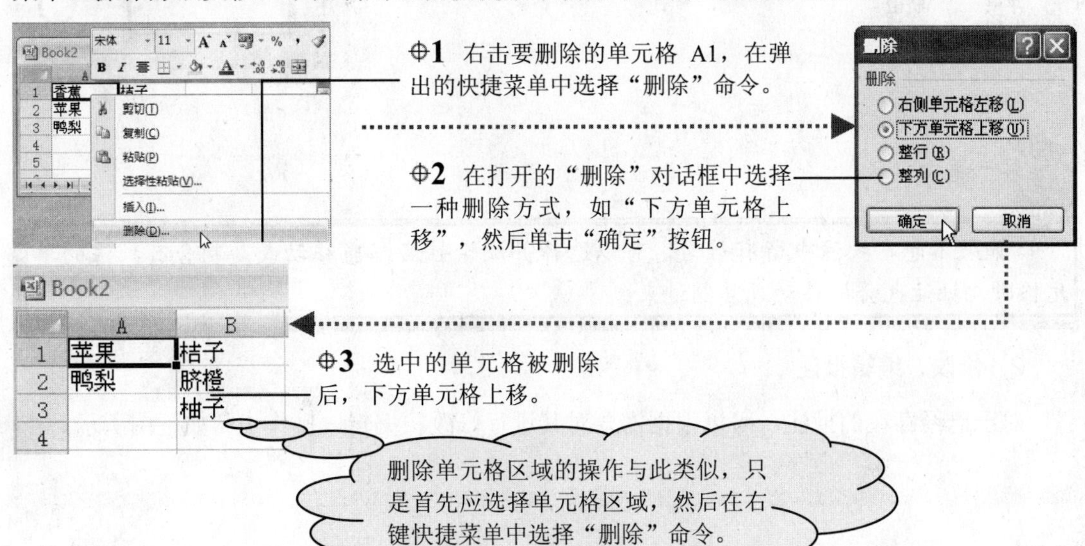


快乐学电脑

提示

单击“开始”选项卡上“单元格”选项组中的“删除”按钮右侧的下三角按钮，在展开的列表中选择“删除单元格”命令，也可打开“删除”对话框。

若选中单元格后按Delete键，只删除单元格内容，不删除单元格。

### 3.1.4 为单元格添加批注文字

为使用户更容易理解单元格中的信息，可以给单元格添加批注文字。添加批注后，单元格右上角出现一个小红三角，只需将鼠标指针停留在单元格上，即可查看批注内容，十分方便。

#### 1. 添加批注

要为单元格添加批注，可按下图所示操作步骤进行。

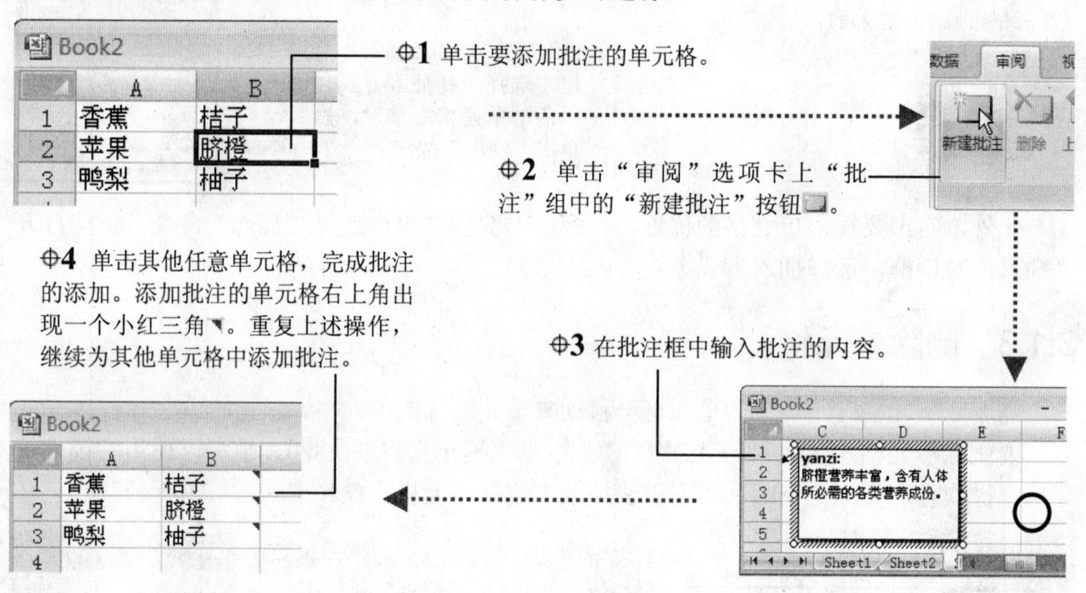


提示

如果不想在批注中留有姓名，可以选择并删除姓名。当移动或复制含有批注的单元格时，批注也会被移动或复制过来。

#### 2. 修改、编辑批注

对于已经存在的批注，可以根据需要对其进行修改、编辑，操作步骤如下图所示。

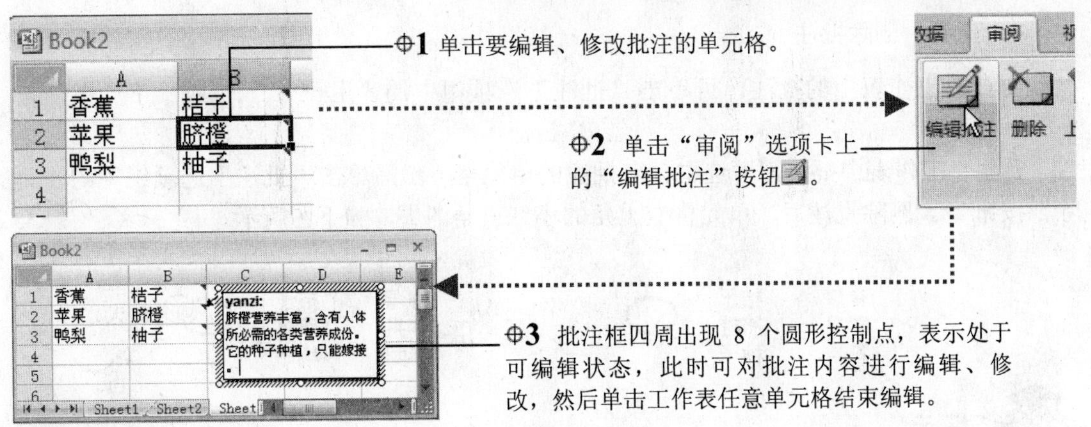


**提示**

右击要编辑批注的单元格，在弹出的快捷菜单中选择“编辑批注”命令，也可进行批注的编辑、修改操作。

将鼠标指针移至批注框上的控制点，鼠标指针变为双向箭头、、、时，按下鼠标左键并拖动，可改变批注框的大小；将鼠标指针移至批注框边框线上，当鼠标指针变为十字箭头形状时，按下鼠标左键并拖动，可移动批注框的位置。

### 3. 显示、隐藏批注

批注既可以一直显示在工作表中，也可以隐藏起来，只有当鼠标指针指向单元格时，批注才会显示出来。

单击“审阅”选项卡上“批注”选项组中的“显示所有批注”按钮，显示工作表中的所有批注，如下图所示；再次单击该按钮，则隐藏所有批注。

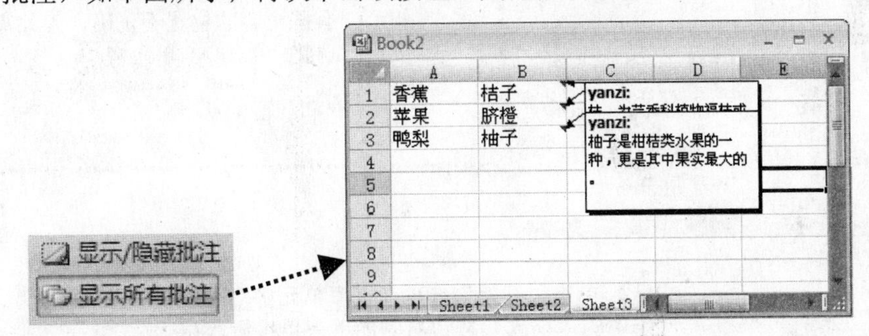


若单击“审阅”选项卡上“批注”选项组中的“显示/隐藏批注”按钮，则显示所选单元格的批注，再次单击该按钮，则隐藏所选单元格的批注。

**提示**

若要设置批注的格式，可在显示批注的情况下，右击批注框，在弹出的快捷菜单中选择“设置批注格式”命令，然后在打开的对话框中进行设置。

### 4．查看、删除批注

要查看工作表中的批注，可单击“批注”选项组中的“上一条”或“下一条”按钮。

要删除工作表中批注，可选中含有批注的单元格，然后单击“批注”选项组中的“删除”按钮。删除批注后，单元格右上角的小红三角消失，如下图所示。

| | A | B |
|---|---|---|
| 1 | 香蕉 | 桔子 |
| 2 | 苹果 | 脐橙 |
| 3 | 鸭梨 | 柚子 |

| | A | B |
|---|---|---|
| 1 | 香蕉 | 桔子 |
| 2 | 苹果 | 脐橙 |
| 3 | 鸭梨 | 柚子 |

右上角的小红三角消失。

> 单击工作表左上角的“全选”按钮，然后单击“批注”组中的“删除”按钮，可一次性删除工作表中的所有批注。

## 实例 1　编辑“身高、体重表”(1)

下面我们来编辑幼儿园小班身高、体重表，将有些单元格内容调至正确位置，然后为单元格添加批注并编辑，看看小朋友们的身高与体重是否符合正常标准，最终效果位于“素材与实例\实例\第 3 章\身高、体重表 1”，操作步骤如下图所示。

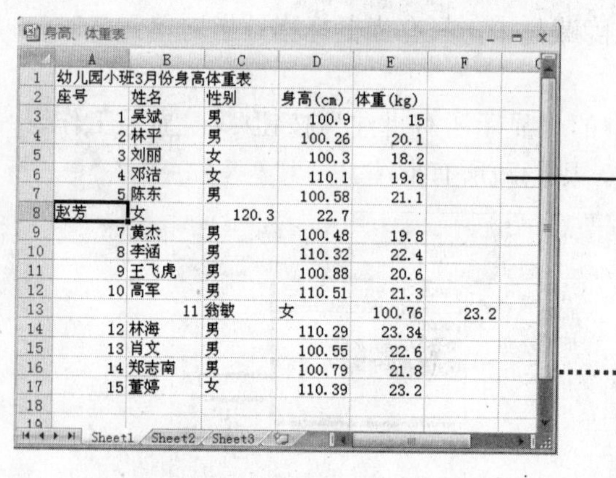

| | A | B | C | D | E | F |
|---|---|---|---|---|---|---|
| 1 | 幼儿园小班3月份身高体重表 | | | | | |
| 2 | 座号 | 姓名 | 性别 | 身高(cm) | 体重(kg) | |
| 3 | 1 | 吴斌 | 男 | 100.9 | 15 | |
| 4 | 2 | 林平 | 男 | 100.26 | 20.1 | |
| 5 | 3 | 刘丽 | 女 | 100.3 | 18.2 | |
| 6 | 4 | 邓洁 | 女 | 110.1 | 19.8 | |
| 7 | 5 | 陈东 | 男 | 100.58 | 21.1 | |
| 8 | 赵芳 | 女 | 120.3 | 22.7 | | |
| 9 | 7 | 黄杰 | 男 | 100.48 | 19.8 | |
| 10 | 8 | 李涵 | 男 | 110.32 | 22.4 | |
| 11 | 9 | 王飞虎 | 男 | 100.88 | 20.6 | |
| 12 | 10 | 高军 | 男 | 110.51 | 21.3 | |
| 13 | | 11 | 翁敏 | 女 | 100.76 | 23.2 |
| 14 | 12 | 林海 | 男 | 110.29 | 23.34 | |
| 15 | 13 | 肖文 | 男 | 100.55 | 22.6 | |
| 16 | 14 | 郑志南 | 男 | 100.79 | 21.8 | |
| 17 | 15 | 董婷 | 女 | 110.39 | 23.2 | |

❶ 打开素材文件(素材与实例\素材\第 3 章\身高、体重表)，可看到由于制作时粗心，有些内容的位置不正确，为此需要进行调整。单击 A8 单元格。

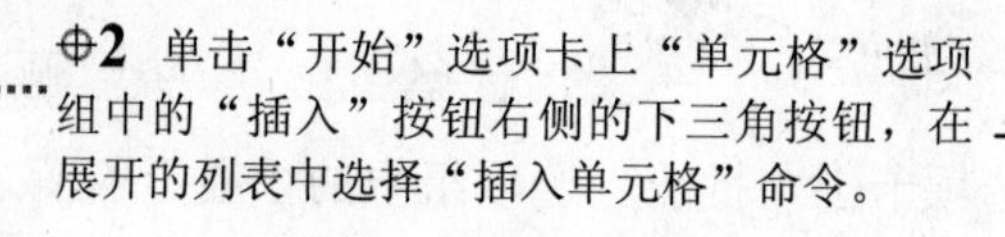

❷ 单击“开始”选项卡上“单元格”选项组中的“插入”按钮右侧的下三角按钮，在展开的列表中选择“插入单元格”命令。

插入单元格(I)...
插入工作表行(R)
插入工作表列(C)
插入工作表(S)

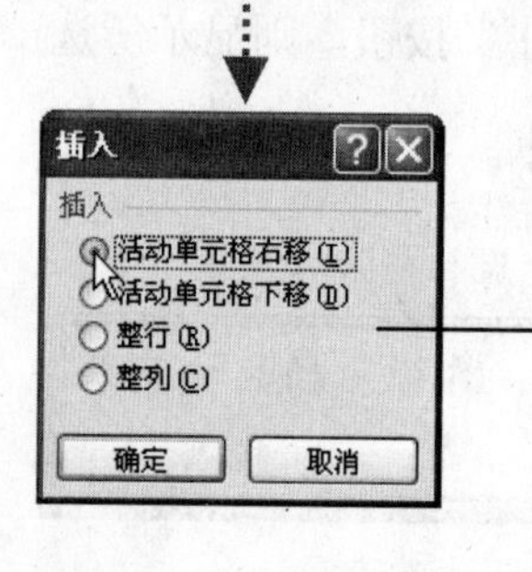


❸ 在打开的“插入”对话框中选中“活动单元格右移”单选按钮，然后单击“确定”按钮。

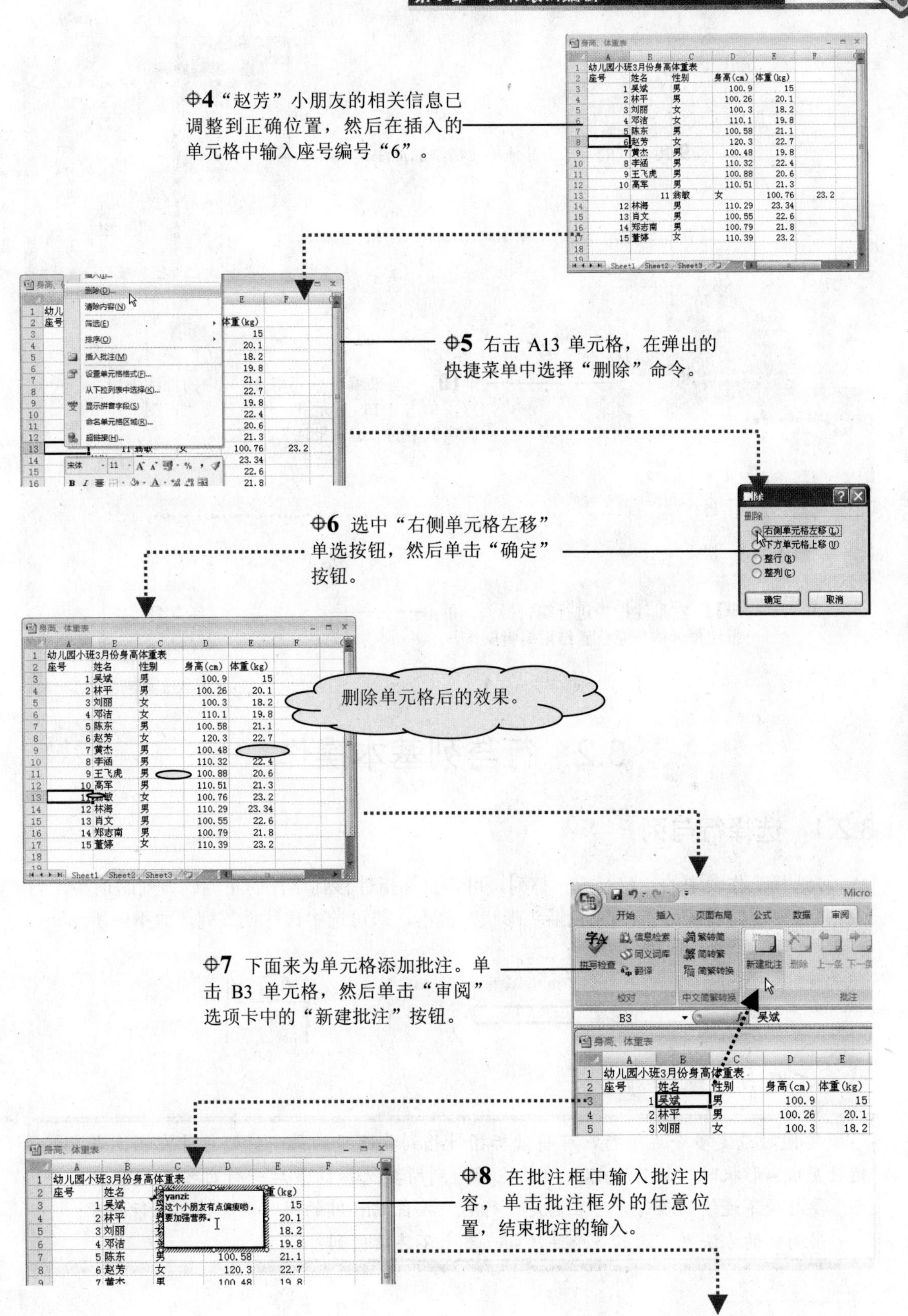


4 “赵芳”小朋友的相关信息已调整到正确位置，然后在插入的单元格中输入座号编号“6”。

5 右击A13单元格，在弹出的快捷菜单中选择“删除”命令。

6 选中“右侧单元格左移”单选按钮，然后单击“确定”按钮。

7 下面来为单元格添加批注。单击B3单元格，然后单击“审阅”选项卡中的“新建批注”按钮。

8 在批注框中输入批注内容，单击批注框外的任意位置，结束批注的输入。

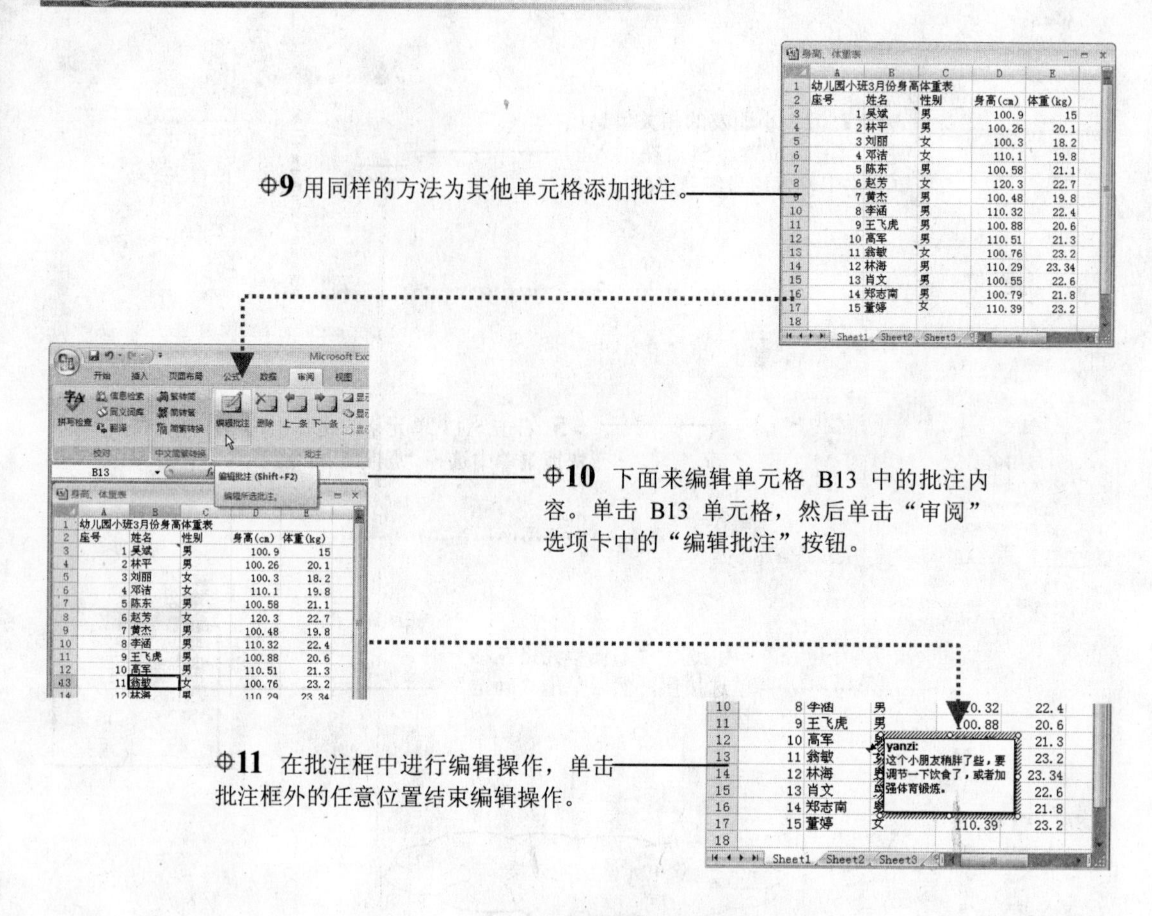

⊕9 用同样的方法为其他单元格添加批注。

⊕10 下面来编辑单元格 B13 中的批注内容。单击 B13 单元格，然后单击“审阅”选项卡中的“编辑批注”按钮。

⊕11 在批注框中进行编辑操作，单击批注框外的任意位置结束编辑操作。

# 3.2 行与列基本操作

## 3.2.1 选择行与列

要选择工作表中的一整行或一整列，可将鼠标指针移到该行的左侧或该列的顶端，当鼠标指针变成向右➡或向下⬇黑色箭头形状时单击，即可选中该行或该列，如下图所示。

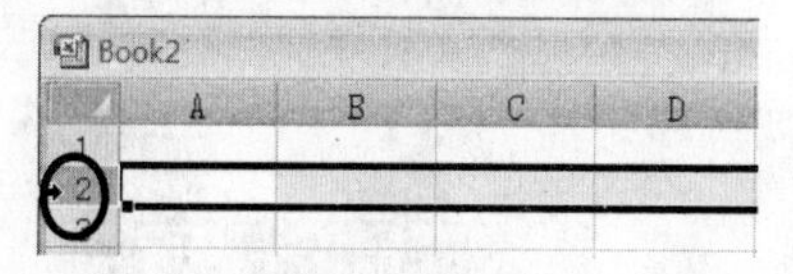


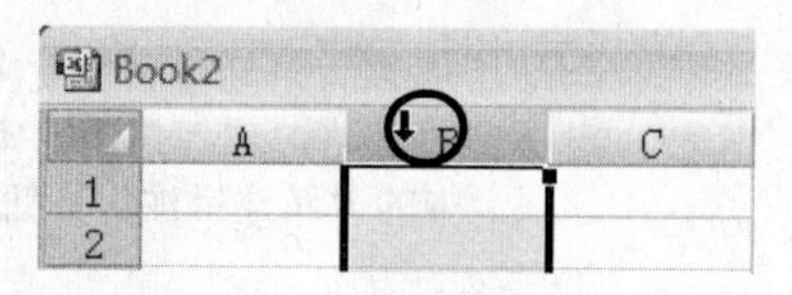

提示

要同时选定多个连续行，可将鼠标指针移到要选择的第一行的行号左侧，当鼠标指针变成➡形状时，按下鼠标左键并拖动，到所要选择的最后一行时松开鼠标左键即可；要选择不连续的多行，可在选定一行后，按住 Ctrl 键的同时再选择其他行即可。

用同样的方法也可选择多个连续列或多个不连续的列。

## 3.2.2 调整行高与列宽

在单元格中输入数据时，经常会出现这样的情况：有的单元格中的文字只显示了一半；有的单元格中显示的是一串“#”号，而编辑栏中却能看见对应单元格的数据。其原因在于单元格的宽度或高度不够，此时只需调整工作表行高或列宽即可完全显示数据。

要调整工作表的行高与列宽，常用方法如下。

### 1. 利用鼠标拖动

默认情况下，Excel 工作表中所有行的高度和所有列的宽度都是相等的。

在对高度和宽度要求不十分精确时，可以利用鼠标拖动来调整。方法是：将鼠标指针移到某行行号的下框线处或某列列标的右框线处，此时鼠标指针变成✣或✢形状，然后按下鼠标左键上下或左右拖动，到合适位置后释放鼠标即可。

下面以调整行高为例(列的操作与此类似)，操作步骤如下图所示。

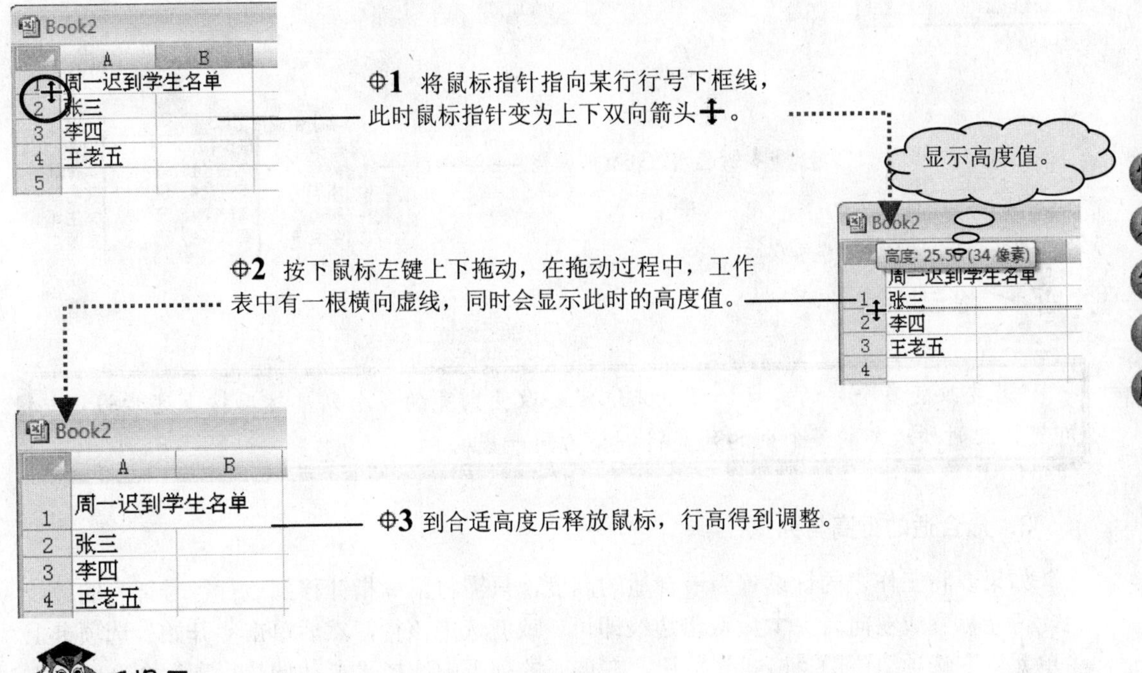


提示

若要同时改变多个行的行高，可以先选定要改变行高的多个行，然后按上述步骤调整即可，此时所选定的多个行的行高将调整为同一高度。

### 2. 利用“格式”列表精确调整列宽或行高

使用“格式”列表中的“行高”和“列宽”命令，可精确调整行高和列宽。下面以调整列宽介绍调整方法，调整行高的操作与此类似，具体操作步骤如下图所示。

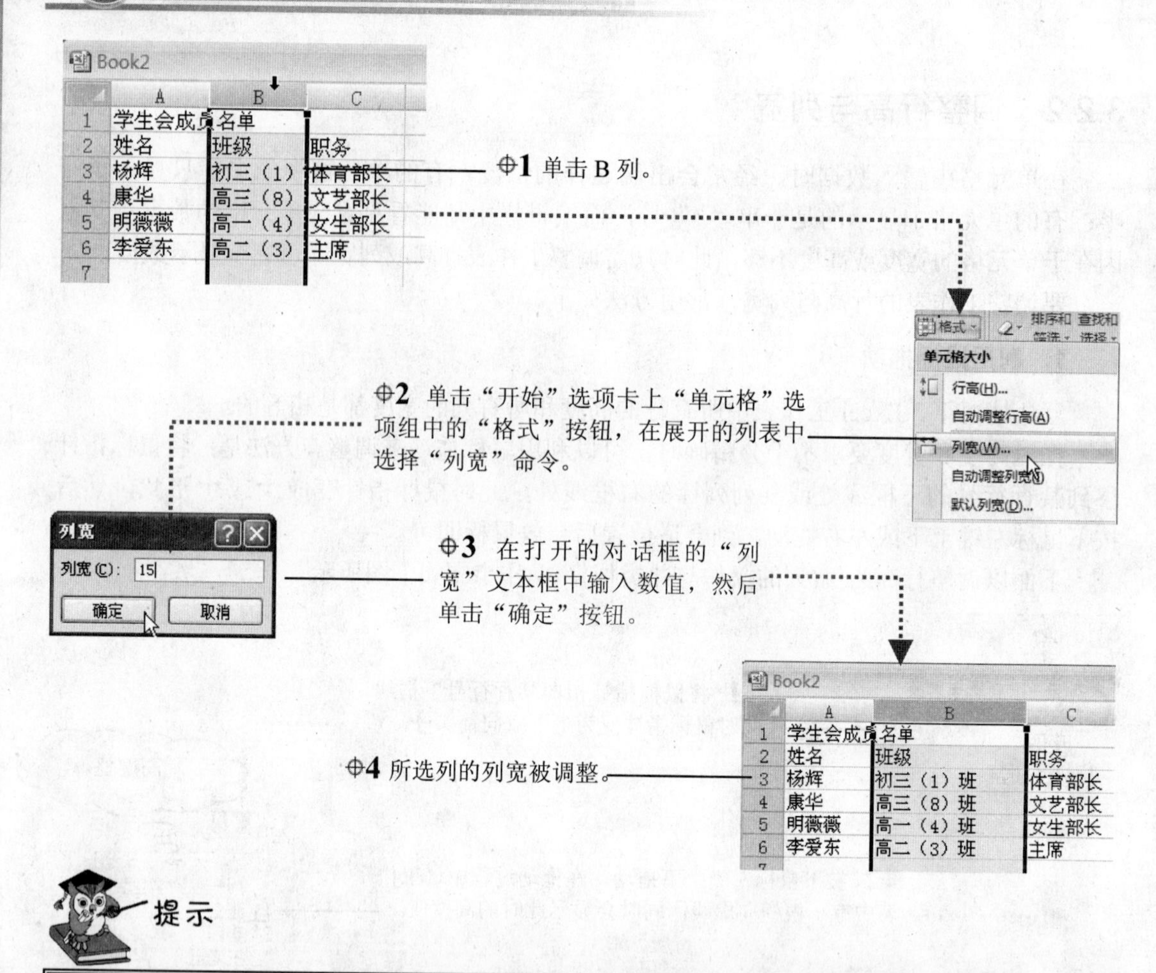


**提示**

若要改变多个列的宽度，可以先选定要改变列宽的多个列，然后按上述步骤调整即可，此时所选定的多个列的列宽将调整为同一宽度。

### 3. 最合适的行高与列宽

如果要将工作表的行设置为最合适的高度，只需将鼠标指针移到该行行号下方的边线上，待光标变成双向箭头后双击边线即可。或者选中该行，然后单击“开始”选项卡上“单元格”选项组中的“格式”按钮，在展开的列表中选择“自动调整行高”命令，如下图所示。

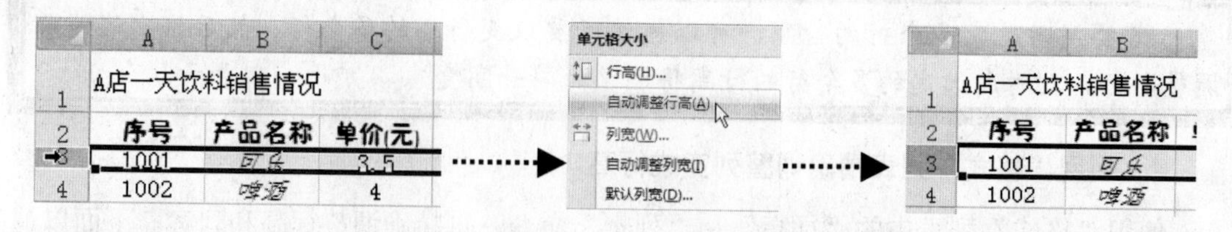


如果要将工作表的列设置为最合适的列宽，只需将鼠标指针移到该列列标右侧的边线处，待光标变成双向箭头后双击边线即可，如下图所示。或者选中该列，然后单击“开始”选项卡上“单元格”选项组中的“格式”按钮，在展开的列表中选择“自动调整

列宽”命令即可。

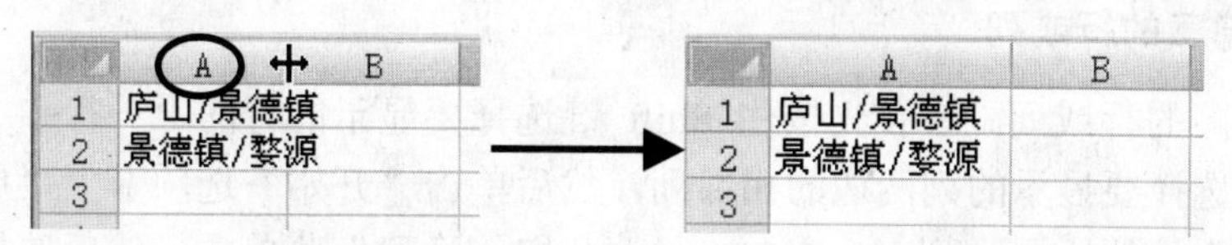


## 3.2.3 隐藏和显示行或列

在 Excel 2007 中，可以使用“隐藏”命令或将行高或列宽值设置为“0”，来隐藏可能执行错的操作，或不想让别人看见的行或列，而使用“取消隐藏”命令可使隐藏的内容再次显示。

### 1. 隐藏行或列

选择要隐藏的行或列，单击“开始”选项卡上“单元格”选项组中的“格式”按钮，在展开列表中选择“隐藏和取消隐藏”菜单项，在打开的子菜单中选择“隐藏行”或“隐藏列”命令即可，如下图所示。

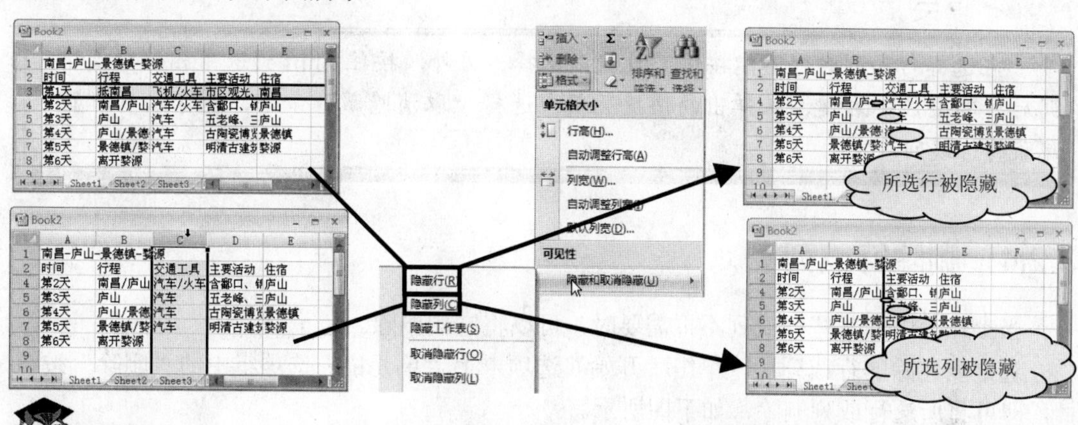


提示

隐藏行和列后，行号和列标不会自动重新编号，所以很容易查看工作表中有无隐藏的行和列。

也可在列表中选择“行高”或“列宽”命令，打开“行高”或“列宽”对话框，在“行高”或“列宽”文本框中输入“0”，如左下图所示，最后单击“确定”按钮即可。

提示

右击要隐藏的行或列(可选择多行或多列)，在弹出的快捷菜单中选择“隐藏”命令，如右下图所示，也可隐藏行或列。

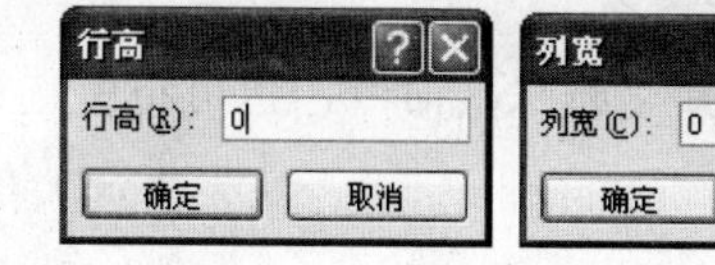


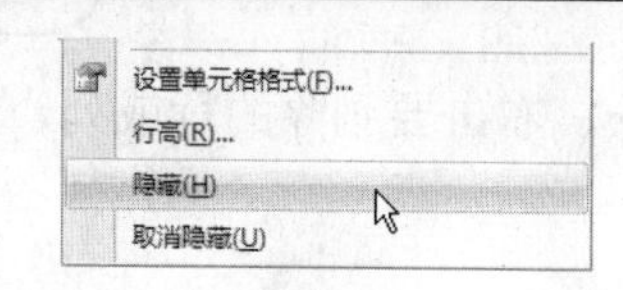

### 2. 显示隐藏的行或列

要显示隐藏的行或列，应首先按住 Shift 键选择要显示的行的上一行和下一行，或者按住 Shift 键选择要显示的列两边的相邻列，然后单击“开始”选项卡上“单元格”选项组中的“格式”按钮，展开列表，指向“隐藏和取消隐藏”菜单项，然后选择“取消隐藏行”或“取消隐藏列”命令即可，如下图所示。

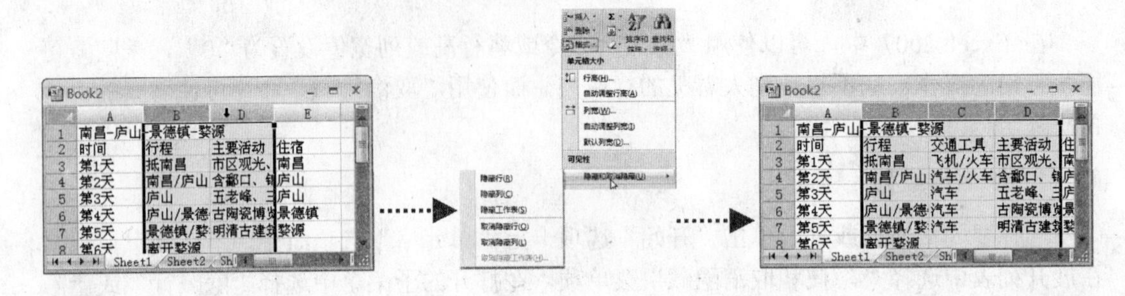

**提示**

在选择行和列时，不能按住 Ctrl 键来选择。另外，按住 Shift 键选中相邻行或相邻列后，单击鼠标右键，从弹出的快捷菜单中选择“取消隐藏”命令，也可以重新显示隐藏的行或列。

## 3.2.4 删除行或列

当工作表中的某些行或列不再需要时，可以将它们删除。

选定要删除的行或列后，单击“开始”选项卡上“单元格”选项组中的“删除”按钮，即可将所选行或列删除，如下图所示。

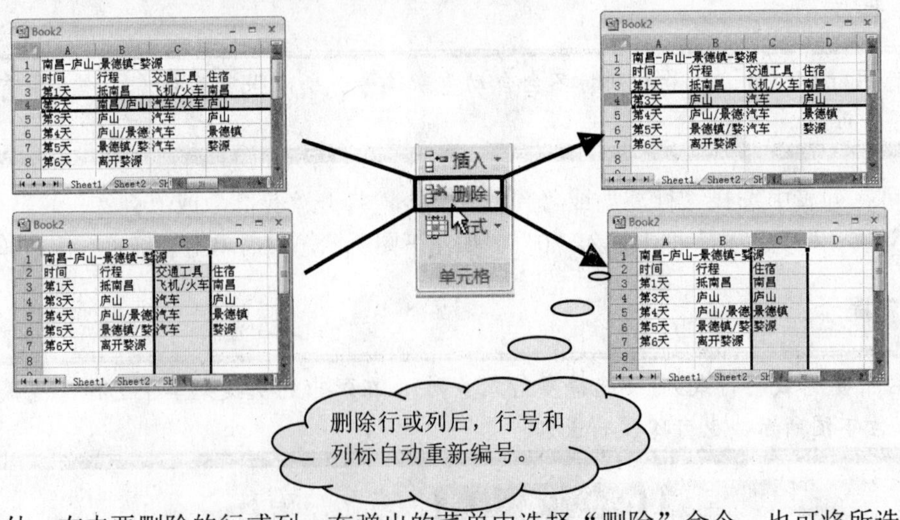


此外，右击要删除的行或列，在弹出的菜单中选择“删除”命令，也可将所选行或列删除。

## 3.2.5 插入行或列

要在工作表某处单元格上方插入一行，或单元格左侧插入一列，应首先通过单击单元格进行定位，然后单击“开始”选项卡上“单元格”选项组中的“插入”按钮右侧的下三角按钮，在展开的列表中选择“插入工作表行”或“插入工作表列”命令，如下图所示。

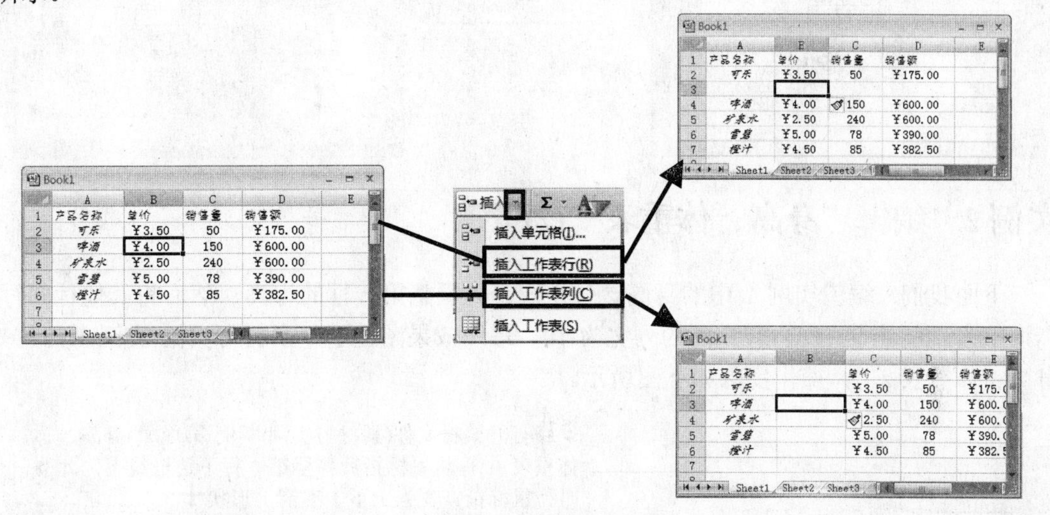


另外，如果希望一次在某行上方或某列左侧插入多行或多列，应首先通过按住 Shift 键或拖动方式选中该行及其下方的若干行，或该列及其右侧的若干列，然后单击“开始”选项卡上“单元格”选项组中的“插入”按钮右侧的下三角按钮，在展开的列表中选择“插入工作表行”或“插入工作表列”，如下图所示。

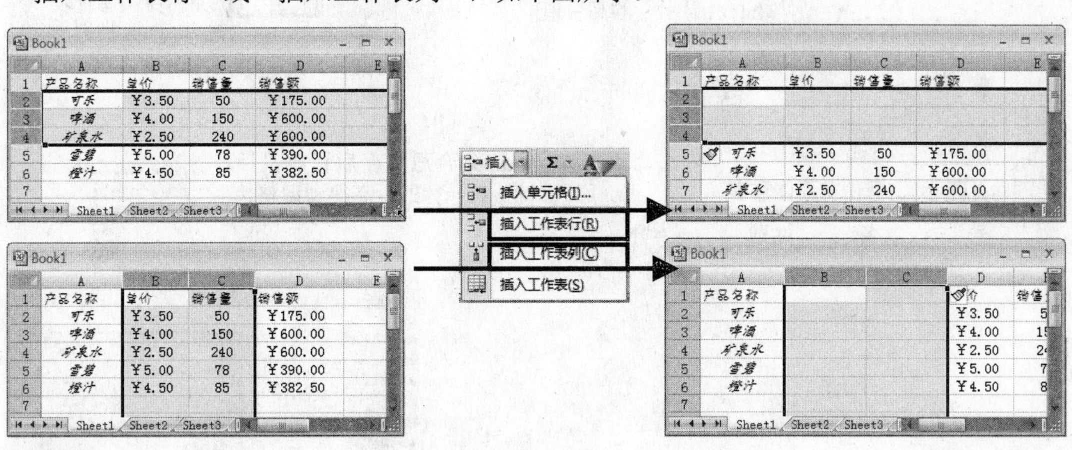


提示

若按住 Ctrl 键单击选择多行或多列，按上述方法插入多行或多列时，将分别在所选行中每行的上方或所选列中每列的左侧插入一个空白行或一个空白列，如下图所示。

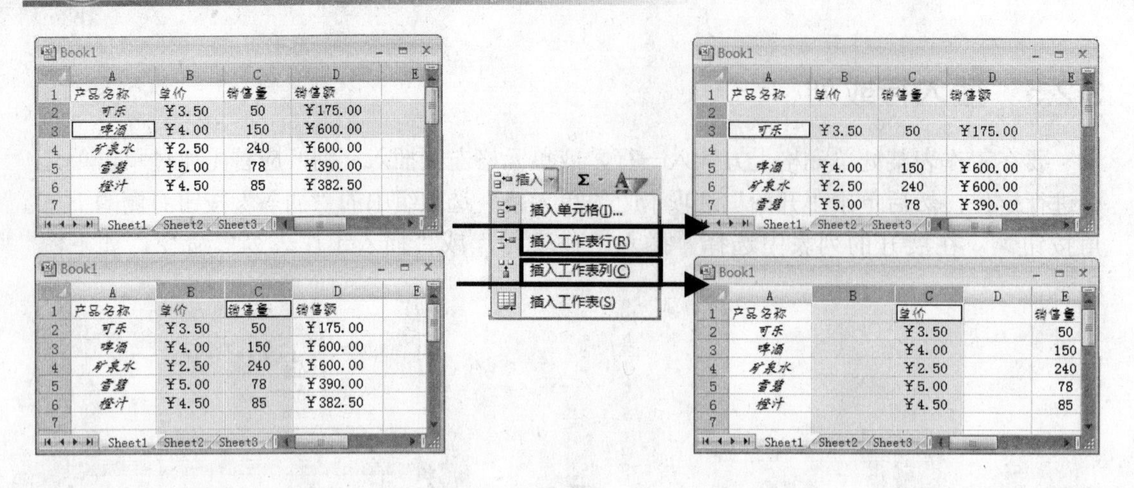


## 实例2　编辑“身高、体重表”(2)

下面我们来编辑实例1中的身高、体重表。先调整第一行的行高，然后将其他行的行高调整为20，并调整D和E列的列宽为10，最终效果图位于“素材与实例\实例\第3章\身高、体重表2”，操作步骤如下图所示。

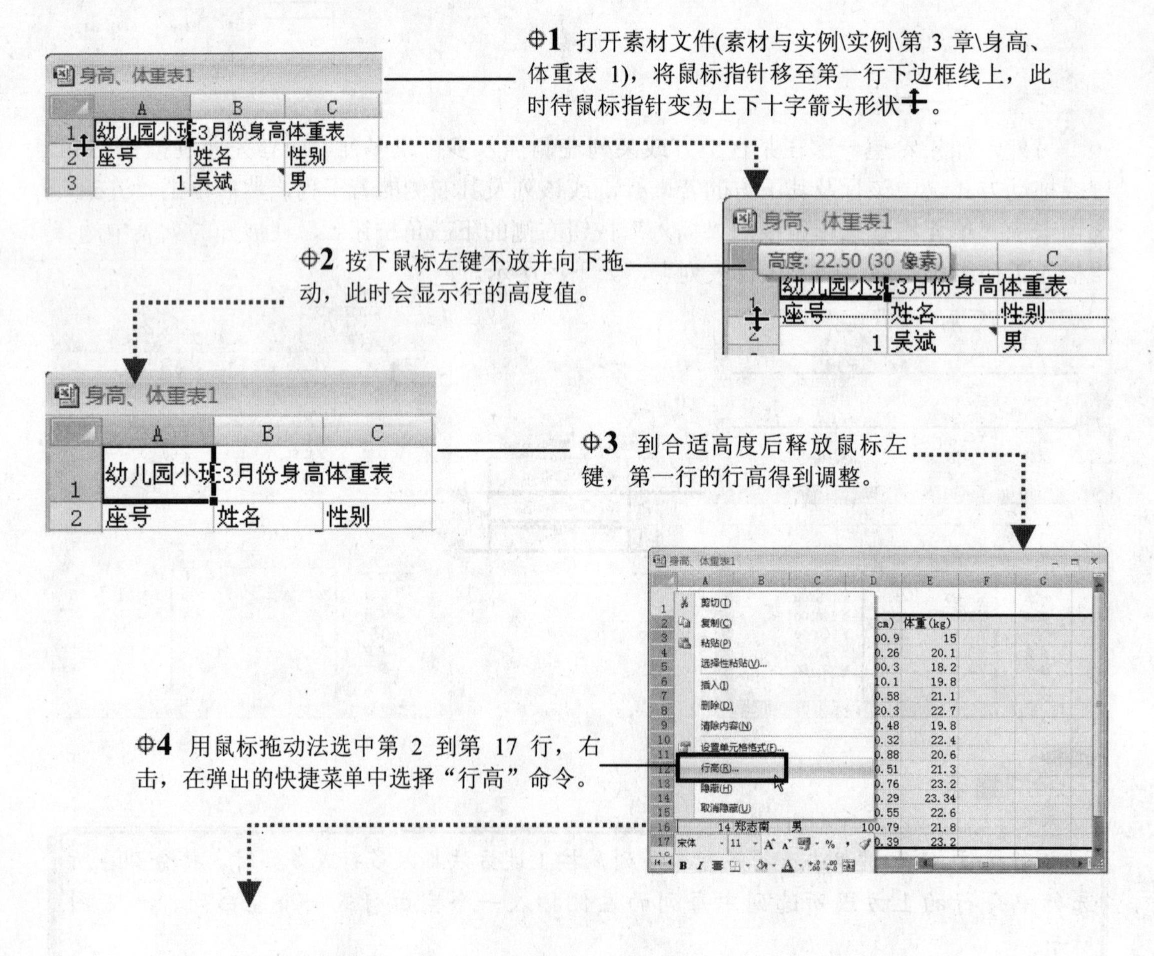

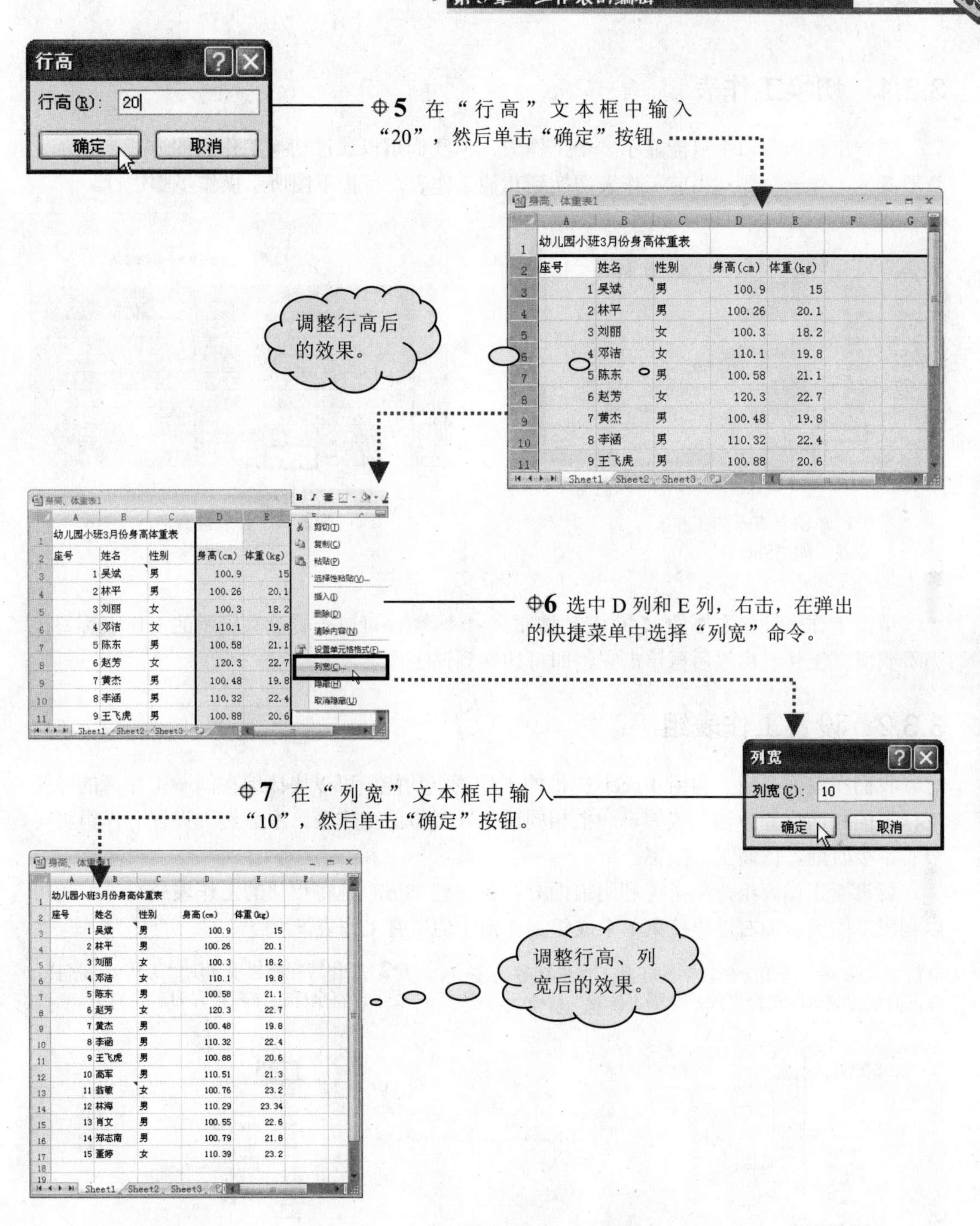


# 3.3 工作表基本操作

在 Excel 中，一个工作簿可以包含多个工作表，用户可以根据实际需要随时切换、插入或删除、移动与复制、隐藏工作表，此外还可以设置工作表组、重命名工作表。

## 3.3.1 切换工作表

同一工作簿窗口中只能显示一个工作表，但我们可以通过切换工作表的方式来显示、查看其他工作表。要从当前工作表切换到其他工作表，可按下图所示操作步骤进行。

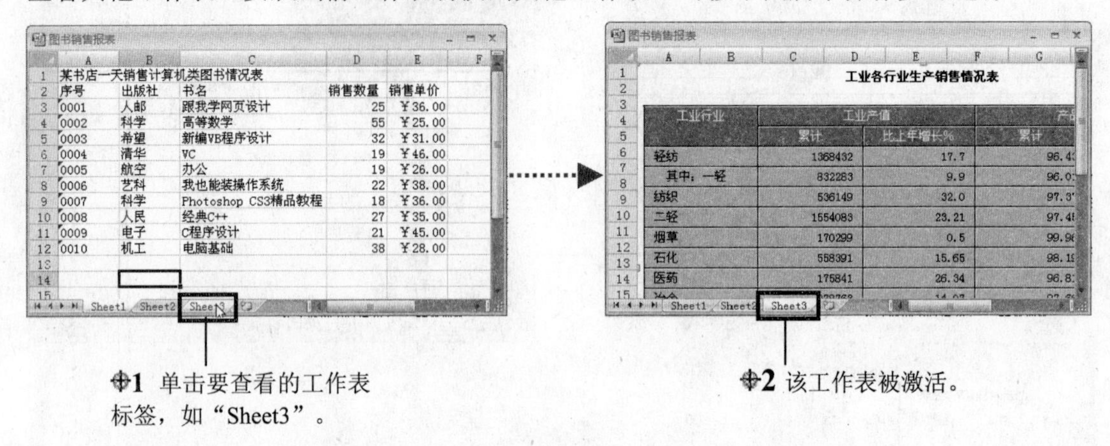


1 单击要查看的工作表标签，如“Sheet3”。

2 该工作表被激活。

单击工作表标签左侧的 4 个滚动按钮，可以查看没有显示的工作表标签，当看到所需工作表标签后再单击它，即可切换到该工作表。

## 3.3.2 设置工作表组

我们在前面介绍了利用 Excel 提供的工作表组功能，可以快捷地在同一工作簿的多张工作表的相同位置中输入或编辑一批相同或格式类似的工作表。很显然，设置工作组将可节省不少时间，提高工作效率。

要设置工作表组，除了可利用前面介绍的按住 Shift 键将相邻的工作表成组外，还可以利用下图所示的右键快捷菜单来成组工作簿中的所有工作表。

1 右击要进行成组工作表中的任意工作表标签，在弹出的快捷菜单中选择“选定全部工作表”命令。

2 工作簿标题栏中显示“工作组”字样，表示已将全部工作表设置为工作表组。

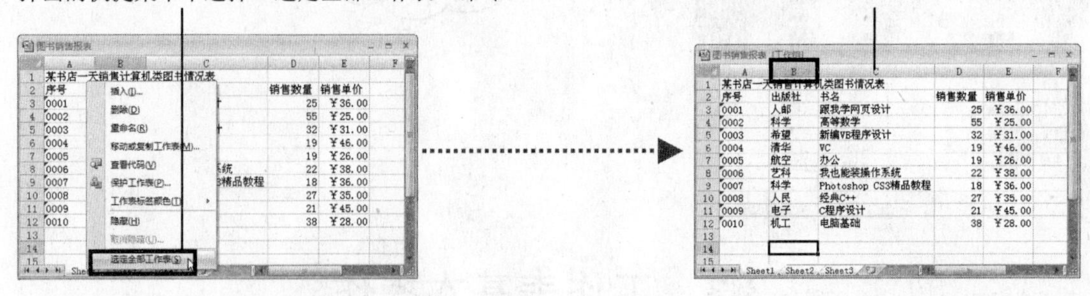


若要成组不相邻的工作表，可在单击第一个要成组的工作表标签后按住 Ctrl 键，再单击其他要与该工作表成组的工作表标签。

例如，如果希望将如左下图所示“Book2”中的工作表“Sheet1”和“Sheet3”成组，操作步骤如下所示。

⊕1 单击第一个要成组的工作表标签“Sheet1”。

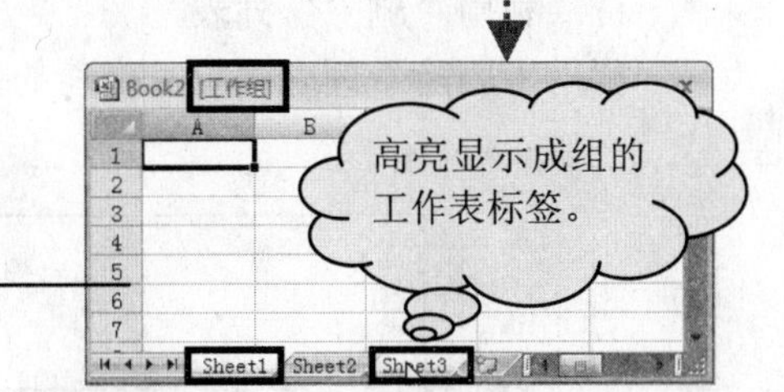


⊕2 按住 Ctrl 键的同时单击“Sheet3”，此时工作簿窗口的标题栏中显示“工作组”字样，成组工作表的标签高亮显示。

**提示**

单击任意一个工作表标签可取消工作组，此时工作簿标题栏上的“工作组”字样消失。

## 3.3.3 插入与删除工作表

默认情况下，新建工作簿时，只有 3 张工作表，我们可根据实际需要在工作簿中插入工作表，或将不需要的工作表删除。

### 1. 插入工作表

1) 在现有工作表末尾“插入”工作表

要在现有工作表的末尾插入工作表，可直接单击工作表标签右侧的“插入工作表”按钮，如下图所示。

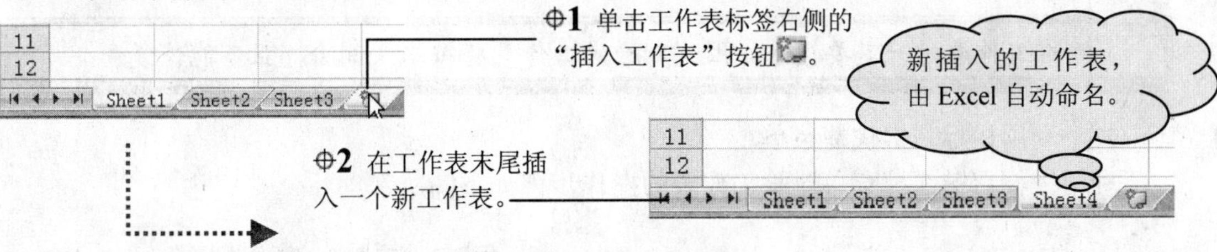


2) 利用“插入”列表

利用“插入”列表插入工作表的操作步骤如下图所示。

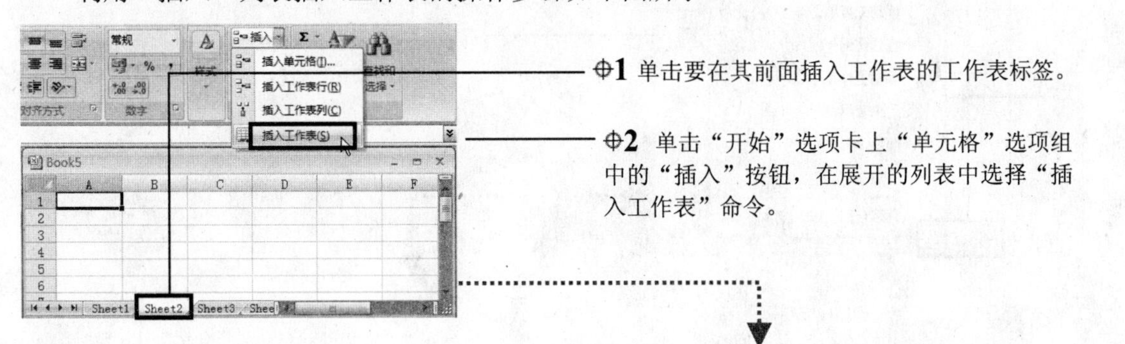

⊕3 在所选工作表的前面插入一新工作表。

Sheet1 Sheet5 Sheet2 Sheet3 Sheet4

### 2．删除工作表

当工作簿中的工作表不再需要时，可以将其删除，方法如下。

1) 利用“删除”列表

利用“删除”列表删除工作表的操作步骤如下图所示。

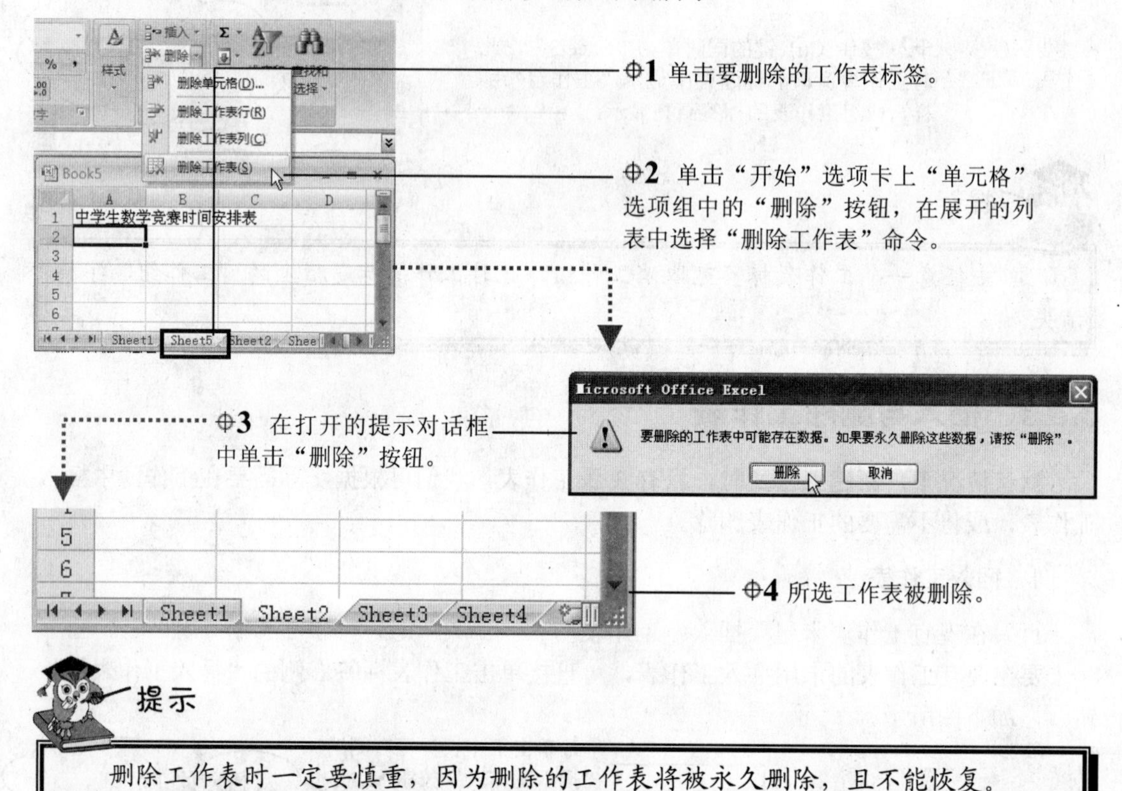


**提示**

删除工作表时一定要慎重，因为删除的工作表将被永久删除，且不能恢复。

2) 利用鼠标右键快捷菜单

利用鼠标右键快捷菜单删除工作表的操作步骤如下图所示。

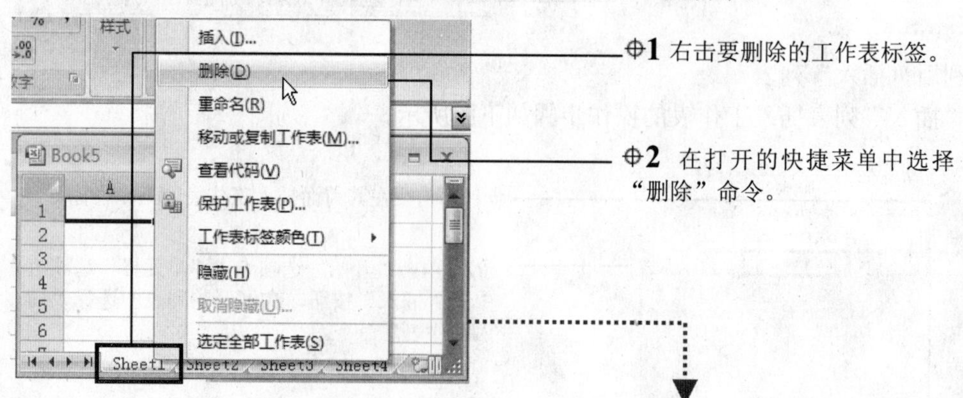

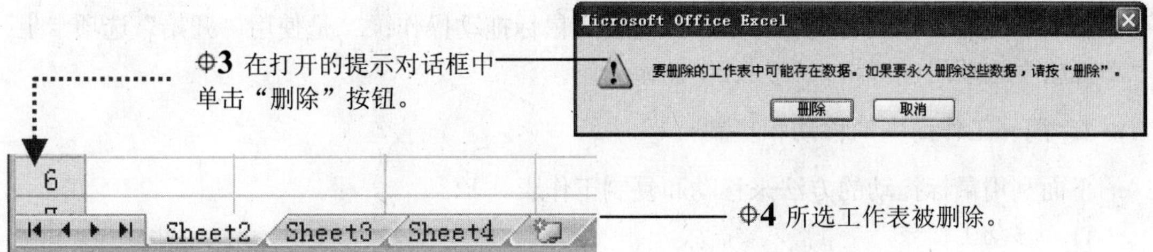


## 3.3.4 重命名工作表

默认情况下，新建工作簿时，工作表都是以“Sheet1”、“Sheet2”、“Sheet3”……的方式显示。为了方便管理、记忆和查找，可以给工作表另起一个能反映工作表特点的名字。重命名工作表的方法如下。

### 1. 双击工作表标签

用鼠标双击要命名的工作表标签，此时该工作表标签呈高亮显示，处于可编辑状态，如左下图所示，然后输入工作表名称，单击除该标签以外工作表的任意处或按 Enter 键即可，如右下图所示。

重命名的工作表标签。

1月开支 Sheet2

### 2. 右键菜单

右击要重命名的工作表，在弹出的快捷菜单中选择“重命名”命令，如左下图所示，然后输入工作表的名称，按 Enter 键即可，如右下图所示。

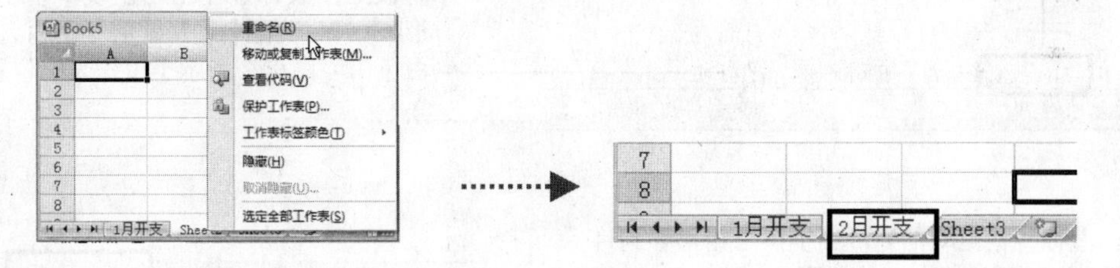


**提示**

单击要重命名的工作表标签，然后单击“开始”选项卡上“单元格”选项组中的“格式”按钮，在展开的列表中选择“重命名工作表”命令，也可重命名工作表。

## 3.3.5 复制与移动工作表

在 Excel 中，可以将工作表移动或复制到同一工作簿的其他位置或其他工作簿中。但在移动或复制工作表时需要十分谨慎，若移动了工作表，则基于工作表数据的计算可能出错。

移动和复制工作表有两种方法：一是使用鼠标拖动操作；二是使用“开始”选项卡上“单元格”选项组中“格式”列表中的命令。

### 1．同一工作簿内的移动和复制

下面利用鼠标拖动的方法来移动和复制工作表。

1)　移动工作表

在同一个工作簿中，直接拖动工作表标签至所需位置即可实现工作表的移动，操作步骤如下图所示。

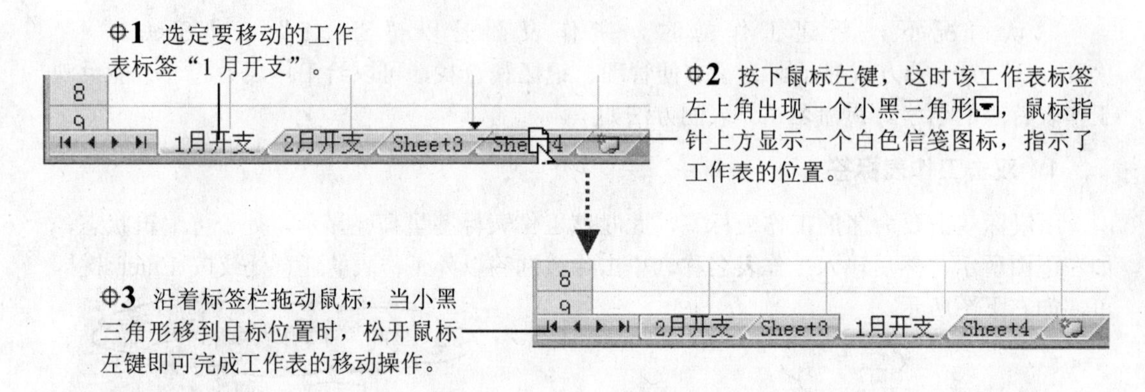


2)　复制工作表

要在同一工作簿内复制工作表，只需在按住鼠标左键拖动工作表标签的过程中按下Ctrl键即可，操作步骤如下图所示。

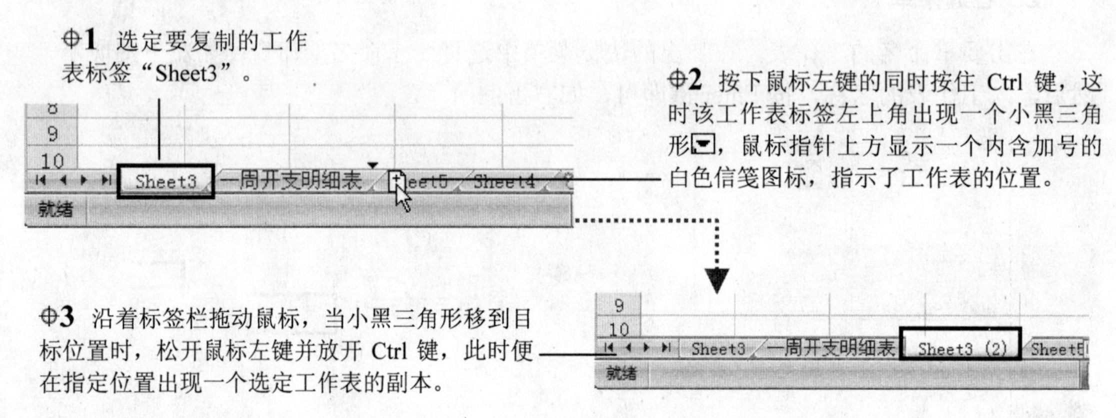


此外，也可利用“开始”选项卡“单元格”选项组中“格式”列表中的“移动或复制工作表”命令来移动或复制工作表。

### 2．不同工作簿间的移动和复制

下面使用“开始”选项卡上“单元格”选项组中“格式”列表中的“移动或复制工作表”命令，介绍在不同工作簿之间复制或移动工作表的操作，操作步骤如下图所示。

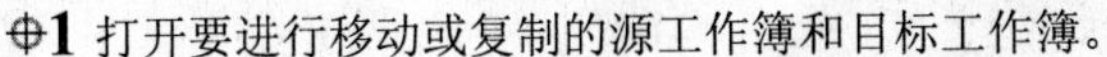

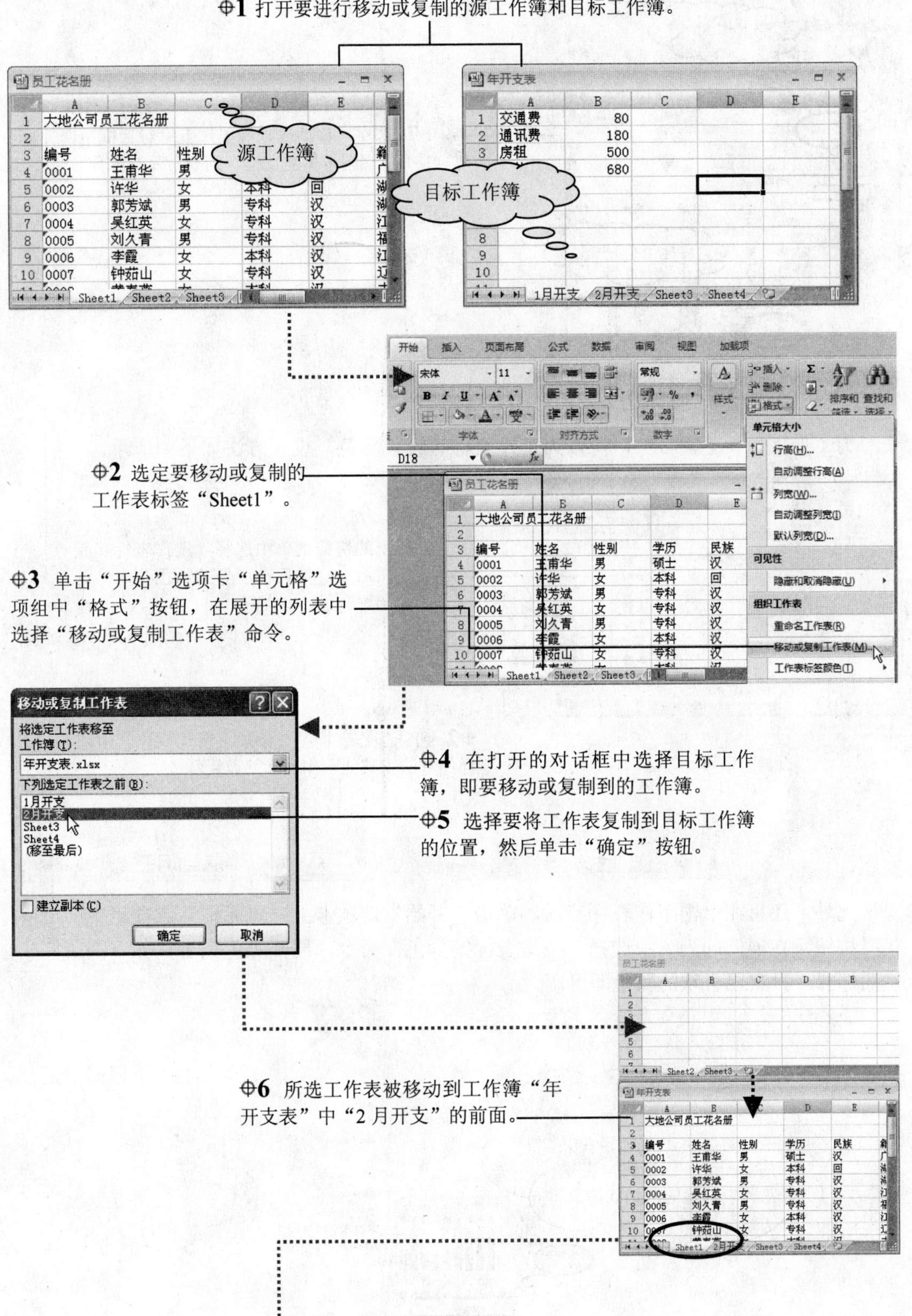


⊕1 打开要进行移动或复制的源工作簿和目标工作簿。

⊕2 选定要移动或复制的工作表标签“Sheet1”。

⊕3 单击“开始”选项卡“单元格”选项组中“格式”按钮，在展开的列表中选择“移动或复制工作表”命令。

⊕4 在打开的对话框中选择目标工作簿，即要移动或复制到的工作簿。

⊕5 选择要将工作表复制到目标工作簿的位置，然后单击“确定”按钮。

⊕6 所选工作表被移动到工作簿“年开支表”中“2 月开支”的前面。

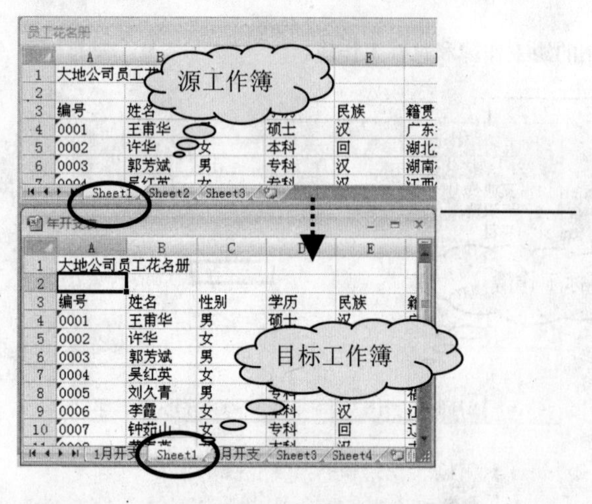


⊕7 若在“移动或复制工作表”对话框中选中“建立副本”复选框，则表示复制操作。

## 3.3.6 设置工作表标签颜色

为了使工作表更醒目些，可以为工作表标签设置颜色，设置方法如下图所示。

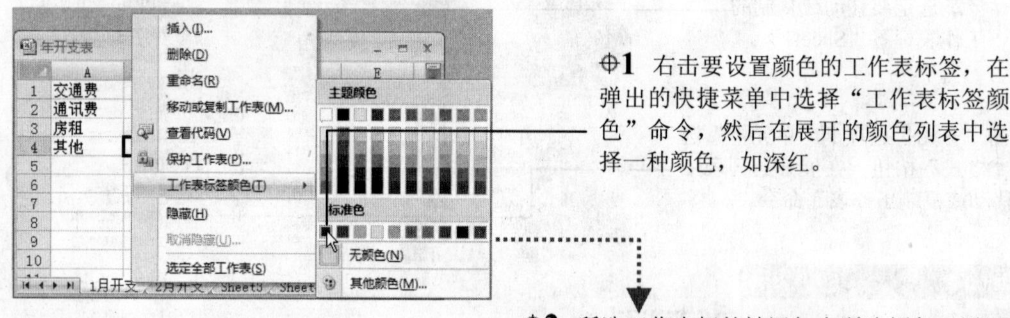

⊕1 右击要设置颜色的工作表标签，在弹出的快捷菜单中选择“工作表标签颜色”命令，然后在展开的颜色列表中选择一种颜色，如深红。

⊕2 所选工作表标签被添加上所选颜色，用同样的方法为其他工作表标签设置颜色。

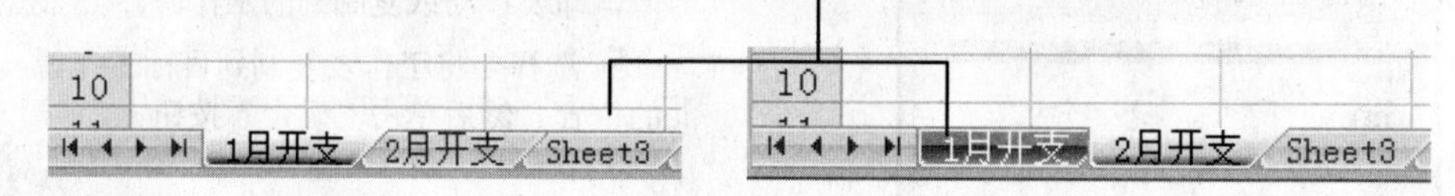

此外，还可在单击工作表标签后，单击“开始”选项卡上“单元格”选项组中的“格式”按钮，在展开的列表中选择“工作表标签颜色”命令，展开颜色列表，如下图所示，然后选择一种自己喜欢的颜色即可。

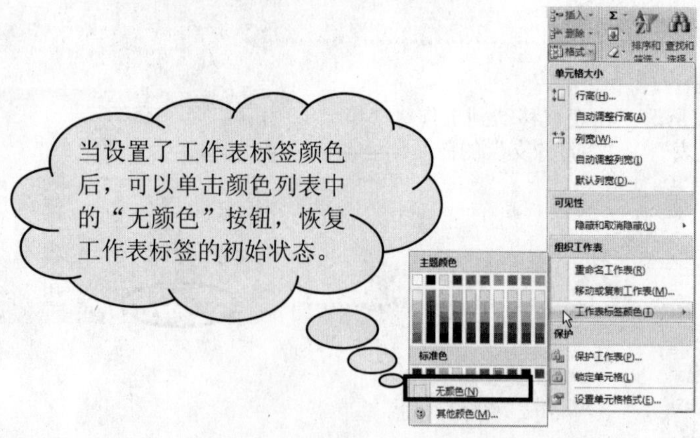

### 3.3.7 隐藏工作表

为了减少屏幕上工作表的数量并避免不必要的更改，我们可以将工作表隐藏起来。当隐藏工作表时，数据从视图中消失，但并没有从工作簿中删除。

要隐藏工作表，可使用右键快捷菜单，也可以使用“格式”列表中的“隐藏和取消隐藏”菜单项中的“隐藏工作表”命令。

下面使用右键快捷菜单来隐藏工作表，操作步骤如下图所示。

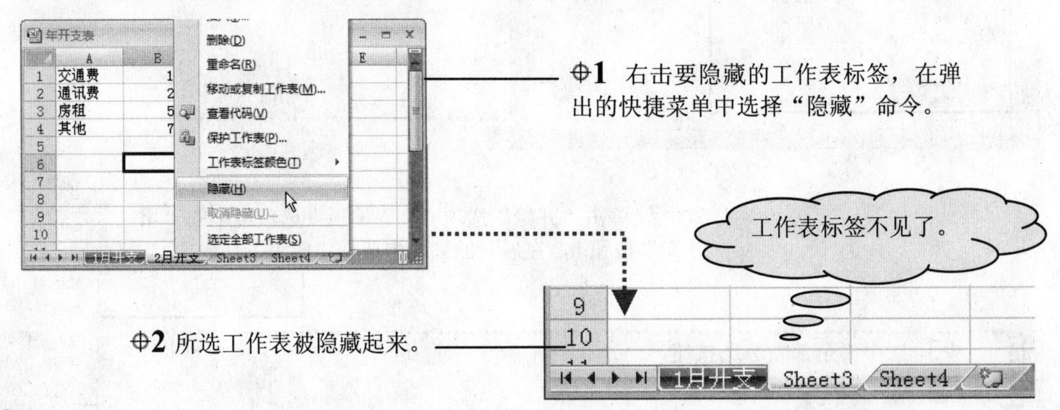


## 提示

如果工作表已经被保护，则无法将它隐藏。

若要显示被隐藏的工作表，可右击任意工作表标签，在弹出的快捷菜单中选择“取消隐藏”命令，然后在打开的“取消隐藏”对话框中选择要显示的工作表，最后单击“确定”按钮即可，如下图所示。

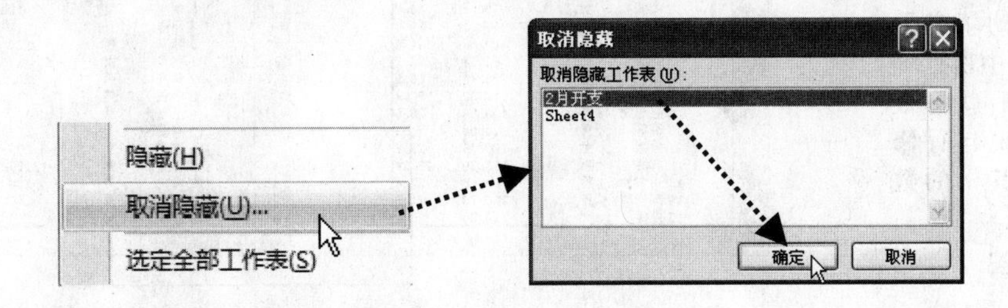


## 实例 3 编辑“身高、体重表”(3)

下面我们首先利用工作表组功能新建两个格式类似于“身高、体重表 2”的工作表，然后分别将它们重命名、设置工作表标签颜色，最终效果位于“素材与实例\实例\第 3 章\身高、体重表 3”中，操作步骤如下图所示。

身高、体重表2 [工作组]

| | A | B | C | D | E |
|---|---|---|---|---|---|
| 1 | 幼儿园小班3月份身高体重表 | | | | |
| 2 | 座号 | 姓名 | 性别 | 身高(cm) | 体重(kg) |
| 3 | 1 | 吴斌 | 男 | 100.9 | 15 |
| 4 | 2 | 林平 | 男 | 100.26 | 20.1 |
| 5 | 3 | 刘丽 | 女 | 100.3 | 18.2 |
| 6 | 4 | 邓洁 | 女 | 110.1 | 19.8 |
| 7 | 5 | 陈东 | 男 | 100.58 | 21.1 |
| 8 | 6 | 赵芳 | 女 | 120.3 | 22.7 |
| 9 | 7 | 黄杰 | 男 | 100.48 | 19.8 |
| 10 | 8 | 李涵 | 男 | 110.32 | 22.4 |
| 11 | 9 | 王飞虎 | 男 | 100.88 | 20.6 |
| 12 | 10 | 高军 | 男 | 110.51 | 21.3 |
| 13 | 11 | 翁敏 | 女 | 100.76 | 23.2 |
| 14 | 12 | 林海 | 男 | 110.29 | 23.34 |
| 15 | 13 | 肖文 | 男 | 100.55 | 22.6 |
| 16 | 14 | 郑志南 | 男 | 100.79 | 21.8 |
| 17 | 15 | 董婷 | 女 | 110.39 | 23.2 |



**1** 打开素材文件(素材与实例\实例\第 3 章\身高、体重表 2)，按住 Shift 键的同时单击工作表标签“Sheet1”、“Sheet2”和“Sheet3”，然后在“Sheet1”中选择要填充到成组工作表的内容。

**2** 单击“开始”选项卡上“编辑”选项组中的“填充”按钮，在展开的列表中选择“成组工作表”。

**3** 选中“全部”单选按钮，然后单击“确定”按钮。

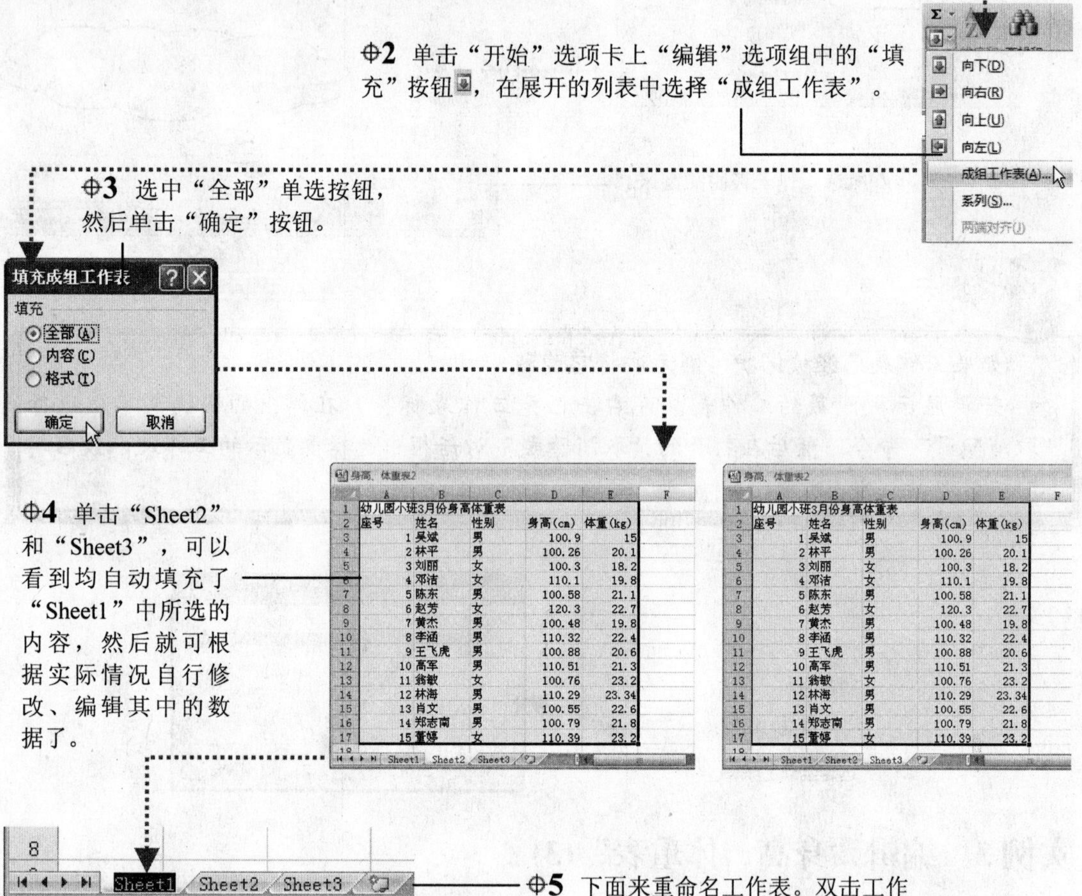



**4** 单击“Sheet2”和“Sheet3”，可以看到均自动填充了“Sheet1”中所选的内容，然后就可根据实际情况自行修改、编辑其中的数据了。

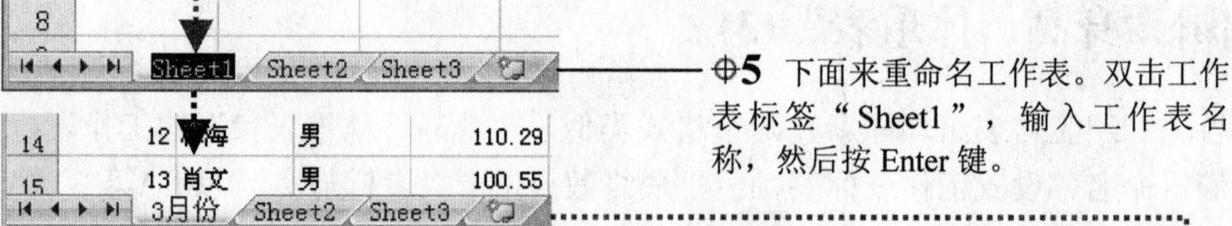



**5** 下面来重命名工作表。双击工作表标签“Sheet1”，输入工作表名称，然后按 Enter 键。

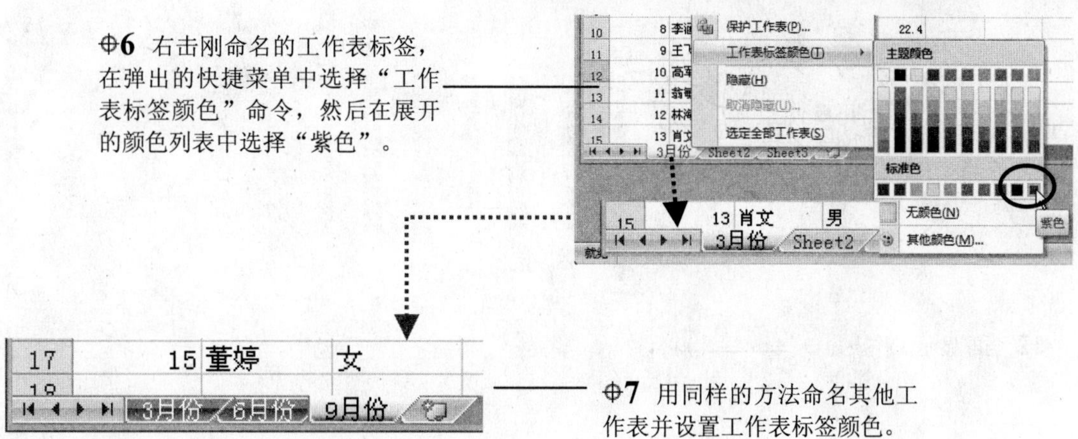


**⊕6** 右击刚命名的工作表标签，在弹出的快捷菜单中选择“工作表标签颜色”命令，然后在展开的颜色列表中选择“紫色”。

**⊕7** 用同样的方法命名其他工作表并设置工作表标签颜色。

# 3.4　工作表显示方式

在 Excel 中，工作表的默认显示方式为“普通”，但在实际工作中，我们经常需要在屏幕上显示比较大的表格或观看表格的整体效果，而默认的显示方式可能满足不了这种要求，因此我们可根据需要重新选择工作表的显示方式。

## 3.4.1　全屏显示工作表

如果想让屏幕显示更多的表格内容，以充分利用屏幕空间，可以选择全屏显示，这样可以使工作簿窗口中的选项卡隐藏，从而扩大工作区的范围。要全屏显示工作表，操作步骤如下图所示。

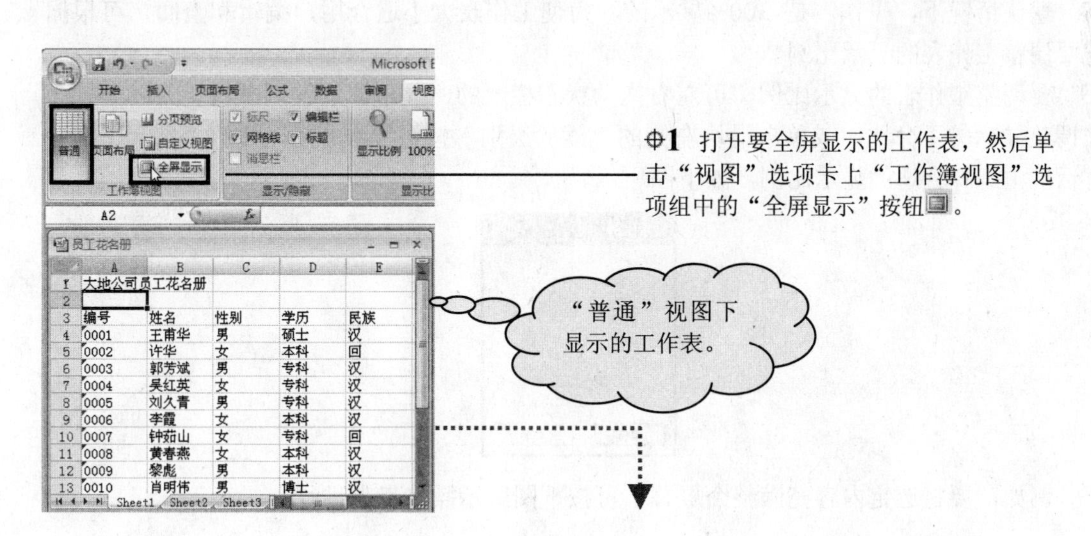


**⊕1** 打开要全屏显示的工作表，然后单击“视图”选项卡上“工作簿视图”选项组中的“全屏显示”按钮。

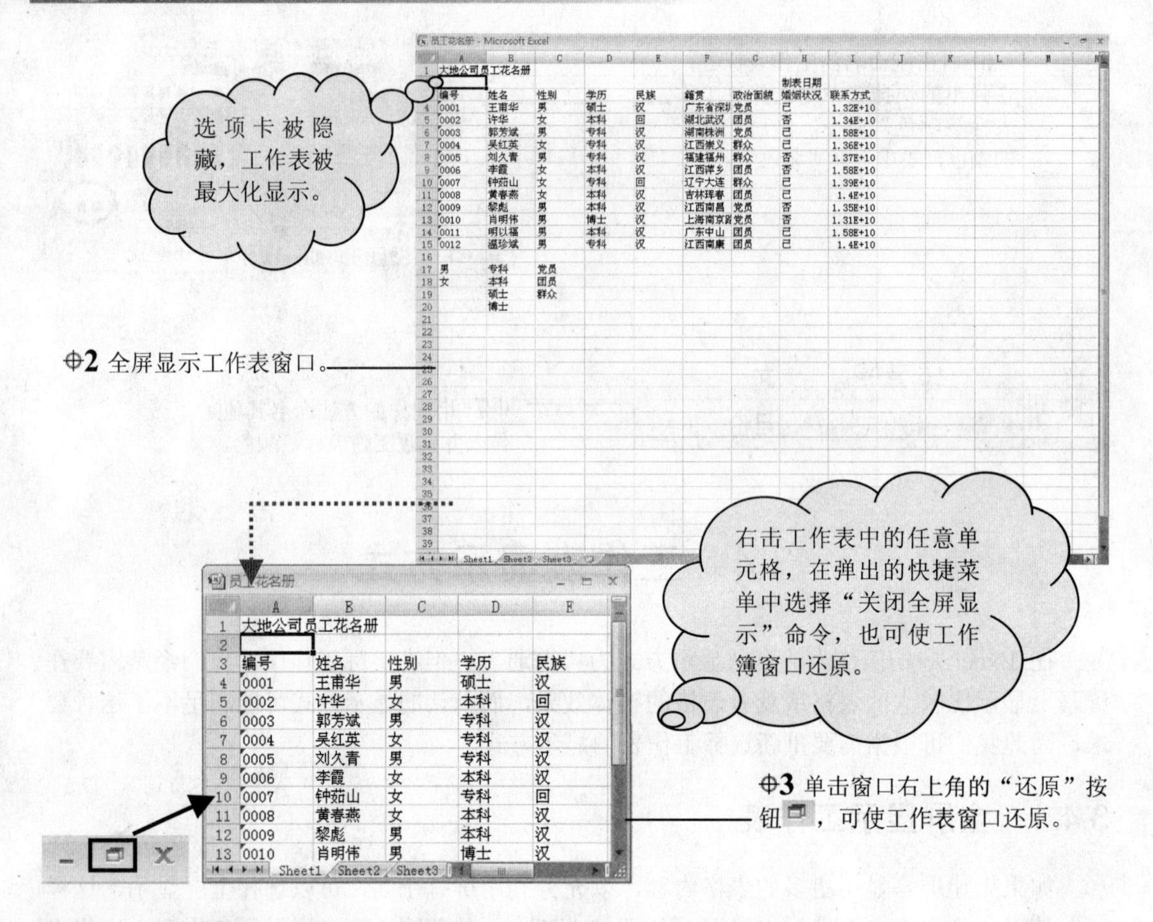


## 3.4.2 调整工作表显示比例

默认情况下，工作表是 100%显示的。为使工作表大小适合用户编辑和查阅，可根据需要调整工作表的显示比例。

要调整工作表的显示比例，可左右拖动状态栏上的“显示比例”调整滑块来调整显示的百分比，或单击滑块左侧的“缩放级别”按钮100%，在打开的“显示比例”对话框中选择合适的显示比例，如下图所示。

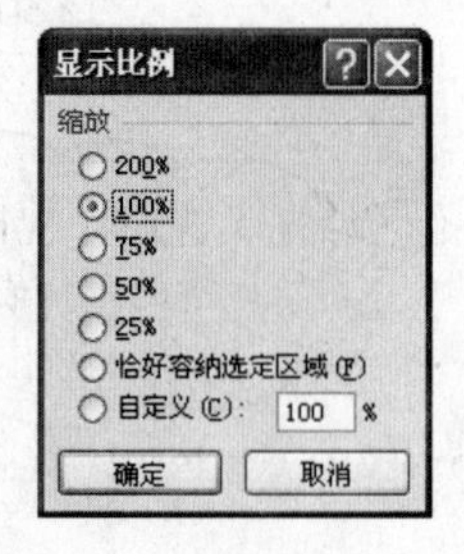


例如，要将选定内容充满整个屏幕，可按下图所示操作步骤进行。

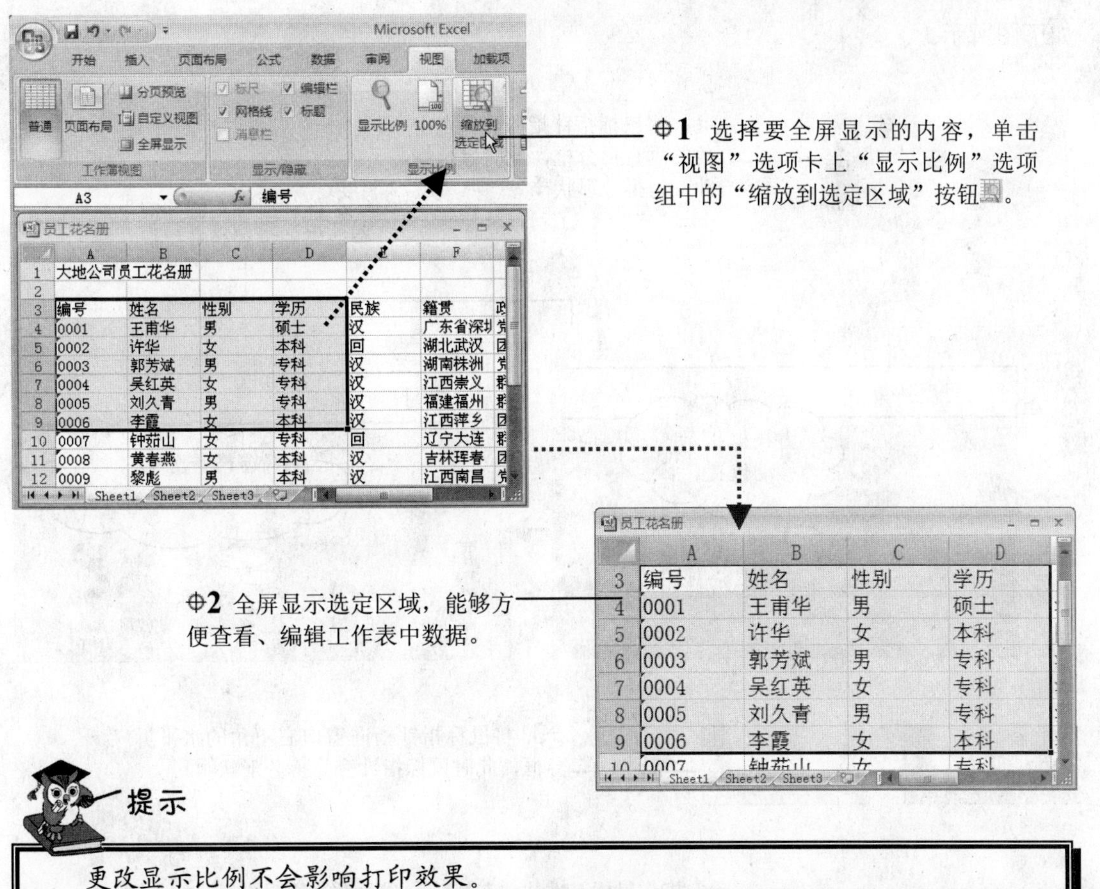


提示

更改显示比例不会影响打印效果。

# 3.5 拆分与冻结窗格

如果表格太大，在对其进行编辑时，由于屏幕所能查看的范围有限而无法做到数据的上下对照，此时就可利用 Excel 提供的拆分功能，对表格进行“横向”或“纵向”分割，以便同时观察或编辑表格的不同部分。

在查看大型报表时，往往因为行、列数太多，而使得数据内容与行列标题无法对照。此时，虽可通过拆分窗格来查看，但还是会常常出错；而使用“冻结窗格”命令，则可解决这种问题，从而大大地提高工作效率。

## 3.5.1 拆分窗格

拆分窗格可以同时查看分隔较远的工作表数据，常用拆分方法有如下两种。

### 1. 使用拆分框拆分窗格

拆分框分为“水平拆分框”和“垂直拆分框”两种，可将工作表分为上下两个工作表以便上下对照，或者分为左右两个工作表以便左右对照；也可同时使用水平和垂直拆分框将工作表一分为四，更利于数据的查看、编辑和比较。使用拆分框拆分工作表的操作步骤如下图所示。

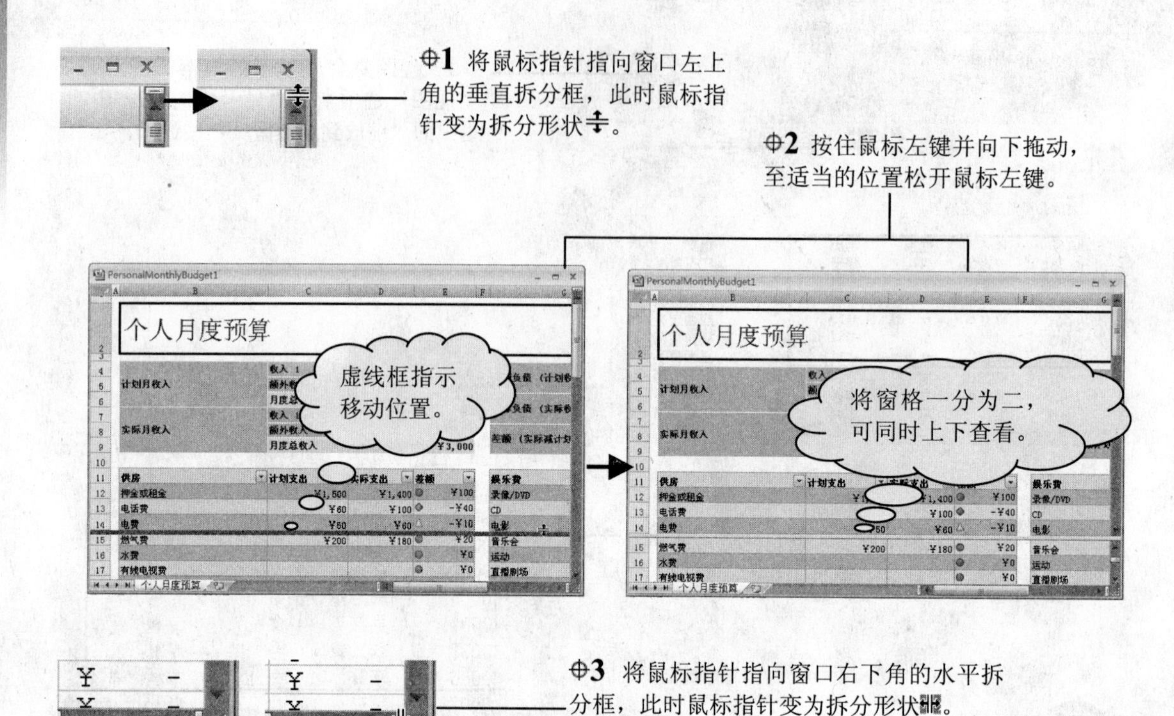


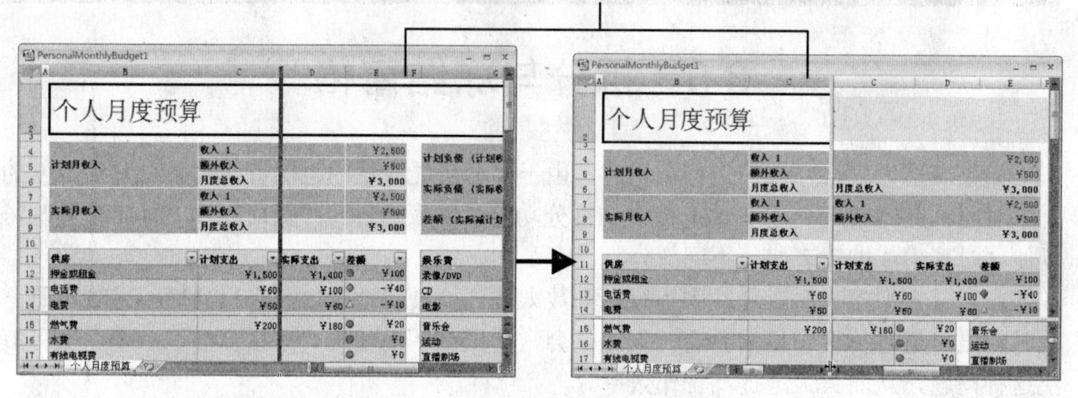


2．使用“拆分”按钮

此外，还可以使用“视图”选项卡上“窗口”选项组中的“拆分”按钮来拆分窗格，操作步骤如下图所示。

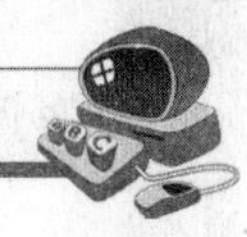

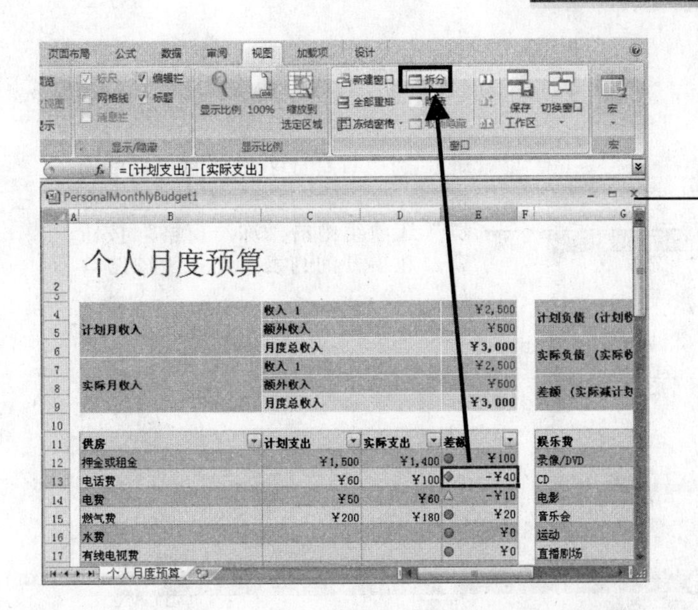


1 选定待拆分的单元格(行或列)，单击“视图”选项卡上“窗口”选项组中的“拆分”按钮。

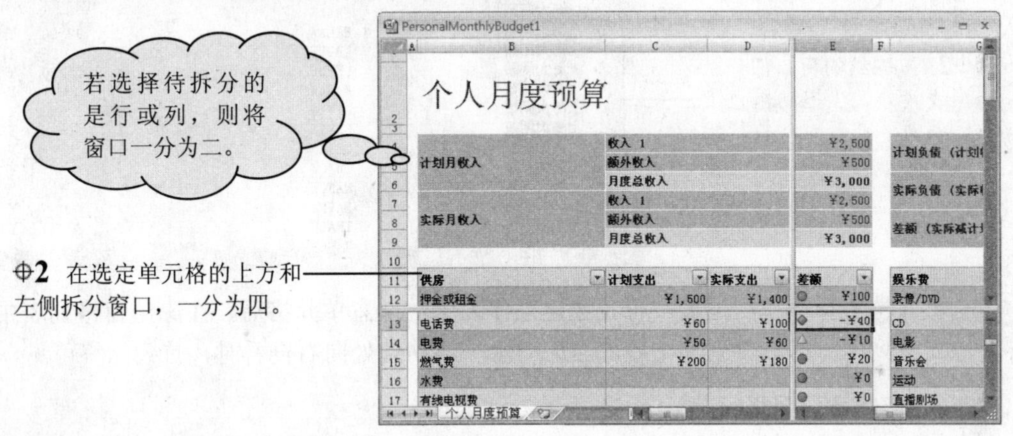


2 在选定单元格的上方和左侧拆分窗口，一分为四。

**提示**

要取消拆分，可双击拆分条或单击“视图”选项卡上“窗口”选项组中的“拆分”按钮。

## 3.5.2 冻结窗格

利用冻结窗格功能，可以保持工作表的某一部分在其他部分滚动时可见。如在查看过长的表格时保持首行可见，在查看过宽的表格则是保持首列可见，或保持行和列均可见。

### 1. 冻结首行/首列

要保持工作表首行可见，操作步骤如下图所示。

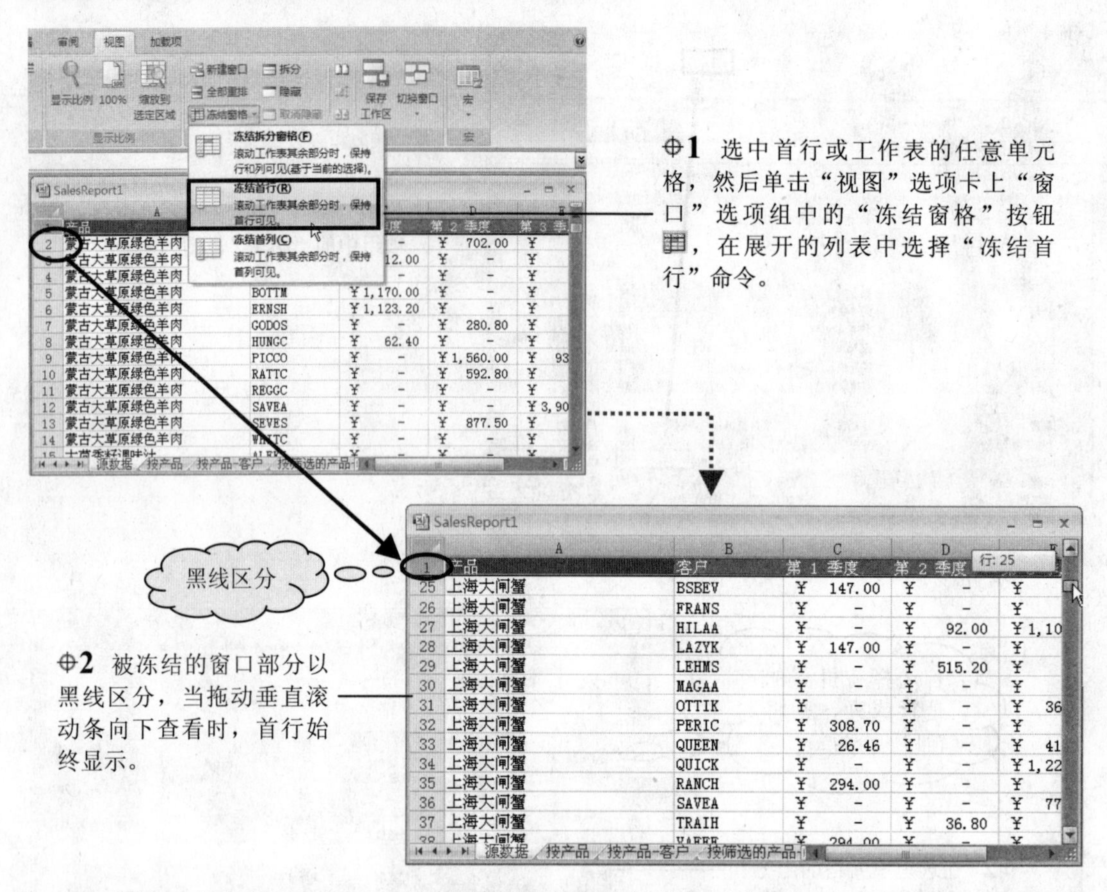


要保持工作表首列可见，可在选定工作表中的任意单元格后，在冻结窗格列表中选择“冻结首列”即可。首列冻结后，当拖动水平滚动条处向右查看时，首列始终可见。

## 2. 冻结拆分窗格

若要在滚动工作表时始终保持行、列数据可见，可在选定单元格后选择冻结窗格列表中的“冻结拆分窗格”命令即可。例如，想查看工作表中排在后面的记录，为了不混淆数据，可锁定行、列标志，具体操作步骤如下图所示。

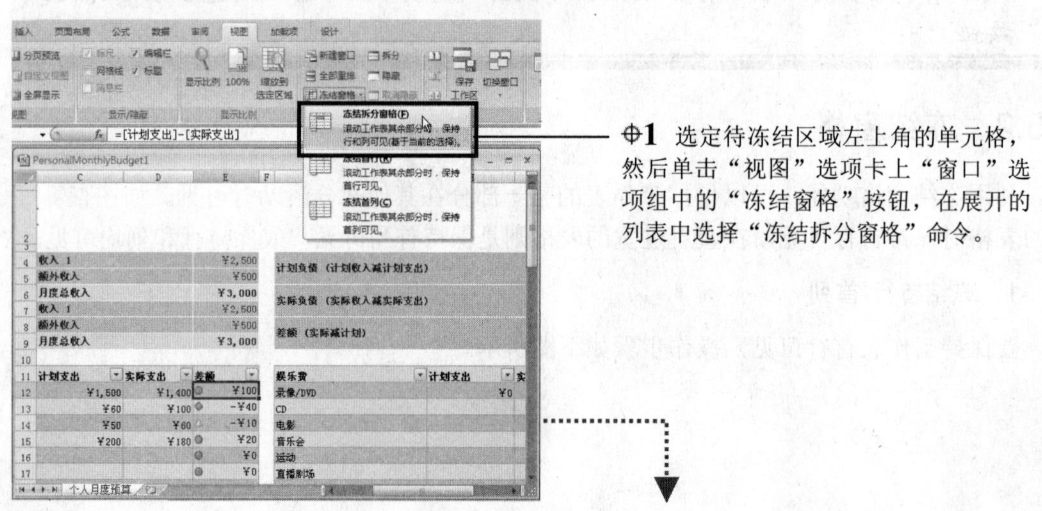

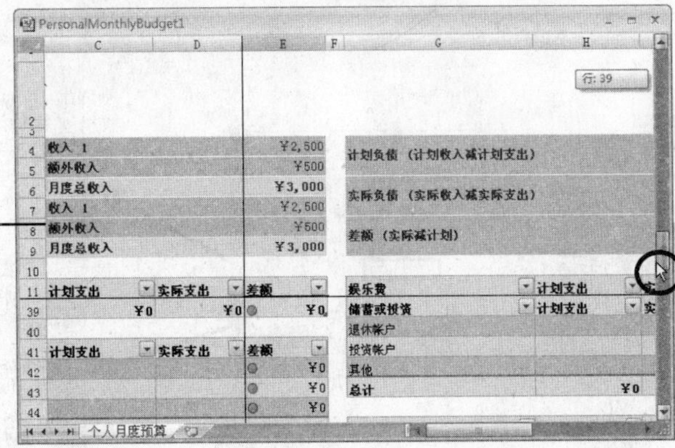


⊕2 在选定单元格的上方和左侧出现冻结窗格线，冻结窗格后可方便查看排在右侧或下方项目的情况。

提示

要取消窗格冻结，可在“冻结窗格”列表中选择“取消冻结窗格”命令即可。

## 练 一 练

### 1．简答题

(1) 如何选择单元格区域？

(2) 如何只粘贴复制的特定内容？

(3) 重命名工作表的方法有哪些？

(4) 在不同的工作簿中移动或复制工作表要注意什么？

(5) 调整行高和列宽有几种方法？

### 2．操作题

对照本章所学知识，在某张表格中进行单元格、单元格区域的选择、插入和删除操作；并为某些单元格添加批注；调整某些列的宽度和某些行的高度；并将某些列和行删除；将工作表重新命名并设置工作表标签的颜色。

## 问 与 答

**问**：如何快速隐藏光标所在的行或列？

**答**：按 Ctrl+9 或 Ctrl+0 组合键，可以快速隐藏光标所在的行或列，如下图示。

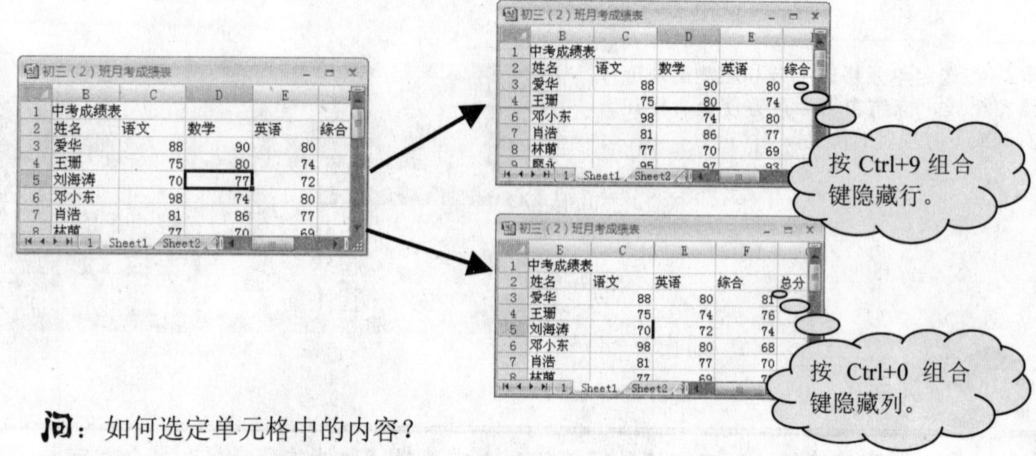


**问**：如何选定单元格中的内容？

**答**：要选定单元格中的内容，方法有两种：一是单击要选定内容的单元格，然后在编辑栏中拖动鼠标来选定单格中的内容；二是双击要选定内容的单元格，此时单元格处于可编辑状态，再拖动鼠标选定内容。

**问**：如何在编辑过程中撤销或恢复已执行的操作？

**答**：要撤销最近一次的操作，可按 Ctrl+Z 组合键或单击“快速访问访问工具栏”中的“撤销”按钮；若要一次撤销前面的多步操作，可单击“撤销”按钮右侧的下三角按钮，在展开的列表中选择需要撤销的多步操作即可，如左下图所示。

恢复操作是撤销操作的逆操作，该命令只有在执行过撤销操作后才起作用。要恢复上一步被撤销的操作，可按 Ctrl+Y 组合键或单击“快速访问工具栏”上的“恢复”按钮。同样地，要恢复多步操作，可单击其右侧的下三角按钮，在展开的列表中选择要恢复的多步操作即可，如右下图所示。

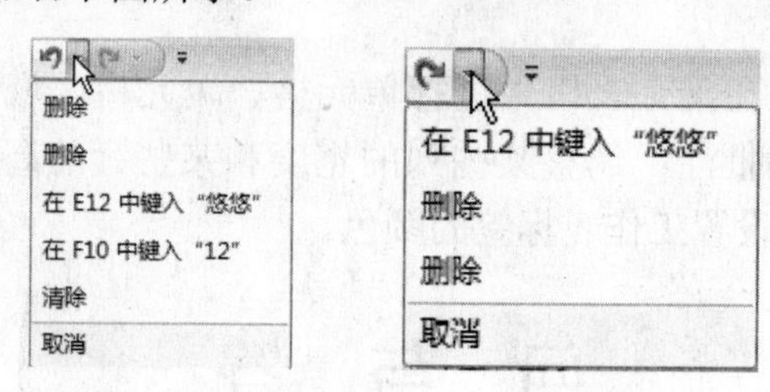

**提示**

并不是所有的操作都可以撤销的，如“保存”操作是不能撤销的。

**问**：如何一次性插入多张工作表？

**答**：要一次性插入多张工作表，首先要选定要插入的工作表，然后单击“开始”选项卡上“单元格”选项组中的“插入”按钮，在展开的列表中选择“插入工作表”命令即可。

例如，要一次性插入 3 张工作表，可按下图所示进行操作。

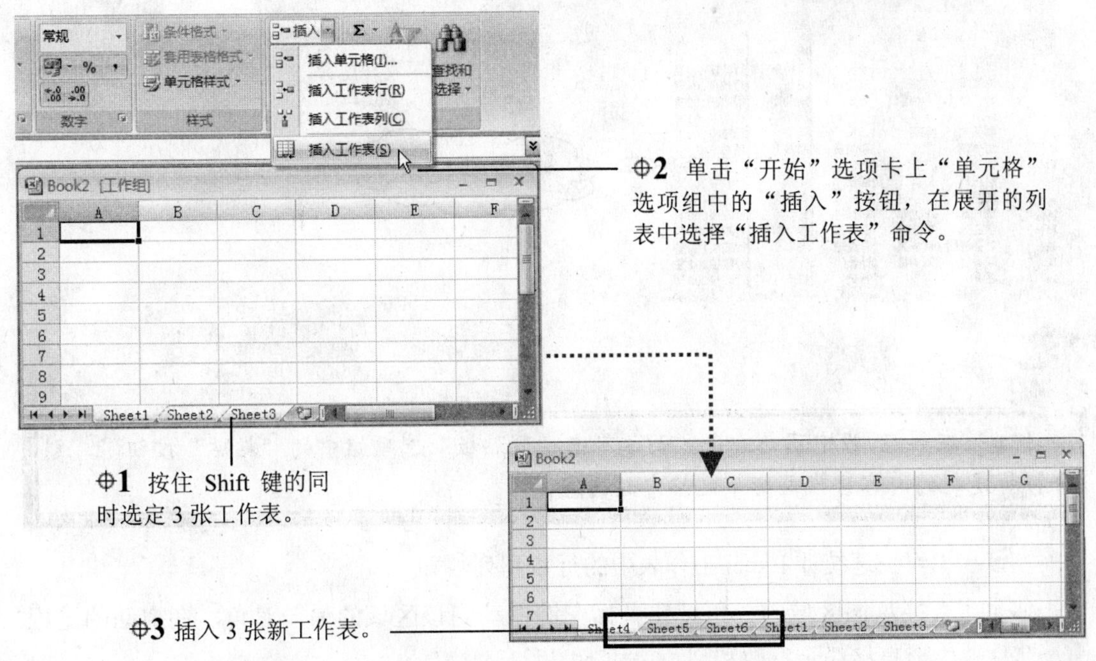


**问**：如何在移动或复制行或列后不替换现有行或列的内容？

**答**：下面以复制列为例(行的操作与此类似)，操作步骤如下图所示。

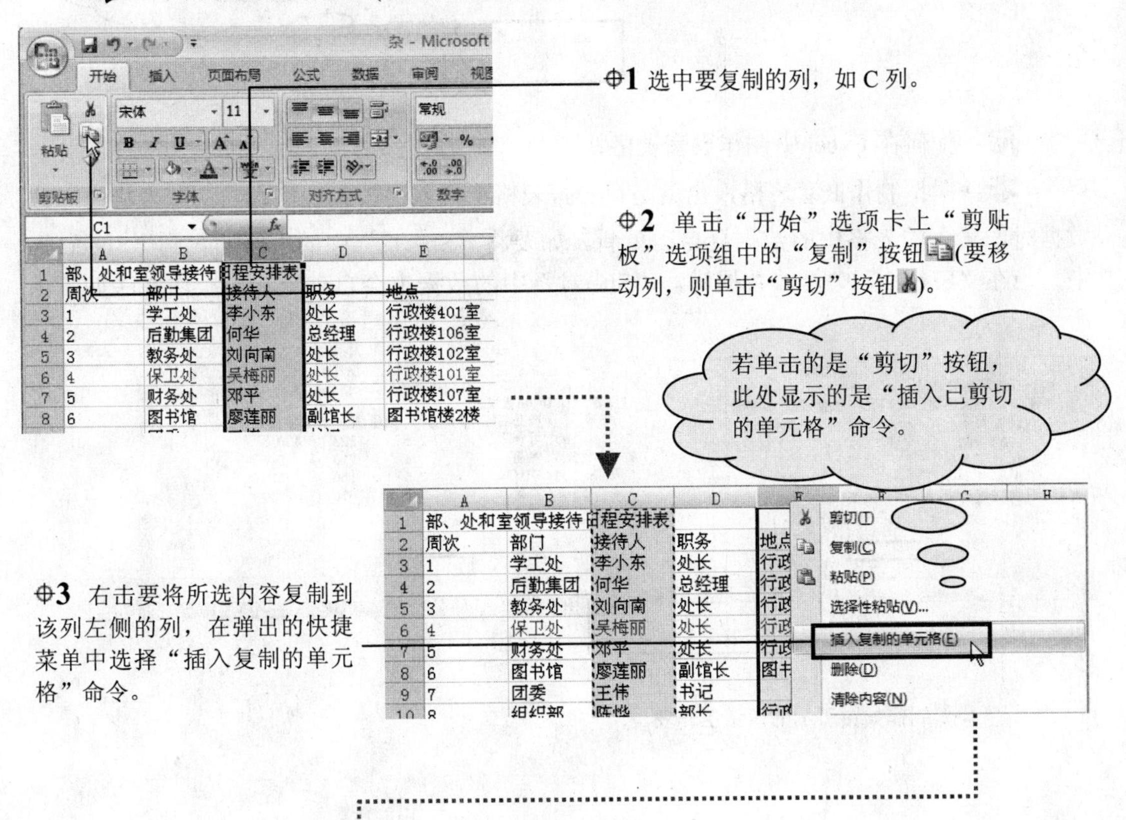

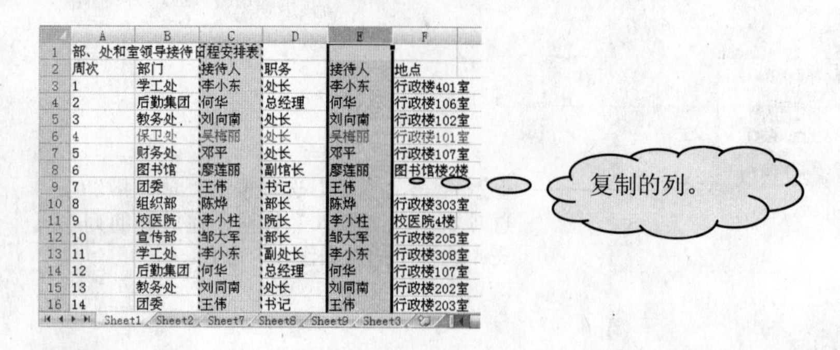

| | A | B | C | D | E | F |
|---|---|---|---|---|---|---|
| 1 | 部、处和室领导接待日程安排表 | | | | | |
| 2 | 周次 | 部门 | 接待人 | 职务 | 接待人 | 地点 |
| 3 | 1 | 学工处 | 李小东 | 处长 | 李小东 | 行政楼401室 |
| 4 | 2 | 后勤集团 | 何华 | 总经理 | 何华 | 行政楼106室 |
| 5 | 3 | 教务处 | 刘向南 | 处长 | 刘向南 | 行政楼102室 |
| 6 | 4 | 保卫处 | 吴梅丽 | 处长 | 吴梅丽 | 行政楼101室 |
| 7 | 5 | 财务处 | 邓平 | 处长 | 邓平 | 行政楼107室 |
| 8 | 6 | 图书馆 | 廖莲丽 | 副馆长 | 廖莲丽 | 图书馆楼2楼 |
| 9 | 7 | 团委 | 王伟 | 书记 | 王伟 | |
| 10 | 8 | 组织部 | 陈烨 | 部长 | 陈烨 | 行政楼303室 |
| 11 | 9 | 校医院 | 李小柱 | 院长 | 李小柱 | 校医院4楼 |
| 12 | 10 | 宣传部 | 邹大军 | 部长 | 邹大军 | 行政楼205室 |
| 13 | 11 | 学工处 | 李小东 | 副处长 | 李小东 | 行政楼308室 |
| 14 | 12 | 后勤集团 | 何华 | 总经理 | 何华 | 行政楼107室 |
| 15 | 13 | 教务处 | 刘同南 | 处长 | 刘同南 | 行政楼202室 |
| 16 | 14 | 团委 | 王伟 | 书记 | 王伟 | 行政楼203室 |



## 提示

如果在第 3 步中不是右击，而是单击“剪贴板”选项组中的“粘贴”按钮，则会将所复制的内容替代目标单元格中的内容。

**问**：如何快速统计 Excel 工作表中的行数和列数？

**答**：直接从该区域的一角按住鼠标左键拖动到该区域的另一对角，在拖动的过程中，名称框中会直接显示行数和列数，如下图所示。

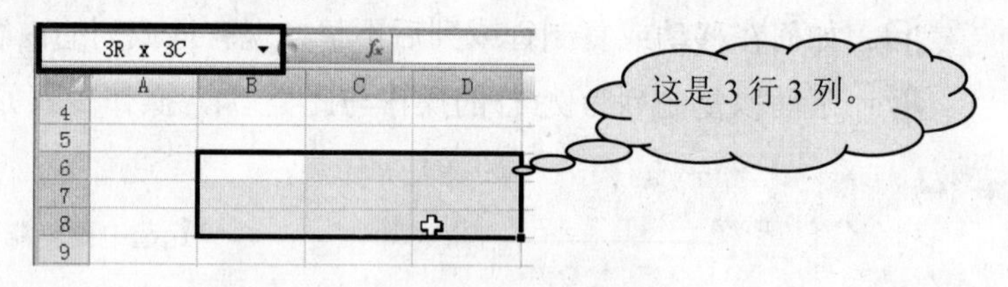


**问**：如何在 Excel 中制作嵌套表格？

**答**：所谓制作嵌套表格，也就是在一张表格中插入另一张表格，当在源表格中修改数据时，插入的表格中的数据会自动更新。如要将“Sheet2”中的表格插入到“Sheet1”中，当在“Sheet2”中修改数据时，“Sheet1”中的数据也会自动更新，操作方法如下图所示。

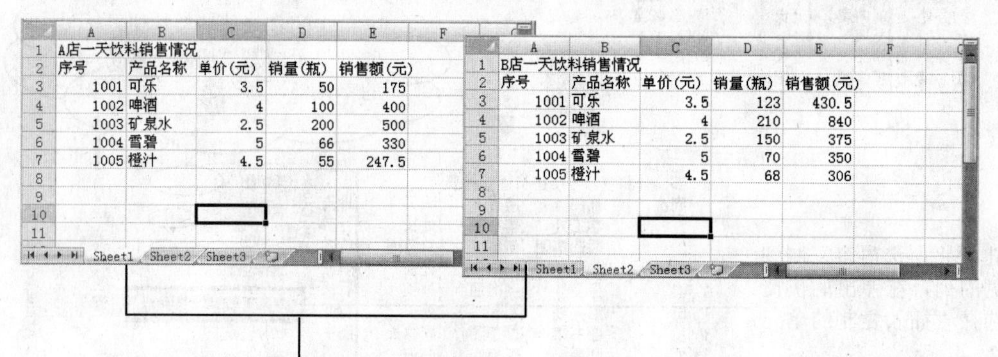

| | A | B | C | D | E |
|---|---|---|---|---|---|
| 1 | A店一天饮料销售情况 | | | | |
| 2 | 序号 | 产品名称 | 单价(元) | 销量(瓶) | 销售额(元) |
| 3 | 1001 | 可乐 | 3.5 | 50 | 175 |
| 4 | 1002 | 啤酒 | 4 | 100 | 400 |
| 5 | 1003 | 矿泉水 | 2.5 | 200 | 500 |
| 6 | 1004 | 雪碧 | 5 | 66 | 330 |
| 7 | 1005 | 橙汁 | 4.5 | 55 | 247.5 |

| | A | B | C | D | E |
|---|---|---|---|---|---|
| 1 | B店一天饮料销售情况 | | | | |
| 2 | 序号 | 产品名称 | 单价(元) | 销量(瓶) | 销售额(元) |
| 3 | 1001 | 可乐 | 3.5 | 123 | 430.5 |
| 4 | 1002 | 啤酒 | 4 | 210 | 840 |
| 5 | 1003 | 矿泉水 | 2.5 | 150 | 375 |
| 6 | 1004 | 雪碧 | 5 | 70 | 350 |
| 7 | 1005 | 橙汁 | 4.5 | 68 | 306 |



**1** 制作如图所示的两张工作表。

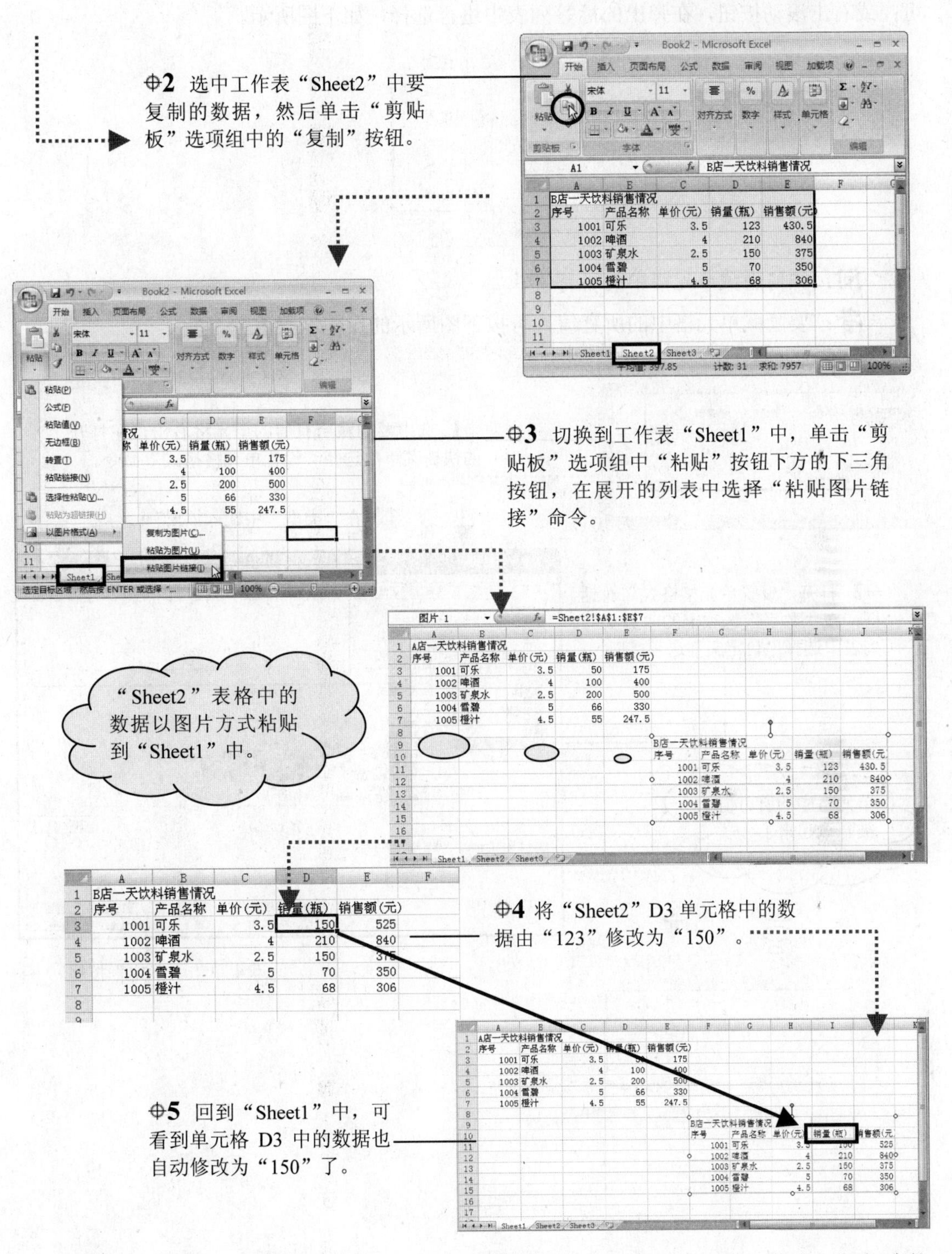


**问**：工作簿中有多张工作表，并且工作表标签中未完全显示所有工作表，如何才能快速选中所需的工作表？

**答**：可以单击工作表标签上的滚动按钮，看到所需工作表标签后单击即可；或右击滚动按钮，在弹出的标签列表中进行选择，如下图所示。

**问**：如何隐藏单元格中的所有值？

**答**：要隐藏单元格中的所有值，可按下图所示的操作步骤进行。

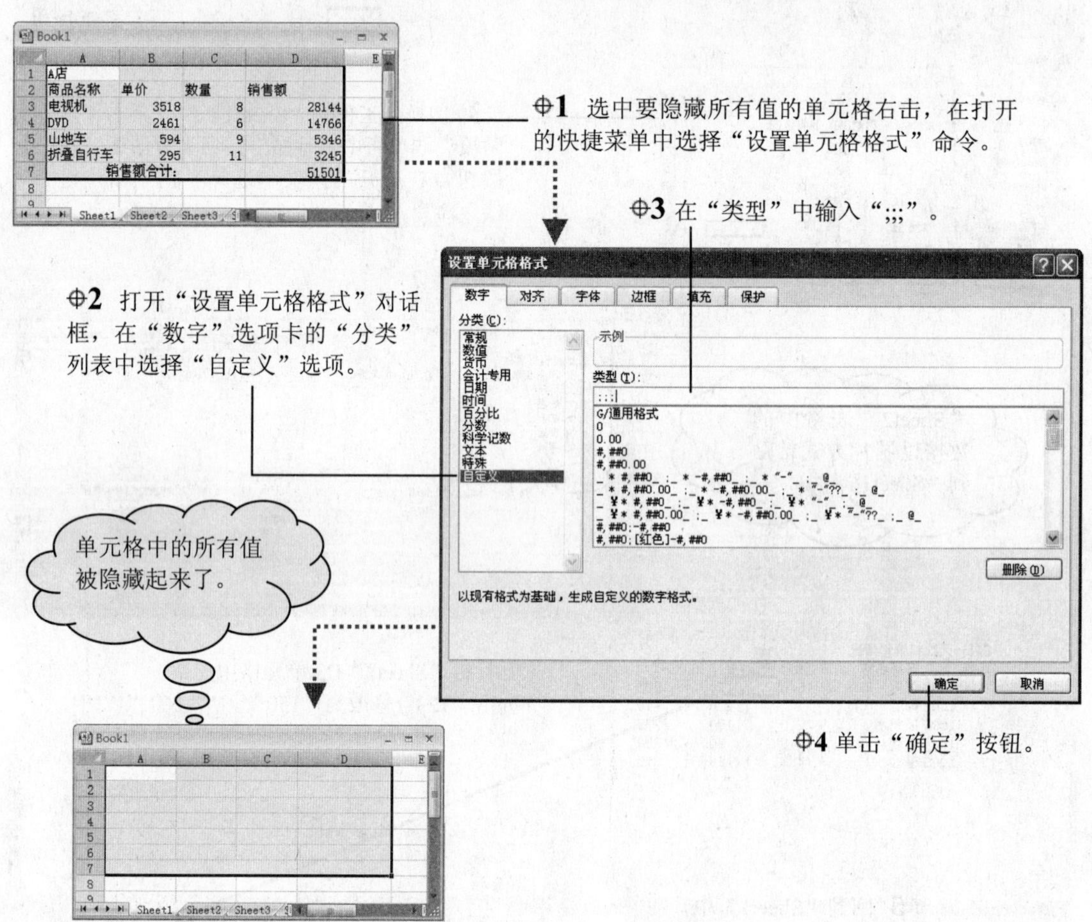

# 第4章 工作表的美化

**本章学习重点**

- ☞ 设置单元格格式
- ☞ 设置表格格式
- ☞ 套用表格格式和单元格样式
- ☞ 使用条件格式

工作表建好之后，应该对其进行格式化，如设置单元格格式，为表格添加边框和底纹，利用条件格式使某些单元格突出显示，自动套用表格格式和单元格样式等，这样可以使工作表更加美观并且便于阅读。

## 4.1 设置单元格格式

在单元格中输入数据后，我们可以对单元格内容的字体、字号和对齐方式进行设置，还可根据实际需要将单元格内容合并或拆分，以及设置单元格的数据格式等。

### 4.1.1 设置字体、字号、字形和颜色

默认情况下，在单元格中输入数据时，字体为“宋体”、字号为“11”、颜色为黑色。为了使工作表中的某些数据醒目和突出，以及使整个版面更丰富，通常需要对不同的单元格设置不同的字体和字号等，常用的设置方法如下。

**提示**

字号用来指明字体大小。我国用0号、1号……5号、小5号等来标识字体大小(数越大字越小)。西方国家用“磅”来标识字体大小(数越大字越大)。其中，图书、杂志正文使用的字号通常为5号字，它相当于10.5磅。

**1. 利用“字体”选项组中的按钮**

利用“字体”选项组中的按钮，可以快速、方便地为所选单元格或单元格区域设置字体和字号，具体操作步骤如下图所示。

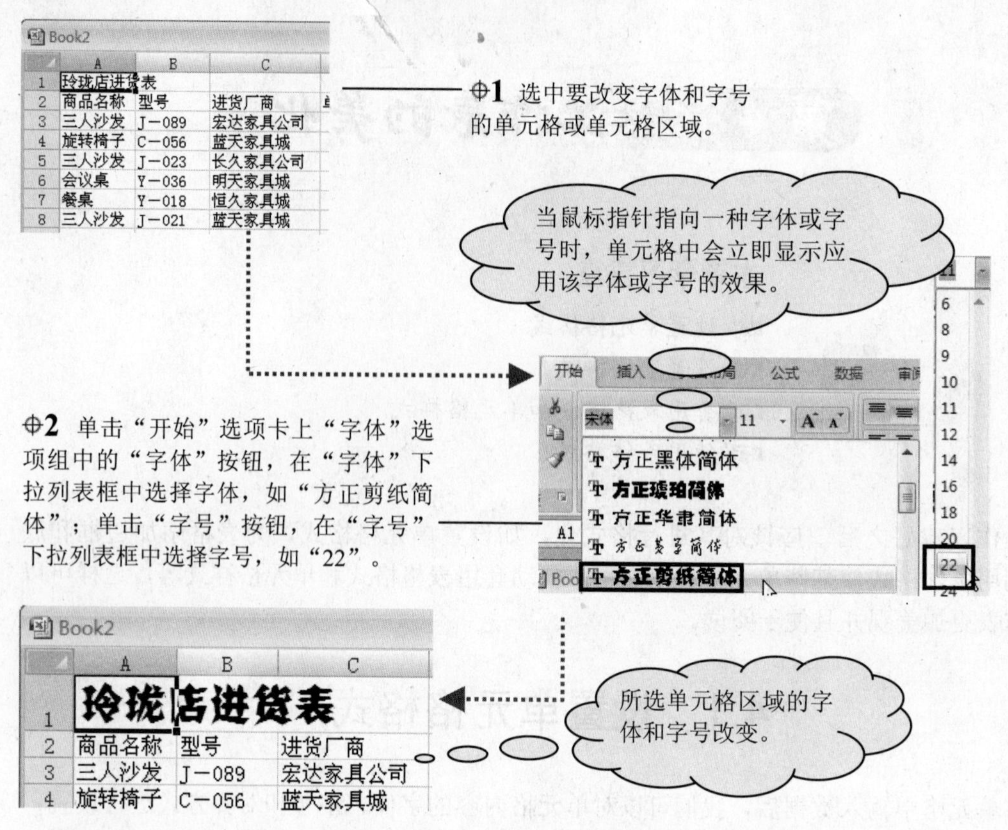


另外，利用“字体”选项组中的其他按钮，我们还可以方便地增大、减小字号，设置字形和颜色等，如下图所示

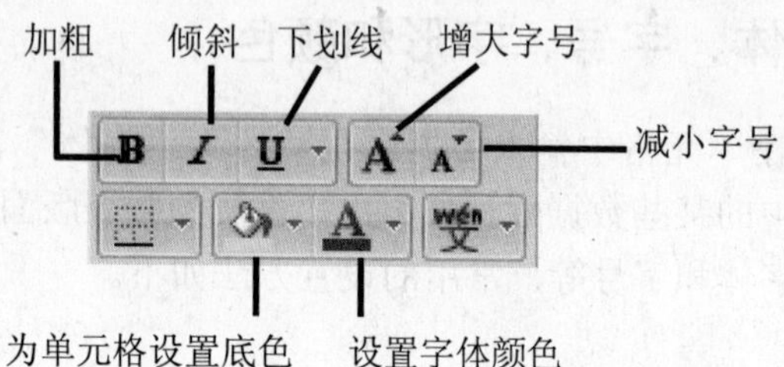


2．利用“设置单元格格式”对话框

利用“设置单元格格式”对话框，也可方便地为单元格内容设置字体、字号、字形和颜色等，其操作步骤如下图所示。

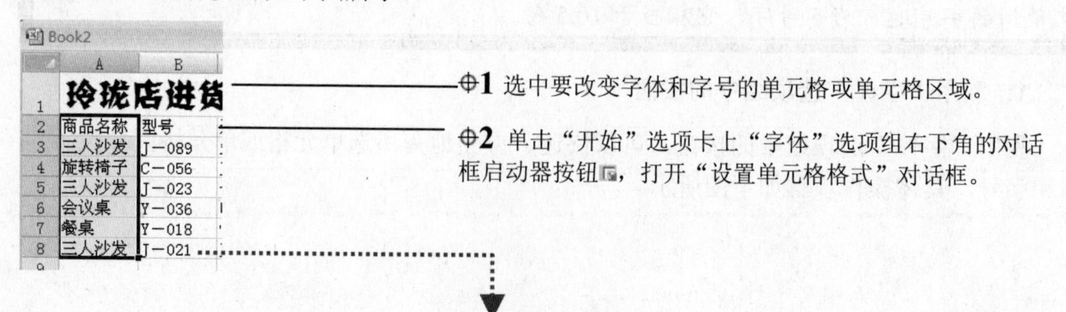

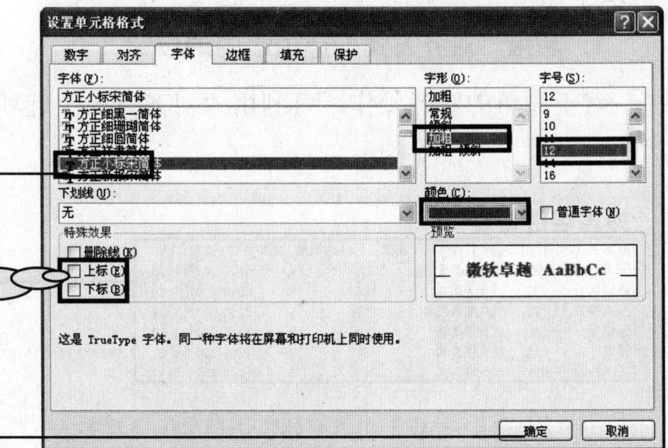


⊕**3** 在“字体”列表框中选择字体；在“字形”列表框中选择字形；在“字号”列表框中选择字号；在“颜色”下拉列表框中设置字体颜色。

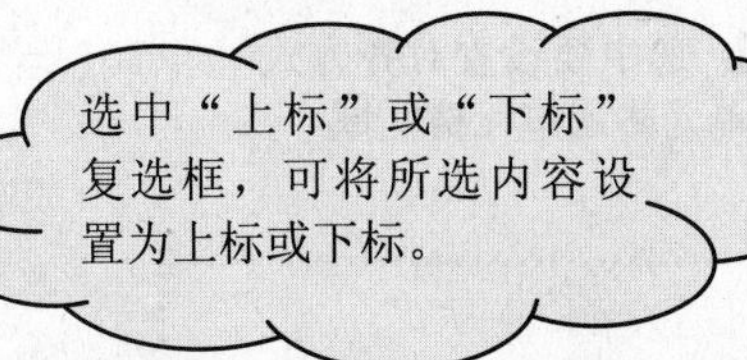


⊕**4** 单击“确定”按钮。

**提示**

选中单元格或单元格区域后按 Ctrl+1 组合键，可快速打开“设置单元格格式”对话框。需要注意的是，此处的数字“1”只能按键盘左侧的小数字键才有效。

## 4.1.2 设置对齐方式

所谓对齐是指单元格内容在显示时，相对单元格上下左右的位置。单元格内容的对齐方式通常有：顶端对齐、垂直居中、底端对齐，文本左对齐、水平居中和文本右对齐。这几种对齐方式在“开始”选项卡的“对齐方式”选项组中均有按钮表示，如右图所示，其含义如表 4-1 所示。

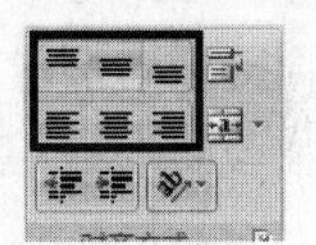

表 4-1 对齐按钮及功能

| 图 标 | 名 称 | 功 能 |
|---|---|---|
| | 顶端对齐 | 将单元格内容顶端对齐 |
| | 垂直居中 | 将单元格内容上下居中 |
| | 底端对齐 | 将单元格内容底端对齐 |
| | 文本左对齐 | 将单元格内容左对齐 |
| | 文本右对齐 | 将单元格内容右对齐 |
| | 水平居中 | 将单元格内容水平居中 |

通常情况下，输入到单元格中的文本为左对齐，数字为右对齐，逻辑值和错误值为居中对齐。我们可以通过设置单元格的对齐方式，使整个表格看起来整齐，设置方法如下。

1. 利用“对齐方式”选项组中的按钮

对于简单的对齐操作，可利用“对齐方式”选项组中的按钮来设置，操作步骤如下图所示。

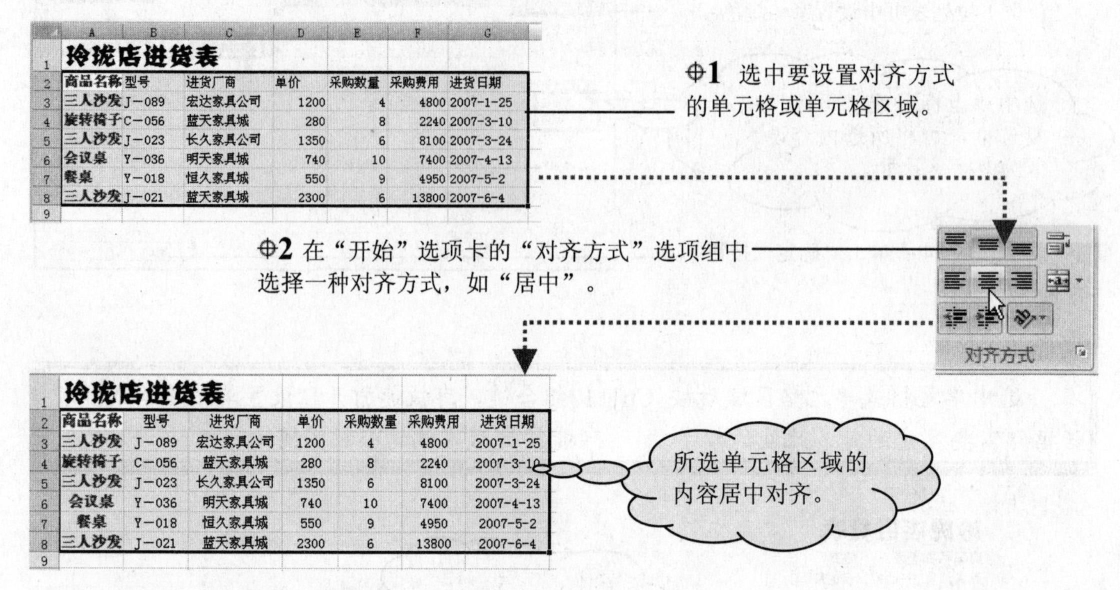


2. 利用“设置单元格格式”对话框

除了利用“对齐方式”选项组中的按钮设置单元格的对齐外，对于较复杂的对齐操作，例如，想让单元格中的数据两端对齐、分散对齐等，则可以利用“设置单元格格式”对话框来进行，操作步骤如下图所示。

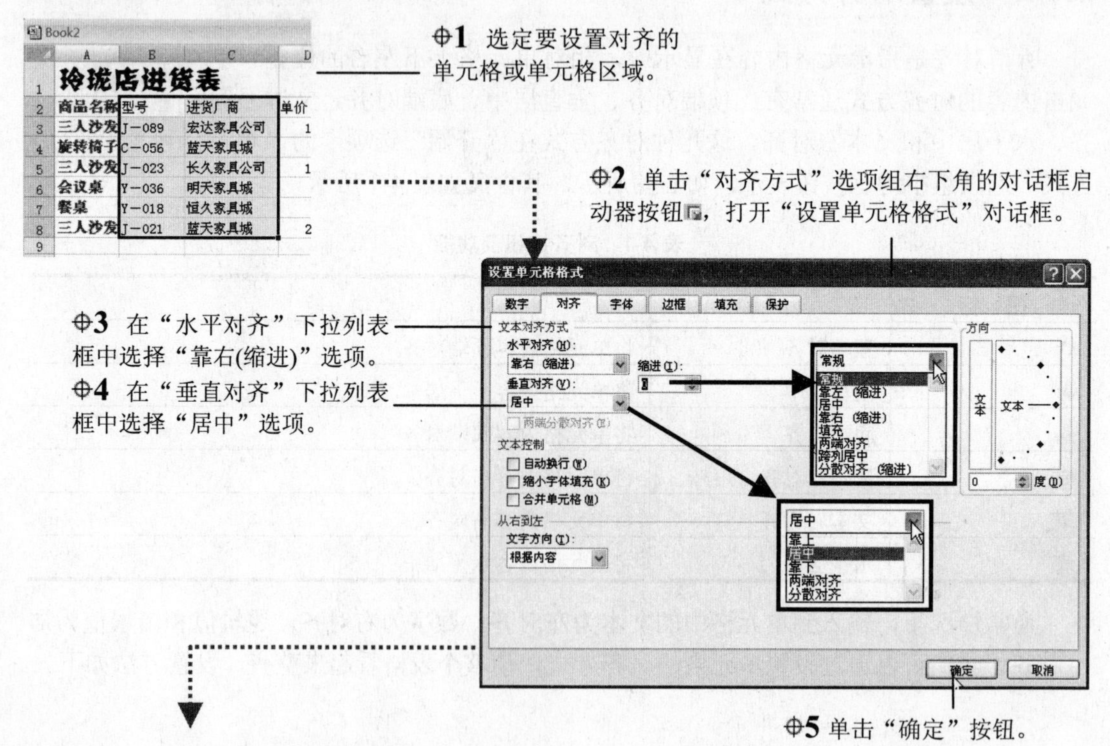

提示

"两端对齐"只有当单元格的内容是多行时才起作用，其多行文本两端对齐；"分散对齐"是将单元格中的内容以两端撑满方式与两边对齐。

## 4.1.3 单元格内容的合并及拆分

当合并两个或多个相邻的水平或垂直单元格时，这些单元格就成为一个跨多列或多行显示的大单元格，其中只有左上角单元格的内容出现在合并的单元格中，并且大单元格地址以左上角单元格地址标识。当然，我们也可以将合并的单元格重新拆分成多个单元格，但不能拆分未合并过的单元格。

### 1. 合并相邻单元格

下面我们通过合并相邻单元格来制作表头，操作步骤如下图所示。

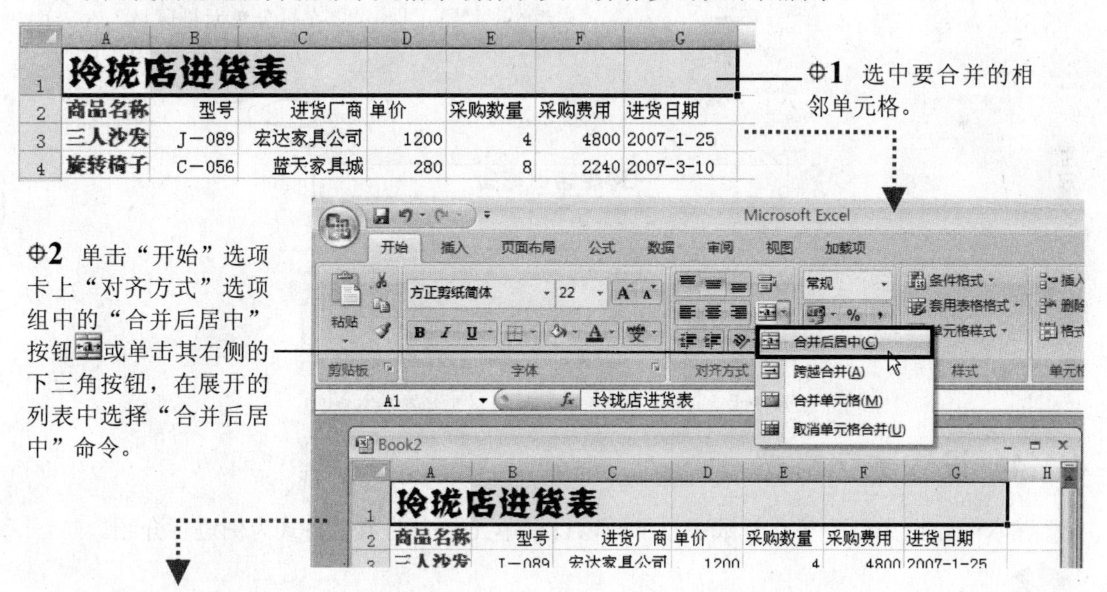


- **合并后居中：**表示将选择的多个单元格合并成一个较大的单元格，并将合并后的单元格内容居中。
- **跨越合并：**将所选单元格按行合并。
- **合并单元格：**将所选单元格全部合并为一个单元格。

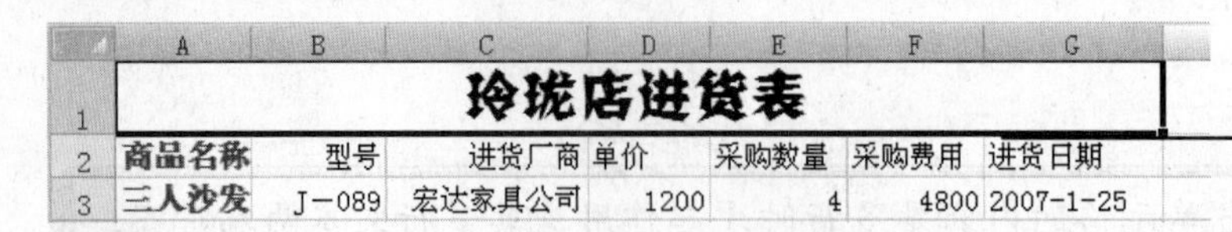

| | A | B | C | D | E | F | G |
|---|---|---|---|---|---|---|---|
| 1 | 玲珑店进货表 | | | | | | |
| 2 | 商品名称 | 型号 | 进货厂商 | 单价 | 采购数量 | 采购费用 | 进货日期 |
| 3 | 三人沙发 | J-089 | 宏达家具公司 | 1200 | 4 | 4800 | 2007-1-25 |

3 所选单元格在一个行中合并，单元格内容在合并单元格中居中显示。

**提示**

如果要合并的多个单元格中都有数据，则无论选择哪种合并方式，都会出现如下图所示的提示对话框，单击“确定”按钮，否则取消合并操作。所以，在合并单元格前，确保要在合并单元格中显示的数据位于所选区域的左上角单元格中，因为只有左上角单元格中的数据将保留在合并的单元格中，其他所选区域中的数据都将被删除。

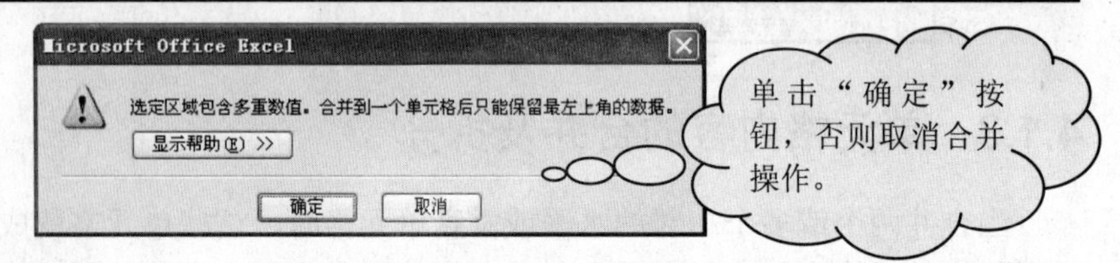


### 2. 拆分合并的单元格

要拆分合并的单元格，只需选中合并的单元格，然后单击“对齐方式”选项组中的“合并及居中”按钮即可，此时合并单元格的内容将出现在拆分单元格区域左上角的单元格中，如下图所示。

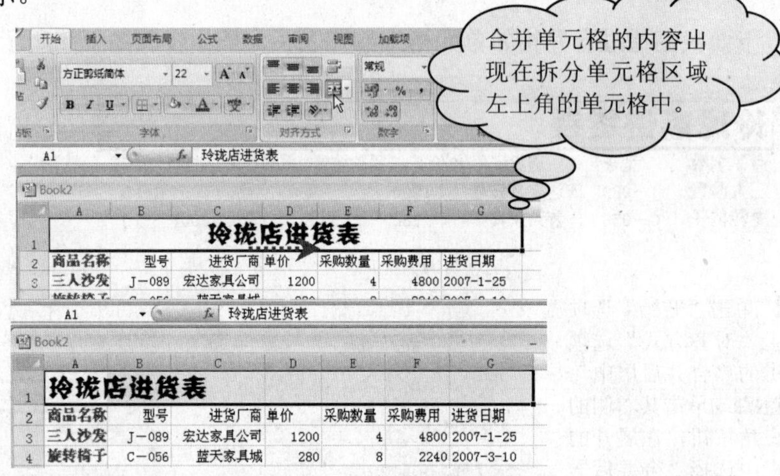


## 4.1.4 设置数字格式

输入的数据类型中多含有数字，下面以设置单元格中的数字格式为例进行介绍。

**提示**

Excel 中的数值型数据类型有常规、数字、货币、会计专用、日期、时间、百分比、分数、文本等。

为单元格中的数值设置不同数字格式，只是更改它的显示形式，不影响其实际值。

## 1. 利用“数字格式”列表

通常情况下，单元格中的数字格式为“常规”，我们可以根据需要来改变格式。

在 Excel 2007 中，若想为单元格中的数据快速地设置会计数字格式、百分比样式或千位分隔样式等，可直接单击“开始”选项卡上“数字”选项组中的相应按钮。

此外，还可单击“数字”选项组中“常规”按钮右侧的下三角按钮，在展开的列表中选择所需数据类型。

例如，要将“单价”和“采购数量”列中的数据以“文本”形式显示，可按下图所示的操作步骤进行。

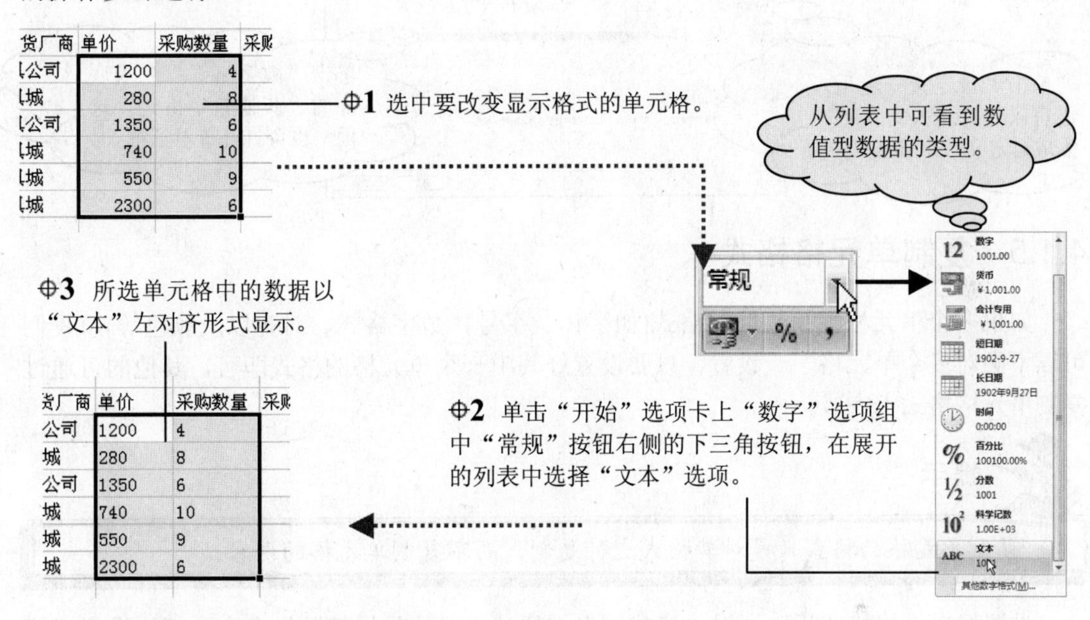


各数字格式的含义如表 4-2 所示。

表 4-2　数字格式及含义

| 格　式 | 说　明 |
|---|---|
| 常规 | 默认数字格式，通常以数字输入的方式显示 |
| 数字 | 数字的一般表示形式，可以指定小数位数、千位分隔符、负数 |
| 货币 | 显示带有货币符号的数值，用来表示货币值 |
| 会计专用 | 也用于表示货币值，但它会对齐货币符号和小数点 |
| 日期 | 将日期和时间系列数值显示为日期值 |
| 时间 | 将日期和时间系列数值显示为时间值 |
| 百分比 | 以百分数形式显示单元格的值 |
| 分数 | 根据用户指定的分数类型以分数形式显示数据 |
| 科学记数 | 以指数表示法显示数字 |
| 文本 | 将单元格的内容视为文本，即便用户输入的是数字 |

### 2. 利用“设置单元格格式”对话框

除了上述方法可设置数字格式外，还可以单击“数字”选项组右下角的对话框启动器按钮，打开“设置单元格格式”对话框，切换到“数字”选项卡，如下图所示，在“分类”列表框中选择数字类型，然后根据需要在对话框右侧设置其他选项。

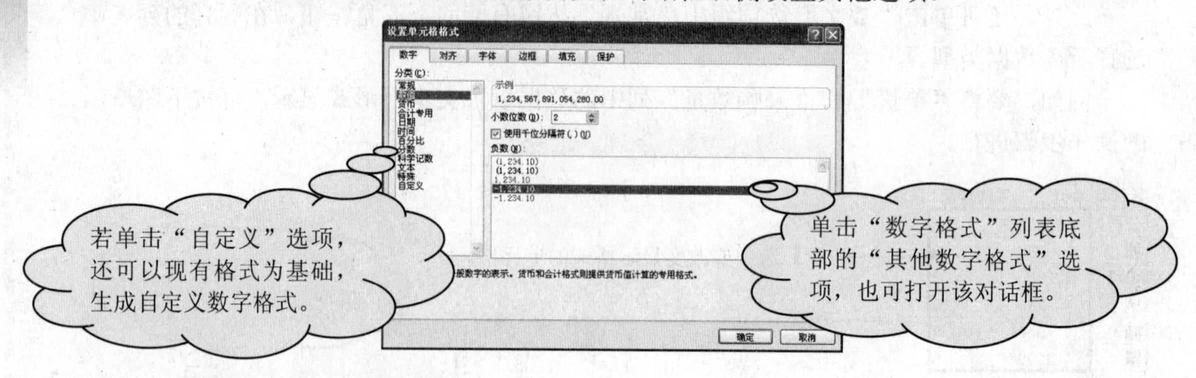


## 4.1.5 复制单元格格式

如果多个单元格使用相同的格式(如字体、字号、数字格式、对齐以及颜色等)，我们可以不必对多个单元格一一设置，只要设置好其中一个单元格的格式即可，其他的可通过复制单元格格式来完成。

提示

复制单元格的格式只是对其格式进行复制，而不复制单元格的内容。

设置好单元格格式后，通过“格式刷”按钮或“选择性粘贴”命令，可将设置好的单元格格式复制到其他单元格中，以提高工作效率。

### 1. 利用“格式刷”按钮

利用“格式刷”按钮复制单元格格式的操作步骤如下图所示。

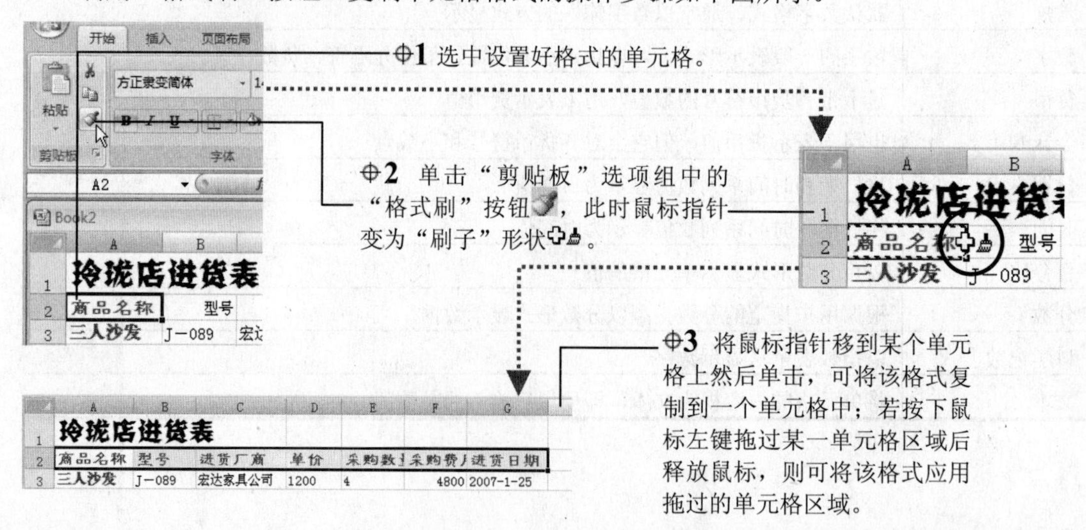

提示

若要进行多次格式复制，可双击“格式刷”按钮，复制完成后再单击“格式刷”按钮。

2. 利用“选择性粘贴”命令

除了可以使用“格式刷”按钮复制格式外，还可以使用“选择性粘贴”命令来复制格式，操作步骤如下图所示。

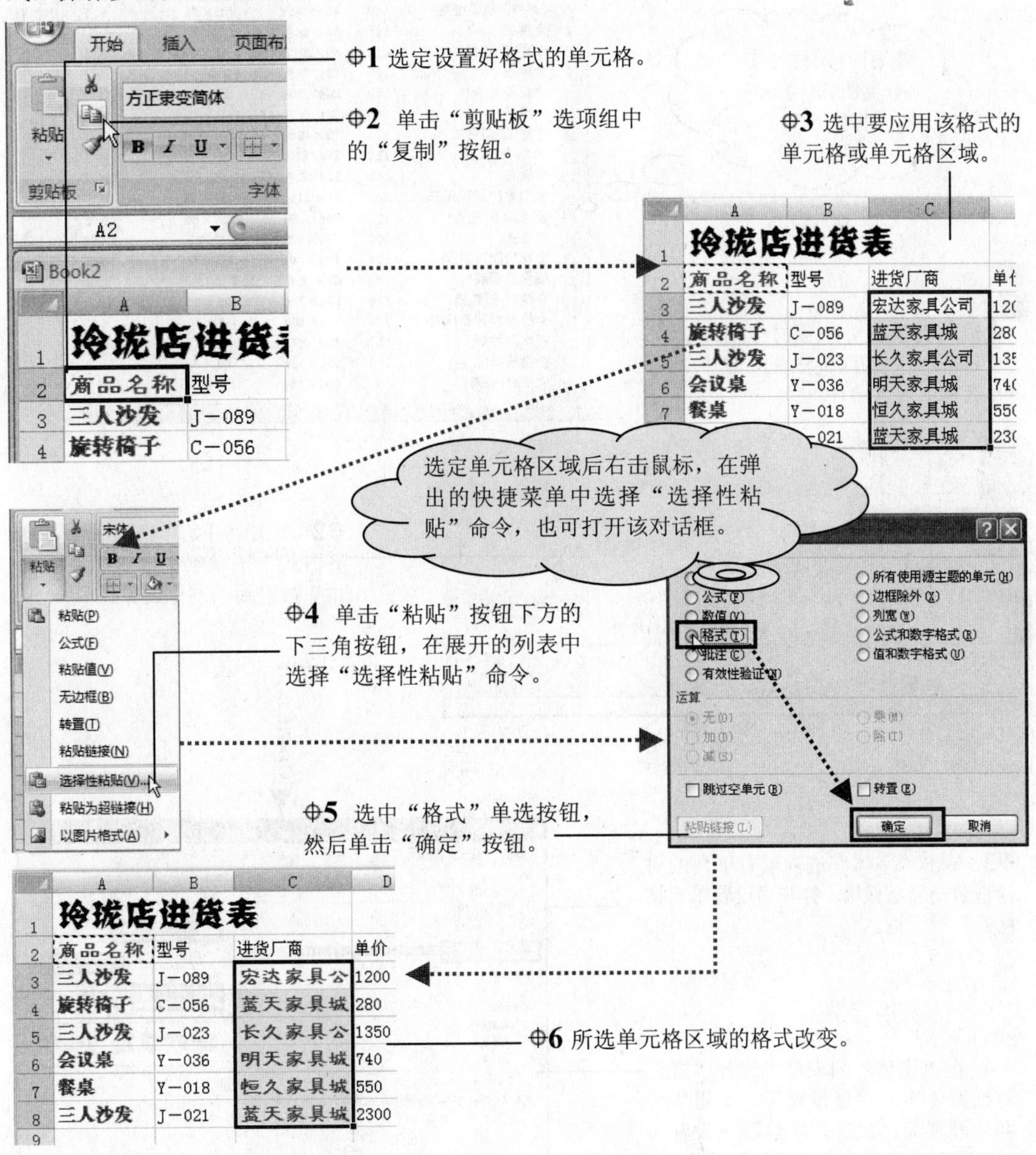




快乐学电脑

# 实例1　设置“布匹价格表”的单元格格式

下面对“布匹价格表”进行编辑，来熟悉一下为单元格内容设置字体、字号和对齐方式的方法，以及单元格合并及复制单元格格式的方法，操作步骤如下。

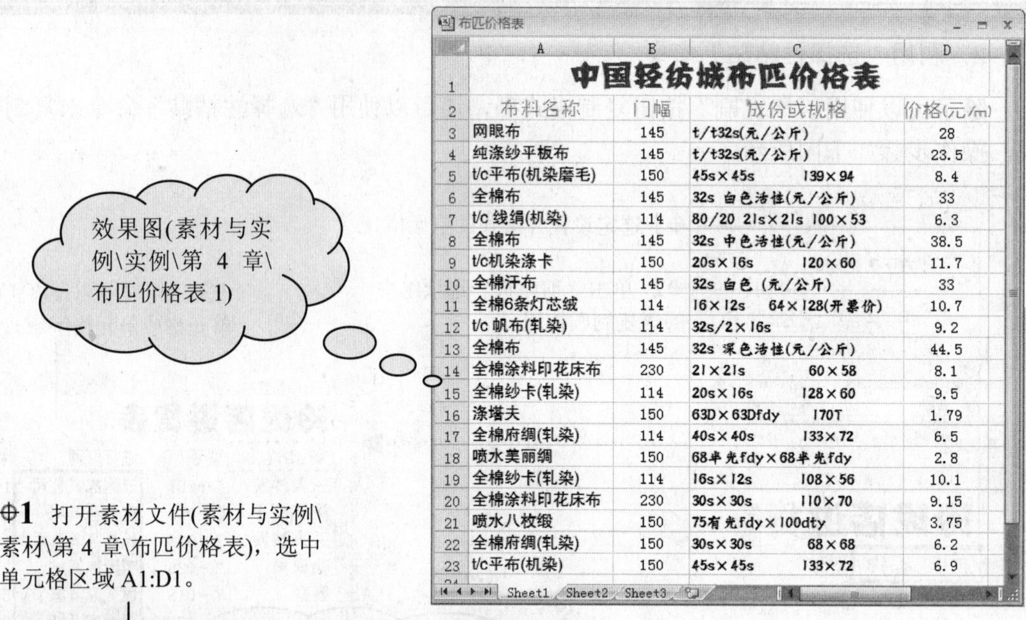


| | A | B | C | D |
|---|---|---|---|---|
| 1 | 中国轻纺城布匹价格表 | | | |
| 2 | 布料名称 | 门幅 | 成份或规格 | 价格(元/m) |
| 3 | 网眼布 | 145 | t/t32s(元/公斤) | 28 |
| 4 | 纯涤纱平板布 | 145 | t/t32s(元/公斤) | 23.5 |
| 5 | t/c平布(机染磨毛) | 150 | 45s×45s　139×94 | 8.4 |
| 6 | 全棉布 | 145 | 32s 白色活性(元/公斤) | 33 |
| 7 | t/c 线绢(机染) | 114 | 80/20 21s×21s 100×53 | 6.3 |
| 8 | 全棉布 | 145 | 32s 中色活性(元/公斤) | 38.5 |
| 9 | t/c机染涤卡 | 150 | 20s×16s　120×60 | 11.7 |
| 10 | 全棉汗布 | 145 | 32s 白色 (元/公斤) | 33 |
| 11 | 全棉6条灯芯绒 | 114 | 16×12s　64×128(开票价) | 10.7 |
| 12 | t/c 帆布(轧染) | 114 | 32s/2×16s | 9.2 |
| 13 | 全棉布 | 145 | 32s 深色活性(元/公斤) | 44.5 |
| 14 | 全棉涂料印花床布 | 230 | 21×21s　60×58 | 8.1 |
| 15 | 全棉纱卡(轧染) | 114 | 20s×16s　128×60 | 9.5 |
| 16 | 涤塔夫 | 150 | 63D×63Dfdy　170T | 1.79 |
| 17 | 全棉府绸(轧染) | 114 | 40s×40s　133×72 | 6.5 |
| 18 | 喷水美丽绸 | 150 | 68半光fdy×68半光fdy | 2.8 |
| 19 | 全棉纱卡(轧染) | 114 | 16s×12s　108×56 | 10.1 |
| 20 | 全棉涂料印花床布 | 230 | 30s×30s　110×70 | 9.15 |
| 21 | 喷水八枚缎 | 150 | 75有光fdy×100dty | 3.75 |
| 22 | 全棉府绸(轧染) | 150 | 30s×30s　68×68 | 6.2 |
| 23 | t/c平布(机染) | 150 | 45s×45s　133×72 | 6.9 |

**1** 打开素材文件(素材与实例\素材\第 4 章\布匹价格表)，选中单元格区域 A1:D1。

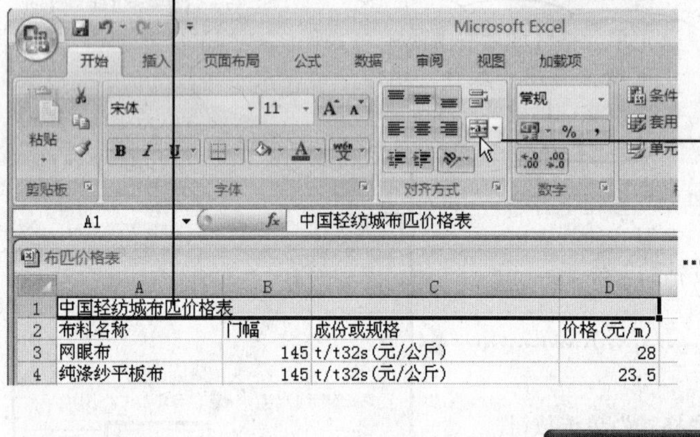

**2** 单击“开始”选项卡上“对齐方式”选项组中的“合并后居中”按钮，制作表头。

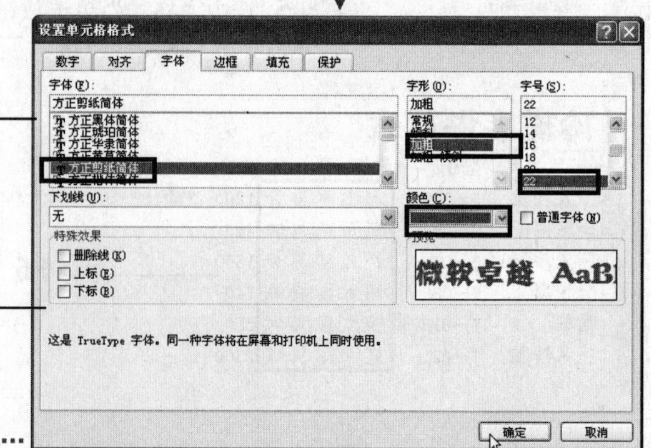

**3** 单击“字体”选项组右下角的对话框启动器按钮，打开“设置单元格格式”对话框。

**4** 在“字体”列表框中选择“方正剪纸简体”，字形设置为“加粗”，字号设置为“22”，字体颜色设置为“蓝色”，然后单击“确定”按钮。

提示

设置字体或增大字号后，Excel会自动调整行高，以适应这种变化。

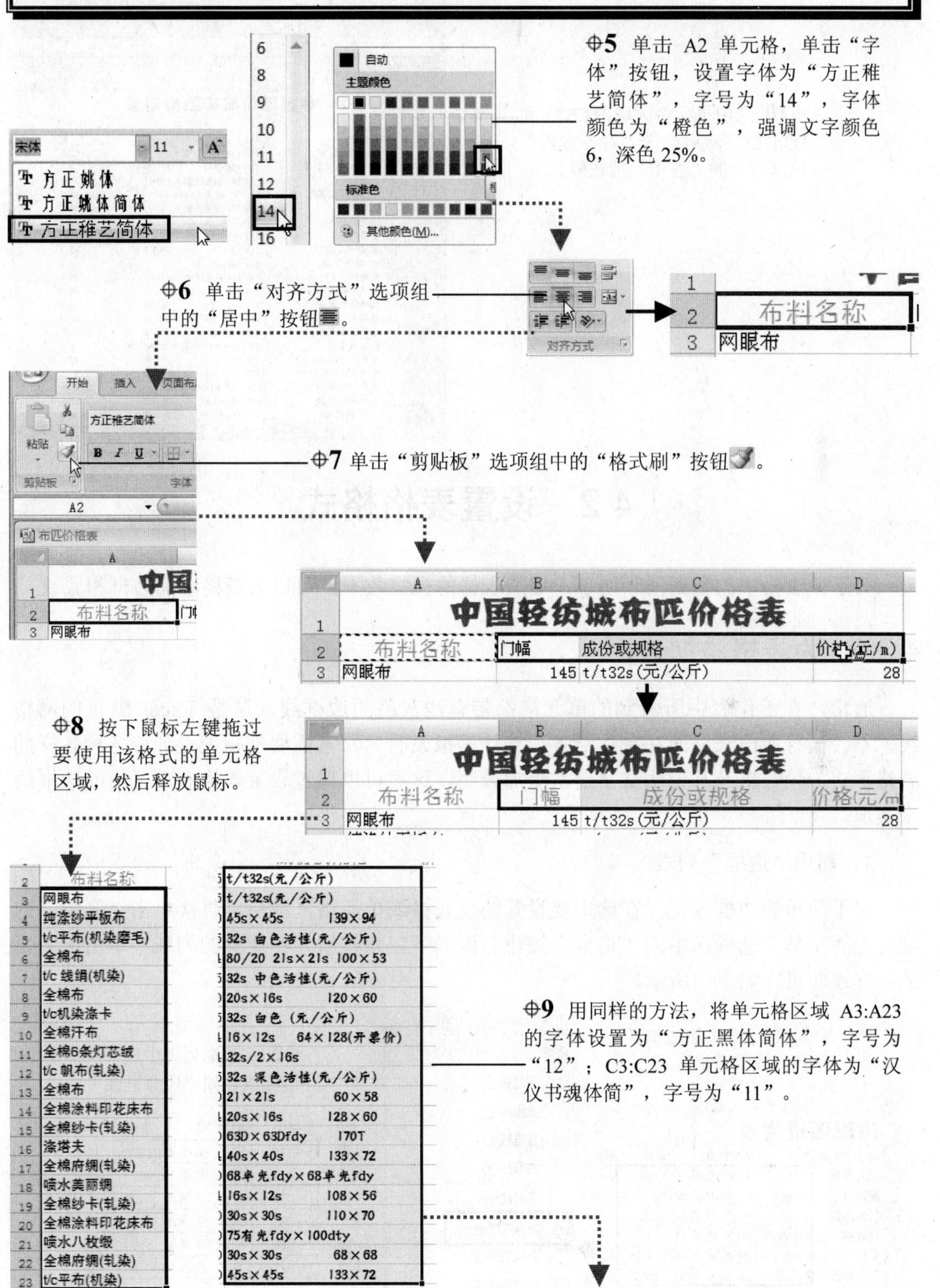

❺ 单击A2单元格，单击“字体”按钮，设置字体为“方正稚艺简体”，字号为“14”，字体颜色为“橙色”，强调文字颜色6，深色25%。

❻ 单击“对齐方式”选项组中的“居中”按钮。

❼ 单击“剪贴板”选项组中的“格式刷”按钮。

❽ 按下鼠标左键拖过要使用该格式的单元格区域，然后释放鼠标。

❾ 用同样的方法，将单元格区域A3:A23的字体设置为“方正黑体简体”，字号为“12”；C3:C23单元格区域的字体为“汉仪书魂体简”，字号为“11”。

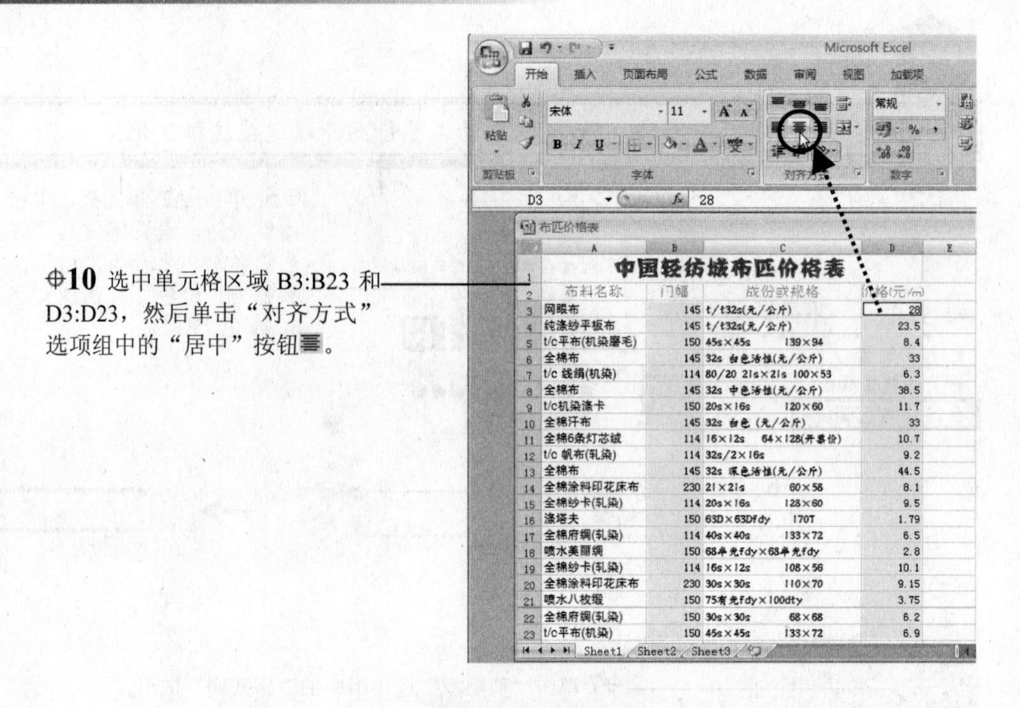


# 4.2 设置表格格式

为了使表格中的数据清晰明了，增加表格的视觉效果，可以为表格添加边框和底纹。

## 4.2.1 为表格添加边框

通常，在工作表中所看到的单元格都带有浅灰色的边框线，这是 Excel 默认的网格线，不会被打印出来。而在制作财务、统计等报表时，常常需要把报表设计成各种各样的表格形式，使数据及其说明文字层次更加分明，这时可以通过设置表格和单元格的边框线来实现。

### 1. 利用“边框”列表

对于简单的边框设置，在选定要设置的单元格或单元格区域后，直接单击“开始”选项卡上“字体”选项组中的“边框”按钮右侧的下三角按钮，在展开的列表中单击所需要的边框线即可，如下图所示。

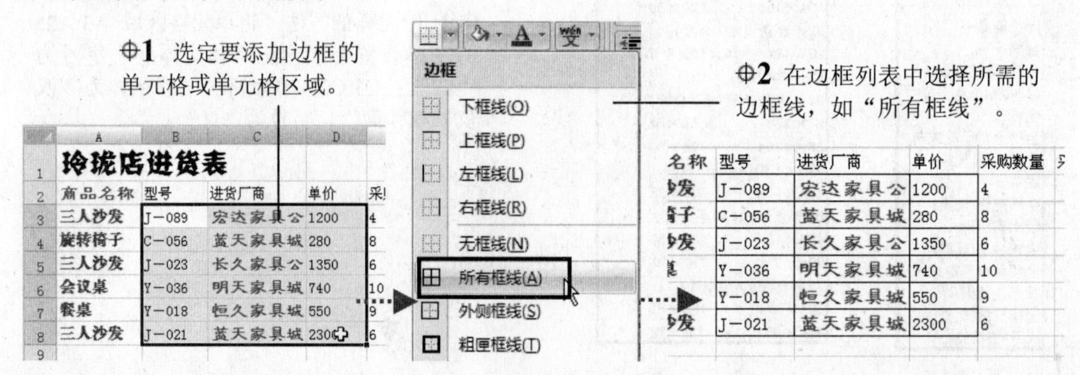

### 2. 利用“边框”选项卡

使用“边框”列表进行边框设置有很大的局限性，如边框线条的样式比较单调，每次操作只能添加一种线条样式的边框。若想改变线条的样式、颜色等，这种方法无法实现，而利用“边框”选项卡则可以解决这一问题。

选定要设置的单元格或单元格区域后，在“边框”列表中选择“其他边框线”命令，打开“设置单元格格式”对话框，并显示“边框”选项卡，如下图所示。然后根据对话框中提示的内容进行必要的选择，最后单击“确定”按钮即可。

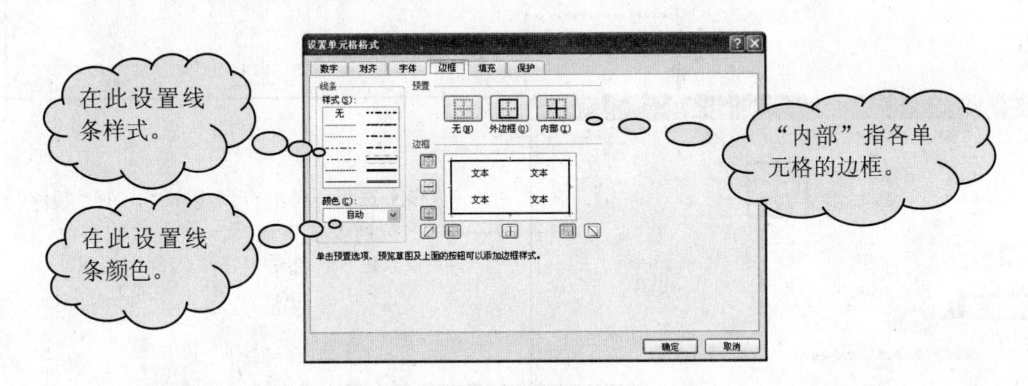


从上图中可以看出，“边框”选项卡中的“预置”选项组有 3 个按钮，可以为表格添加外边框或内部边框，并且还可同时为表格添加内、外边框；“边框”选项组有 8 个按钮，可以通过单击“边框”选项卡中预览草图(图中标有“文本”的地方)的每一条边来添加或删除边框的某条边线，十分灵活。此外，还可以在该对话框中选择线条样式及设置线条颜色。

例如，要为表格同时添加内、外边框，并设置边框样式、颜色等，可按下图所示的操作步骤进行。

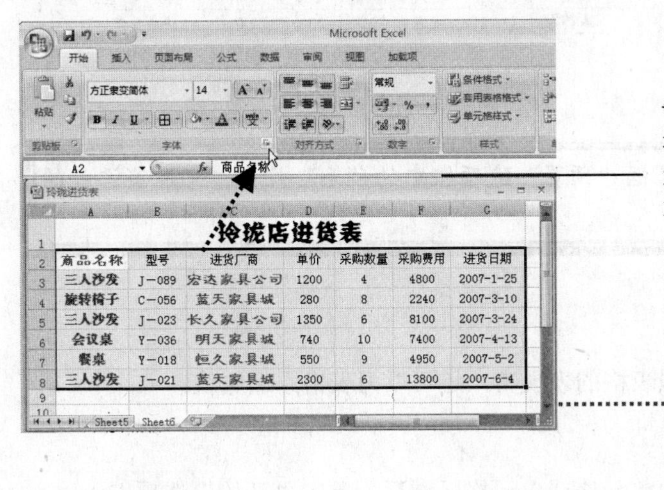


1 选择要添加边框的单元格区域，然后单击“字体”选项组右下角的对话框启动器按钮，打开“设置单元格格式”对话框。

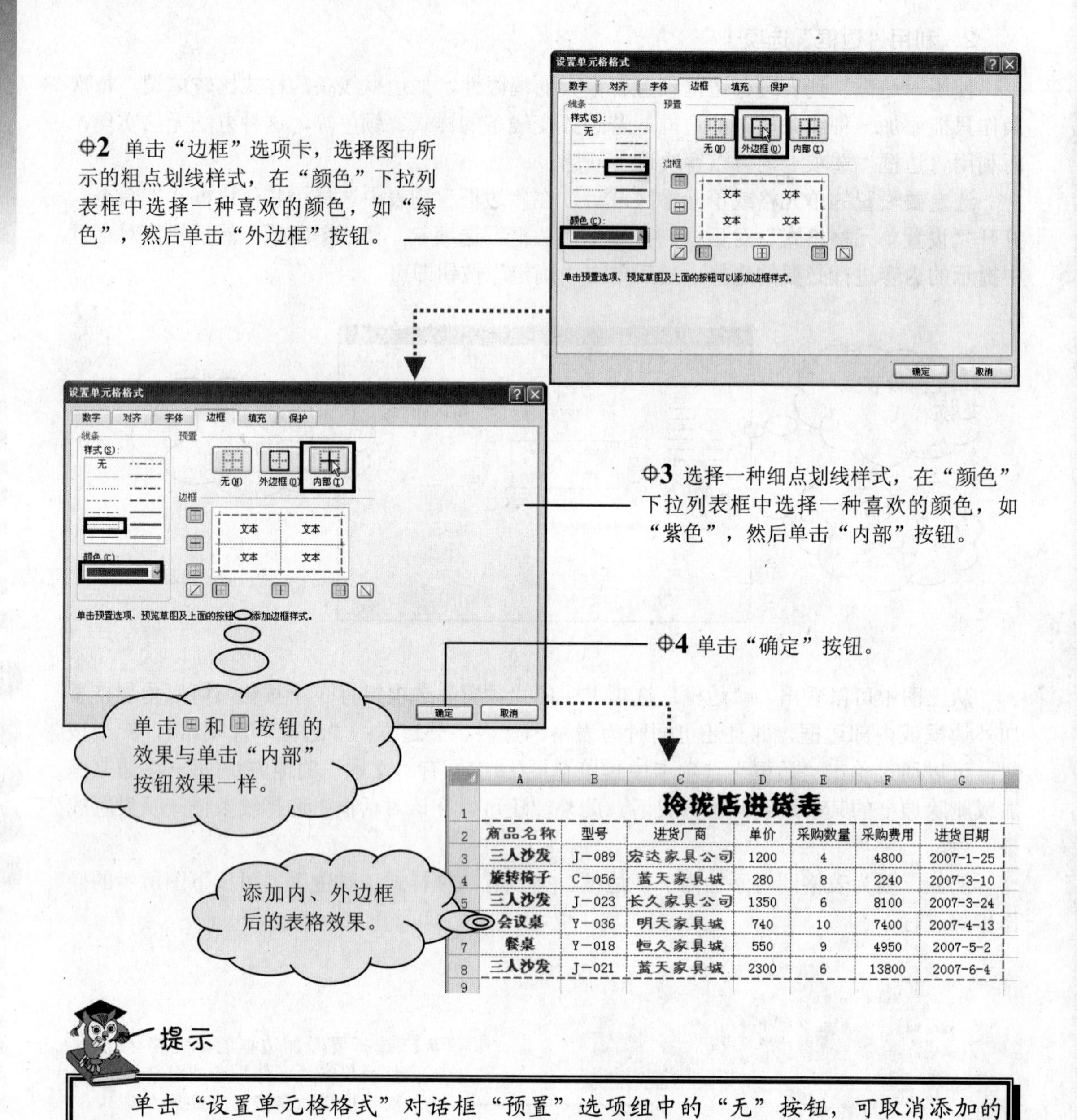


| | A | B | C | D | E | F | G |
|---|---|---|---|---|---|---|---|
| 1 | 玲珑店进货表 | | | | | | |
| 2 | 商品名称 | 型号 | 进货厂商 | 单价 | 采购数量 | 采购费用 | 进货日期 |
| 3 | 三人沙发 | J－089 | 宏达家具公司 | 1200 | 4 | 4800 | 2007-1-25 |
| 4 | 旋转椅子 | C－056 | 蓝天家具城 | 280 | 8 | 2240 | 2007-3-10 |
| 5 | 三人沙发 | J－023 | 长久家具公司 | 1350 | 6 | 8100 | 2007-3-24 |
| 6 | 会议桌 | Y－036 | 明天家具城 | 740 | 10 | 7400 | 2007-4-13 |
| 7 | 餐桌 | Y－018 | 恒久家具城 | 550 | 9 | 4950 | 2007-5-2 |
| 8 | 三人沙发 | J－021 | 蓝天家具城 | 2300 | 6 | 13800 | 2007-6-4 |
| 9 | | | | | | | |

**提示**

单击“设置单元格格式”对话框“预置”选项组中的“无”按钮，可取消添加的边框线。

## 4.2.2 为表格添加底纹

为增加工作表的视觉效果，加强表格的表现力，还可以为表格添加底纹。

### 1. 利用“填充颜色”按钮

对于简单的底纹填充，可在选中单元格或单元格区域后，单击“开始”选项卡上“字体”选项组中的“填充颜色”按钮右侧的下三角按钮，在展开的颜色列表中选择自己喜欢的颜色，如下图所示，即可快速为所选单元格或单元格区域添加底纹。

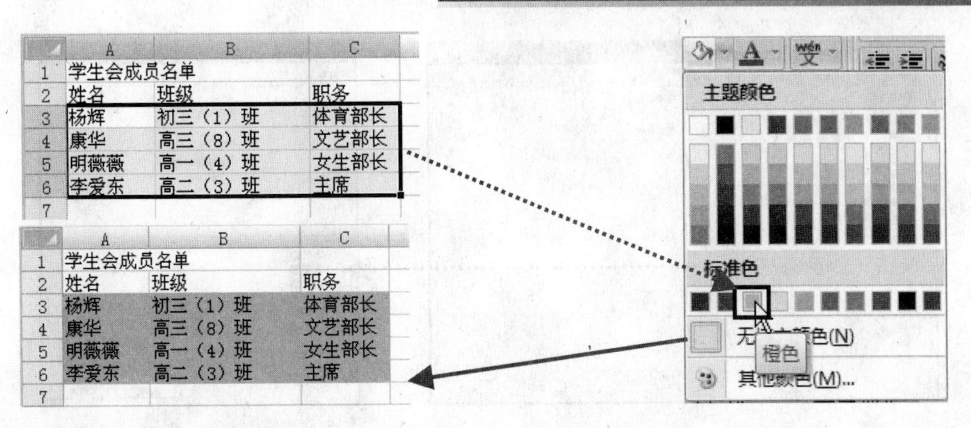


## 2. 利用“填充”选项卡

若要进行更为复杂的填充，例如用图案进行填充，此时可以使用“填充”选项卡，操作步骤如下图所示。

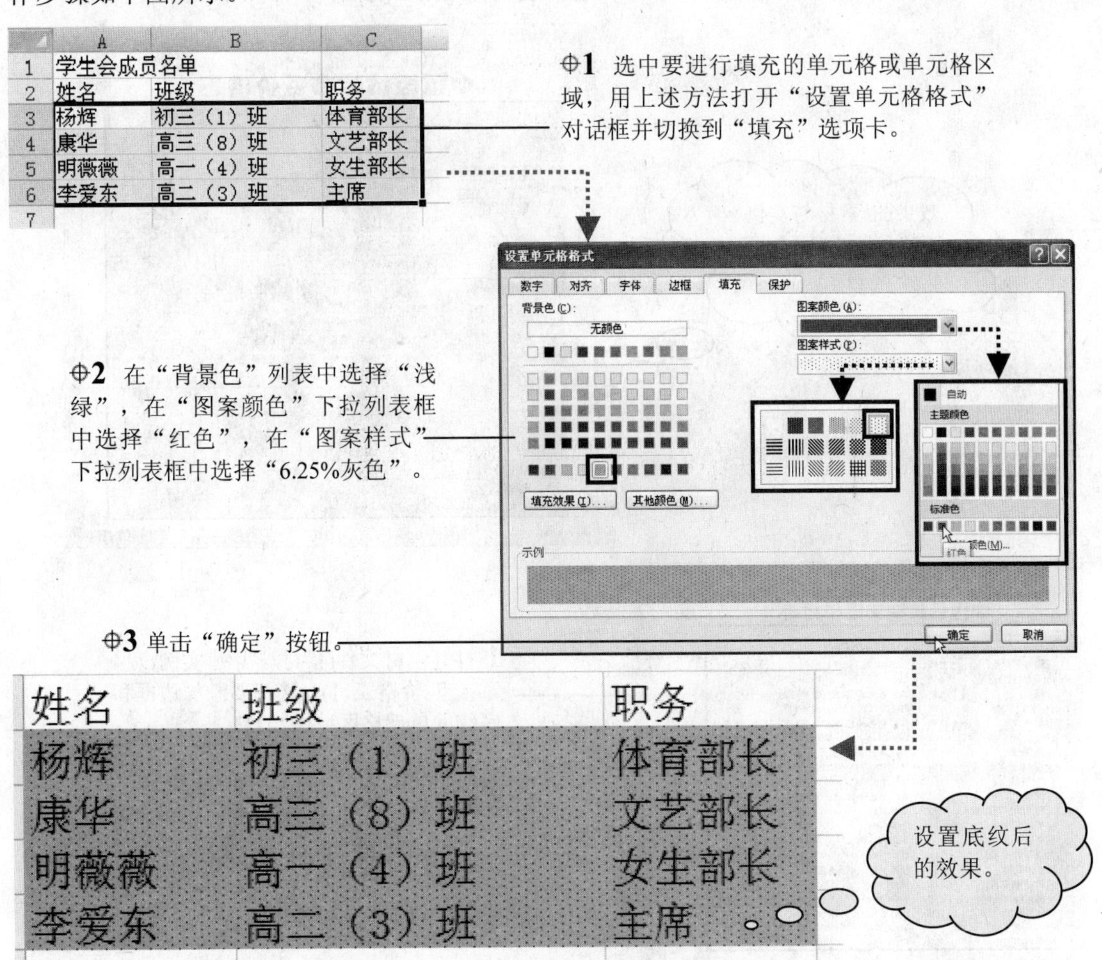


若单击“填充效果”按钮，在打开的对话框中进行设置，还可为表格添加渐变填充效果，如下图所示。

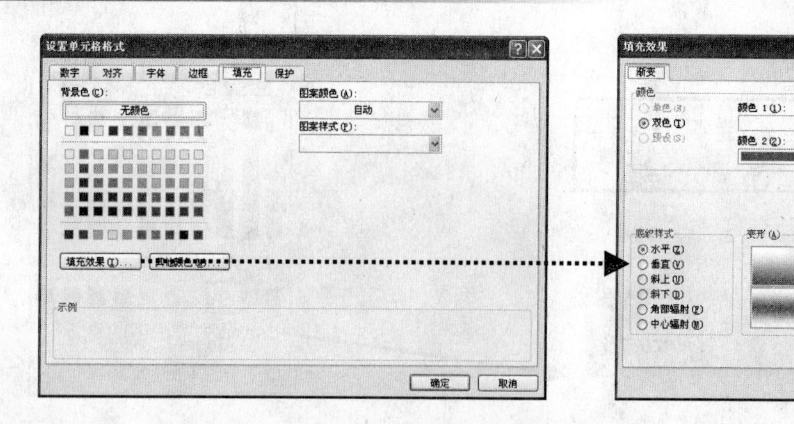


## 实例2 为“布匹价格表”添加边框和底纹

下面为实例 1 中的“布匹价格表 1”添加边框和底纹，操作步骤如下所示。

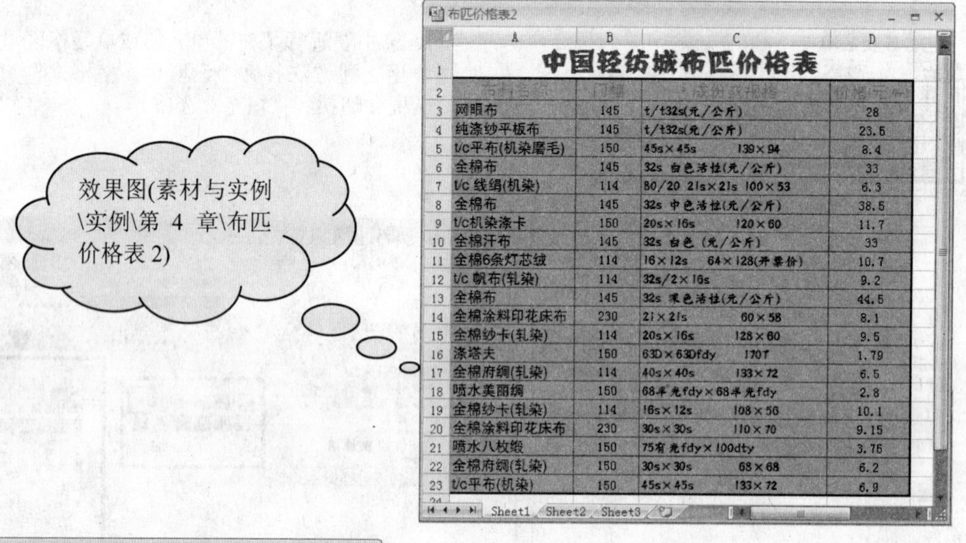


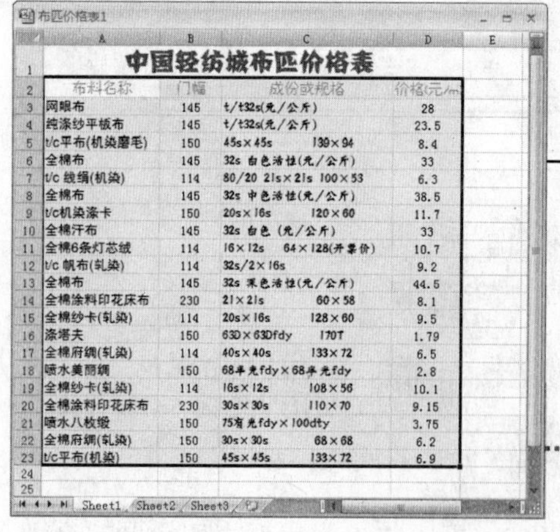


**1** 打开素材文件(素材与实例\实例\第 4 章\布匹价格表 1)，选择要添加边框和底纹的单元格区域 A2:D23。

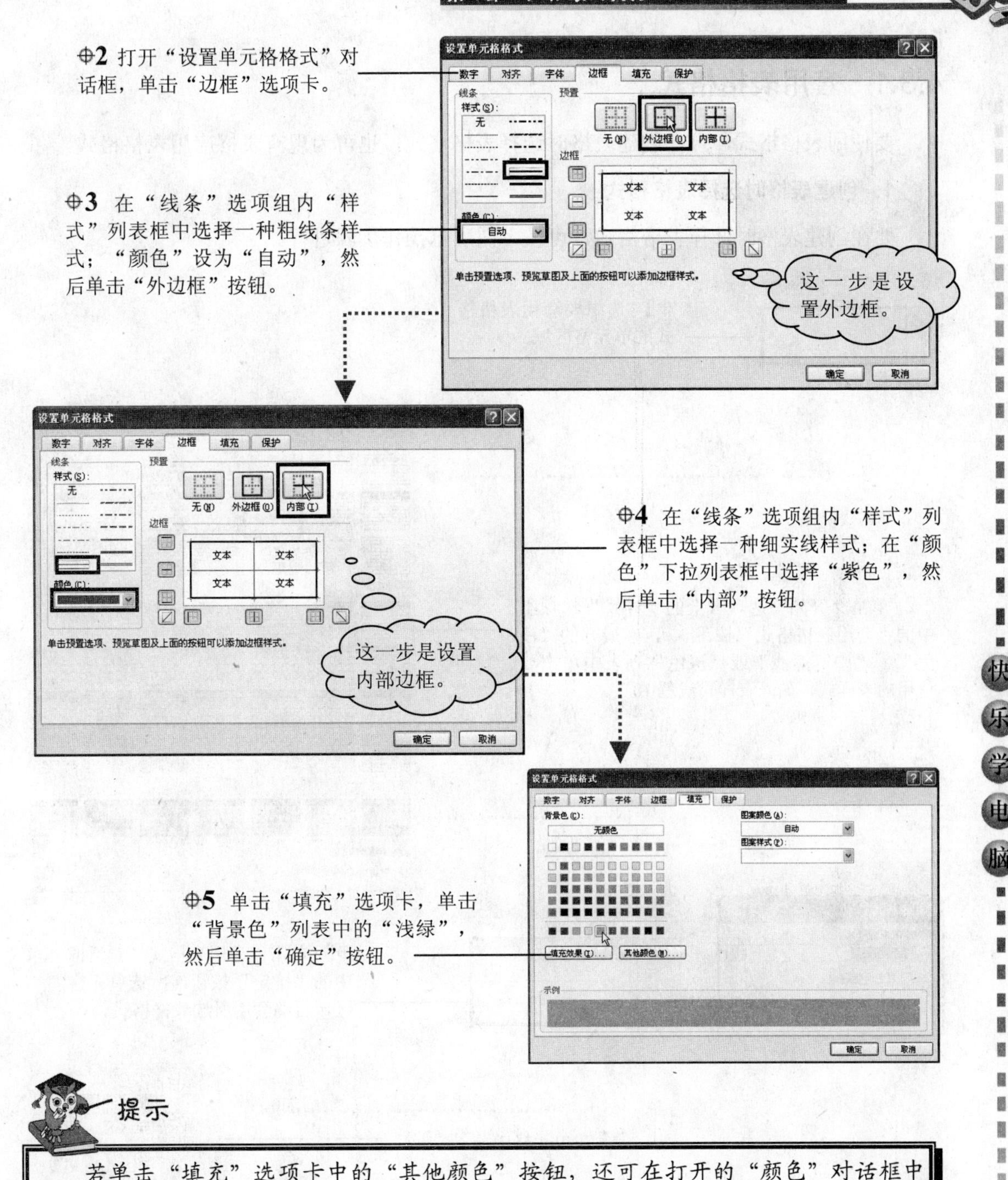


提示

若单击“填充”选项卡中的“其他颜色”按钮，还可在打开的“颜色”对话框中自定义填充颜色。

## 4.3 套用表格格式和单元格样式

Excel 2007 提供了许多预定义的表格样式和单元格样式，使用这些样式，可以迅速建立适合于不同专业需求、外观精美的工作表。

### 4.3.1 套用表格格式

要使用表格格式，可在创建表格时选择表格格式，也可为现有表格应用表格格式。

#### 1. 创建表格时选择表格格式

要在创建表格时选择表格格式，可按下图所示操作步骤进行。

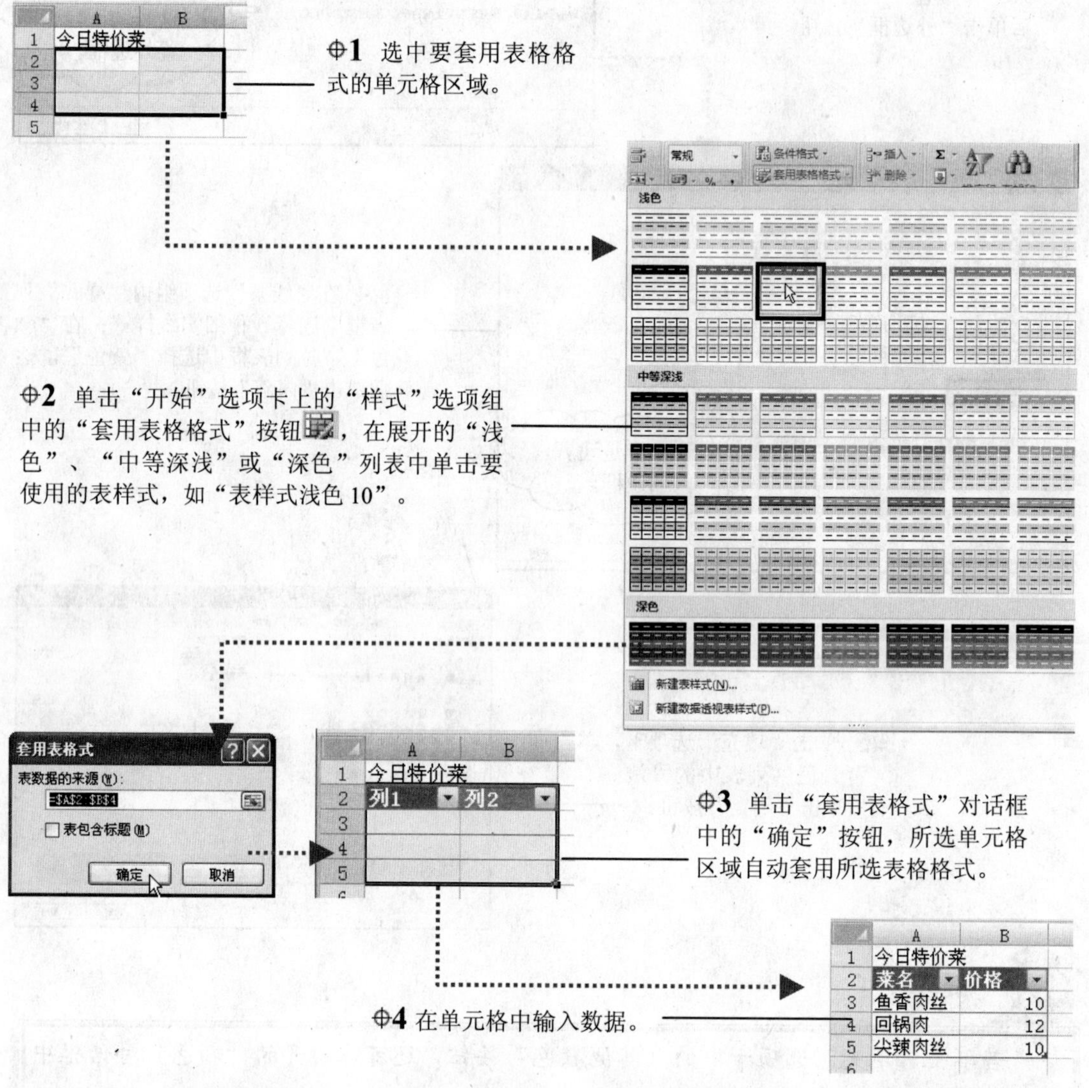


套用表样式后，“设计”选项卡会自动出现，如下图所示。我们可以通过选择“表样式选项”选项组来设置表元素，如“标题行”和“汇总行”、“第一列”和“最后一列”，以及“镶边行”和“镶边列”，各复选框的含义如下。

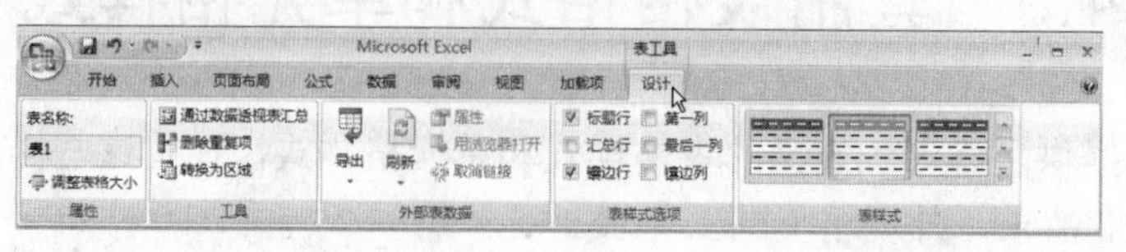

- **标题行**：选中或取消选中该复选框可打开或关闭标题行。标题行将为表的首行设置特殊格式。
- **汇总行**：选中或取消选中该复选框可打开或关闭汇总行。汇总行位于表末尾，用于显示每一列的汇总。
- **第一列**：选中该复选框可显示表的第一列的特殊格式。
- **最后一列**：选中该复选框可显示表的最后一列的特殊格式。
- **镶边行**：选中该复选框可以不同方式显示奇数行和偶数行以便于阅读。
- **镶边列**：选中该复选框可以不同方式显示奇数列和偶数列以便于阅读。

2. 为现有表格应用表格格式

要为现有表格应用表格格式，可按下图所示操作步骤进行。

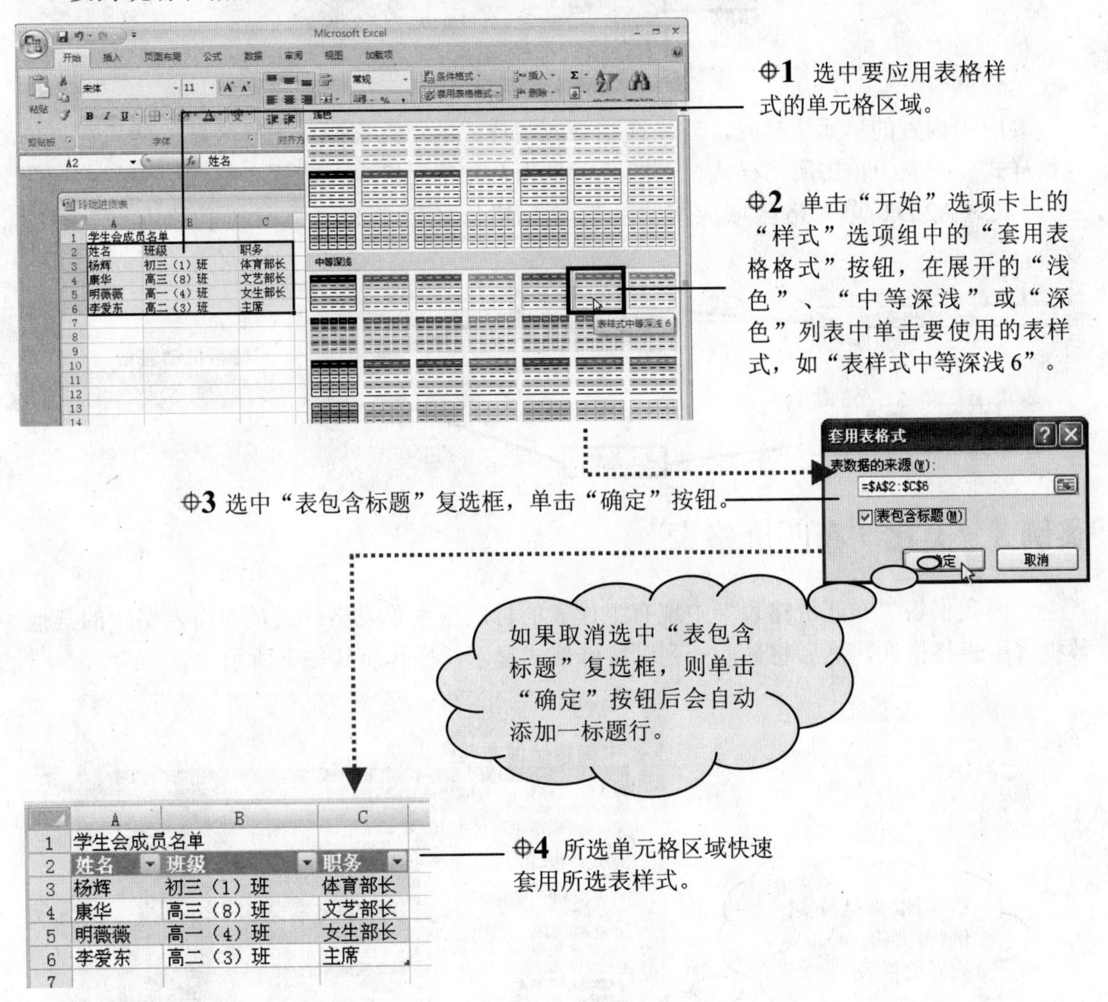


## 4.3.2 套用单元格样式

单元格样式用来设置所选单元格的格式。Excel 2007 为用户预定义了一些内置单元格样式，共有 5 种类型：好、差和适中，数据和模型，标题，主题单元格样式，以及数字格式。单击“开始”选项卡上“样式”选项组中的“单元格样式”按钮，在展开的单元格样式列表中即可看到这 5 种类型，如下图所示。

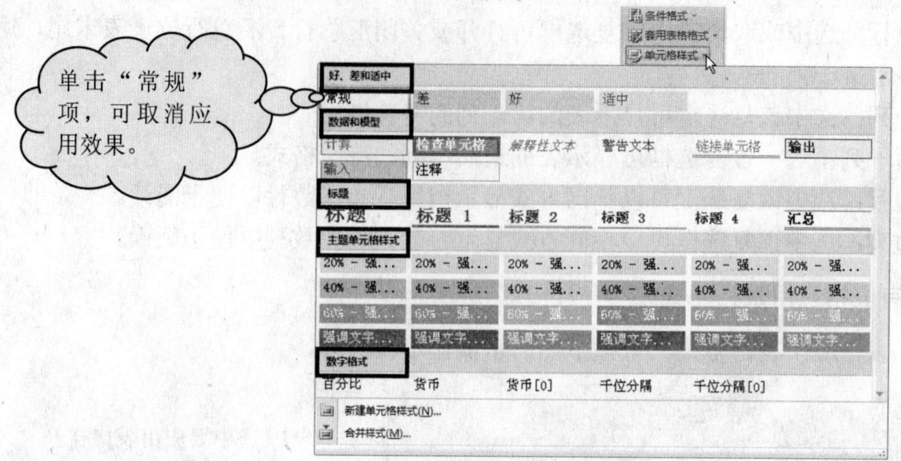


要应用内置的单元格样式，首先选定要应用样式的单元格或单元格区域，然后在“单元格样式”列表中单击所需样式。下图所示是为合并单元格 A1 应用“标题”中的“标题 2”样式，A2:D2 单元格区域应用“主题单元格样式”中的“强调文字颜色 6”后的效果。

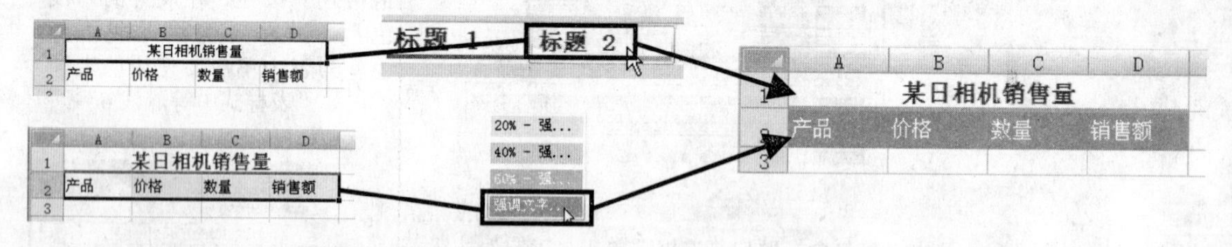


## 实例 3　美化“布匹价格表”

下面我们将“布匹价格表”中现有工作表的标题应用单元格样式，而将表格中的其他数据套用表格格式，然后将最后一列以特殊格式显示，操作步骤如下所示。

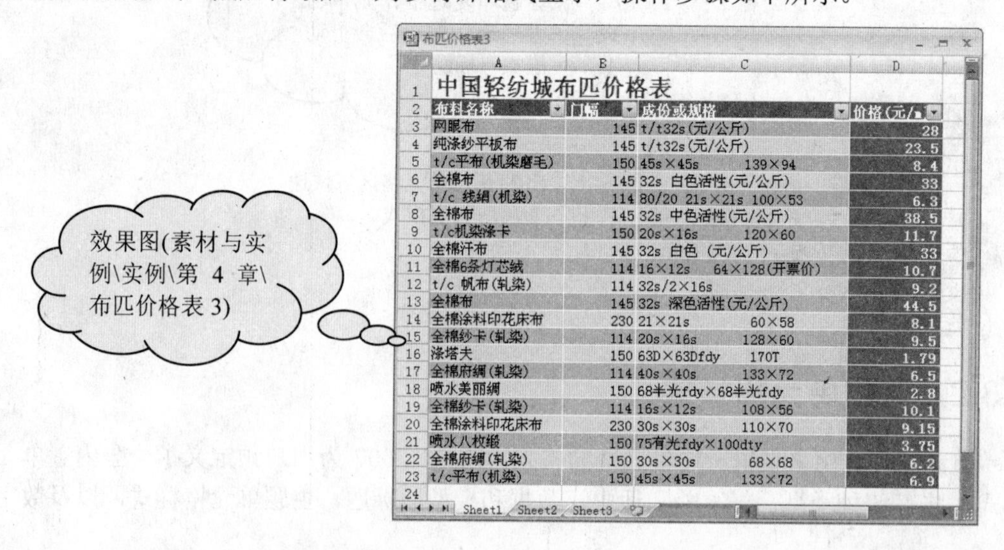


|  | A | B | C | D |
|---|---|---|---|---|
| 2 | 布料名称 | 门幅 | 成份或规格 | 价格(元/m) |
| 3 | 网眼布 | 145 | t/t32s(元/公斤) | 28 |
| 4 | 纯涤纱平板布 | 145 | t/t32s(元/公斤) | 23.5 |
| 5 | t/c平布(机染磨毛) | 150 | 45s×45s　139×94 | 8.4 |
| 6 | 全棉布 | 145 | 32s 白色活性(元/公斤) | 33 |
| 7 | t/c 线绢(机染) | 114 | 80/20 21s×21s 100×53 | 6.3 |
| 8 | 全棉布 | 145 | 32s 中色活性(元/公斤) | 38.5 |
| 9 | t/c机染涤卡 | 150 | 20s×16s　120×60 | 11.7 |
| 10 | 全棉汗布 | 145 | 32s 白色 (元/公斤) | 33 |
| 11 | 全棉6条灯芯绒 | 114 | 16×12s　64×128(开票价) | 10.7 |
| 12 | t/c 帆布(轧染) | 114 | 32s/2×16s | 9.2 |
| 13 | 全棉布 | 145 | 32s 深色活性(元/公斤) | 44.5 |
| 14 | 全棉涂料印花床布 | 230 | 21×21s　60×58 | 8.1 |
| 15 | 全棉纱卡(轧染) | 114 | 20s×16s　128×60 | 9.5 |
| 16 | 涤塔夫 | 150 | 63D×63Dfdy　170T | 1.79 |
| 17 | 全棉府绸(轧染) | 114 | 40s×40s　133×72 | 6.5 |
| 18 | 喷水美丽绸 | 150 | 68半光fdy×68半光fdy | 2.8 |
| 19 | 全棉纱卡(轧染) | 114 | 16s×12s　108×56 | 10.1 |
| 20 | 全棉涂料印花床布 | 230 | 30s×30s　110×70 | 9.15 |
| 21 | 喷水八枚缎 | 150 | 75有光fdy×100dty | 3.75 |
| 22 | 全棉府绸(轧染) | 150 | 30s×30s　68×68 | 6.2 |
| 23 | t/c平布(机染) | 150 | 45s×45s　133×72 | 6.9 |

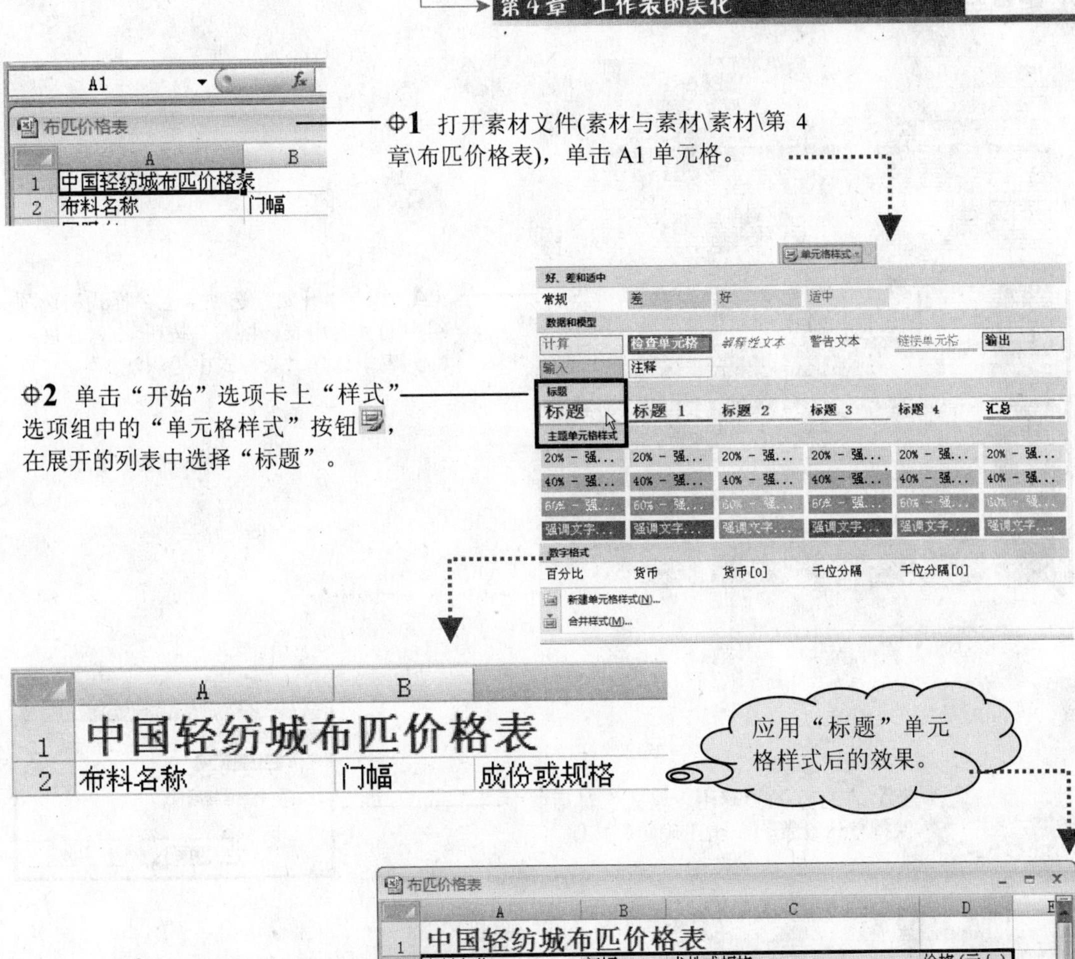


⊕1 打开素材文件(素材与素材\素材\第 4 章\布匹价格表)，单击 A1 单元格。

⊕2 单击“开始”选项卡上“样式”选项组中的“单元格样式”按钮，在展开的列表中选择“标题”。

应用“标题”单元格样式后的效果。

⊕3 选择要套用表格格式的单元格区域。

布匹价格表

| | A | B | C | D |
|---|---|---|---|---|
| 1 | 中国轻纺城布匹价格表 | | | |
| 2 | 布料名称 | 门幅 | 成份或规格 | 价格(元/m) |
| 3 | 网眼布 | 145 | t/t32s(元/公斤) | 28 |
| 4 | 纯涤纱平板布 | 145 | t/t32s(元/公斤) | 23.5 |
| 5 | t/c平布(机染磨毛) | 150 | 45s×45s 139×94 | 8.4 |
| 6 | 全棉布 | 145 | 32s 白色活性(元/公斤) | 33 |
| 7 | t/c 线绢(机染) | 114 | 80/20 21s×21s 100×53 | 6.3 |
| 8 | 全棉布 | 145 | 32s 中色活性(元/公斤) | 38.5 |
| 9 | t/c机染涤卡 | 150 | 20s×16s 120×60 | 11.7 |
| 10 | 全棉汗布 | 145 | 32s 白色 (元/公斤) | 33 |
| 11 | 全棉6条灯芯絨 | 114 | 16×12s 64×128(开票价) | 10.7 |
| 12 | t/c 帆布(轧染) | 114 | 32s/2×16s | 9.2 |
| 13 | 全棉布 | 145 | 32s 深色活性(元/公斤) | 44.5 |
| 14 | 全棉涂料印花床布 | 230 | 21×21s 60×58 | 8.1 |
| 15 | 全棉纱卡(轧染) | 114 | 20s×16s 128×60 | 9.5 |
| 16 | 涤塔夫 | 150 | 63D×63Dfdy 170T | 1.79 |
| 17 | 全棉府绸(轧染) | 114 | 40s×40s 133×72 | 6.5 |
| 18 | 喷水美丽绸 | 150 | 68半光fdy×68半光fdy | 2.8 |
| 19 | 全棉纱卡(轧染) | 114 | 16s×12s 108×56 | 10.1 |
| 20 | 全棉涂料印花床布 | 230 | 30s×30s 110×70 | 9.15 |
| 21 | 喷水八枚缎 | 150 | 75有光fdy×100dty | 3.75 |
| 22 | 全棉府绸(轧染) | 150 | 30s×30s 68×68 | 6.2 |
| 23 | t/c平布(机染) | 150 | 45s×45s 133×72 | 6.9 |

Sheet1 Sheet2 Sheet3

套用表格格式

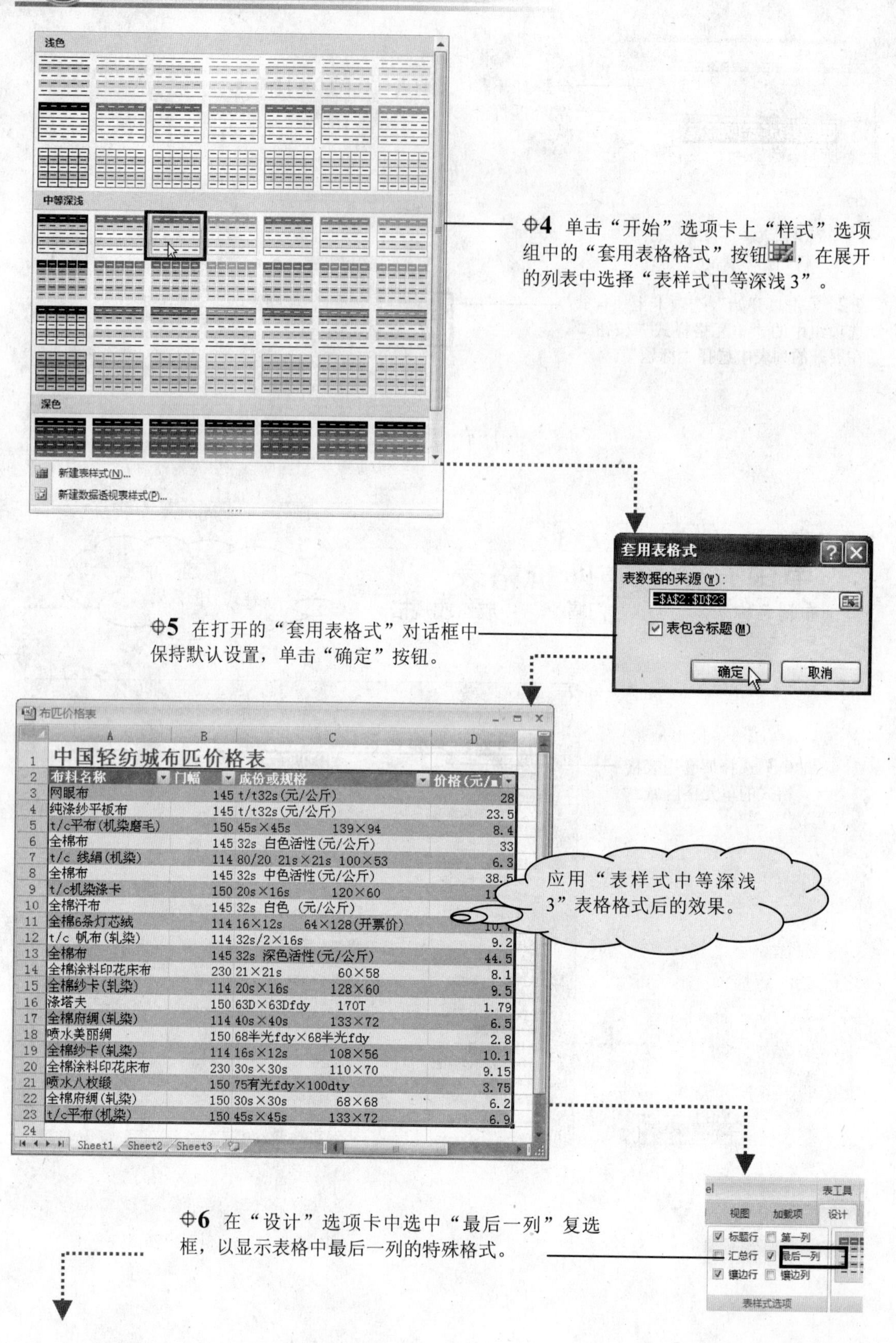


| | A | B | C | D |
|---|---|---|---|---|
| 1 | 中国轻纺城布匹价格表 | | | |
| 2 | 布料名称 | 门幅 | 成份或规格 | 价格(元/■ |
| 3 | 网眼布 | 145 | t/t32s(元/公斤) | 28 |
| 4 | 纯涤纱平板布 | 145 | t/t32s(元/公斤) | 23.5 |
| 5 | t/c平布(机染磨毛) | 150 | 45s×45s　　139×94 | 8.4 |
| 6 | 全棉布 | 145 | 32s 白色活性(元/公斤) | 33 |
| 7 | t/c 线绢(机染) | 114 | 80/20 21s×21s 100×53 | 6.3 |
| 8 | 全棉布 | 145 | 32s 中色活性(元/公斤) | 38.5 |
| 9 | t/c机染涤卡 | 150 | 20s×16s　　120×60 | 11 |
| 10 | 全棉汗布 | 145 | 32s 白色 (元/公斤) | |
| 11 | 全棉6条灯芯绒 | 114 | 16×12s　64×128(开票价) | 10.■ |
| 12 | t/c 帆布(轧染) | 114 | 32s/2×16s | 9.2 |
| 13 | 全棉布 | 145 | 32s 深色活性(元/公斤) | 44.5 |
| 14 | 全棉涂料印花床布 | 230 | 21×21s　　60×58 | 8.1 |
| 15 | 全棉纱卡(轧染) | 114 | 20s×16s　　128×60 | 9.5 |
| 16 | 涤塔夫 | 150 | 63D×63Dfdy　170T | 1.79 |
| 17 | 全棉府绸(轧染) | 114 | 40s×40s　　133×72 | 6.5 |
| 18 | 喷水美丽绸 | 150 | 68半光fdy×68半光fdy | 2.8 |
| 19 | 全棉纱卡(轧染) | 114 | 16s×12s　　108×56 | 10.1 |
| 20 | 全棉涂料印花床布 | 230 | 30s×30s　　110×70 | 9.15 |
| 21 | 喷水八枚缎 | 150 | 75有光fdy×100dty | 3.75 |
| 22 | 全棉府绸(轧染) | 150 | 30s×30s　　68×68 | 6.2 |
| 23 | t/c平布(机染) | 150 | 45s×45s　　133×72 | 6.9 |
| 24 | | | | |

⊕**4** 单击“开始”选项卡上“样式”选项组中的“套用表格格式”按钮，在展开的列表中选择“表样式中等深浅3”。

⊕**5** 在打开的“套用表格式”对话框中保持默认设置，单击“确定”按钮。

⊕**6** 在“设计”选项卡中选中“最后一列”复选框，以显示表格中最后一列的特殊格式。

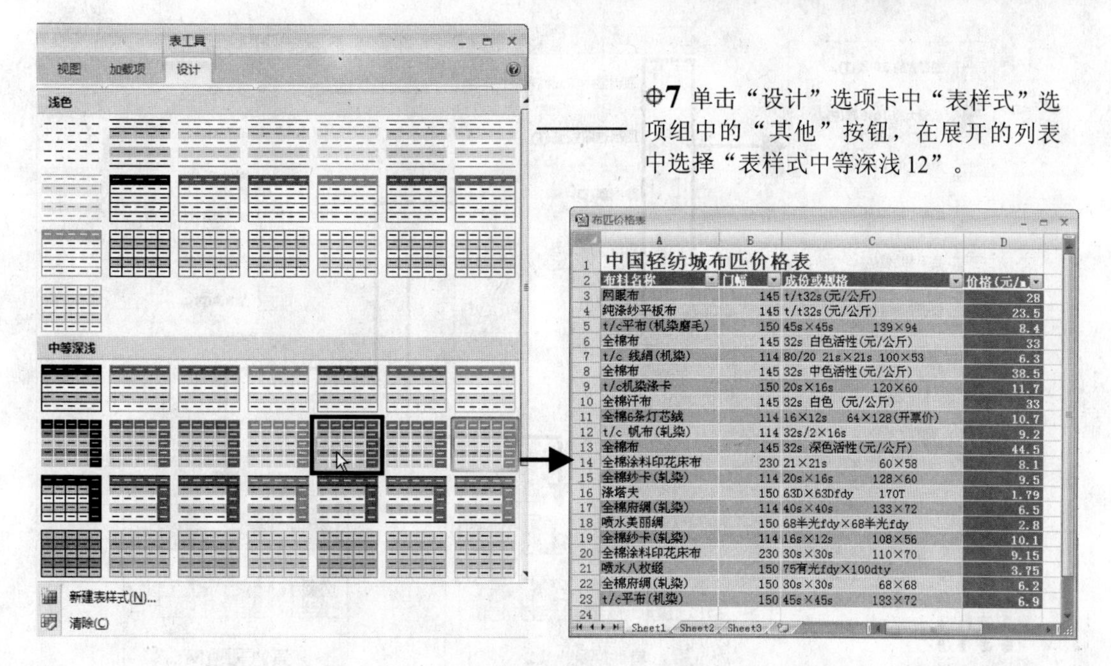


| | A | B | C | D |
|---|---|---|---|---|
| 1 | 中国轻纺城布匹价格表 | | | |
| 2 | 布料名称 | 门幅 | 成份或规格 | 价格(元/… |
| 3 | 网眼布 | 145 | t/t32s(元/公斤) | 28 |
| 4 | 纯涤纱平板布 | 145 | t/t32s(元/公斤) | 23.5 |
| 5 | t/c平布(机染磨毛) | 150 | 45s×45s　　139×94 | 8.4 |
| 6 | 全棉布 | 145 | 32s 白色活性(元/公斤) | 33 |
| 7 | t/c 线绢(机染) | 114 | 80/20 21s×21s 100×53 | 6.3 |
| 8 | 全棉布 | 145 | 32s 中色活性(元/公斤) | 38.5 |
| 9 | t/c机染涤卡 | 150 | 20s×16s　　120×60 | 11.7 |
| 10 | 全棉汗布 | 145 | 32s 白色 (元/公斤) | 33 |
| 11 | 全棉6条灯芯绒 | 114 | 16×12s　64×128(开票价) | 10.7 |
| 12 | t/c 帆布(轧染) | 114 | 32s/2×16s | 9.2 |
| 13 | 全棉布 | 145 | 32s 深色活性(元/公斤) | 44.5 |
| 14 | 全棉涂料印花床布 | 230 | 21×21s　　60×58 | 8.1 |
| 15 | 全棉纱卡(轧染) | 114 | 20s×16s　　128×60 | 9.5 |
| 16 | 涤塔夫 | 150 | 63D×63Dfdy　　170T | 1.79 |
| 17 | 全棉府绸(轧染) | 114 | 40s×40s　　133×72 | 6.5 |
| 18 | 喷水美丽绸 | 150 | 68半光fdy×68半光fdy | 2.8 |
| 19 | 全棉纱卡(轧染) | 114 | 16s×12s　　108×56 | 10.1 |
| 20 | 全棉涂料印花床布 | 230 | 30s×30s　　110×70 | 9.15 |
| 21 | 喷水八枚缎 | 150 | 75有光fdy×100dty | 3.75 |
| 22 | 全棉府绸(轧染) | 150 | 30s×30s　　68×68 | 6.2 |
| 23 | t/c平布(机染) | 150 | 45s×45s　　133×72 | 6.9 |
| 24 | | | | |

**7** 单击“设计”选项卡中“表样式”选项组中的“其他”按钮，在展开的列表中选择“表样式中等深浅12”。

# 4.4　使用条件格式

在 Excel 中应用条件格式，可以让符合特定条件的单元格数据以醒目方式突出显示，便于我们对工作表数据进行更好的分析。

Excel 2007 中的条件格式引入了一些新颖的功能，如色阶、图标集和数据条，使得用户能以一种易于理解的可视化方式分析数据。例如，根据数值区域中单元格的位置，可以分配不同的颜色、特定的图标，或不同长度阴影的数据条，来展现一组数据的大小和走势，还可以设置各种条件、规则来突出显示和选取某些数据项目。

## 4.4.1　添加条件格式

若想为单元格或单元格区域添加条件格式，首先选定要添加条件格式的单元格或单元格区域，然后单击“开始”选项卡上“样式”选项组中的“条件格式”按钮，在展开的菜单中列出了 5 种条件规则，选择某个命令，然后在其子菜单中选择某个命令，如下图所示，再在打开的对话框中进行相应设置，即可快速对所选区域格式化(添加条件格式)。

### 1. 突出显示特定单元格

要突出显示特定单元格，可使用“突出显示单元格规则”命令。该规则可以对包含文本、数字(包括识别大于、小于、介于或等于设置值的数值)或日期/时间值(指明发生在给定区域的日期)的单元格设置格式，或者为重复(唯一)值的数值设置格式。要更方便地查找单元格区域中的特定单元格，可以基于比较运算符设置这些特定单元格的格式。

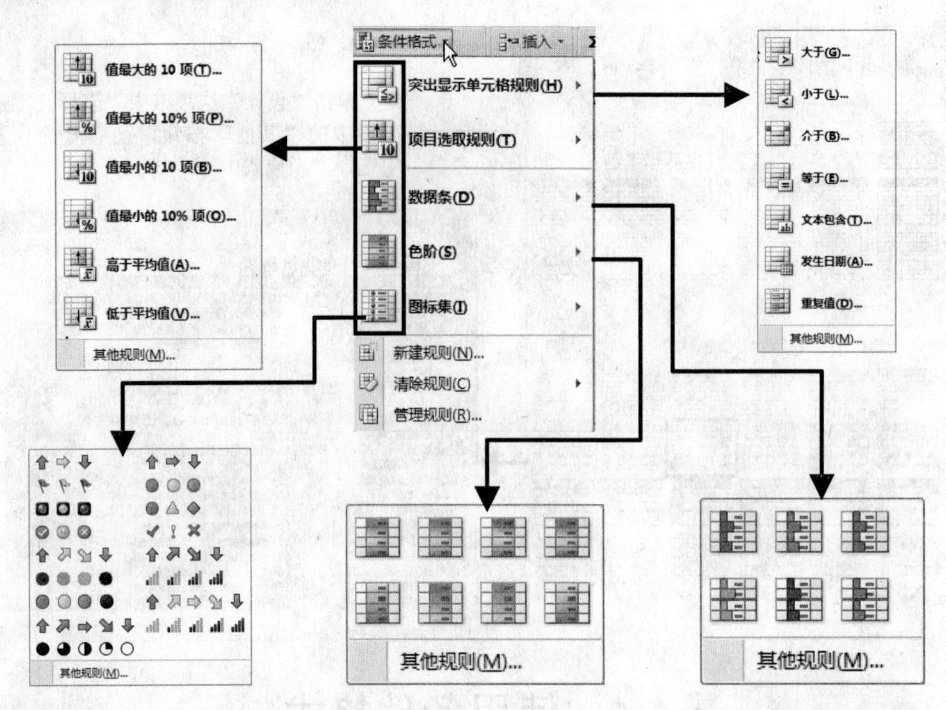


例如，要为“单价”单元格区域中数值介于“1000”和“2500”之间的单元格以红色突出显示，可使用“突出显示单元格规则”命令进行设置，操作步骤如下图所示。

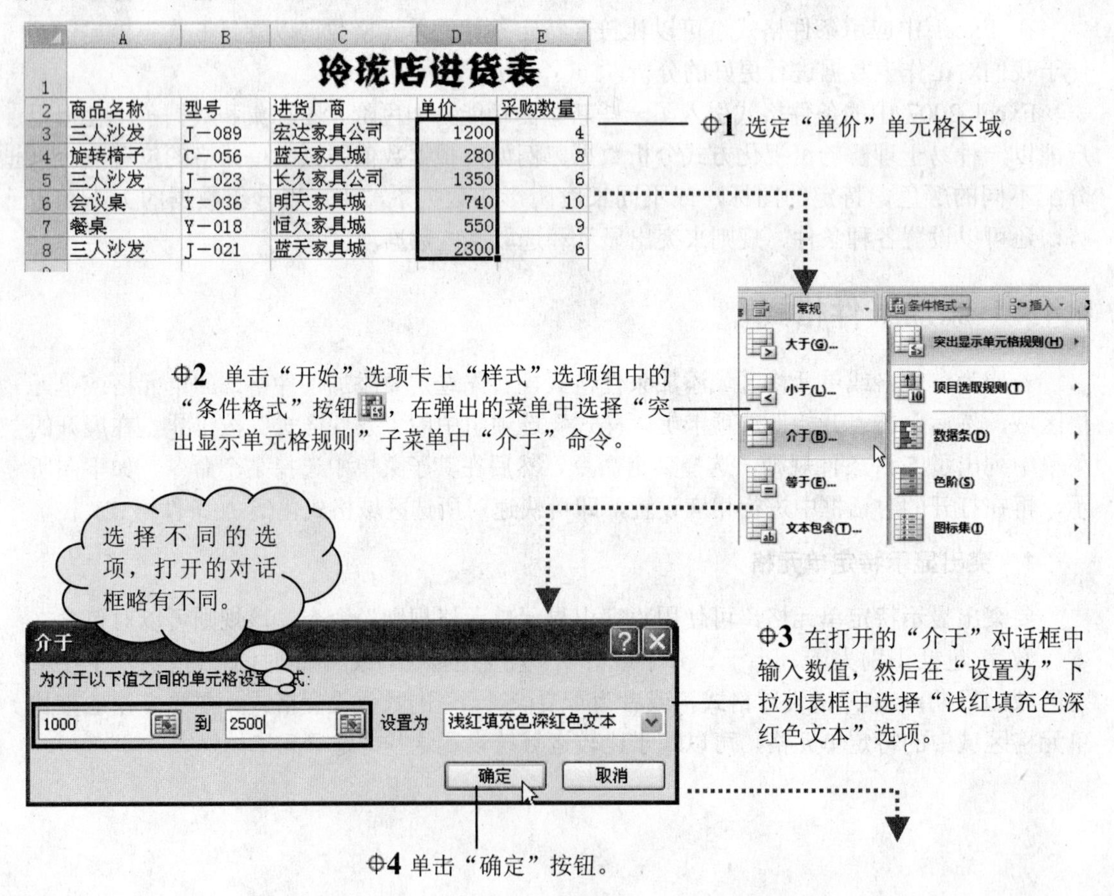

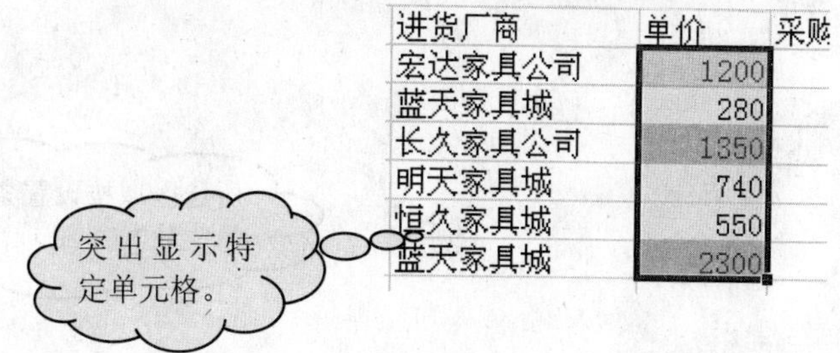


提示

若在“设置为”下拉列表框中选择“自定义格式”选项，将打开“设置单元格格式”对话框，然后在其中自定义单元格的格式即可。

2. 项目选取规则

“项目选取规则”命令可以帮助用户识别所选单元格区域中最大或最小的百分数或数字所指定的单元格，或者指定大于或小于平均值的单元格。

例如，要为“第一批图书第二次发货量”工作表中，15 个图书种类第二次发货量最大的 10 个以绿色突出显示，可使用“项目选取规则”进行设置，操作步骤如下图所示。

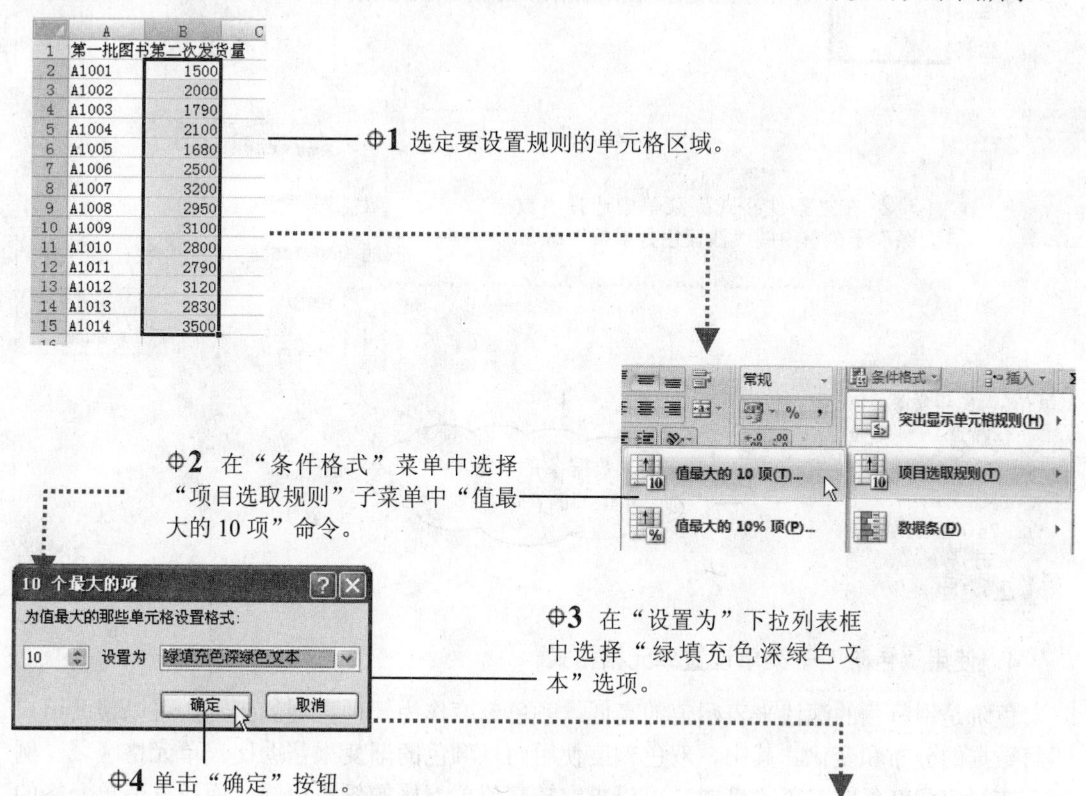

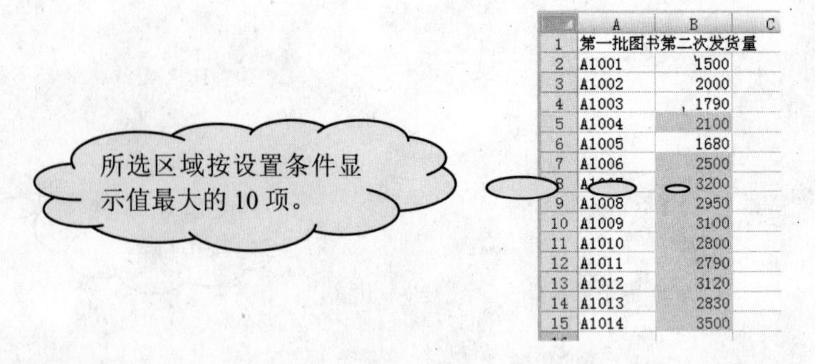


## 3. 使用“数据条”命令设置单元格格式

使用“数据条”命令可帮助用户查看某个单元格相对于其他单元格的值。数据条的长度代表单元格中值的大小。数据条越长，表示值越高，数据条越短，表示值越低。在观察大量数据中的较高值和较低值时，数据条尤其有用。

例如，要查看“商店进货表”中“采购数量”列中数量的多少，可用“数据条”来突出显示，操作步骤如下图所示。

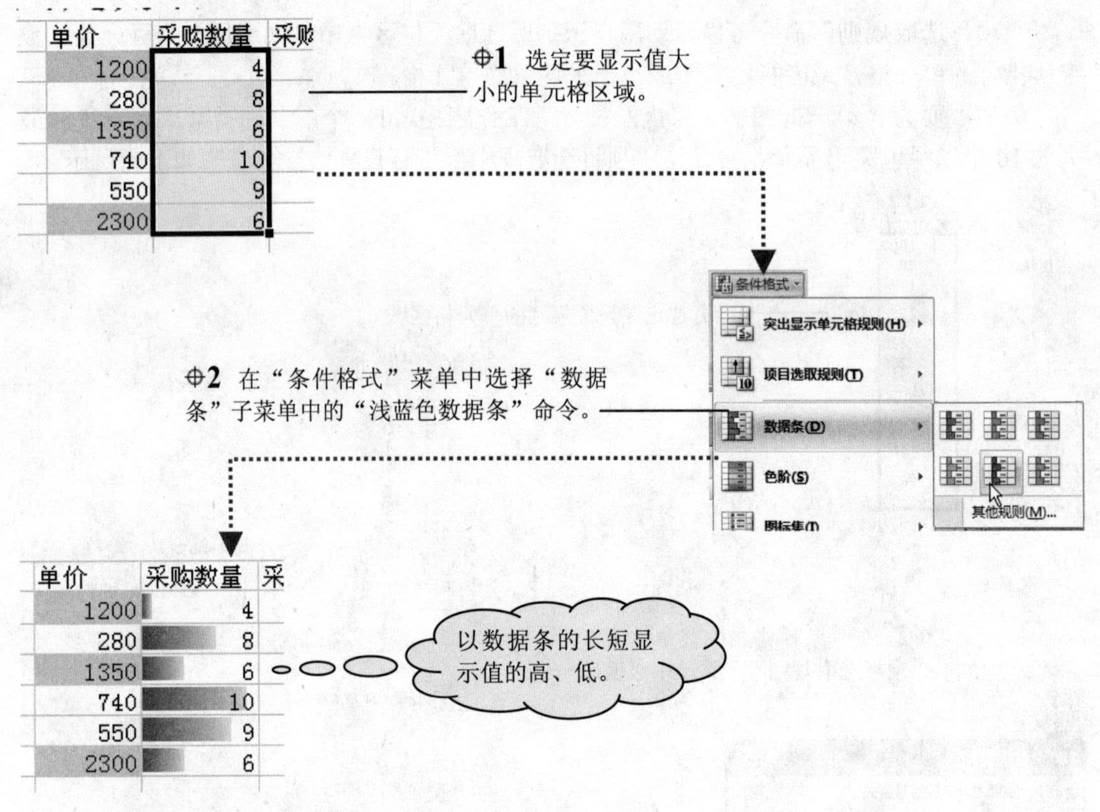


## 4. 使用“色阶”子菜单设置单元格格式

色阶是用颜色的深浅来表示值的高低。颜色刻度作为一种直观的指示，可以帮助用户了解数据的分布和变化。其中，双色刻度使用两种颜色的渐变来帮助比较单元格区域。例如，在绿色和红色的双色刻度中，可以指定较高值单元格的颜色更绿，而较低值单元格的颜色更红。三色刻度使用 3 种颜色的渐变来帮助比较单元格区域，颜色的深浅表示值的

高、中、低。

例如，要查看“玲珑店进货表”中“采购费用”的高低情况，可用色阶来突出显示，操作步骤如下图所示。

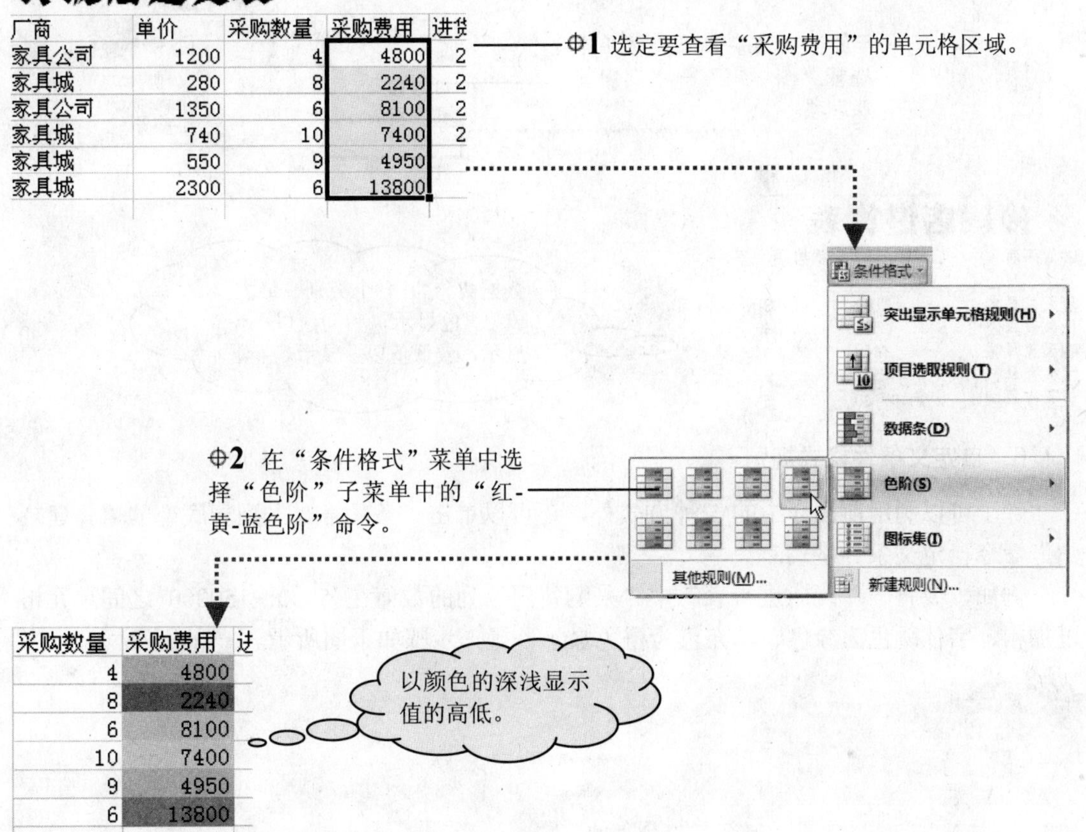


| 厂商 | 单价 | 采购数量 | 采购费用 |
|---|---|---|---|
| 家具公司 | 1200 | 4 | 4800 |
| 家具城 | 280 | 8 | 2240 |
| 家具公司 | 1350 | 6 | 8100 |
| 家具城 | 740 | 10 | 7400 |
| 家具城 | 550 | 9 | 4950 |
| 家具城 | 2300 | 6 | 13800 |

### 5．使用“图标集”子菜单设置单元格格式

使用“图标集”可以对数据进行注释，并可以按阈值将数据分为 3～5 个类别，每个图标代表一个值的范围。例如，在三向箭头图标集中，绿色的上箭头代表较高值，黄色的横向箭头代表中间值，红色的下箭头代表较低值。

例如，要查看“玲珑店进货表”中各产品“单价”列的价格高低情况，可使用“图标集”来突出显示，操作步骤如下图所示。

玲珑店进货表

| 进货厂商 | 单价 | 采购数量 |
|---|---|---|
| 宏达家具公司 | 1200 | 4 |
| 蓝天家具城 | 280 | 8 |
| 长久家具公司 | 1350 | 6 |
| 明天家具城 | 740 | 10 |
| 恒久家具城 | 550 | 9 |
| 蓝天家具城 | 2300 | 6 |

⊕1 选定销量单元格区域。

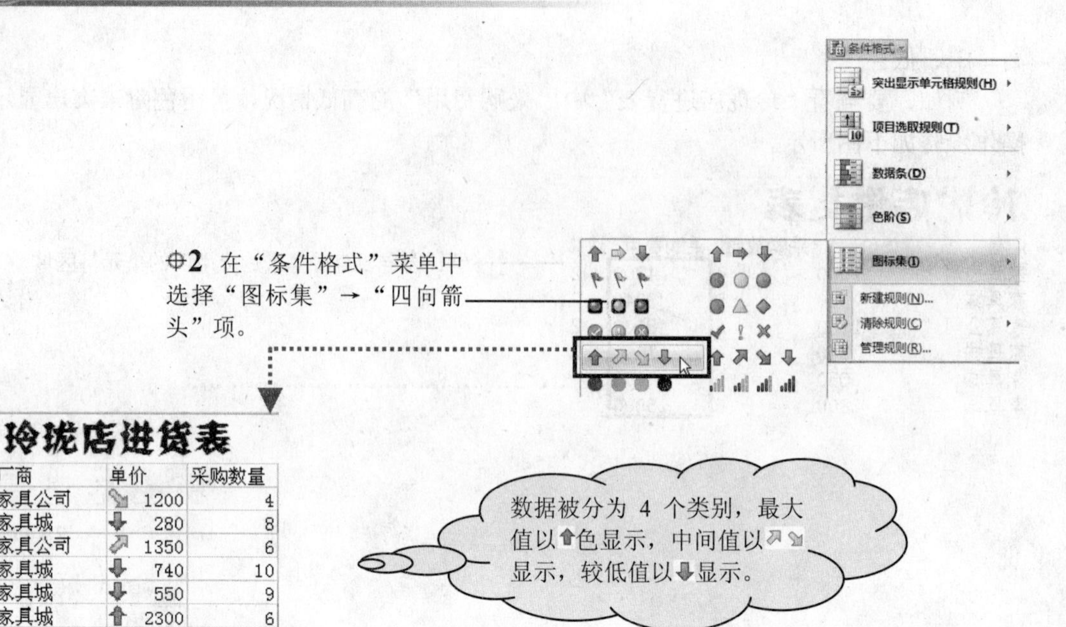


| 进货厂商 | 单价 | 采购数量 |
|---|---|---|
| 宏达家具公司 | 1200 | 4 |
| 蓝天家具城 | 280 | 8 |
| 长久家具公司 | 1350 | 6 |
| 明天家具城 | 740 | 10 |
| 恒久家具城 | 550 | 9 |
| 蓝天家具城 | 2300 | 6 |

6. 自定义条件格式规则

除了可以利用前面介绍的 5 种方式外，还可以单击“条件格式”列表底部的“新建规则”命令自定义条件格式。

例如，要将“玲珑店进货表”中“采购费用”列的数值在 5000～150000 之间单元格以加粗、字体颜色为绿色、填充色为橙色显示，操作步骤如下图所示。

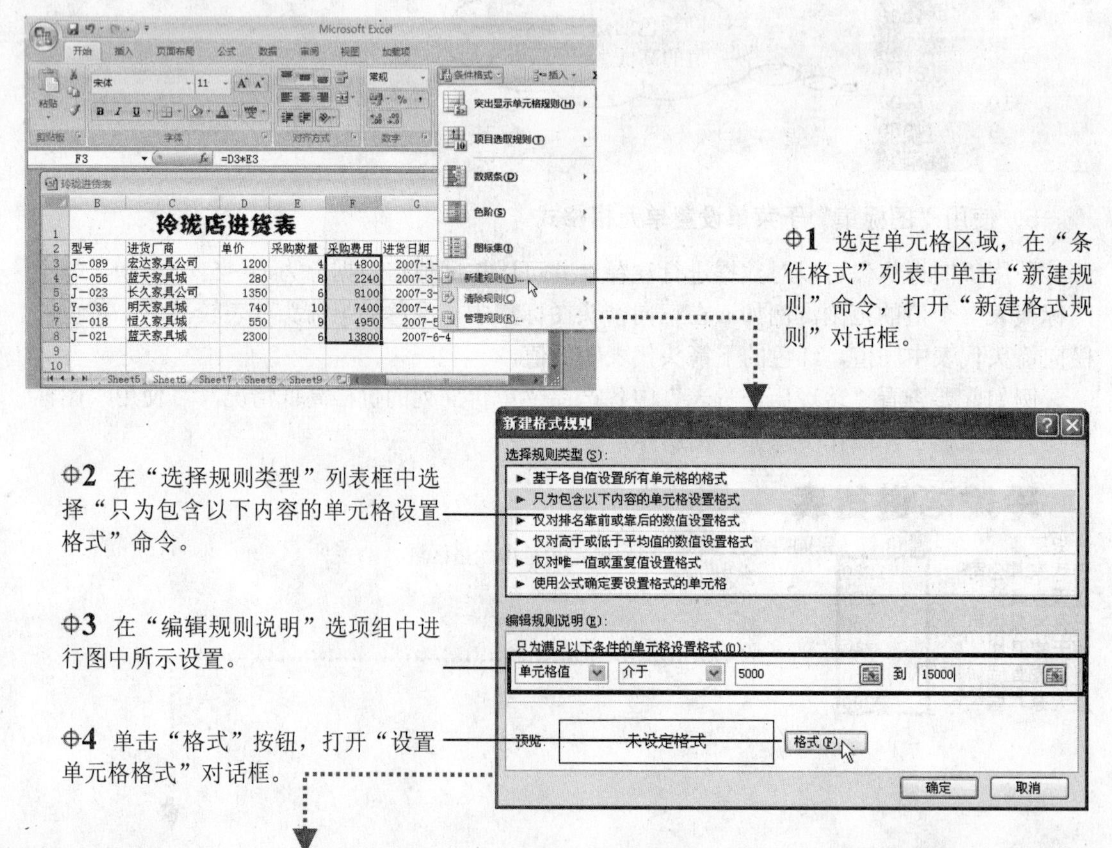

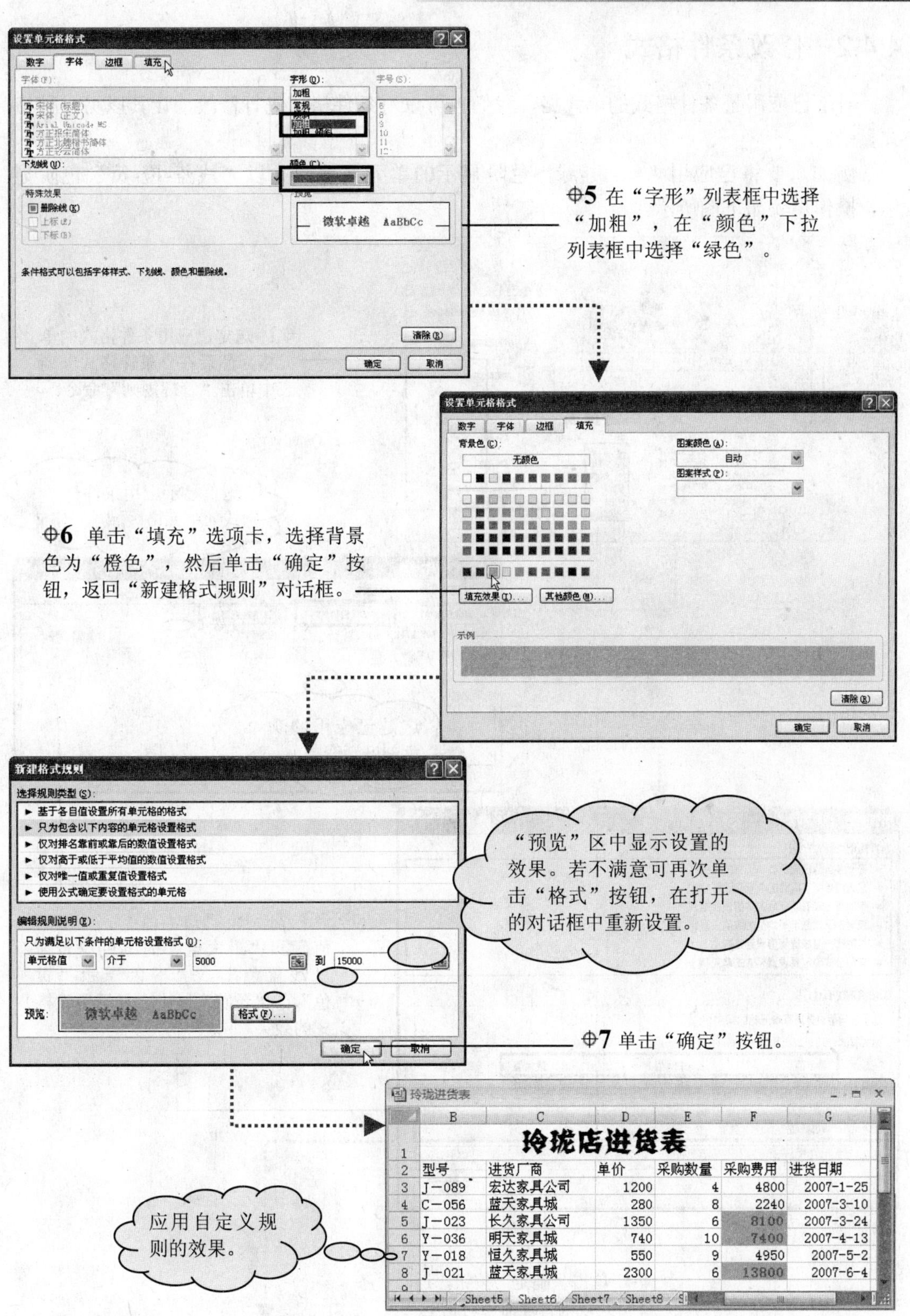


⊕5 在“字形”列表框中选择“加粗”，在“颜色”下拉列表框中选择“绿色”。

⊕6 单击“填充”选项卡，选择背景色为“橙色”，然后单击“确定”按钮，返回“新建格式规则”对话框。

“预览”区中显示设置的效果。若不满意可再次单击“格式”按钮，在打开的对话框中重新设置。

⊕7 单击“确定”按钮。

| | B | C | D | E | F | G |
|---|---|---|---|---|---|---|
| 1 | 玲珑店进货表 | | | | | |
| 2 | 型号 | 进货厂商 | 单价 | 采购数量 | 采购费用 | 进货日期 |
| 3 | J－089 | 宏达家具公司 | 1200 | 4 | 4800 | 2007-1-25 |
| 4 | C－056 | 蓝天家具城 | 280 | 8 | 2240 | 2007-3-10 |
| 5 | J－023 | 长久家具公司 | 1350 | 6 | 8100 | 2007-3-24 |
| 6 | Y－036 | 明天家具城 | 740 | 10 | 7400 | 2007-4-13 |
| 7 | Y－018 | 恒久家具城 | 550 | 9 | 4950 | 2007-5-2 |
| 8 | J－021 | 蓝天家具城 | 2300 | 6 | 13800 | 2007-6-4 |

应用自定义规则的效果。

快乐学电脑

## 4.4.2 修改条件格式

对于已应用了条件格式的单元格，我们也可以对条件格式进行修改，让其以另一种格式显示。

例如，要将已应用“红-黄-绿”色阶显示的单元格修改为以“浅蓝-橙-黄”色阶显示，操作步骤如下图所示。

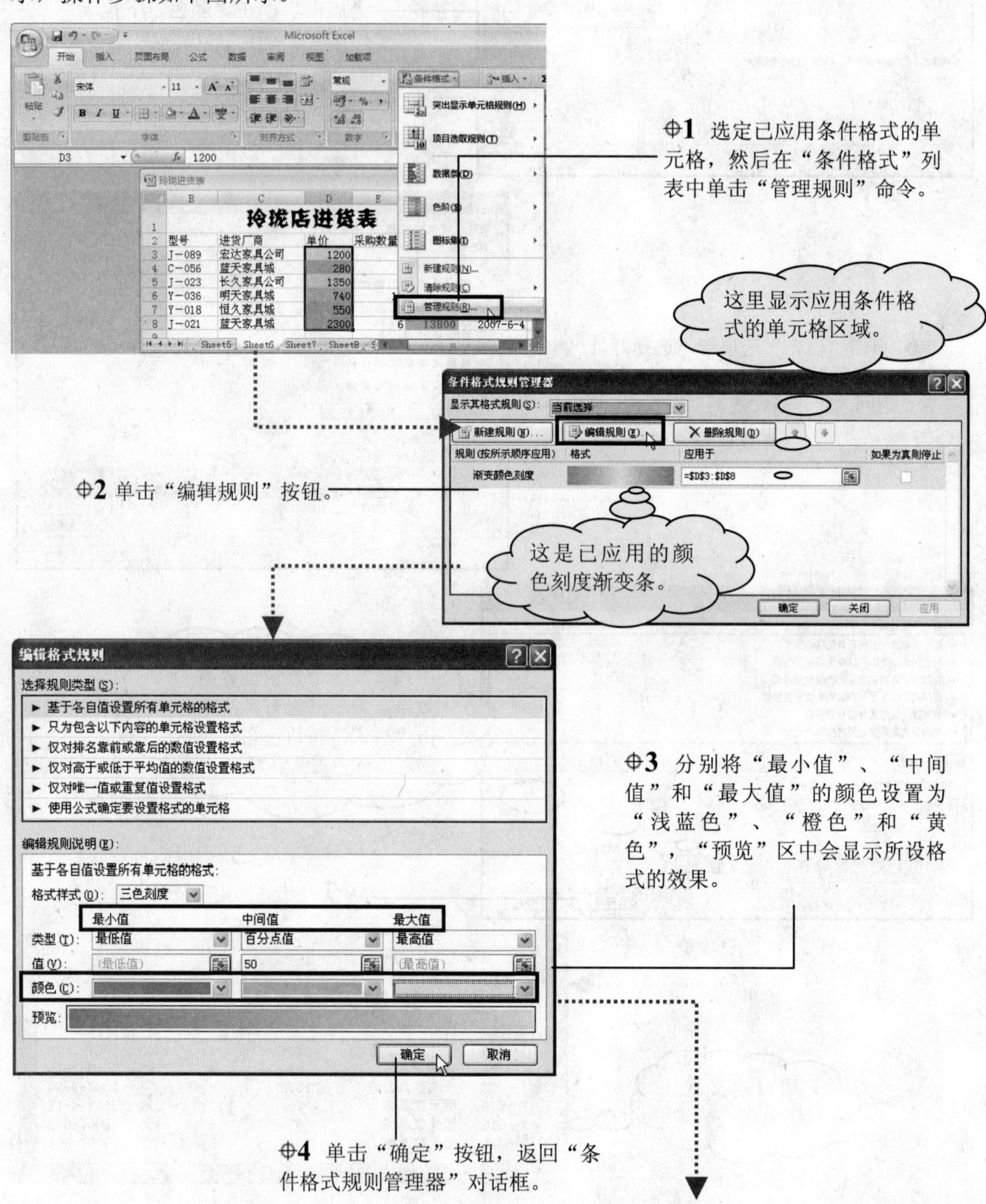

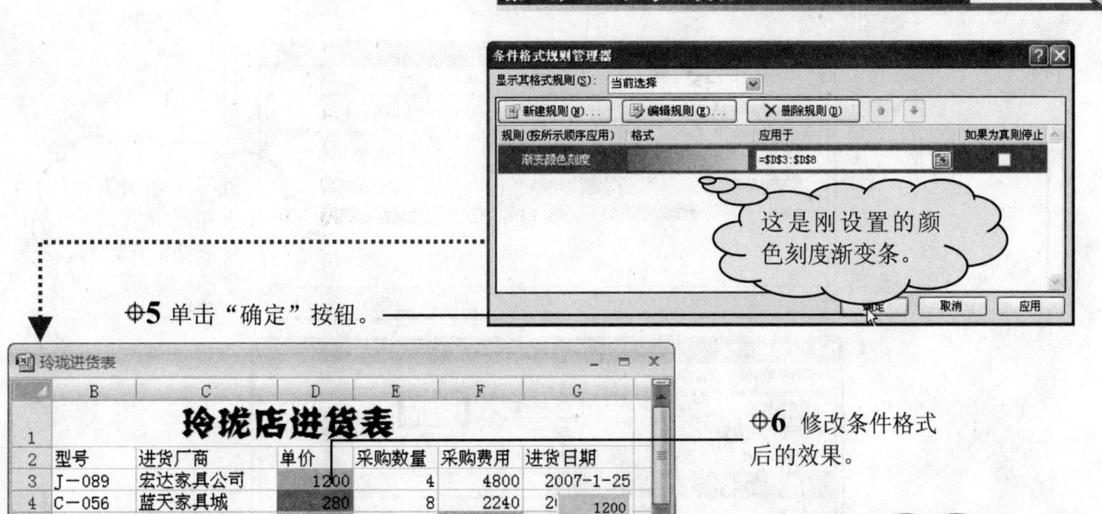


## 4.4.3 清除条件格式

当不需要应用格式显示时，可以将已应用的条件格式删除，方法是：打开应用了条件格式的工作表，在“条件格式”菜单中单击“清除规则”子菜单，如下图所示，选择“清除所选单元格的规则”命令，可清除选定单元格或单元格区域内的条件格式；选择“清除整个工作表的规则”命令，则可以清除整个工作表的条件格式。

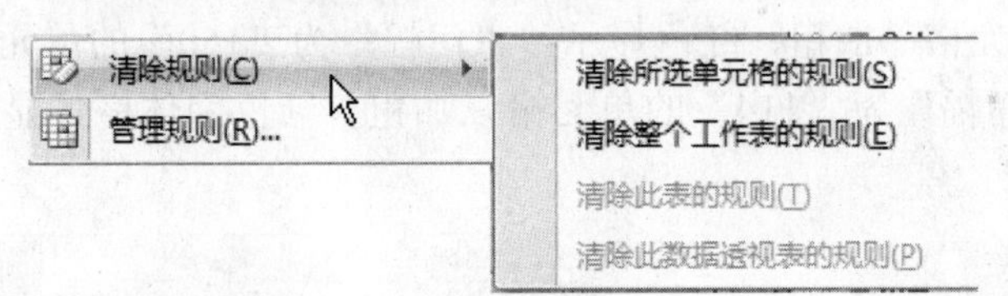


## 4.4.4 条件格式管理规则

当我们为单元格区域创建多个条件格式规则时，需要了解如下 3 个问题：如何评估这些条件格式规则；两个或更多条件格式规则冲突时将发生什么情况；如何更改评估的优先级以获得所需的结果。

在“条件格式”菜单中选择“管理规则”命令，打开“条件格式规则管理器”对话框，在“显示其格式规则”下拉列表框中选择“当前工作表”选项，对话框的下方会显示当前工作表中已设置的所有条件格式，如下图所示。

当两个或更多个条件格式规则应用于一个单元格区域时，将按它在“条件格式规则管理器”对话框中列出的优先级顺序评估这些规则。

列表中较高处的规则的优先级高于列表中较低处的规则。默认情况下，新规则总是添加到列表的顶部，因此具有较高的优先级。但我们也可以使用对话框中的“上移”按钮和“下移”按钮来更改优先级顺序，如下图所示。

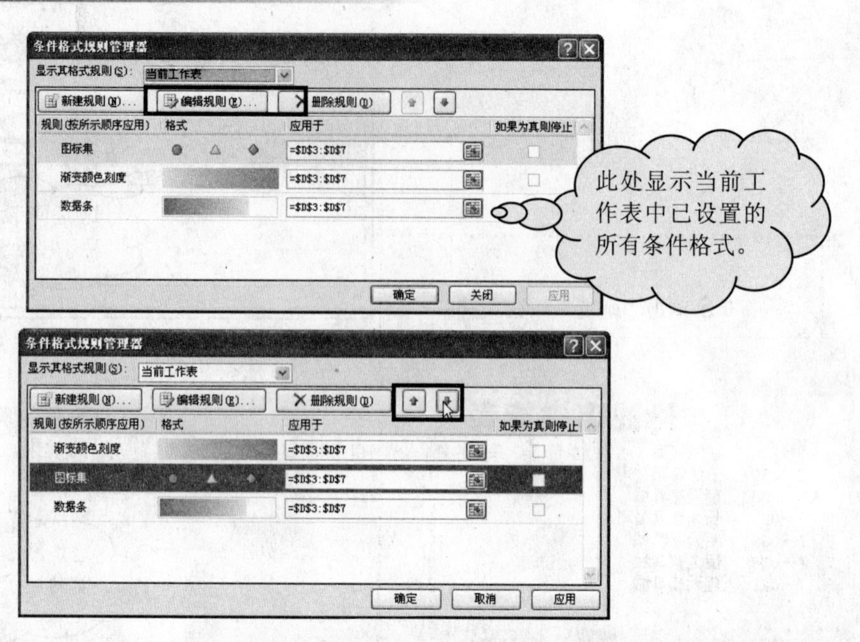


对于一个单元格区域，多个条件格式规则评估为真时，如果两种格式间没有冲突，则两个规则都会得到应用；如果两个规则冲突，只应用优先级较高的规则。

## 实例 4　利用条件格式标识“布匹价格表”

下面我们利用条件格式标识“布匹价格表”中的有关单元格，即将文本中含有“t/c”的单元格以加粗、倾斜、绿色字体，橙色填充显示；标出布匹价格最高的 10 项；将“门幅”为“145”的单元格以加粗、红色显示；“门幅”为“150”的单元格以加粗、绿色的字体格式显示；“门幅”为“114”的单元格以加粗、紫色字体格式显示，操作步骤如下所示。

| | A | B | C | D |
|---|---|---|---|---|
| 1 | 中国轻纺城布匹价格表 | | | |
| 2 | 布料名称 | 门幅 | 成份或规格 | 价格(元/m) |
| 3 | 网眼布 | 145 | t/t32s(元/公斤) | 28 |
| 4 | 纯涤纱平板布 | 145 | t/t32s(元/公斤) | 23.5 |
| 5 | t/c平布(机染磨毛) | 150 | 45s×45s　139×94 | 8.4 |
| 6 | 全棉布 | 145 | 32s 白色活性(元/公斤) | 33 |
| 7 | t/c 线绢(机染) | 114 | 80/20 21s×21s 100×53 | 6.3 |
| 8 | 全棉布 | 145 | 32s 中色活性(元/公斤) | 38.5 |
| 9 | t/c机染涤卡 | 150 | 20s×16s　120×60 | 11.7 |
| 10 | 全棉汗布 | 145 | 32s 白色 (元/公斤) | 33 |
| 11 | 全棉6条灯芯绒 | 114 | 16×12s　64×128(开票价) | 10.7 |
| 12 | t/c 帆布(轧染) | 114 | 32s/2×16s | 9.2 |
| 13 | 全棉布 | 145 | 32s 深色活性(元/公斤) | 44.5 |
| 14 | 全棉涂料印花床布 | 230 | 21×21s　60×58 | 8.1 |
| 15 | 全棉纱卡(轧染) | 114 | 20s×16s　128×60 | 9.5 |
| 16 | 涤塔夫 | 150 | 63D×63Dfdy　170T | 1.79 |
| 17 | 全棉府绸(轧染) | 114 | 40s×40s　133×72 | 6.5 |
| 18 | 喷水美丽绸 | 150 | 68半光fdy×68半光fdy | 2.8 |
| 19 | 全棉纱卡(轧染) | 114 | 16s×12s　108×56 | 10.1 |
| 20 | 全棉涂料印花床布 | 230 | 30s×30s　110×70 | 9.15 |
| 21 | 喷水八枚缎 | 150 | 75有光fdy×100dty | 3.75 |
| 22 | 全棉府绸(轧染) | 150 | 30s×30s　68×68 | 6.2 |
| 23 | t/c平布(机染) | 150 | 45s×45s　133×72 | 6.9 |
| 24 | | | | |

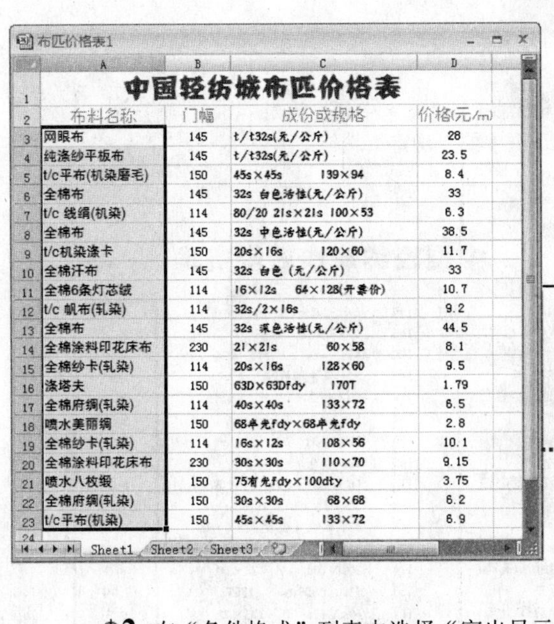

布匹价格表1

| | A | B | C | D |
|---|---|---|---|---|
| 1 | 中国轻纺城布匹价格表 | | | |
| 2 | 布料名称 | 门幅 | 成份或规格 | 价格(元/m) |
| 3 | 网眼布 | 145 | t/t32s(元/公斤) | 28 |
| 4 | 纯涤纱平板布 | 145 | t/t32s(元/公斤) | 23.5 |
| 5 | t/c平布(机染磨毛) | 150 | 45s×45s 139×94 | 8.4 |
| 6 | 全棉布 | 145 | 32s 白色活性(元/公斤) | 33 |
| 7 | t/c 线绢(机染) | 114 | 80/20 21s×21s 100×53 | 6.3 |
| 8 | 全棉布 | 145 | 32s 中色活性(元/公斤) | 38.5 |
| 9 | t/c机染涤卡 | 150 | 20s×16s 120×60 | 11.7 |
| 10 | 全棉汗布 | 145 | 32s 白色 (元/公斤) | 33 |
| 11 | 全棉6条灯芯绒 | 114 | 16×12s 64×128(开要价) | 10.7 |
| 12 | t/c 帆布(轧染) | 114 | 32s/2×16s | 9.2 |
| 13 | 全棉布 | 145 | 32s 深色活性(元/公斤) | 44.5 |
| 14 | 全棉涂料印花床布 | 230 | 21×21s 60×58 | 8.1 |
| 15 | 全棉纱卡(轧染) | 114 | 20s×16s 128×60 | 9.5 |
| 16 | 涤塔夫 | 150 | 63D×63Dfdy 170T | 1.79 |
| 17 | 全棉府绸(轧染) | 114 | 40s×40s 133×72 | 6.5 |
| 18 | 喷水美丽绸 | 150 | 68单光fdy×68单光fdy | 2.8 |
| 19 | 全棉纱卡(轧染) | 114 | 16s×12s 108×56 | 10.1 |
| 20 | 全棉涂料印花床布 | 230 | 30s×30s 110×70 | 9.15 |
| 21 | 喷水八枚缎 | 150 | 75有光fdy×100dty | 3.75 |
| 22 | 全棉府绸(轧染) | 150 | 30s×30s 68×68 | 6.2 |
| 23 | t/c平布(机染) | 150 | 45s×45s 133×72 | 6.9 |

Sheet1 Sheet2 Sheet3

⊕1 打开素材文件(素材与实例\实例\第 4 章\布匹价格表 1)，选中要突出显示的单元格区域。

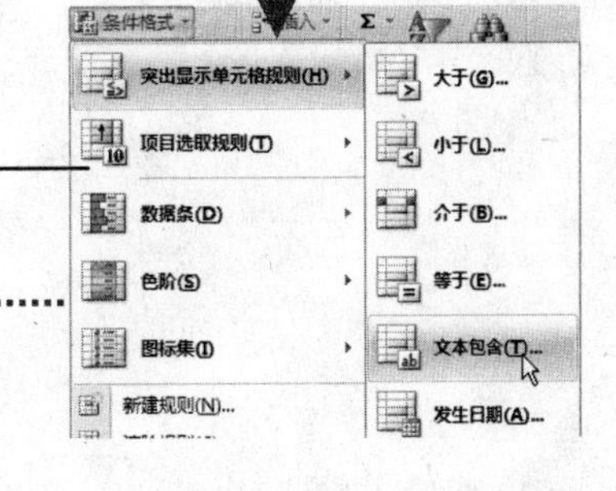


⊕2 在“条件格式”列表中选择“突出显示单元格规则”子菜单中的“文本包含”命令。

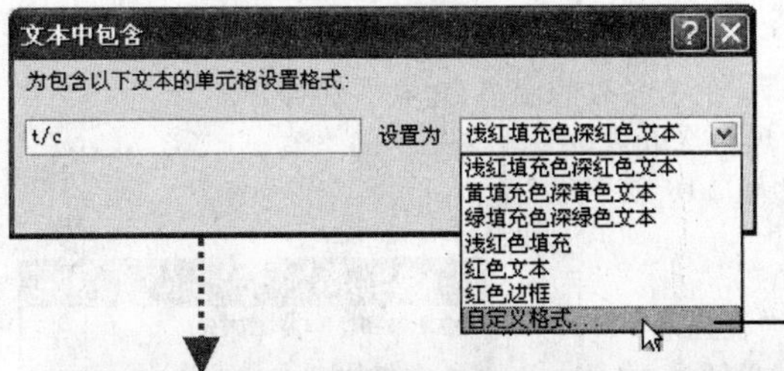


⊕3 在打开对话框的文本框中输入“t/c”，然后在“设置为”下拉列表框中选择“自定义格式”选项。

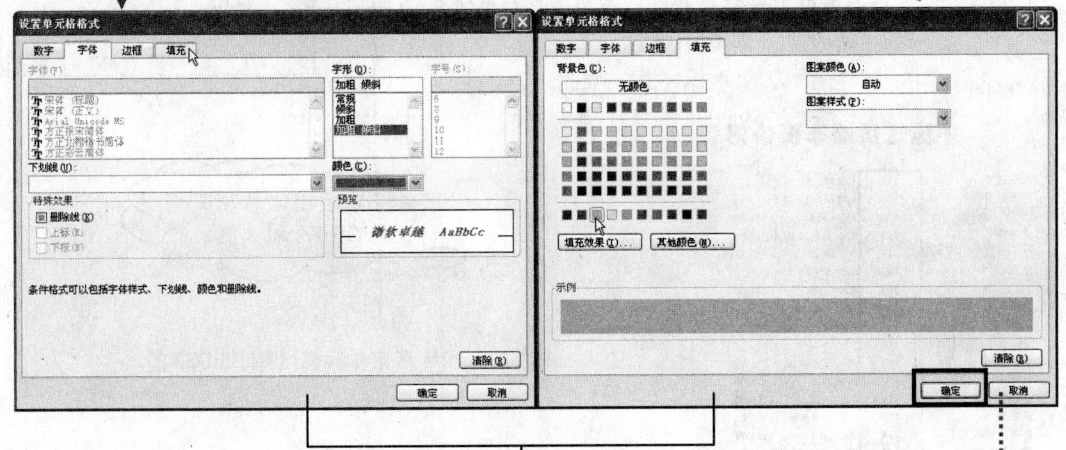


⊕4 在“字体”选项卡的“字形”列表框中选择“加粗 倾斜”，字体颜色设为“绿色”，在“填充”选项卡的“颜色”列表中选择“橙色”，然后单击“确定”按钮。

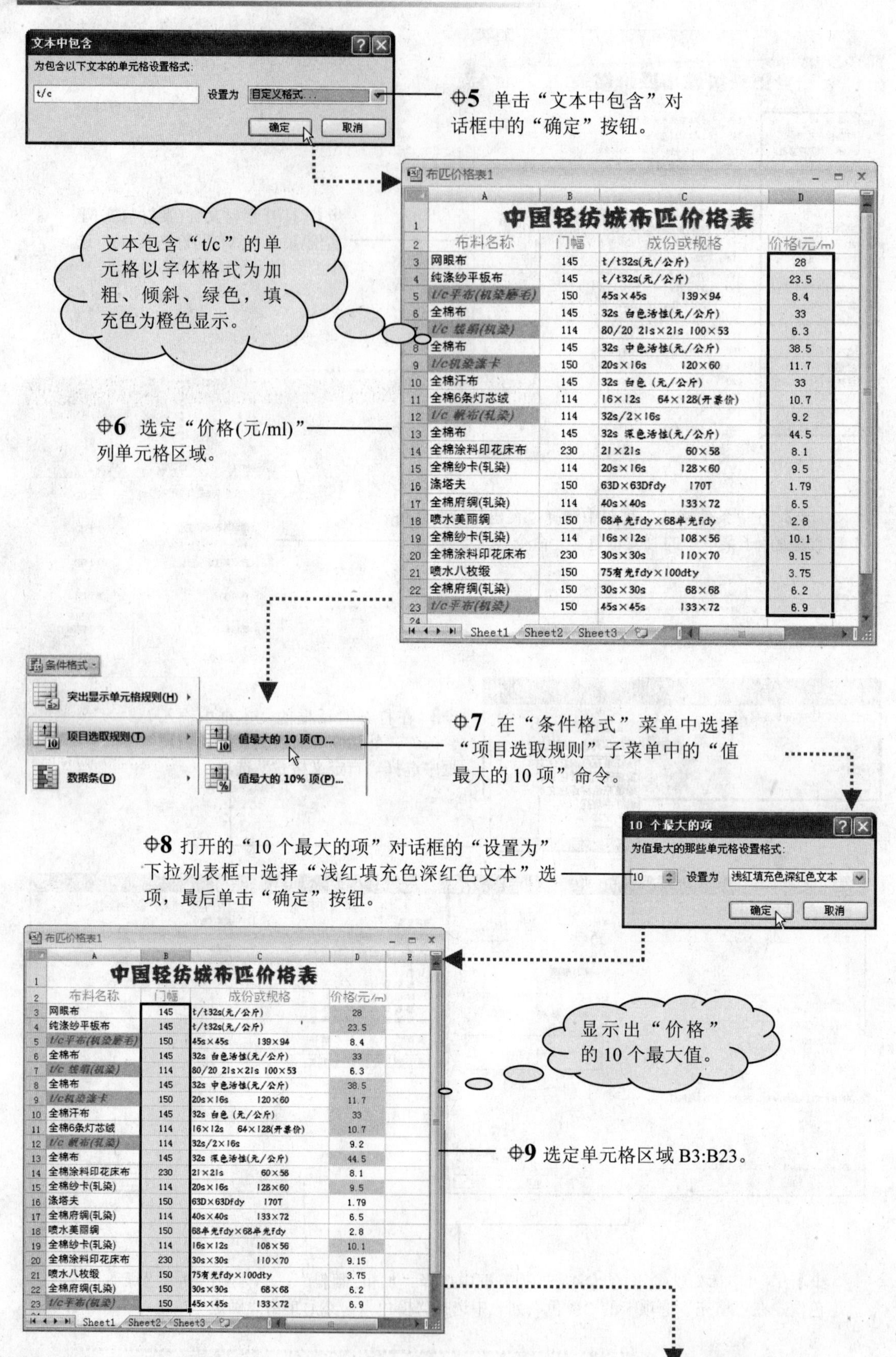

⊕5 单击“文本中包含”对话框中的“确定”按钮。

文本包含“t/c”的单元格以字体格式为加粗、倾斜、绿色，填充色为橙色显示。

⊕6 选定“价格(元/ml)”列单元格区域。

⊕7 在“条件格式”菜单中选择“项目选取规则”子菜单中的“值最大的 10 项”命令。

⊕8 打开的“10 个最大的项”对话框的“设置为”下拉列表框中选择“浅红填充色深红色文本”选项，最后单击“确定”按钮。

显示出“价格”的 10 个最大值。

⊕9 选定单元格区域 B3:B23。

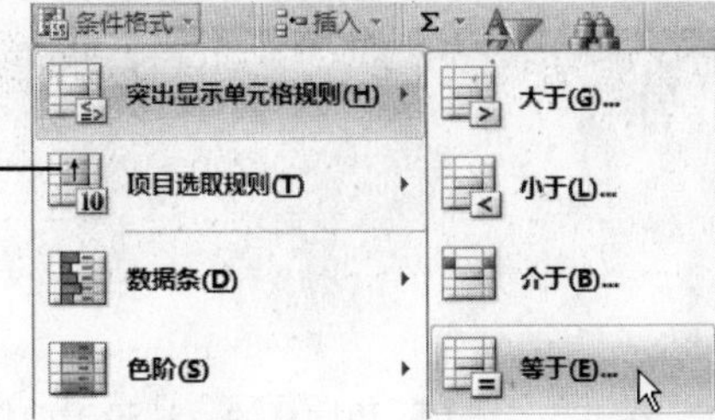


⊕**10** 在“条件格式”菜单中选择“突出显示单元格规则”子菜单中的“等于”命令。

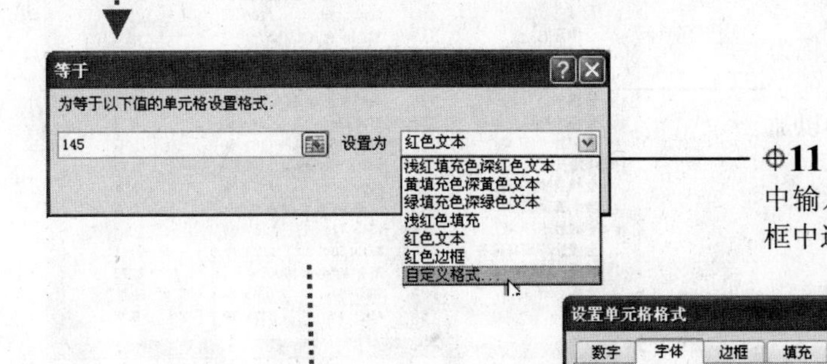


⊕**11** 在打开的“等于”对话框的文本框中输入“145”，在“设置为”下拉列表框中选择“自定义格式”选项。

⊕**12** 打开“设置单元格格式”对话框，在“字形”列表框中选择“加粗”，字体颜色设为“红色”。

⊕**13** 单击“确定”按钮，返回“等于”对话框。

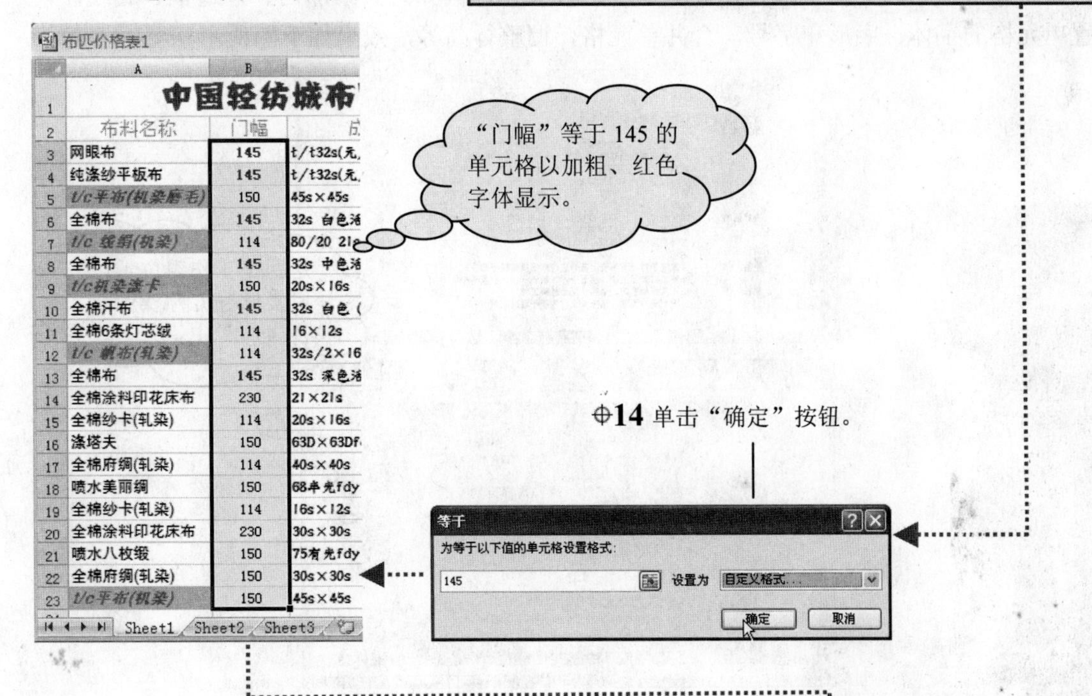


“门幅”等于145的单元格以加粗、红色字体显示。

⊕**14** 单击“确定”按钮。

| | A | B | C | D |
|---|---|---|---|---|
| 1 | 中国轻纺城布匹价格表 | | | |
| 2 | 布料名称 | 门幅 | 成份或规格 | 价格(元/m) |
| 3 | 网眼布 | 145 | t/t32s(元/公斤) | 28 |
| 4 | 纯涤纱平板布 | 145 | t/t32s(元/公斤) | 23.5 |
| 5 | t/c平布(机染磨毛) | 150 | 45s×45s 139×94 | 8.4 |
| 6 | 全棉布 | 145 | 32s 白色活性(元/公斤) | 33 |
| 7 | t/c 线绸(机染) | 114 | 80/20 21s×21s 100×53 | 6.3 |
| 8 | 全棉布 | 145 | 32s 中色活性(元/公斤) | 38.5 |
| 9 | t/c机染涂卡 | 150 | 20s×16s 120×60 | 11.7 |
| 10 | 全棉汗布 | 145 | 32s 白色 (元/公斤) | 33 |
| 11 | 全棉6条灯芯绒 | 114 | 16×12s 64×128(开票价) | 10.7 |
| 12 | t/c 帆布(轧染) | 114 | 32s/2×16s | 9.2 |
| 13 | 全棉布 | 145 | 32s 深色活性(元/公斤) | 44.5 |
| 14 | 全棉涂料印花床布 | 230 | 21×21s 60×58 | 8.1 |
| 15 | 全棉纱卡(轧染) | 114 | 20s×16s 128×60 | 9.5 |
| 16 | 涤塔夫 | 150 | 63D×63Dfdy 170T | 1.79 |
| 17 | 全棉府绸(轧染) | 114 | 40s×40s 133×72 | 6.5 |
| 18 | 喷水美丽绸 | 150 | 68半光fdy×68半光fdy | 2.8 |
| 19 | 全棉纱卡(轧染) | 114 | 16s×12s 108×56 | 10.1 |
| 20 | 全棉涂料印花床布 | 230 | 30s×30s 110×70 | 9.15 |
| 21 | 喷水八枚缎 | 150 | 75有光fdy×100dty | 3.75 |
| 22 | 全棉府绸(轧染) | 150 | 30s×30s 68×68 | 6.2 |
| 23 | t/c平布(机染) | 150 | 45s×45s 133×72 | 6.9 |

**15** 用同样的方法设置门幅为150的单元格以加粗、绿色的字体格式显示；门幅为114的以加粗、紫色的字体格式显示。

# 练 一 练

## 1．简答题

(1) 单元格格式的设置包括哪些方面？

(2) 如何为表格添加边框和底纹？

(3) 条件格式规则包括哪些？

## 2．操作题

将如下所示的“幼儿园工作计划表”进行美化，例如为其添加内、外边框、底纹，设置单元格的字体、字形和字号，合并单元格，调整行高等，效果如下图所示。

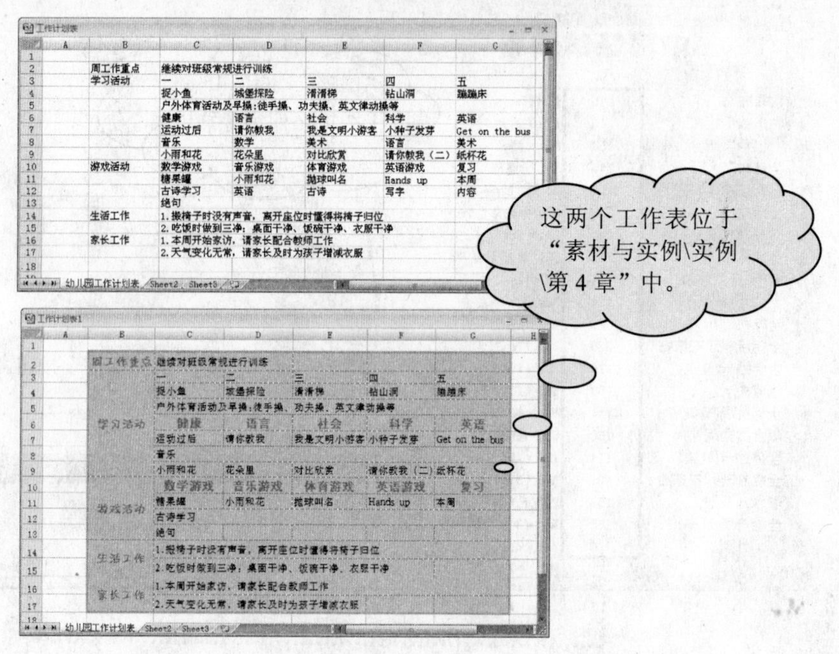

| | A | B | C | D | E | F | G |
|---|---|---|---|---|---|---|---|
| 1 | | | | | | | |
| 2 | | 周工作重点 | 继续对班级常规进行训练 | | | | |
| 3 | | 学习活动 | 一 | 二 | 三 | 四 | 五 |
| 4 | | | 捉小鱼 | 城堡探险 | 滑滑梯 | 钻山洞 | 蹦蹦床 |
| 5 | | | 户外体育活动及早操:徒手操、功夫操、英文律动操等 | | | | |
| 6 | | | 健康 | 语言 | 社会 | 科学 | 英语 |
| 7 | | | 运动过后 | 请你教我 | 我是文明小游客 | 小种子发芽 | Get on the bus |
| 8 | | | 音乐 | 数学 | 美术 | 语言 | 美术 |
| 9 | | | 小雨和花 | 花朵里 | 对比欣赏 | 请你教我（二） | 纸杯花 |
| 10 | | 游戏活动 | 数学游戏 | 音乐游戏 | 体育游戏 | 英语游戏 | 复习 |
| 11 | | | 糖果罐 | 小雨和花 | 抛球叫名 | Hands up | 本周 |
| 12 | | | 古诗学习 | 英语 | 古诗 | 写字 | 内容 |
| 13 | | | 绝句 | | | | |
| 14 | | 生活工作 | 1.搬椅子时没有声音，离开座位时懂得将椅子归位 | | | | |
| 15 | | | 2.吃饭时做到三净：桌面干净、饭碗干净、衣服干净 | | | | |
| 16 | | 家长工作 | 1.本周开始家访，请家长配合教师工作 | | | | |
| 17 | | | 2.天气变化无常，请家长及时为孩子增减衣服 | | | | |
| 18 | | | | | | | |

| | A | B | C | D | E | F | G |
|---|---|---|---|---|---|---|---|
| 1 | | | | | | | |
| 2 | | 周工作重点 | 继续对班级常规进行训练 | | | | |
| 3 | | 学习活动 | 一 | 二 | 三 | 四 | 五 |
| 4 | | | 捉小鱼 | 城堡探险 | 滑滑梯 | 钻山洞 | 蹦蹦床 |
| 5 | | | 户外体育活动及早操:徒手操、功夫操、英文律动操等 | | | | |
| 6 | | | 健康 | 语言 | 社会 | 科学 | 英语 |
| 7 | | | 运动过后 | 请你教我 | 我是文明小游客 | 小种子发芽 | Get on the bus |
| 8 | | | 音乐 | | | | |
| 9 | | | 小雨和花 | 花朵里 | 对比欣赏 | 请你教我（二） | 纸杯花 |
| 10 | | 游戏活动 | 数学游戏 | 音乐游戏 | 体育游戏 | 英语游戏 | 复习 |
| 11 | | | 糖果罐 | 小雨和花 | 抛球叫名 | Hands up | 本周 |
| 12 | | | 古诗学习 | | | | |
| 13 | | | 绝句 | | | | |
| 14 | | 生活工作 | 1.搬椅子时没有声音，离开座位时懂得将椅子归位 | | | | |
| 15 | | | 2.吃饭时做到三净：桌面干净、饭碗干净、衣服干净 | | | | |
| 16 | | 家长工作 | 1.本周开始家访，请家长配合教师工作 | | | | |
| 17 | | | 2.天气变化无常，请家长及时为孩子增减衣服 | | | | |

# 问 与 答

**问**：如何旋转单元格中的文本？

**答**：要旋转单元格中的文本，可在选中要进行文本旋转的单元格后，单击“开始”选项卡上“对齐方式”选项组中的“方向”按钮，在展开的列表中选择一种方向即可；若单击列表底部的“设置单元格对齐方式”命令，则可在打开的“设置单元格格式”对话框中进行精确的旋转角度设置，具体操作步骤如下图所示。

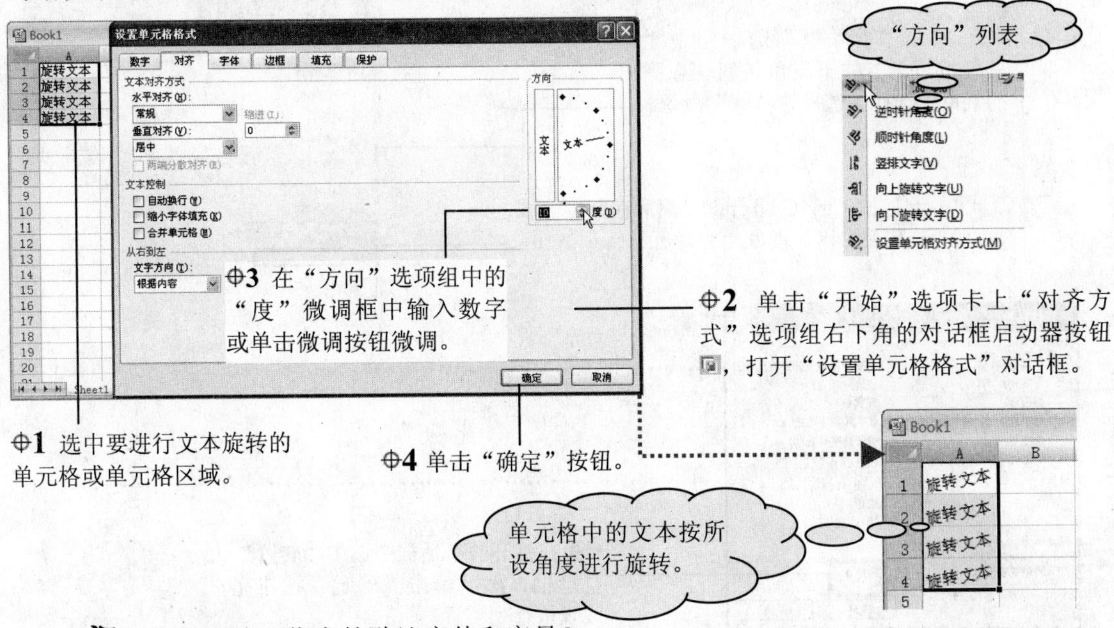


**问**：如何更改工作表的默认字体和字号？

**答**：默认情况下新建工作簿时，在单元格输入数据，字体为“宋体”，字号为“11”，我们可以改变这种设置。方法是，在“Excel 选项”对话框中单击“常用”选项，然后在“新建工作簿时”选项组的“使用的字体”和“字号”下拉列表框中分别进行选择，完成后单击“确定”按钮，如下图所示。

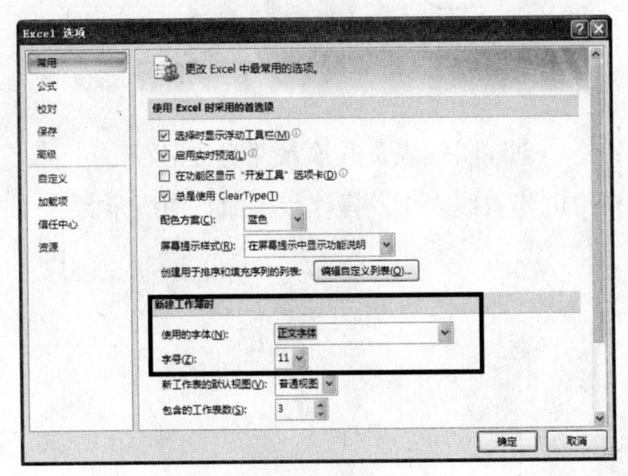

**问**：如何快速交换工作表的行与列？

**答**：当设计好一份 Excel 表格后，如果发现行和列的位置不符合要求，希望将行与列的位置进行调换，可按下图所示操作步骤进行。

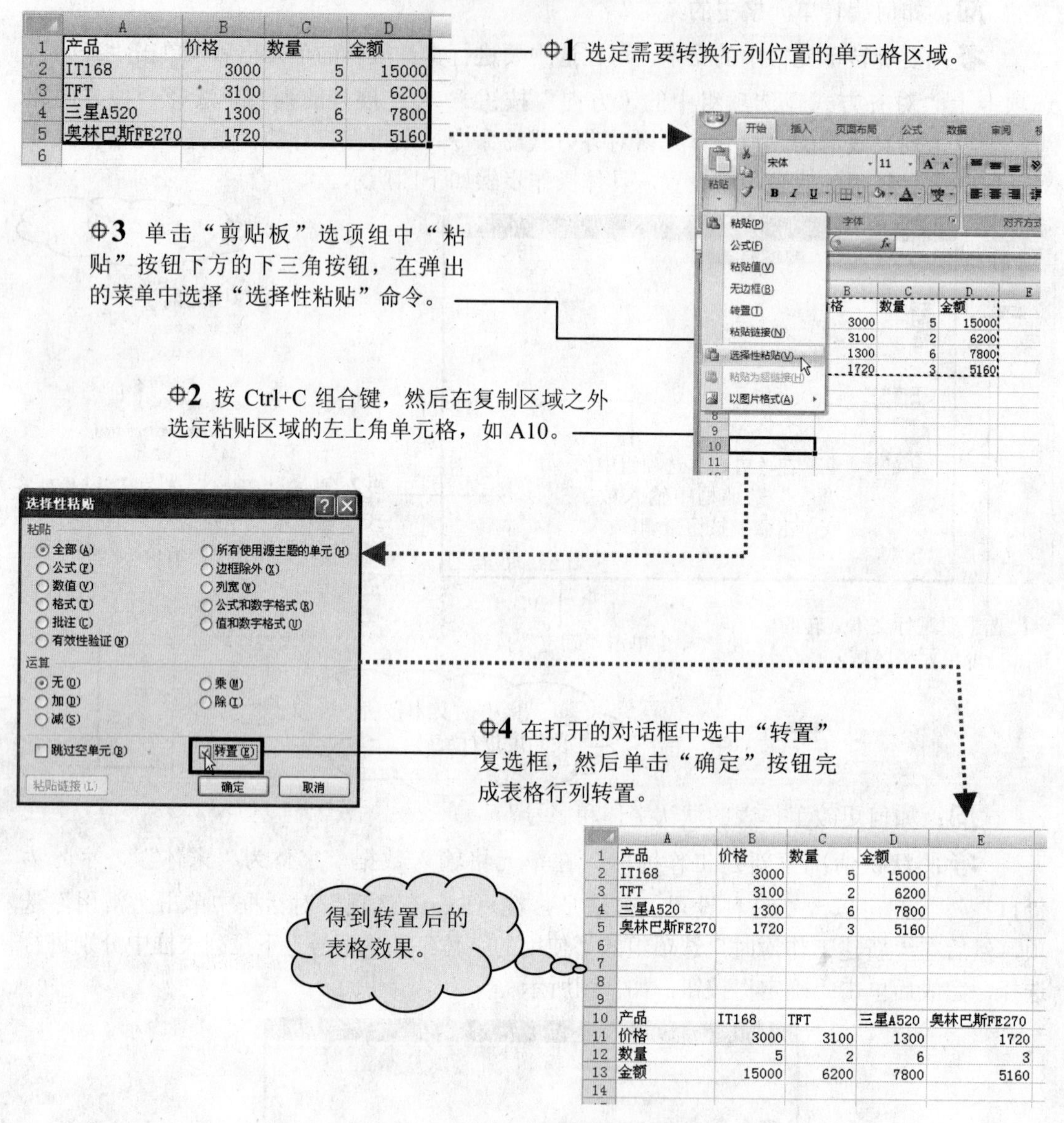


**问**：如何在单元格中创建斜线表头并输入说明文字？

**答**：要在单元格中创建斜线表头，操作步骤如下图所示。

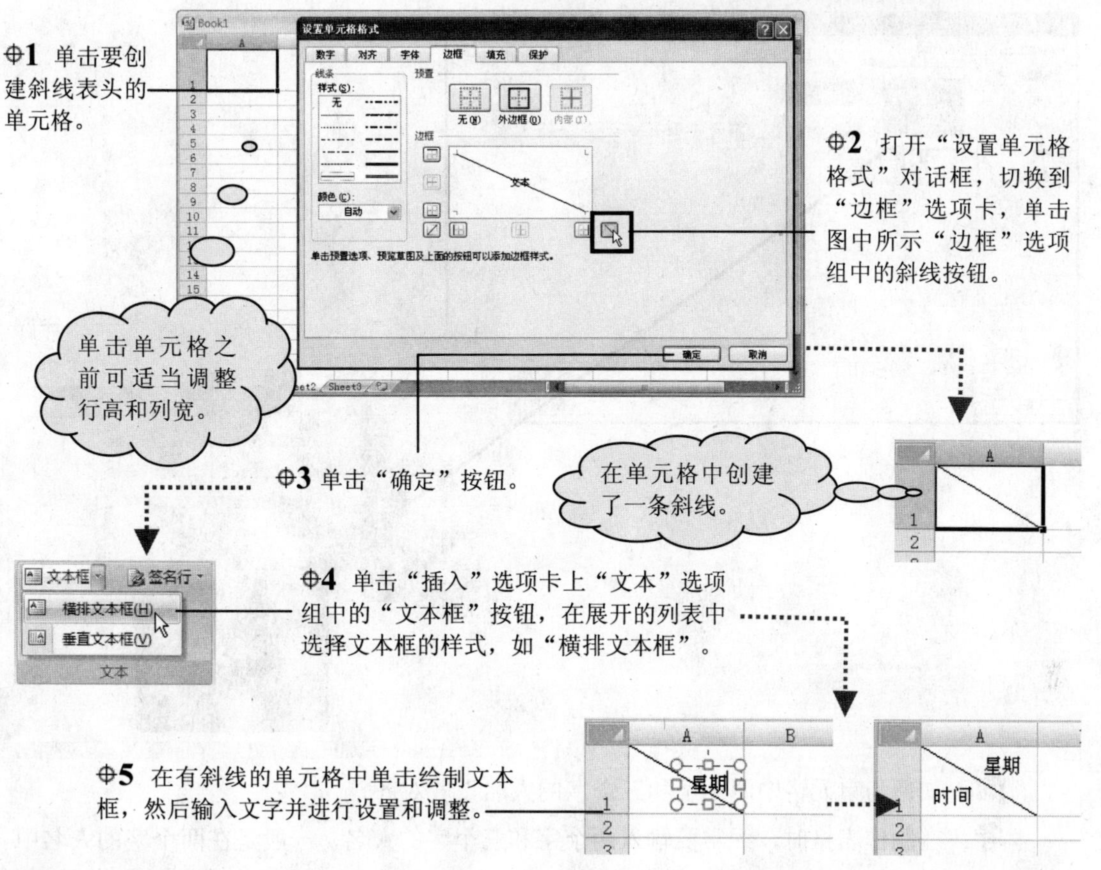


## 提示

若要在单元格中绘制多条斜线，可直接在单元格中插入所需直线数目，然后进行调整，最后按上述方法输入文本即可。插入直线的方法是：单击“插入”选项卡上“插图”选项组中的“形状”按钮，在展开的列表中单击“直线”按钮，然后在需要绘制斜线的地方单击并拖动鼠标即可，如下图所示。

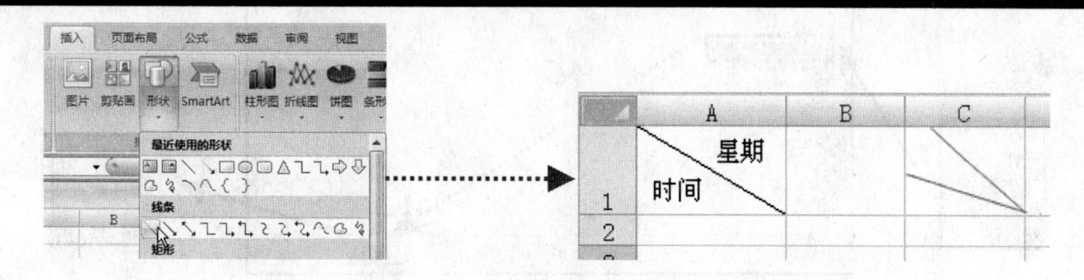


**问**：可以在工作表中插入图形对象吗？

**答**：可以。方法是单击要插入图形对象的工作表标签，然后单击“插入”选项卡上“插图”选项组中的“图片”按钮，打开“插入图片”对话框，找到图片所在文件夹，然后单击要插入的图片，单击“插入”按钮，即可将所选图片插入到工作表中，如下图所示。

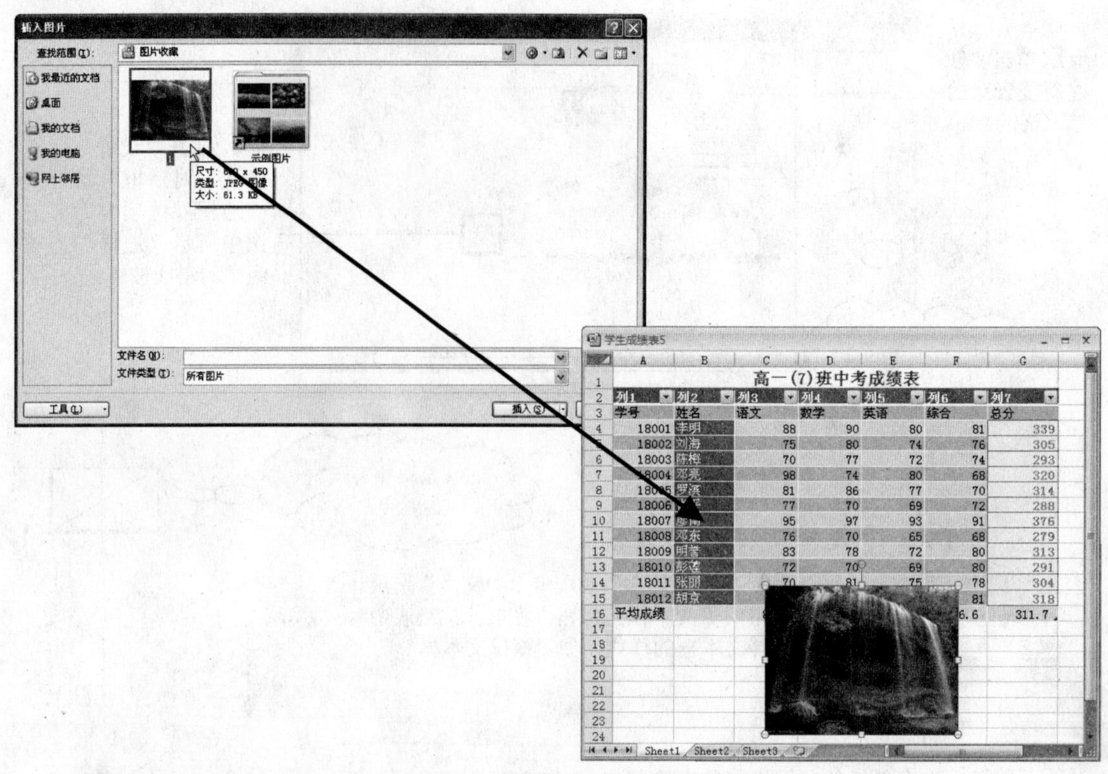


**问**：如何为单元格中两个字和三个字的人名设置对齐？

**答**：在制作表格时，经常要输入两个字和三个字的人名，一般是在两个字的人名中间敲空格来与三个字的人名设置对齐，比较麻烦。其实完全不必输入空格，只需选中要设置对齐的单元格或单元格区域，然后在“设置单元格格式”对话框的“水平对齐”下拉列表框中选择“分散对齐(缩进)”选项，最后单击“确定”按钮即可，如下图所示。

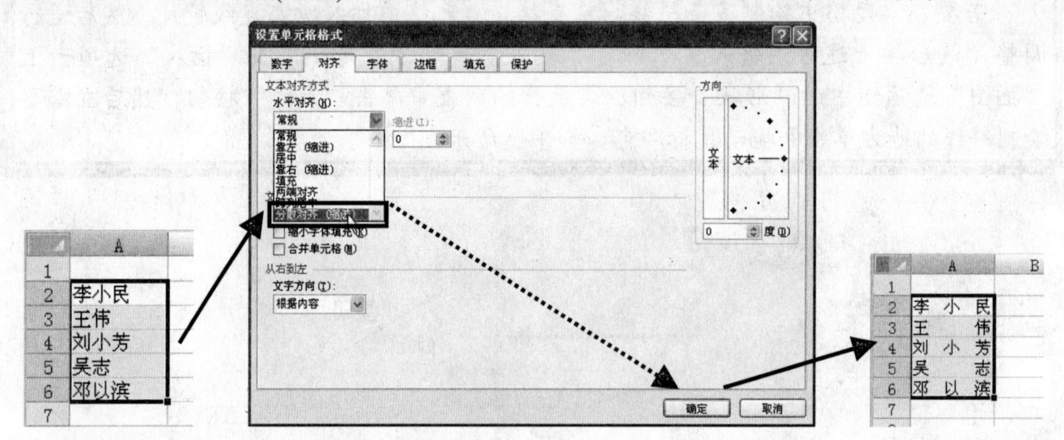


**问**：如何取消通信簿中电子邮件单元格的超链接？

**答**：若是少量的单元格中要取消超链接，则可右击含有电子邮件地址的单元格，在弹出的快捷菜单中选择“取消超链接”命令，如左下图所示。

若有大量的电子邮件要取消超链接，可在电子邮件列左或右侧插入一新列，然后复制含有电子邮件的列，单击新插入列的单元格，选择“粘贴”列表中的“选择性粘贴”命

令，在打开的对话框中选中“数值”单选按钮，如右下图所示，单击“确定”按钮，最后将原电子邮件地址列删除即可。

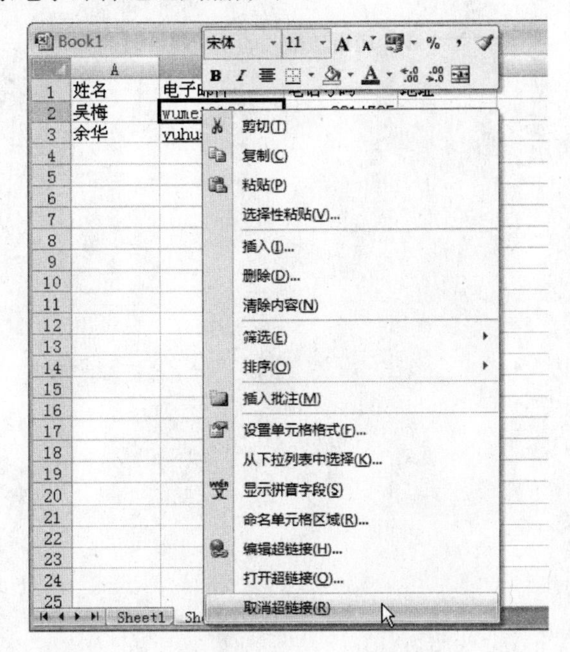

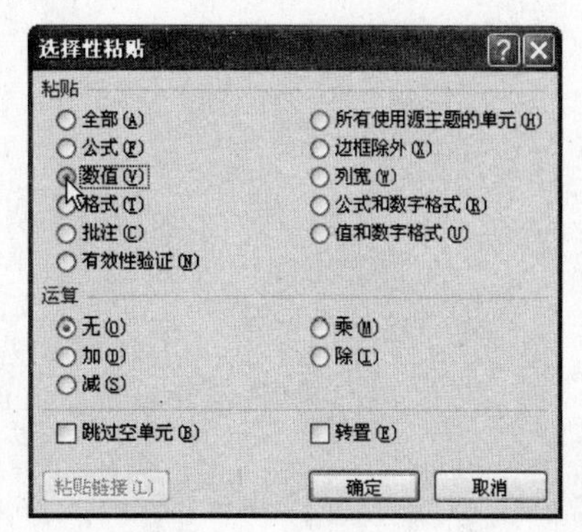

**问**：如何在相邻单元格中快速复制多个单元格的格式？

**答**：格式刷在对不相邻单元格进行复制时效率较高，对于相邻单元格，如果想批量复制单元格格式，最简单的方法就是使用单元格填充柄进行格式填充，操作步骤如下图所示。

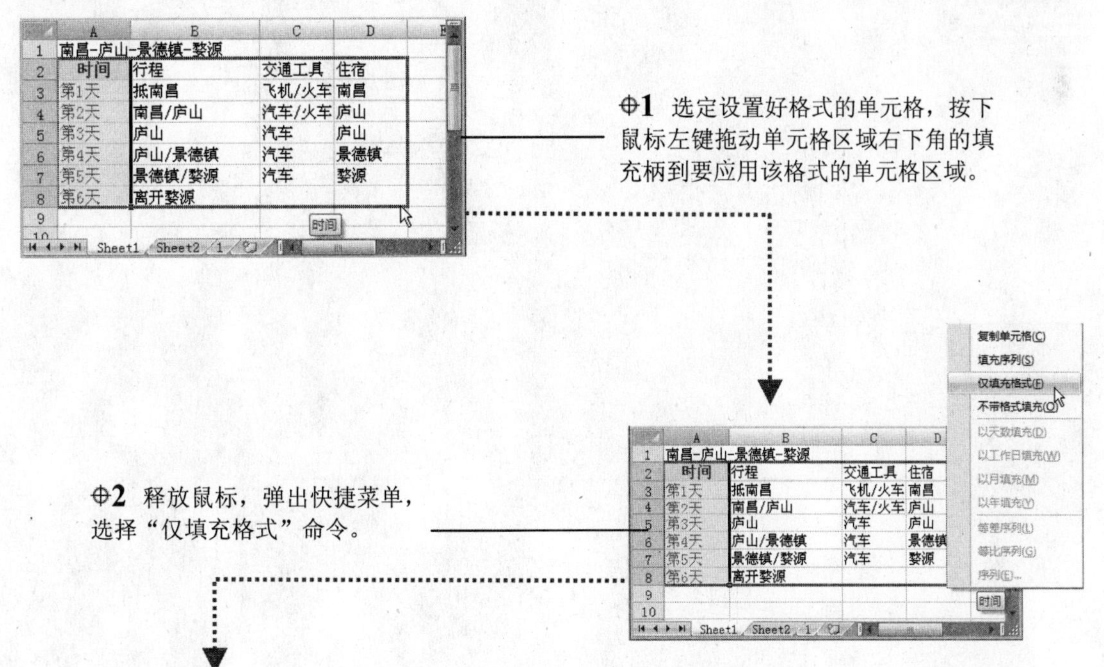

1 选定设置好格式的单元格，按下鼠标左键拖动单元格区域右下角的填充柄到要应用该格式的单元格区域。

2 释放鼠标，弹出快捷菜单，选择“仅填充格式”命令。

快乐学电脑

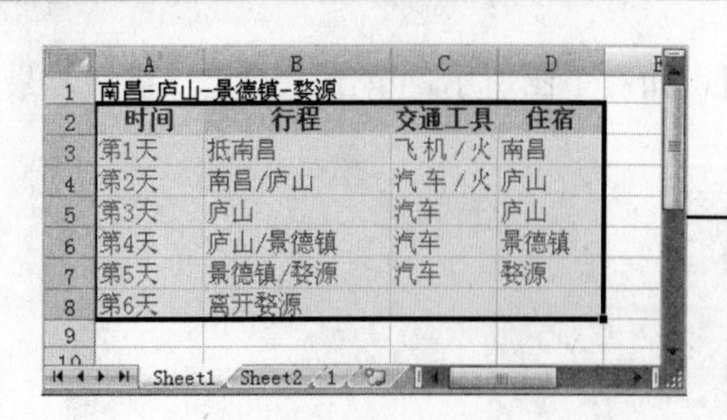


❸ 应用该格式的单元格区域。

# 第5章 打印工作表

**本章学习重点**

- ☞ 页面设置
- ☞ 设置页眉和页脚
- ☞ 打印预览
- ☞ 打印工作表
- ☞ 设置打印区域
- ☞ 分页预览与分页符调整
- ☞ 设置打印时的缩放

## 5.1 页面设置

工作表制作完成后，一般都要打印出来，此时只需单击“Office 按钮”，在展开的列表中选择“打印”→“快速打印”命令，即可按照 Excel 默认设置开始打印。但是，不同行业的用户需要打印的报表各不相同，每个用户都可能会有自己的特殊要求。Excel 为了满足用户的需求，提供了许多用来设置或调整打印效果的实用功能。

通过页面设置，就可以确定工作表中的内容在纸张中打印出来的位置。页面设置包括纸张大小、页边距及打印方向等，下面一一介绍。

### 5.1.1 设置纸张

工作表制作好了，就要考虑将其打印到什么规格的纸上，A4 还是 B5 等，此时可单击“页面布局”选项卡上“页面设置”选项组中的“纸张大小”按钮，展开列表，其中列出了一些设置好的选项，如左下图所示，单击需要的选项即可。

若列表中的选项不能满足需要，可单击列表底部的“其他纸张大小”命令，打开“页面设置”对话框，在“纸张大小”下拉列表框中提供了更多的选项供用户选择，如右下图所示。

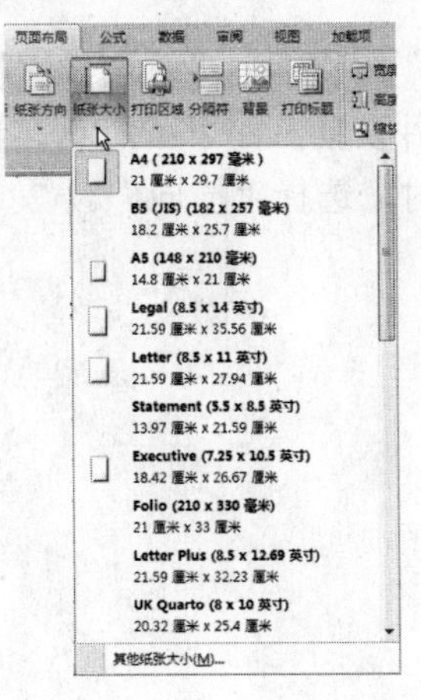


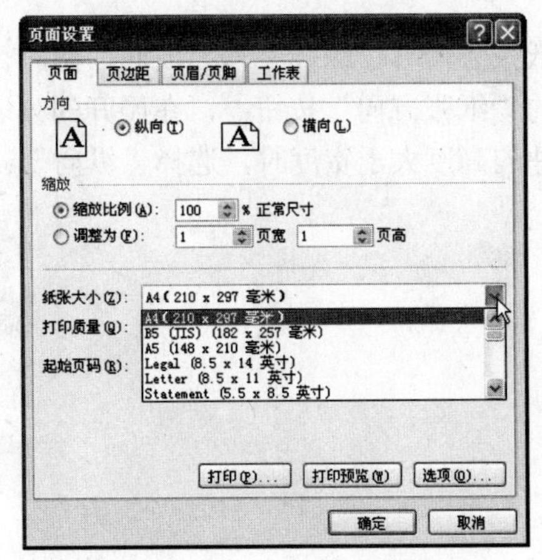

## 5.1.2 设置页边距

页边距是指页面上打印区域之外的空白区域。如果用户对表格在页面中的位置不满意，可对页边距进行相关设置。

要设置页边距，可单击“页面布局”选项卡上“页面设置”选项组中的“页边距”按钮，在展开的列表中可选择“普通”、“宽”或“窄”样式，如左下图所示。

此外，还可以自定义页边距。单击“页边距”列表底部的“自定义边距”按钮，打开“页面设置”对话框的“页边距”选项卡，在该选项卡可分别设置上、下、左、右页边距的值，如右下图所示。

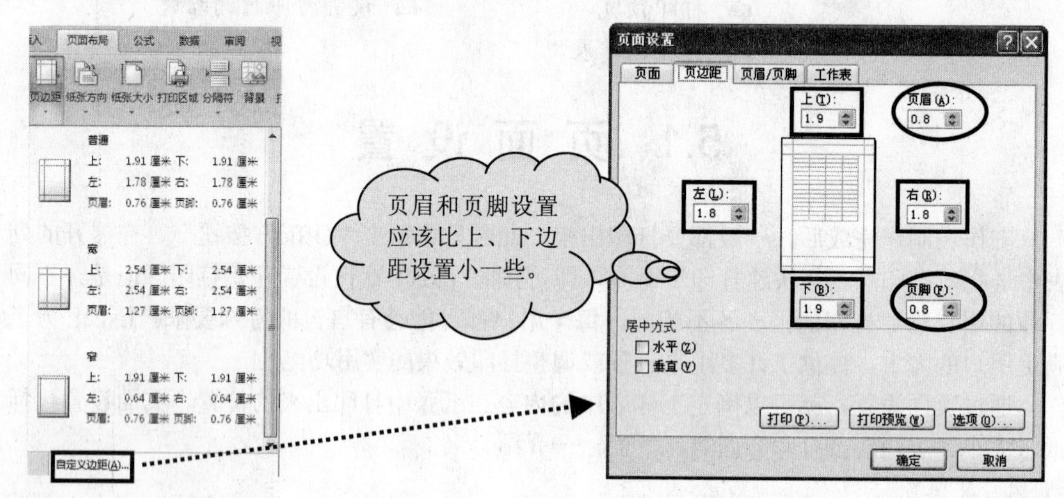

选中“页边距”选项卡中的“水平”和“垂直”复选框，可使打印的表格在打印纸上既水平居中又垂直居中。

## 5.1.3 设置纸张方向

纸张方向有“纵向”与“横向”两种。单击“页面布局”选项卡上“页面设置”选项组中的“纸张方向”按钮，在展开的列表中可以看到这两种设置，如下图所示。当要打印文件的高度大于宽度时，选择“纵向”；当宽度大于高度时，选择“横向”。

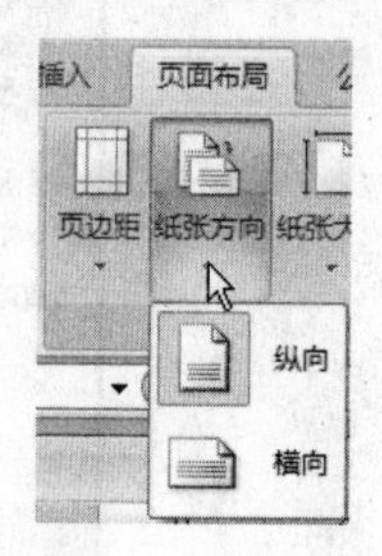

此外，也可在“页面设置”对话框的“页面”选项卡中进行纸张方向的设置。

下图所示为将同一工作表设置为“纵向”和“横向”时的打印效果。

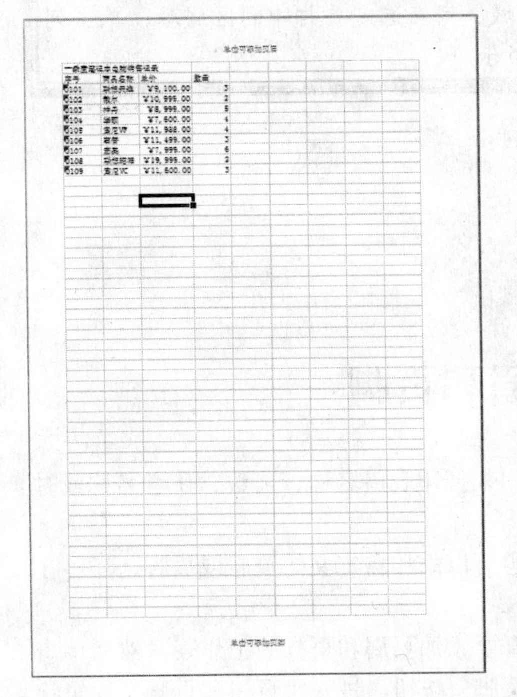

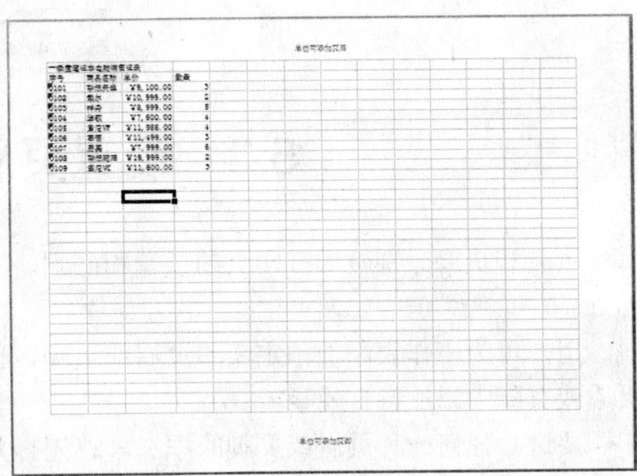

## 5.2 设置打印区域

在实际工作中，除了可以对打印的表格进行页面设置外，还可以对其进行打印区域的设置，即仅将需要的部分打印出来，以节省资源。

默认情况下，Excel 会自动选择有文字的最大行和列作为打印区域。若要重新设置打印区域，可首先选定要打印的单元格区域，然后单击“页面布局”选项卡上“页面设置”选项组中的“打印区域”按钮，在展开的列表中选择“设置打印区域”命令即可，此时所选区域出现虚线框，如右下图所示，未被框选的部分不会被打印。

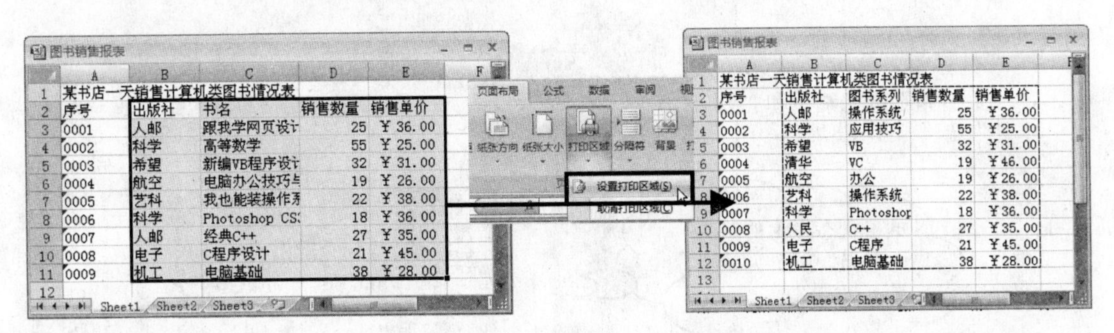


要取消所设置的打印区域，可单击工作表的任意单元格，然后在“打印区域”列表中单击“取消打印区域”命令，此时，Excel又自动恢复到系统默认设置的打印区域。

**提示**

在设置了打印区域后，若想再添加打印区域，可在选定要打印的区域后，单击列表中的“添加到打印区域”命令即可，如下图所示。

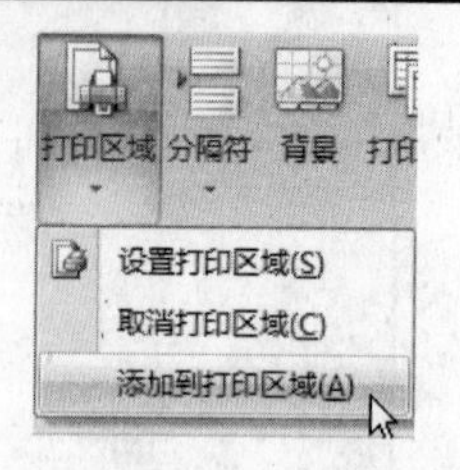


## 5.3　设置页眉和页脚

页眉和页脚分别位于打印页的顶端和底端，用来打印表格名称、页数、作者名称或时间等。

用户可为工作表添加预定义的页眉或页脚，也可以添加自定义的页眉或页脚，还可在页眉或页脚中添加特定元素。

要进行任何一种页眉或页脚的添加，首先打开要添加页眉和页脚的工作表，然后单击“插入”选项卡上“文本”选项组中的“页眉和页脚”按钮，进入“页眉和页脚”编辑状态，最后在出现的“页眉和页脚工具”下“设计”选项卡上进行设置。

若要为工作表添加预定义的页眉和页脚，可按下图所示操作步骤进行。

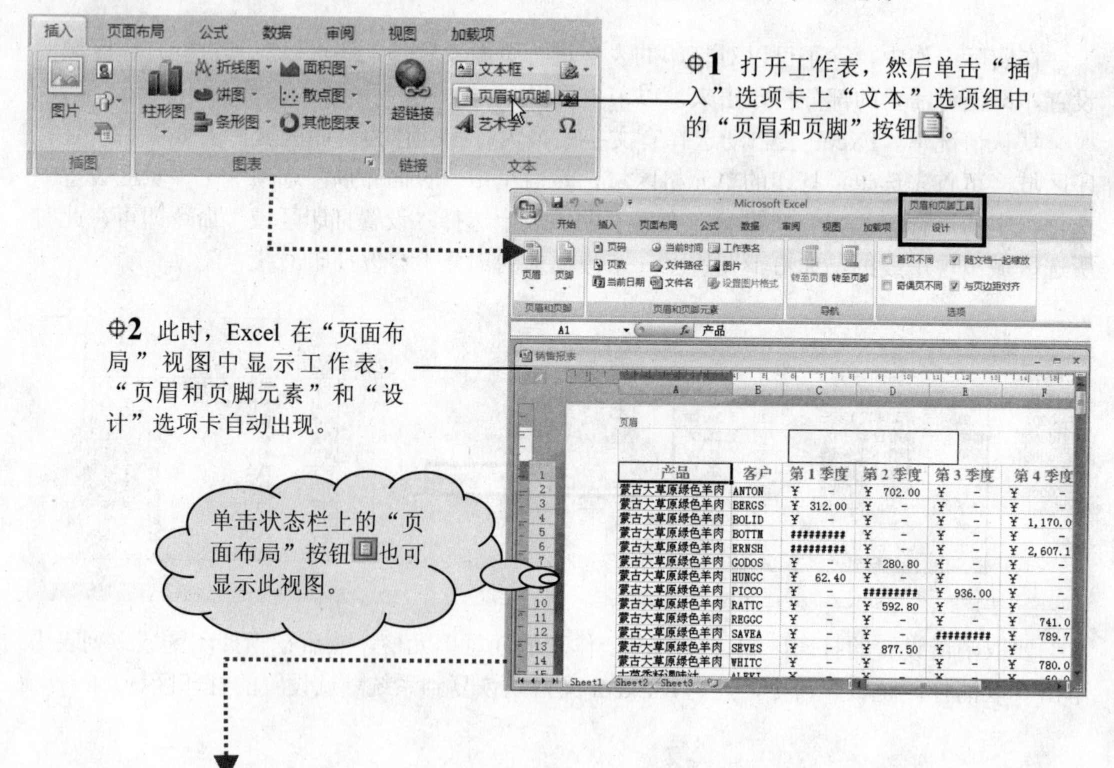

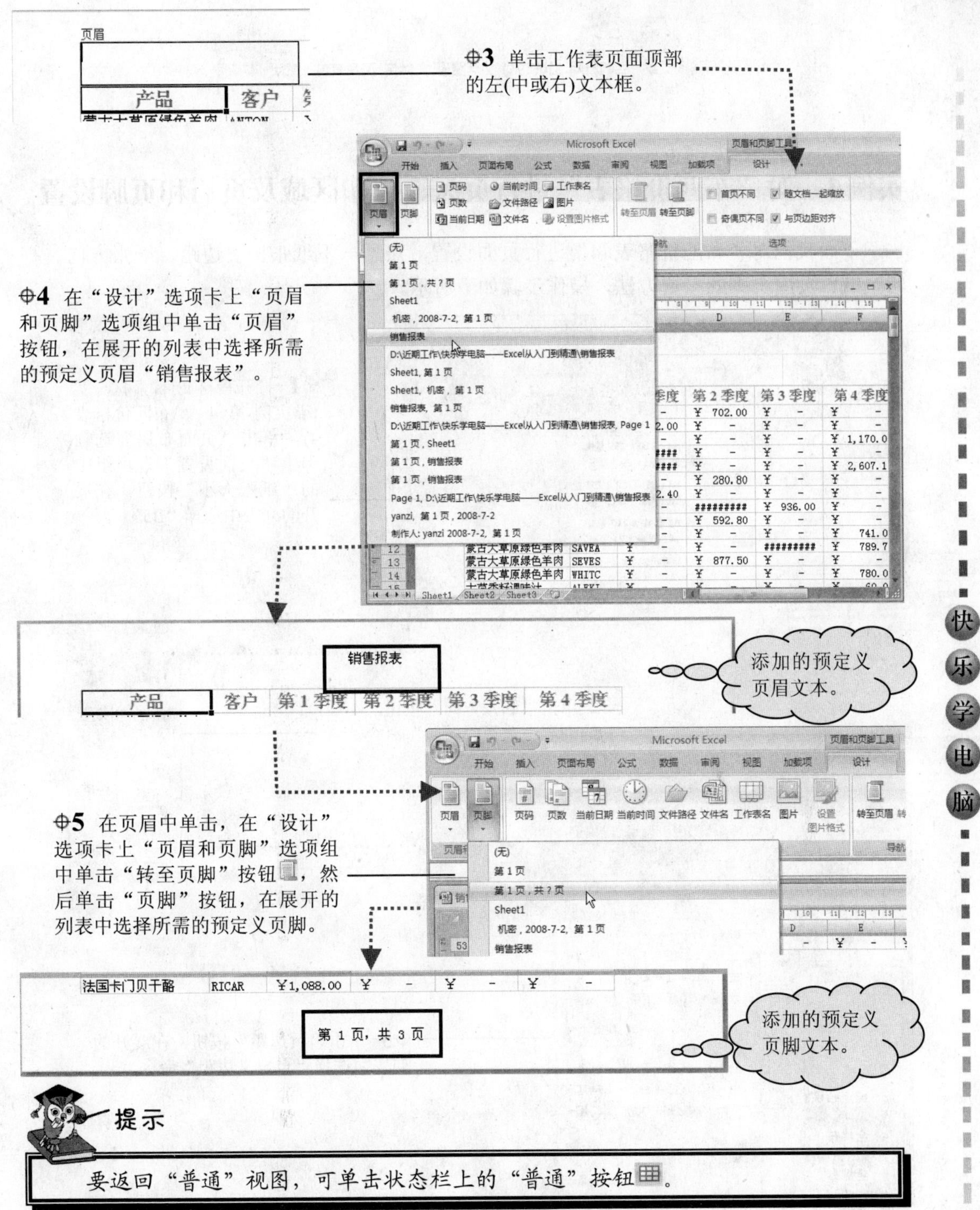


**提示**

要返回“普通”视图，可单击状态栏上的“普通”按钮。

如果要添加自定义的页眉或页脚，可直接在页眉或页脚编辑框输入所需文本。

要在页眉或页脚中添加特定元素，可首先单击页眉或页脚编辑框，然后单击“页眉和页脚工具”下“设计”选项卡上“页眉和页脚元素”选项组中的相应按钮，如下图所示。

## 实例1 对"布匹价格表"进行页面、打印区域及页眉和页脚设置

下面我们对"布匹价格表 4"进行页面设置，熟悉一下纸张、页边距、纸张方向、打印区域、页眉页脚的设置方法，操作步骤如下所示。

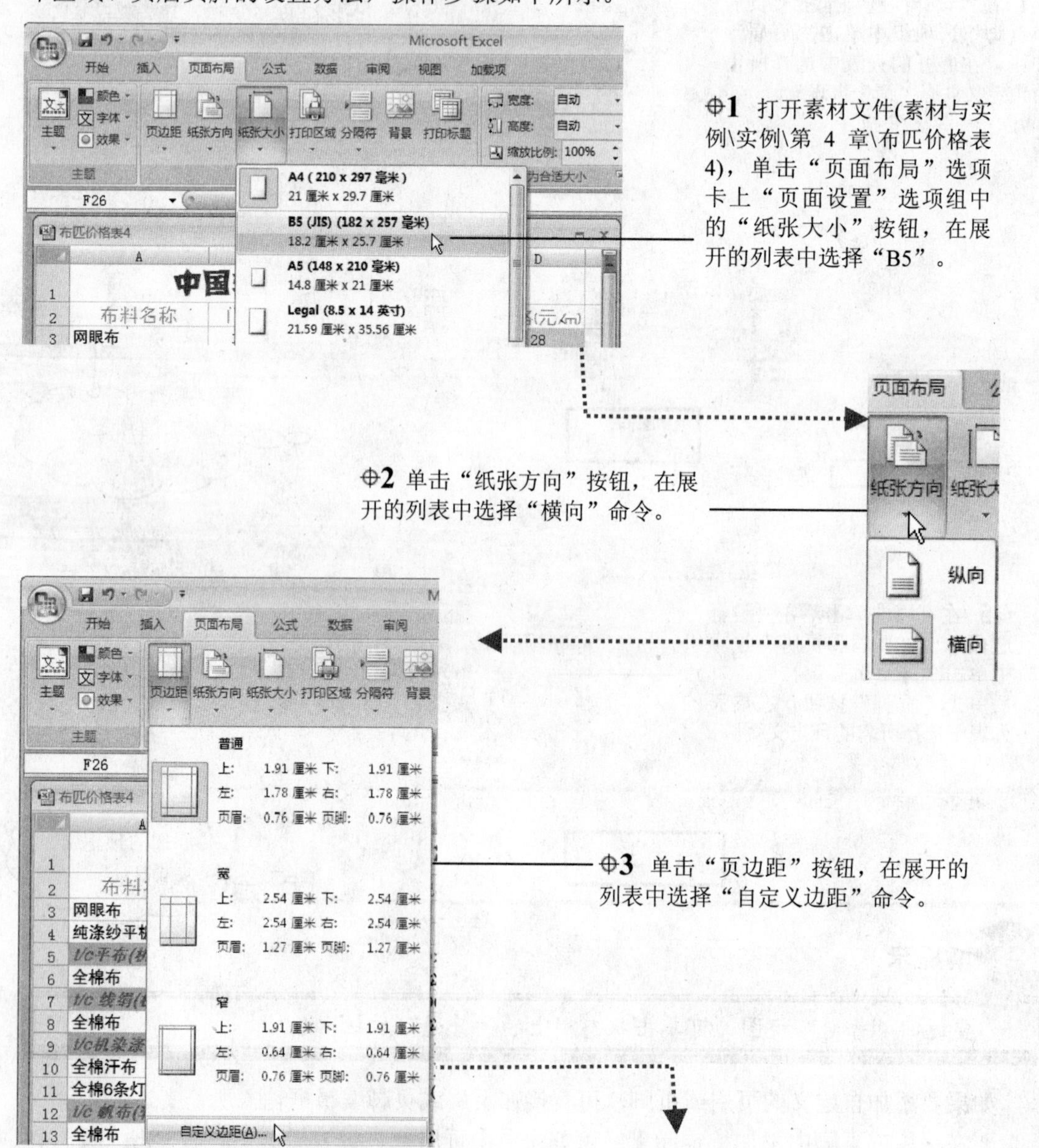

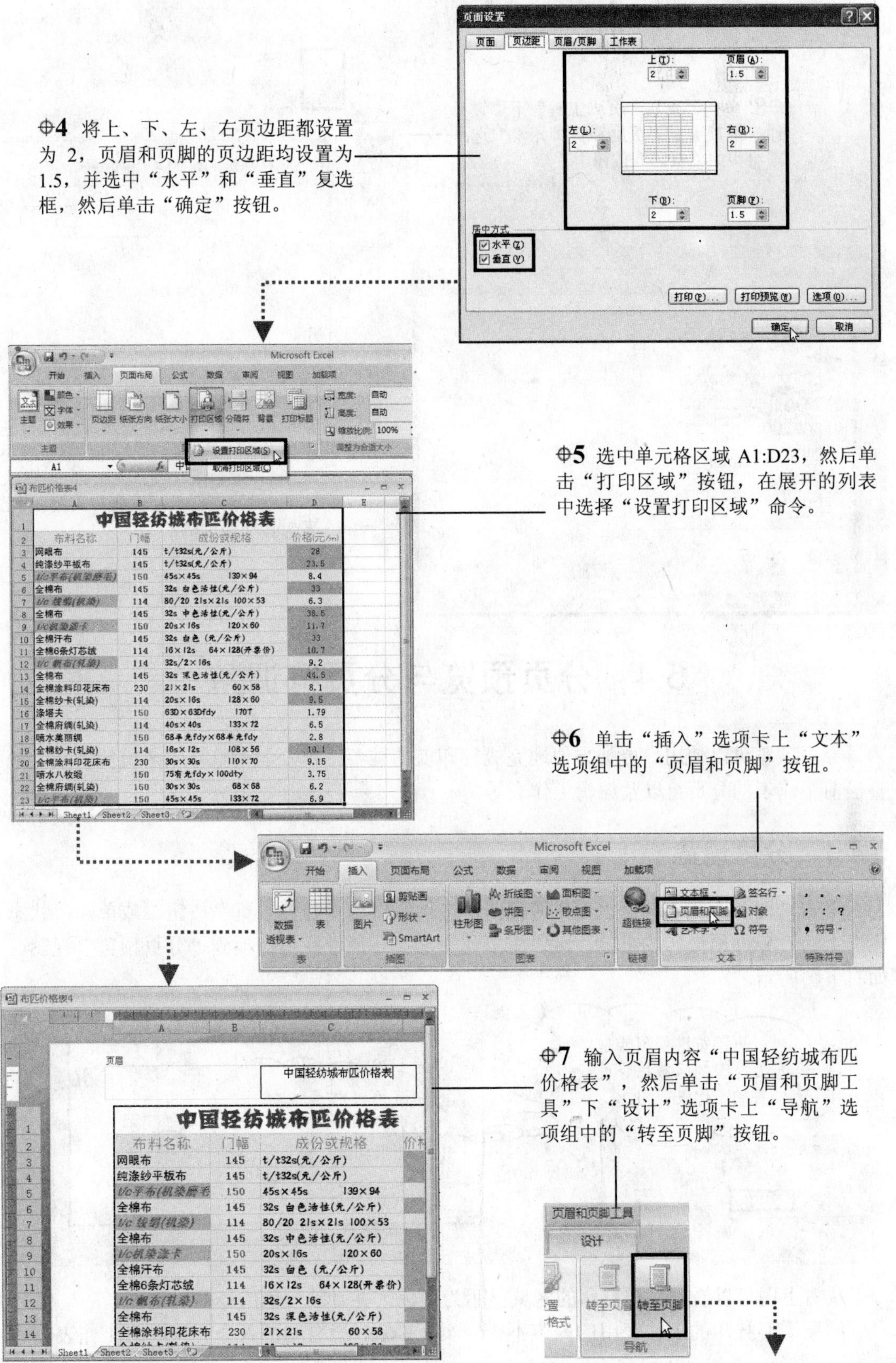

⊕4 将上、下、左、右页边距都设置为 2，页眉和页脚的页边距均设置为1.5，并选中“水平”和“垂直”复选框，然后单击“确定”按钮。

⊕5 选中单元格区域 A1:D23，然后单击“打印区域”按钮，在展开的列表中选择“设置打印区域”命令。

⊕6 单击“插入”选项卡上“文本”选项组中的“页眉和页脚”按钮。

⊕7 输入页眉内容“中国轻纺城布匹价格表”，然后单击“页眉和页脚工具”下“设计”选项卡上“导航”选项组中的“转至页脚”按钮。

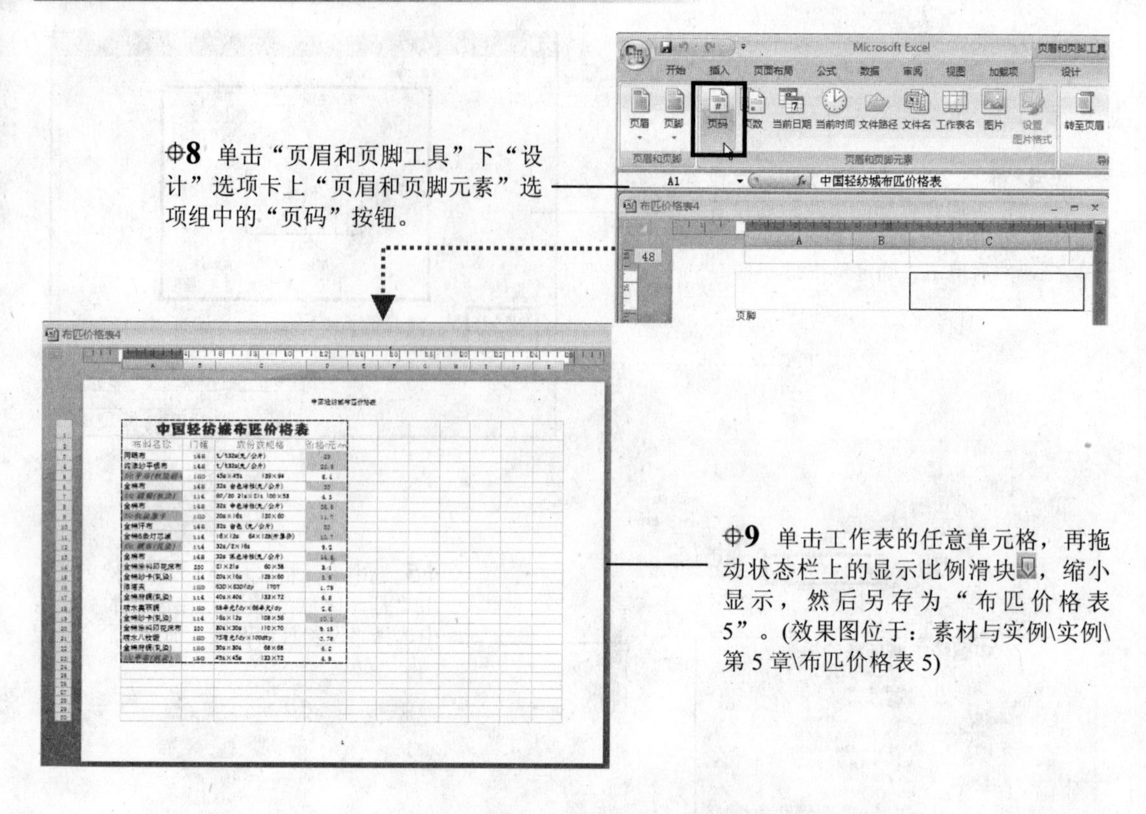

**8** 单击“页眉和页脚工具”下“设计”选项卡上“页眉和页脚元素”选项组中的“页码”按钮。

**9** 单击工作表的任意单元格，再拖动状态栏上的显示比例滑块，缩小显示，然后另存为“布匹价格表5”。(效果图位于：素材与实例\实例\第5章\布匹价格表5)

# 5.4　分页预览与分页符调整

分页预览可以使用户更加方便地完成打印前的准备工作，如调整打印区域的大小、调整当前工作表的分页符以及编辑工作表等。

## 5.4.1　分页预览

单击“视图”选项卡上“工作簿视图”选项组中的“分页预览”按钮或单击“状态栏”上的“分页预览”按钮，可以将工作表从“普通”视图切换到“分页预览”视图，如右下图所示。

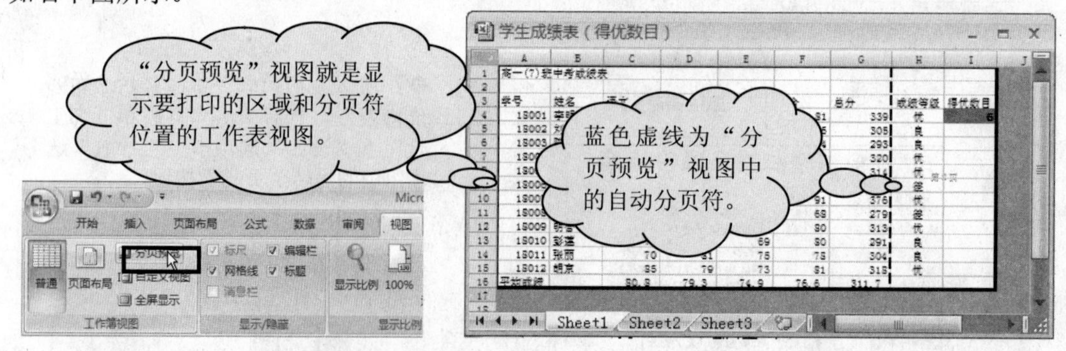


从右上图可以看到，要打印的区域显示为白色，并且被蓝色的外框线包围。

如果需要打印的工作表中的内容不止一页，Excel 会自动插入分页符，将工作表分成

多页，如右上图所示。这些分页符的位置取决于纸张的大小、页边距设置等。我们可以通过插入水平分页符来改变页面上数据行的数量或插入垂直分页符来改变页面上数据列的数量。在“分页预览”视图中，还可以用鼠标拖动分页符的方法来改变它在工作表上的位置。

默认情况下，当用户进入“分页预览”视图或进行了页面设置后，返回“普通”视图时，Excel 会自动在工作表编辑窗口插入虚线分页符，如下图所示。

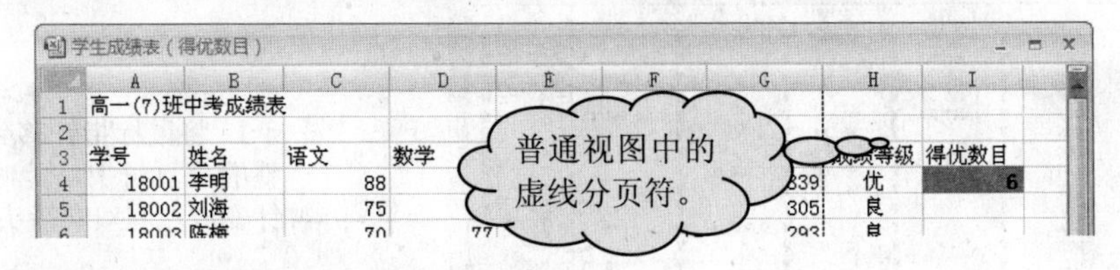


## 5.4.2 调整分页符

在打印工作表时，可能会遇到将一张表格打印成两页或多页的情况，这时就可以用插入分页符的方法来实现。

### 1. 插入分页符

要插入分页符新起一页，操作步骤如下。

要插入水平或垂直分页符，首先在要插入分页符的位置的下面或右侧选中一行或一列，然后单击“页面布局”选项卡上“页面设置”选项组中的“分页符”按钮，在展开的列表中选择“插入分页符”命令即可，如右图所示。如果单击工作表的任意单元格，Excel 将同时插入水平分页符和垂直分页符，将 1 页分成 4 页。

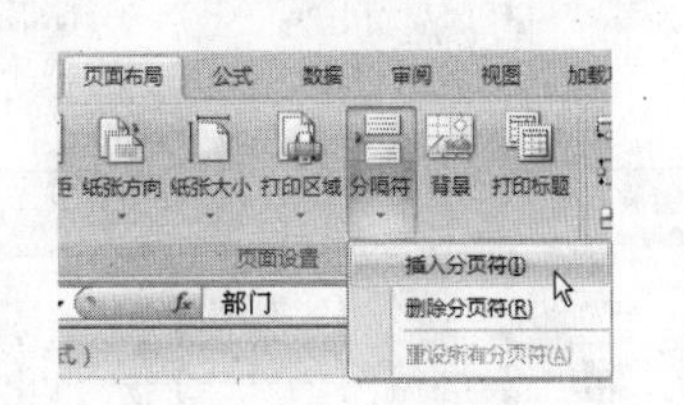


下图所示分别是单击第 6 行、C 列和 B4 单元格后插入的水平分页符、垂直分页符和两种分页符均有的效果。

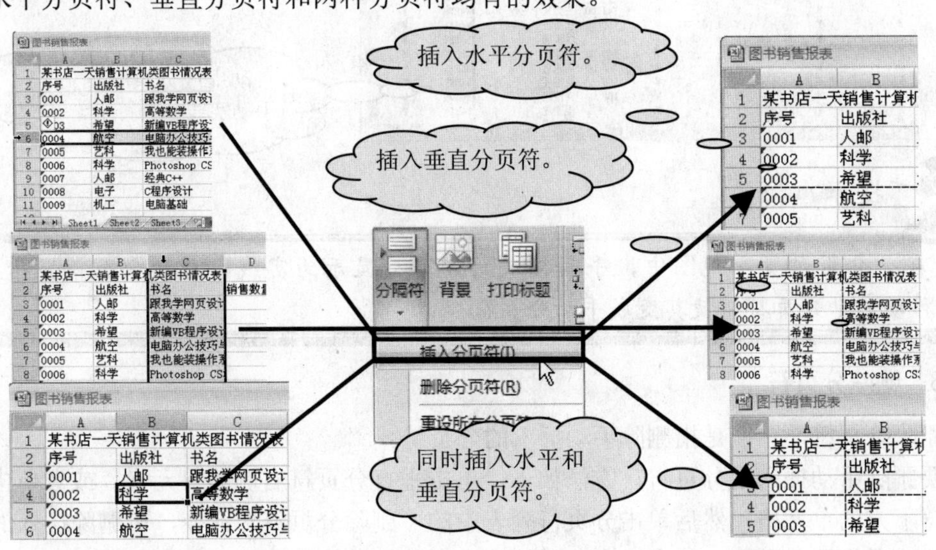

2．移动分页符

当进入“分页预览”视图时，可以看到有蓝色框线的分页符，用户可以通过拖动分页符来改变页面，方法是：选定需要移动的分页符号，按下鼠标左键将分页符拖至新的位置后释放鼠标即可。具体操作步骤如下图所示。

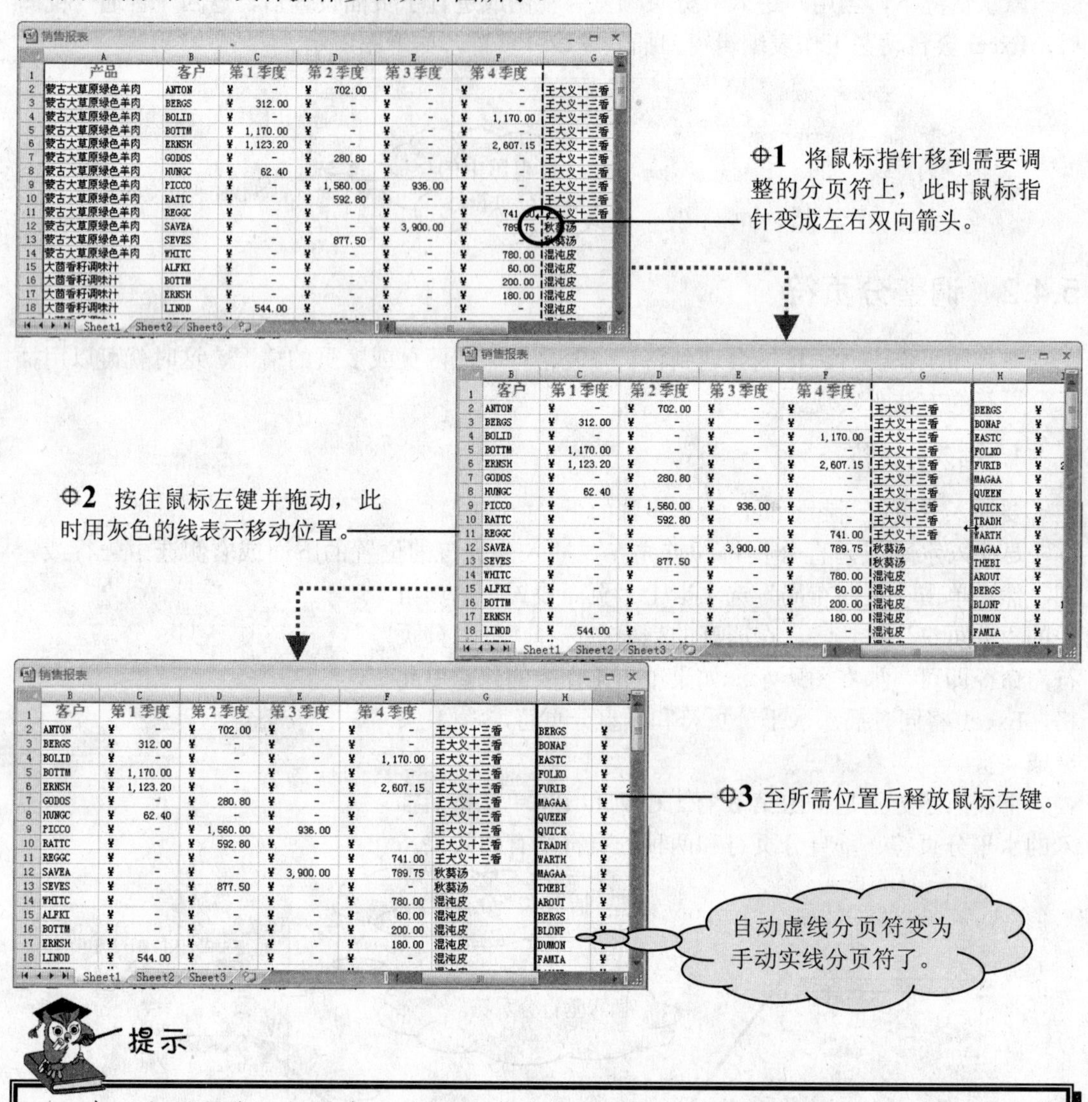


提示

在“分页预览”视图中，手动插入的分页符显示为实线，自动分页符显示为虚线。移动自动分页符将使其变成手动分页符。

3．删除分页符

删除分页符，一般是指删除手动插入的分页符。

要删除手动插入的分页符，方法如下：单击垂直分页符右侧的单元格，或者单击水平分页符下方的单元格，然后单击分页符列表中的“删除分页符”命令，可删除插入的垂直分页符或者水平分页符；单击垂直分页符和水平分页符交叉处右下角的单元格，可删除同

时插入的垂直和水平分页符，各效果如下图所示。

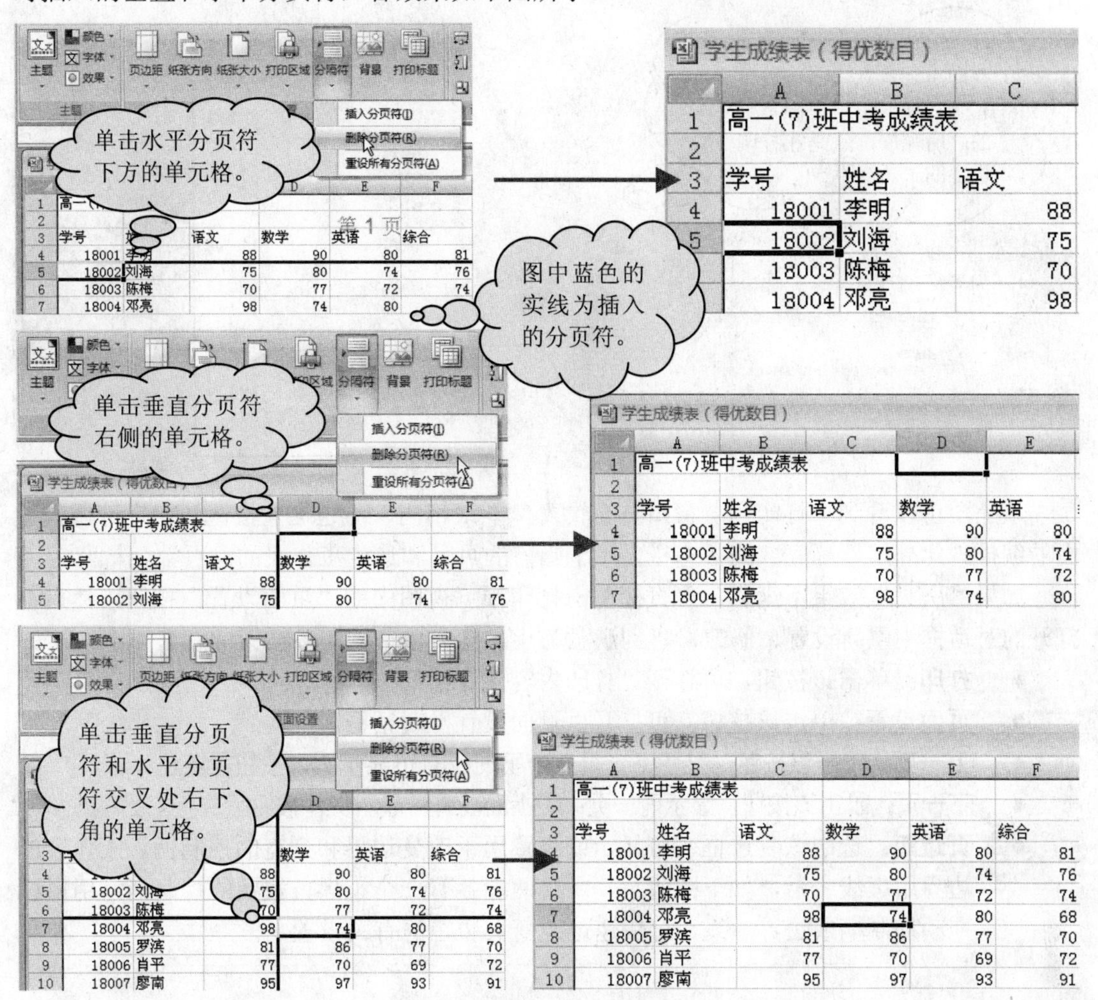


要一次性删除所有手动分页符，可单击工作表上的任一单元格，然后单击“分页符”列表中的“重设所有分页符”命令，如右图所示。

# 5.5 打 印 预 览

在打印工作表前最好能看到实际打印效果，以免多次打印调整，浪费时间和纸张。Excel 提供了打印前能看到实际打印效果的“打印预览”功能，它能同时看到全部页面，实现了“所见即所得”。

对工作表进行页面、打印区域等设置后，单击“Office 按钮”，在展开的列表中单击“打印”→“打印预览”命令，即可进入打印预览视图，即在窗口中显示了一个打印输出的缩览图，如下图所示。

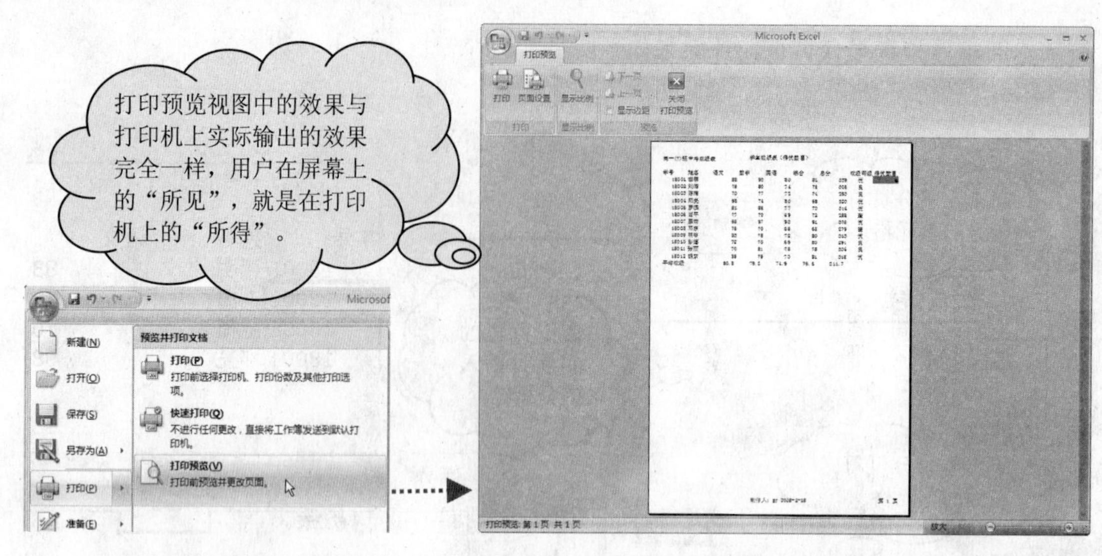


从上图可以看到：打印预览窗口与编辑窗口不太相同，通过这些按钮，用户可调整版面的编排。此外，屏幕底部的状态栏显示了当前的页号和选定工作表的总页数。

如果“所见”效果不满意，可直接单击打印预览视图中的“页面设置”按钮，然后在打开的对话框中重新设置、修改，直到满意为止。打印预览视图各按钮的意义如下。

- **打印**：单击该按钮，可打开“打印内容”对话框。
- **页面设置**：单击该按钮，可打开“页面设置”对话框。
- **上一页**：单击该按钮，显示下一页；若下面没有可显示页，按钮呈灰色。
- **下一页**：单击该按钮，显示前一页；若上面没有可显示页，按钮呈灰色。
- **页边距**：选中该复选框，可显示或隐藏用于改变边界和列宽的控制柄。工作表的边界用虚线表示，如下图所示，虚线两端各有一个小黑方块状的控制柄，用鼠标拖动控制柄或边界虚线，可快速地改变页边距的有关设置。

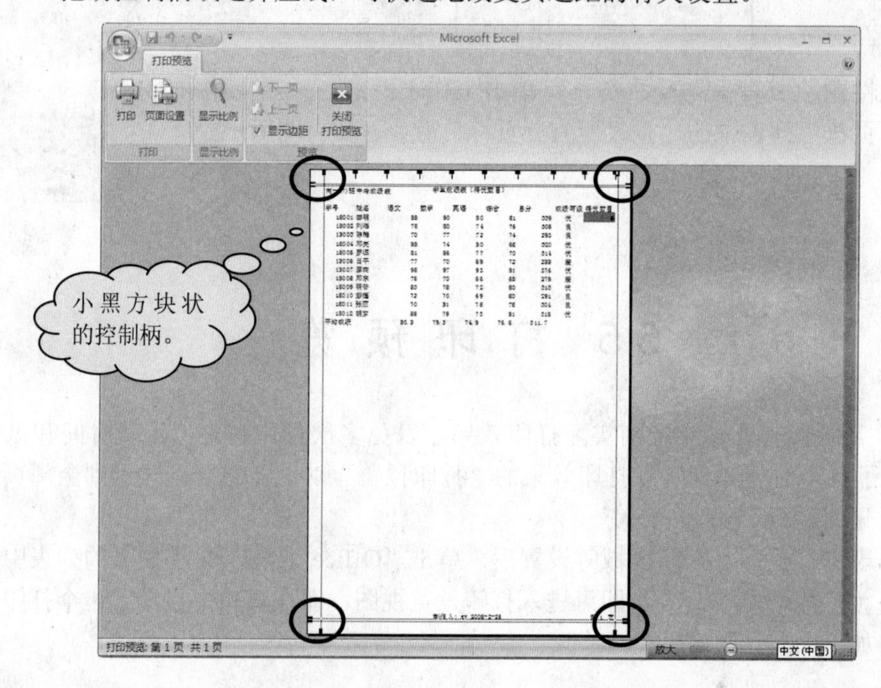

- **关闭打印预览：** 单击该按钮，关闭打印预览窗口并显示活动工作表。

将鼠标指针移至预览窗口中，当鼠标指针变为“🔍”形状时单击，可放大显示表格内容；此时鼠标指针变为“↖”形状，单击鼠标可缩小显示表格内容。

## 5.6　设置打印时的缩放

很多情况下，执行打印预览时，表格不是偏大就是偏小，并不适合纸张的可用范围，此时就需要设置打印时的缩放以使其完全打印所需内容。方法是：打开要打印的工作表，打开“页面设置”对话框，单击“页面”选项卡，选中“缩放比例”单选按钮，然后更改缩放比例的数值，最后单击“确定”按钮，如右图所示。

除了可以调整缩放比例外，还可选中“调整为”单选按钮，然后在其后的“页宽”和“页高”微调框中指定数值，此时 Excel 会自动缩小到适合纸张的大小。若表格内容默认小于可用打印范围，则此选项不起作用。

## 5.7　打印工作表

如果用户对在打印预览窗口中所看到的效果非常满意，就可以开始进行打印输出了。操作步骤如下：单击“Office 按钮”，展开列表，单击“打印”→“打印”命令，打开“打印内容”对话框，如下图所示，在“名称”下拉列表框中选择要使用的打印机，在“打印范围”选项组中选择打印范围，在“打印内容”选项组中选择要打印的内容，在“份数”选项组中设置要打印的份数，最后单击“确定”按钮。系统将按照设置控制工作表的打印。

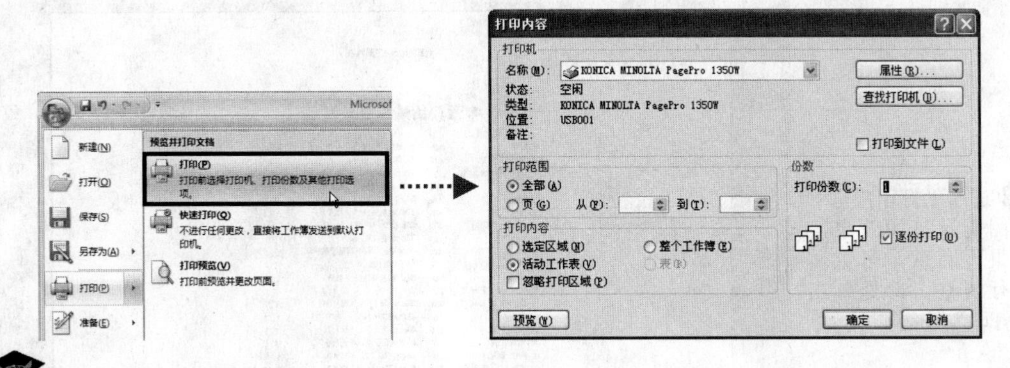


**提示**

按 Ctrl+P 组合键也可打开“打印内容”对话框。

若工作表有多页，而用户只想打印其中的部分页，可选中“页”单选按钮，然后在其后的微调框指定要打印的起止页。

## 实例2 打印“布匹价格表”

下面我们将在前面设置好页面、打印区域并添加了页眉和页脚的“布匹价格表”打印2份，操作步骤如下图所示。

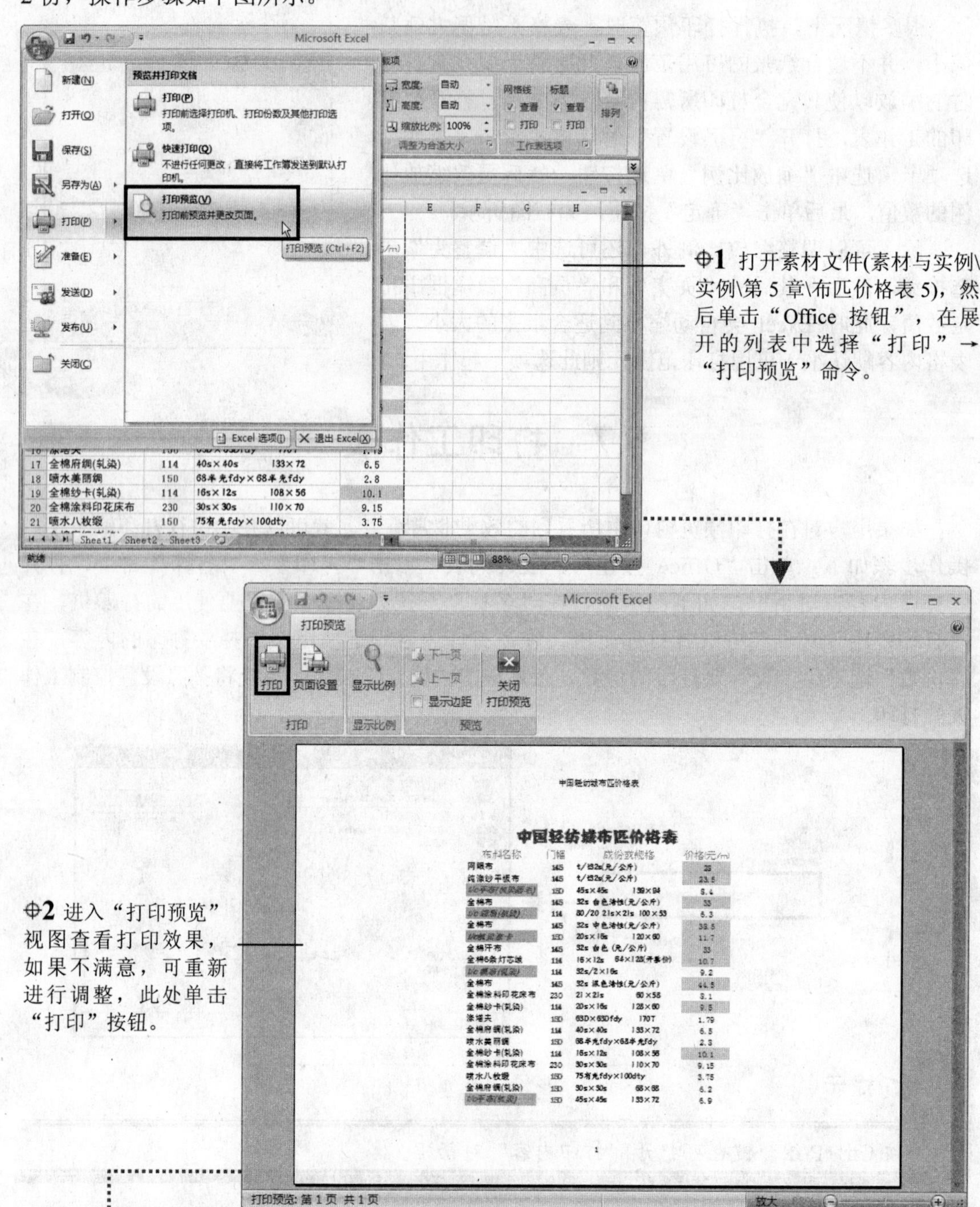


⊕1 打开素材文件(素材与实例\实例\第5章\布匹价格表5)，然后单击“Office 按钮”，在展开的列表中选择“打印”→“打印预览”命令。

⊕2 进入“打印预览”视图查看打印效果，如果不满意，可重新进行调整，此处单击“打印”按钮。

⊕3 在“名称”下拉列表框中选择打印机，在“打印份数”微调框中输入2或单击右侧的微调按钮进行调整。

⊕4 单击“确定”按钮开始打印。

## 练 一 练

对“团委工作计划表”(该文件位于“素材与实例\实例\第 5 章”中)进行页面、打印区域等的设置，添加页眉和页脚，将其打印在B5纸上，如下图所示。

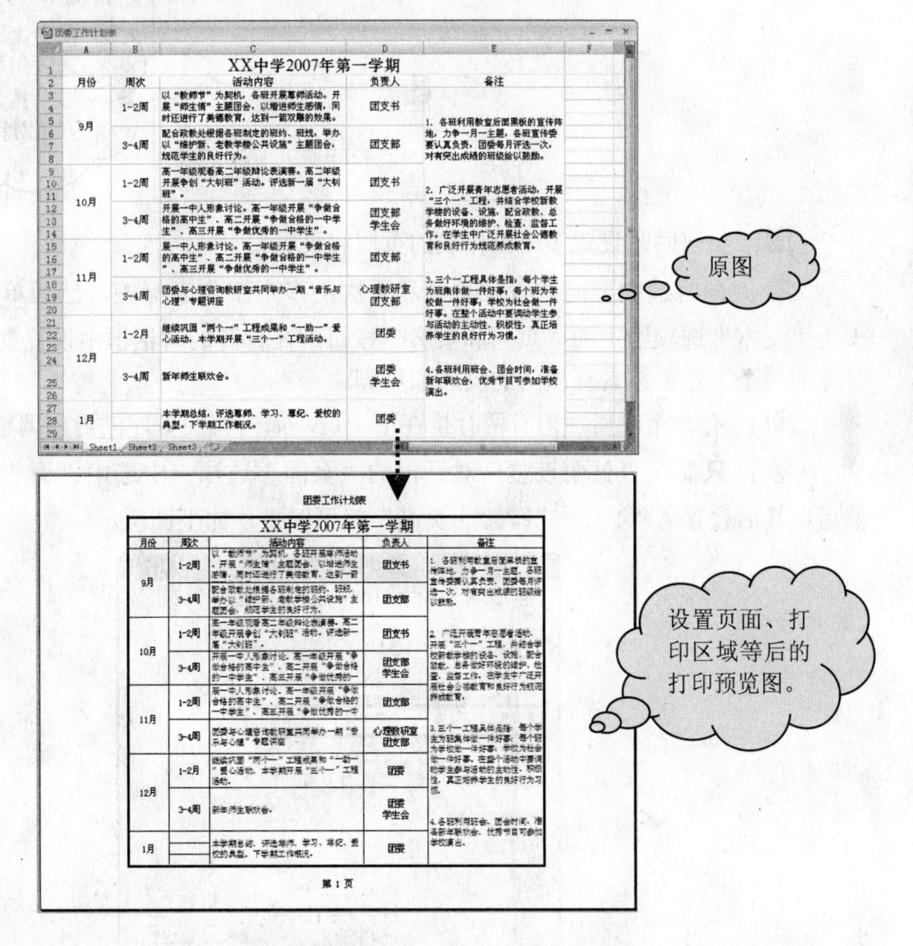


提示

先给工作表添加内、外边框，然后设置纸张为 B5，纸张方向为横向，页边距上、下、左、右均为1.6，页眉为“团委工作计划表”，页脚为“第1页”。

# 问　与　答

**问**：表格不止一页，如何在每一页中都打印行标题？

**答**：只需打开“页面设置”对话框中的“工作表”选项卡，如下图所示，在“顶端标题行”或“左端标题行”文本框输入行标题或列标题的引用，或单击其右侧的“压缩对话框”按钮，然后在表格中选择要作为标题的行或列，单击“打印”按钮，在打开的“打印内容”对话框中单击“确定”按钮，这样就会在每页的顶端打印标题行的内容，在每页的左端打印标题列的内容。

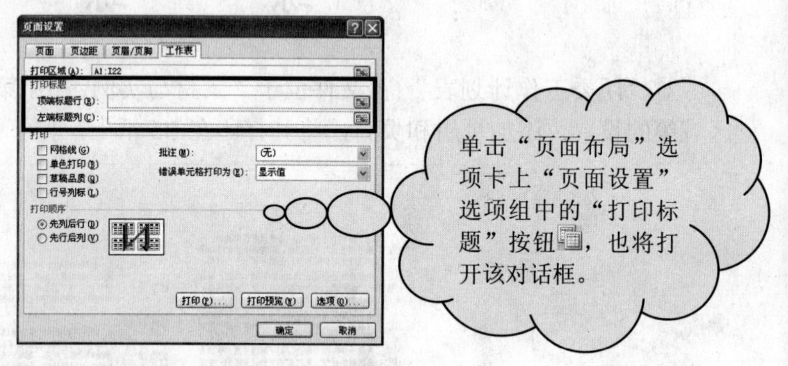


**问**：如何同时设置多个工作表的页眉和页脚？

**答**：同时选中要同时设置页眉和页脚的多个工作表标签，然后单击“插入”选项卡上“文本”选项组中的“页眉和页脚”按钮，在打开的对话框中设置页眉和页脚即可，打印的每个工作表都具有相同的页眉和页脚。

**问**：有一个表格，但有两行排在下一页，如何将要打印的内容调整到一页？

**答**：只需在“页面设置”对话框的“页面”选项卡中选中“调整为”单选按钮，然后在其后设置为“1 页宽”、“1 页高”就可以了，如下图所示。

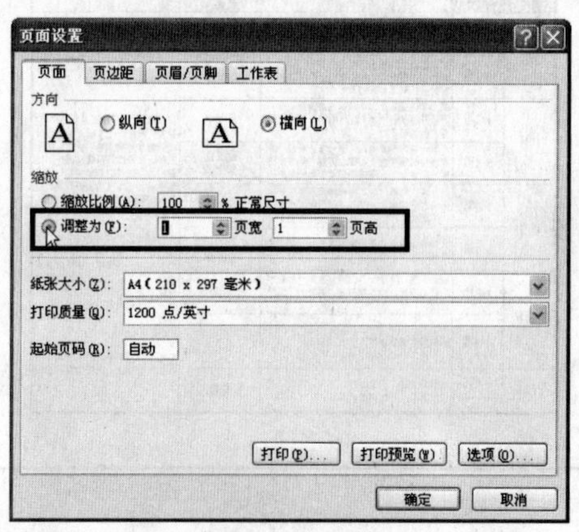


**问**：如何打印工作表中的行号和列标？

**答**：想打印工作表中的行号和列标，只需在设置页面时，在“工作表”选项卡中

选中“行号列标”复选框即可，如下图所示。

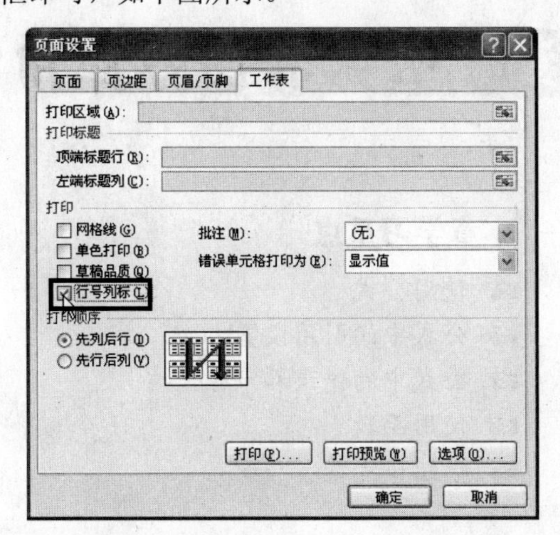


**问**：如何打印不连续的单元格(区域)？

**答**：要打印多个不连续的单元格或单元格区域，可在“页面设置”对话框的“工作表”选项卡中进行设置，即在“打印区域”文本框中输入打印的单元格范围，设定的打印区域之间用“,”隔开(注意：一定要用英文输入状态下的“,”)。Excel 默认的打印范围为整个工作表。

选择了不连续的打印区域，则最终打印时 Excel 并不会按照各个选择区域的原始位置进行打印，而是分页打印这些不连续的区域。

快乐学电脑

# 第 6 章 公式和函数应用详解

**本章学习重点**

- ☞ 使用公式
- ☞ 公式中的引用设置
- ☞ 公式中的错误和审核
- ☞ 使用函数
- ☞ 数组公式

Excel 强大的计算功能主要依赖于公式与函数，也即公式和函数是 Excel 的重要功能之一，它使得用户的工作更高效、更灵活。

公式是对工作表中数据进行计算的表达式，函数是 Excel 预先定义好的用来执行某些计算、分析功能的封装好的表达式，即用户只需按要求为函数指定参数，即可获得预期结果，而不必知道其内部是如何实现的。

## 6.1 使 用 公 式

利用公式可对同一工作表的各单元格，同一工作簿中不同工作表的单元格，甚至其他工作簿的工作表中单元格的数值进行加、减、乘、除、乘方等各种运算。

公式必须以等号“=”开头，后面跟表达式。表达式由运算符和参与运算的操作数组成。运算符可以是算术运算符、比较运算符、文本连接符和引用运算符；操作数可以是常量、单元格地址和函数等。

### 6.1.1 公式中的运算符

运算符是用来对公式中的元素进行运算而规定的特殊符号。Excel 2007 包含 4 种类型的运算符：算术运算符、比较运算符、文本连接符和引用运算符。

1. 算术运算符

算术运算符共有 6 个，如表 6-1 所示，其作用是完成基本的数学运算，并产生数字结果。

表 6-1 算术运算符及其含义

| 算术运算符 | 含 义 | 实 例 |
| --- | --- | --- |
| +(加号) | 加法 | A1+A2 |
| −(减号) | 减法或负数 | A1−A2 |

续表

| 算术运算符 | 含　义 | 实　例 |
|---|---|---|
| *(星号) | 乘法 | A1*2 |
| /(正斜杠) | 除法 | A1/3 |
| %(百分号) | 百分比 | 50% |
| ^(脱字号) | 乘方 | 2^3 |

### 2．比较运算符

比较运算符有 6 个，如表 6-2 所示，其作用是比较两个值，结果为一个逻辑值，不是“TRUE(真)”，就是“FALSE(假)”。

表 6-2　比较运算符及其含义

| 比较运算符 | 含　义 | 实　例 |
|---|---|---|
| → (大于号) | 大于 | A1→B1 |
| < (小于号) | 小于 | A1<B1 |
| = (等于号) | 等于 | A1=B1 |
| →= (大于等于号) | 大于等于 | A1→=B1 |
| <= (小于等于号) | 小于等于 | A1<=B1 |
| <→ (不等于号) | 不等于 | A1<→B1 |

### 3．文本连接符

文本连接符只有 1 个，如表 6-3 所示。使用文本连接符(&)可加入或连接一个或更多字符串以产生一个长文本。例如，“2008 年”&“北京奥运会”就产生“2008 年北京奥运会”。

表 6-3　文本连接符及其含义

| 文本连接符 | 含　义 | 实　例 |
|---|---|---|
| &(与号) | 将两个文本值连接或串起来产生一个连续的文本值 | “North”&“Wind” |

### 4．引用运算符

引用运算符有 3 个，如表 6-4 所示，它可以将单元格区域进行合并计算。

表 6-4　引用运算作符及其含义

| 引用运算符 | 含　义 | 实　例 |
|---|---|---|
| : (冒号) | 区域运算符，用于引用单元格区域 | B5:D15 |
| , (逗号) | 联合运算符，用于引用多个单元格区域 | B5:D15,F5:I15 |
| (空格) | 交叉运算符，用于引用两个单元格区域的交叉部分 | B7:D7　C6:C8 |

## 6.1.2 公式中的运算顺序

通常情况下，Excel 根据公式中运算符的特定顺序从左到右计算。如果公式中同时用到了多个运算符，Excel 将按一定的顺序(优先级由高到低)进行运算，如表 6-5 所示。另外，相同优先级的运算符，将从左到右进行计算。

若要更改求值的顺序，可以将公式中要求先计算的部分用括号括起来。

例如：公式“=4+7*3”，优先计算“7*3”，再计算“4+21”，得出结果是“25”。

但是，如果用括号将该公式更改为“=(4+7)*3”，则优先计算的是“4+7”，再计算“11*3”，得出结果“33”。

表 6-5 运算符的优先级

| 运 算 符 | 含 义 | 优 先 级 |
| --- | --- | --- |
| : (冒号) | 引用运算符 | 1 |
| (空格) | | |
| , (逗号) | | |
| –(负号) | 负数(如–1) | 2 |
| %(百分号) | 百分比 | 3 |
| ^ (脱字号) | 乘方 | 4 |
| *和/ (星号和正斜杠) | 乘和除 | 5 |
| +和- (加号和减号) | 加和减 | 6 |
| & (与号) | 连接两个文本字符串 | 7 |
| = (等号) | 比较运算符 | 8 |
| <和→ (小于和大于) | | |
| <= (小于等于) | | |
| →= (大于等于) | | |
| <→ (不等于) | | |

提示

Excel 中没有大括号{}和中括号[]之分，一律以小括号代替，而且小括号可以嵌套使用。当有多重小括号时，Excel 将最先处理最内层括号中的运算。

## 6.1.3 创建和编辑公式

在了解了 Excel 中公式的组成元素、运算符及运算顺序后，就可以在单元格中创建公式了。

### 1. 创建公式

要创建公式，可以直接在单元格中输入，也可以在编辑栏中输入。

1) 直接在单元格中输入

对于简单的公式，我们可以直接在单元格中输入：首先单击需输入公式的单元格，接着输入“=”(等号)，然后输入公式内容，最后单击编辑栏上的“输入”按钮✔或按 Enter 键结束。下面以计算“脉动矿泉水”的“金额”为例进行介绍，操作步骤如下图所示。

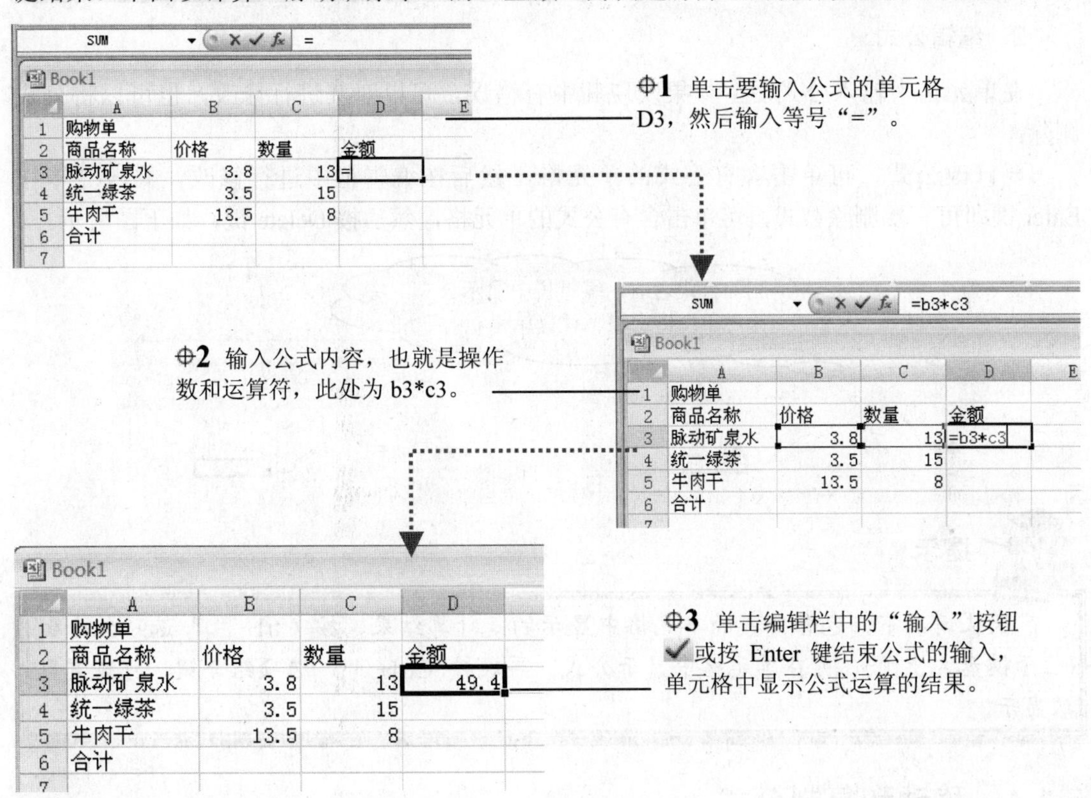


**提示**

只要输入正确的计算公式，就会立即在单元格中显示计算结果。如果工作表中的数据有变动，系统会自动将变动后的答案算出，使用户能够随时观察到正确的结果。

2) 在编辑栏中输入

单击要输入公式的单元格，然后单击编辑栏，在编辑栏中输入“=”等号，输入操作数和运算符，输入完毕按下 Enter 键或单击编辑栏上的“输入”按钮✔，如下图所示。

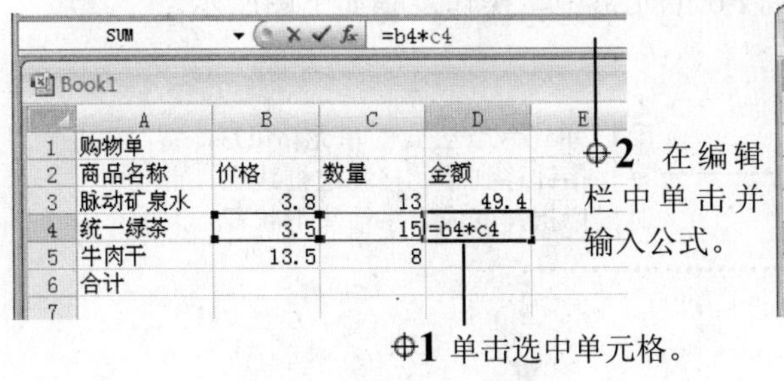


| | A | B | C | D |
|---|---|---|---|---|
| 1 | 购物单 | | | |
| 2 | 商品名称 | 价格 | 数量 | 金额 |
| 3 | 脉动矿泉水 | 3.8 | 13 | 49.4 |
| 4 | 统一绿茶 | 3.5 | 15 | 52.5 |
| 5 | 牛肉干 | 13.5 | 8 | |
| 6 | 合计 | | | |
| 7 | | | | |

⊕3 按 Enter 键，在单元格中显示计算结果。

**提示**

输入公式时，“=”(等号)前面不能输入任何符号。

### 2．编辑公式

在单元格中输入公式后，如果发现其中有错误，可以对其进行修改，也可以将公式删除。

要修改公式，可单击含有公式的单元格，然后在编辑栏中进行修改，修改完毕按Enter键即可。要删除公式，可单击含有公式的单元格，然后按Delete键，如下图所示。

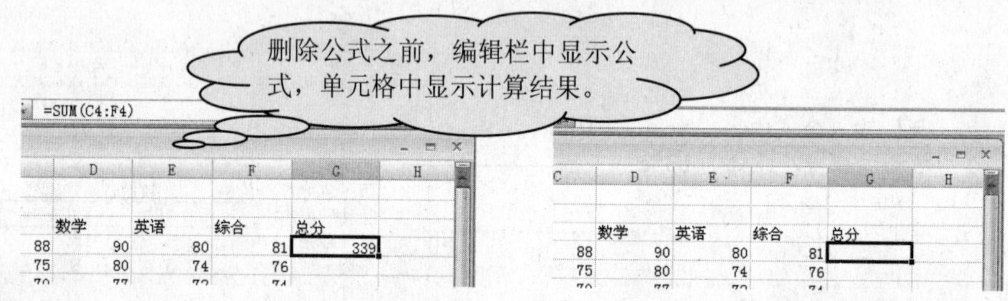


**提示**

默认情况下，包含公式的单元格中显示的是计算结果，按Ctrl+“`”选项组合键(位于键盘左上角)，可在单元格中显示公式。再次按Ctrl+“`”选项组合键，可恢复默认显示。

## 6.1.4 移动和复制公式

同单元格内容一样，单元格中的公式也可以移动或复制到其他单元格中，从而提高工作效率。移动公式时，公式内的单元格引用不会更改，而复制公式时，单元格引用会根据所用引用类型而变化。

### 1．移动公式

要移动公式，最简单的方法就是：选中包含公式的单元格，将鼠标指针移到单元格的边框线上，当鼠标指针变成十字箭头形状时，按住鼠标左键不放，将其拖到目标单元格后释放鼠标即可。

例如，要将D3单元格中的公式移动到E6单元格中，操作步骤如下图所示。

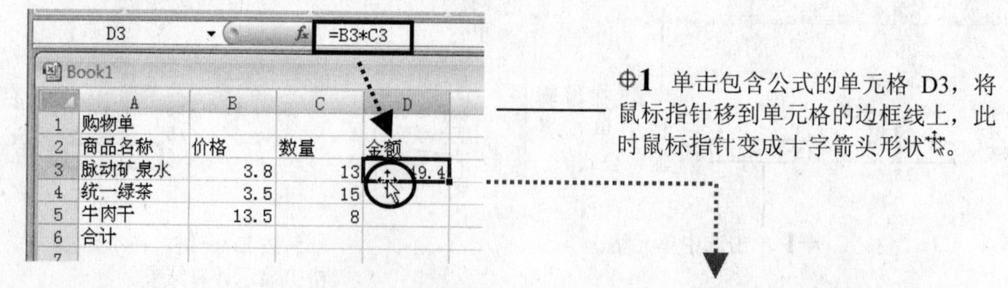

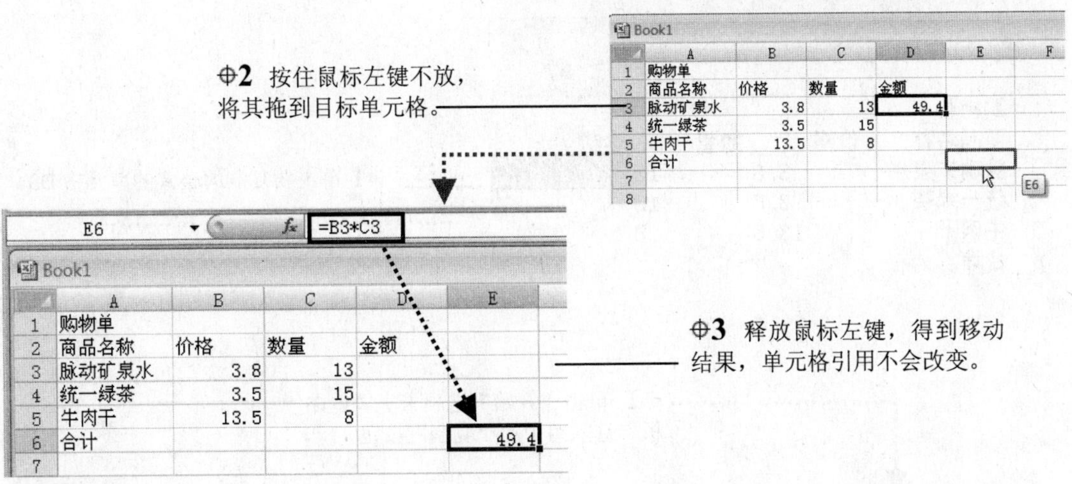


## 提示

通过剪切、粘贴的方法也可移动公式。

### 2．复制公式

复制公式可以使用填充柄，也可以使用复制、粘贴命令。利用复制、粘贴的方法与复制单元格内容的操作一样，会将单元格中的所有信息都粘贴进来(如单元格的格式)，而利用“选择性粘贴”命令则可以只将其中的公式复制过来。

1)　使用填充柄

在 Excel 中，当我们想将某个单元格中的公式复制到同列(行)中相邻的单元格时，可以通过拖动填充柄来快速完成，方法是：按住鼠标左键向下(也可以是向上、左或右，根据实际情况而定)拖动要复制的公式的单元格右下角的填充柄，到目标位置后释放鼠标即可，如下图所示。

Book1

| | A | B | C | D |
|---|---|---|---|---|
| 1 | 购物单 | | | |
| 2 | 商品名称 | 价格 | 数量 | 金额 |
| 3 | 脉动矿泉水 | 3.8 | 13 | 49.4 |
| 4 | 统一绿茶 | 3.5 | 15 | |
| 5 | 牛肉干 | 13.5 | 8 | |
| 6 | 合计 | | | |

Book1

| | A | B | C | D | E |
|---|---|---|---|---|---|
| 1 | 购物单 | | | | |
| 2 | 商品名称 | 价格 | 数量 | 金额 | |
| 3 | 脉动矿泉水 | 3.8 | 13 | 49.4 | |
| 4 | 统一绿茶 | 3.5 | 15 | 52.5 | |
| 5 | 牛肉干 | 13.5 | 8 | 108 | |
| 6 | 合计 | | | | |

2)　利用“选择性粘贴”命令

下面使用“选择性粘贴”命令来复制公式。例如，只将 D3 单元格中的公式而不是格式复制到 D5 单元格中，操作步骤如下图所示。

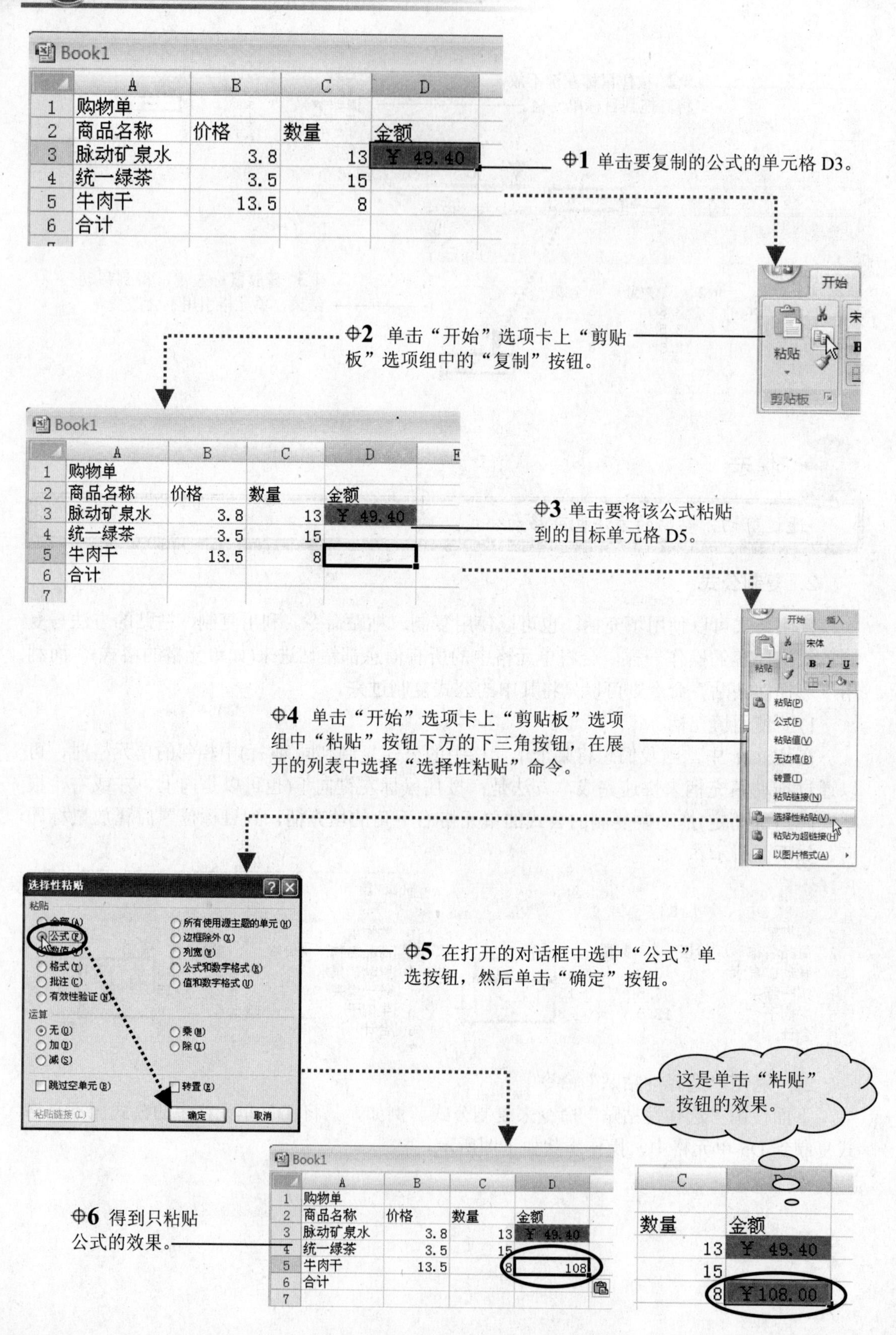

Book1
A B C D
1 购物单
2 商品名称 价格 数量 金额
3 脉动矿泉水 3.8 13 ￥ 49.40
4 统一绿茶 3.5 15
5 牛肉干 13.5 8
6 合计
1 单击要复制的公式的单元格 D3。
开始
粘贴
剪贴板
2 单击“开始”选项卡上“剪贴板”选项组中的“复制”按钮。
3 单击要将该公式粘贴到的目标单元格 D5。
开始 插入
宋体
粘贴(P)
公式(F)
粘贴值(V)
无边框(B)
转置(T)
粘贴链接(N)
选择性粘贴(V)...
粘贴为超链接(H)
以图片格式(A)
4 单击“开始”选项卡上“剪贴板”选项组中“粘贴”按钮下方的下三角按钮，在展开的列表中选择“选择性粘贴”命令。
选择性粘贴
粘贴
全部(A)
公式(F)
数值(V)
格式(T)
批注(C)
有效性验证(N)
所有使用源主题的单元(H)
边框除外(X)
列宽(W)
公式和数字格式(R)
值和数字格式(U)
运算
无(O)
加(D)
减(S)
乘(M)
除(I)
跳过空单元(B)
转置(E)
粘贴链接(L)
确定
取消
5 在打开的对话框中选中“公式”单选按钮，然后单击“确定”按钮。
这是单击“粘贴”按钮的效果。
6 得到只粘贴公式的效果。
108
数量 金额
￥108.00

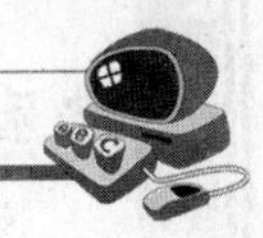

利用右键快捷菜单对复制的公式也可进行选择性粘贴操作。

## 实例1 制作编辑部开支表

下面通过制作编辑部开支表，来熟悉一下公式的输入及使用填充柄复制公式的方法，操作步骤如下图所示。

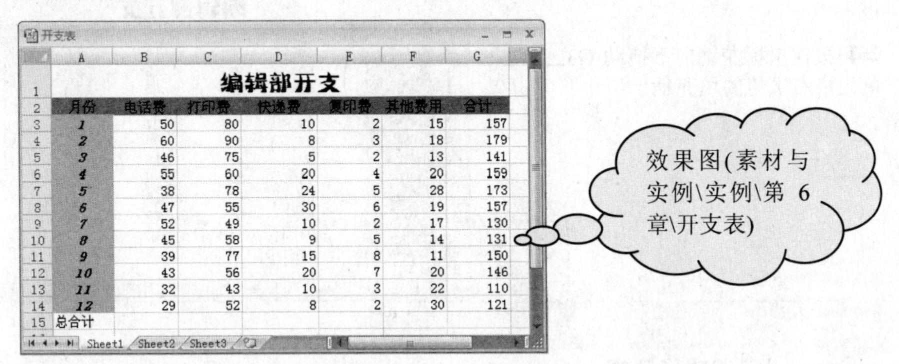

编辑部开支

| 月份 | 电话费 | 打印费 | 快递费 | 复印费 | 其他费用 | 合计 |
|---|---|---|---|---|---|---|
| 1 | 50 | 80 | 10 | 2 | 15 | 157 |
| 2 | 60 | 90 | 8 | 3 | 18 | 179 |
| 3 | 46 | 75 | 5 | 2 | 13 | 141 |
| 4 | 55 | 60 | 20 | 4 | 20 | 159 |
| 5 | 38 | 78 | 24 | 5 | 28 | 173 |
| 6 | 47 | 55 | 30 | 6 | 19 | 157 |
| 7 | 52 | 49 | 10 | 2 | 17 | 130 |
| 8 | 45 | 58 | 9 | 5 | 14 | 131 |
| 9 | 39 | 77 | 15 | 8 | 11 | 150 |
| 10 | 43 | 56 | 20 | 7 | 20 | 146 |
| 11 | 32 | 43 | 10 | 3 | 22 | 110 |
| 12 | 29 | 52 | 8 | 2 | 30 | 121 |
| 总合计 | | | | | | |



首先利用公式计算出1月份的开支合计，然后通过拖动“填充柄”来复制公式，得到其他月份的开支。

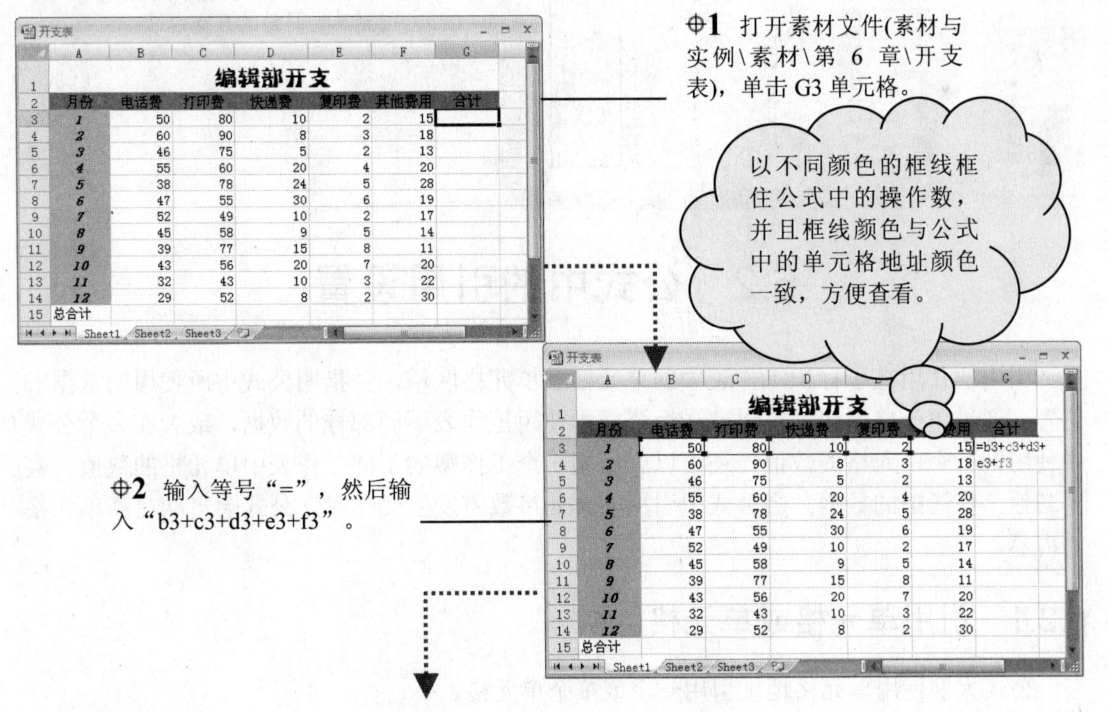

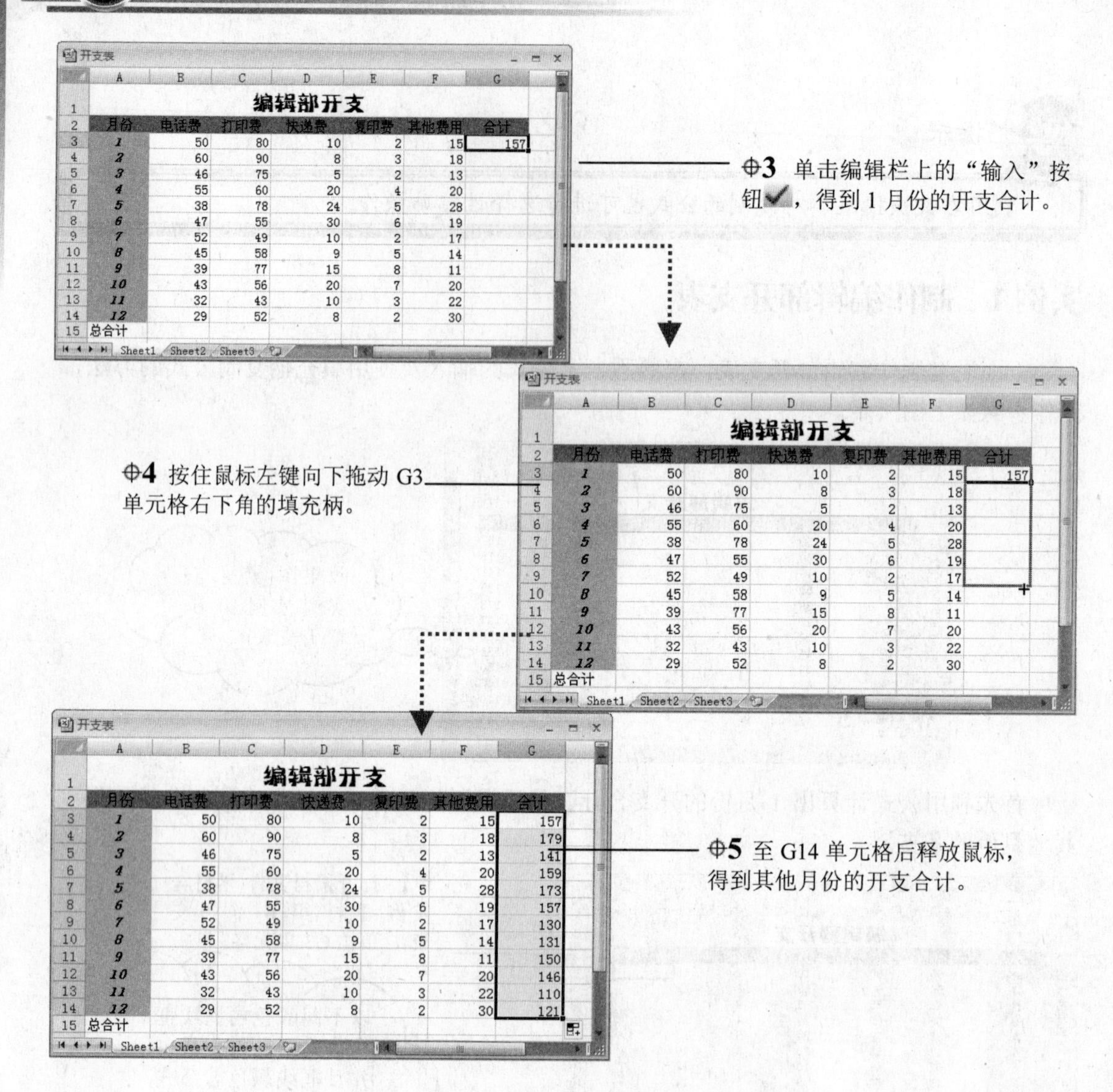


# 6.2 公式中的引用设置

引用的作用在于标识工作表中的单元格或单元格区域，并指明公式中所使用的数据的位置。通过单元格引用，可以在一个公式中使用工作表不同部分的数据，或者在多个公式中使用同一个单元格的数值，还可以引用同一个工作簿的不同工作表中单元格的数值，甚至其他工作簿中的数据。当公式中引用的单元格数值发生变化时，公式会自动更新单元格的内容。

## 6.2.1 引用单元格或单元格区域

公式大都使用单元格地址引用一个或多个单元格。

要在公式中引用单元格，只需单击将要在其中输入公式的单元格，接着输入等号“=”，然后直接输入该单元格地址或单击该单元格，最后按 Enter 键即可，操作步骤如

下图所示。

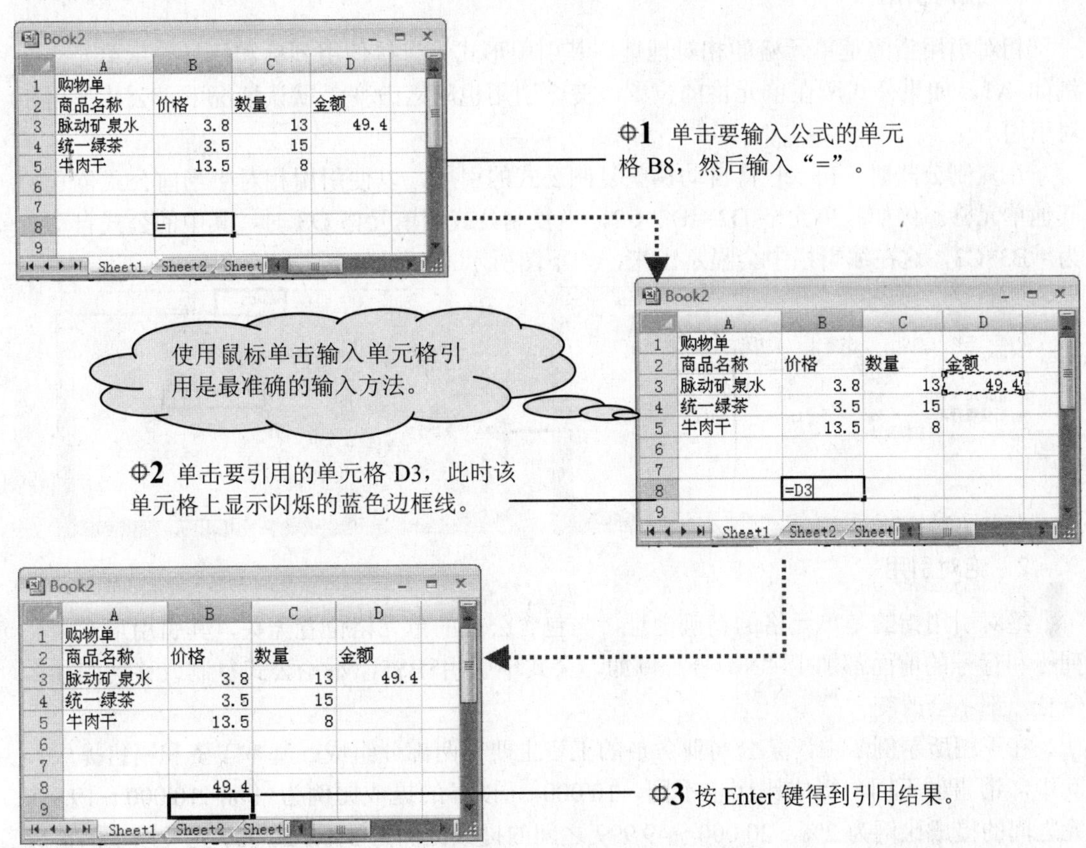


若要引用单元格区域，则输入区域左上角单元格的地址、冒号(：)和区域右下角单元格地址。例如，A2:E2表示单元格A2到单元格E2的区域。

表6-6列出了在公式中使用地址引用单元格或单元格区域示例。

表6-6 引用单元格或单元格区域示例

| 单元格或单元格区域 | 说 明 |
|---|---|
| A5 | 引用列A、行5的单元格 |
| A5:A8 | 引用列A行5到行8的单元格区域 |
| B7:E7 | 引用B列到E列、行7中的单元格区域 |
| 5:5 | 引用行5中的所有单元格 |
| C:C | 引用列C中的所有单元格 |
| B1:B3,D4 | 引用B1、B2、B3、D4四个单元格 |

## 6.2.2 相对引用、绝对引用和混合引用

Excel 2007为我们提供了相对引用、绝对引用和混合引用3种引用类型，以适应不同的应用场合。

### 1．相对引用

相对引用指的是单元格的相对地址，其引用形式为直接使用列标和行号表示单元格，例如 A1。如果公式所在单元格的位置改变，引用也随之改变。默认情况下，公式使用相对引用。

在复制公式时，Excel 将自动调整复制公式的引用，以便引用相对于当前公式位置的其他单元格。例如：单元格 D2＝B2*C2，当复制公式到单元格 D3 时，其中的公式自动改为＝B3*C3，这在编辑栏中会显示出来，如下图所示。

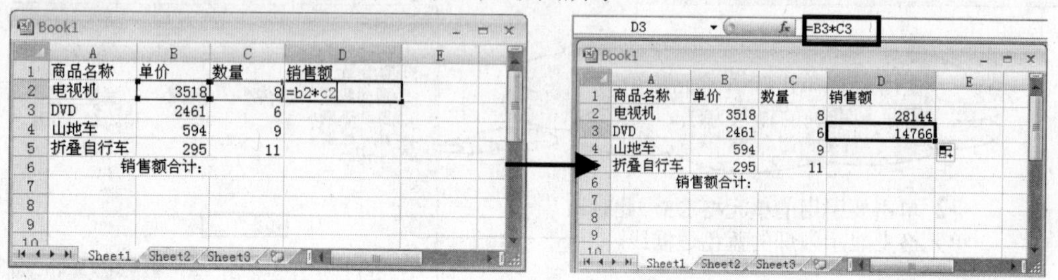


### 2．绝对引用

绝对引用指的是单元格的精确地址，与包含公式的单元格位置无关，其引用形式为在列标和行号的前面都加上“$”号。例如，公式中引用$B$5，不论公式复制或移动到什么位置，都不会改变。

在下图所示例子中，某公司业务员的工资主要由两部分组成：基本工资和销售提成。其中，销售额不同，提成比例也不同，10 000 元以下的提成比例为 1%，10 000～19 999 元之间的提成比例为 2%，20 000～49 999 之间的提成比例为 3%，50 000 元及以上的提成比例为 4%(参见下图下方表格内容)。

D2 =VLOOKUP(C2,$A$9:$B$12,2,TRUE)

| | A | B | C | D | E | F |
|---|---|---|---|---|---|---|
| 1 | 姓名 | 基本工资 | 销售额 | 提成比例 | 提成 | 实发工资 |
| 2 | 张文章 | 1500 | 40000 | 0.03 | 1200 | 2700 |
| 3 | 刘新平 | 1500 | 8000 | 0.01 | 80 | 1580 |
| 4 | 马张帆 | 1500 | 51000 | 0.04 | 2040 | 3540 |
| 5 | | | | | | |
| 6 | | | | | | |
| 7 | | | | | | |
| 8 | 销售额 | 提成比例 | | | | |
| 9 | 0 | 1% | | | | |
| 10 | 10000 | 2% | | | | |
| 11 | 20000 | 3% | | | | |
| 12 | 50000 | 4% | | | | |
| 13 | | | | | | |

注意，利用填充柄复制此列单元格中公式时，绝对引用是不变的。

这个例子的关键是，如何根据销售额和提成比例表确定每个业务员的提成比例。为此，可使用 VLOOKUP 函数和单元格绝对引用。

VLOOKUP 函数用于在表格或数值数组的首列查找指定的数值，并由此返回表格或数组当前行中指定列处的数值。

VLOOKUP 函数的语法形式为：

VLOOKUP(lookup_value,table_array,col_index_num,range_lookup)

其中：

lookup_value：表示要查找的值，它可以为数值、引用或文字串。

table_array：用于指示要查找的区域，查找值必须位于这个区域的最左列。

col_index_num：表示相对列号。最左列为 1，其右边一列为 2，依次类推。

range_lookup：表示逻辑值，指明函数 VLOOKUP 查找时是精确匹配(FALSE)，还是近似匹配(TRUE)。

在本例中，我们为 D2 单元格输入的公式为：

=VLOOKUP(C2,$A$9:$B$12,2,TRUE)

其意义如下。

C2：表示要查找数据的单元格。

$A$9:$B$12：表示要搜索匹配数据的单元格区域，A 列为数据匹配列。

2：表示在当前单元格中放入搜索区域匹配行、第 2 列单元格内容。

TRUE：表示使用近似匹配。

因此，当销售额为 40 000 时，其匹配的单元格为 20 000(<50 000)，故提成比例为 0.03(3%)。

### 3. 混合引用

引用中既包含绝对引用又包含相对引用的称为混合引用，如 A$1 或$A1 等，用于表示列变行不变或列不变行变的引用。

如果公式所在单元格的位置改变，则相对引用改变，而绝对引用不变。如下图所示单元格 D2 中的公式为：=$B2*$C2，当将其复制到 D3 单元格中时，公式变为：=$B3*$C3。

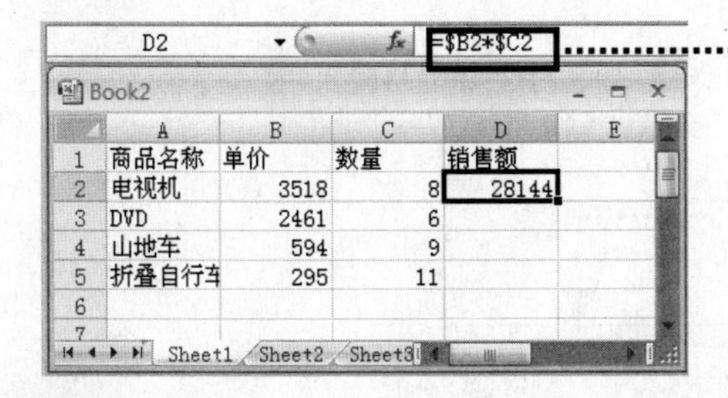

提示

编辑公式时，输入单元格地址后，按 F4 键可在绝对引用、相对引用、混合引用之间切换。

## 6.2.3 引用不同工作表中的单元格或单元格区域

在同一工作簿中，不同工作表中的单元格可以相互引用。它的表示方法为：“工作表名称!单元格地址”。例如，Sheet3!E6。

例如，要把工作表“5 号”和“15 号”中的“合计”都汇集到工作表“两次购物合计”的“合计”和“总计”中，可按下图所示操作步骤进行。

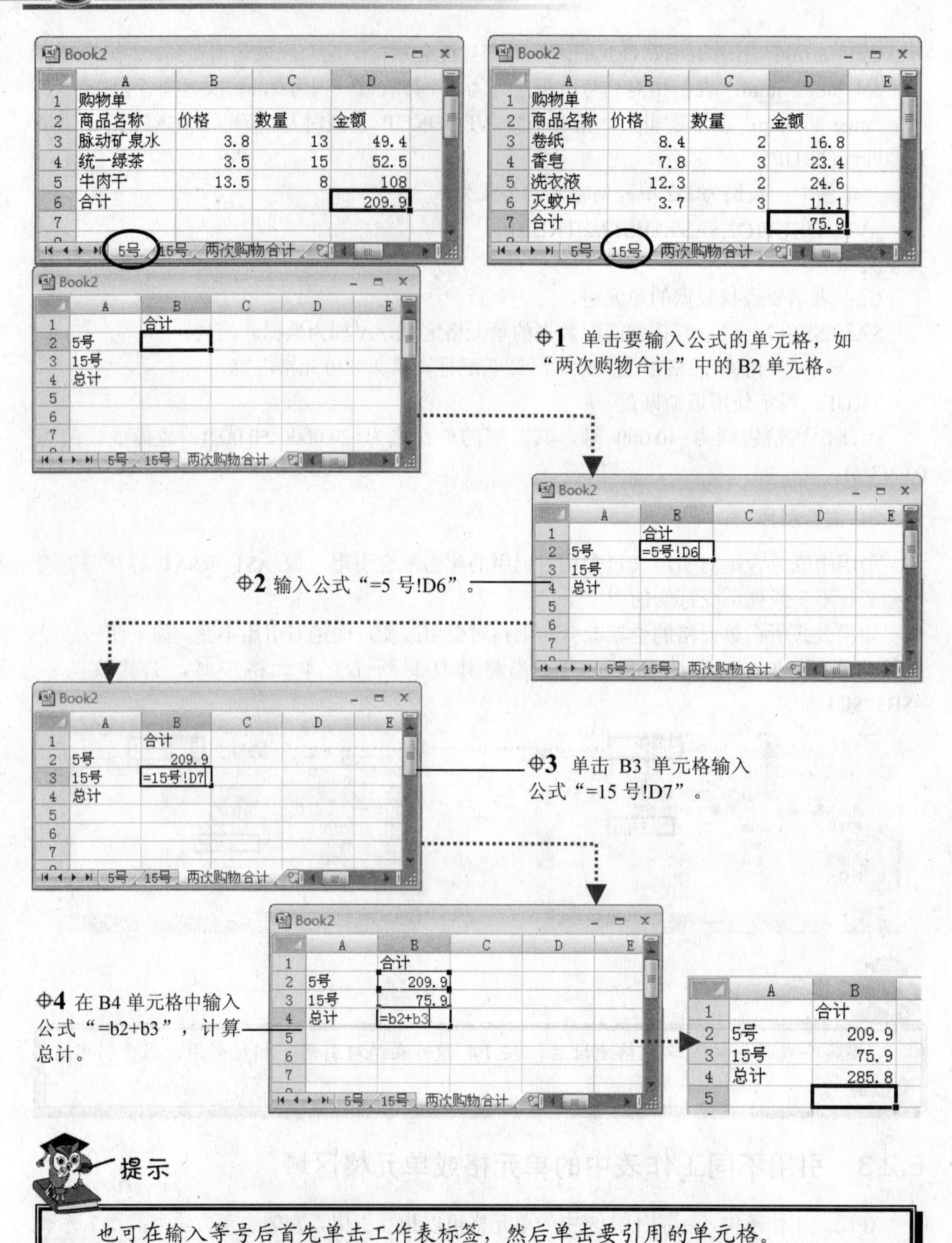


提示

也可在输入等号后首先单击工作表标签，然后单击要引用的单元格。

## 6.2.4 不同工作簿间单元格的引用

除了可以在同一工作表、同一工作簿的不同工作表中引用单元格外，还可以在当前工

作表中引用不同工作簿中的单元格，它的表示方法为：

[工作簿名称.xlsx]工作表名称！单元格地址

例如，要在当前工作簿的“两次购物合计”中的单元格 A6 引用“Book3”工作簿 Sheet1 中的 B8 单元格，操作步骤如下图所示。

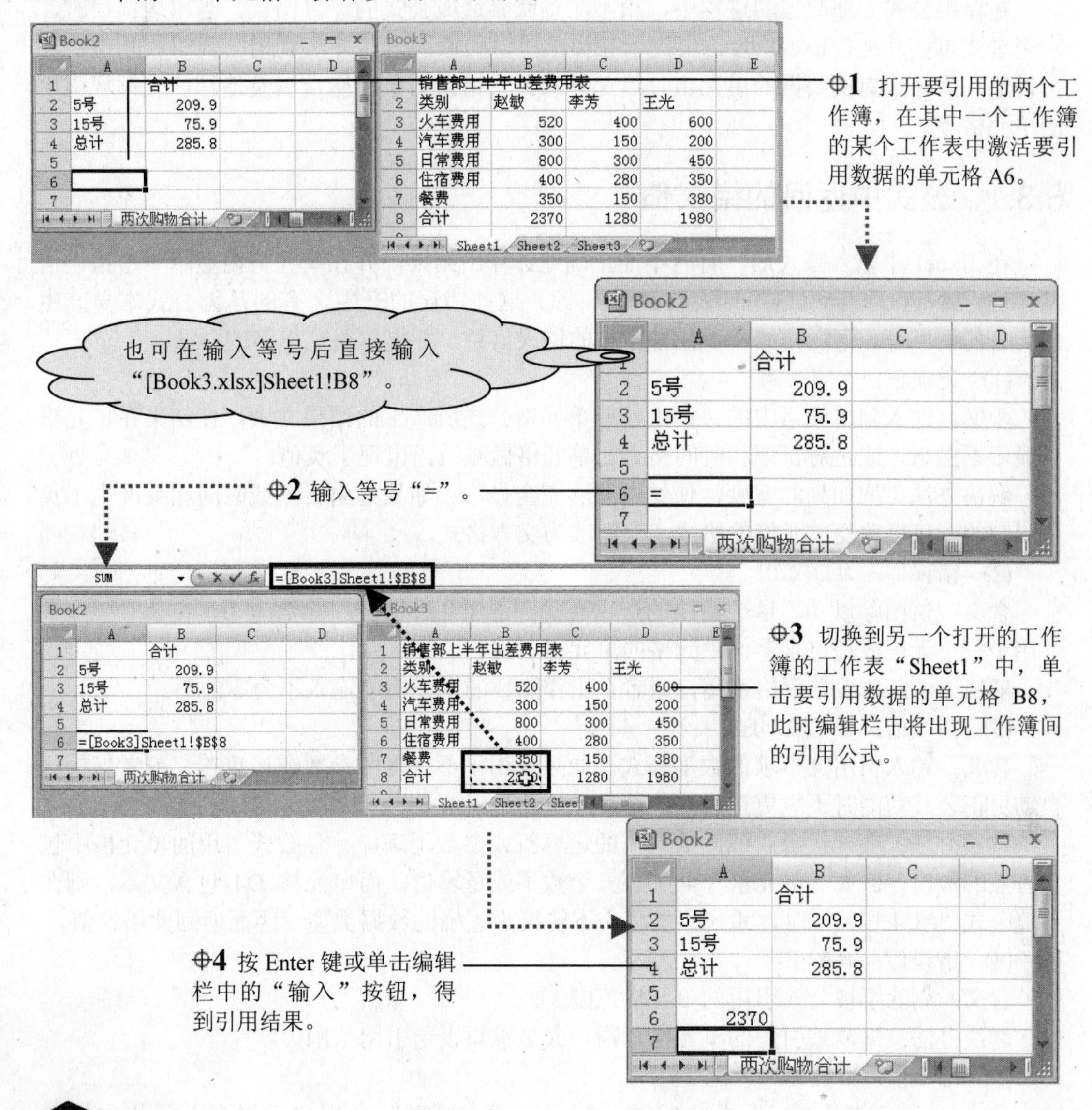


提示

应利用这种方法自动生成的公式中对单元格或单元格区域的引用是绝对引用，可以将其中的“$”符号删除，将其变为相对引用，然后通过复制公式的方法快速地从源工作簿中引用整行或整列数据。

# 6.3　公式中的错误和审核

在使用公式处理数据的过程中，稍不注意就会造成公式的计算错误。当出现错误时，利用公式审核功能，Excel 会给出提示并指出错误的原因。此外，利用公式审核功能，还可以追踪为公式提供数据的单元格，追踪导致公式错误的单元格，以及追踪产生循环引用的单元格等。

## 6.3.1　公式中返回的错误值

在 Excel 中输入公式后，有时不能正确地计算出结果，并在单元格内显示一个错误信息，如：#N/A！、#VALUE！、#DIV/O！等。这些错误的产生，有的是因公式本身产生的，有的则不是。下面介绍一下几种常见的错误信息，并提出避免出错的办法。

(1) 错误值：＃＃＃＃

含义：输入到单元格中的数据太长或单元格公式所产生的结果太大，使结果在单元格中显示不出来，或是对日期和时间格式的单元格做减法，出现了负值。

解决办法：增加列的宽度，使结果能够完全显示。如果是由日期或时间相减产生了负值引起的，可以改变单元格的格式，比如改为文本格式。

(2) 错误值：＃DIV/0!

含义：试图除以 0。这个错误的产生通常有下面几种情况：除数为 0、在公式中除数使用了空单元格或是包含零值单元格的单元格引用。

解决办法：修改单元格引用，或者在用作除数的单元格中输入不为零的值。

(3) 错误值：＃VALUE!

含义：输入引用文本项的数学公式。如果使用了不正确的参数或运算符，或者当执行自动更正公式功能时不能更正公式，都将产生此错误信息。

解决办法：应确认公式或函数所需的运算符或参数正确，并且公式引用的单元格中包含有效的数值。例如，单元格 C4 中有一个数字或逻辑值，而单元格 D4 包含文本，则在计算公式“=C4＋D4”时，系统不能将文本转换为正确的数据类型，因而返回此错误值。

(4) 错误值：＃REF!

含义：删除了被公式引用的单元格范围。

解决办法：恢复被引用的单元格范围，或是重新设定引用范围。

(5) 错误值：＃N/A

含义：无信息可用于所要执行的计算。在建立模型时，用户可以在单元格中输入#N/A，以表明正在等待数据。任何引用含有#N/A 值的单元格都将返回#N/A。

解决办法：在等待数据的单元格内填入数据。

(6) 错误值：＃NUM!

含义：提供了无效的参数给工作表函数，或是公式的结果太大或太小而无法在工作表中表示。

解决办法：确认函数中使用的参数类型正确。如果是公式结果太大或太小，就要修改公式。

(7) 错误值：#NAME?

含义：在公式中使用了 Excel 不能识别的文本。例如，可能是输错了名称，或是输入了一个已删除的名称。另外，如果没有将文字串括在双引号中，也会产生此类错误值。

解决办法：如果是使用了不存在的名称而产生这类错误，应确认使用的名称确实存在；如果是函数名拼写错误，改正拼写就可以了；将文字串括在双引号中；确认公式中使用的所有区域引用都使用了冒号(:)，如“SUM(C1:C10)”。

提示

一定要将公式中的文本括在双引号中。

(8) 错误值：#NULL!

含义：在公式中的两个范围之间插入一个空格以表示交叉点，但这两个范围没有公共单元格。例如，输入“=SUM(A1:A10 C1:C10)”，就会产生这种情况。

解决办法：改正区域运算符使之正确；更改引用使之相交。例如，在两个区域之间用逗号隔开“=SUM(A1:A10, C1:C10)”。

## 6.3.2 公式审核

Excel 2007 提供了公式审核功能，通过它可以将任意单元格中的数据来源和计算结果显示出来，使用户明白计算的方式。

### 1. 查找公式中引用的单元格

要查找公式中引用的单元格，只需单击含有公式的单元格，即可在编辑栏中显示引用的单元格，如下图所示。

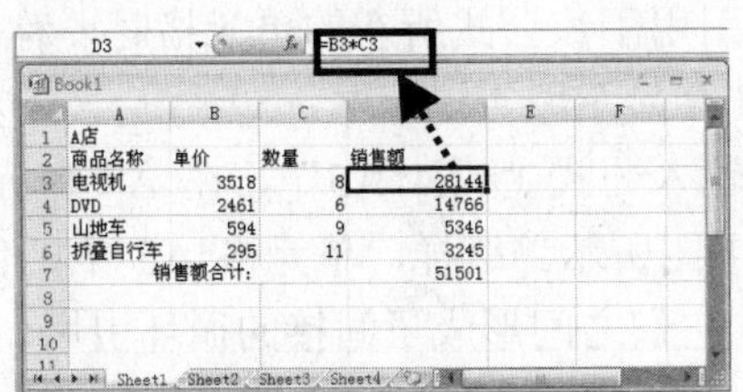


### 2. 追踪为公式提供数据的单元格

要追踪为公式提供数据的单元格，可单击含有公式的单元格，然后单击“公式”选项卡上“公式审核”选项组中的“追踪引用单元格”按钮。此时，公式所引用的单元格就会有追踪箭头指向公式所在的单元格，在代表数据流向的箭头上，每一个引用的单元格上都会出现一个蓝色的圆点，如下图所示。

提示

要隐藏所有追踪箭头，可单击“公式”选项卡上“公式审核”选项组中的“移去箭头”按钮。

快乐学电脑

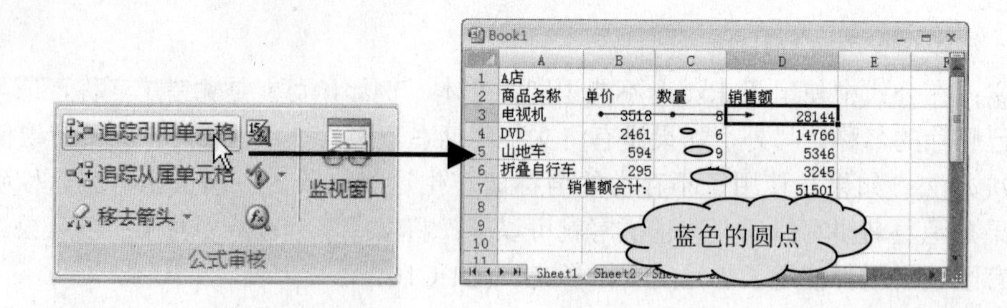


### 3. 追踪导致公式错误的单元格

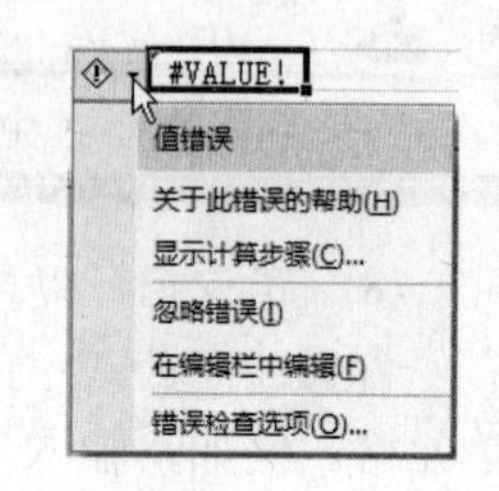


Excel 会自动对输入的公式进行检查，当发生错误时，单元格的左上角会出现一个绿色的小三角。单击该单元格，会在该单元格左侧出现按钮。单击按钮，会弹出如右图所示的快捷菜单，提供解决此错误的途径。

要追踪导致公式错误的单元格，可单击“公式审核”选项组中的“错误检查”按钮右侧的下三角按钮，在展开的列表中选择“追踪错误”命令，即可标识出产生错误的单元格，如下图所示。

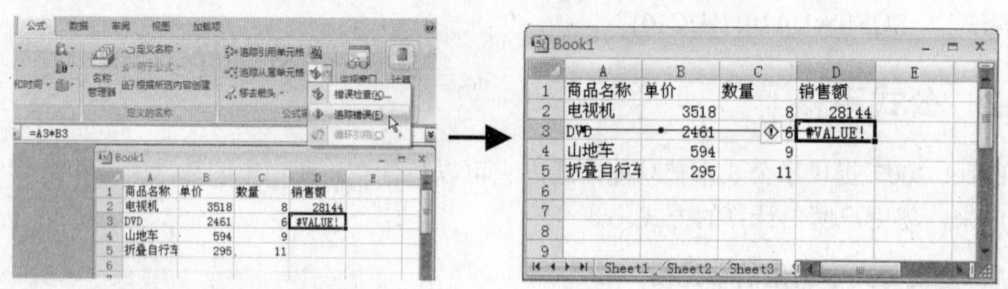


### 4. 追踪产生循环引用的单元格

当某个公式直接或间接引用了该公式所在的单元格时，称作循环引用。当打开的工作簿中含有循环引用时，Excel 会显示警告提示框。

例如，在 A2 单元格中输入公式“=A4*A5”，在 A4 单元格中输入“6”，在 A5 单元格中输入“=A2+9”，如下图所示。这样，单元格 A5 中的值依赖于单元格 A2，而 A2 单元格中的值又依赖于 A5，它们之间形成了间接的循环引用。

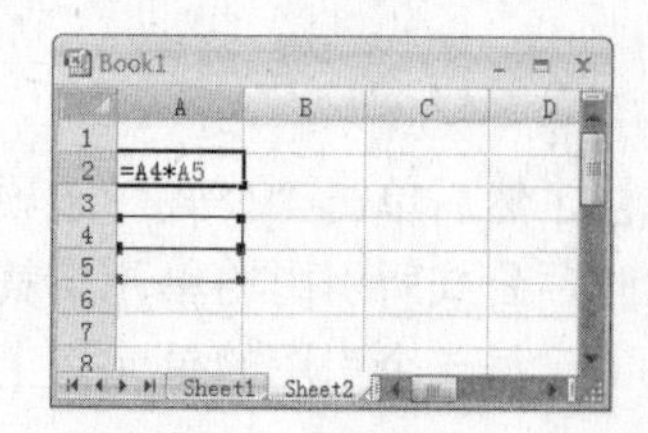

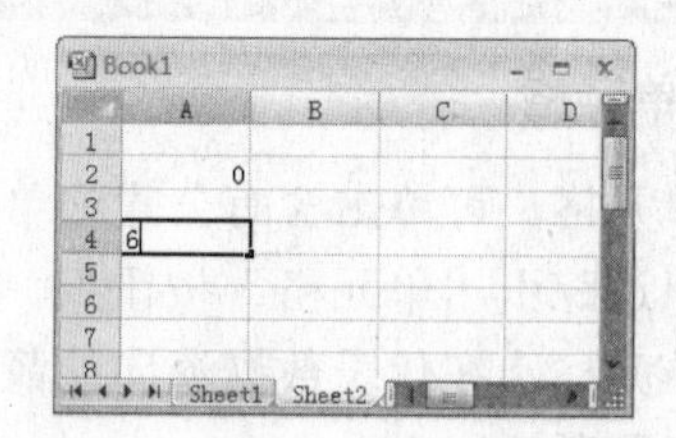

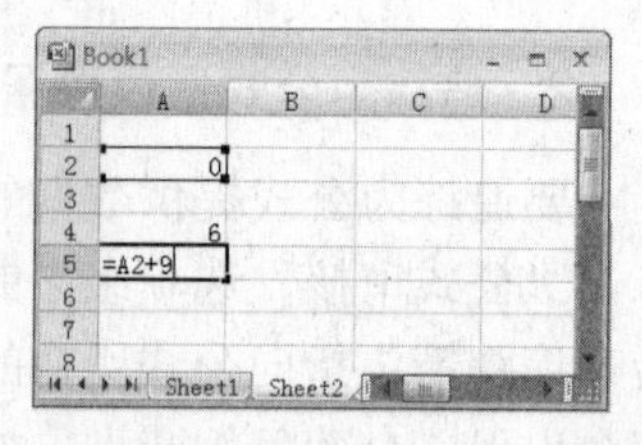


当按 Enter 键时，会弹出如左下图所示的对话框。如果确定要进行循环引用，则单击“确定”按钮，结果如右下图所示，此时“追踪从属单元格”列表中的“循环引用”子菜单变为可用，并显示出循环引用的单元格。

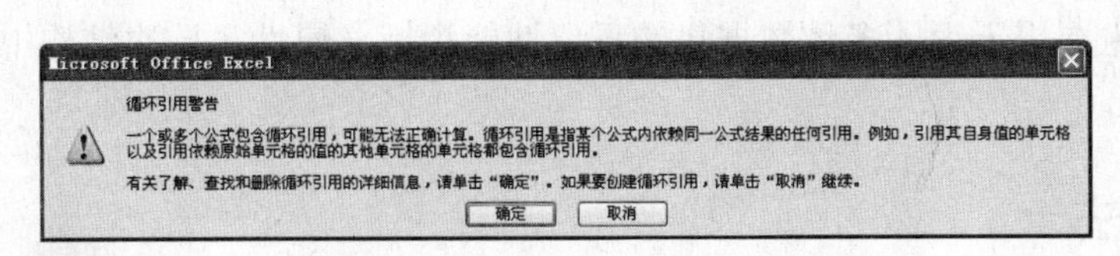


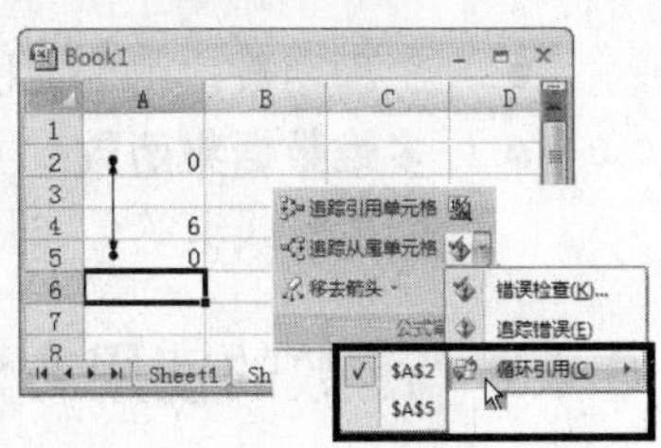


提示

一般情况下，很少使用循环引用来处理问题，而是用 Excel 提供的函数来求解。

要取消引用单元格的追踪箭头，可单击“移去箭头”按钮右侧的下三角按钮，在展开的列表中选择“移去引用单元格追踪箭头”命令；若要取消从属单元格的追踪箭头，可在列表中选择“移去从属单元格追踪箭头”命令，如右图所示；若要取消上述所有追踪箭头，可直接单击“移去箭头”按钮。

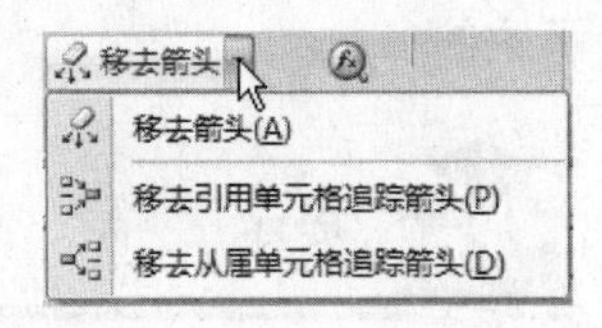


# 6.4 使用函数

函数是预先定义好的表达式，它必须包含在公式中。每个函数都由函数名和变量组成，其中函数名表示将执行的操作，变量表示函数将作用的值的单元格地址，通常是一个单元格区域，也可以是更为复杂的内容。在公式中合理地使用函数，可以完成如求和、逻辑判断、财务分析等众多数据处理功能。

提示

一个函数只有一个名称，它决定了函数的功能和用途。

## 6.4.1 函数的分类

Excel 2007 中提供了大量的函数，如下所示。

- **财务函数：**可以进行一般的财务计算。例如，确定贷款的支付额、投资的未来值或净现值，以及债券或息票的价值。
- **时间和日期函数：**可以在公式中分析和处理日期值和时间值。
- **数学和三角函数：**可以处理简单和复杂的数学计算。
- **统计函数：**用于对数据进行统计分析。
- **查找和引用函数：**在工作表中查找特定的数值或引用的单元格。
- **数据库函数：**分析工作表中的数值是否符合特定条件。
- **文本函数：**可以在公式中处理字符串。
- **逻辑函数：**可以进行真假值判断，或者进行复合检验。
- **信息函数：**用于确定存储在单元格中的数据类型。

- **工程函数：**用于工程分析。
- **多维数据集函数：**主要用于返回多维数据集的重要性能指标、属性、层次结构中的成员或组等。

## 6.4.2 函数的使用方法

使用函数时，应首先确认已在单元格中输入了“=”等号，即已进入公式编辑状态。接下来可输入函数名称，再紧跟着一对括号，括号内为一个或多个参数，参数之间要用逗号隔开。例如：=SUM(A1:B10,C10,15)，表示计算 A1 到 B10 单元格区域、C10 单元格和数字 15 的总和。其中，SUM 为“求和”函数的函数名称，A1:B10、C10 及 15 都是 SUM 函数的参数。

提示

函数中参数的个数不能超过 30 个，参数可以是数字、字符串、逻辑值等常量，以及单元格或单元格区域地址，如 SUM(A1:A5,D2:D4)。

用户可以在单元格中手工输入函数，也可以使用函数向导插入函数。

### 1. 手工输入函数

如果用户能记住函数的名称和参数，可直接在单元格中输入函数，方法是：单击要输入函数的单元格，然后依次输入等号、函数名、左括号、具体参数和右括号，最后单击编辑栏中的“输入”按钮✓或按 Enter 键，此时在输入函数的单元格中将显示公式的运算结果。

例如，要计算出 B 部的图书销售数量“合计”，可按下图所示操作步骤进行。

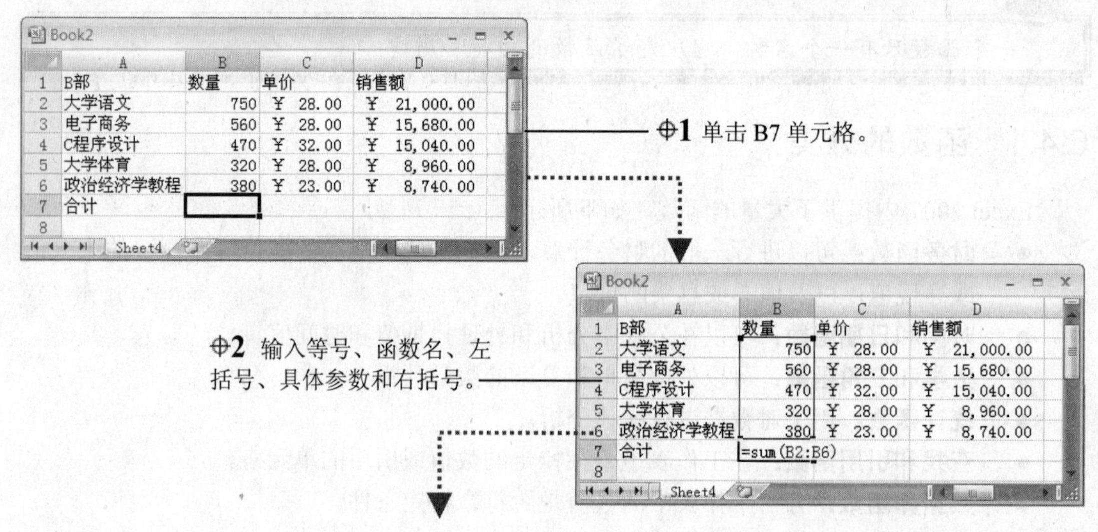

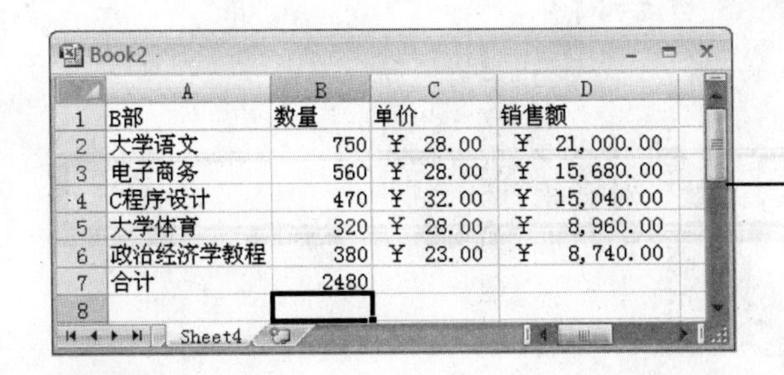

|   | A | B | C | D |
|---|---|---|---|---|
| 1 | B部 | 数量 | 单价 | 销售额 |
| 2 | 大学语文 | 750 | ¥ 28.00 | ¥ 21,000.00 |
| 3 | 电子商务 | 560 | ¥ 28.00 | ¥ 15,680.00 |
| 4 | C程序设计 | 470 | ¥ 32.00 | ¥ 15,040.00 |
| 5 | 大学体育 | 320 | ¥ 28.00 | ¥ 8,960.00 |
| 6 | 政治经济学教程 | 380 | ¥ 23.00 | ¥ 8,740.00 |
| 7 | 合计 | 2480 | | |
| 8 | | | | |

⊕3 按 Enter 键，输入函数的单元格中将显示公式的运算结果。

**提示**

如果在函数名和左括号之间插入一个空格或其他字符，当完成输入按 Enter 键后，Excel 会显示一个出错信息提示框，如下图所示。

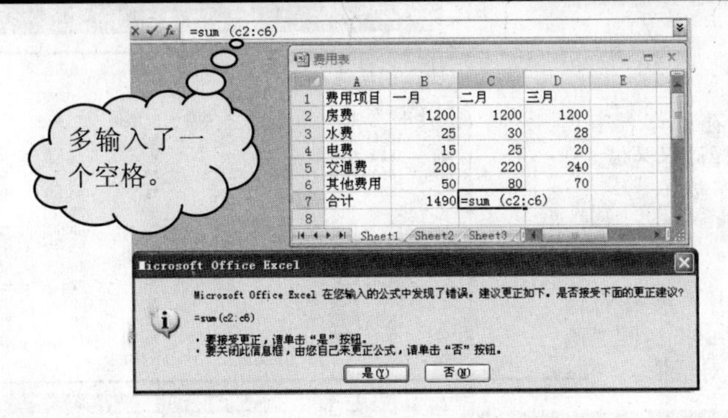


## 2. 使用函数向导

如果不能确定函数的拼写或参数，可以使用函数向导插入函数。

下面以计算"语文"科目的"平均成绩"为例进行介绍，操作步骤如下图所示。

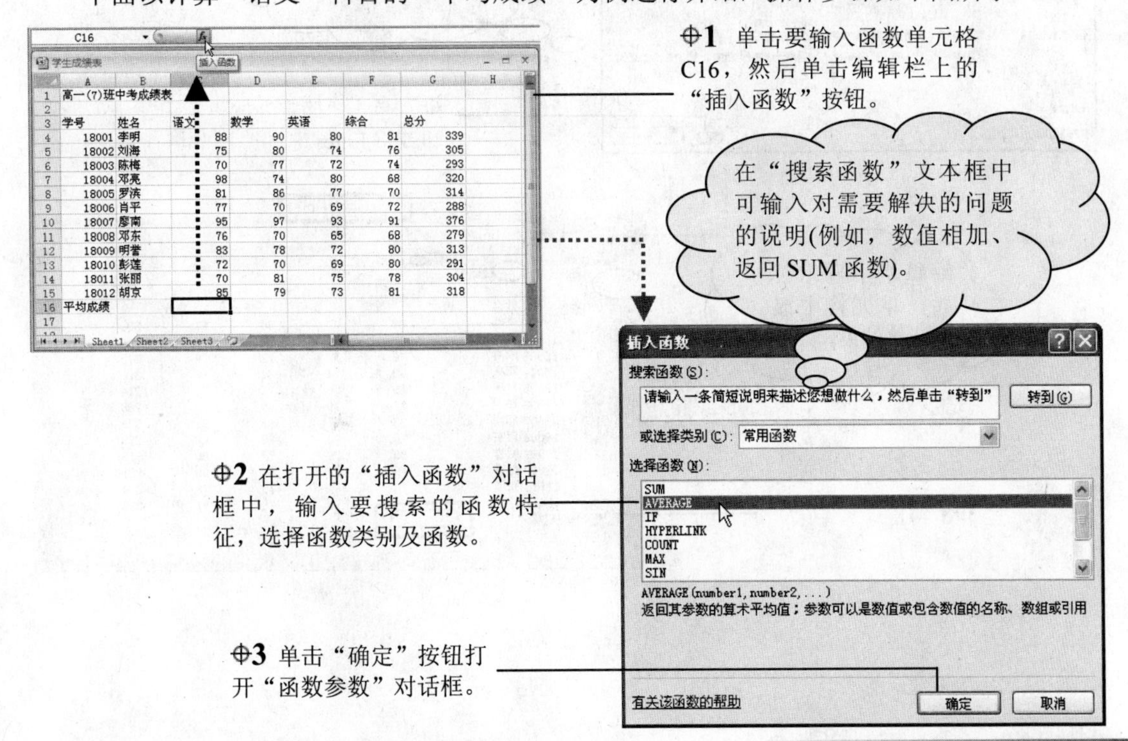

提示

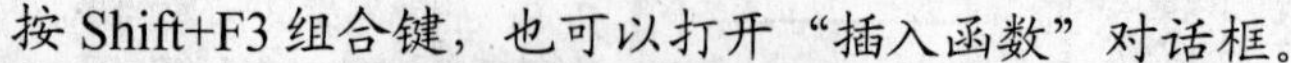

按 Shift+F3 组合键，也可以打开“插入函数”对话框。

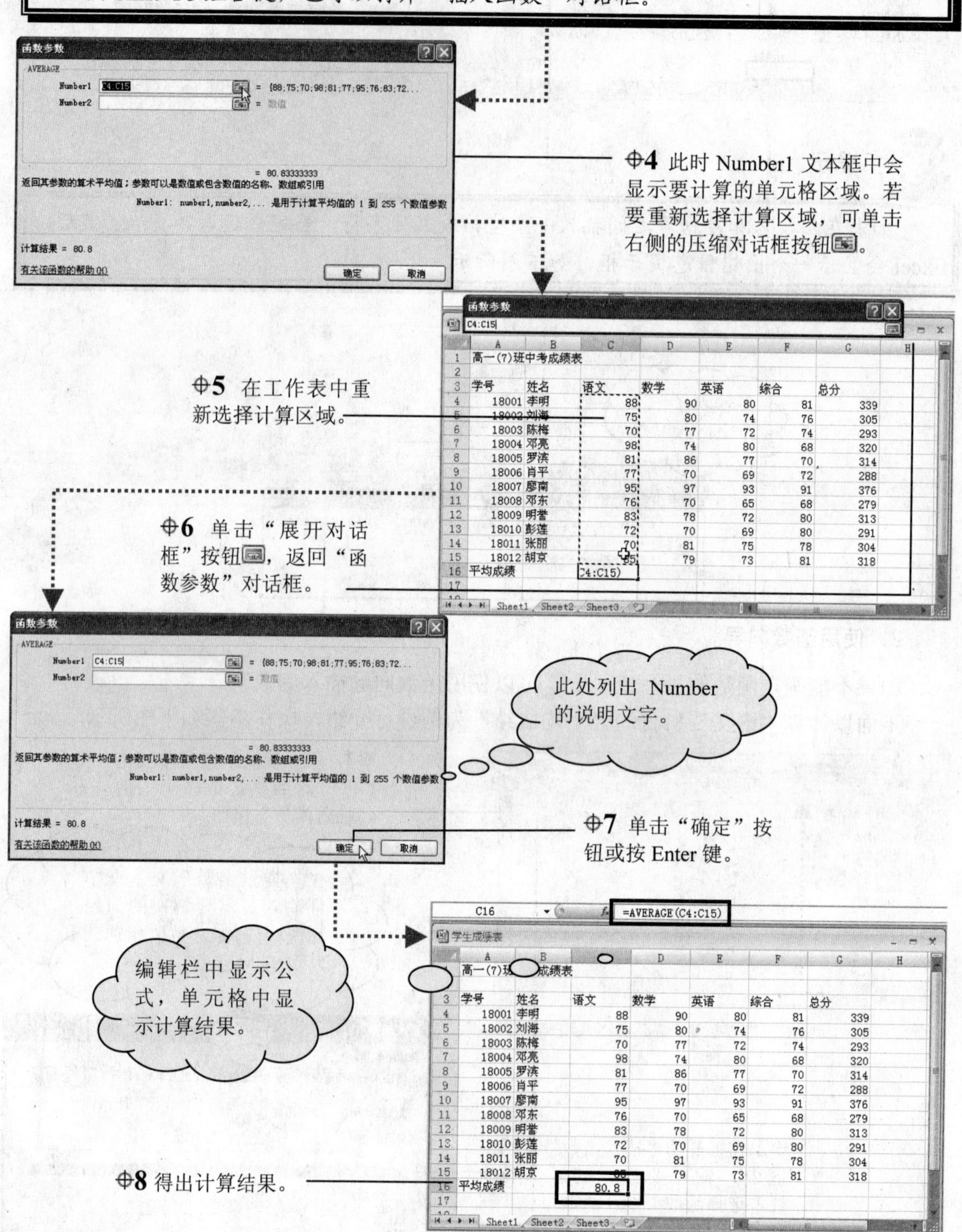


⊕4 此时 Number1 文本框中会显示要计算的单元格区域。若要重新选择计算区域，可单击右侧的压缩对话框按钮。

⊕5 在工作表中重新选择计算区域。

⊕6 单击“展开对话框”按钮，返回“函数参数”对话框。

⊕7 单击“确定”按钮或按 Enter 键。

⊕8 得出计算结果。

选择要计算的单元格区域后，单击“开始”选项卡上“编辑”选项组中的“求和”按钮Σ▾右侧的下三角按钮，在展开的列表中选择要使用的函数，可快速得到计算结果，如下图所示。

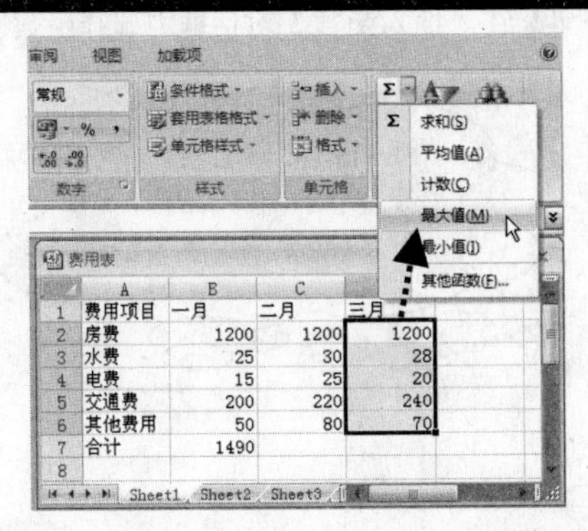


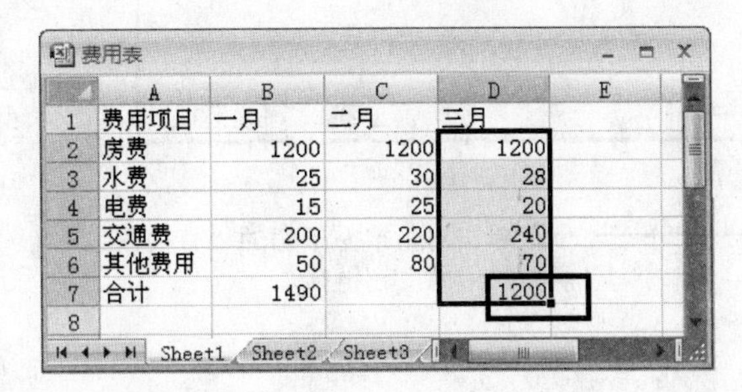

另外，在“公式”选项卡中，分类列出了各种函数。其中，单击各类函数按钮可打开函数列表，将光标指向某个函数并稍等片刻，可查看函数帮助，如下图所示。要使用某个函数，只要单击选择该函数就可以了。

## 6.4.3 获取函数帮助

为了方便用户了解每个函数的意义和用法，Excel 提供了详细的函数帮助。要获取某个函数的帮助，可按下图所示的操作步骤进行。

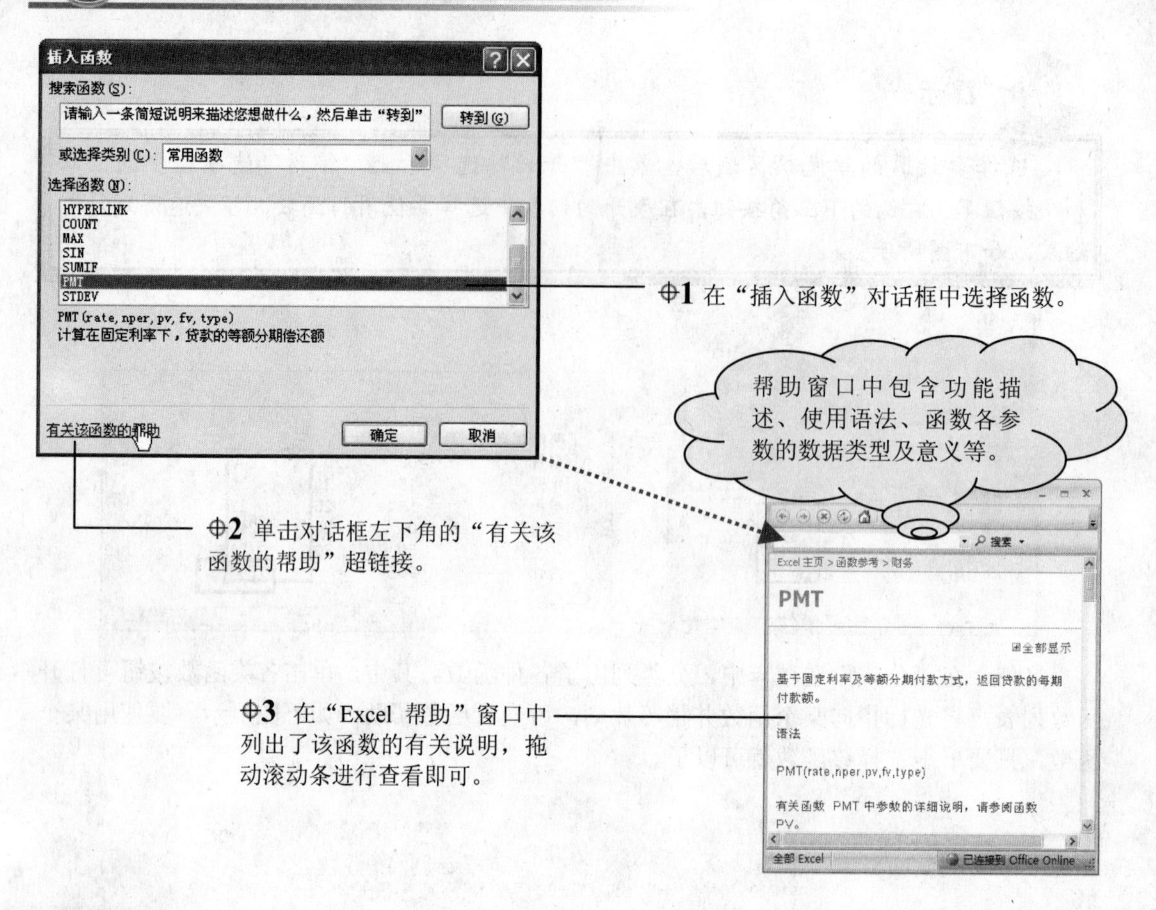


提示

单击工作簿窗口右上角的“帮助”按钮，也将打开“Excel 帮助”窗口，在编辑框中输入函数名后，单击“搜索”按钮，也可获得帮助。

## 实例 2 判断闰年

下面利用逻辑函数判断一个年份是否闰年。根据闰年的定义，年数能被 4 整除而不能被 100 整除，或能被 400 整除的年份是闰年(即四年一闰，百年不闰，四百年再闰)，以此来帮助大家熟悉一下 IF、OR、AND 和 MOD 函数的应用，操作步骤如下图所示。

提示

**IF 函数**执行真假值判断，根据逻辑测试的真假值返回不同的结果。可以使用 IF 函数对数值和公式进行条件检测，其语法为：IF(logical_test,value_if_true,value_if_false)；“logical_test”表示计算结果为 true 或 false 的任意值或表达式；“value_if_true”表示“logical_test”为 true 时返回的值，可以是常量或表达式；“value_if_false”表示“logical_test”为 false 时返回的值，当然也可以是常量或表达式。

**OR 函数**的功能是对多个逻辑值进行并集运算。在其参数组中，任何一个参数逻辑值为 true，即返回 true。

**OR 函数**的表达式为 OR(logical1，logical2，...)。

参数 logical1，logical2，...表示需要检验的 1~30 个条件值，条件值分别为 true 或 false。

**AND 函数**的功能是对多个逻辑值进行交集运算，函数的返回值是逻辑值，当所有参数的逻辑值为真时，返回 true；只要一个参数的逻辑值为假，就返回 false。

AND 函数的表达式为：AND(logical1，logical2，...)。

参数 logical1，logical2，...表示待检测的 1~30 个条件值，各条件值可为 true 或 false。

**MOD 函数**是一个求余函数，即返回两数相除的余数。结果的正负号与除数相同。

语法为：MOD(number,divisor)。number 为被除数，Divisor 为除数。

提示

IF 函数可以嵌套 7 层。

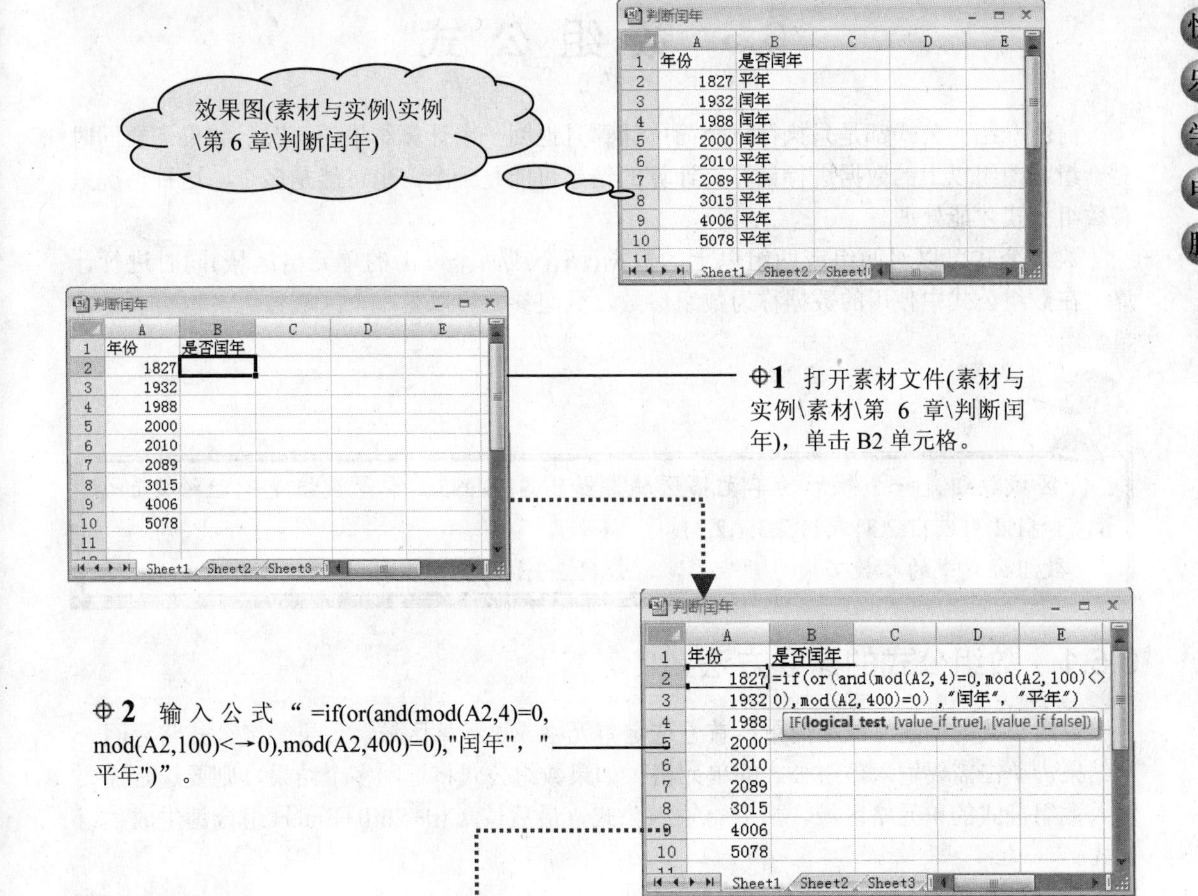


快乐学电脑

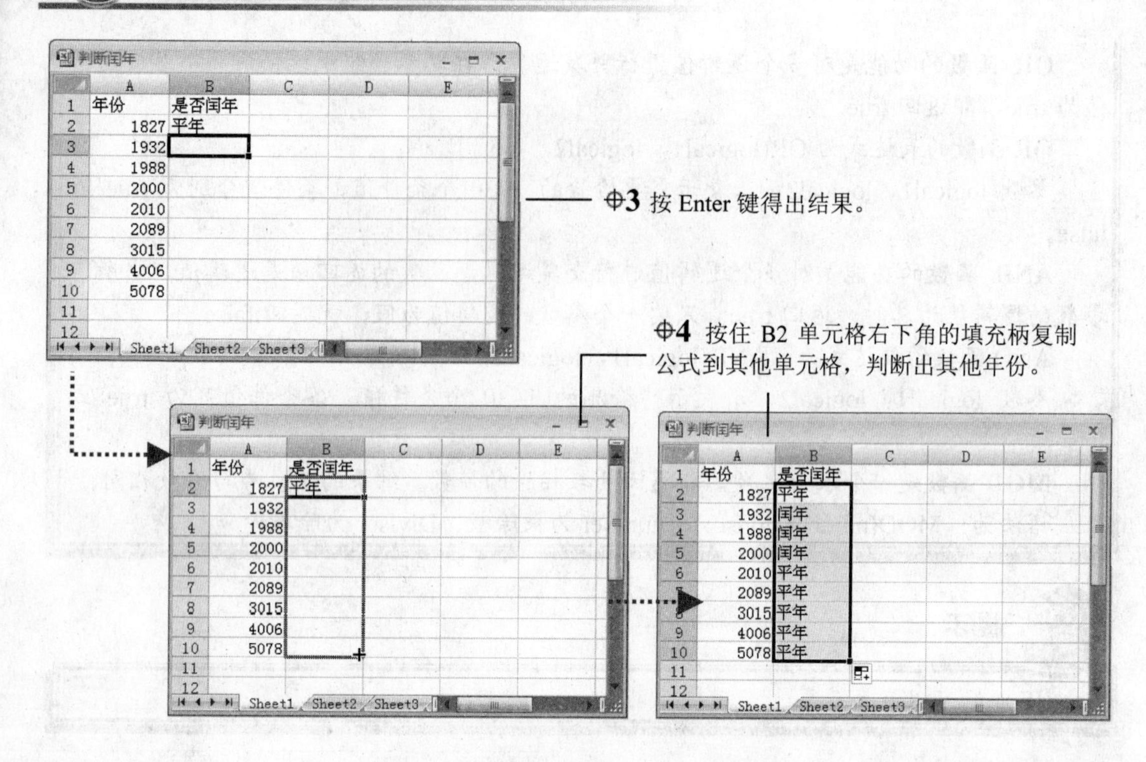


# 6.5 数组公式

前面介绍的公式都是只执行一个简单计算且返回一个计算结果的情况，如果需要同时对一组或两组以上的数据进行计算，计算的结果可能是一个，也可能是多个，这种情况只有数组公式才能处理。

数组公式可以对两组或两组以上的数据(两个或两个以上的单元格区域)同时进行计算。在数组公式中使用的数据称为数组参数，数组参数可以是一个区域数组，也可以是常量数组。

区域数组是一个矩形的单元格区域，如$A$1:$D$5；常量数组是一组给定的常量，如{1,2,3}或{1;2;3}或{1,2,3;1,2,3}。

数组公式中的参数必须为“矩形”，如{1,2,3;1,2}就无法引用了。

## 6.5.1 数组公式的建立方法

数组公式的创建方法很简单：首先选定单元格或单元格区域，如果数组公式将返回一个结果，单击需要输入数组公式的单元格；如果数组公式将返回多个结果，则要选定需要输入数组公式的单元格区域，然后再输入公式，最后按 Ctrl+Shift+Enter 组合键生成数组公式。

**提示**

数组公式也被称为“CSE 公式”，这是因为按 Ctrl+Shift+Enter 组合键就可在工作表中输入它们。

下面介绍数组公式的几个简单应用。

### 1. 用数组公式计算两个数据区域的乘积

当需要计算两个相同矩形区域对应单元格的数据之积时，可以用数组公式一次性计算出所有的乘积，并保存在另一个大小相同的矩形区域中。

例如，已知各商品的“价格”和“数量”，下面利用数组公式求各商品的“金额”，操作步骤如下图所示。

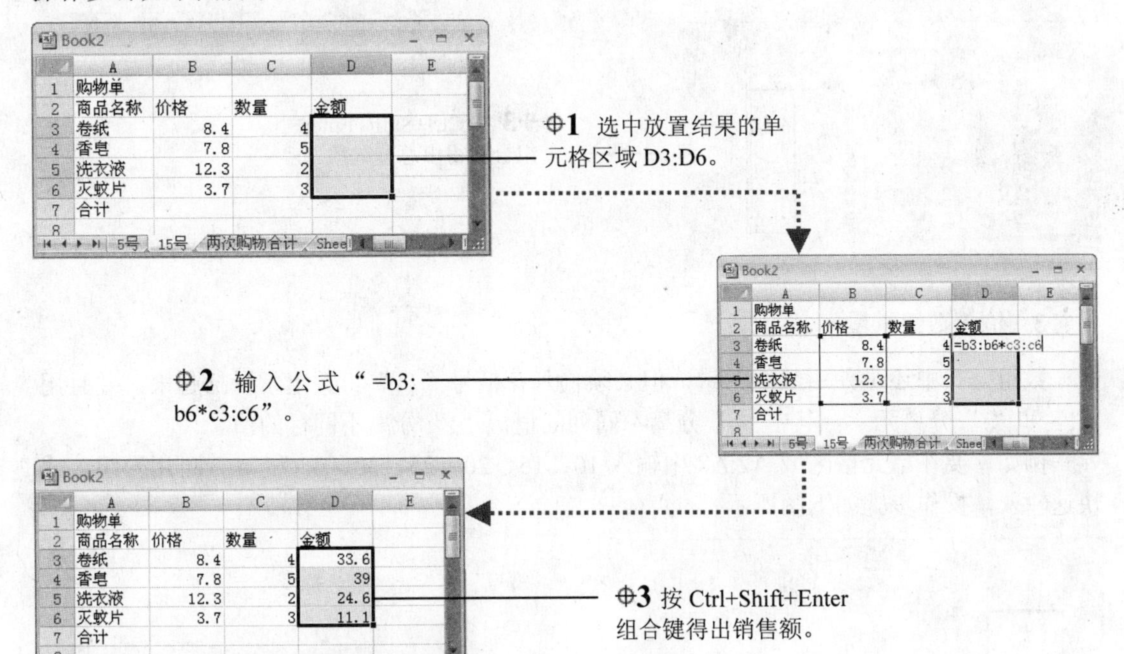


**提示**

如果在第 3 步按下 Enter 键，则输入的只是一个简单公式，Excel 只会在选中的单元格区域的第一个单元格中(选定区域的左上角单元格)显示一个计算结果。

### 2. 用数组公式计算多列数据之和

当需要把多个对应列或行的数据相加，并得出对应的和值所组成的一列或一行数据时，可以用一个数组公式完成。

例如，要计算出各学生的成绩“总分”，可用数组公式进行计算，操作步骤如下图所示。

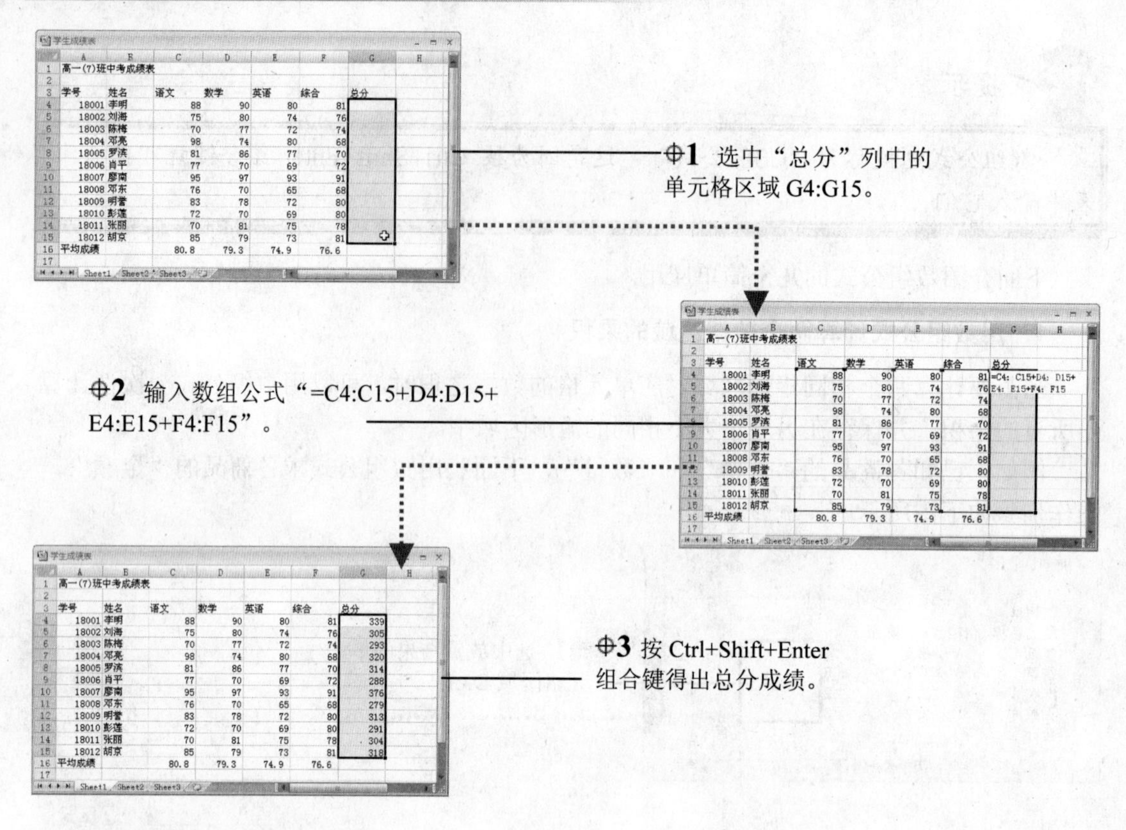


3．输入数组常量

数组公式中还可使用数组常量，但必须输入花括号“{}”将数组常量括起来，并且用“,”和“;”分离元素。其中“,”分离不同列的值，“;”分离不同行的值。

例如，要在单元格区域 A2:A8 中输入 10、15、20、25、30、35 和 40，可用数组公式快速输入，操作步骤如下图所示。

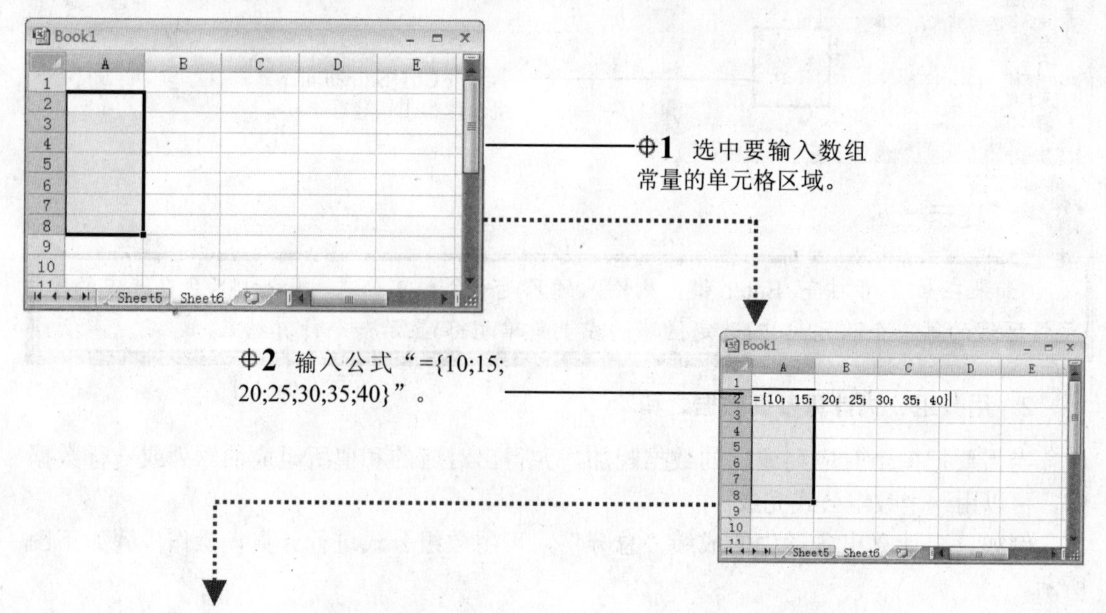

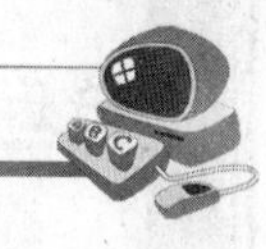

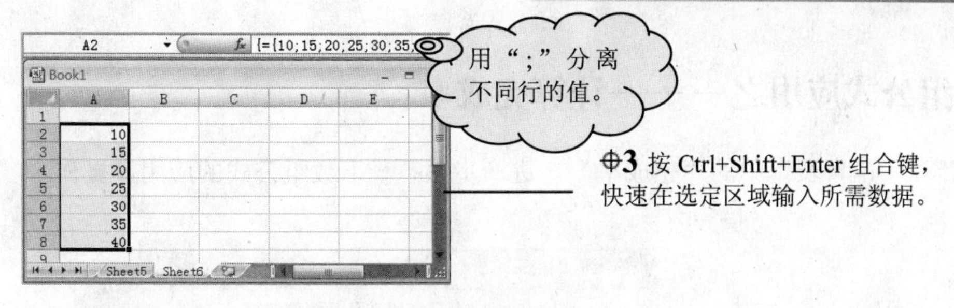


⊕3 按 Ctrl+Shift+Enter 组合键，快速在选定区域输入所需数据。

下图所示是在同一行中输入的数组常量。

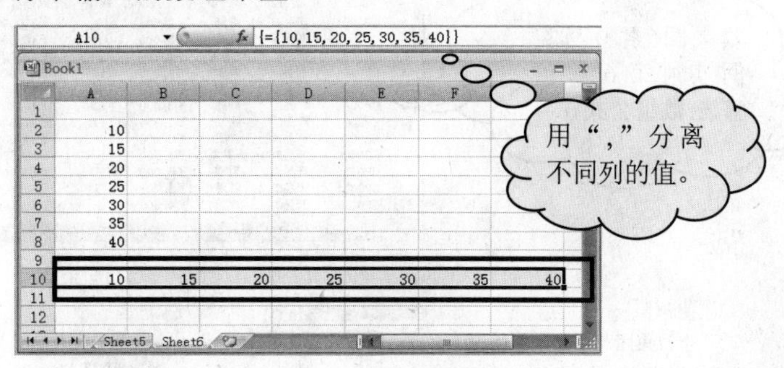


## 6.5.2　使用数组公式的规则

(1) 输入数组公式时，首先选择用来保存计算结果的单元格区域，如果计算公式将产生多个计算结果，必须选择一个与计算结果所需大小和形状都相同的单元格区域。

(2) 数组公式输入完成后，按下 Ctrl+Shift+Enter 组合键，这时在公式编辑栏中可以看见公式的两边自动加上了花括号，表示该公式是一个数组公式。

提示

不要自己输入花括号，否则，Excel 认为输入的是一个正文标签。

(3) 在数组公式所涉及的区域中，不能编辑、清除或移动单个单元格，也不能插入或删除其中任何一个单元格，即数组公式所涉及的单元格区域只能作为一个整体进行操作。

提示

如果单击数组公式所包含的任一单元格，这时数组公式会出现在编辑栏中，它的两边有花括号。单击编辑栏中的数组公式，它两边的花括号就会消失。

(4) 要编辑或清除数组，需要选择整个数组并激活编辑栏，然后在编辑栏中修改数组公式或删除数组公式，操作完成后，按下 Ctrl+Shift+Enter 组合键即可。

(5) 要把数组公式移到另一个位置，需要先选中整个数组公式所在的范围，然后把整个区域拖放到目标位置，也可通过“编辑”→“剪切”和“粘贴”命令进行。

## 实例3　数组公式应用之一——计算完成率

下面通过计算“销售表”中的“完成率”，进一步熟悉一下数组公式的应用，操作步骤如下图所示。

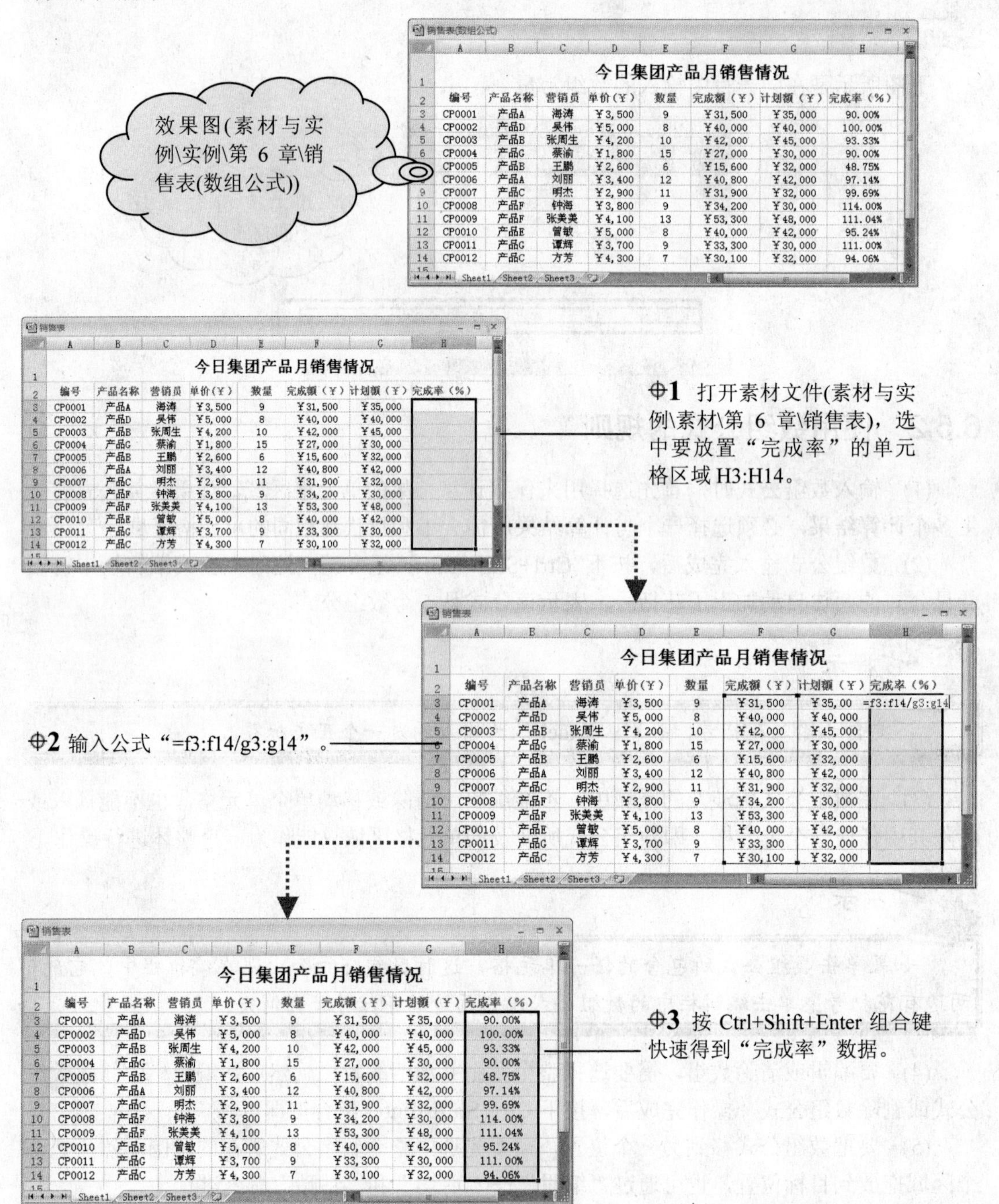


| 编号 | 产品名称 | 营销员 | 单价(￥) | 数量 | 完成额（￥） | 计划额（￥） | 完成率（%） |
|---|---|---|---|---|---|---|---|
| CP0001 | 产品A | 海涛 | ￥3,500 | 9 | ￥31,500 | ￥35,000 | 90.00% |
| CP0002 | 产品D | 吴伟 | ￥5,000 | 8 | ￥40,000 | ￥40,000 | 100.00% |
| CP0003 | 产品B | 张周生 | ￥4,200 | 10 | ￥42,000 | ￥45,000 | 93.33% |
| CP0004 | 产品G | 蔡渝 | ￥1,800 | 15 | ￥27,000 | ￥30,000 | 90.00% |
| CP0005 | 产品B | 王鹏 | ￥2,600 | 6 | ￥15,600 | ￥32,000 | 48.75% |
| CP0006 | 产品A | 刘丽 | ￥3,400 | 12 | ￥40,800 | ￥42,000 | 97.14% |
| CP0007 | 产品C | 明杰 | ￥2,900 | 11 | ￥31,900 | ￥32,000 | 99.69% |
| CP0008 | 产品F | 钟海 | ￥3,800 | 9 | ￥34,200 | ￥30,000 | 114.00% |
| CP0009 | 产品F | 张美美 | ￥4,100 | 13 | ￥53,300 | ￥48,000 | 111.04% |
| CP0010 | 产品E | 管敏 | ￥5,000 | 8 | ￥40,000 | ￥42,000 | 95.24% |
| CP0011 | 产品G | 谭辉 | ￥3,700 | 9 | ￥33,300 | ￥30,000 | 111.00% |
| CP0012 | 产品C | 方芳 | ￥4,300 | 7 | ￥30,100 | ￥32,000 | 94.06% |

## 实例4 数组公式应用之二——为特长生加20分

下面通过为“加分名单”中的每个特长生加 20 分，再次练习一下数组公式的应用，操作步骤如下图所示。

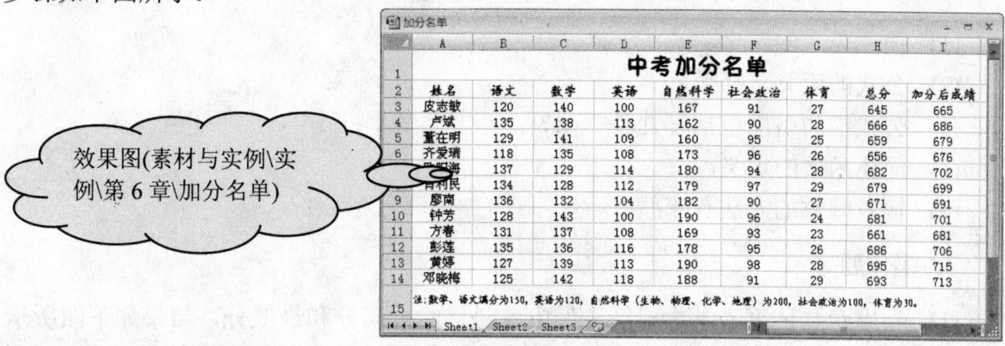

中考加分名单

| 姓名 | 语文 | 数学 | 英语 | 自然科学 | 社会政治 | 体育 | 总分 | 加分后成绩 |
|---|---|---|---|---|---|---|---|---|
| 皮志敏 | 120 | 140 | 100 | 167 | 91 | 27 | 645 | 665 |
| 卢斌 | 135 | 138 | 113 | 162 | 90 | 28 | 666 | 686 |
| 董在明 | 129 | 141 | 109 | 160 | 95 | 25 | 659 | 679 |
| 齐爱瑞 | 118 | 135 | 108 | 173 | 96 | 26 | 656 | 676 |
| 欧阳海 | 137 | 129 | 114 | 180 | 94 | 28 | 682 | 702 |
| 肖利民 | 134 | 128 | 112 | 179 | 97 | 29 | 679 | 699 |
| 廖南 | 136 | 132 | 104 | 182 | 90 | 27 | 671 | 691 |
| 钟芳 | 128 | 143 | 100 | 190 | 96 | 24 | 681 | 701 |
| 方春 | 131 | 137 | 108 | 169 | 93 | 23 | 661 | 681 |
| 彭莲 | 135 | 136 | 116 | 178 | 95 | 26 | 686 | 706 |
| 黄婷 | 127 | 139 | 113 | 190 | 98 | 28 | 695 | 715 |
| 邓晓梅 | 125 | 142 | 118 | 188 | 91 | 29 | 693 | 713 |

注：数学、语文满分为150，英语为120，自然科学（生物、物理、化学、地理）为200，社会政治为100，体育为30。

效果图(素材与实例\实例\第6章\加分名单)

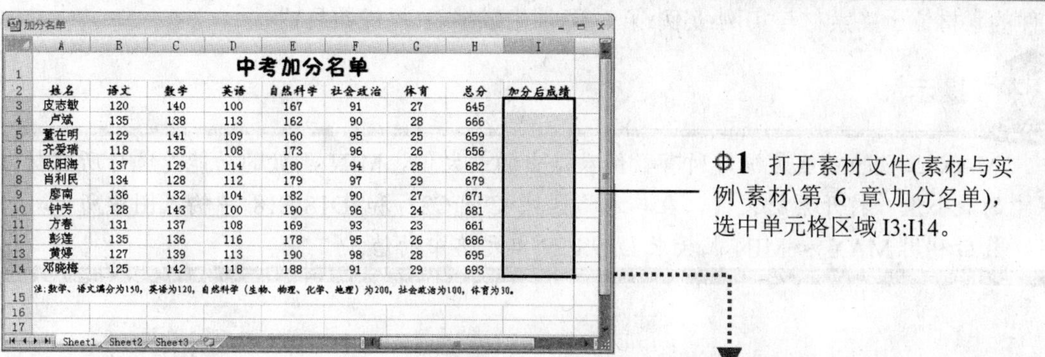

中考加分名单

| 姓名 | 语文 | 数学 | 英语 | 自然科学 | 社会政治 | 体育 | 总分 | 加分后成绩 |
|---|---|---|---|---|---|---|---|---|
| 皮志敏 | 120 | 140 | 100 | 167 | 91 | 27 | 645 | |
| 卢斌 | 135 | 138 | 113 | 162 | 90 | 28 | 666 | |
| 董在明 | 129 | 141 | 109 | 160 | 95 | 25 | 659 | |
| 齐爱瑞 | 118 | 135 | 108 | 173 | 96 | 26 | 656 | |
| 欧阳海 | 137 | 129 | 114 | 180 | 94 | 28 | 682 | |
| 肖利民 | 134 | 128 | 112 | 179 | 97 | 29 | 679 | |
| 廖南 | 136 | 132 | 104 | 182 | 90 | 27 | 671 | |
| 钟芳 | 128 | 143 | 100 | 190 | 96 | 24 | 681 | |
| 方春 | 131 | 137 | 108 | 169 | 93 | 23 | 661 | |
| 彭莲 | 135 | 136 | 116 | 178 | 95 | 26 | 686 | |
| 黄婷 | 127 | 139 | 113 | 190 | 98 | 28 | 695 | |
| 邓晓梅 | 125 | 142 | 118 | 188 | 91 | 29 | 693 | |

注：数学、语文满分为150，英语为120，自然科学（生物、物理、化学、地理）为200，社会政治为100，体育为30。

❶ 打开素材文件(素材与实例\素材\第 6 章\加分名单)，选中单元格区域 I3:I14。

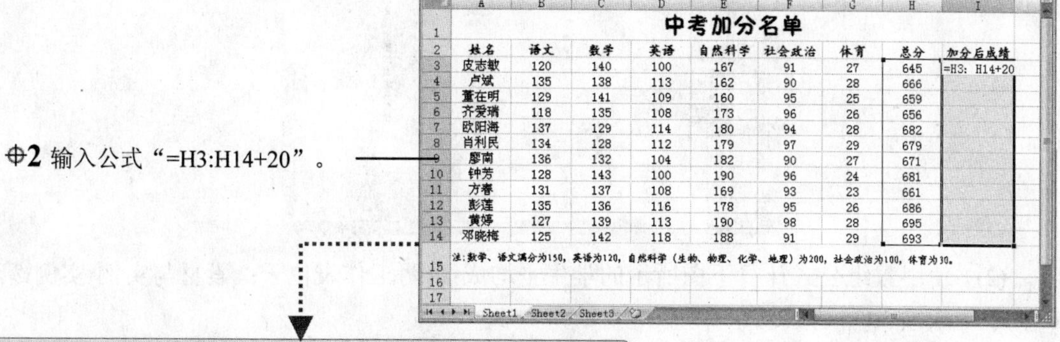

中考加分名单

| 姓名 | 语文 | 数学 | 英语 | 自然科学 | 社会政治 | 体育 | 总分 | 加分后成绩 |
|---|---|---|---|---|---|---|---|---|
| 皮志敏 | 120 | 140 | 100 | 167 | 91 | 27 | 645 | =H3: H14+20 |
| 卢斌 | 135 | 138 | 113 | 162 | 90 | 28 | 666 | |
| 董在明 | 129 | 141 | 109 | 160 | 95 | 25 | 659 | |
| 齐爱瑞 | 118 | 135 | 108 | 173 | 96 | 26 | 656 | |
| 欧阳海 | 137 | 129 | 114 | 180 | 94 | 28 | 682 | |
| 肖利民 | 134 | 128 | 112 | 179 | 97 | 29 | 679 | |
| 廖南 | 136 | 132 | 104 | 182 | 90 | 27 | 671 | |
| 钟芳 | 128 | 143 | 100 | 190 | 96 | 24 | 681 | |
| 方春 | 131 | 137 | 108 | 169 | 93 | 23 | 661 | |
| 彭莲 | 135 | 136 | 116 | 178 | 95 | 26 | 686 | |
| 黄婷 | 127 | 139 | 113 | 190 | 98 | 28 | 695 | |
| 邓晓梅 | 125 | 142 | 118 | 188 | 91 | 29 | 693 | |

注：数学、语文满分为150，英语为120，自然科学（生物、物理、化学、地理）为200，社会政治为100，体育为30。

❷ 输入公式“=H3:H14+20”。

中考加分名单

| 姓名 | 语文 | 数学 | 英语 | 自然科学 | 社会政治 | 体育 | 总分 | 加分后成绩 |
|---|---|---|---|---|---|---|---|---|
| 皮志敏 | 120 | 140 | 100 | 167 | 91 | 27 | 645 | 665 |
| 卢斌 | 135 | 138 | 113 | 162 | 90 | 28 | 666 | 686 |
| 董在明 | 129 | 141 | 109 | 160 | 95 | 25 | 659 | 679 |
| 齐爱瑞 | 118 | 135 | 108 | 173 | 96 | 26 | 656 | 676 |
| 欧阳海 | 137 | 129 | 114 | 180 | 94 | 28 | 682 | 702 |
| 肖利民 | 134 | 128 | 112 | 179 | 97 | 29 | 679 | 699 |
| 廖南 | 136 | 132 | 104 | 182 | 90 | 27 | 671 | 691 |
| 钟芳 | 128 | 143 | 100 | 190 | 96 | 24 | 681 | 701 |
| 方春 | 131 | 137 | 108 | 169 | 93 | 23 | 661 | 681 |
| 彭莲 | 135 | 136 | 116 | 178 | 95 | 26 | 686 | 706 |
| 黄婷 | 127 | 139 | 113 | 190 | 98 | 28 | 695 | 715 |
| 邓晓梅 | 125 | 142 | 118 | 188 | 91 | 29 | 693 | 713 |

注：数学、语文满分为150，英语为120，自然科学（生物、物理、化学、地理）为200，社会政治为100，体育为30。

❸ 按 Ctrl+Shift+Enter 组合键快速得到“加分后成绩”。

# 练 一 练

## 1．简答题

(1) 简述公式的定义。

(2) 公式的运算包括哪些？

(3) 公式中的引用包括哪几种类型？

(4) 简述函数的定义。

(5) 输入函数的方法有哪些？

## 2．操作题

(1) 利用函数计算“学生成绩表”中各科目的最高分和最低分，结果如下图所示。此文件的素材位于“素材与实例\实例\第 6 章\学生成绩表(得优数目)”。

**提示**

MAX 函数的功能是统计所有数值数据中的最大值，MIN 函数的功能是统计所有数据中的最小值。打开素材文件，在单元格区域 C18:C22 和 D18:E18 中输入图中所示数据，最后利用 MAX 和 MIN 函数求 D19:E22 单元格中的值。

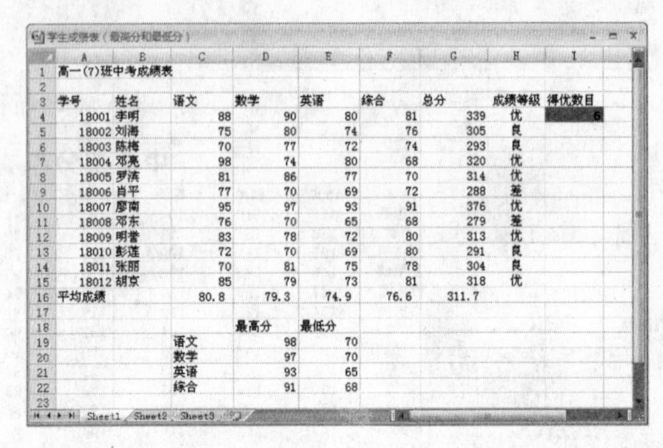

高一(7)班中考成绩表

| 学号 | 姓名 | 语文 | 数学 | 英语 | 综合 | 总分 | 成绩等级 | 得优数目 |
|---|---|---|---|---|---|---|---|---|
| 18001 | 李明 | 88 | 90 | 80 | 81 | 339 | 优 | 6 |
| 18002 | 刘海 | 75 | 80 | 74 | 76 | 305 | 良 | |
| 18003 | 陈梅 | 70 | 77 | 72 | 74 | 293 | 良 | |
| 18004 | 邓亮 | 98 | 74 | 80 | 68 | 320 | 优 | |
| 18005 | 罗滨 | 81 | 86 | 77 | 70 | 314 | 优 | |
| 18006 | 肖平 | 77 | 70 | 69 | 72 | 288 | 差 | |
| 18007 | 廖南 | 95 | 97 | 93 | 91 | 376 | 优 | |
| 18008 | 邓东 | 76 | 70 | 65 | 68 | 279 | 差 | |
| 18009 | 明誉 | 83 | 78 | 72 | 80 | 313 | 优 | |
| 18010 | 彭莲 | 72 | 70 | 69 | 80 | 291 | 良 | |
| 18011 | 张丽 | 70 | 81 | 75 | 78 | 304 | 良 | |
| 18012 | 胡京 | 85 | 79 | 73 | 81 | 318 | 优 | |
| 平均成绩 | | 80.8 | 79.3 | 74.9 | 76.6 | 311.7 | | |

| | 最高分 | 最低分 |
|---|---|---|
| 语文 | 98 | 70 |
| 数学 | 97 | 70 |
| 英语 | 93 | 65 |
| 综合 | 91 | 68 |

(2) 使用数组公式计算下图所示的学生平均成绩(两工作表位于：素材与实例\实例\第 6 章\学生成绩表(平均成绩))。

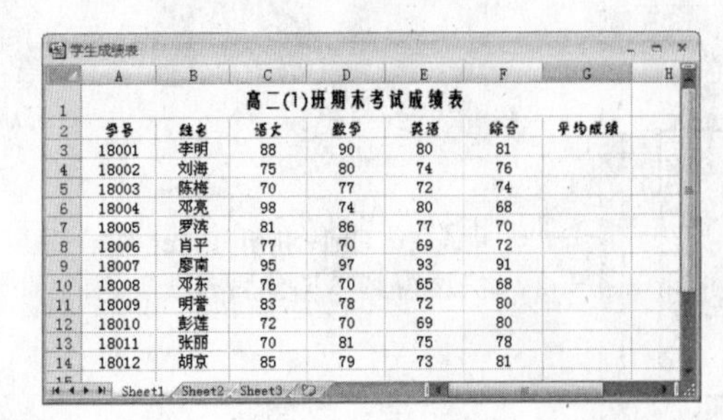

高二(1)班期末考试成绩表

| 学号 | 姓名 | 语文 | 数学 | 英语 | 综合 | 平均成绩 |
|---|---|---|---|---|---|---|
| 18001 | 李明 | 88 | 90 | 80 | 81 | |
| 18002 | 刘海 | 75 | 80 | 74 | 76 | |
| 18003 | 陈梅 | 70 | 77 | 72 | 74 | |
| 18004 | 邓亮 | 98 | 74 | 80 | 68 | |
| 18005 | 罗滨 | 81 | 86 | 77 | 70 | |
| 18006 | 肖平 | 77 | 70 | 69 | 72 | |
| 18007 | 廖南 | 95 | 97 | 93 | 91 | |
| 18008 | 邓东 | 76 | 70 | 65 | 68 | |
| 18009 | 明誉 | 83 | 78 | 72 | 80 | |
| 18010 | 彭莲 | 72 | 70 | 69 | 80 | |
| 18011 | 张丽 | 70 | 81 | 75 | 78 | |
| 18012 | 胡京 | 85 | 79 | 73 | 81 | |

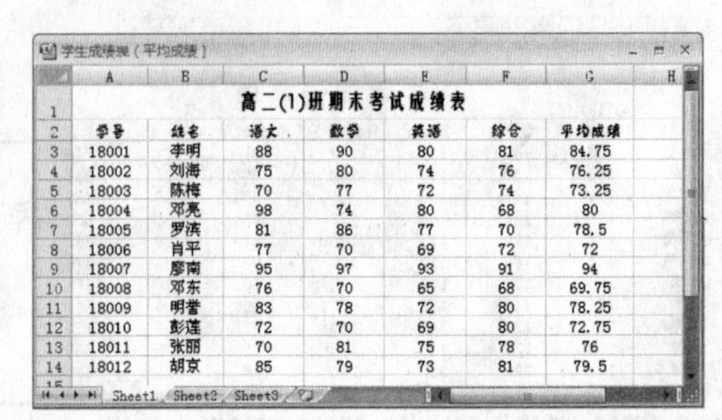

高二(1)班期末考试成绩表

| 学号 | 姓名 | 语文 | 数学 | 英语 | 综合 | 平均成绩 |
|---|---|---|---|---|---|---|
| 18001 | 李明 | 88 | 90 | 80 | 81 | 84.75 |
| 18002 | 刘海 | 75 | 80 | 74 | 76 | 76.25 |
| 18003 | 陈梅 | 70 | 77 | 72 | 74 | 73.25 |
| 18004 | 邓亮 | 98 | 74 | 80 | 68 | 80 |
| 18005 | 罗滨 | 81 | 86 | 77 | 70 | 78.5 |
| 18006 | 肖平 | 77 | 70 | 69 | 72 | 72 |
| 18007 | 廖南 | 95 | 97 | 93 | 91 | 94 |
| 18008 | 邓东 | 76 | 70 | 65 | 68 | 69.75 |
| 18009 | 明誉 | 83 | 78 | 72 | 80 | 78.25 |
| 18010 | 彭莲 | 72 | 70 | 69 | 80 | 72.75 |
| 18011 | 张丽 | 70 | 81 | 75 | 78 | 76 |
| 18012 | 胡京 | 85 | 79 | 73 | 81 | 79.5 |

# 问 与 答

**问**：如何显示出包含公式的单元格？

**答**：在一个 Excel 工作表中有大量的数据，这些数据有直接输入的，也有用公式计算出来的。若想把用公式计算出的数据的单元格显示出来，可按下图所示操作步骤进行。

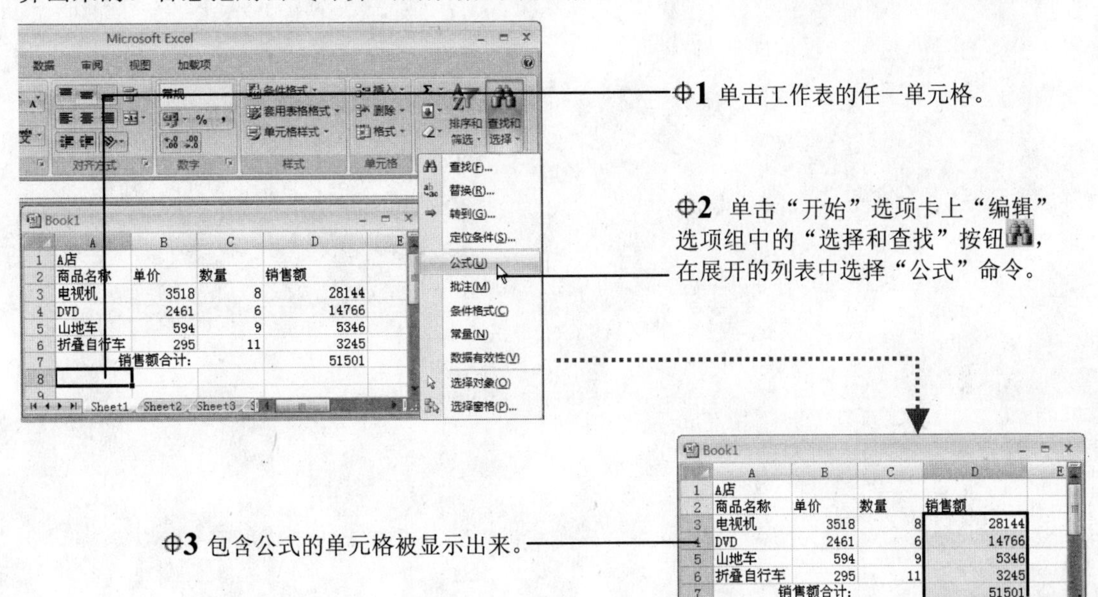


**问**：如何在复制公式时只粘贴公式的结果？

**答**：只需在“粘贴”列表中选择“选择性粘贴”命令，然后在打开的对话框中选中“数值”单选按钮，如下图所示，最后单击“确定”按钮即可。

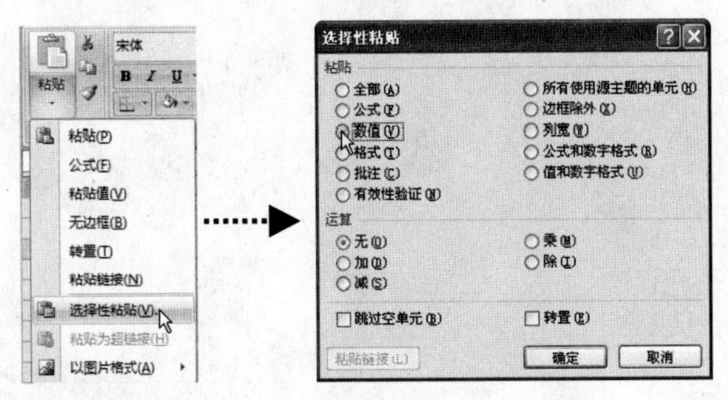

**问**：公式“=Sheet3!C2+Sheet4!C8+成绩单!A4”表示什么意思？

**答**：表示当前工作簿的 Sheet3 工作表的 C2 单元格内容加上 Sheet4 工作表的 C8 单元格内容再加上“成绩单”工作表的 A4 单元格内容。

**问**：COUNTIF 函数的作用是什么？使用它时需要注意什么？

**答**：COUNTIF 函数用于数据统计，它只能有一个条件。例如，如果希望统计 A1 到 A10 单元格区域中，数值大于等于 90 的单元格的个数，可创建公式：=COUNTIF (A1:A10,"＞＝90")。

# 第7章 数据的排序、筛选与分类汇总

**本章学习重点**

- ☞ 数据排序
- ☞ 数据筛选
- ☞ 分类汇总

Excel 2007 为用户提供了极强的数据排序、筛选以及分类汇总等功能。使用这些功能，用户可方便地管理、分析数据。

## 7.1 数据排序

对 Excel 数据进行排序是数据分析不可缺少的组成部分。例如，将名称列表按字母顺序排列，按数量多少的顺序编制产品存货列表，按颜色或图标对行进行排序等。对数据进行排序有助于快速直观地显示数据并更好地理解数据，有助于组织并查找所需数据，有助于最终作出更有效的决策。

用户可以对一列或多列中的数据按文本、数字以及日期和时间进行升序或降序排列。还可以按自定义序列(如大、中和小)或格式(包括单元格颜色、字体颜色或图标集)进行排序。大多数排序操作都是针对列进行的，但是也可以针对行进行。

### 7.1.1 简单排序

简单排序是指对数据表中的单列数据按照 Excel 默认的升序或降序的方式排列。

(1) 升序排序的规则如下。

- 数字：按从最小的负数到最大的正数进行排序。
- 日期：按从最早的日期到最晚的日期进行排序。
- 文本：按照特殊字符、数字(0～9)、小写英文字母(a～z)、大写英文字母(A～Z)、汉字(以拼音排序)排序。

**提示**

排序文本时，撇号(')和连字符(-)会被忽略。但例外情况是，若两个文本字符串除了连字符不同外其余都相同，则带连字符的文本排在后面。

- 逻辑值：FALSE 排在 TRUE 之前。
- 错误值：所有错误值(如#NUM!和#REF!)的优先级相同。

- 空白单元格：总是放在最后。

(2) 降序排序：与升序排序的顺序相反。

要进行简单排序，可利用排序按钮进行。首先打开要排序的工作表，然后单击要进行排序的列或确保活动单元格在该列中，再单击“数据”选项卡上“排序和筛选”选项组中“升序”按钮或“降序”按钮，所选列或单元格所在列即按所设方式进行排序。

### 1. 对文本进行排序

对文本进行简单排序的操作步骤如下图所示。

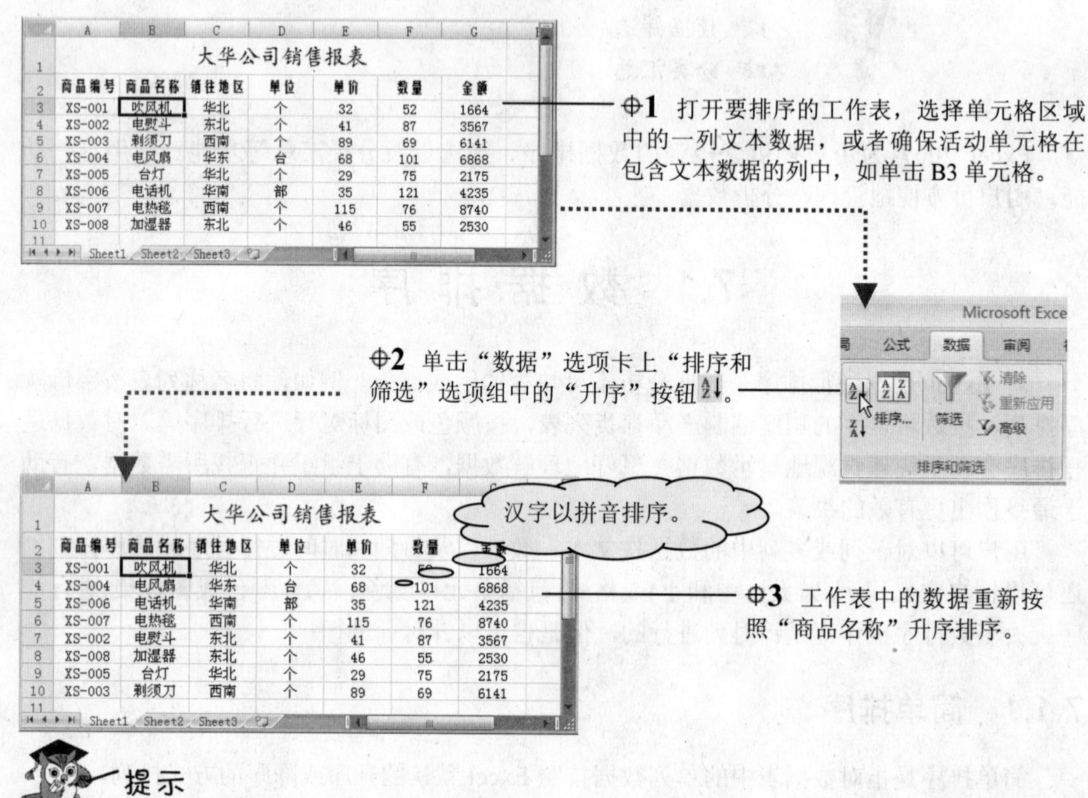


**提示**

如果要排序的列中包含的数字既有作为数字存储的，又有作为文本存储的，则需要将所有数字均设置为文本格式，否则，作为数字存储的数字将排在作为文本存储的数字前面。

在有些情况下，从其他应用程序导入的数据前面可能会有前导空格，在排序前必须先删除这些前导空格。

### 2. 对数字进行排序

对数字进行简单排序的操作步骤如下图所示。

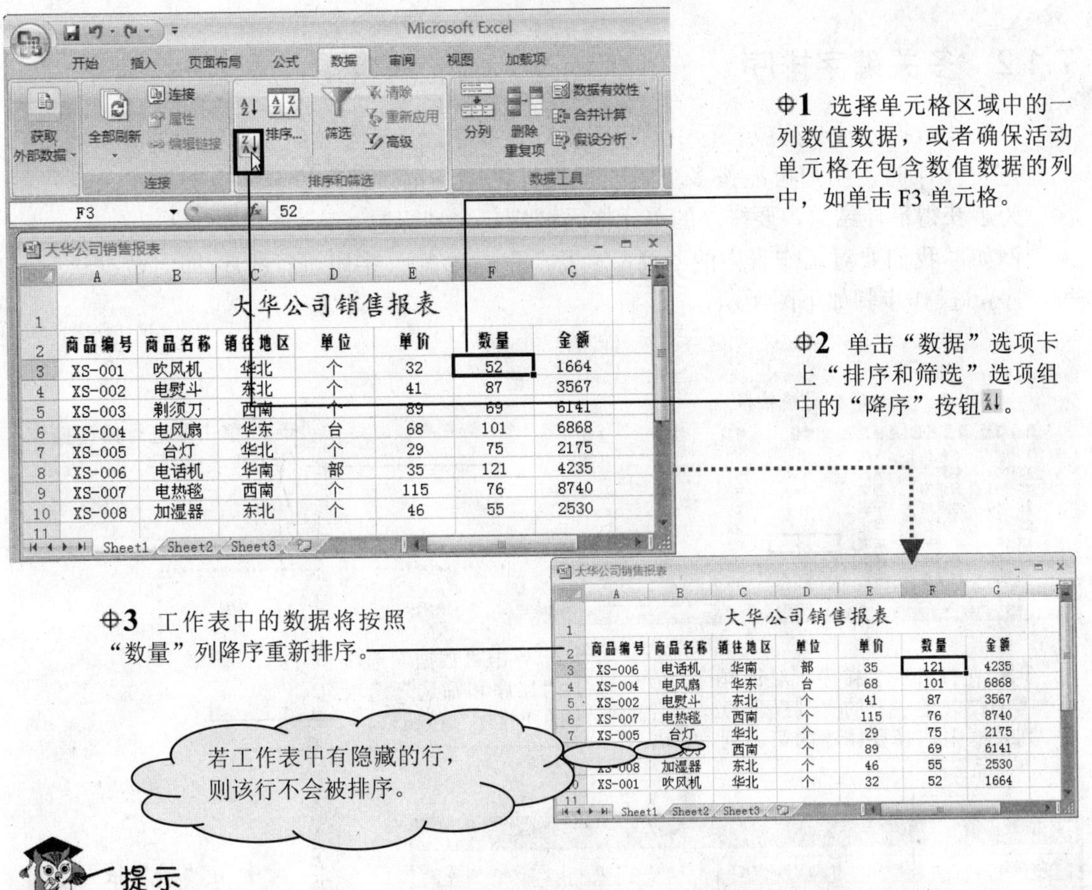


大华公司销售报表

| 商品编号 | 商品名称 | 销往地区 | 单位 | 单价 | 数量 | 金额 |
|---|---|---|---|---|---|---|
| XS-001 | 吹风机 | 华北 | 个 | 32 | 52 | 1664 |
| XS-002 | 电熨斗 | 东北 | 个 | 41 | 87 | 3567 |
| XS-003 | 剃须刀 | 西南 | 个 | 89 | 69 | 6141 |
| XS-004 | 电风扇 | 华东 | 台 | 68 | 101 | 6868 |
| XS-005 | 台灯 | 华北 | 个 | 29 | 75 | 2175 |
| XS-006 | 电话机 | 华南 | 部 | 35 | 121 | 4235 |
| XS-007 | 电热毯 | 西南 | 个 | 115 | 76 | 8740 |
| XS-008 | 加湿器 | 东北 | 个 | 46 | 55 | 2530 |

大华公司销售报表

| 商品编号 | 商品名称 | 销往地区 | 单位 | 单价 | 数量 | 金额 |
|---|---|---|---|---|---|---|
| XS-006 | 电话机 | 华南 | 部 | 35 | 121 | 4235 |
| XS-004 | 电风扇 | 华东 | 台 | 68 | 101 | 6868 |
| XS-002 | 电熨斗 | 东北 | 个 | 41 | 87 | 3567 |
| XS-007 | 电热毯 | 西南 | 个 | 115 | 76 | 8740 |
| XS-005 | 台灯 | 华北 | 个 | 29 | 75 | 2175 |
| | | 西南 | 个 | 89 | 69 | 6141 |
| XS-008 | 加湿器 | 东北 | 个 | 46 | 55 | 2530 |
| XS-001 | 吹风机 | 华北 | 个 | 32 | 52 | 1664 |

**提示**

如果结果不是我们所希望的，可能是因为该列中包含存储为文本的数字。例如，从某些财务系统导入的负数或者使用前导 '(撇号)输入的数字被存储为文本，此时需要将存储为文本格式的数字转换为数字格式，然后进行排序操作。

对日期或时间的排序操作与此类似，此处不再赘述，有兴趣的读者可以自己试一试。

**提示**

如果结果不是我们所希望的，可能是因为该列中包含存储为文本的日期或时间。要使 Excel 正确地对日期和时间进行排序，该列中的所有日期和时间都必须存储为日期或时间系列数值。如果 Excel 无法将值识别为日期或时间值，就会将该日期或时间存储为文本。

**提示**

不管是按列或按行排序，当数据表中的单元格引用到其他单元格内的数据时，有可能因排序的关系导致公式的引用地址错误，从而使数据表中的数据不正确。

## 7.1.2 多关键字排序

当某些数据要按一列或一行中的相同值进行分组，然后对该组相同值中的另一列或另一行进行排序时，用户可能按多个列或行进行排序，也即通过设置多个关键字来进行排序。为了获得最佳结果，要排序的单元格区域应包含列标题。

例如，我们要对工作表中的“商品名称”和“金额”字段进行排序(即对数据进行多列排序)，操作步骤如下图所示。

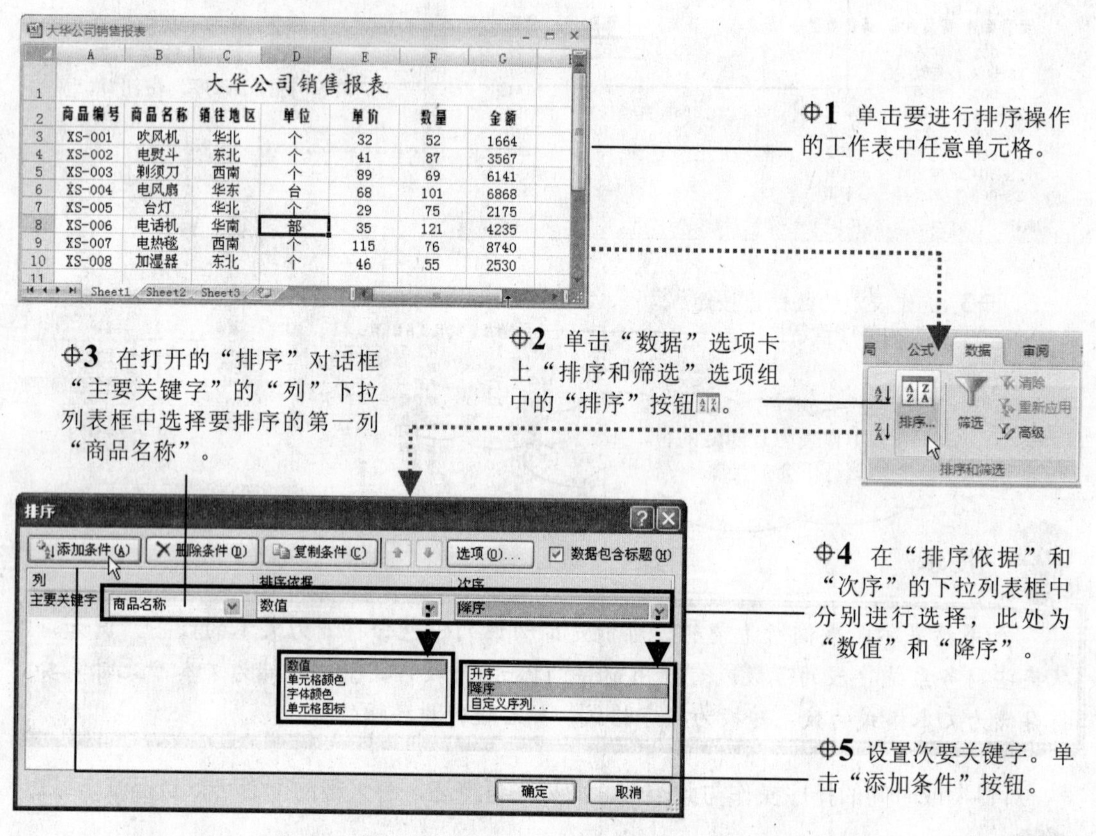


- **排序依据：**若要按文本、数字或日期和时间进行排序，选择“数值”；若要按格式进行排序，选择“单元格颜色”、“字体颜色”或“单元格图标”。
- **次序：**对于文本、数字和日期或时间，选择“升序”或“降序”；若要基于自定义序列进行排序，选择“自定义序列”。

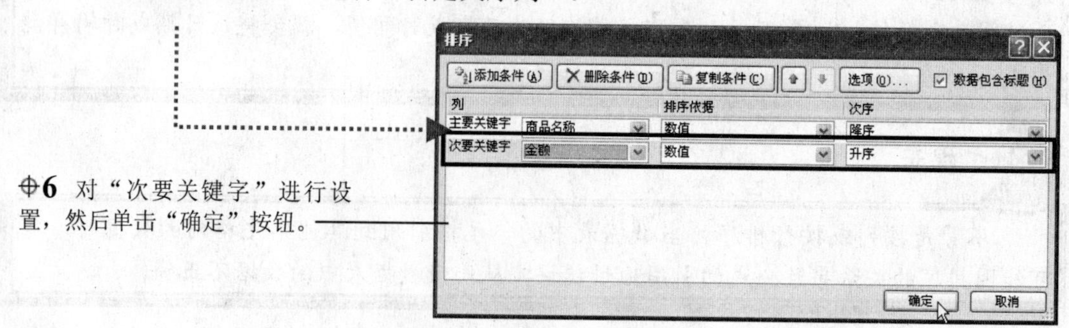

- **次要关键字**：数据按“主要关键字”排序后，“主要关键字”相同的按“次要关键字”排序。
- **复制条件/删除条件**：单击这两个按钮可分别复制和删除排序的关键字。
  要更改列的排序顺序，可在选择一个条目后单击“上移”按钮或“下移”按钮。
- **数据包含标题**：选中该复选框(默认)，表示选定区域的第一行作为标题，不参加排序，始终放在原来的行位置；取消该复选框，表示选定区域的第一行作为普通数据看待，参与排序。

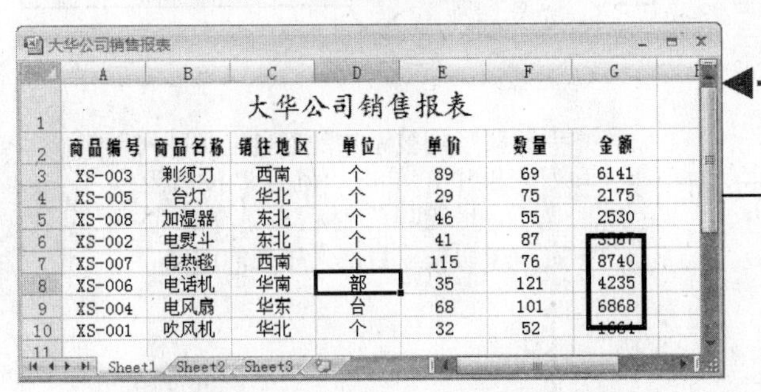

大华公司销售报表

| 商品编号 | 商品名称 | 销往地区 | 单位 | 单价 | 数量 | 金额 |
|---|---|---|---|---|---|---|
| XS-003 | 剃须刀 | 西南 | 个 | 89 | 69 | 6141 |
| XS-005 | 台灯 | 华北 | 个 | 29 | 75 | 2175 |
| XS-008 | 加湿器 | 东北 | 个 | 46 | 55 | 2530 |
| XS-002 | 电熨斗 | 东北 | 个 | 41 | 87 | [illegible] |
| XS-007 | 电热毯 | 西南 | 个 | 115 | 76 | 8740 |
| XS-006 | 电话机 | 华南 | 部 | 35 | 121 | 4235 |
| XS-004 | 电风扇 | 华东 | 台 | 68 | 101 | 6868 |
| XS-001 | 吹风机 | 华北 | 个 | 32 | 52 | [illegible] |

⊕7 系统自动对工作表中的数据先按照“商品名称”进行降序排序，对于“商品名称”都以相同字母(或汉字)开头的数据再按照“金额”进行升序排序。

若要对数据表中的数据按行进行排序，可选择单元格区域中的一行数据，或者确保活动单元格在行中，然后打开“排序”对话框，单击“选项”按钮，打开“排序选项”对话框，如右图所示。选中“按行排序”单选按钮，然后单击“确定”按钮返回“排序”对话框，再按上述有关步骤进行设置，最后单击“确定”按钮。

排序选项
区分大小写(C)
方向
按列排序(T)
按行排序(L)
方法
字母排序(S)
笔划排序(R)
确定 取消

在该对话框还可设置是否区分英文大小写，以及汉字按拼音字母排序(默认)，还是按笔划排序。

## 7.1.3 自定义排序

我们除了可以使用 Excel 2007 内置的“自定义序列”命令进行排序外，还可根据需要创建自定义序列，并按自定义序列进行排序。

要按自定义序列进行排序，首先要创建自定义序列。例如，要让数据按“彩电”、“冰箱”、“空调”、“音响”等顺序排列，创建方法如下图所示。

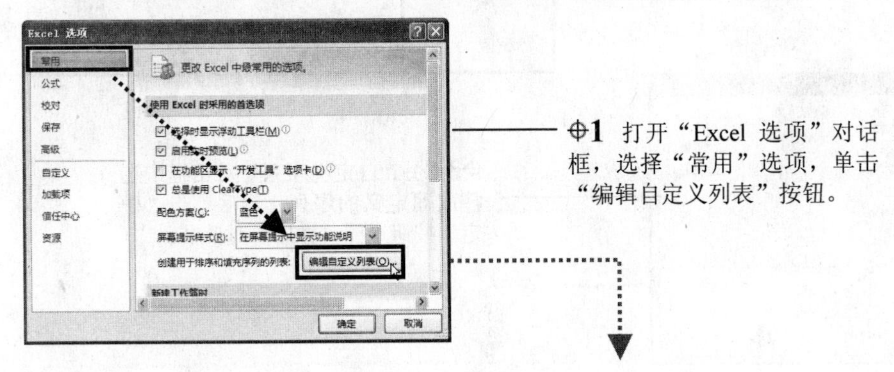


⊕1 打开“Excel 选项”对话框，选择“常用”选项，单击“编辑自定义列表”按钮。

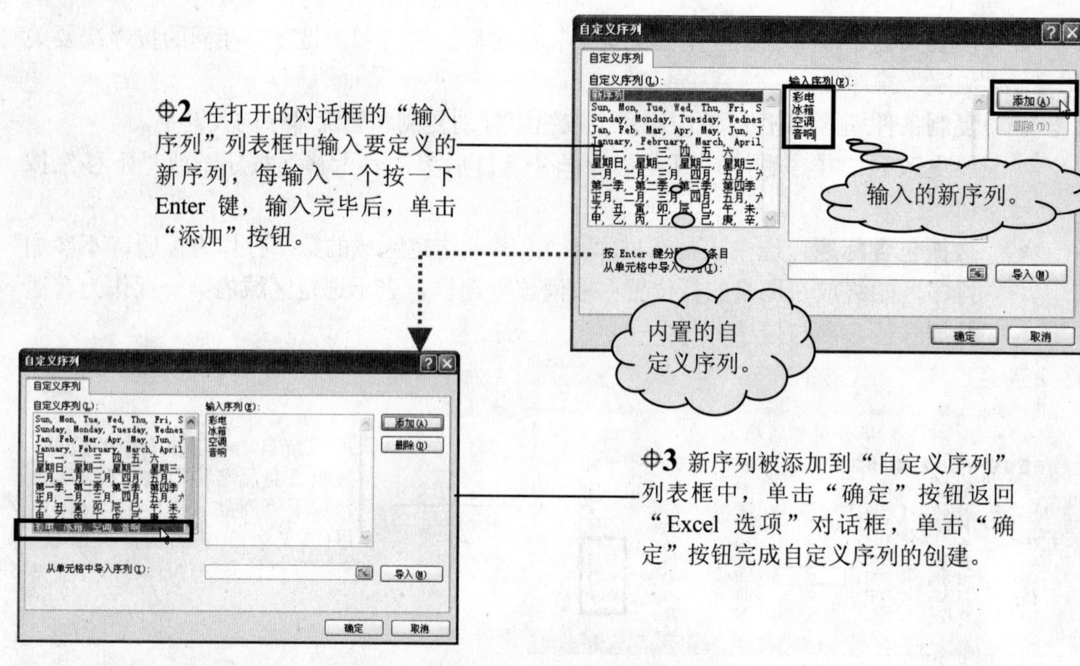


下面将按刚定义的序列来排序工作表，操作步骤如下图所示。

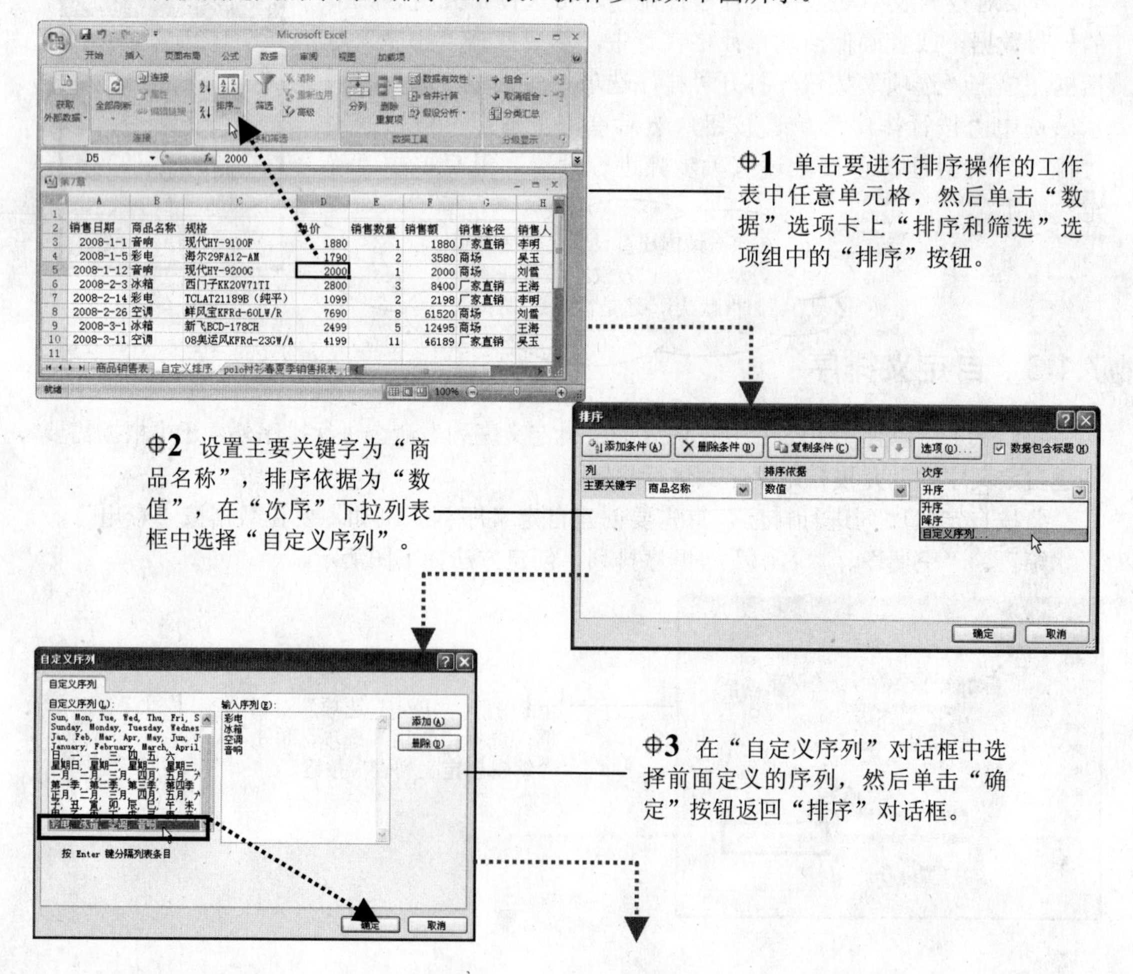

⊕4 单击“排序”对话框中的“确定”按钮，结果如右下图所示。

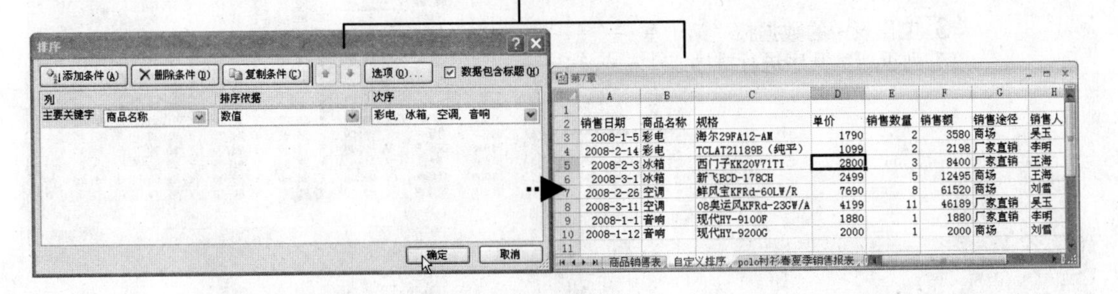


| | A | B | C | D | E | F | G | H |
|---|---|---|---|---|---|---|---|---|
| 1 | | | | | | | | |
| 2 | 销售日期 | 商品名称 | 规格 | 单价 | 销售数量 | 销售额 | 销售途径 | 销售人 |
| 3 | 2008-1-5 | 彩电 | 海尔29FA12-AM | 1790 | 2 | 3580 | 商场 | 吴玉 |
| 4 | 2008-2-14 | 彩电 | TCLAT21189B（纯平） | 1099 | 2 | 2198 | 厂家直销 | 李明 |
| 5 | 2008-2-3 | 冰箱 | 西门子KK20V71TI | 2800 | 3 | 8400 | 厂家直销 | 王海 |
| 6 | 2008-3-1 | 冰箱 | 新飞BCD-178CH | 2499 | 5 | 12495 | 商场 | 王海 |
| 7 | 2008-2-26 | 空调 | 鲜风宝KFRd-60LW/R | 7690 | 8 | 61520 | 商场 | 刘雪 |
| 8 | 2008-3-11 | 空调 | 08奥运风KFRd-23GW/A | 4199 | 11 | 46189 | 厂家直销 | 吴玉 |
| 9 | 2008-1-1 | 音响 | 现代HY-9100F | 1880 | 1 | 1880 | 厂家直销 | 李明 |
| 10 | 2008-1-12 | 音响 | 现代HY-9200G | 2000 | 1 | 2000 | 商场 | 刘雪 |
| 11 | | | | | | | | |

## 实例1　“年度考核表”数据的排序

学习了排序的有关知识，下面我们首先对“年度考核表”按“第一季度”进行升序排序，然后在此基础上再按“职工姓名”和“最后成绩”进行多关键字排序操作，步骤如下图所示。

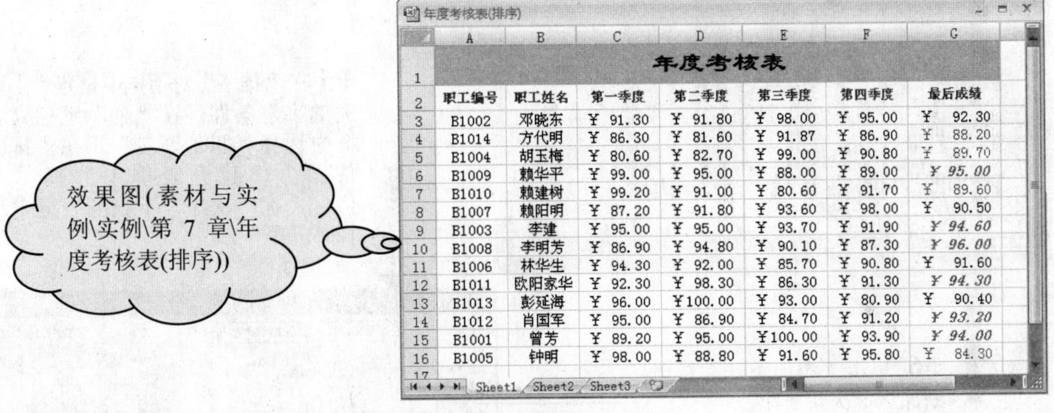


| | A | B | C | D | E | F | G |
|---|---|---|---|---|---|---|---|
| 1 | 年度考核表 | | | | | | |
| 2 | 职工编号 | 职工姓名 | 第一季度 | 第二季度 | 第三季度 | 第四季度 | 最后成绩 |
| 3 | B1002 | 邓晓东 | ￥ 91.30 | ￥ 91.80 | ￥ 98.00 | ￥ 95.00 | ￥ 92.30 |
| 4 | B1014 | 方代明 | ￥ 86.30 | ￥ 81.60 | ￥ 91.87 | ￥ 86.90 | ￥ 88.20 |
| 5 | B1004 | 胡玉梅 | ￥ 80.60 | ￥ 82.70 | ￥ 99.00 | ￥ 90.80 | ￥ 89.70 |
| 6 | B1009 | 赖华平 | ￥ 99.00 | ￥ 95.00 | ￥ 88.00 | ￥ 89.00 | ￥ 95.00 |
| 7 | B1010 | 赖建树 | ￥ 99.20 | ￥ 91.00 | ￥ 80.60 | ￥ 91.70 | ￥ 89.60 |
| 8 | B1007 | 赖阳明 | ￥ 87.20 | ￥ 91.80 | ￥ 93.60 | ￥ 98.00 | ￥ 90.50 |
| 9 | B1003 | 李建 | ￥ 95.00 | ￥ 95.00 | ￥ 93.70 | ￥ 91.90 | ￥ 94.60 |
| 10 | B1008 | 李明芳 | ￥ 86.90 | ￥ 94.80 | ￥ 90.10 | ￥ 87.30 | ￥ 96.00 |
| 11 | B1006 | 林华生 | ￥ 94.30 | ￥ 92.00 | ￥ 85.70 | ￥ 90.80 | ￥ 91.60 |
| 12 | B1011 | 欧阳家华 | ￥ 92.30 | ￥ 98.30 | ￥ 86.30 | ￥ 91.30 | ￥ 94.30 |
| 13 | B1013 | 彭延海 | ￥ 96.00 | ￥100.00 | ￥ 93.00 | ￥ 80.90 | ￥ 90.40 |
| 14 | B1012 | 肖国军 | ￥ 95.00 | ￥ 86.90 | ￥ 84.70 | ￥ 91.20 | ￥ 93.20 |
| 15 | B1001 | 曾芳 | ￥ 89.20 | ￥ 95.00 | ￥100.00 | ￥ 93.90 | ￥ 94.00 |
| 16 | B1005 | 钟明 | ￥ 98.00 | ￥ 88.80 | ￥ 91.60 | ￥ 95.80 | ￥ 84.30 |
| 17 | | | | | | | |

效果图(素材与实例\实例\第7章\年度考核表(排序))

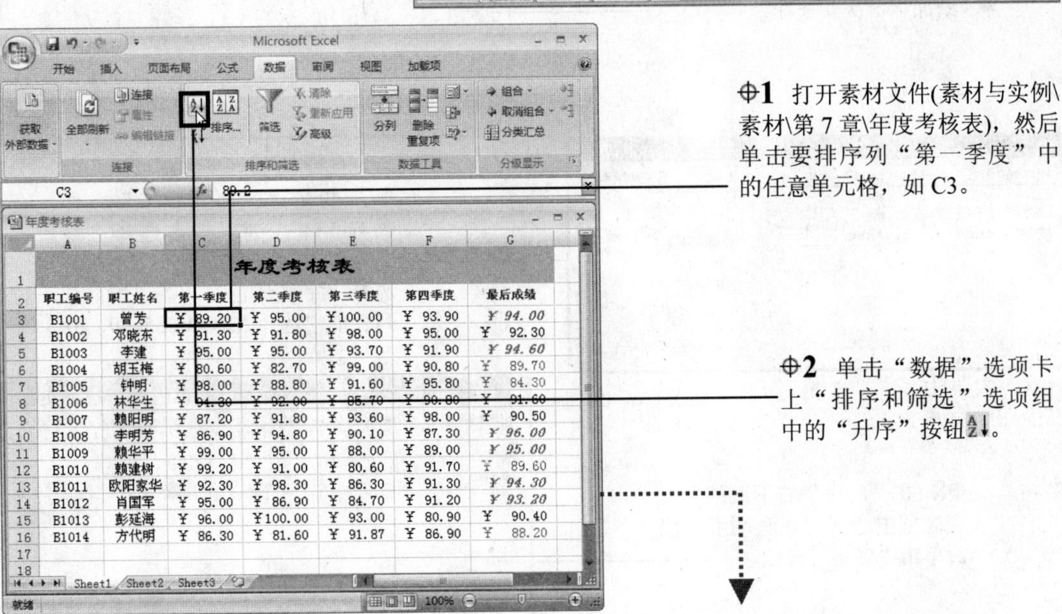


| | A | B | C | D | E | F | G |
|---|---|---|---|---|---|---|---|
| 1 | 年度考核表 | | | | | | |
| 2 | 职工编号 | 职工姓名 | 第一季度 | 第二季度 | 第三季度 | 第四季度 | 最后成绩 |
| 3 | B1001 | 曾芳 | ￥ 89.20 | ￥ 95.00 | ￥100.00 | ￥ 93.90 | ￥ 94.00 |
| 4 | B1002 | 邓晓东 | ￥ 91.30 | ￥ 91.80 | ￥ 98.00 | ￥ 95.00 | ￥ 92.30 |
| 5 | B1003 | 李建 | ￥ 95.00 | ￥ 95.00 | ￥ 93.70 | ￥ 91.90 | ￥ 94.60 |
| 6 | B1004 | 胡玉梅 | ￥ 80.60 | ￥ 82.70 | ￥ 99.00 | ￥ 90.80 | ￥ 89.70 |
| 7 | B1005 | 钟明 | ￥ 98.00 | ￥ 88.80 | ￥ 91.60 | ￥ 95.80 | ￥ 84.30 |
| 8 | B1006 | 林华生 | ￥ 94.30 | ￥ 92.00 | ￥ 85.70 | ￥ 90.80 | ￥ 91.60 |
| 9 | B1007 | 赖阳明 | ￥ 87.20 | ￥ 91.80 | ￥ 93.60 | ￥ 98.00 | ￥ 90.50 |
| 10 | B1008 | 李明芳 | ￥ 86.90 | ￥ 94.80 | ￥ 90.10 | ￥ 87.30 | ￥ 96.00 |
| 11 | B1009 | 赖华平 | ￥ 99.00 | ￥ 95.00 | ￥ 88.00 | ￥ 89.00 | ￥ 95.00 |
| 12 | B1010 | 赖建树 | ￥ 99.20 | ￥ 91.00 | ￥ 80.60 | ￥ 91.70 | ￥ 89.60 |
| 13 | B1011 | 欧阳家华 | ￥ 92.30 | ￥ 98.30 | ￥ 86.30 | ￥ 91.30 | ￥ 94.30 |
| 14 | B1012 | 肖国军 | ￥ 95.00 | ￥ 86.90 | ￥ 84.70 | ￥ 91.20 | ￥ 93.20 |
| 15 | B1013 | 彭延海 | ￥ 96.00 | ￥100.00 | ￥ 93.00 | ￥ 80.90 | ￥ 90.40 |
| 16 | B1014 | 方代明 | ￥ 86.30 | ￥ 81.60 | ￥ 91.87 | ￥ 86.90 | ￥ 88.20 |
| 17 | | | | | | | |
| 18 | | | | | | | |

⊕1 打开素材文件(素材与实例\素材\第7章\年度考核表)，然后单击要排序列“第一季度”中的任意单元格，如C3。

⊕2 单击“数据”选项卡上“排序和筛选”选项组中的“升序”按钮A↓Z。

快乐学电脑

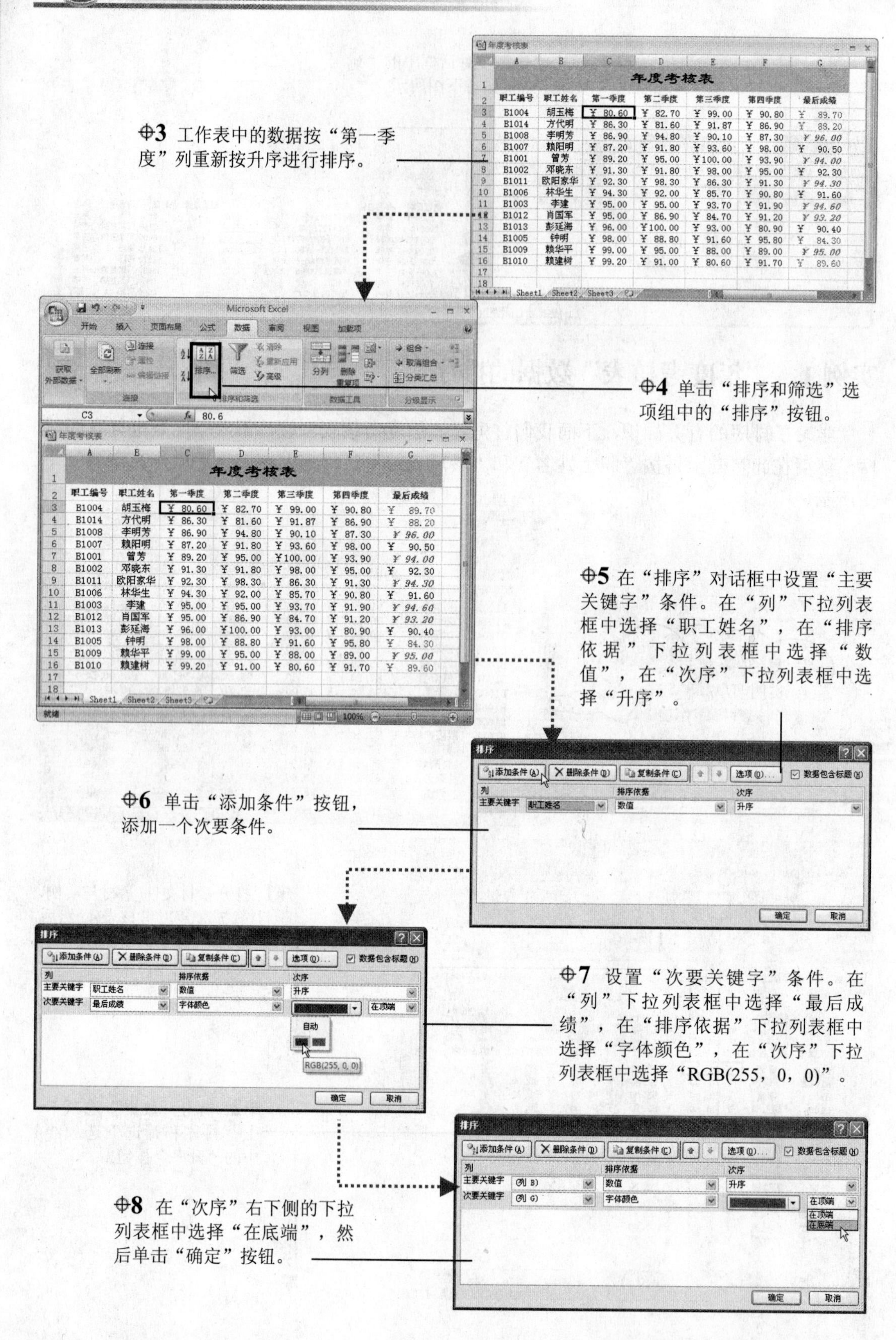

⊕3 工作表中的数据按“第一季度”列重新按升序进行排序。

⊕4 单击“排序和筛选”选项组中的“排序”按钮。

⊕5 在“排序”对话框中设置“主要关键字”条件。在“列”下拉列表框中选择“职工姓名”，在“排序依据”下拉列表框中选择“数值”，在“次序”下拉列表框中选择“升序”。

⊕6 单击“添加条件”按钮，添加一个次要条件。

⊕7 设置“次要关键字”条件。在“列”下拉列表框中选择“最后成绩”，在“排序依据”下拉列表框中选择“字体颜色”，在“次序”下拉列表框中选择“RGB(255，0，0)”。

⊕8 在“次序”右下侧的下拉列表框中选择“在底端”，然后单击“确定”按钮。

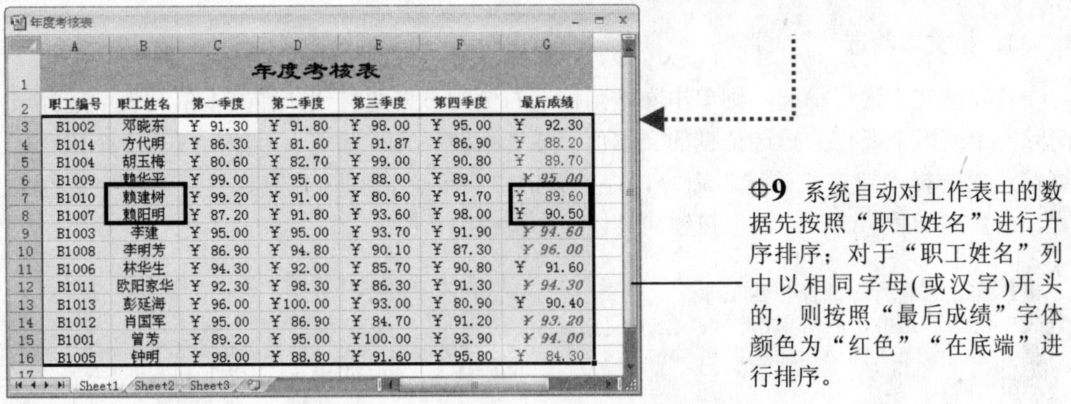

年度考核表

| 职工编号 | 职工姓名 | 第一季度 | 第二季度 | 第三季度 | 第四季度 | 最后成绩 |
|---|---|---|---|---|---|---|
| B1002 | 邓晓东 | ￥ 91.30 | ￥ 91.80 | ￥ 98.00 | ￥ 95.00 | ￥ 92.30 |
| B1014 | 方代明 | ￥ 86.30 | ￥ 81.60 | ￥ 91.87 | ￥ 86.90 | ￥ 88.20 |
| B1004 | 胡玉梅 | ￥ 80.60 | ￥ 82.70 | ￥ 99.00 | ￥ 90.80 | ￥ 89.70 |
| B1009 | 赖华平 | ￥ 99.00 | ￥ 95.00 | ￥ 88.00 | ￥ 89.00 | ￥ 95.00 |
| B1010 | 赖建树 | ￥ 99.20 | ￥ 91.00 | ￥ 80.60 | ￥ 91.70 | ￥ 89.60 |
| B1007 | 赖阳明 | ￥ 87.20 | ￥ 91.80 | ￥ 93.60 | ￥ 98.00 | ￥ 90.50 |
| B1003 | 李建 | ￥ 95.00 | ￥ 95.00 | ￥ 93.70 | ￥ 91.90 | ￥ 94.60 |
| B1008 | 李明芳 | ￥ 86.90 | ￥ 94.80 | ￥ 90.10 | ￥ 87.30 | ￥ 96.00 |
| B1006 | 林华生 | ￥ 94.30 | ￥ 92.00 | ￥ 85.70 | ￥ 90.80 | ￥ 91.60 |
| B1011 | 欧阳家华 | ￥ 92.30 | ￥ 98.30 | ￥ 86.30 | ￥ 91.30 | ￥ 94.30 |
| B1013 | 彭延海 | ￥ 96.00 | ￥100.00 | ￥ 93.00 | ￥ 80.90 | ￥ 90.40 |
| B1012 | 肖国军 | ￥ 95.00 | ￥ 86.90 | ￥ 84.70 | ￥ 91.20 | ￥ 93.20 |
| B1001 | 曾芳 | ￥ 89.20 | ￥ 95.00 | ￥100.00 | ￥ 93.90 | ￥ 94.00 |
| B1005 | 钟明 | ￥ 98.00 | ￥ 88.80 | ￥ 91.60 | ￥ 95.80 | ￥ 84.30 |

⊕9 系统自动对工作表中的数据先按照“职工姓名”进行升序排序；对于“职工姓名”列中以相同字母(或汉字)开头的，则按照“最后成绩”字体颜色为“红色”“在底端”进行排序。

# 7.2 数据筛选

使用筛选可使数据表仅显示那些满足指定条件的内容，并隐藏那些不希望显示的内容。筛选数据之后，对于筛选过的数据的子集，不需要重新排列或移动就可以复制、查找、编辑、设置格式、制作图表和打印。要进行筛选操作，数据表中必须有列标签。

Excel 提供了两种不同的筛选方式：自动筛选和高级筛选。自动筛选可以轻松地显示出工作表中满足条件的记录行，高级筛选则能完成比较复杂的多条件查询。

## 7.2.1 自动筛选

自动筛选一般用于简单的条件筛选，筛选时将不满足条件的数据暂时隐藏起来，只显示符合条件的数据。

使用自动筛选可以创建 3 种筛选类型：按列表值、按格式或按条件。不过，这 3 种筛选类型是互斥的，用户只能选择其中的一种。

单击要进行筛选操作工作表中的任意单元格，然后单击“数据”选项卡上“排序和筛选”选项组中的“筛选”按钮，此时工作表标题行中的每个单元格旁边会显示一个下三角按钮，接下来就可以进行筛选操作了，如下图所示。

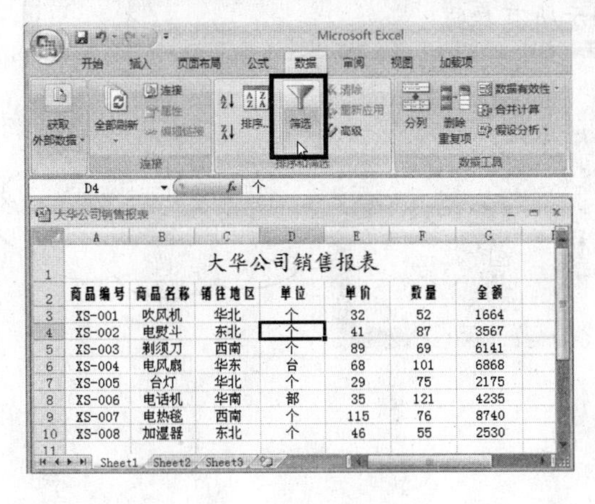

大华公司销售报表

| 商品编号 | 商品名称 | 销往地区 | 单位 | 单价 | 数量 | 金额 |
|---|---|---|---|---|---|---|
| XS-001 | 吹风机 | 华北 | 个 | 32 | 52 | 1664 |
| XS-002 | 电熨斗 | 东北 | 个 | 41 | 87 | 3567 |
| XS-003 | 剃须刀 | 西南 | 个 | 89 | 69 | 6141 |
| XS-004 | 电风扇 | 华东 | 台 | 68 | 101 | 6868 |
| XS-005 | 台灯 | 华北 | 个 | 29 | 75 | 2175 |
| XS-006 | 电话机 | 华南 | 部 | 35 | 121 | 4235 |
| XS-007 | 电热毯 | 西南 | 个 | 115 | 76 | 8740 |
| XS-008 | 加湿器 | 东北 | 个 | 46 | 55 | 2530 |

大华公司销售报表

| 商品编 | 商品名 | 销往地 | 单位 | 单价 | 数量 | 金额 |
|---|---|---|---|---|---|---|
| XS-001 | 吹风机 | 华北 | 个 | 32 | 52 | 1664 |
| XS-002 | 电熨斗 | 东北 | 个 | 41 | 87 | 3567 |
| XS-003 | 剃须刀 | 西南 | 个 | 89 | 69 | 6141 |
| XS-004 | 电风扇 | 华东 | 台 | 68 | 101 | 6868 |
| XS-005 | 台灯 | 华北 | 个 | 29 | 75 | 2175 |
| XS-006 | 电话机 | 华南 | 部 | 35 | 121 | 4235 |
| XS-007 | 电热毯 | 西南 | 个 | 115 | 76 | 8740 |
| XS-008 | 加湿器 | 东北 | 个 | 46 | 55 | 2530 |

### 1. 按文本筛选

若要按文本进行筛选，则单击文本列标题右侧的下三角按钮，在文本值列表中选择或清除一个或多个要作为筛选依据的文本值；或者指向“文本筛选”，然后选择一个比较运算符，或选择“自定义筛选”命令，在打开的“自定义自动筛选方式”对话框中进行设置，设置完毕后单击“确定”按钮。具体操作步骤如下图所示。

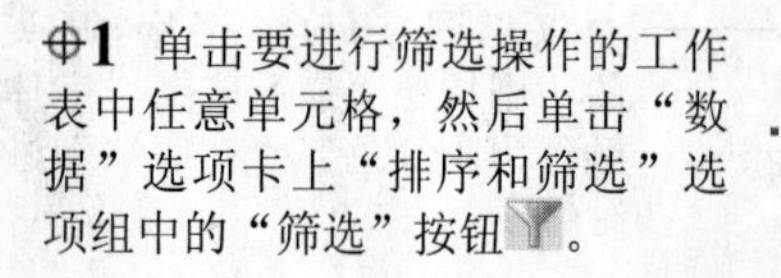


2 单击文本标题“商品名称”右侧的下三角按钮，在展开的列表中清除一些复选框的选中状态，然后单击“确定”按钮。

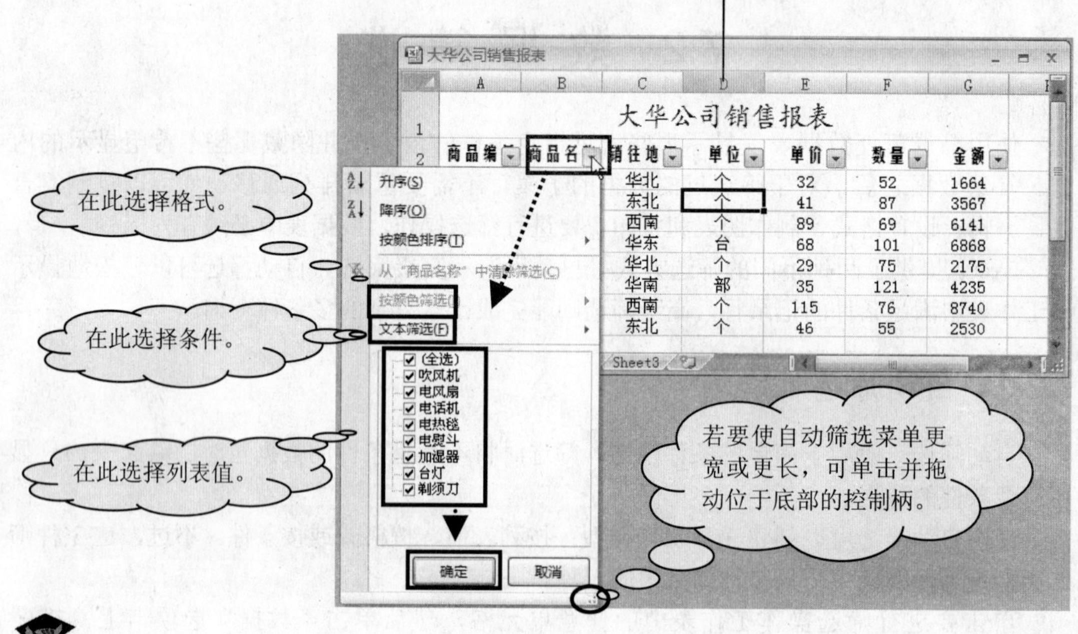


提示

选中列表中的“全选”复选框，可重新显示所有数据。

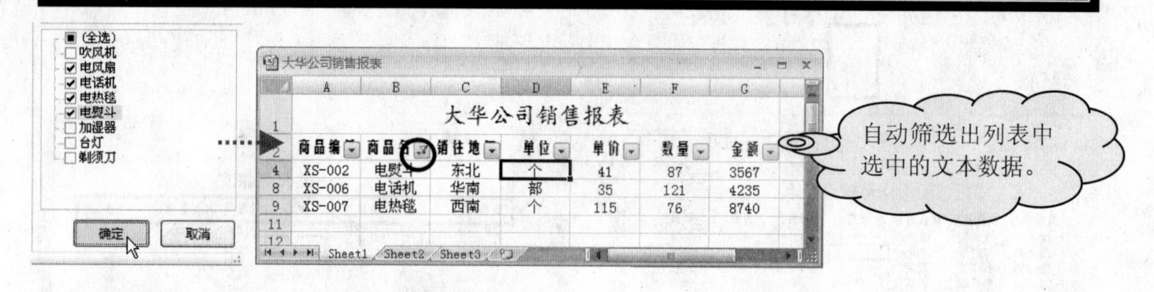


### 2. 按数字筛选

下面按数字进行筛选，操作步骤如下图所示。

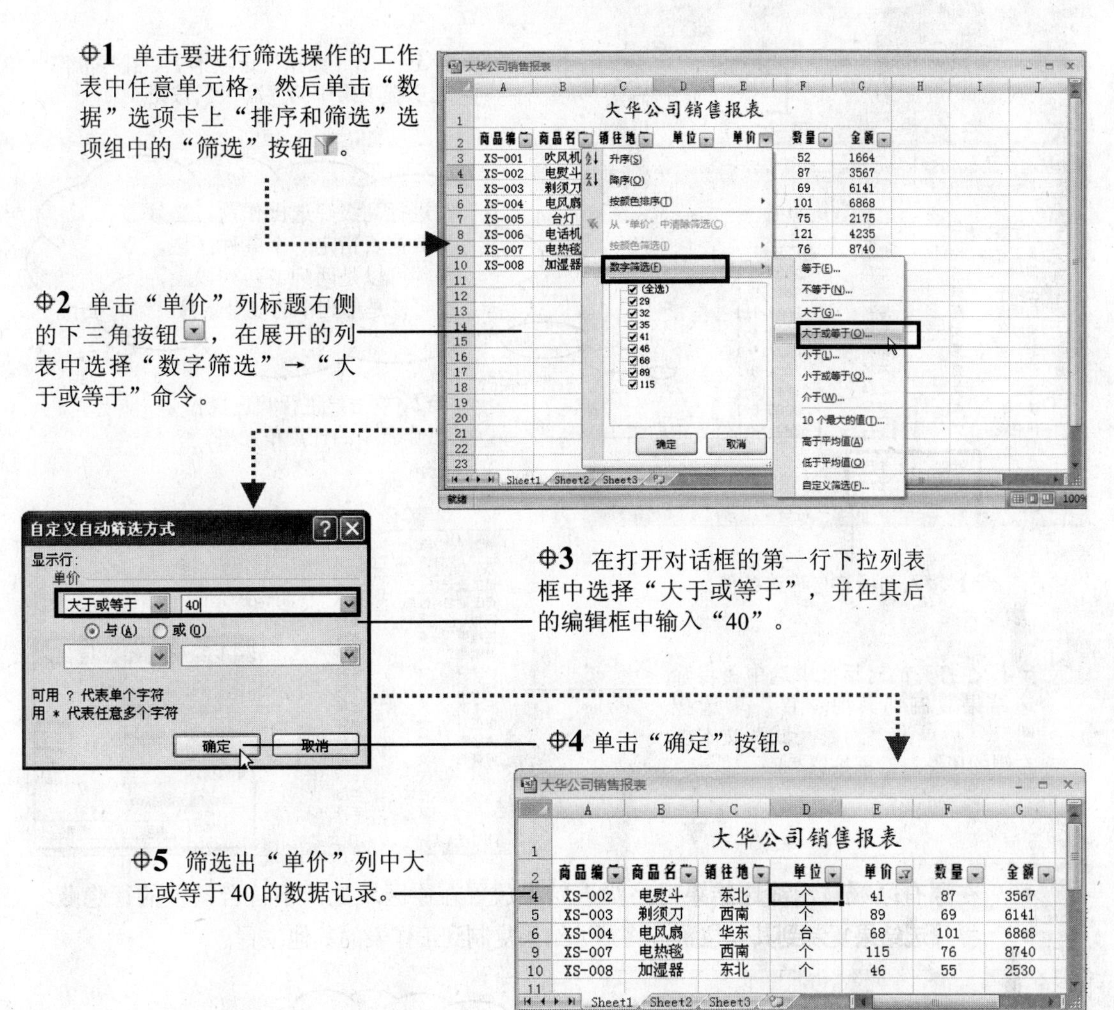


## 7.2.2 高级筛选

要通过复杂的条件来筛选单元格区域，应首先在选定工作表中的指定区域创建筛选条件，然后单击“数据”选项卡上“排序和筛选”选项组中的“高级”按钮，打开“高级筛选”对话框，接下来分别选择要筛选的单元格区域、筛选条件区域和保存筛选结果的目标区域。

### 1. 同时满足多个条件的筛选

下面首先来看看如何利用高级筛选筛选出同时满足多个条件的数据。例如，要筛选出“性别”为“女”且“学历”为“本科”的员工，可按下图所示操作步骤进行。

提示

条件区域必须具有列标签，并且确保在条件值与筛选区域之间至少留一个空白行或空白列。

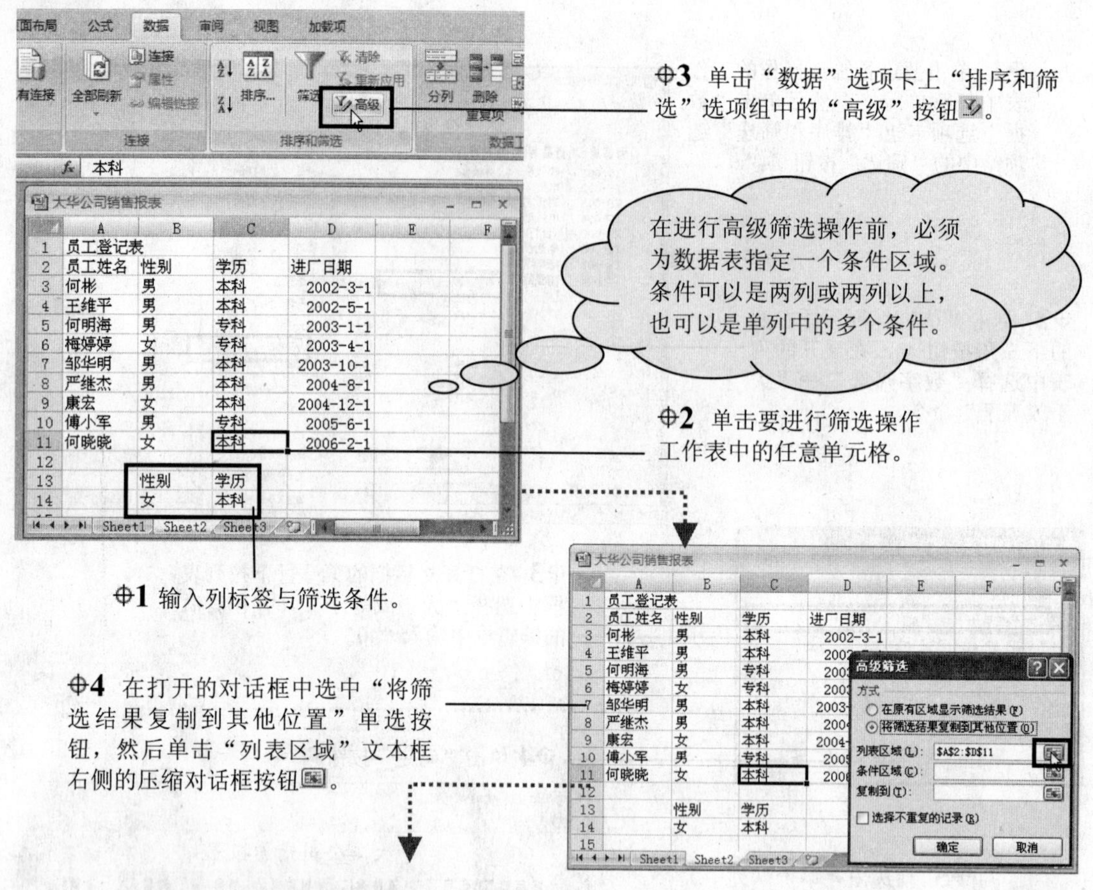


- **在原有区域显示筛选结果**：将筛选结果放置在原区域处，不符合条件的行隐藏。
- **将筛选结果复制到其他位置**：将筛选结果复制到工作表的其他位置。

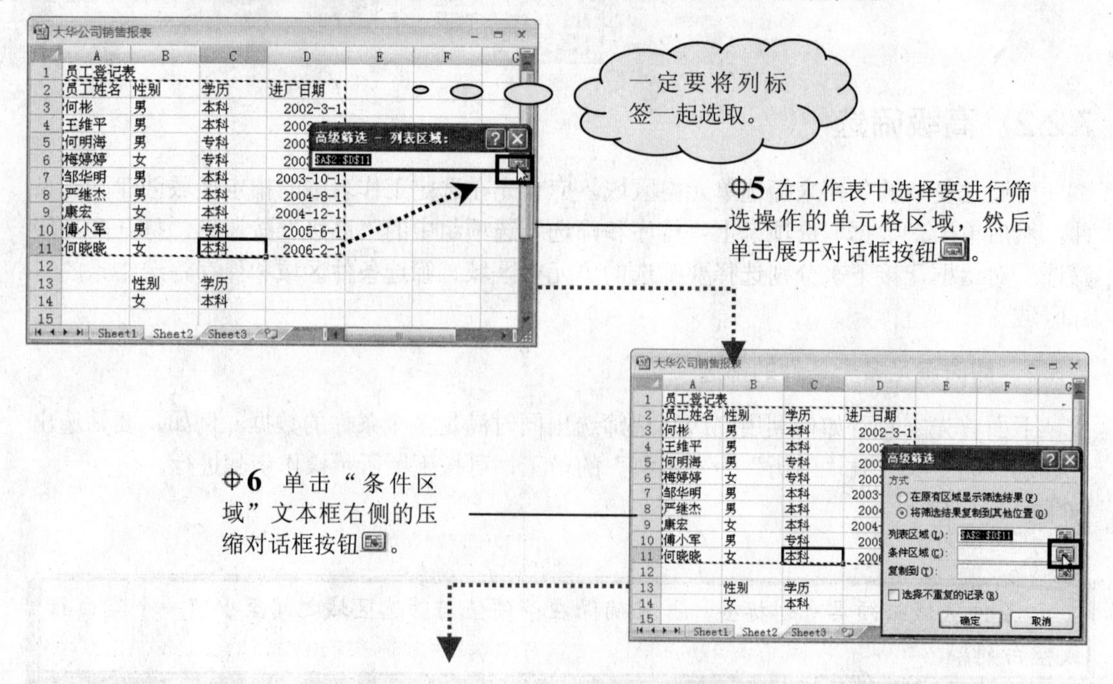

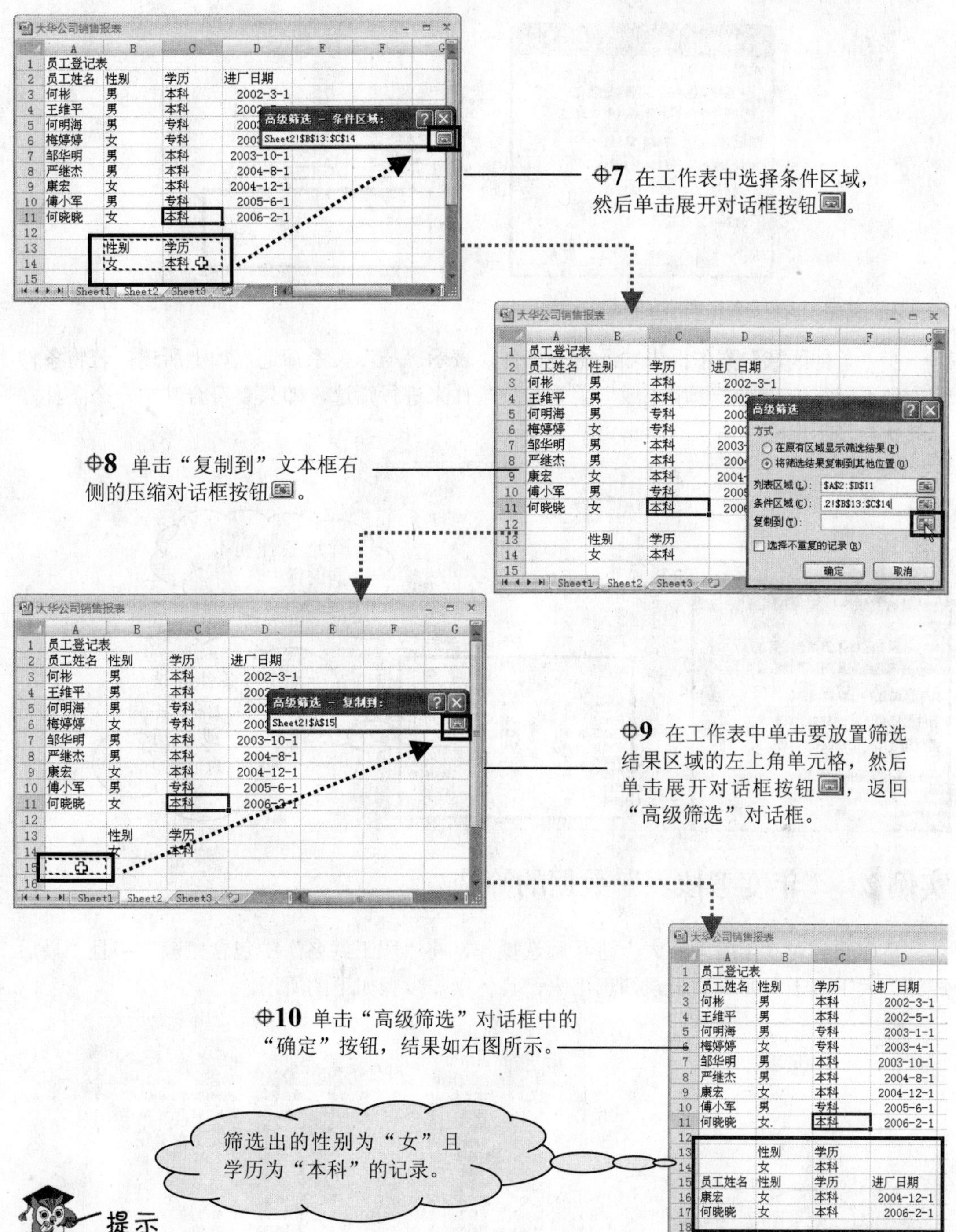

⊕**7** 在工作表中选择条件区域，然后单击展开对话框按钮。

⊕**8** 单击“复制到”文本框右侧的压缩对话框按钮。

⊕**9** 在工作表中单击要放置筛选结果区域的左上角单元格，然后单击展开对话框按钮，返回“高级筛选”对话框。

⊕**10** 单击“高级筛选”对话框中的“确定”按钮，结果如右图所示。

筛选出的性别为“女”且学历为“本科”的记录。

**提示**

设置筛选条件时，对于文本型数据，可用“*”匹配任意字符串。例如，我们在“员工姓名”列输入“何*”，表示筛选出所有姓何的记录，如下图所示。

另外，对于数字来说，可直接在单元格中输入表达式。例如，若希望筛选出“进厂日期”大于等于“2003-10-1”的记录，则可在“进厂日期”列输入“→=2003-10-1”。

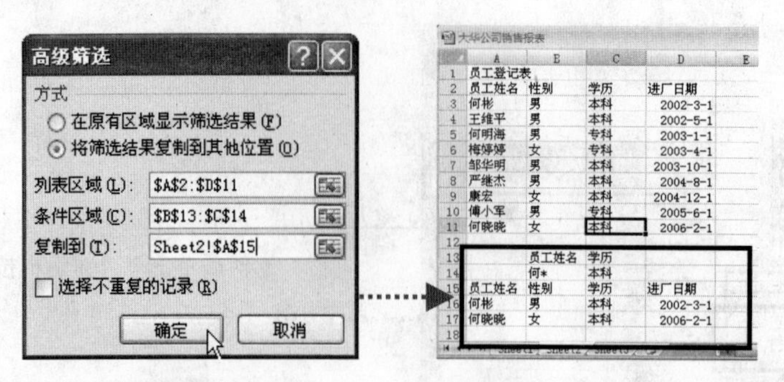


2．满足其中一个条件的筛选

在“条件区域”文本框中输入所有条件，表示“与”关系筛选，如上所述；若将条件输入到不同行中，则表示用“或”关系筛选条件来进行筛选，即只要符合其中一个条件，记录就会显示出来，如下图所示。

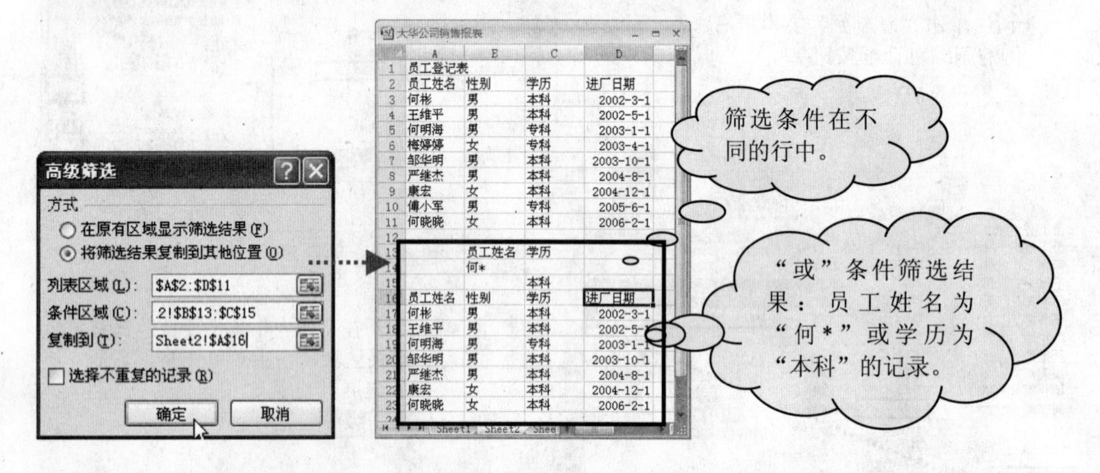


## 实例2　“年度考核表”数据的筛选

下面我们对“年度考核表”进行筛选操作，将“职工姓名”中包含“赖”字且“最后成绩”大于等于“90”的记录筛选出来，具体操作步骤如下图所示。

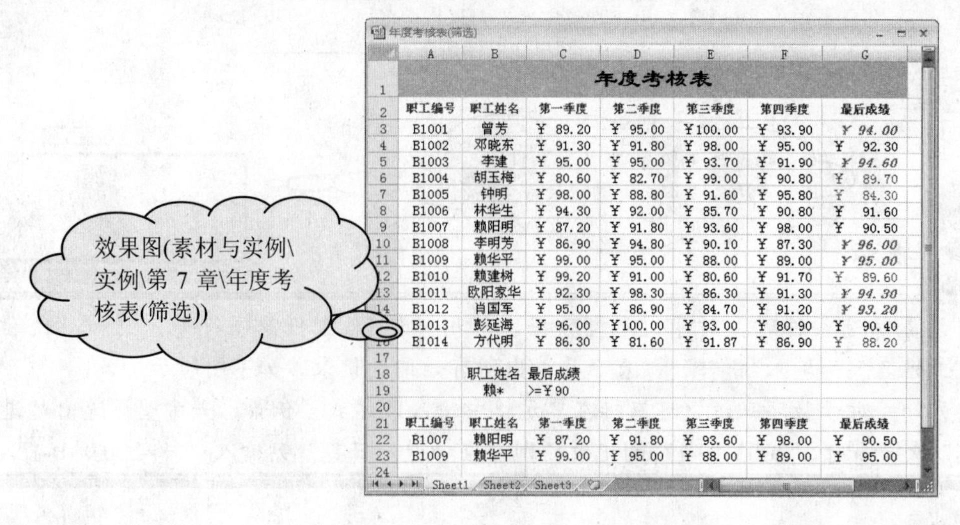

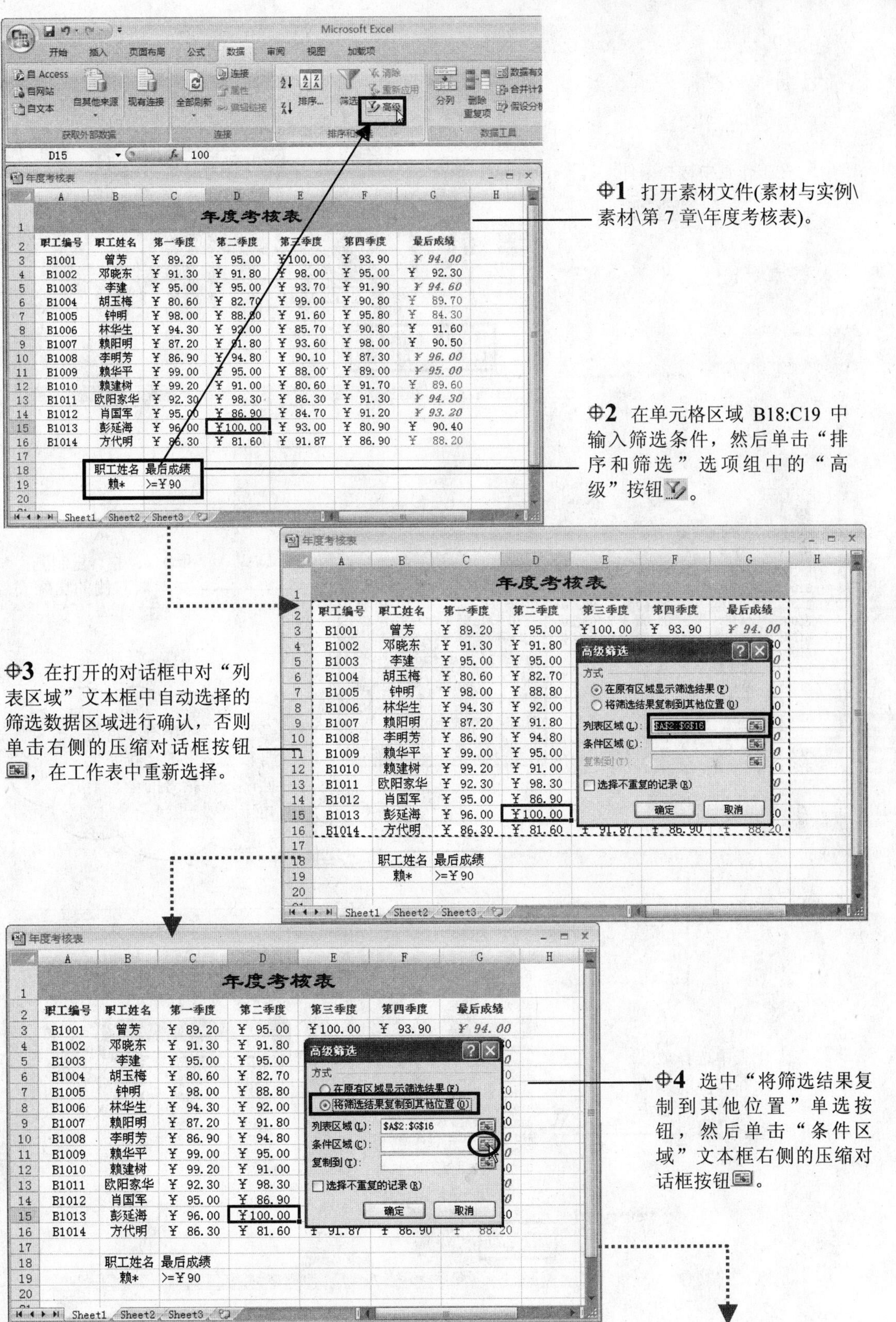


⊕1 打开素材文件(素材与实例\素材\第7章\年度考核表)。

⊕2 在单元格区域B18:C19中输入筛选条件，然后单击“排序和筛选”选项组中的“高级”按钮。

⊕3 在打开的对话框中对“列表区域”文本框中自动选择的筛选数据区域进行确认，否则单击右侧的压缩对话框按钮，在工作表中重新选择。

⊕4 选中“将筛选结果复制到其他位置”单选按钮，然后单击“条件区域”文本框右侧的压缩对话框按钮。

快乐学电脑

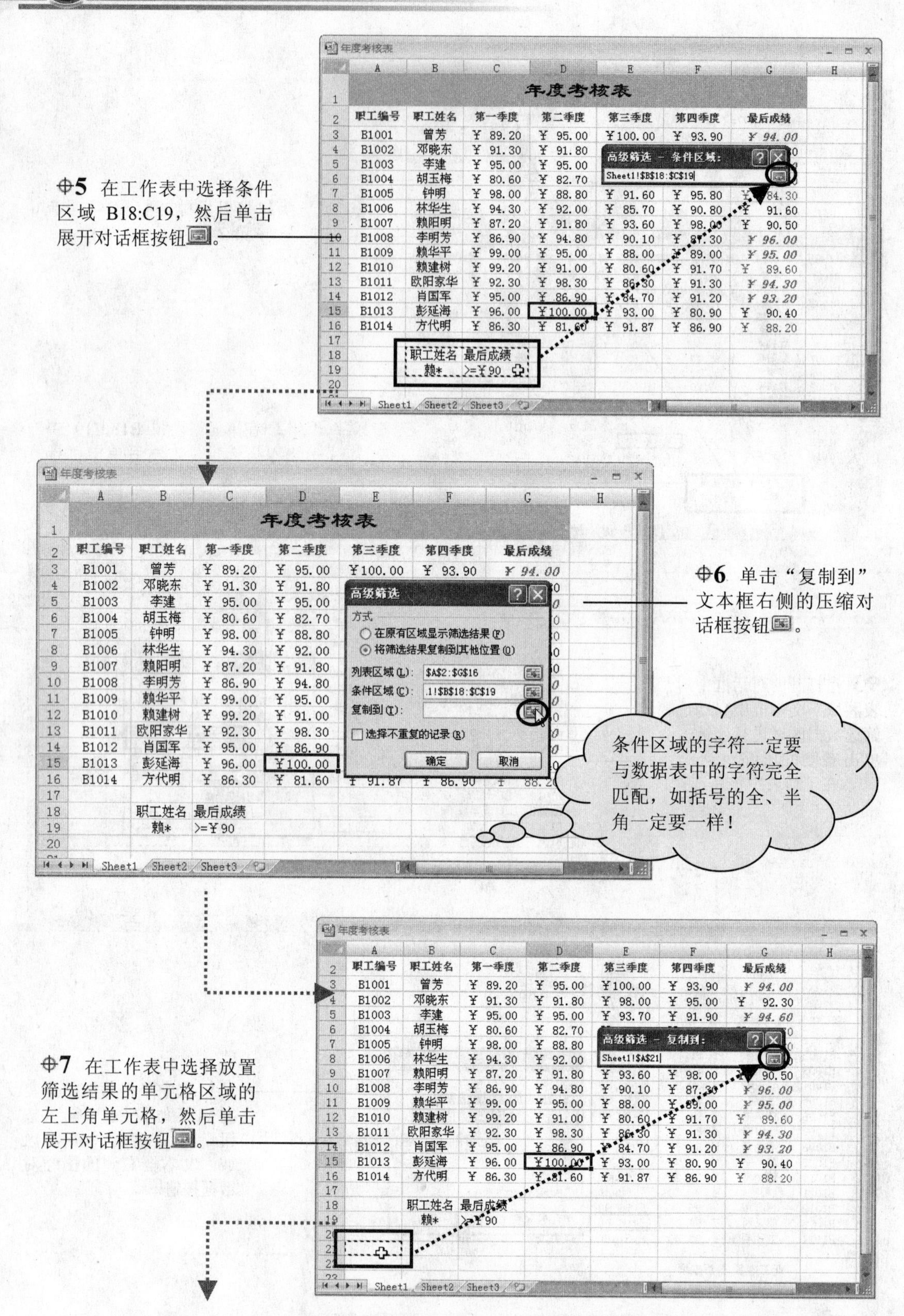


**5** 在工作表中选择条件区域 B18:C19，然后单击展开对话框按钮。

**6** 单击“复制到”文本框右侧的压缩对话框按钮。

**7** 在工作表中选择放置筛选结果的单元格区域的左上角单元格，然后单击展开对话框按钮。

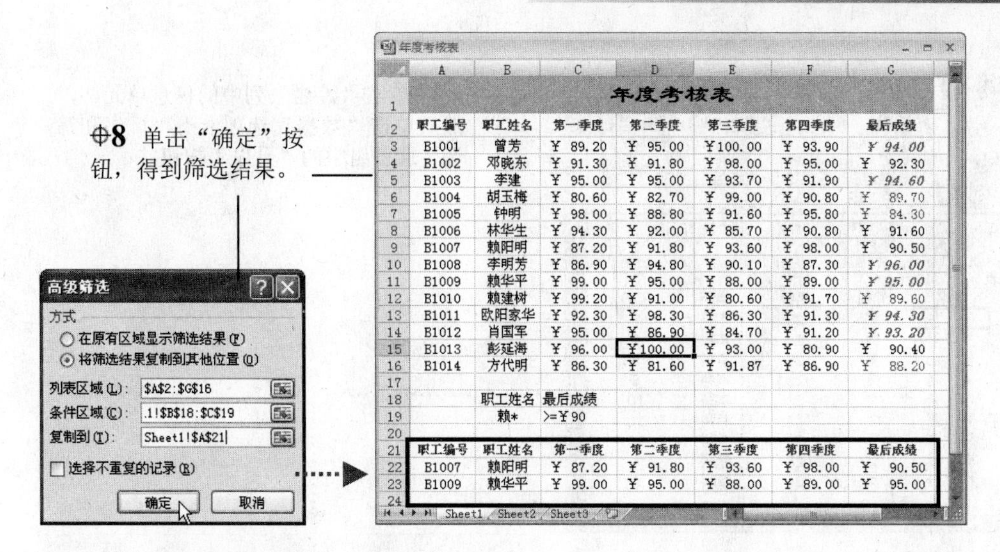


| | A | B | C | D | E | F | G |
|---|---|---|---|---|---|---|---|
| 1 | 年度考核表 | | | | | | |
| 2 | 职工编号 | 职工姓名 | 第一季度 | 第二季度 | 第三季度 | 第四季度 | 最后成绩 |
| 3 | B1001 | 曾芳 | ￥ 89.20 | ￥ 95.00 | ￥100.00 | ￥ 93.90 | ￥ 94.00 |
| 4 | B1002 | 邓晓东 | ￥ 91.30 | ￥ 91.80 | ￥ 98.00 | ￥ 95.00 | ￥ 92.30 |
| 5 | B1003 | 李建 | ￥ 95.00 | ￥ 95.00 | ￥ 93.70 | ￥ 91.90 | ￥ 94.60 |
| 6 | B1004 | 胡玉梅 | ￥ 80.60 | ￥ 82.70 | ￥ 99.00 | ￥ 90.80 | ￥ 89.70 |
| 7 | B1005 | 钟明 | ￥ 98.00 | ￥ 88.80 | ￥ 91.60 | ￥ 95.80 | ￥ 84.30 |
| 8 | B1006 | 林华生 | ￥ 94.30 | ￥ 92.00 | ￥ 85.70 | ￥ 90.80 | ￥ 91.60 |
| 9 | B1007 | 赖阳明 | ￥ 87.20 | ￥ 91.80 | ￥ 93.60 | ￥ 98.00 | ￥ 90.50 |
| 10 | B1008 | 李明芳 | ￥ 86.90 | ￥ 94.80 | ￥ 90.10 | ￥ 87.30 | ￥ 96.00 |
| 11 | B1009 | 赖华平 | ￥ 99.00 | ￥ 95.00 | ￥ 88.00 | ￥ 89.00 | ￥ 95.00 |
| 12 | B1010 | 赖建树 | ￥ 99.20 | ￥ 91.00 | ￥ 80.60 | ￥ 91.70 | ￥ 89.60 |
| 13 | B1011 | 欧阳家华 | ￥ 92.30 | ￥ 98.30 | ￥ 86.30 | ￥ 91.30 | ￥ 94.30 |
| 14 | B1012 | 肖国军 | ￥ 95.00 | ￥ 86.90 | ￥ 84.70 | ￥ 91.20 | ￥ 93.20 |
| 15 | B1013 | 彭延海 | ￥ 96.00 | ￥100.00 | ￥ 93.00 | ￥ 80.90 | ￥ 90.40 |
| 16 | B1014 | 方代明 | ￥ 86.30 | ￥ 81.60 | ￥ 91.87 | ￥ 86.90 | ￥ 88.20 |
| 17 | | | | | | | |
| 18 | | 职工姓名 | 最后成绩 | | | | |
| 19 | | 赖* | >=￥90 | | | | |
| 20 | | | | | | | |
| 21 | 职工编号 | 职工姓名 | 第一季度 | 第二季度 | 第三季度 | 第四季度 | 最后成绩 |
| 22 | B1007 | 赖阳明 | ￥ 87.20 | ￥ 91.80 | ￥ 93.60 | ￥ 98.00 | ￥ 90.50 |
| 23 | B1009 | 赖华平 | ￥ 99.00 | ￥ 95.00 | ￥ 88.00 | ￥ 89.00 | ￥ 95.00 |
| 24 | | | | | | | |

### 7.2.3　取消筛选

如果要在数据表中取消对某一列进行的筛选，可以单击列标签右端的下三角按钮▾，在展开的列表中选择“全选”复选框，然后单击“确定”按钮。

要在数据表中取消对所有列进行的筛选，可单击“数据”选项卡上“排序和筛选”选项组中的“清除”按钮。

如果要删除数据表中的下三角筛选按钮▾，可单击“数据”选项卡上“排序和筛选”选项组中的“筛选”按钮。

## 7.3　分 类 汇 总

在 Excel 中使用分类汇总，可以对数据的某个字段提供诸如“求和”、“均值”之类的汇总，并可将结果分级显示出来。

要进行分类汇总的数据表的第一行必须有列标签，而且在分类汇总之前必须先对数据进行排序，以使数据中拥有同一主题的记录集中在一起，然后就可以对记录进行分类汇总操作了。

### 7.3.1　简单分类汇总

简单分类汇总主要用于对数据表中某一列要进行分类的字段先进行排序，然后进行分类汇总。例如，我们要将“职工情况表”按“姓名”进行排序，然后再对“工龄”进行分类汇总，可按如下图所示操作步骤进行。

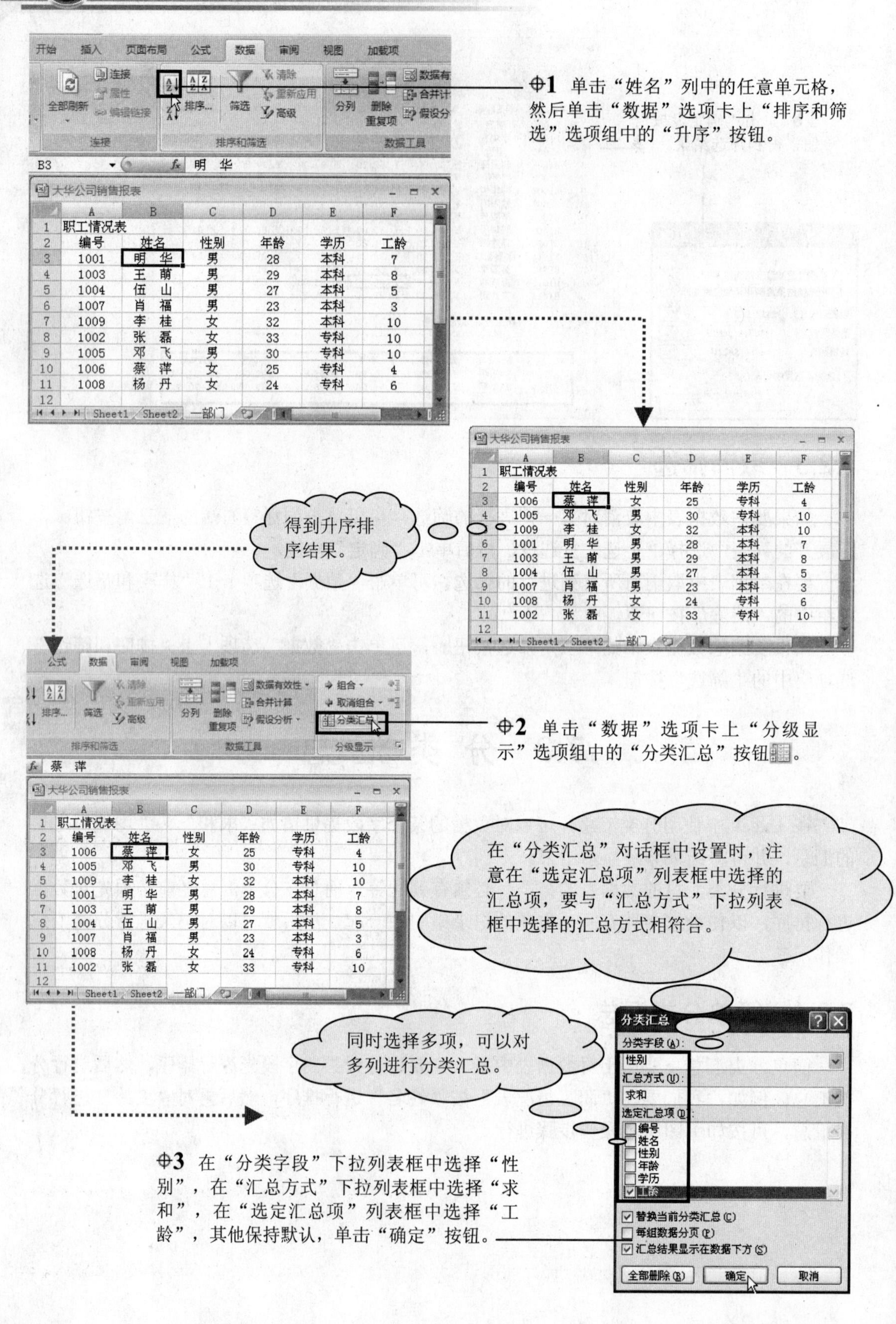


❶ 单击“姓名”列中的任意单元格，然后单击“数据”选项卡上“排序和筛选”选项组中的“升序”按钮。

❷ 单击“数据”选项卡上“分级显示”选项组中的“分类汇总”按钮。

❸ 在“分类字段”下拉列表框中选择“性别”，在“汇总方式”下拉列表框中选择“求和”，在“选定汇总项”列表框中选择“工龄”，其他保持默认，单击“确定”按钮。

"替换当前分类汇总"和"汇总结果显示在数据下方"复选框是默认选中的。如要保留先前对数据表执行的分类汇总，则必须取消选中"替换当前分类汇总"复选框。如果选中"每组数据分页"复选框，Excel 则把每类数据分页显示，这样更有利于保存和查阅。

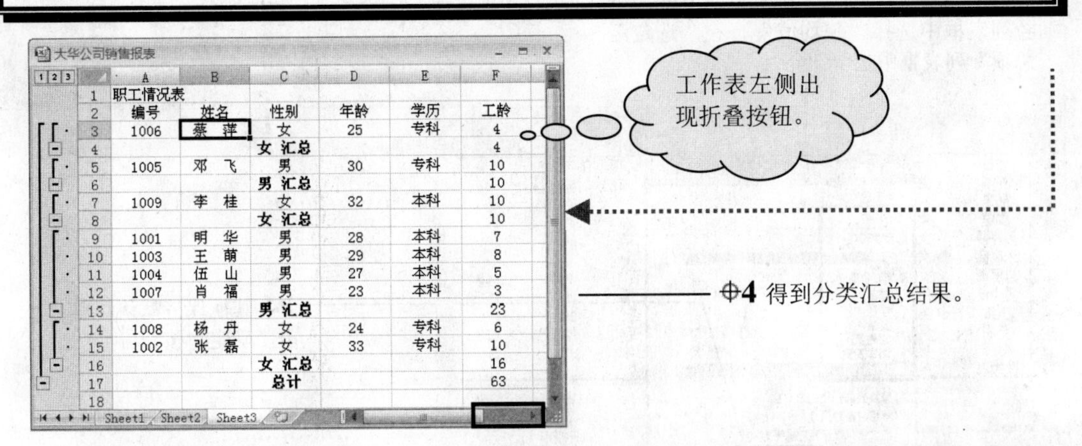


如果要取消数据的分类汇总，可在"分类汇总"对话框中单击"全部删除"按钮即可。

## 7.3.2 多重分类汇总

多重分类汇总用于对数据表中的某一列用相同的"分类字段"进行两种或两种以上方式的汇总。例如，我们要对"性别"列进行多重分类汇总，即进行"年龄"的求"平均值"与"基本工资"和"奖金"的"求和"，可按下图所示的操作步骤进行。

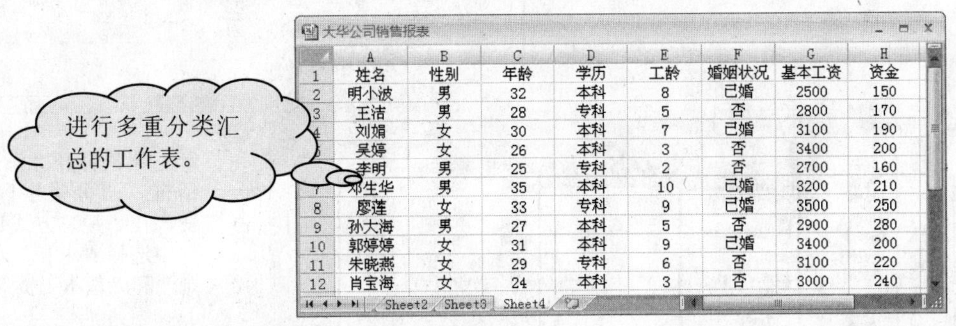

1 单击要进行排序的列的任意单元格(此单元格也即是要进行汇总的数据区域的任意单元格)，然后单击"数据"选项卡上"排序和筛选"选项组中的"降序"按钮。

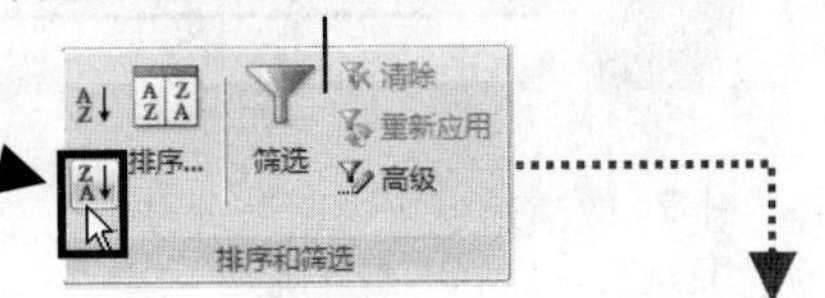

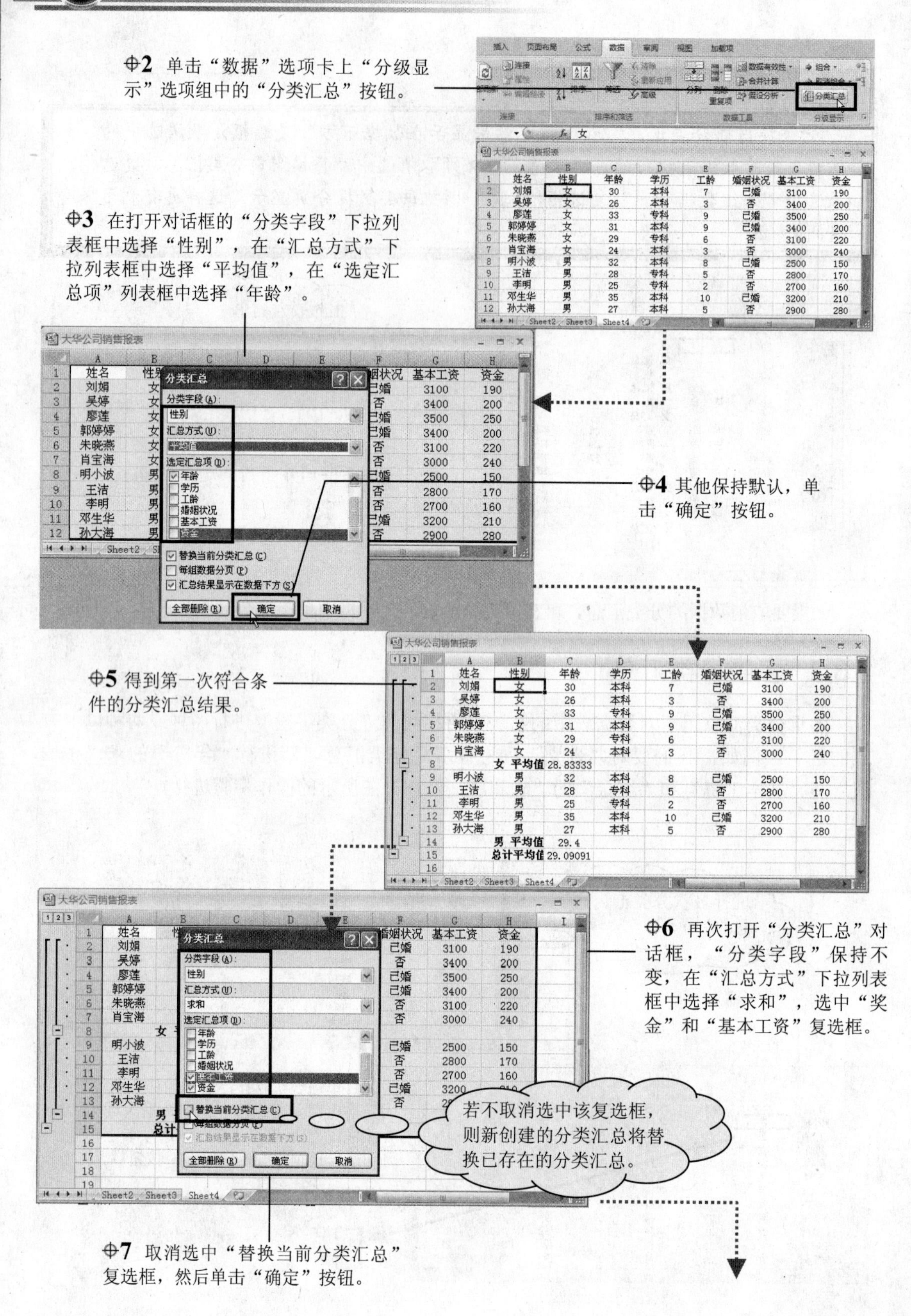
2 单击“数据”选项卡上“分级显示”选项组中的“分类汇总”按钮。
3 在打开对话框的“分类字段”下拉列表框中选择“性别”，在“汇总方式”下拉列表框中选择“平均值”，在“选定汇总项”列表框中选择“年龄”。
4 其他保持默认，单击“确定”按钮。
5 得到第一次符合条件的分类汇总结果。
6 再次打开“分类汇总”对话框，“分类字段”保持不变，在“汇总方式”下拉列表框中选择“求和”，选中“奖金”和“基本工资”复选框。
若不取消选中该复选框，则新创建的分类汇总将替换已存在的分类汇总。
7 取消选中“替换当前分类汇总”复选框，然后单击“确定”按钮。

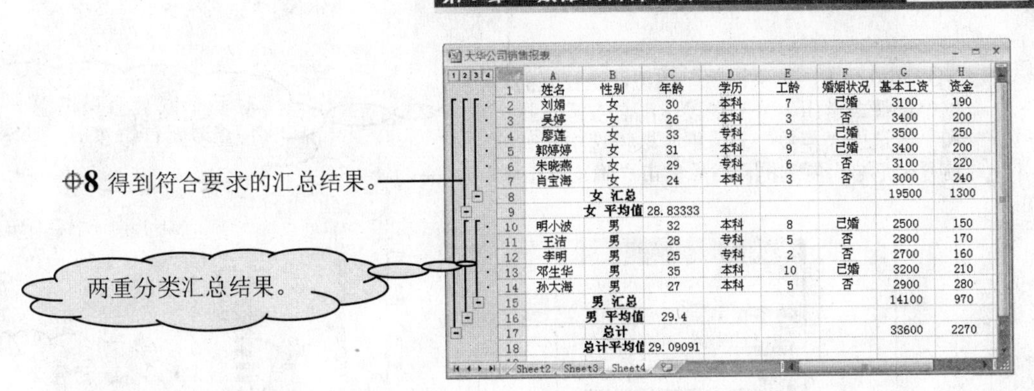


## 7.3.3　嵌套分类汇总

嵌套分类汇总就是在现有分类汇总的基础上，再对另外的字段应用分类汇总。与多重分类汇总不同，嵌套分类汇总每次使用的“分类字段”不同。另外，建立嵌套分类汇总前应首先对工作表中用来进行分类汇总的多个关键字进行排序。

例如，要同时查看员工“性别”和“学历”的情况，可按下图所示操作步骤进行。

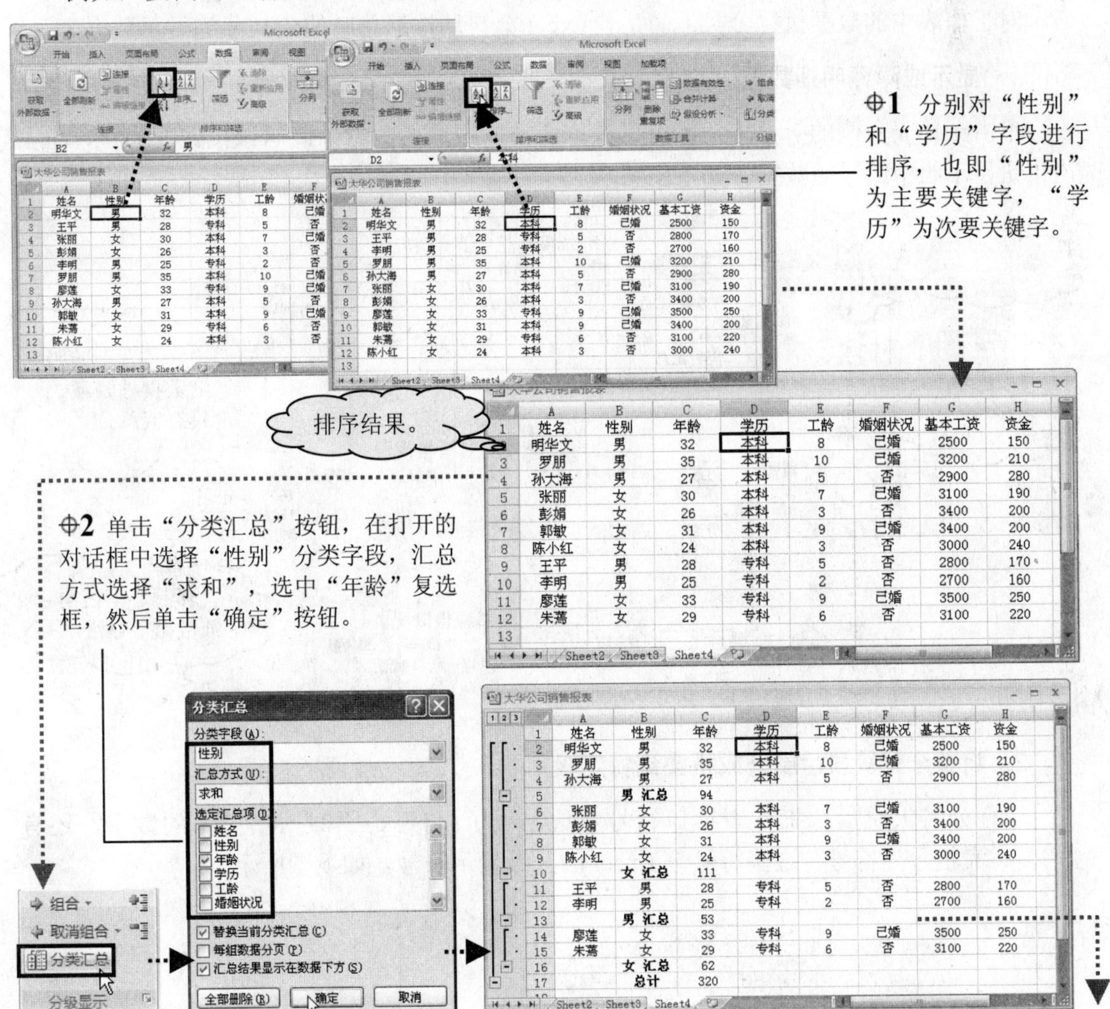

**3** 再次单击“分类汇总”按钮，在打开的对话框中选择“学历”分类字段，汇总方式选择“求和”，选中“年龄”复选框，取消选中“替换当前分类汇总”复选框，然后单击“确定”按钮。

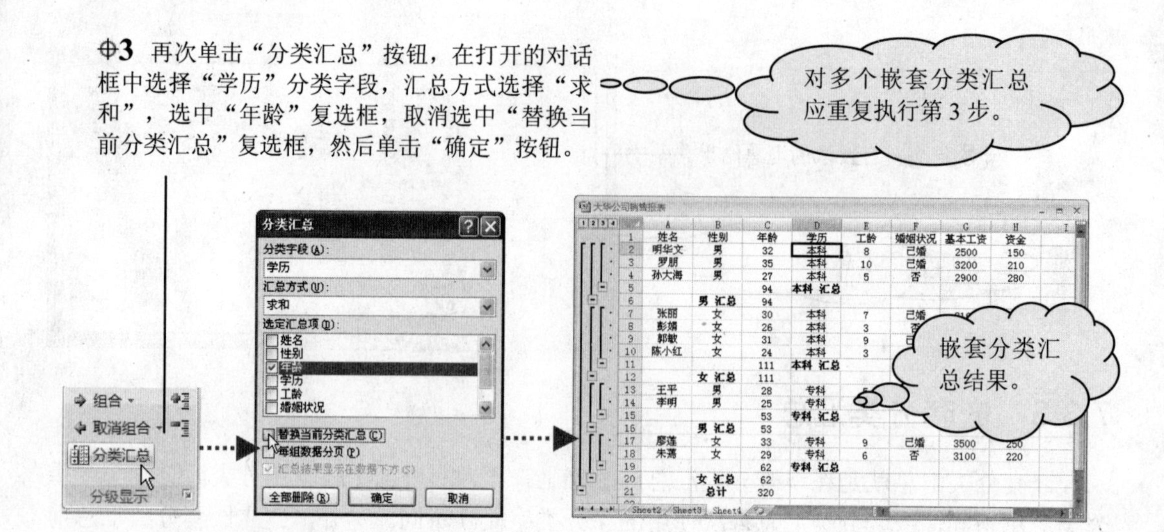


## 7.3.4 分级显示数据

对工作表中的数据执行分类汇总后，Excel会自动按汇总时的分类分级显示数据。

### 1. 显示或隐藏明细数据

单击工作表左侧的折叠按钮⊟可以根据需要隐藏原始数据，此时该按钮变为⊞，单击该按钮显示组中的原始数据，如下图所示。

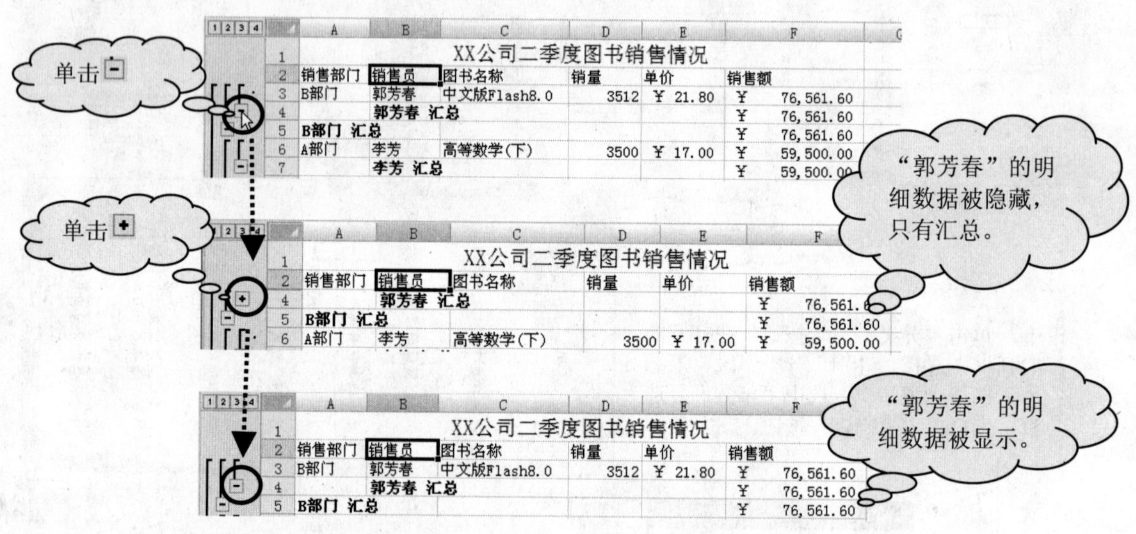


### 2. 将整个分级显示展开或折叠到特定级别

进行分类汇总后，工作表窗口行号左边出现了“1”、“2”、“3”的数字，还有“–”、大括号等符号，这些符号是Excel的分级显示符号，如下图所示。

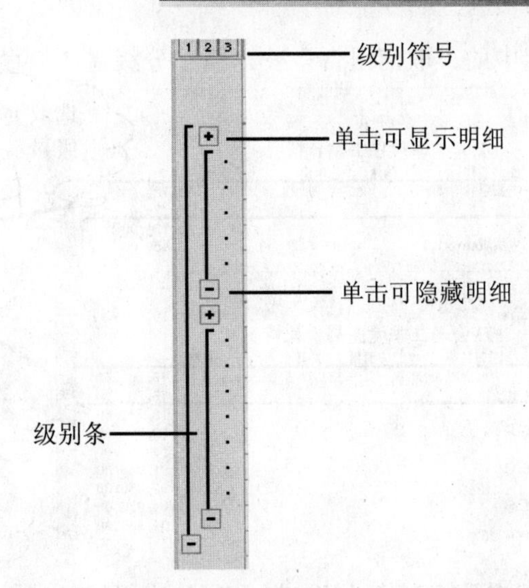


在 1 2 3 分级显示符号中，单击所需级别的数字，较低级别的明细数据会隐藏起来。

例如，如果分级显示有 4 个级别，则可通过单击 3 隐藏第 3 级别而显示其他级别，如下图所示。

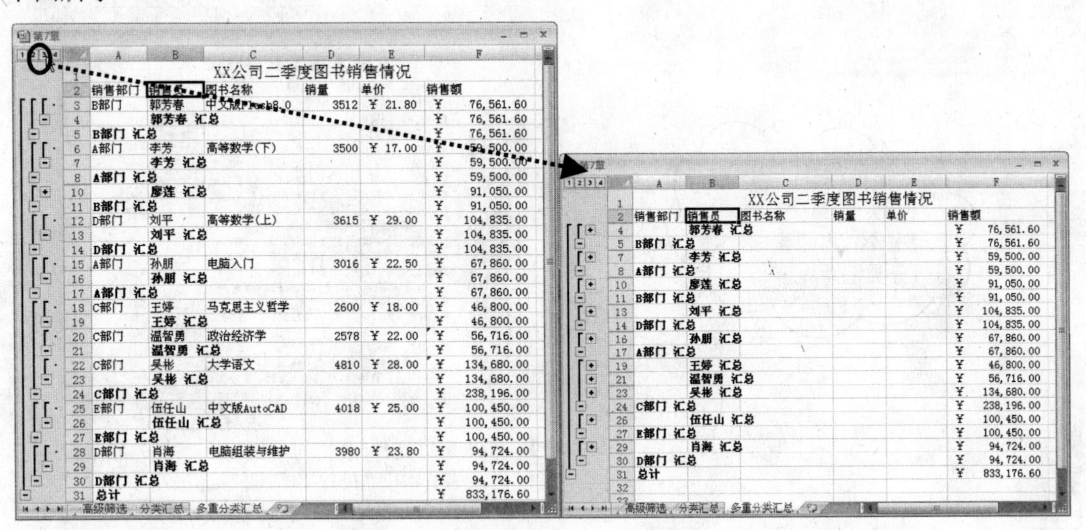


### 3．显示或隐藏所有分级显示的明细数据

要显示所有明细数据，则单击 1 2 3 分级显示符号的最低级别。例如，如果有 3 个级别，则单击 3 。

要隐藏所有明细数据，则单击 1 。

### 4．取消分级显示

不需要分级显示时，可以根据需要将其部分或全部的分级删除。

选择要取消分级显示的行，然后单击“数据”选项卡上“分级显示”选项组中的“取消组合”→“清除分级显示”命令，可取消部分分级显示，如下页的上图所示。

要取消全部分级显示，可单击分类汇总后的任意单元格，然后单击“数据”选项卡上

“分级显示”选项组中的“取消组合”→“清除分级显示”命令即可。

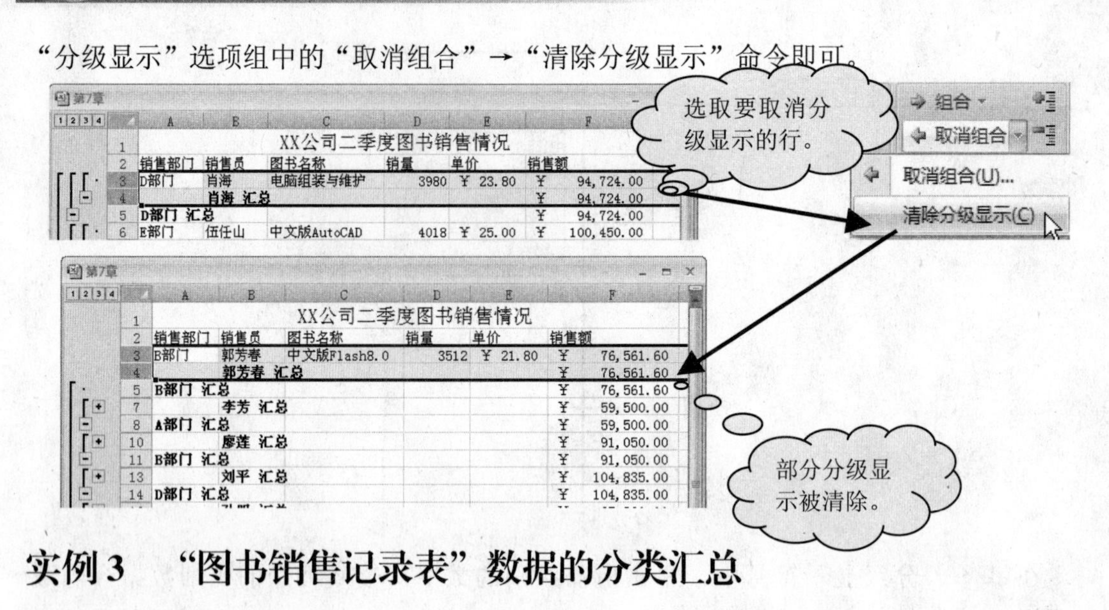


## 实例3 “图书销售记录表”数据的分类汇总

下面通过对“图书销售记录表”进行分类汇总，来进一步熟悉一下分类汇总的操作，步骤如下图所示。

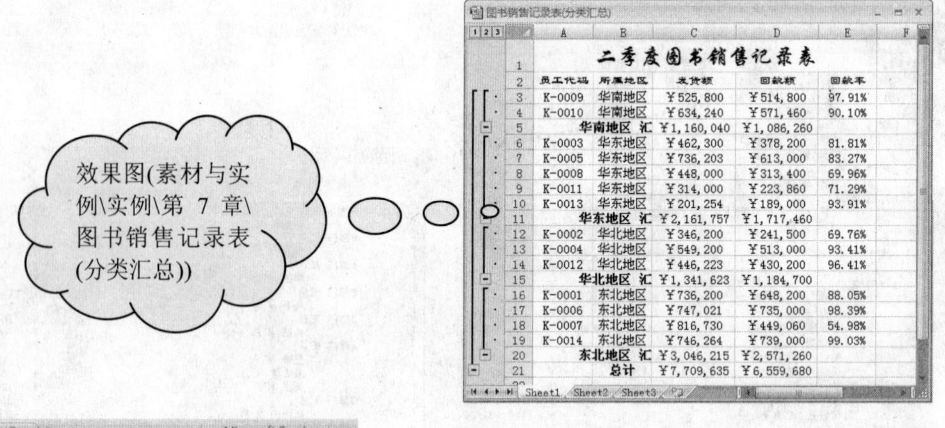

1 打开素材文件(素材与实例\素材\第 7 章\图书销售记录表)，用“排序和筛选”选项组中的“排序”按钮对“所属地区”字段进行降序排序。

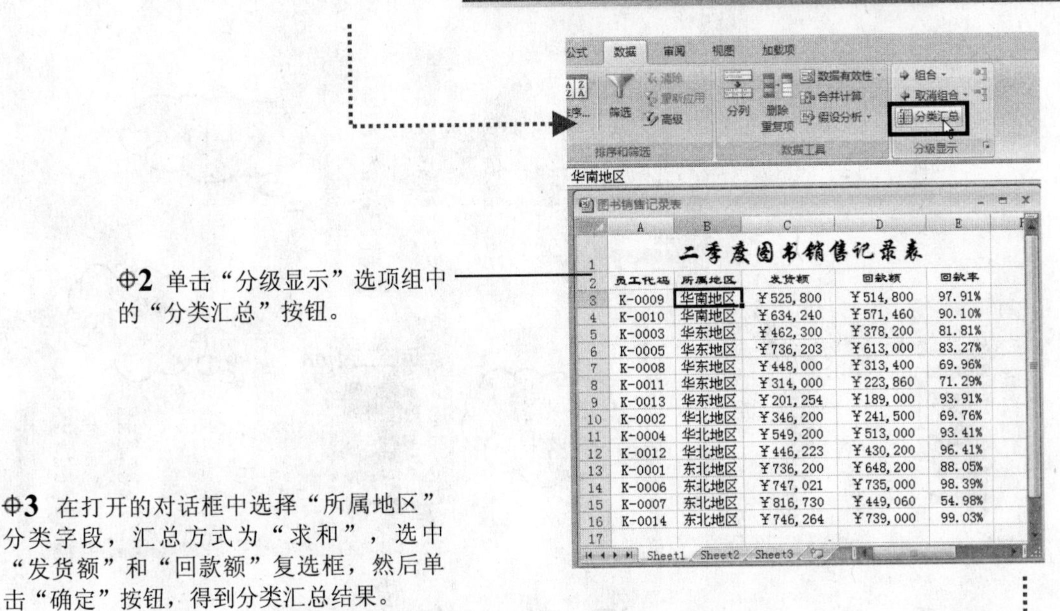

⊕2 单击“分级显示”选项组中的“分类汇总”按钮。

⊕3 在打开的对话框中选择“所属地区”分类字段，汇总方式为“求和”，选中“发货额”和“回款额”复选框，然后单击“确定”按钮，得到分类汇总结果。

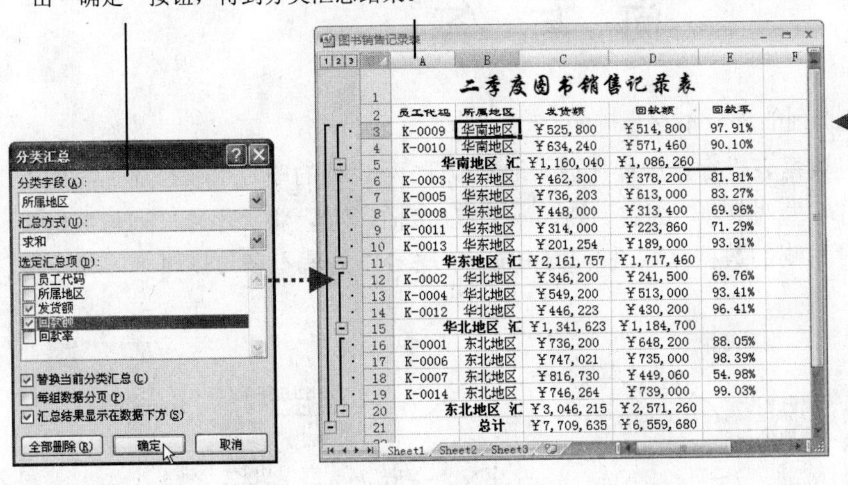

# 练　一　练

1．简答题

(1) 数据排序分为几种类型？

(2) 高级筛选如何利用设置“与”条件和“或”条件？

(3) 多重分类汇总和嵌套分类汇总的主要区别是什么？

(4) 插入分类汇总后如何显示明细数据？

2．操作题

先对“T 恤销售表”按“颜色”排序，然后将“合计”大于“550”的记录筛选出来，效果如下页的下面两个图所示。

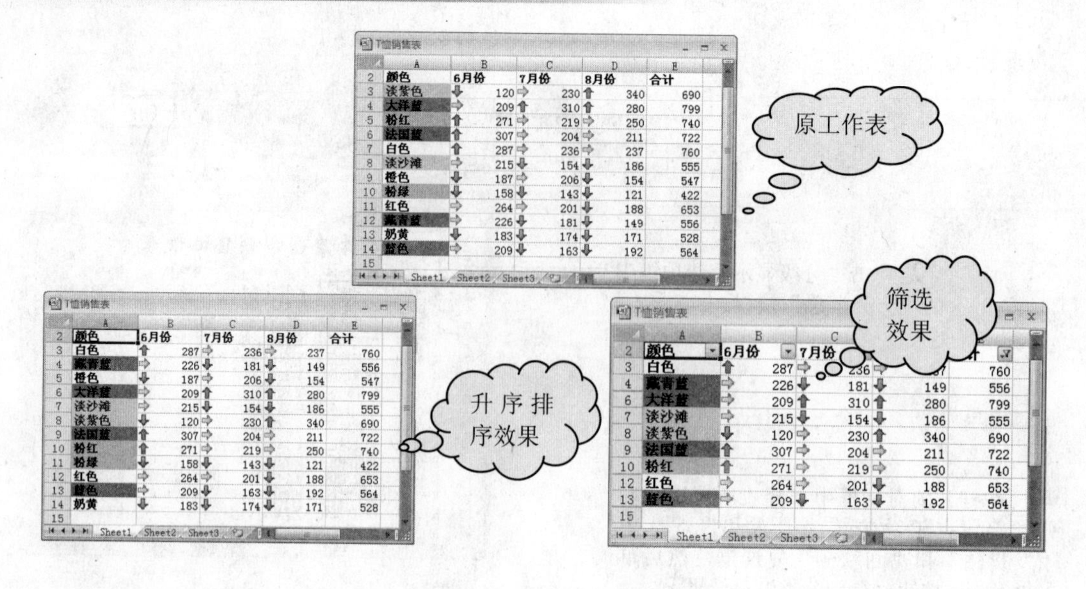


## 问 与 答

**问**：如何让第 1 列的序号不参与排序？

**答**：当我们对数据表进行排序操作后，通常位于第 1 列的序号也被打乱了，如下图所示。为此，我们可在“序号”列右侧插入一个空白列(B 列)，将“序号”列与数据表隔开。用上述方法对右侧的数据区域进行排序时，“序号”列就不参与排序了，如下图所示。

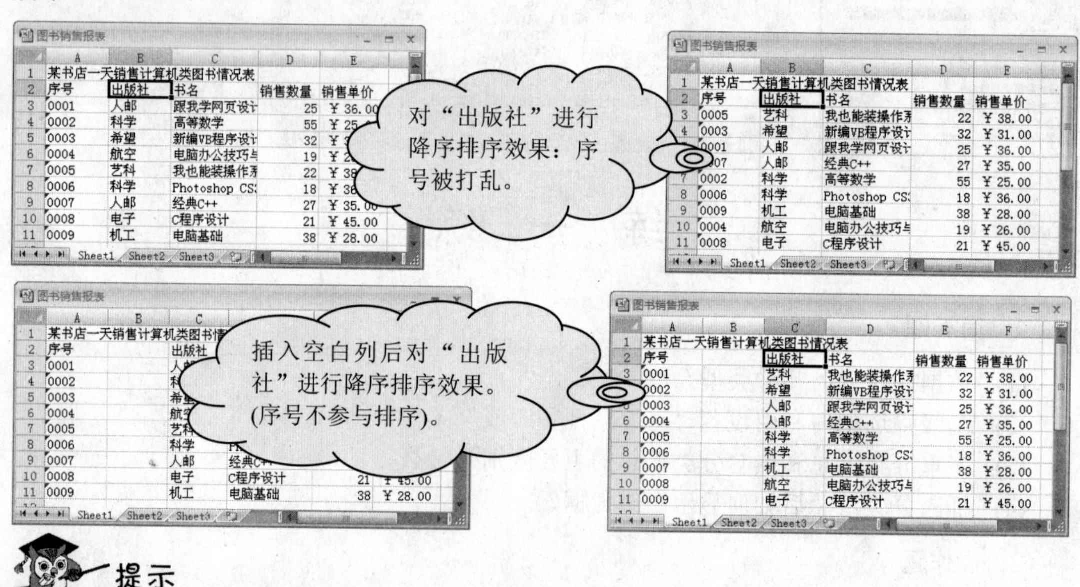


**提示**

插入空白列会影响表格的打印效果，我们可以将其隐藏起来。

**问**：如何进行区分大小写的排序操作？

**答**：在“排序”对话框中单击“选项”按钮，打开“排序选项”对话框，选中“区分大小写”复选框，然后单击“确定”按钮即可，如下图所示。

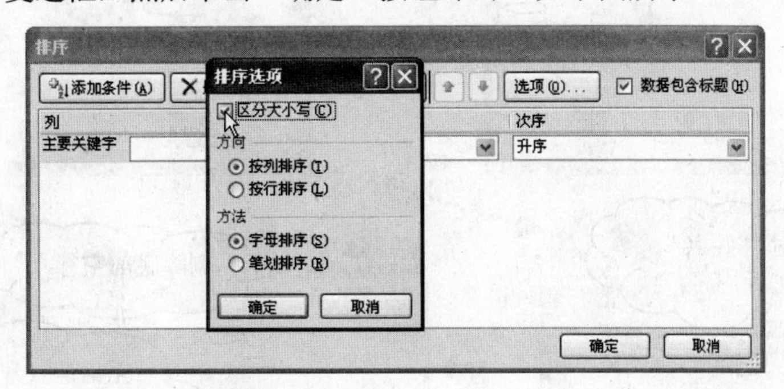


**问**：如何快速删除工作表中重复出现的记录行？

**答**：要删除工作表中的重复记录，可首先单击选中数据区中的任一个单元格，接着单击“数据”选项卡上“排序与筛选”选项组中的“删除重复项”按钮，在打开的“删除重复项”对话框中选择要检查的字段，然后单击“确定”按钮。接下来在打开的提示对话框中单击“确定”按钮，确认结果。

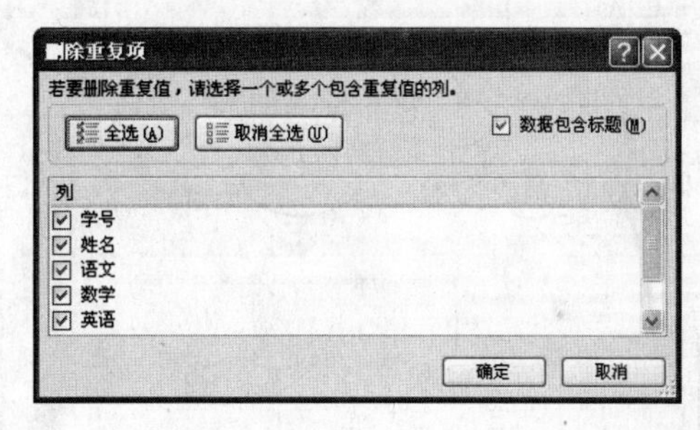

提示

如果选中“学号”复选框，除保留学号相同的第一个记录外，其余学号相同的记录均被删除。

**问**：工作表很大，隔一段距离会有空行，如何快速删除工作表中的空行？

**答**：如果行的顺序无关紧要，则可以根据某一列排序，然后可以方便地删掉空行；如果行的顺序不可改变，可以先插入新列，并在新列中顺序填入整数，然后根据其他任何一列将表中的行排序，使所有空行都集中到表的底部，删去所有空行。最后以插入的新列重新排序，再删去新插入的列，恢复工作表各行原来的顺序，操作步骤如下图所示。

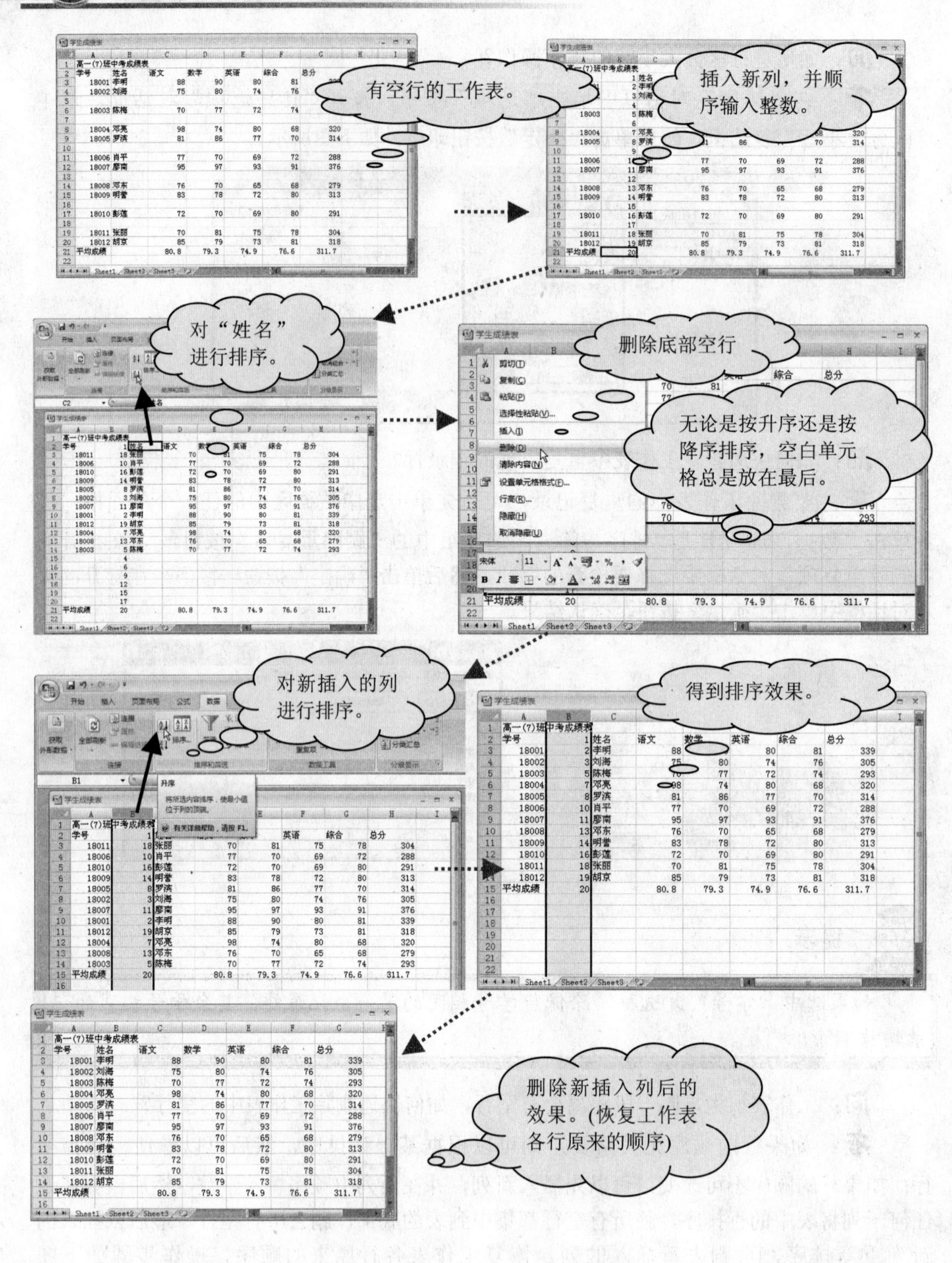
有空行的工作表。
插入新列，并顺序输入整数。
对“姓名”进行排序。
删除底部空行
无论是按升序还是按降序排序，空白单元格总是放在最后。
对新插入的列进行排序。
得到排序效果。
删除新插入列后的效果。(恢复工作表各行原来的顺序)

# 第 8 章 数据分析

**本章学习重点**

- 合并多张工作表中的数据
- 数据透视表
- 创建和编辑图表
- 格式化图表

## 8.1 合并多张工作表中的数据

若要汇总和报告多个单独工作表的结果，可以将每个单独工作表中的数据合并计算到一个主工作表中。这些工作表可以与主工作表在同一个工作簿中，也可位于其他工作簿中。

### 8.1.1 建立合并计算

所谓合并计算是指用来汇总一个或多个源区域中数据的方法。Excel 提供了两种合并计算数据的方法：一是按位置合并计算，要求源区域中的数据使用相同的行标签和列标签，并按相同的顺序排列在工作表中；二是按分类合并计算，当源区域中的数据没有相同的组织结构时，但有相同的行标签或列标签，此时采用分类方式进行汇总。

要想合并计算数据，首先必须为合并数据定义一个目标区，用来显示合并后的信息。此目标区域可位于与源数据相同的工作表上，或在另一个工作表上或工作簿内。其次，需要选择要合并计算的数据源。此数据源可以来自单个工作表、多个工作表或多个工作簿。

#### 1. 按位置合并计算

如果我们有几个用于每个月费用开支的工作表，可以通过“按位置合并计算”将这些开支数据合并到总开支工作表中。例如，我们要将工作表“1 月”、“2 月”和“3 月”中的数据都合并到“一季度开支”工作表中，操作步骤如下图所示。

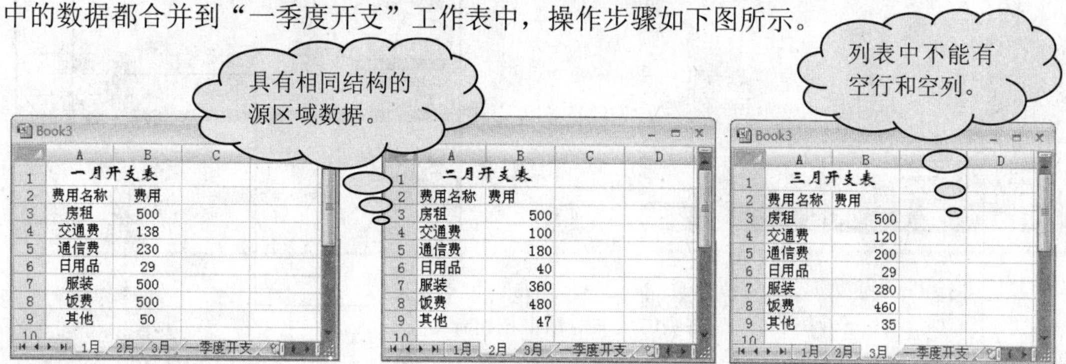

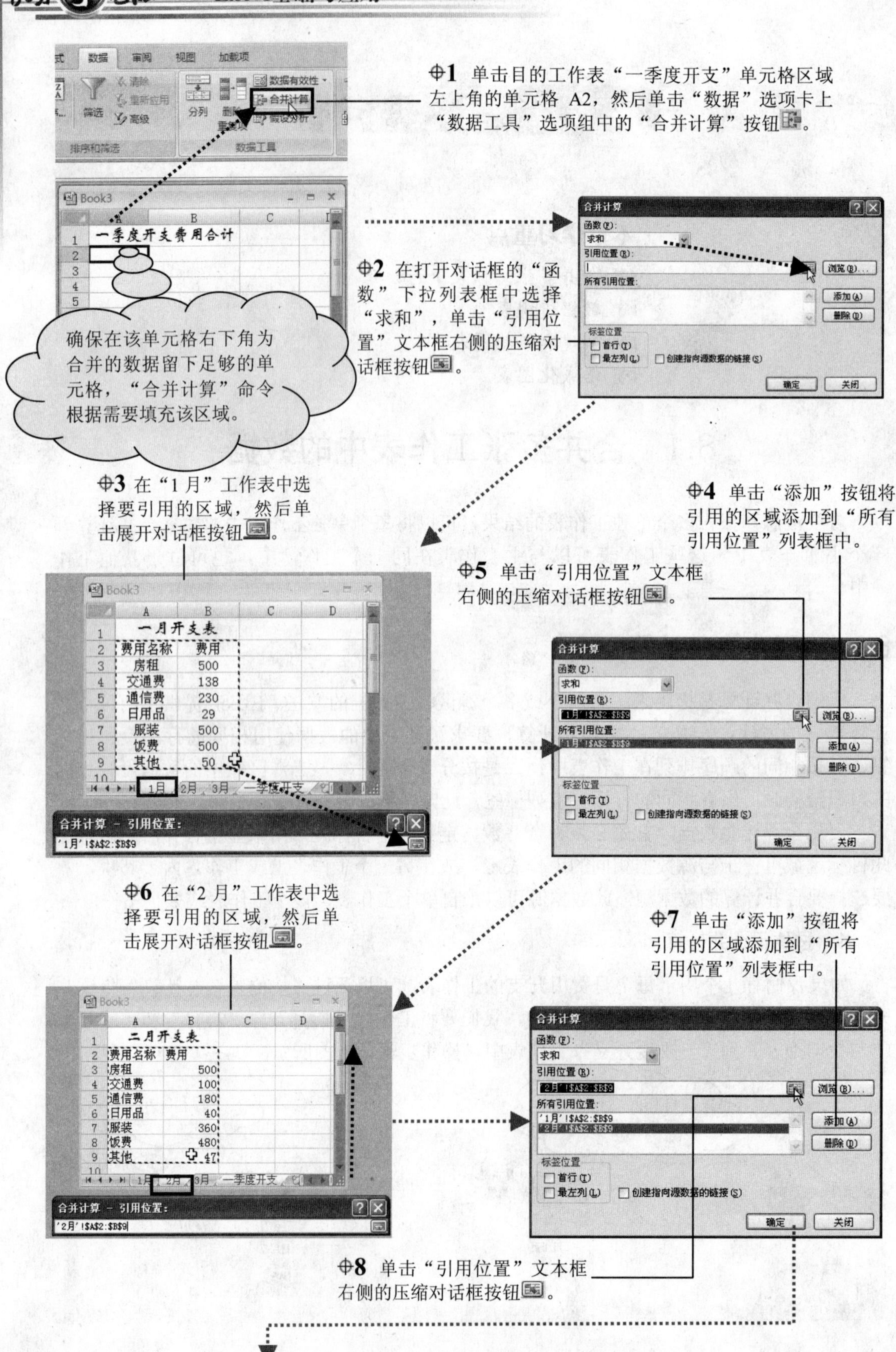
1 单击目的工作表“一季度开支”单元格区域左上角的单元格 A2，然后单击“数据”选项卡上“数据工具”选项组中的“合并计算”按钮。
确保在该单元格右下角为合并的数据留下足够的单元格，“合并计算”命令根据需要填充该区域。
2 在打开对话框的“函数”下拉列表框中选择“求和”，单击“引用位置”文本框右侧的压缩对话框按钮。
3 在“1 月”工作表中选择要引用的区域，然后单击展开对话框按钮。
4 单击“添加”按钮将引用的区域添加到“所有引用位置”列表框中。
5 单击“引用位置”文本框右侧的压缩对话框按钮。
6 在“2 月”工作表中选择要引用的区域，然后单击展开对话框按钮。
7 单击“添加”按钮将引用的区域添加到“所有引用位置”列表框中。
8 单击“引用位置”文本框右侧的压缩对话框按钮。
一季度开支费用合计
一月开支表
二月开支表
合并计算
合并计算 - 引用位置:
'1月'!$A$2:$B$9
'2月'!$A$2:$B$9

⊕9 在“3 月”工作表中选择要引用的区域，然后单击展开对话框按钮。

⊕10 单击“添加”按钮将引用的区域添加到“所有引用位置”列表框中。

⊕11 选中“首行”和“最左列”复选框，然后单击“确定”按钮。

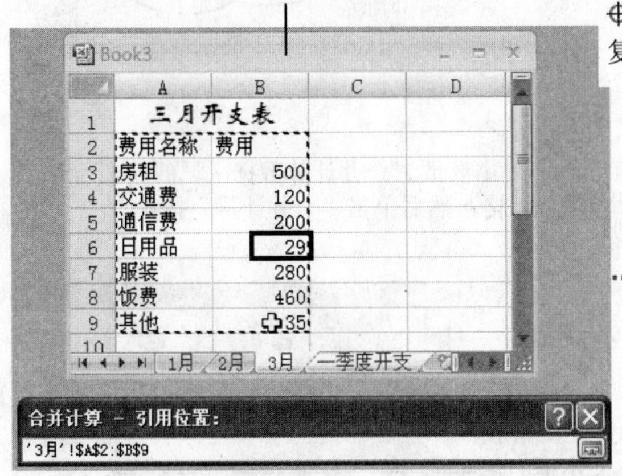


- **首行/最左列**：选中这两个复选框，表示将源区域中的行标签或列标签复制到合并计算中。
- **创建指向源数据的链接**：如果希望在源数据改变时自动更新合并计算结果，则选中该复选框。一旦选中此复选框，合并计算结果将以分级形式显示。

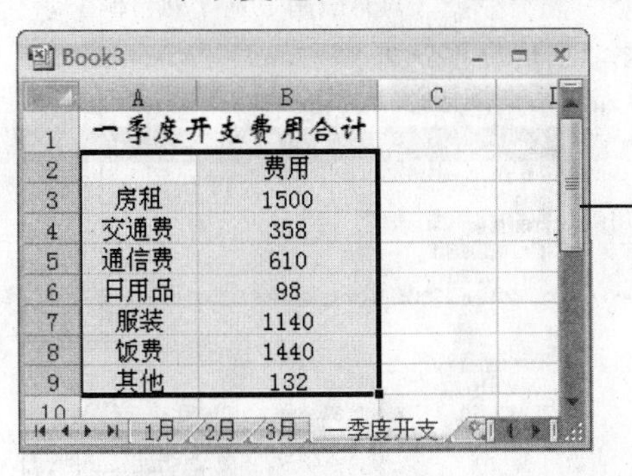


⊕12 得到合并计算后的结果——每个月费用开支的合计。

如果要进行合并计算的工作表不在同一工作簿中，则在操作前首先打开该工作簿，接着按上述方法打开“合并计算”对话框，单击“引用位置”文本框右侧的压缩对话框按钮，再单击“视图”选项卡上“窗口”选项组中的“切换窗口”按钮，找到存放合并数据的工作簿，然后找到工作表中要合并的数据，将其添加到“所有引用位置”列表框中，其他操作与上述类似。

### 2. 按分类合并计算

如果各工作表中的数据是以不同的方式组织，但它们都使用相同的行标签或列标签，此时可以将它们按分类合并计算到主工作表中。

例如，我们要将 4 月份在 A 超市和 B 超市的购物数据合并到主工作表“4 月”中(它们的数据各不相同，但有相同的列标签)，操作步骤如下图所示。

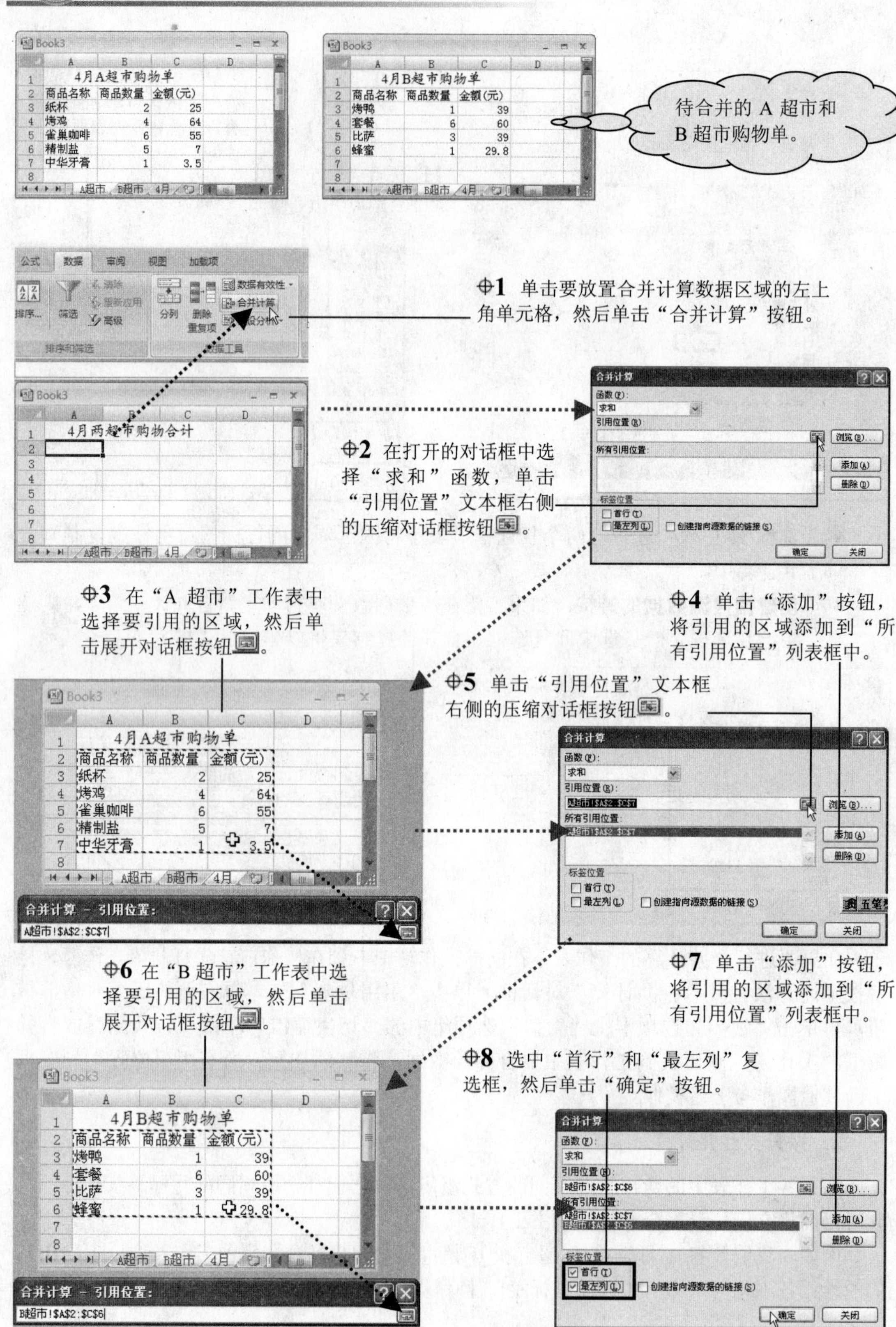
待合并的A超市和B超市购物单。
⊕1 单击要放置合并计算数据区域的左上角单元格，然后单击“合并计算”按钮。
⊕2 在打开的对话框中选择“求和”函数，单击“引用位置”文本框右侧的压缩对话框按钮。
⊕3 在“A超市”工作表中选择要引用的区域，然后单击展开对话框按钮。
⊕4 单击“添加”按钮，将引用的区域添加到“所有引用位置”列表框中。
⊕5 单击“引用位置”文本框右侧的压缩对话框按钮。
⊕6 在“B超市”工作表中选择要引用的区域，然后单击展开对话框按钮。
⊕7 单击“添加”按钮，将引用的区域添加到“所有引用位置”列表框中。
⊕8 选中“首行”和“最左列”复选框，然后单击“确定”按钮。
4月A超市购物单
4月B超市购物单
4月两超市购物合计
合并计算
合并计算 - 引用位置：
A超市!$A$2:$C$7
B超市!$A$2:$C$6

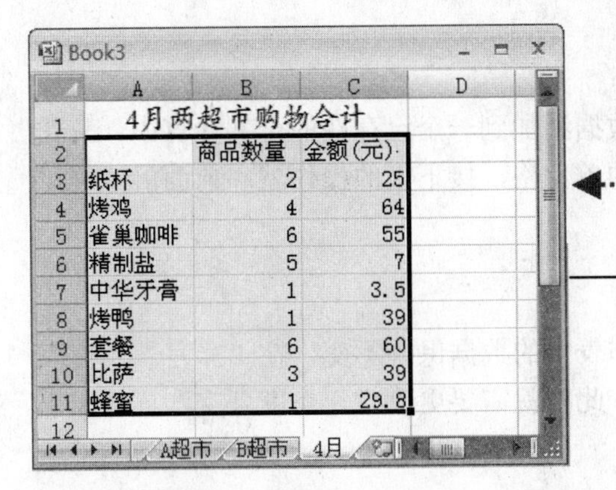

| | A | B | C |
|---|---|---|---|
| 1 | 4月两超市购物合计 | | |
| 2 | | 商品数量 | 金额(元) |
| 3 | 纸杯 | 2 | 25 |
| 4 | 烤鸡 | 4 | 64 |
| 5 | 雀巢咖啡 | 6 | 55 |
| 6 | 精制盐 | 5 | 7 |
| 7 | 中华牙膏 | 1 | 3.5 |
| 8 | 烤鸭 | 1 | 39 |
| 9 | 套餐 | 6 | 60 |
| 10 | 比萨 | 3 | 39 |
| 11 | 蜂蜜 | 1 | 29.8 |

⊕9 得到合并计算的结果。

3．通过公式合并计算

如果工作表中没有可依赖的一致位置或分类，可以通过公式来对其他要组合的工作表进行合并计算。

● 要合并计算的数据位于不同工作表上的不同单元格中

例如，我们要将 C 工作表单元格 B4 和 D 工作表单元格 B5 中的数据，合并到主工作表 C&D 单元格 A2 中，以查看费用合计，操作步骤如下图所示。

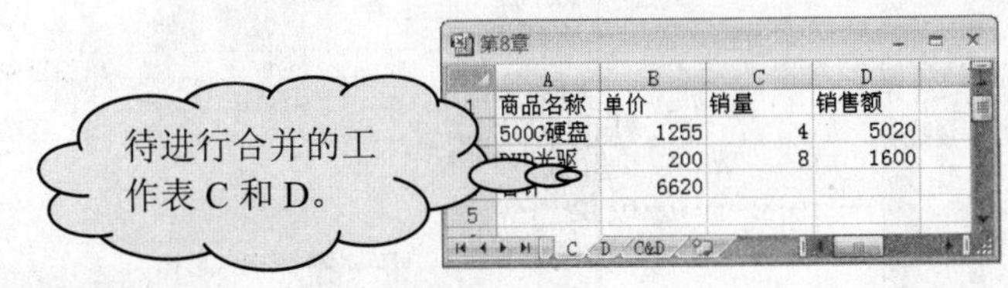


| | A | B | C |
|---|---|---|---|
| 1 | 货品 | 电话机 | 时间表 |
| 2 | 价格 | 50 | 35 |
| 3 | 数量 | 12 | 12 |
| 4 | 金额 | 600 | 420 |
| 5 | 合计金额 | 1020 | |

⊕1 单击主工作表 C&D，输入行标签，然后单击 A2 单元格，输入公式“=sum(C!B4+D!B5)”。

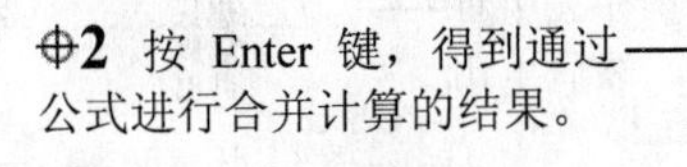

⊕2 按 Enter 键，得到通过公式进行合并计算的结果。

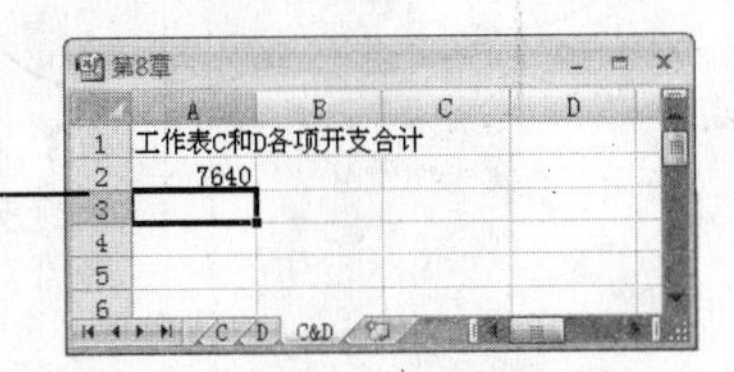


● 要合并计算的数据位于不同工作表上的相同单元格中

例如，要将工作表 E 至 H(也即包括 E、F、G 和 H 4 个工作表)单元格 A3 中的数据合并到主工作表的单元格 A3 中，则需要在主工作表 A3 单元格中输入“=SUM(E:H!A3)”。

## 8.1.2　更改合并计算

对来自多个工作表中的数据进行合并计算后，如增加或删除了源区域中的某些数据，或添加(删除)了作为数据源区域的某个工作表，此时就需要更改对数据进行合并计算的源区域。需要注意的是，只有对没有建立与源区域链接的合并工作表，才能够执行编辑操作。

### 1. 增加源区域

如果增加了新的工作表，要将这个源区域数据添加到一个已存在的合并计算中，只需单击要放置合并结果工作表单元格区域左上角的单元格，接下来的操作就和前面的一样，将其添加到“所有引用位置”列表框中即可。

### 2. 从合并计算中删除部分源区域

例如，前面所述的“1 月”和“2 月”工作表中的数据保持不变，在“3 月”工作表中不把“房租”和“交通费”的数据计算在内，此时就需要更改“一季度开支”工作表引用的源区域，操作步骤如下图所示。

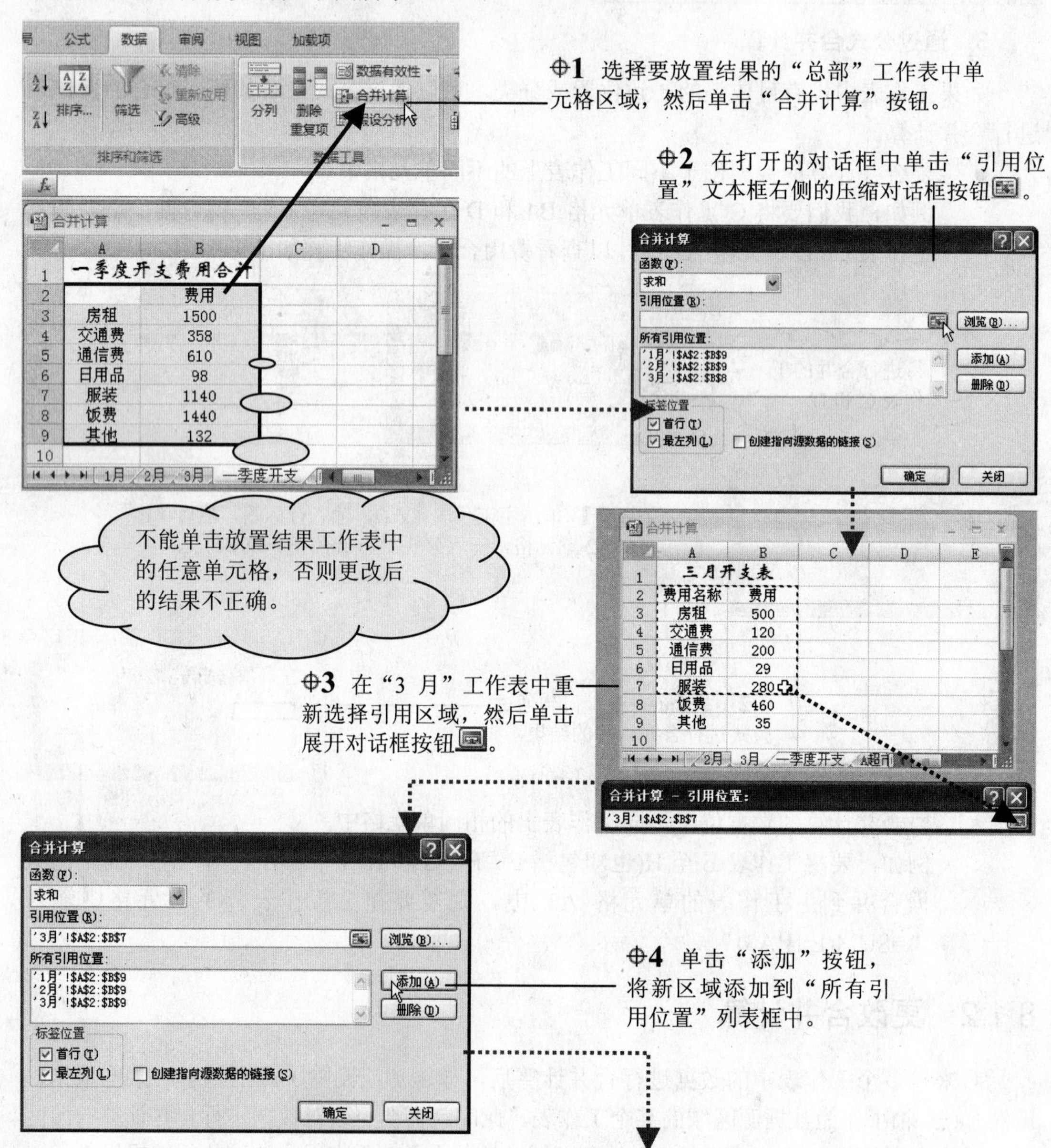

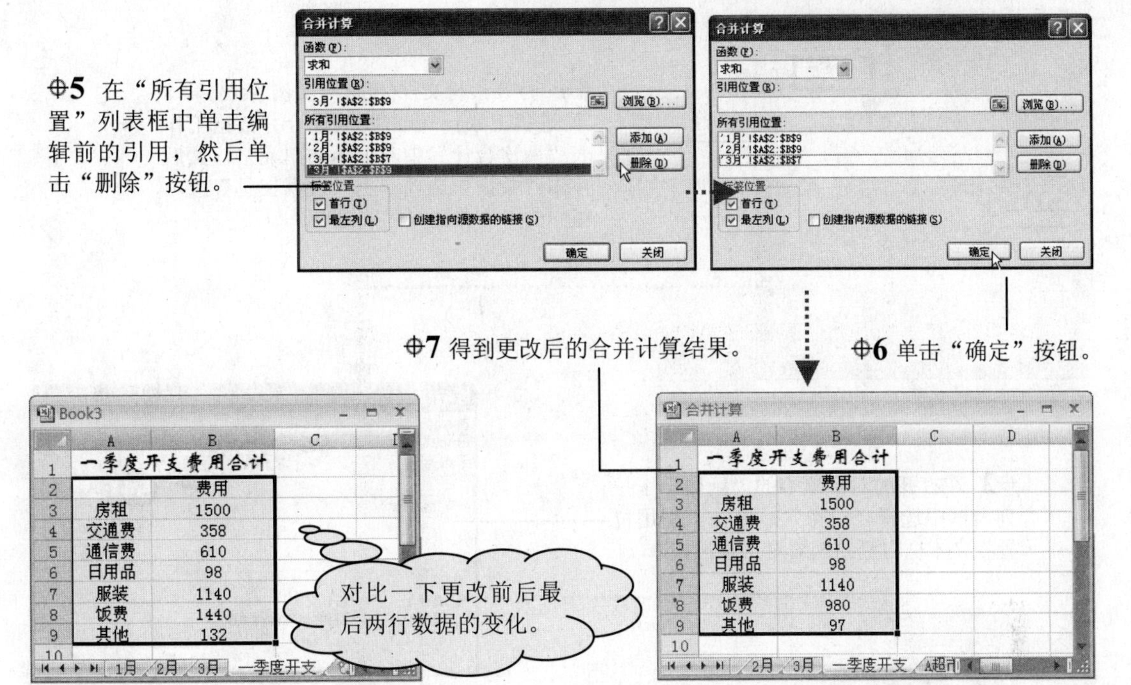


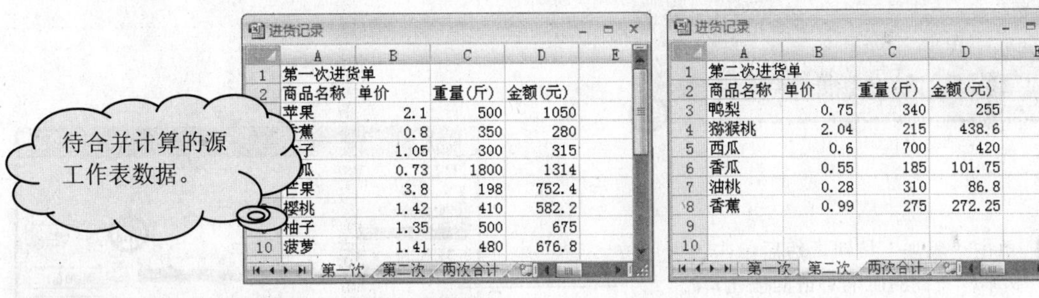


## 实例 1　进货数据的合并计算

下面我们要将两次进货的数据合并计算到“两次合计”主工作表中，来进一步熟悉对多张工作表中的数据进行合并计算方法，操作步骤如下图所示。

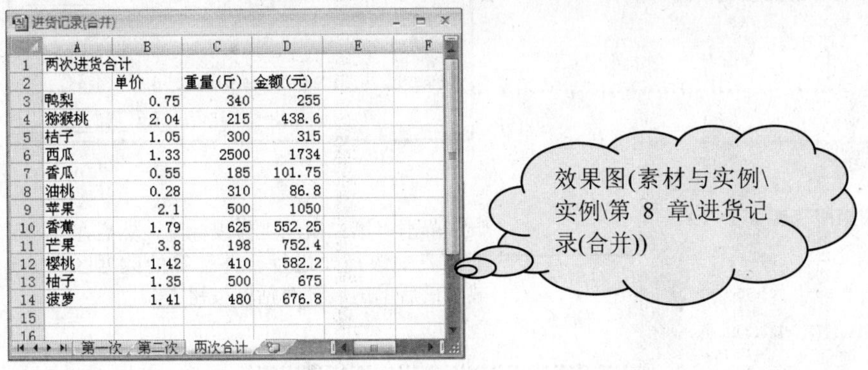


| 第一次进货单 | | | |
|---|---|---|---|
| 商品名称 | 单价 | 重量(斤) | 金额(元) |
| 苹果 | 2.1 | 500 | 1050 |
| [illegible]蕉 | 0.8 | 350 | 280 |
| [illegible]子 | 1.05 | 300 | 315 |
| [illegible]瓜 | 0.73 | 1800 | 1314 |
| 芒果 | 3.8 | 198 | 752.4 |
| 樱桃 | 1.42 | 410 | 582.2 |
| 柚子 | 1.35 | 500 | 675 |
| 菠萝 | 1.41 | 480 | 676.8 |

| 第二次进货单 | | | |
|---|---|---|---|
| 商品名称 | 单价 | 重量(斤) | 金额(元) |
| 鸭梨 | 0.75 | 340 | 255 |
| 猕猴桃 | 2.04 | 215 | 438.6 |
| 西瓜 | 0.6 | 700 | 420 |
| 香瓜 | 0.55 | 185 | 101.75 |
| 油桃 | 0.28 | 310 | 86.8 |
| 香蕉 | 0.99 | 275 | 272.25 |

| 两次进货合计 | | | |
|---|---|---|---|
| | 单价 | 重量(斤) | 金额(元) |
| 鸭梨 | 0.75 | 340 | 255 |
| 猕猴桃 | 2.04 | 215 | 438.6 |
| 桔子 | 1.05 | 300 | 315 |
| 西瓜 | 1.33 | 2500 | 1734 |
| 香瓜 | 0.55 | 185 | 101.75 |
| 油桃 | 0.28 | 310 | 86.8 |
| 苹果 | 2.1 | 500 | 1050 |
| 香蕉 | 1.79 | 625 | 552.25 |
| 芒果 | 3.8 | 198 | 752.4 |
| 樱桃 | 1.42 | 410 | 582.2 |
| 柚子 | 1.35 | 500 | 675 |
| 菠萝 | 1.41 | 480 | 676.8 |

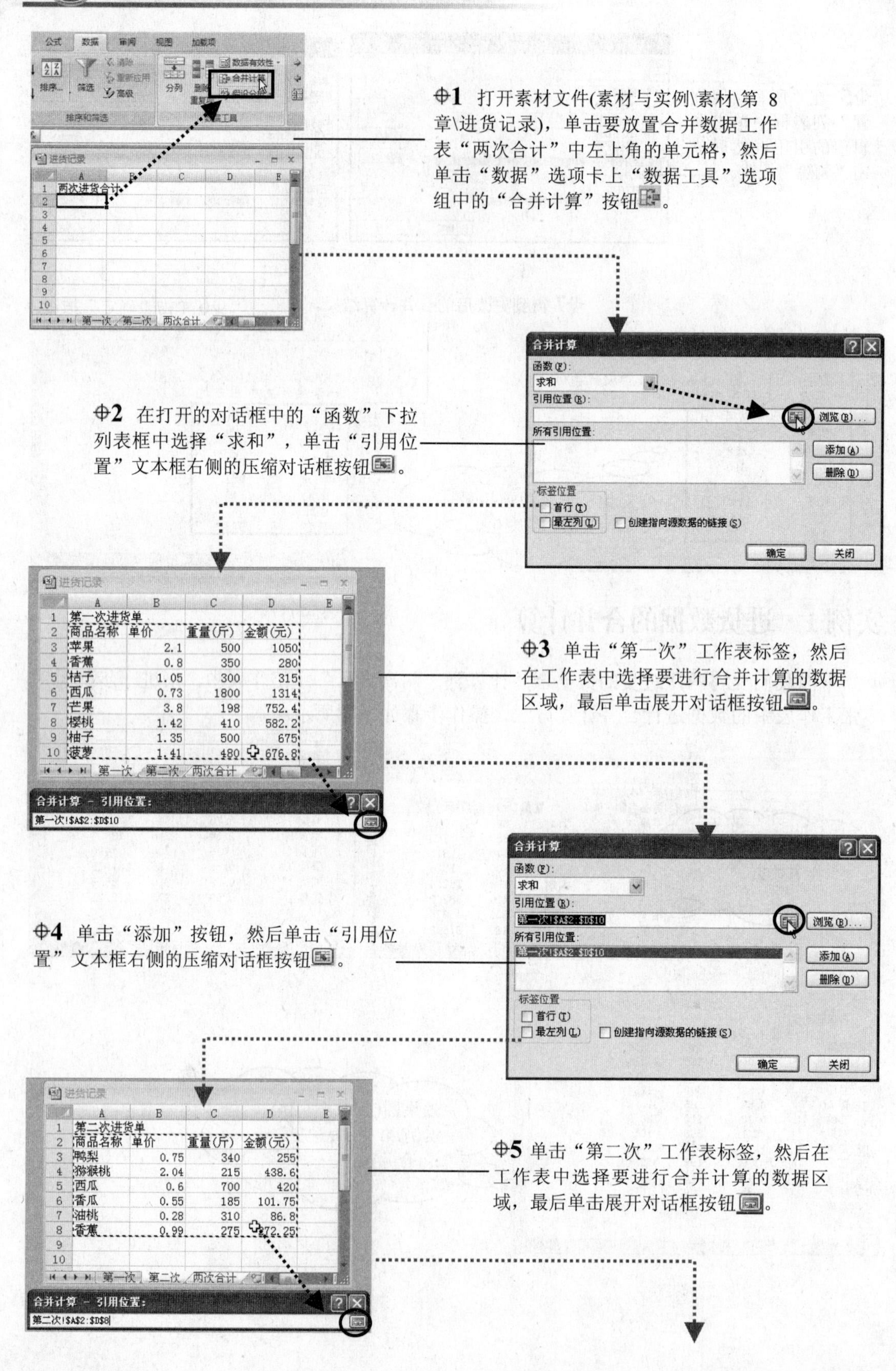

⊕**1** 打开素材文件(素材与实例\素材\第 8 章\进货记录)，单击要放置合并数据工作表“两次合计”中左上角的单元格，然后单击“数据”选项卡上“数据工具”选项组中的“合并计算”按钮。

⊕**2** 在打开的对话框中的“函数”下拉列表框中选择“求和”，单击“引用位置”文本框右侧的压缩对话框按钮。

⊕**3** 单击“第一次”工作表标签，然后在工作表中选择要进行合并计算的数据区域，最后单击展开对话框按钮。

⊕**4** 单击“添加”按钮，然后单击“引用位置”文本框右侧的压缩对话框按钮。

⊕**5** 单击“第二次”工作表标签，然后在工作表中选择要进行合并计算的数据区域，最后单击展开对话框按钮。

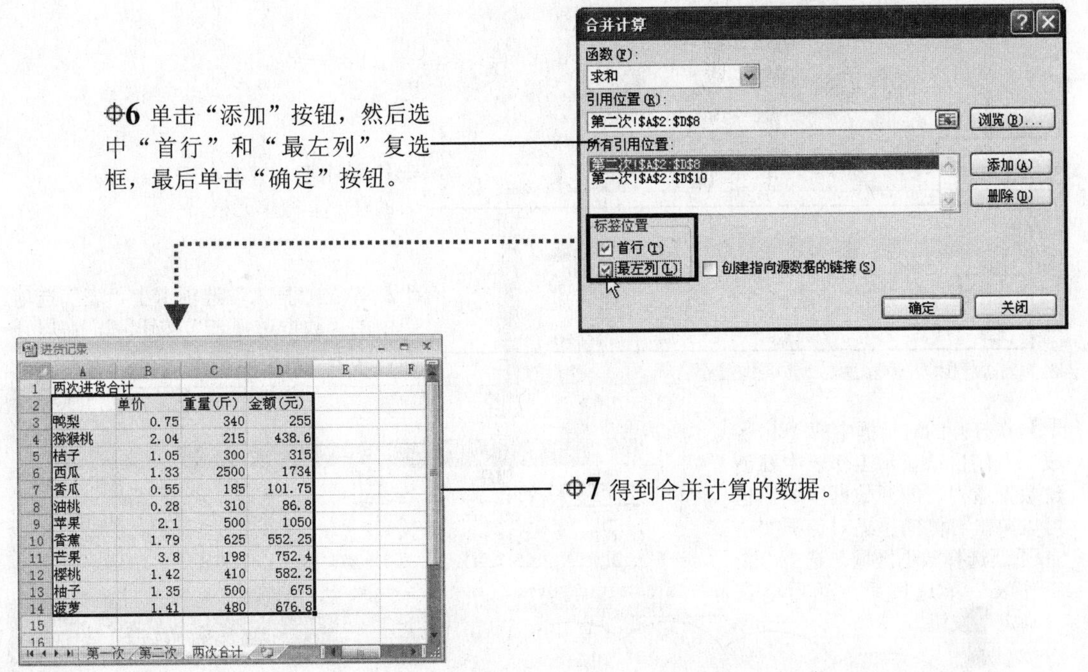


| | A | B | C | D |
|---|---|---|---|---|
| 1 | 两次进货合计 | | | |
| 2 | | 单价 | 重量(斤) | 金额(元) |
| 3 | 鸭梨 | 0.75 | 340 | 255 |
| 4 | 猕猴桃 | 2.04 | 215 | 438.6 |
| 5 | 桔子 | 1.05 | 300 | 315 |
| 6 | 西瓜 | 1.33 | 2500 | 1734 |
| 7 | 香瓜 | 0.55 | 185 | 101.75 |
| 8 | 油桃 | 0.28 | 310 | 86.8 |
| 9 | 苹果 | 2.1 | 500 | 1050 |
| 10 | 香蕉 | 1.79 | 625 | 552.25 |
| 11 | 芒果 | 3.8 | 198 | 752.4 |
| 12 | 樱桃 | 1.42 | 410 | 582.2 |
| 13 | 柚子 | 1.35 | 500 | 675 |
| 14 | 菠萝 | 1.41 | 480 | 676.8 |

# 8.2 数据透视表

数据透视表是一种对大量数据快速汇总和建立交叉列表的交互式表格，用户可以旋转其行或列以查看对源数据的不同汇总，还可以通过显示不同的行标签来筛选数据，或者显示所关注区域的明细数据。数据透视表是 Excel 强大数据处理能力的具体体现。

## 8.2.1 创建数据透视表

要创建数据透视表，首先要在工作表中创建数据源，这种数据可以是现有的工作表数据或外部数据，然后在工作簿中指定位置，最后设置字段布局。

为确保数据可用于数据透视表，需要做到如下几个方面。

- 删除所有空行或空列。
- 删除所有自动小计。
- 确保第一行包含各列的描述性标题，即列标签。
- 确保各列只包含一种类型的数据(例如，一列中是文本，另一列中是数值)。

例如，我们要为下图所示的工作表创建数据透视表，操作步骤如下所示。

| | A | B | C | D | E |
|---|---|---|---|---|---|
| 1 | 二季度空调销售统计 | | | | |
| 2 | 地区 | 四月 | 五月 | 六月 | 合计 |
| 3 | 东部 | ￥249,800 | ￥225,170 | ￥306,218 | ￥781,188 |
| 4 | 南部 | ￥331,010 | ￥345,670 | ￥405,120 | ￥1,081,800 |
| 5 | 西部 | ￥116,870 | ￥201,463 | ￥208,950 | ￥527,283 |
| 6 | 北部 | ￥312,011 | ￥309,876 | ￥321,054 | ￥942,941 |

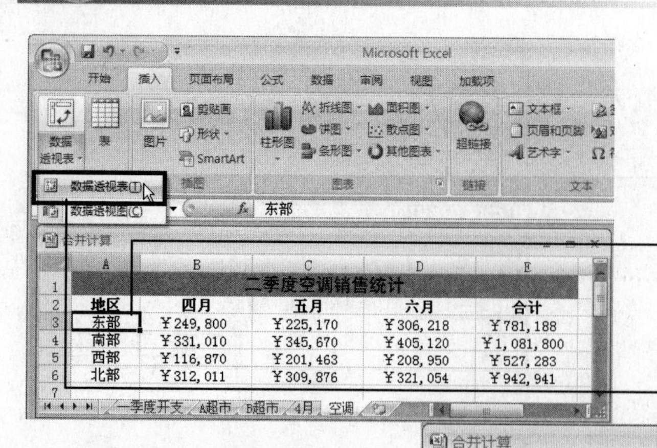

⊕1 单击要创建数据透视表的任一非空单元格。

⊕2 单击“插入”选项卡上“表”选项组中的“数据透视表”按钮，在展开的列表中选择“数据透视表”命令。

⊕3 在打开的对话框中的“表/区域”右侧自动显示工作表中要创建数据透视表的源数据区域，也可以单击右侧的压缩对话框按钮重新选择数据区域，选中“新工作表”单选按钮，然后单击“确定”按钮。

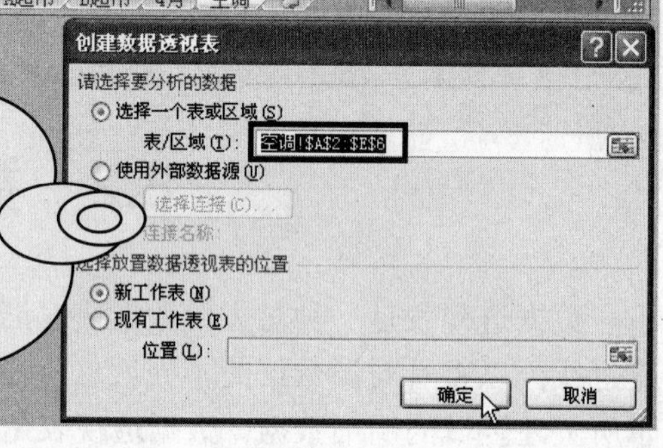

为避免破坏现有工作表中的数据，通常选中“新工作表”单选按钮。若要将数据透视表放在现有工作表中，则选中“现有工作表”单选按钮，然后在“位置”文本框中输入要放置数据透视表的单元格区域的第一个单元格地址。

提示

如果要选择外部数据，则选中“使用外部数据源”单选按钮，然后单击“选择连接”按钮，在打开的对话框中根据提示进行操作即可。

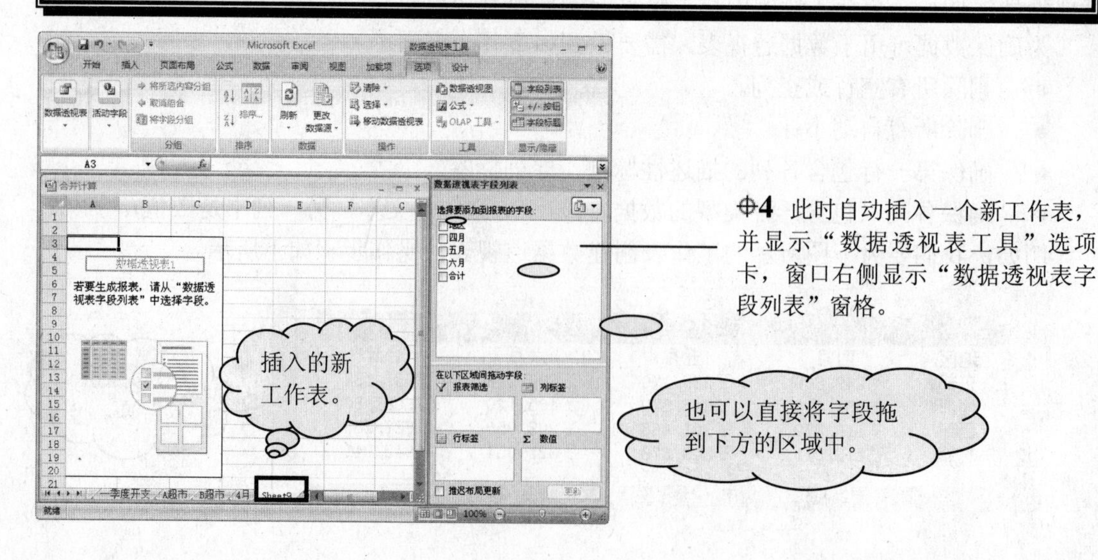


⊕4 此时自动插入一个新工作表，并显示“数据透视表工具”选项卡，窗口右侧显示“数据透视表字段列表”窗格。

**提示**

默认情况下，会将第一个选择的字段添加到“行标签”区域。

**5** 在“选择要添加到报表的字段”列表框中会显示原始数据区域中所有的字段名，选中相应的复选框。

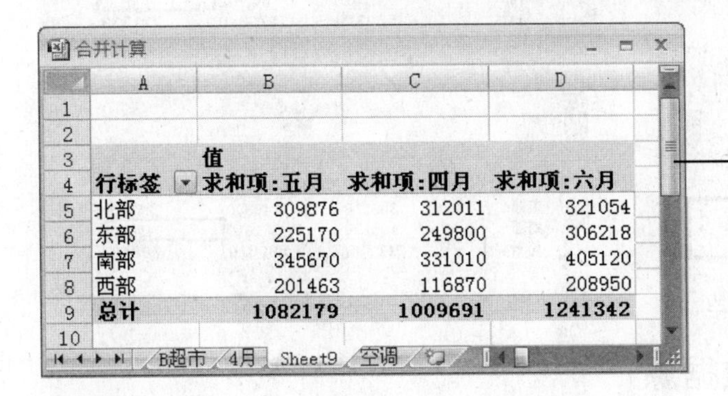

| 行标签 | 值<br>求和项:五月 | 求和项:四月 | 求和项:六月 |
|---|---|---|---|
| 北部 | 309876 | 312011 | 321054 |
| 东部 | 225170 | 249800 | 306218 |
| 南部 | 345670 | 331010 | 405120 |
| 西部 | 201463 | 116870 | 208950 |
| **总计** | **1082179** | **1009691** | **1241342** |

**6** 在数据透视表外单击，数据透视表创建结束，效果如左图所示。

**提示**

在数据透视表中单击“行标签”按钮，利用弹出的操作列表可分别调整“类别”顺序(升序或降序)，或者对“类别”进行筛选(例如，只显示东部和南部数据)，如下图所示。

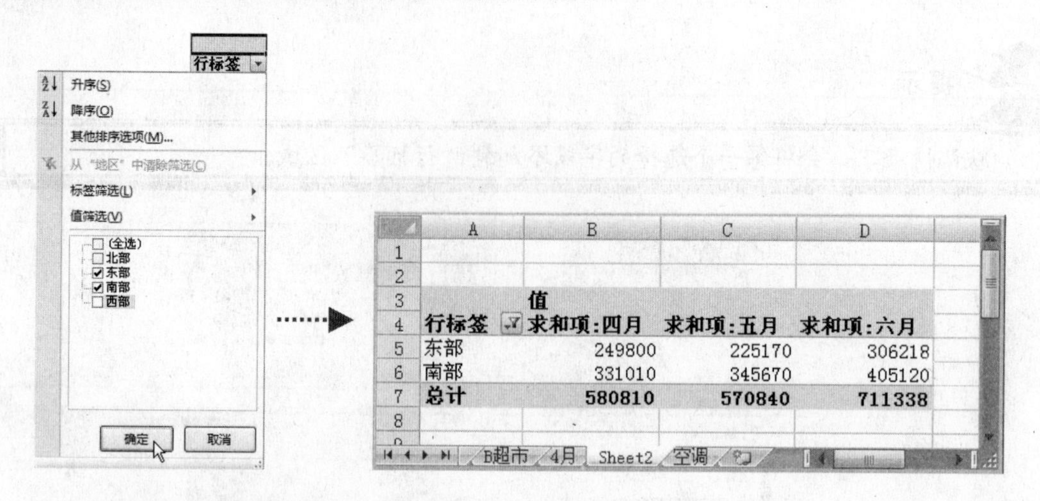


## 8.2.2 更改数据透视表的版式

要更改数据透视表的版式，可在数据透视表中单击任意非空单元格，将显示“数据透视表字段列表”窗格，然后在其中重新调整字段的位置即可。

例如，将上面创建的数据透视表中的字段“四月”和“六月”的位置对调一下，如左下图所示，效果如右下图所示。

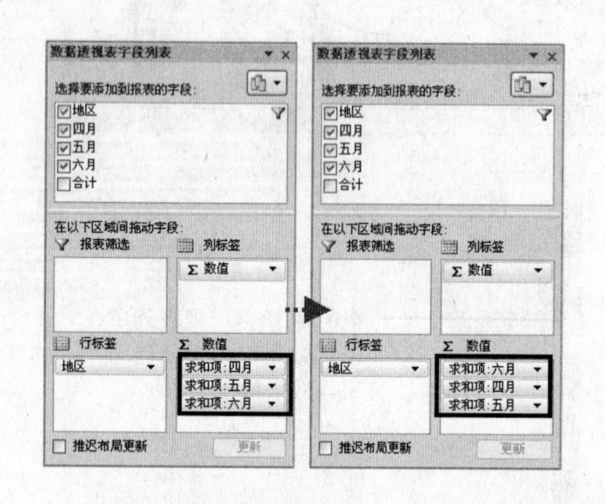


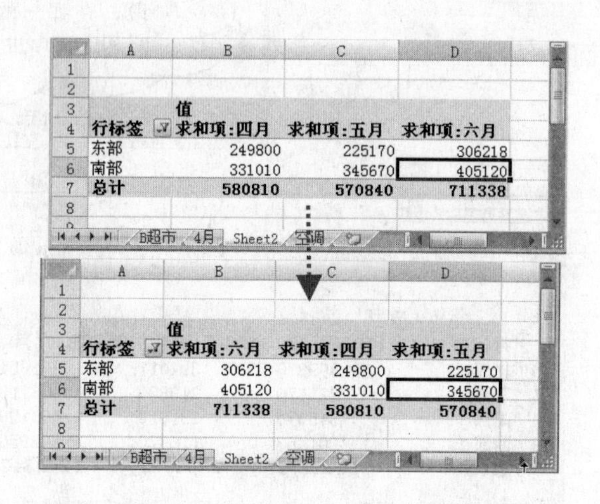


## 8.2.3 更改数据透视表的数据源

数据透视表建好后还可以改变其中的数据，如添加或减少，但是不能直接在数据透视表中进行，必须回到数据源工作表中，在其中修改数据，然后再切换到要更新的数据透视表，单击“数据透视表工具”下的“选项”选项卡上“数据”选项组中的“刷新”按钮，此时可看到当前数据透视表闪动一下，数据透视表中的数据自动更新(因为它们是一种链接关系)。

例如，要把数据透视表中“五月”列的“北部”数据由“309876”改为“310890”，可按下图所示步骤进行操作。

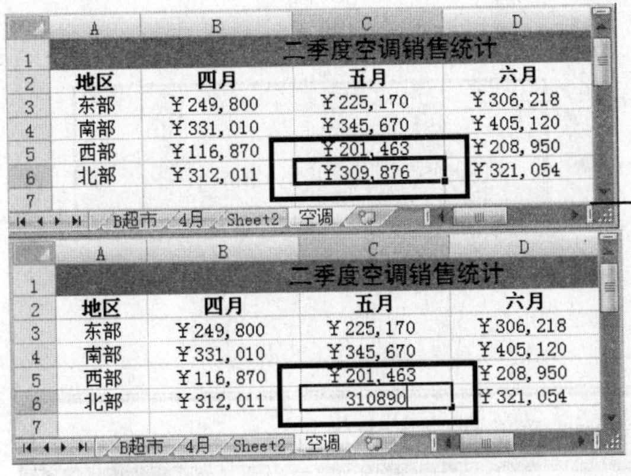


⊕1 打开源工作表。

⊕2 切换到数据透视表中，然后单击“数据透视表工具”下的“选项”选项卡上“数据”选项组中的“刷新”按钮，数据透视表中的数据自动更新。

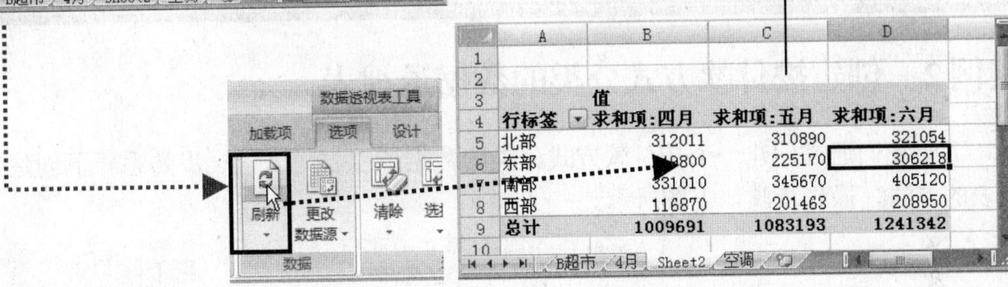

**提示**

如果希望更改数据源区域，可在“数据透视表工具”下的“选项”选项卡中单击“更改数据源”按钮，然后重新选择数据源区域。

## 8.2.4　显示或隐藏数据透视表元素

默认情况下，创建数据透视表后“字段列表”按钮、“+/-按钮”和“字段标题”按钮均处于选中状态，即高亮显示，如下图所示。

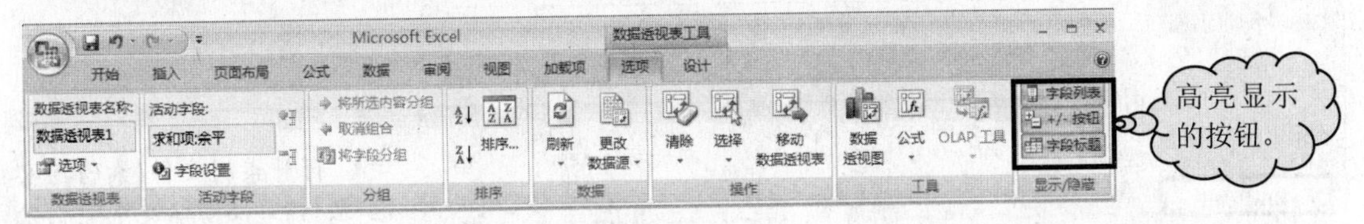


单击“字段列表”按钮，可显示或隐藏“数据透视表字段列表”窗格；单击“+/-按钮”，可展开或折叠数据透视表内项目(仅用于复杂的多级透视表)；单击“字段标题”按钮，可显示或隐藏“行标签”和“列标签”字样。

## 8.2.5　删除数据透视表

要删除数据透视表，可在选中数据透视表单元格区域后按 Delete 键即可，如下图所示。

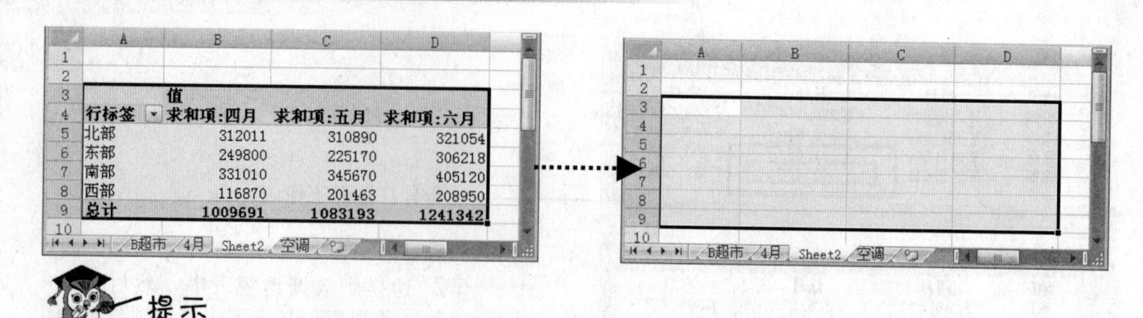

| | A | B | C | D |
|---|---|---|---|---|
| 3 | | 值 | | |
| 4 | 行标签 | 求和项:四月 | 求和项:五月 | 求和项:六月 |
| 5 | 北部 | 312011 | 310890 | 321054 |
| 6 | 东部 | 249800 | 225170 | 306218 |
| 7 | 南部 | 331010 | 345670 | 405120 |
| 8 | 西部 | 116870 | 201463 | 208950 |
| 9 | 总计 | 1009691 | 1083193 | 1241342 |

**提示**

删除数据透视表所在工作表的方法与删除普通工作表的方法相同。

## 实例 2　创建按付款方式分类的数据透视表

下面我们通过创建一个按付款方式分类的数据透视表，来进一步熟悉一下创建数据透视表的方法，操作步骤如下图所示。

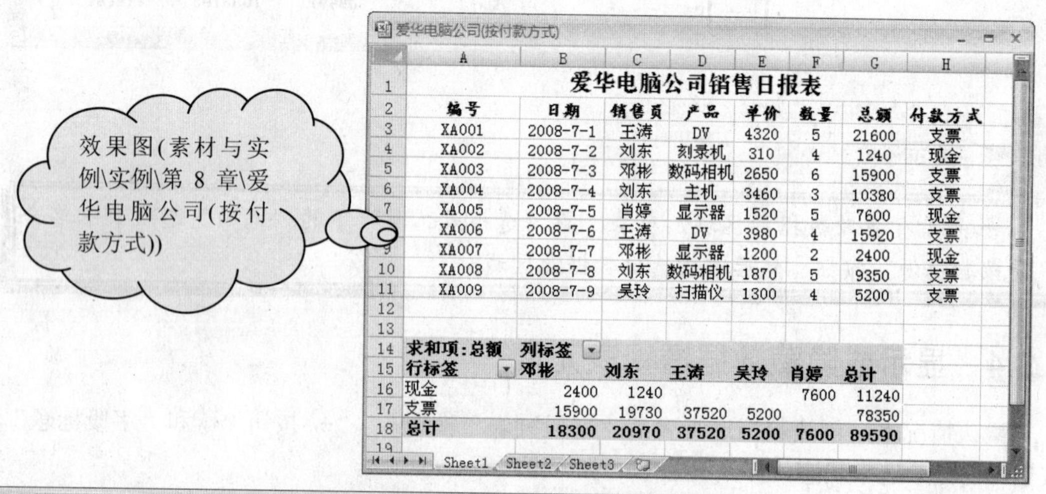


爱华电脑公司销售日报表

| 编号 | 日期 | 销售员 | 产品 | 单价 | 数量 | 总额 | 付款方式 |
|---|---|---|---|---|---|---|---|
| XA001 | 2008-7-1 | 王涛 | DV | 4320 | 5 | 21600 | 支票 |
| XA002 | 2008-7-2 | 刘东 | 刻录机 | 310 | 4 | 1240 | 现金 |
| XA003 | 2008-7-3 | 邓彬 | 数码相机 | 2650 | 6 | 15900 | 支票 |
| XA004 | 2008-7-4 | 刘东 | 主机 | 3460 | 3 | 10380 | 支票 |
| XA005 | 2008-7-5 | 肖婷 | 显示器 | 1520 | 5 | 7600 | 现金 |
| XA006 | 2008-7-6 | 王涛 | DV | 3980 | 4 | 15920 | 支票 |
| XA007 | 2008-7-7 | 邓彬 | 显示器 | 1200 | 2 | 2400 | 现金 |
| XA008 | 2008-7-8 | 刘东 | 数码相机 | 1870 | 5 | 9350 | 支票 |
| XA009 | 2008-7-9 | 吴玲 | 扫描仪 | 1300 | 4 | 5200 | 支票 |

| 求和项:总额 | 列标签 | | | | | |
|---|---|---|---|---|---|---|
| 行标签 | 邓彬 | 刘东 | 王涛 | 吴玲 | 肖婷 | 总计 |
| 现金 | 2400 | 1240 | | | 7600 | 11240 |
| 支票 | 15900 | 19730 | 37520 | 5200 | | 78350 |
| 总计 | 18300 | 20970 | 37520 | 5200 | 7600 | 89590 |

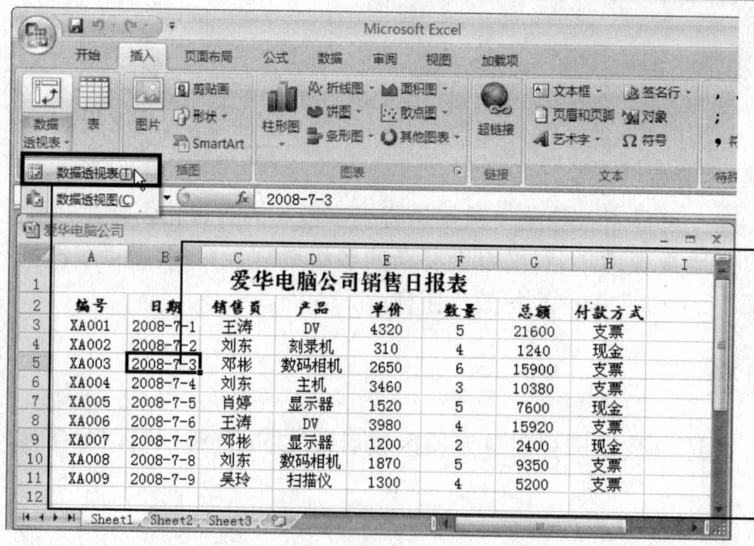


爱华电脑公司销售日报表

| 编号 | 日期 | 销售员 | 产品 | 单价 | 数量 | 总额 | 付款方式 |
|---|---|---|---|---|---|---|---|
| XA001 | 2008-7-1 | 王涛 | DV | 4320 | 5 | 21600 | 支票 |
| XA002 | 2008-7-2 | 刘东 | 刻录机 | 310 | 4 | 1240 | 现金 |
| XA003 | 2008-7-3 | 邓彬 | 数码相机 | 2650 | 6 | 15900 | 支票 |
| XA004 | 2008-7-4 | 刘东 | 主机 | 3460 | 3 | 10380 | 支票 |
| XA005 | 2008-7-5 | 肖婷 | 显示器 | 1520 | 5 | 7600 | 现金 |
| XA006 | 2008-7-6 | 王涛 | DV | 3980 | 4 | 15920 | 支票 |
| XA007 | 2008-7-7 | 邓彬 | 显示器 | 1200 | 2 | 2400 | 现金 |
| XA008 | 2008-7-8 | 刘东 | 数码相机 | 1870 | 5 | 9350 | 支票 |
| XA009 | 2008-7-9 | 吴玲 | 扫描仪 | 1300 | 4 | 5200 | 支票 |

**1** 打开素材文件(素材与实例\素材\第 8 章\爱华电脑公司)，然后单击要创建数据透视表的任意非空单元格。

**2** 单击“插入”选项卡上“表”选项组中的“数据透视表”按钮，在展开的列表中选择“数据透视表”命令。

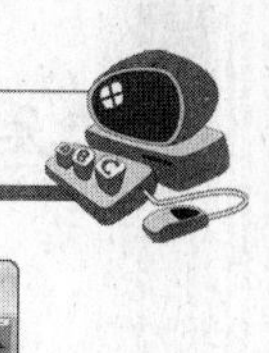



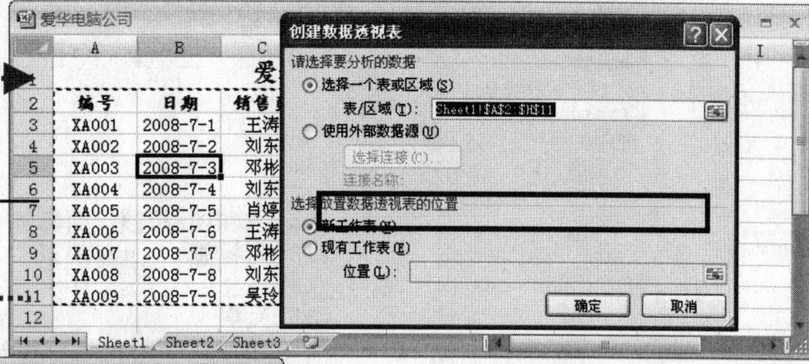

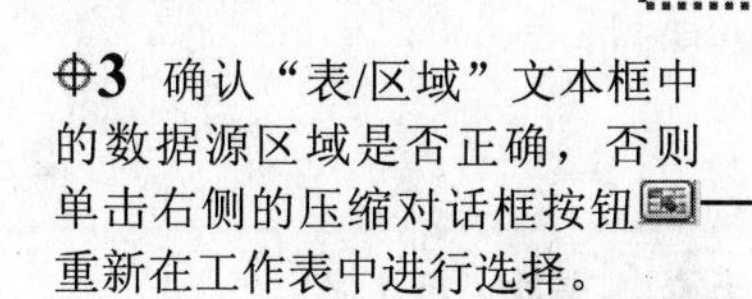

**3** 确认“表/区域”文本框中的数据源区域是否正确，否则单击右侧的压缩对话框按钮重新在工作表中进行选择。

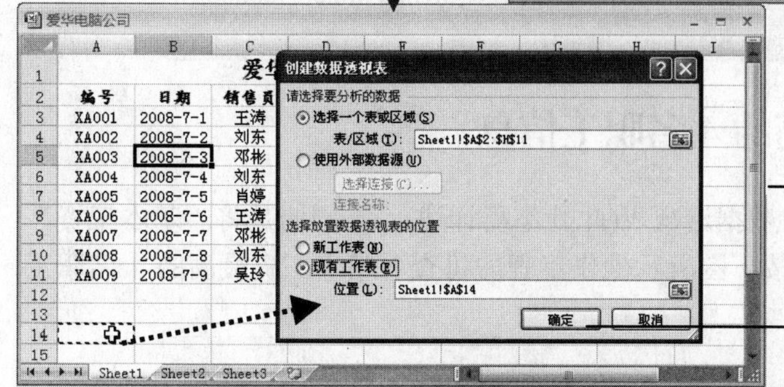


**4** 选中“现有工作表”单选按钮，然后在工作表中单击要放置数据透视表的单元格区域的第一个单元格A14。

**5** 单击“确定”按钮。

**6** 自动显示“数据透视表工具”下的“选项”选项卡和“数据透视表字段列表”窗格。将“付款方式”字段拖到“行标签”区域，“总额”字段拖到“数值”区域，“销售员”字段拖到“列标签”区域。

**提示**

如果设置多个行标签或列标签，可创建复杂的多级透视表。

**提示**

单击“列标签”(销售员)或“行标签”(付款方式)，可分别对列标签或行标签进行排序，或者对标签或列标签进行筛选。例如，通过对列标签进行筛选，可只显示刘东、王涛和吴玲的汇总情况，如下图所示。

快乐学电脑

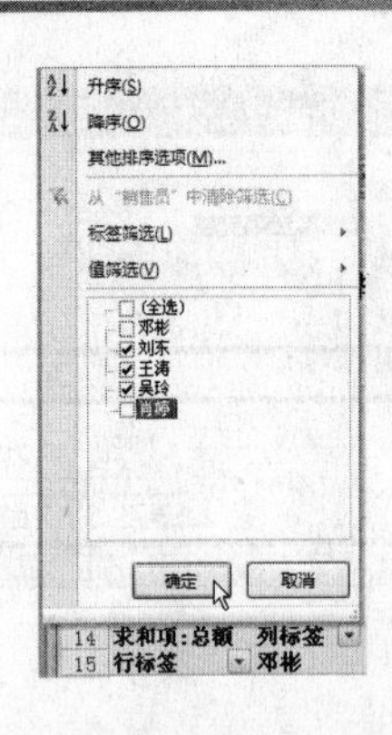


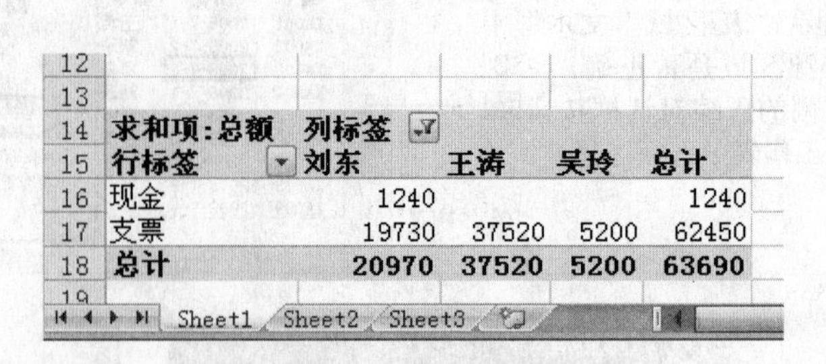

| | | | | | |
|---|---|---|---|---|---|
| 14 | 求和项:总额 | 列标签 | | | |
| 15 | 行标签 | 刘东 | 王涛 | 吴玲 | 总计 |
| 16 | 现金 | 1240 | | | 1240 |
| 17 | 支票 | 19730 | 37520 | 5200 | 62450 |
| 18 | 总计 | 20970 | 37520 | 5200 | 63690 |

## 实例 3　查看基本工资最高的 4 名职工信息

下面首先按实例 2 的方法创建数据透视表(此处不再详述)，不同的是将“基本工资”字段拖到“报表筛选”区域，接着按下图所示操作步骤即可查看基本工资最高的 4 名职工信息。

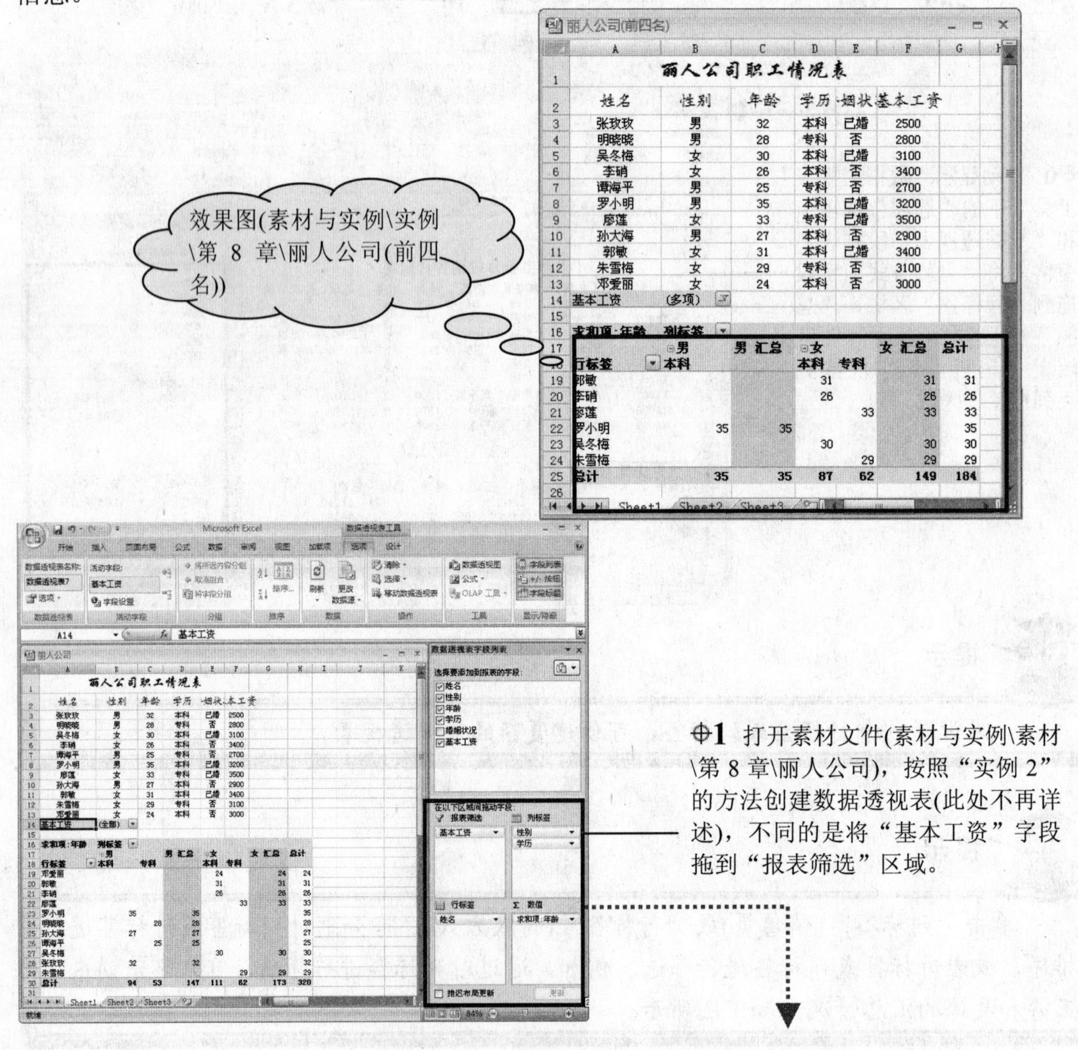


效果图(素材与实例\实例\第 8 章\丽人公司(前四名))

**1** 打开素材文件(素材与实例\素材\第 8 章\丽人公司)，按照“实例 2”的方法创建数据透视表(此处不再详述)，不同的是将“基本工资”字段拖到“报表筛选”区域。

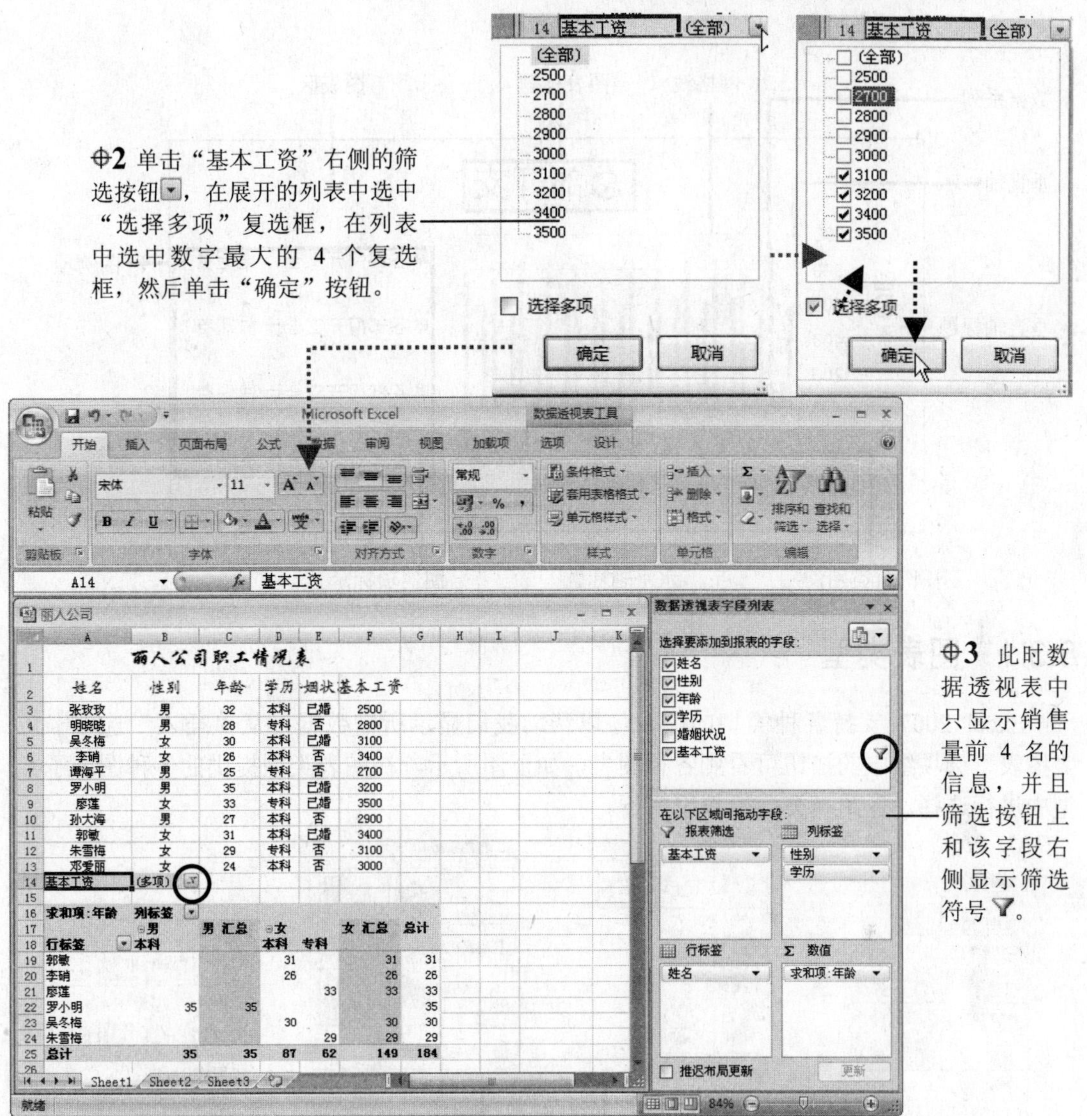

⊕**2** 单击“基本工资”右侧的筛选按钮▾，在展开的列表中选中“选择多项”复选框，在列表中选中数字最大的 4 个复选框，然后单击“确定”按钮。

⊕**3** 此时数据透视表中只显示销售量前 4 名的信息，并且筛选按钮上和该字段右侧显示筛选符号▼。

## 8.3 创建和编辑图表

图表以图形化方式表示工作表中的内容，是直观显示工作表中内容的方式。图表具有较好的视觉效果，方便用户查看数据的差异和预测趋势。使用图表可以使乏味的数据变得生动起来，更易于比较数据。

在创建和编辑图表前，我们先来认识一下图表的结构，如下图所示。

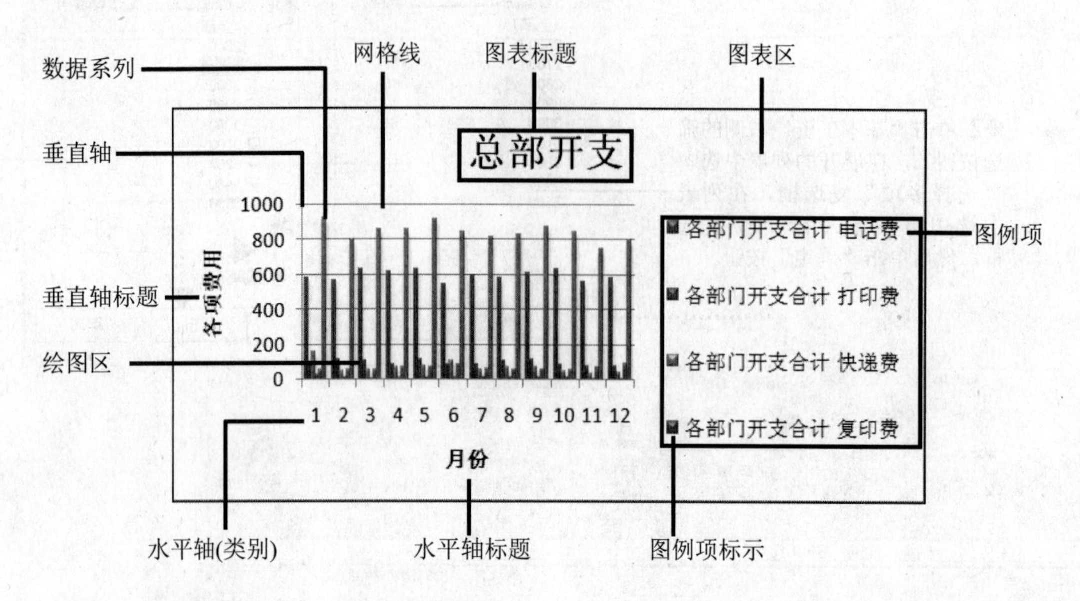


## 8.3.1 图表类型

Excel 2007 支持各种类型的图表，以帮助我们显示所需数据，从“插入”选项卡上“图表”选项组中的按钮可看到各种图表，如下图所示，在图表类型提供的各种图表子类型中进行选择，各图表类型的作用如下。

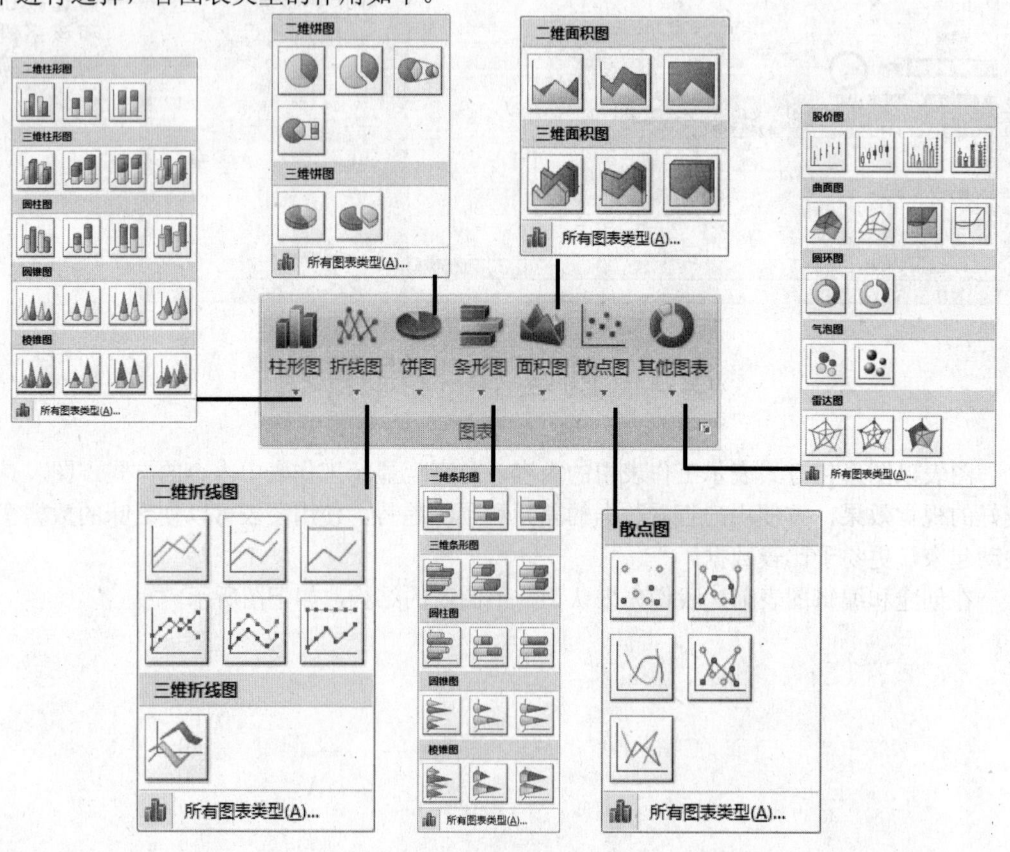

- 柱形图：用于显示一段时间内的数据变化或显示各项之间的比较情况。在柱形图中，通常沿水平轴组织类别，而沿垂直轴组织数据。
- 折线图：可以显示随时间而变化的连续数据，非常适用于显示在相等时间间隔下数据的趋势。在折线图中，类别数据沿水平轴均匀分布，所有数据沿垂直轴均匀分布。
- 饼图：显示一个数据系列中各项的大小与各项总和的比例。饼图中的数据点显示为整个饼图的百分比。
- 条形图：显示各个项目之间的比较情况。
- 面积图：强调数量随时间而变化的程度，也可用于引起人们对总值趋势的注意。
- 散点图：显示若干数据系列中各数据之间的关系，或者将两组数据绘制为 xy 坐标的一个系列。
- 股价图：经常用来显示股价的波动。
- 曲面图：显示两组数据之间的最佳组合。
- 圆环图：像饼图一样，圆环图显示各个部分与整体之间的关系，但是它可以包含多个数据系列。
- 气泡图：排列在工作表列中的数据可以绘制在气泡图中。
- 雷达图：比较若干数据系列的聚合值。

## 8.3.2 创建图表

要创建图表，首先要在工作表中输入用于创建图表的数据，然后选择该数据并选择一种图表类型即可。

### 1. 嵌入式图表

例如，我们要为“空调”工作表创建一个嵌入式图表，可按下图所示的操作步骤进行。

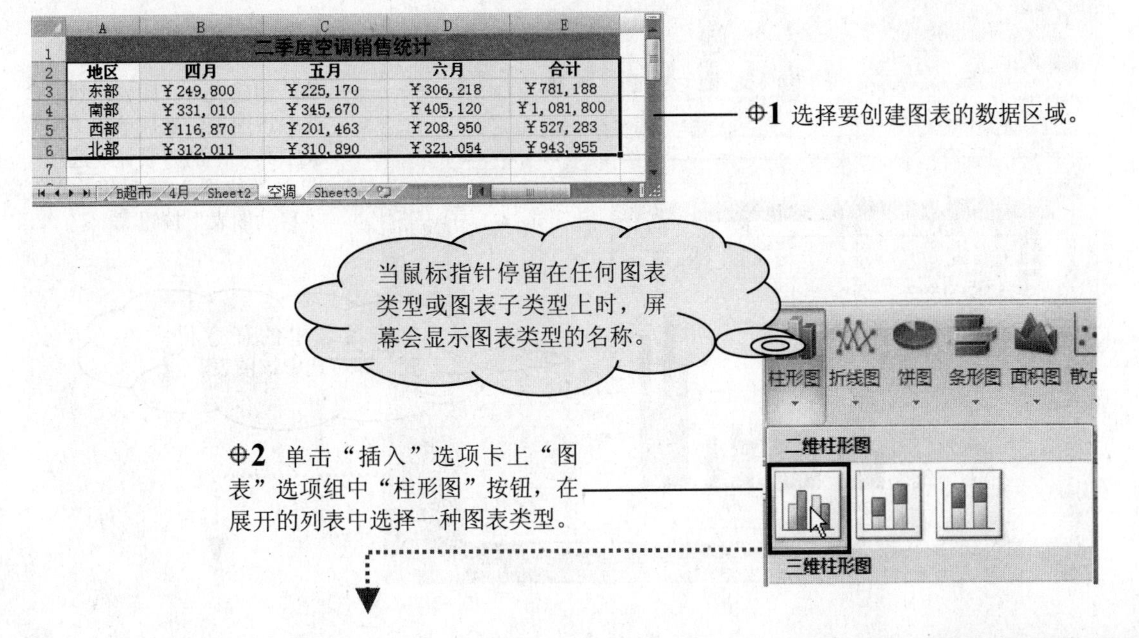

| 二季度空调销售统计 | | | | |
|---|---|---|---|---|
| 地区 | 四月 | 五月 | 六月 | 合计 |
| 东部 | ￥249,800 | ￥225,170 | ￥306,218 | ￥781,188 |
| 南部 | ￥331,010 | ￥345,670 | ￥405,120 | ￥1,081,800 |
| 西部 | ￥116,870 | ￥201,463 | ￥208,950 | ￥527,283 |
| 北部 | ￥312,011 | ￥310,890 | ￥321,054 | ￥943,955 |

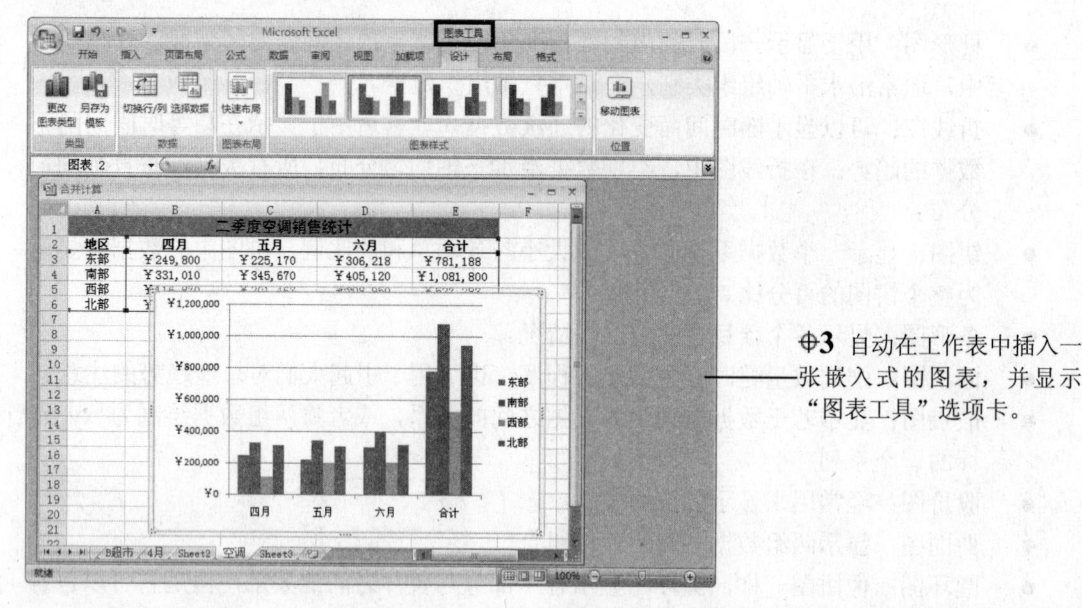


利用“图表工具”选项卡上的命令可修改图表，以使图表按照我们所需的方式表示数据。例如，可以使用“设计”选项卡切换行或列的数据显示，更改图表的源数据，更改图表的位置，更改图表类型，将图表保存为模板或选择预定义布局和格式选项；使用“布局”选项卡可更改图表元素(如图表标题和数据标签)，或在图表中添加形状、文本框和图片；使用“格式”选项卡可更改填充颜色、线型或对形状应用阴影、发光等特殊效果。

2．独立图表

如果要创建独立的图表，可先创建嵌入式图表，然后选中该图表，单击“图表工具”下的“设计”选项卡上“位置”选项组中的“移动图表”按钮，打开“移动图表”对话框，选中“新工作表”单选按钮，然后单击“确定”按钮，即可在原工作表的前面插入一“Chart+(数字)”工作表以放置创建的图表。具体操作步骤如下图所示。

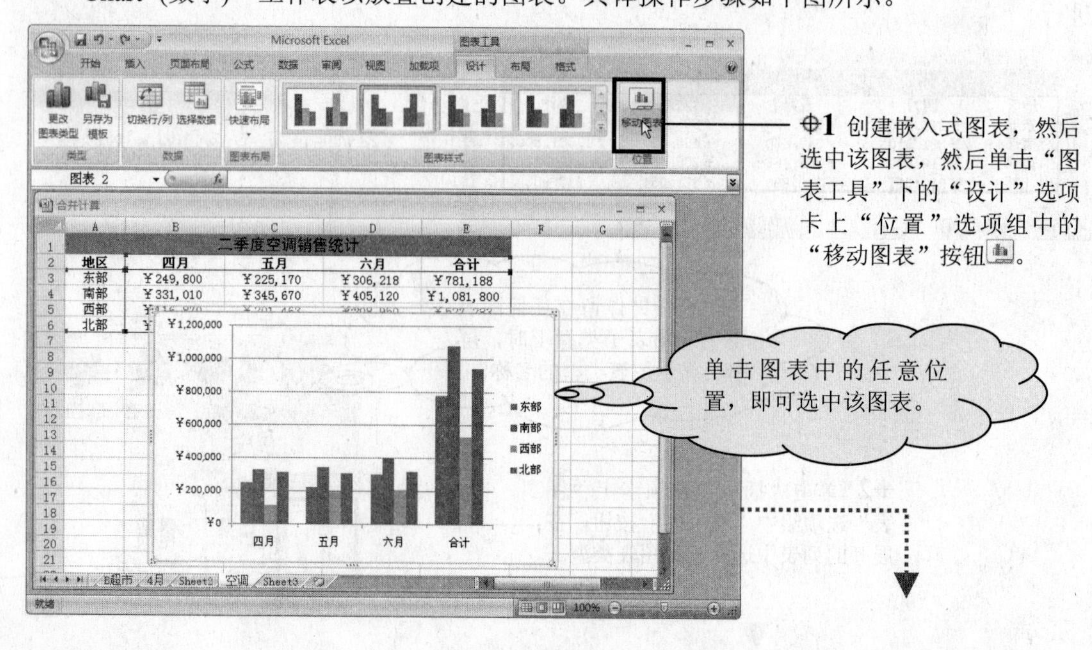

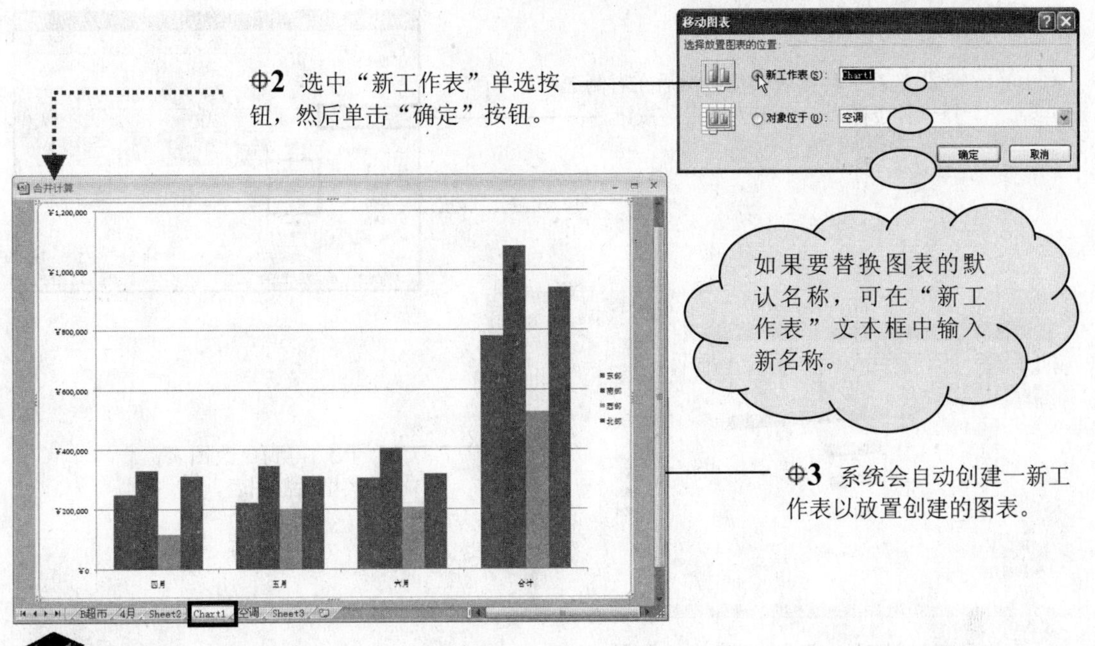


⊕2 选中“新工作表”单选按钮，然后单击“确定”按钮。

如果要替换图表的默认名称，可在“新工作表”文本框中输入新名称。

⊕3 系统会自动创建一新工作表以放置创建的图表。

**提示**

选择要创建图表的单元格区域，按 Alt + F1 组合键，可创建一个嵌入式图表；按 F11 键，则可创建一个独立的图表工作表。

## 8.3.3 编辑图表

创建好图表后，可以根据需要对图表进行编辑，如更改图表类型，移动、复制、缩放和删除图表，以及向图表中添加文本等。

### 1. 更改图表类型

要更改图表类型，可按下图所示的操作步骤进行。

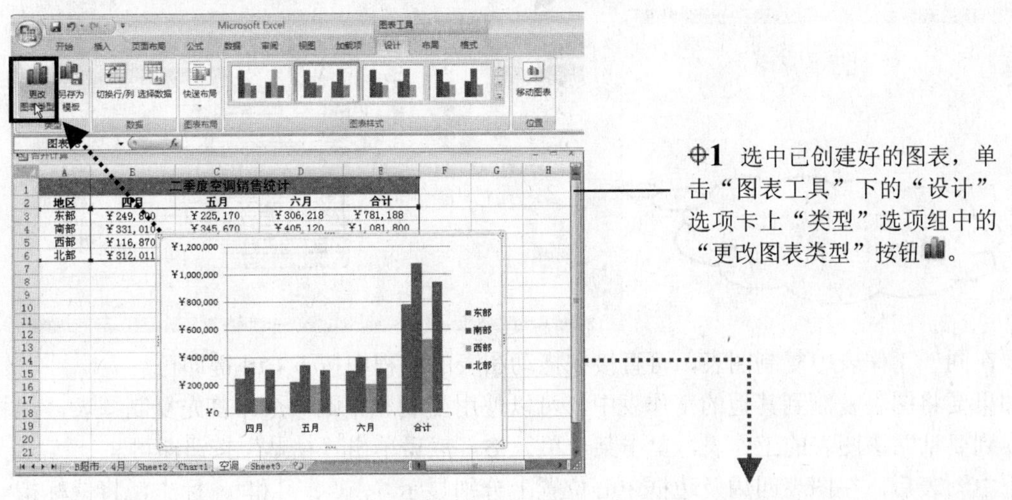


⊕1 选中已创建好的图表，单击“图表工具”下的“设计”选项卡上“类型”选项组中的“更改图表类型”按钮。

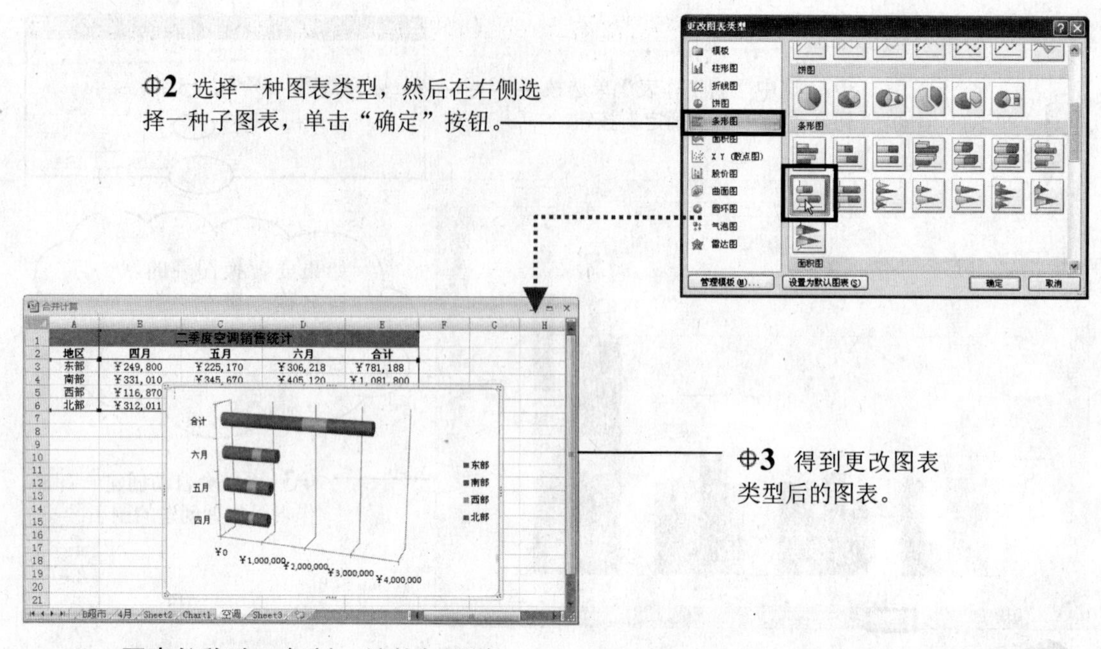


## 2. 图表的移动、复制、缩放与删除

要移动整个图表的位置，可将鼠标指针移到图表的边框线上，当鼠标指针变成十字箭头形状✥时按住鼠标左键不放，然后将其拖到所需位置并释放鼠标即可，如下图所示。

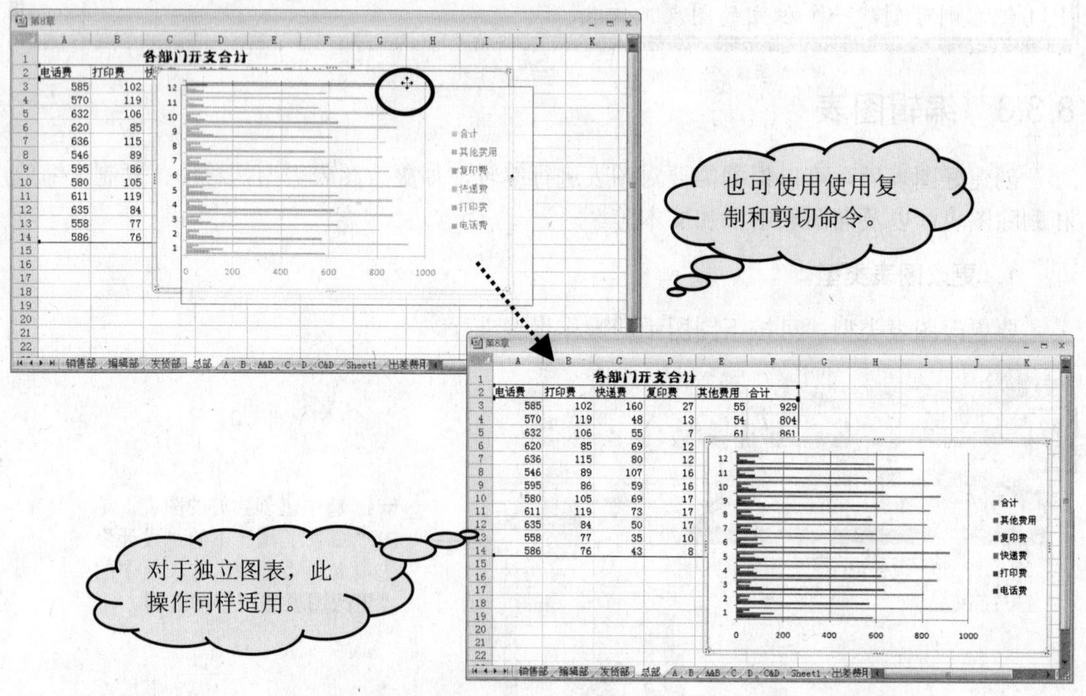


要在同一工作表中复制图表，可直接在拖动图表的过程中按下 Ctrl 键即可。

如果要将图表复制到其他的工作表中，可以使用复制和粘贴命令。首先复制图表，然后切换到要粘贴该图表的工作表，单击某个单元格，然后单击“粘贴”按钮即可。

选中图表后，在图表四周及边框中心位置上分别显示⁞、⁞、⁞和⋯⋯标志，将鼠标指

针移到这些控制点上，当鼠标指针变成双向箭头形状、、、时，按住鼠标左键不放并拖动，可缩小或放大整个图表。下图所示是按住鼠标左键向左上角拖动图表右下角控制点时的效果。

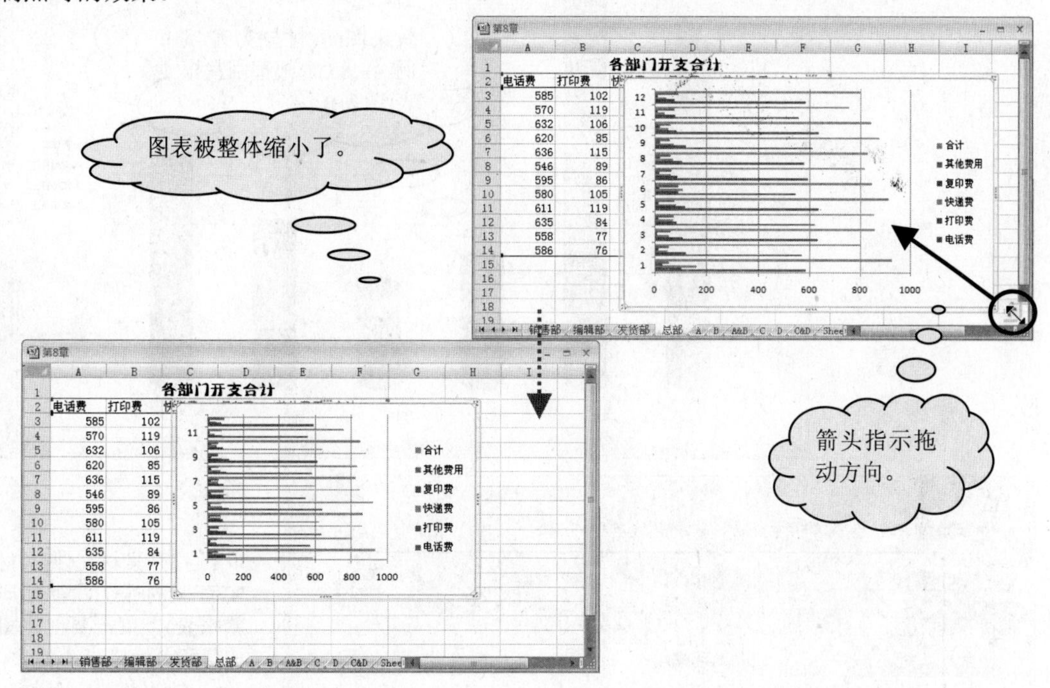


要删除图表，可选中图表后直接按 Delete 键。删除图表后，数据源不变。

### 3. 向图表中添加文本

要在图表中添加文字说明，可借助文本框。单击“图表工具”下的“布局”选项卡上“插入”选项组中的“文本框”按钮，在展开的列表中选择一种文本框样式，如左下图所示，此时鼠标指针变为宝剑形状，如中下图所示。在图表中要添加文本的位置按下鼠标左键并拖动，待文本框大小合适后释放鼠标左键，如右下图所示。接下来在文本框中输入文本，输入完毕后按 Esc 键或在文本框外单击鼠标结束输入。如果输入的文字不能完全显示，可以将鼠标指针移到文本框四周的控制点上，按下鼠标左键并拖动来调整文本框的大小。

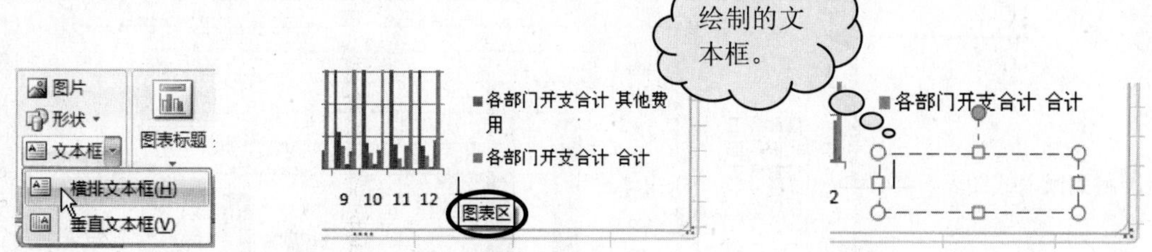


## 实例4 创建邮局回款报表图表

下面我们通过创建“邮局回款报表”图表，来进一步熟悉独立图表的创建方法，操作步骤如下图所示。

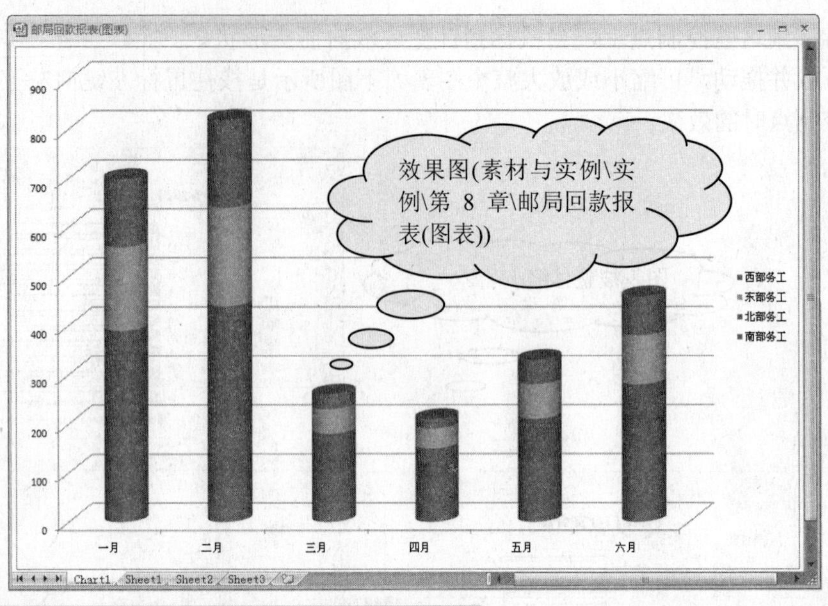


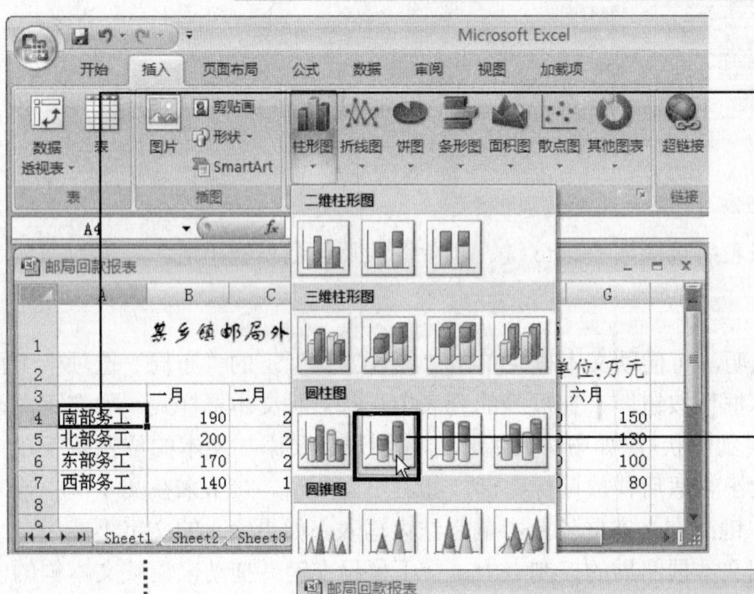

⊕1 打开素材文件(素材与实例\素材\第 8 章\邮局回款报表)，单击要创建图表的任意单元格。

⊕2 单击“插入”选项卡上“图表”选项组中的“柱形图”按钮，在展开的列表中选择“堆积圆柱图”。

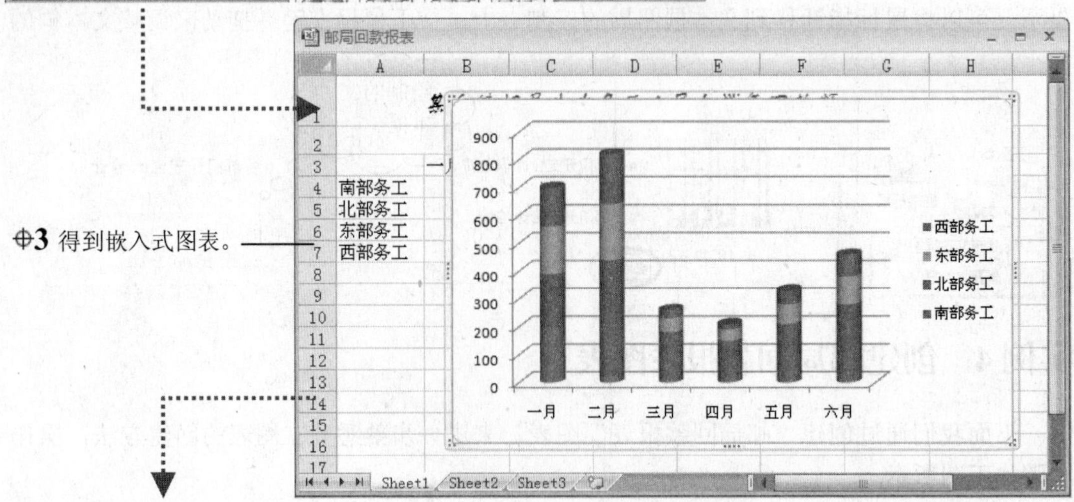

⊕3 得到嵌入式图表。

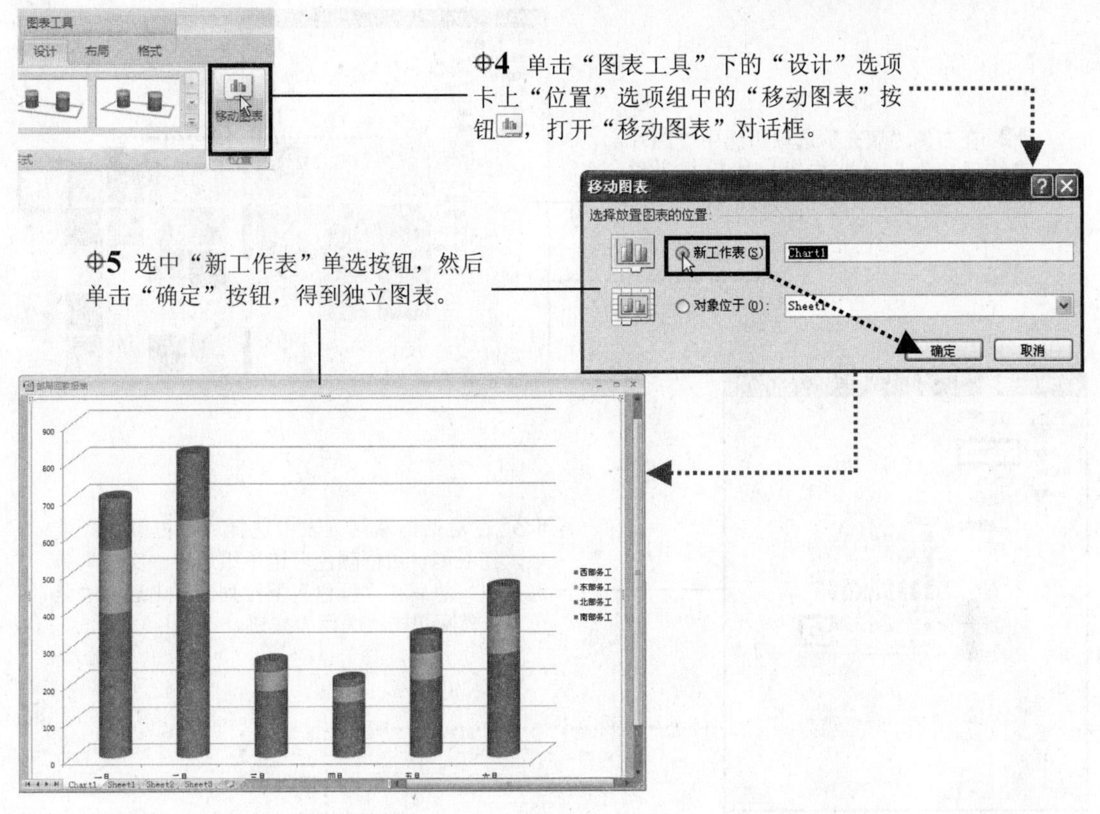


**⊕4** 单击“图表工具”下的“设计”选项卡上“位置”选项组中的“移动图表”按钮，打开“移动图表”对话框。

**⊕5** 选中“新工作表”单选按钮，然后单击“确定”按钮，得到独立图表。

## 8.4　格式化图表

格式化图表可以使图表看起来更专业，还可以把想表达的重点突出显示。

### 8.4.1　设置图表区格式

设置图表区格式可以为图表区填充纹理、渐变色和纯色等，还可添加边框并设置边框颜色和粗细等，操作步骤如下图所示。

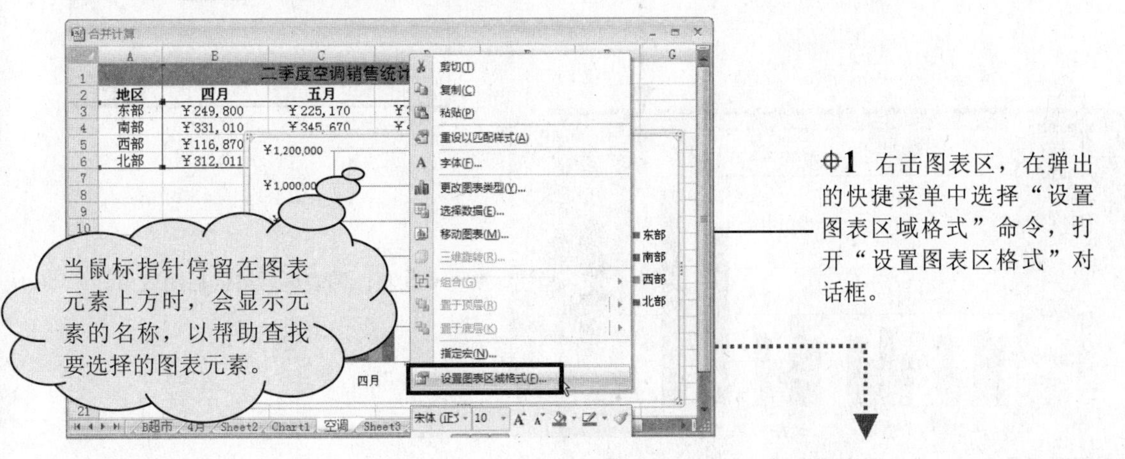


**⊕1** 右击图表区，在弹出的快捷菜单中选择“设置图表区域格式”命令，打开“设置图表区格式”对话框。

当鼠标指针停留在图表元素上方时，会显示元素的名称，以帮助查找要选择的图表元素。

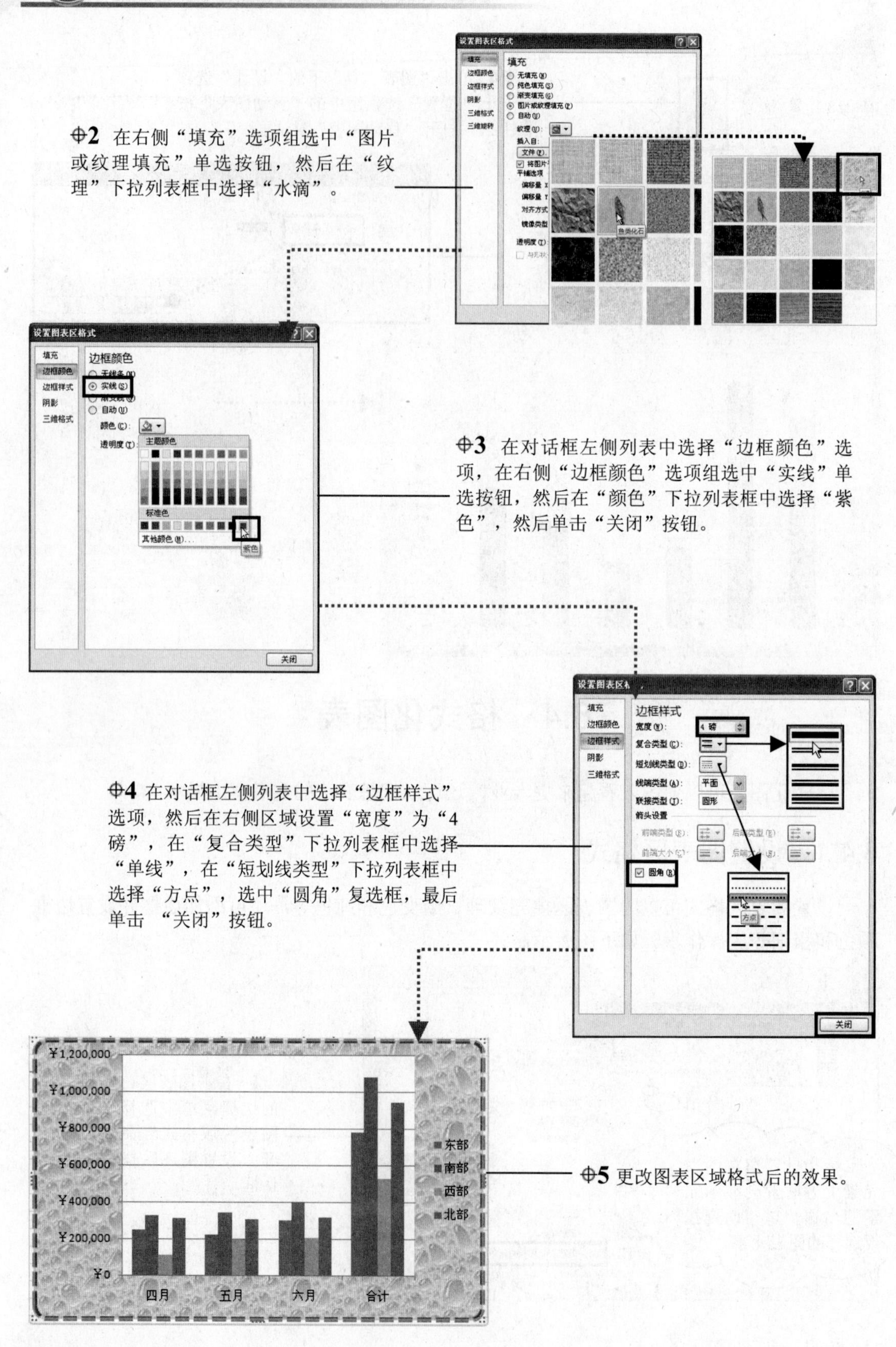


**2** 在右侧“填充”选项组选中“图片或纹理填充”单选按钮，然后在“纹理”下拉列表框中选择“水滴”。

**3** 在对话框左侧列表中选择“边框颜色”选项，在右侧“边框颜色”选项组选中“实线”单选按钮，然后在“颜色”下拉列表框中选择“紫色”，然后单击“关闭”按钮。

**4** 在对话框左侧列表中选择“边框样式”选项，然后在右侧区域设置“宽度”为“4磅”，在“复合类型”下拉列表框中选择“单线”，在“短划线类型”下拉列表框中选择“方点”，选中“圆角”复选框，最后单击 “关闭”按钮。

**5** 更改图表区域格式后的效果。

要设置图表区格式，也可以在“图表工具”、“格式”选项卡上的“形状样式”选项组中进行。

## 8.4.2 设置绘图区格式

通常，绘图区的图案都会采用默认的灰色，但用户也可以根据自己的喜好进行改变，操作步骤如下图所示。

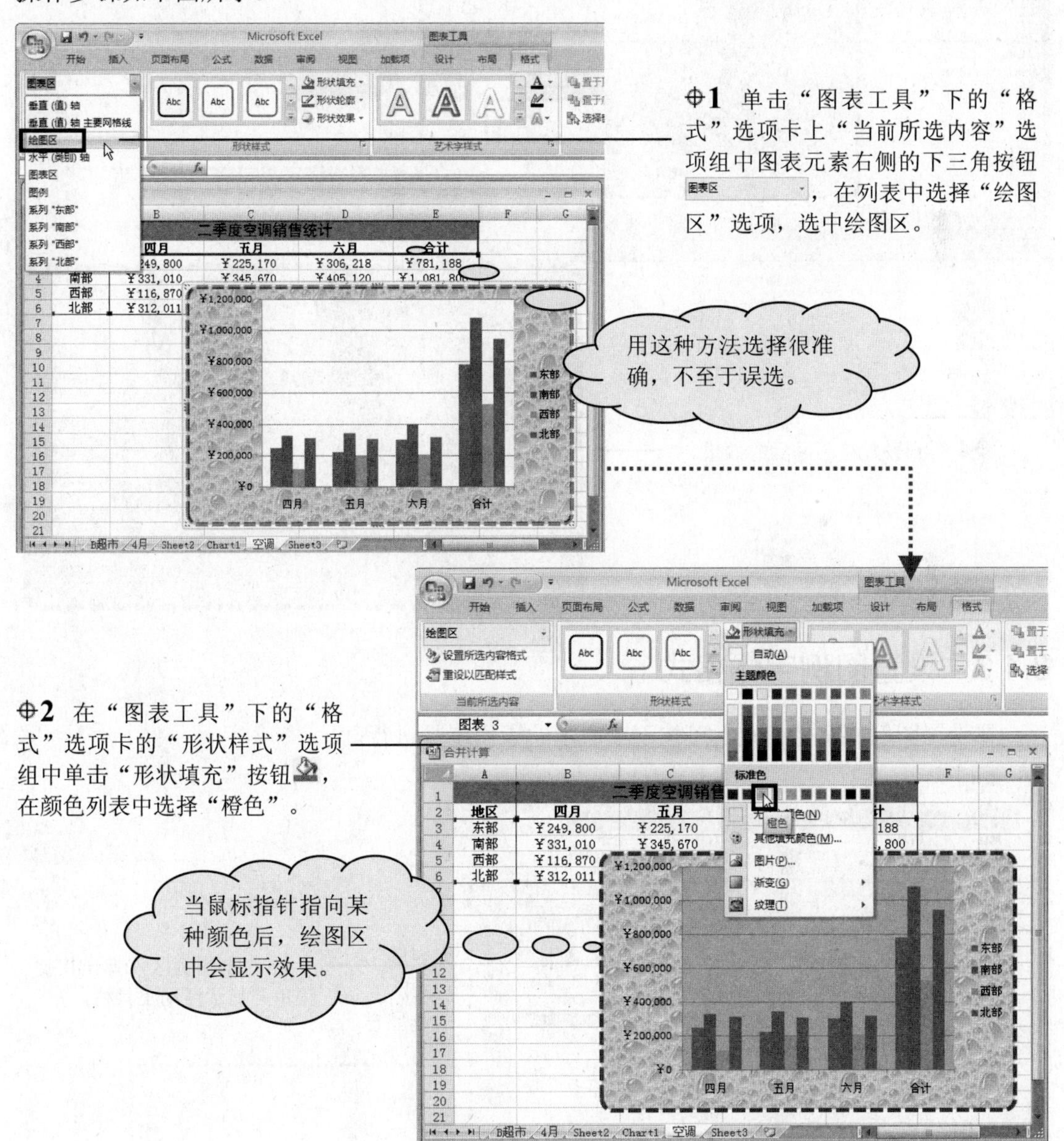


⊕1 单击“图表工具”下的“格式”选项卡上“当前所选内容”选项组中图表元素右侧的下三角按钮 图表区，在列表中选择“绘图区”选项，选中绘图区。

⊕2 在“图表工具”下的“格式”选项卡的“形状样式”选项组中单击“形状填充”按钮，在颜色列表中选择“橙色”。

快乐学电脑

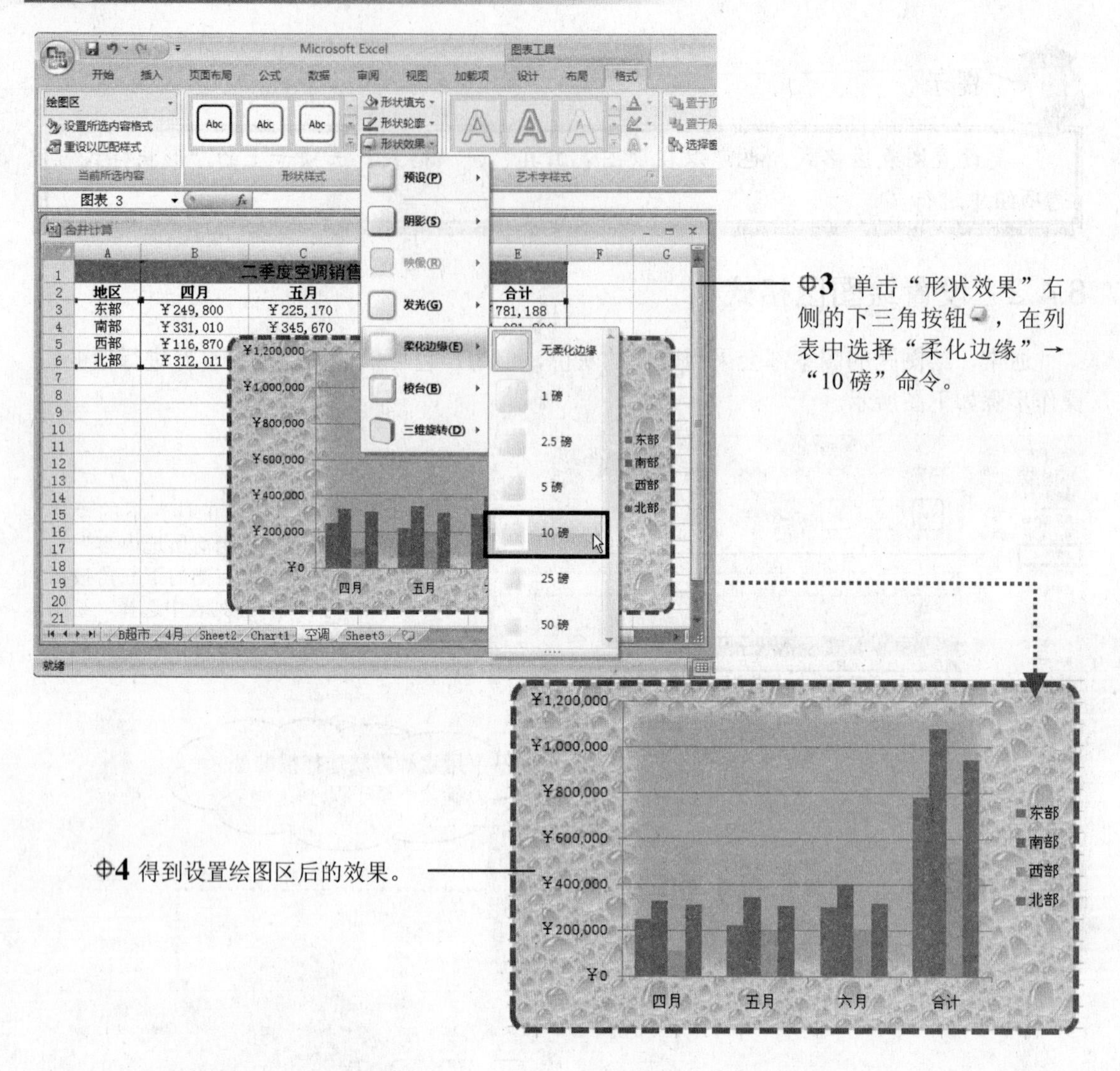


## 8.4.3 设置图例字体格式

要设置图例的字体格式，可按下图所示的操作步骤进行。

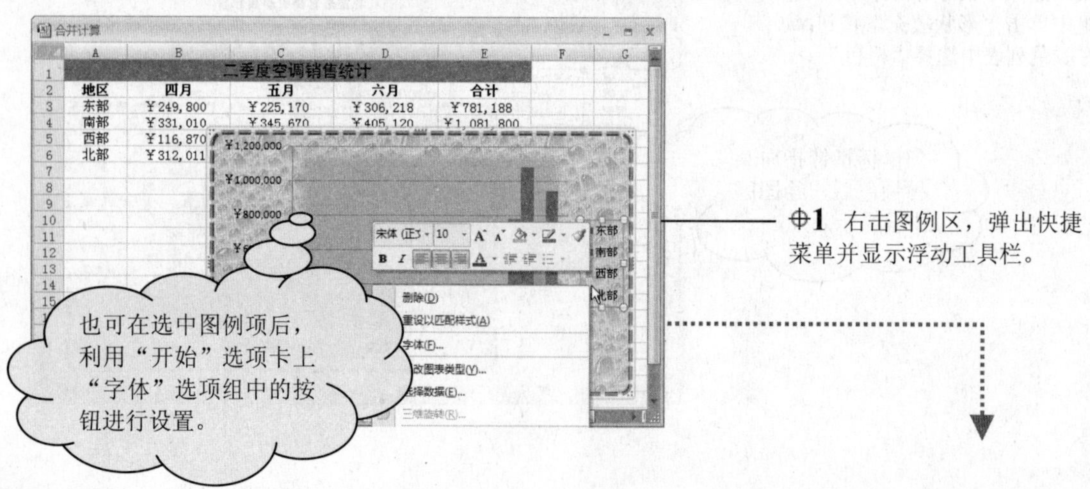

⊕2 单击浮动工具栏上的“加粗”按钮**B**。

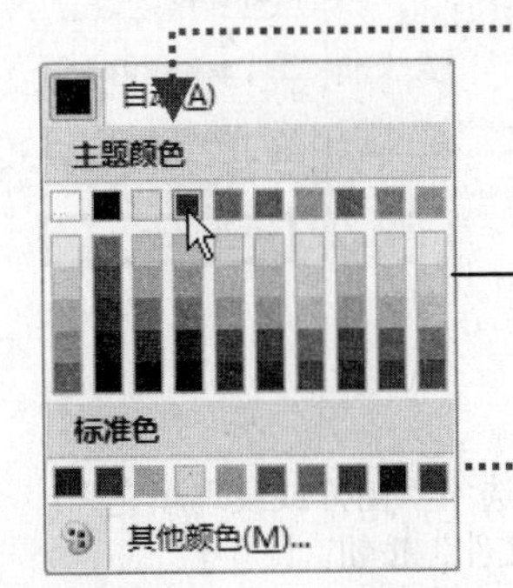


⊕3 单击“字体颜色”按钮右侧的下三角按钮，在展开的颜色列表中选择“深蓝”。

汉仪火柴体简
汉仪家书简
汉仪楷体简
汉仪立黑简

⊕4 单击“字体”按钮右侧的下三角按钮，在展开的列表中选择“汉仪楷体简”。

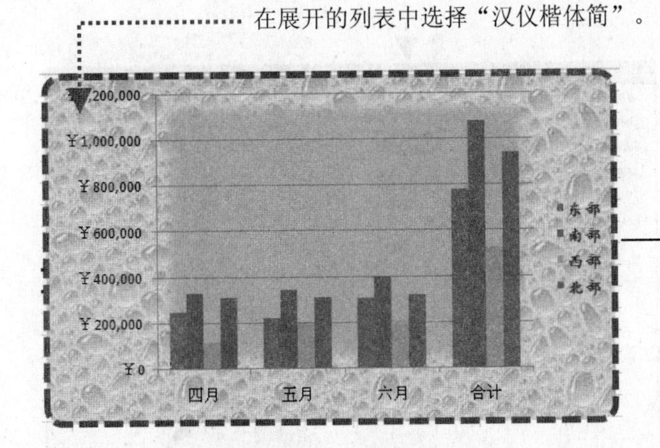


⊕5 设置图例字体格式后的效果。

## 8.4.4 设置图表背景墙

图表背景墙是指数据区域正后方的区域。下面我们为图表设置一个“庐山风景”的背景墙，操作步骤如下图所示。

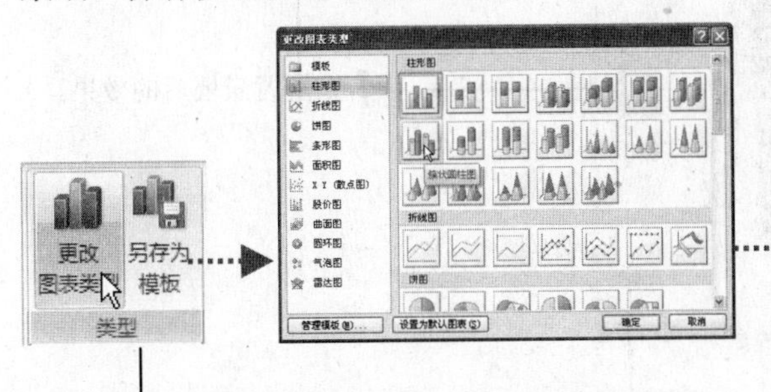


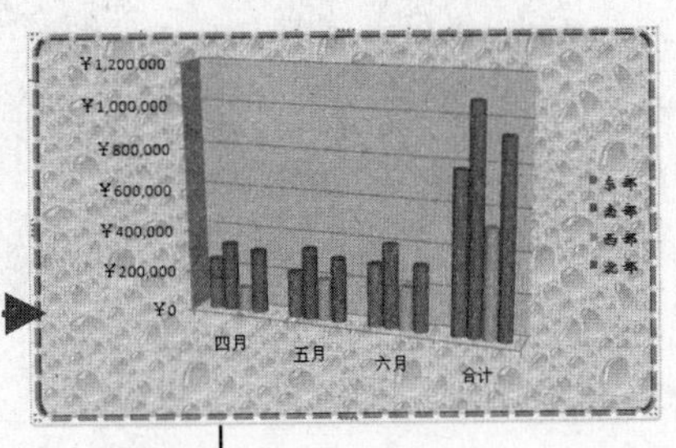


⊕1 目前的图表类型无法设置图表背景墙，需要更改图表类型。单击图表，单击“图表工具”下的“设计”选项卡上“类型”选项组中的“更改图表类型”按钮，在打开的对话框中选择“簇状圆柱图”，然后单击“确定”按钮。

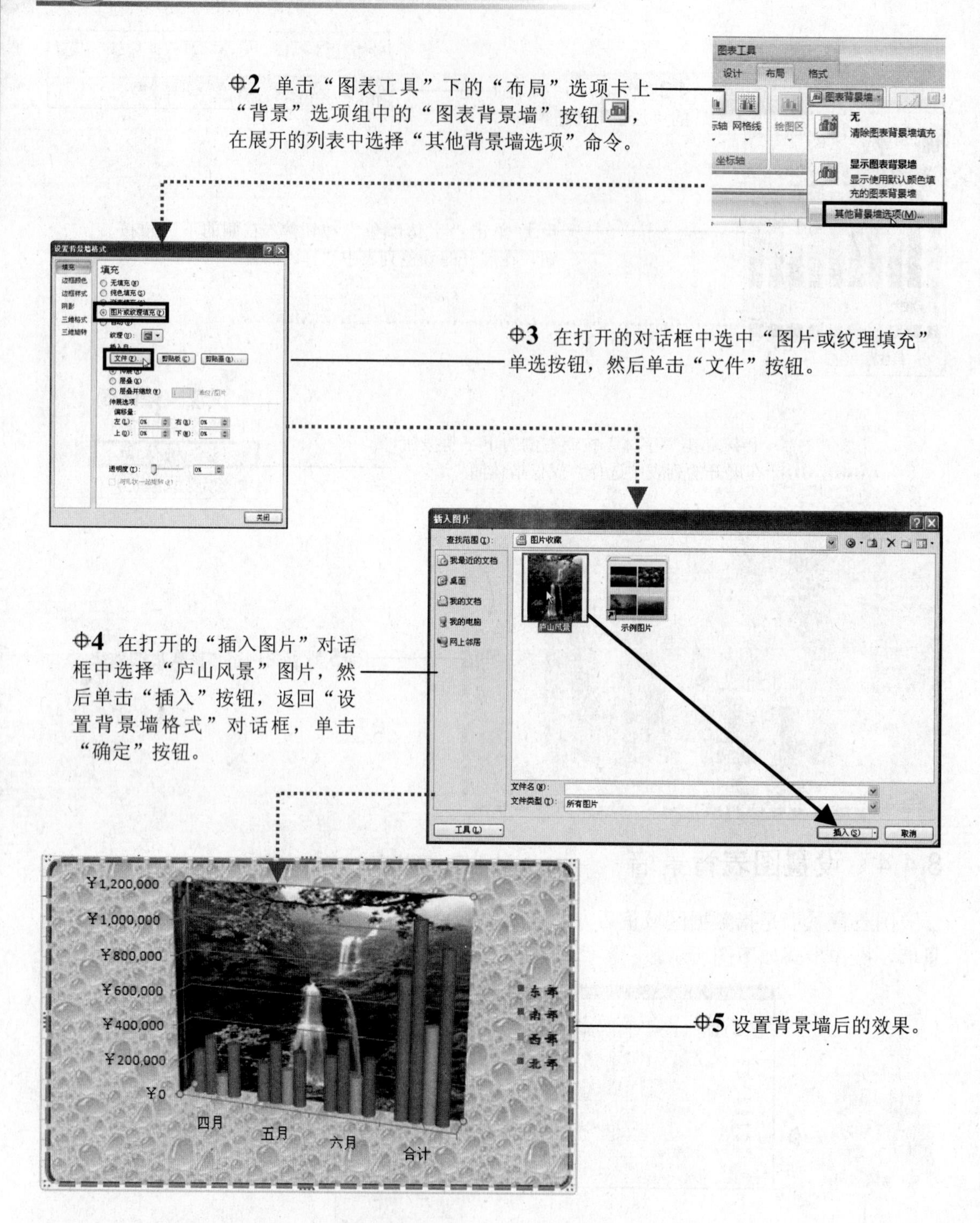


## 实例 5 格式化邮局回款报表图表

下面我们对实例 4 创建的“邮局回款报表”图表进行格式化，操作步骤如下图所示。

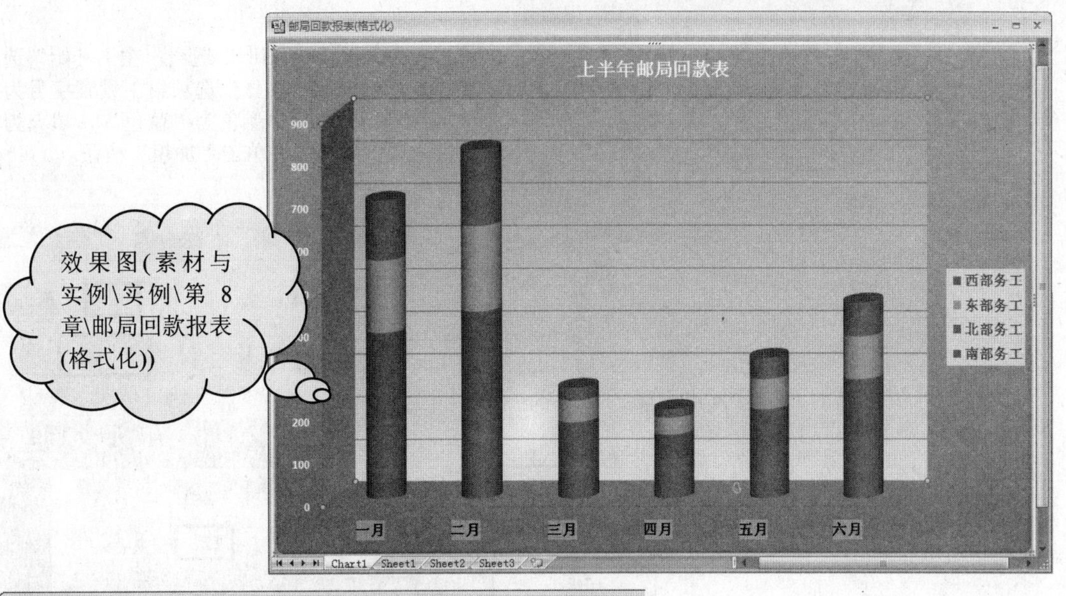


效果图(素材与实例\实例\第 8 章\邮局回款报表(格式化))

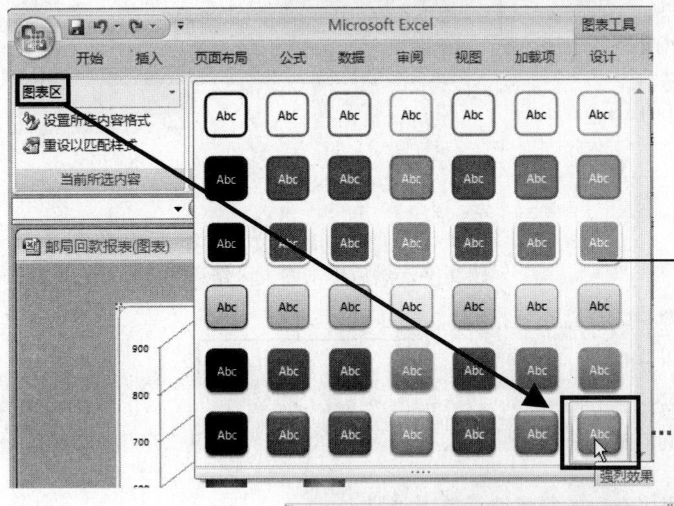


⊕**1** 打开素材文件(素材与实例\实例\第 8 章\邮局回款报表(图表))，选择“图表区”元素，单击“图表工具”下的“格式”选项卡上“形状样式”选项组中的“其他”按钮，在展开的列表中选择“强烈效果—强调颜色 6”。

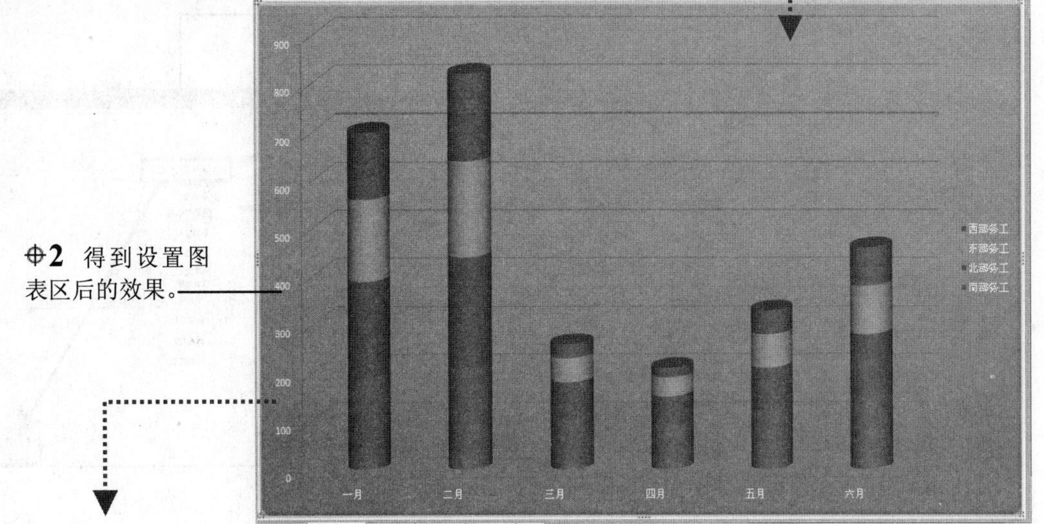


⊕**2** 得到设置图表区后的效果。

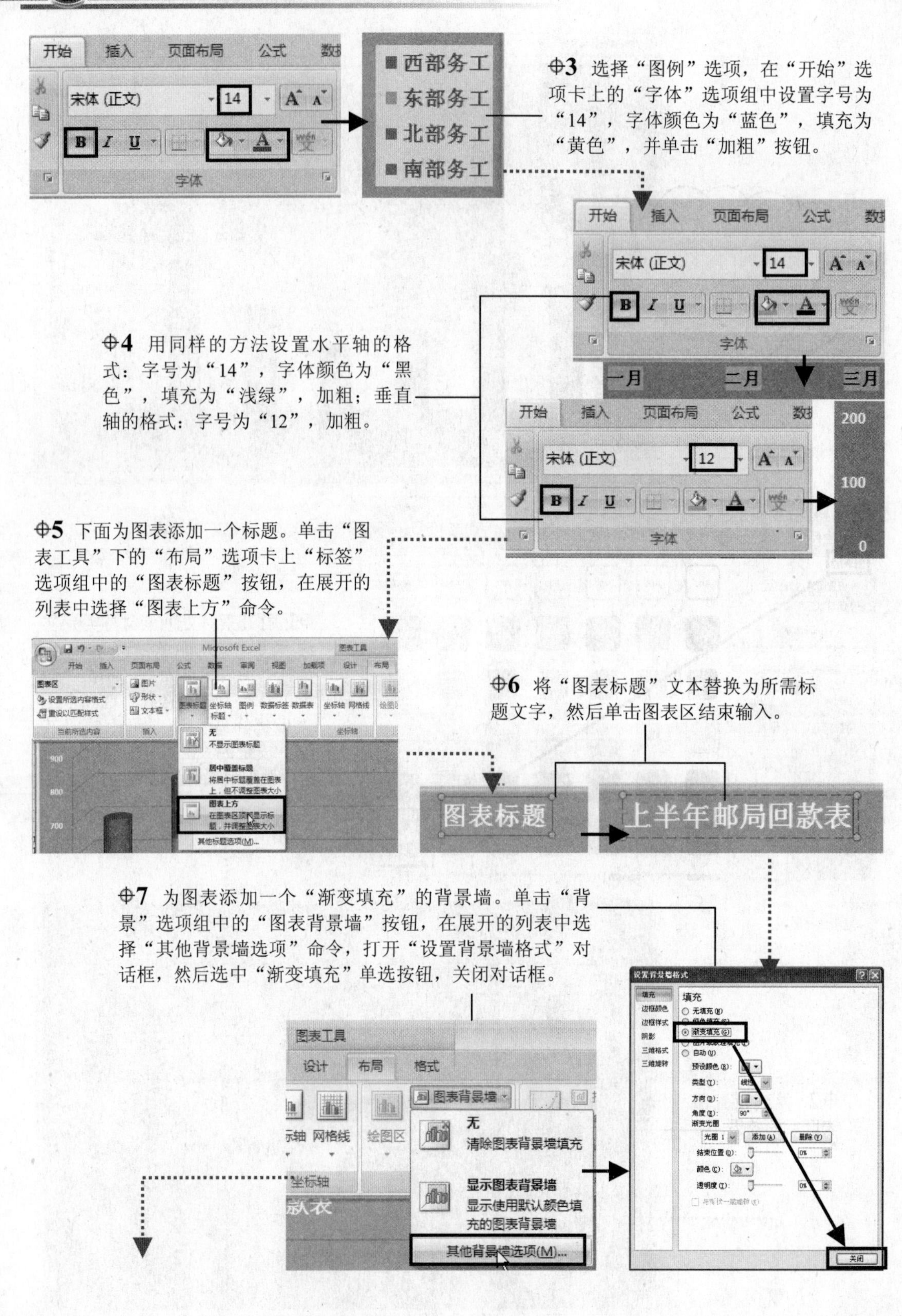


**3** 选择“图例”选项，在“开始”选项卡上的“字体”选项组中设置字号为“14”，字体颜色为“蓝色”，填充为“黄色”，并单击“加粗”按钮。

**4** 用同样的方法设置水平轴的格式：字号为“14”，字体颜色为“黑色”，填充为“浅绿”，加粗；垂直轴的格式：字号为“12”，加粗。

**5** 下面为图表添加一个标题。单击“图表工具”下的“布局”选项卡上“标签”选项组中的“图表标题”按钮，在展开的列表中选择“图表上方”命令。

**6** 将“图表标题”文本替换为所需标题文字，然后单击图表区结束输入。

**7** 为图表添加一个“渐变填充”的背景墙。单击“背景”选项组中的“图表背景墙”按钮，在展开的列表中选择“其他背景墙选项”命令，打开“设置背景墙格式”对话框，然后选中“渐变填充”单选按钮，关闭对话框。

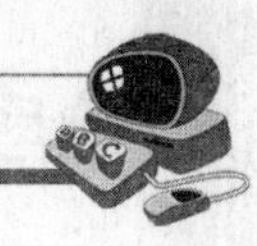

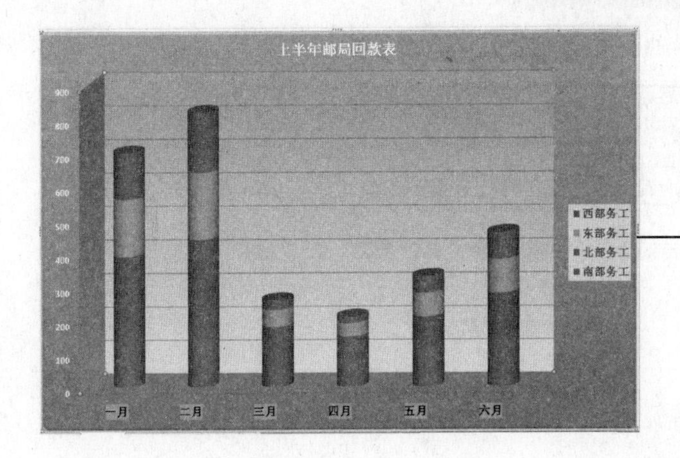


**8** 得到设置背景墙后的效果。

# 练　一　练

1．简答题

(1)　合并计算分为哪几种？分别适用于什么情况下的工作表源数据？

(2)　数据透视表有什么特点？简述其创建步骤。

(3)　如何创建嵌入式图表和独立图表？

2．操作题

为可乐饮料销售表(如左下图所示)创建如右下图所示的图表。

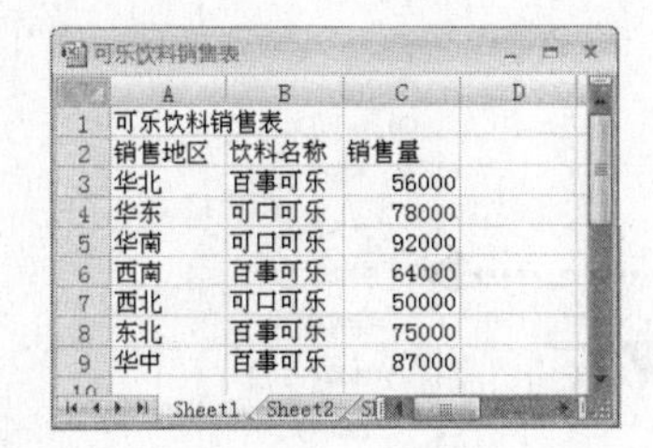

|  | A | B | C | D |
|---|---|---|---|---|
| 1 | 可乐饮料销售表 |  |  |  |
| 2 | 销售地区 | 饮料名称 | 销售量 |  |
| 3 | 华北 | 百事可乐 | 56000 |  |
| 4 | 华东 | 可口可乐 | 78000 |  |
| 5 | 华南 | 可口可乐 | 92000 |  |
| 6 | 西南 | 百事可乐 | 64000 |  |
| 7 | 西北 | 可口可乐 | 50000 |  |
| 8 | 东北 | 百事可乐 | 75000 |  |
| 9 | 华中 | 百事可乐 | 87000 |  |

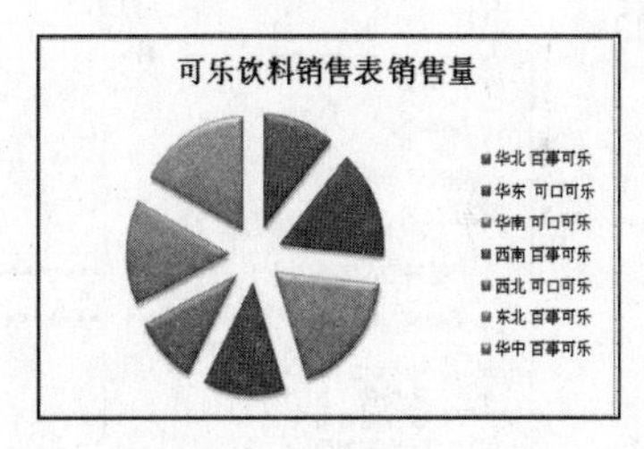


提示

在“更改图表类型”对话框中，选择“饼图”中的“二维饼图”→“分离型饼图”命令，创建图表后再选择“图表工具”下的“设计”选项卡上“图表样式”选项组列表中的“样式26”即可。

# 问　与　答

**问**：如何准确选择图表中的元素？

**答**：单击图表，然后单击“图表工具”下的“格式”选项卡上“当前所选内容”选项组中的图表元素按钮右侧的下三角按钮，在展开的列表中选择所需图表元素即可，如下图所示。

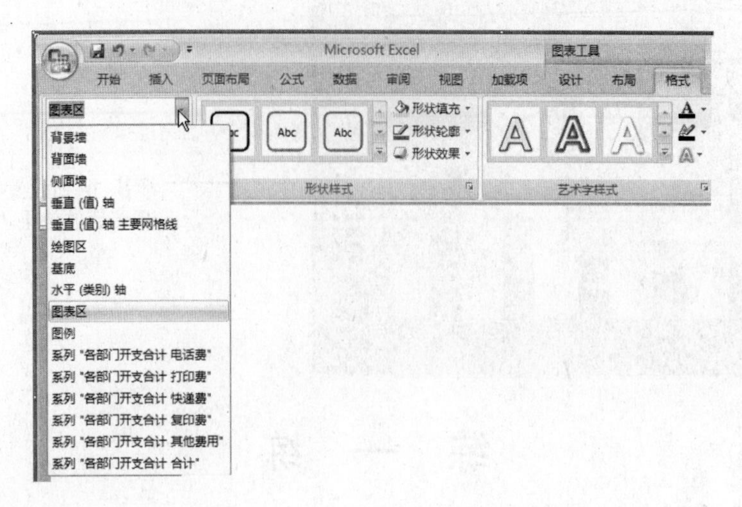


提示

利用鼠标左键单击图表，使其处于编辑状态，然后利用上、下方向键来选择不同的元素组，利用左、右方向键在相同组的元素中选择，也可准确地选择图表中的元素。

**问**：如何筛选数据透视表中的数据？

**答**：单击“筛选”按钮右侧的下三角按钮，在展开的列表中根据需要进行选择即可，如下图所示。

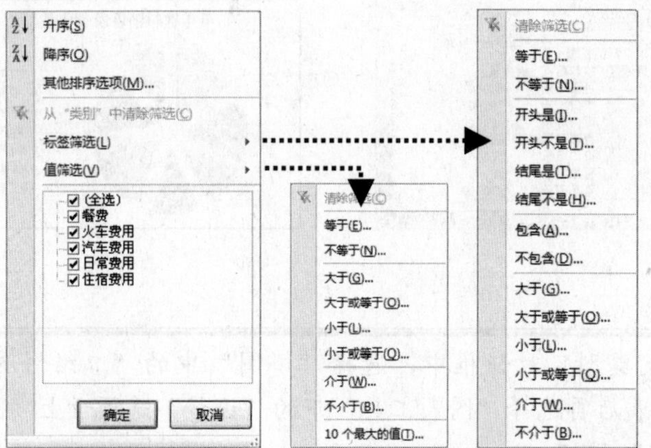


**问**：能单独打印 Excel 图表吗？

**答**：能。只需选中要打印的图表，然后单击“Office 按钮”，然后在展开的列表中选择“打印”选项，打开“打印内容”对话框，此时“打印内容”选项组的“选定图表”单选按钮被选中，如右图所示。设置好打印份数后单击“确定”按钮，即可将所选图表打印出来。

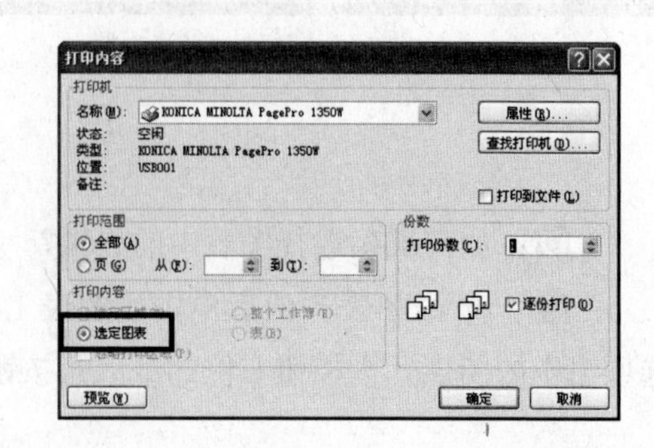

**问**：如何瞬间让数据透视表获得专业的外观效果？

**答**：要瞬间让数据透视表获得专业的外观效果，只需套用系统内置的数据透视表样式即可，如下图所示。

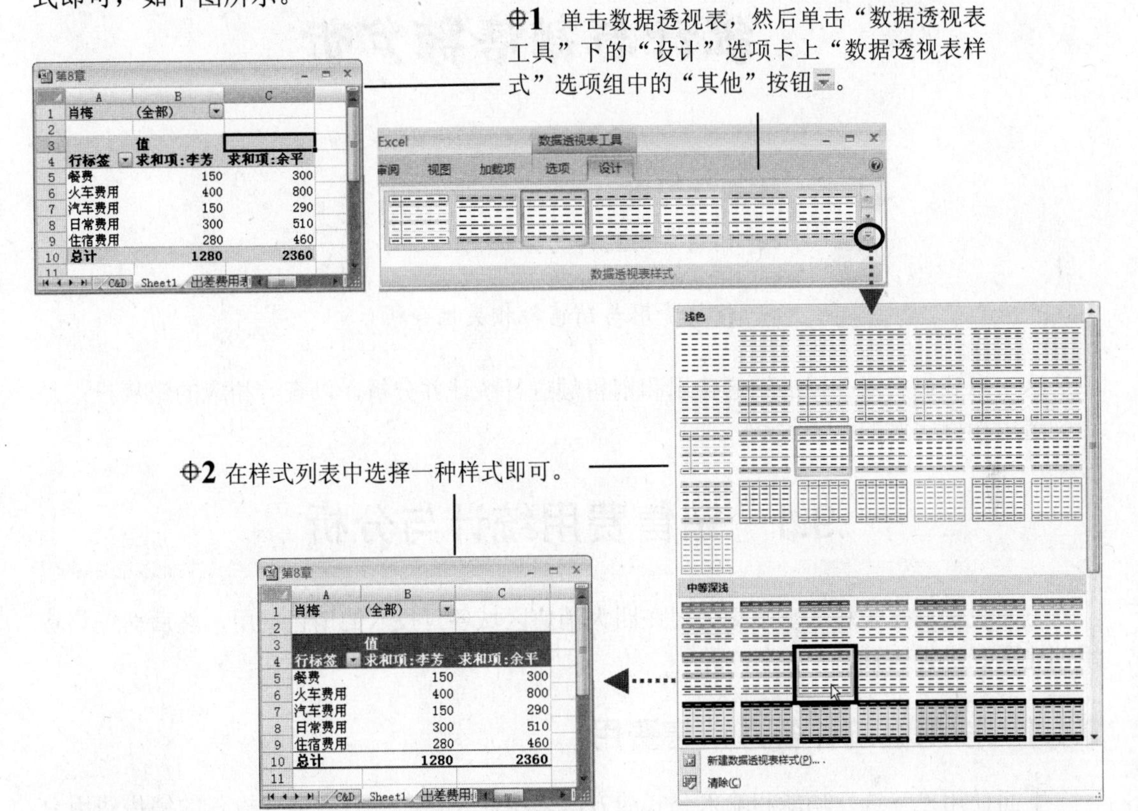


**问**：如果只想删除图表中的数据列，而使工作表中的数据完好，怎么操作？

**答**：选中要删除的数据列，然后按 Delete 键即可，如下图所示。

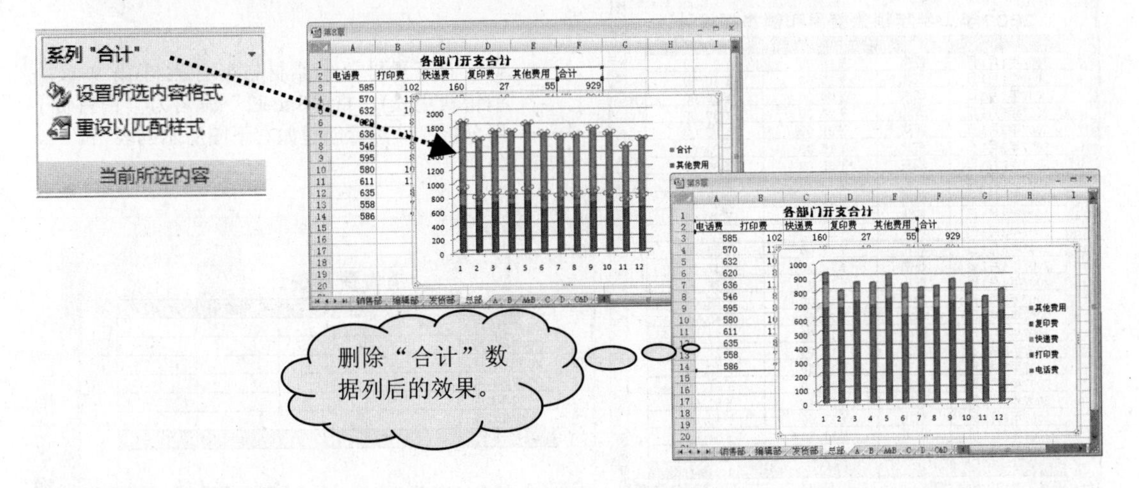

# 第9章 典型实例1——销售费用统计与销售额分析

**本章学习重点**

- 销售费用统计与分析
- 销售额统计分析
- 销售费用与销售额相关性分析

这一章我们将对公司的销售费用和销售额进行统计并分析，以查看相应的销售投入是否创造出相应比例的经济效益。

## 9.1 销售费用统计与分析

下面我们首先来统计一下某公司在四大销售区域各月投入的销售费用，然后对销售费用创建图表进行比较。

### 9.1.1 按地区统计各月销售费用

下面使用“筛选”功能和输入公式的方法来统计公司在各月各地区投入的销售费用总额，操作步骤如下图所示。

销售费用表

2007年上半年销售费用和销售额统计

| 日期 | 地　区 | 销售费用（万元） | 销售额（万元） |
|---|---|---|---|
| 2007年1月1日 | 西南 | ￥10.00 | ￥30.00 |
| 2007年1月1日 | 东北 | ￥15.00 | ￥40.00 |
| 2007年1月1日 | 华东 | ￥30.00 | ￥80.00 |
| 2007年1月1日 | 华北 | ￥20.00 | ￥60.00 |
| 2007年2月1日 | 西南 | ￥21.00 | ￥55.00 |
| 2007年2月1日 | 东北 | ￥15.00 | ￥32.00 |
| 2007年2月1日 | 华东 | ￥35.00 | ￥90.00 |
| 2007年2月1日 | 华北 | ￥25.00 | ￥68.00 |
| 2007年3月1日 | 西南 | ￥31.00 | ￥88.00 |
| 2007年3月1日 | 东北 | ￥18.00 | ￥37.00 |
| 2007年3月1日 | 华东 | ￥31.20 | ￥93.00 |
| 2007年3月1日 | 华北 | ￥22.00 | ￥55.00 |
| 2007年4月1日 | 西南 | ￥19.00 | ￥31.00 |
| 2007年4月1日 | 东北 | ￥12.00 | ￥21.00 |
| 2007年4月1日 | 华东 | ￥14.00 | ￥25.60 |
| 2007年4月1日 | 华北 | ￥21.50 | ￥40.00 |
| 2007年5月1日 | 西南 | ￥17.00 | ￥28.00 |
| 2007年5月1日 | 东北 | ￥12.00 | ￥27.00 |
| 2007年5月1日 | 华东 | ￥11.50 | ￥22.40 |
| 2007年5月1日 | 华北 | ￥16.50 | ￥31.70 |
| 2007年6月1日 | 西南 | ￥23.40 | ￥81.00 |
| 2007年6月1日 | 东北 | ￥17.60 | ￥43.00 |
| 2007年6月1日 | 华东 | ￥17.80 | ￥57.00 |
| 2007年6月1日 | 华北 | ￥24.00 | ￥55.00 |
| 合计 | | ￥479.50 | ￥1,190.70 |

原数据　销售费用分析　Sheet3

**1** 打开素材文件(素材与实例\素材\第 9 章\销售费用表)，将“Sheet2”命名为“销售费用分析”，然后创建如右下图所示的表格。

销售费用表

销售费用统计

| 日期 | 西南 | 东北 | 华东 | 华北 |
|---|---|---|---|---|
| 2007年1月 | | | | |
| 2007年2月 | | | | |
| 2007年3月 | | | | |
| 2007年4月 | | | | |
| 2007年5月 | | | | |
| 2007年6月 | | | | |
| 合计 | | | | |

原数据　销售费用分析　Sheet3

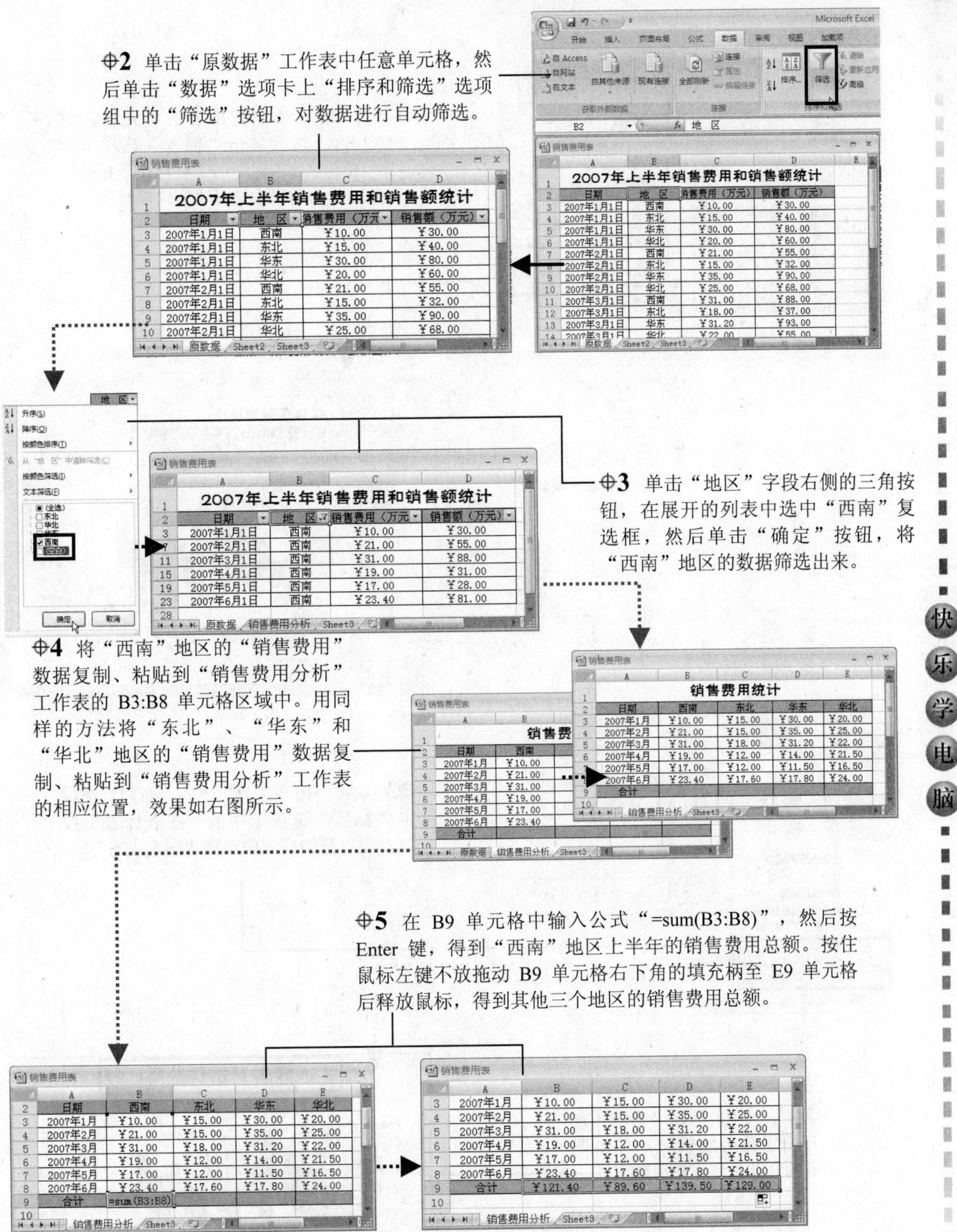


## 9.1.2 创建各地区各月销售费用三维圆柱图

下面我们为各地区各月销售费用制作一个三维圆柱比较图表，操作步骤如下图所示。

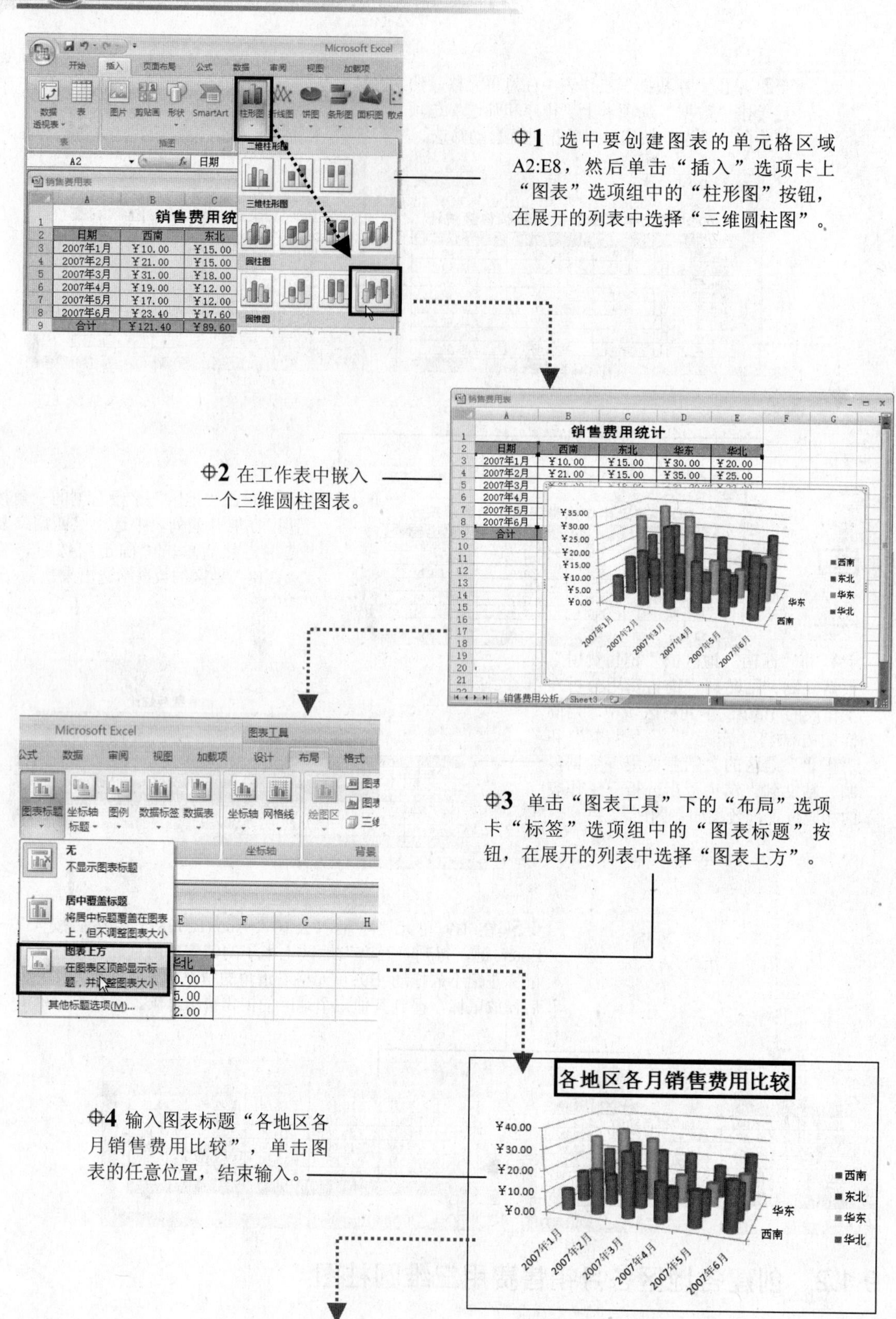
⊕1 选中要创建图表的单元格区域A2:E8，然后单击“插入”选项卡上“图表”选项组中的“柱形图”按钮，在展开的列表中选择“三维圆柱图”。
⊕2 在工作表中嵌入一个三维圆柱图表。
⊕3 单击“图表工具”下的“布局”选项卡“标签”选项组中的“图表标题”按钮，在展开的列表中选择“图表上方”。
⊕4 输入图表标题“各地区各月销售费用比较”，单击图表的任意位置，结束输入。
销售费用统计
各地区各月销售费用比较

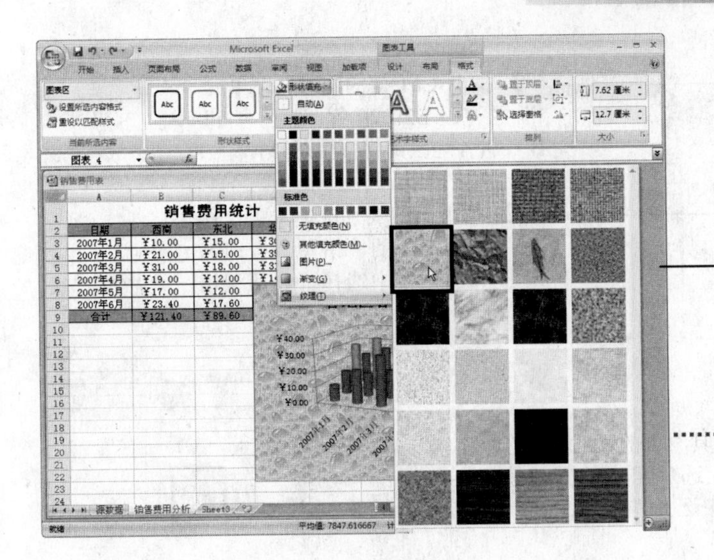


**5** 单击“图表工具”下的“格式”选项卡上“形状样式”选项组中的“形状填充”按钮，在展开的列表中选择“纹理”→“水滴”命令。

**6** 单击“图表工具”下的“布局”选项卡上“背景”选项组中的“图表背景墙”按钮，在展开的列表中选择“其他背景墙选项”命令，在打开的对话框中选中“图片或纹理填充”单选按钮，然后单击“剪贴画”按钮。

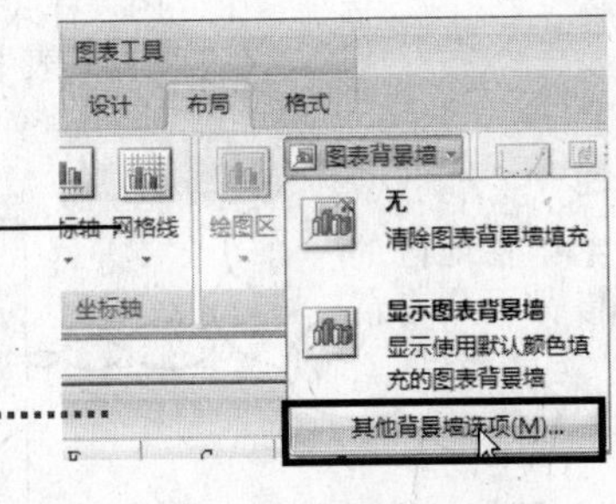


**7** 选择所需的剪贴画，然后单击“确定”按钮返回“设置背景墙格式”对话框，最后单击“关闭”按钮，得到最终的效果图。

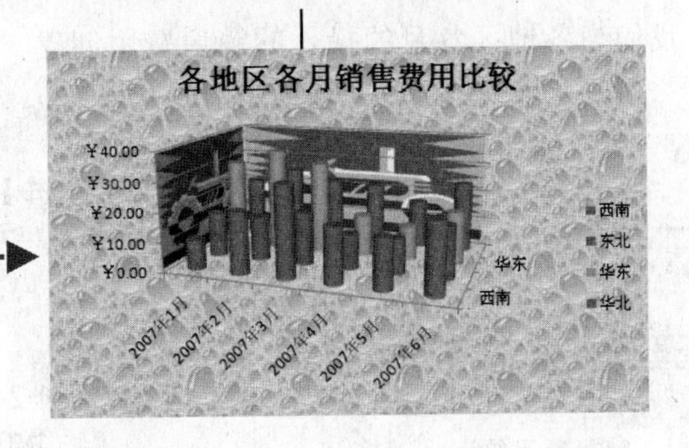


## 9.1.3 创建销售费用区域分布图

下面为上半年销售费用总额创建一个区域分布图，操作步骤如下图所示。

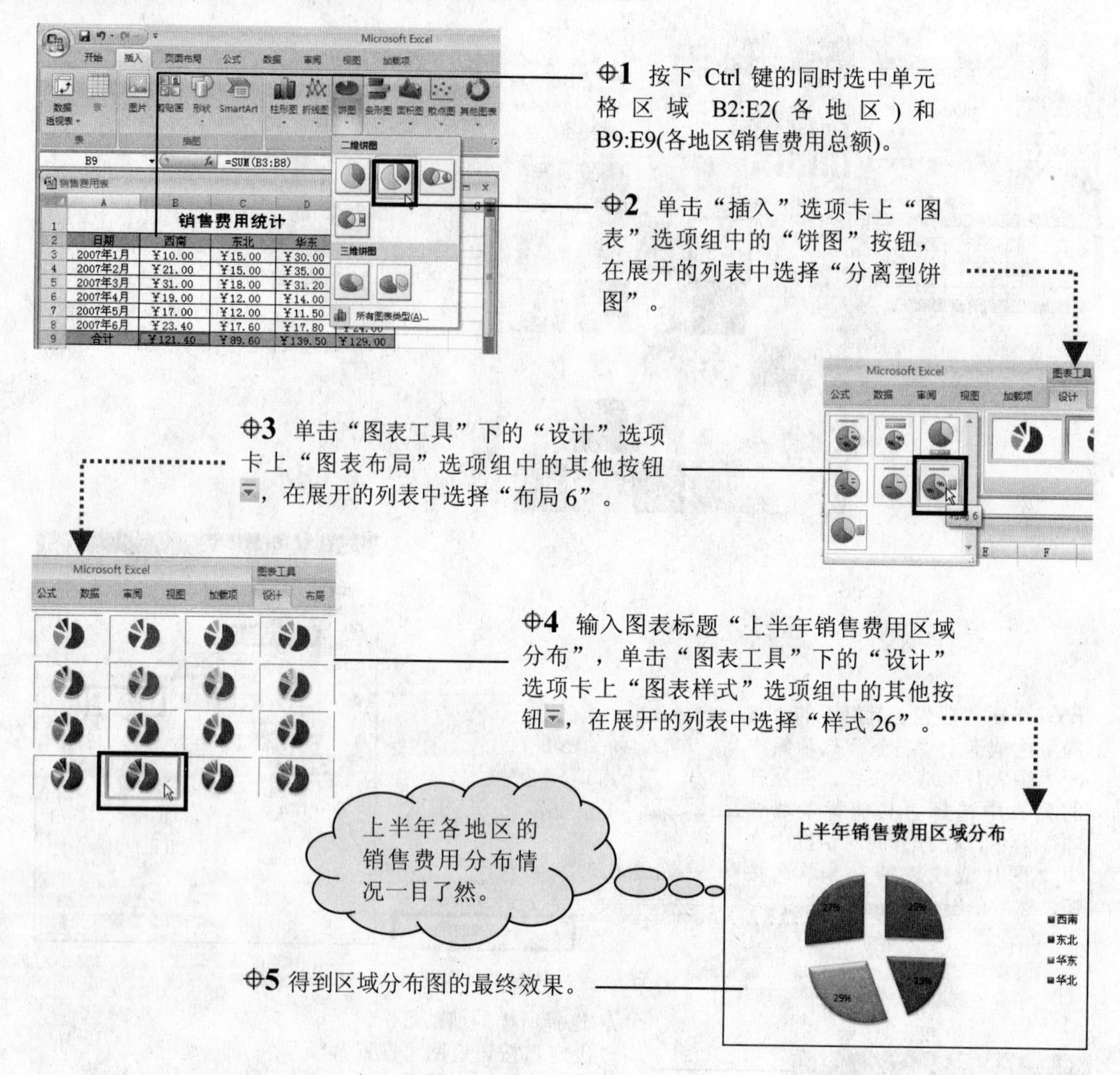


## 9.1.4 创建销售费用变动趋势图

接下来我们为各地区各月的投入的销售费用创建一个变动趋势图，操作步骤如下图所示。

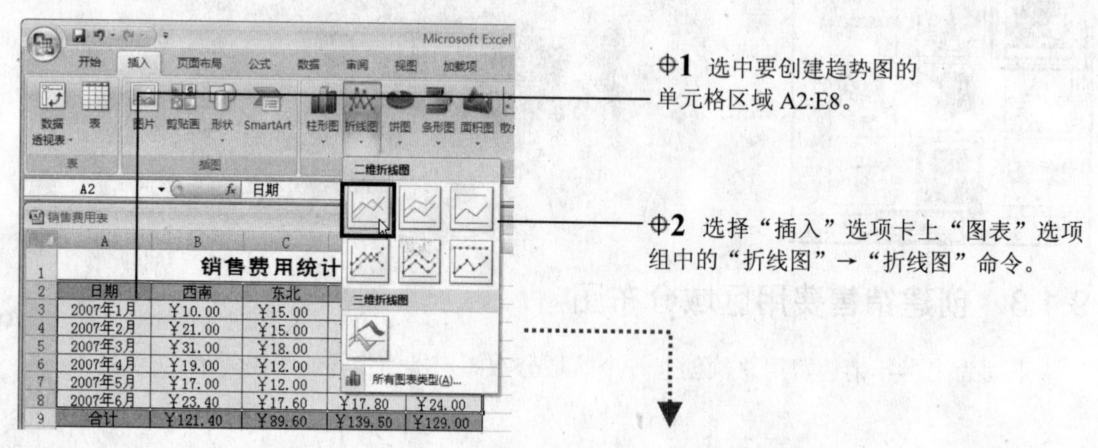

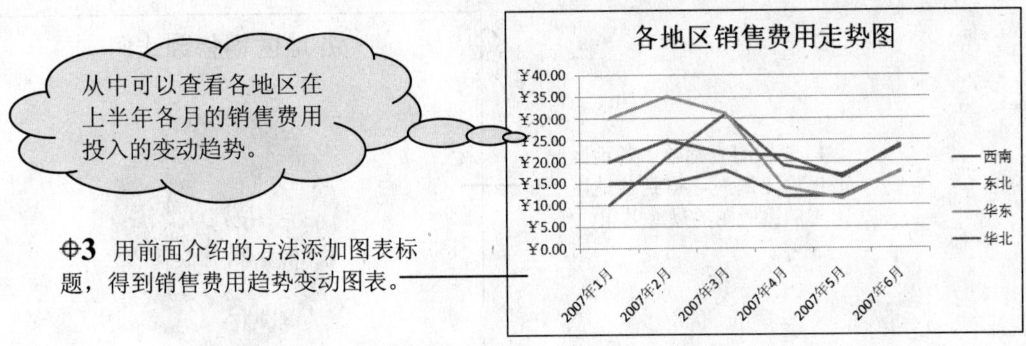


**3** 用前面介绍的方法添加图表标题，得到销售费用趋势变动图表。

## 9.2 销售额统计分析

下面我们来分析一下销售费用的投入与销售额的关系。首先统计出各月各地区的销售额，然后创建各地区销售额比例图，接着创建各月销售额比例图，最后创建各地区销售额趋势图。创建各地区销售额比例图表操作步骤如下图所示。

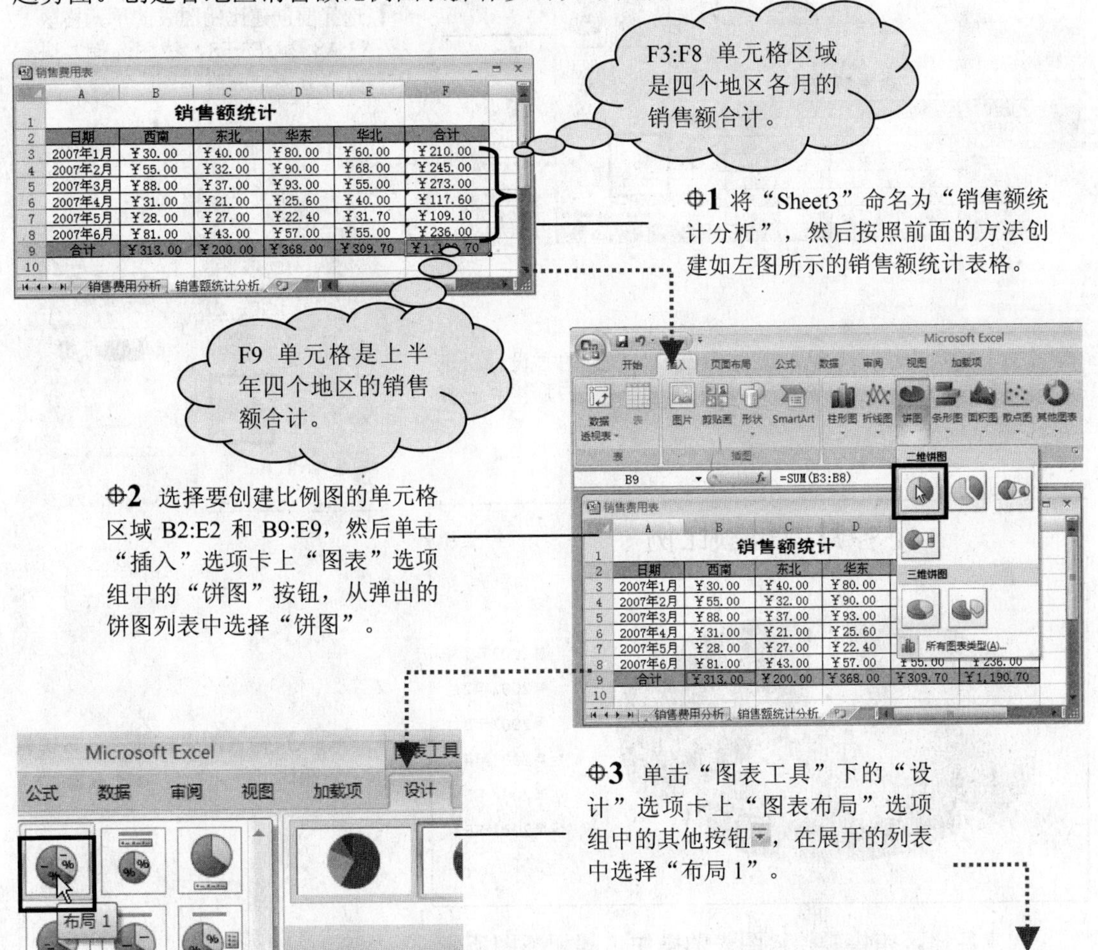

销售额统计

| 日期 | 西南 | 东北 | 华东 | 华北 | 合计 |
|---|---|---|---|---|---|
| 2007年1月 | ¥30.00 | ¥40.00 | ¥80.00 | ¥60.00 | ¥210.00 |
| 2007年2月 | ¥55.00 | ¥32.00 | ¥90.00 | ¥68.00 | ¥245.00 |
| 2007年3月 | ¥88.00 | ¥37.00 | ¥93.00 | ¥55.00 | ¥273.00 |
| 2007年4月 | ¥31.00 | ¥21.00 | ¥25.60 | ¥40.00 | ¥117.60 |
| 2007年5月 | ¥28.00 | ¥27.00 | ¥22.40 | ¥31.70 | ¥109.10 |
| 2007年6月 | ¥81.00 | ¥43.00 | ¥57.00 | ¥55.00 | ¥236.00 |
| 合计 | ¥313.00 | ¥200.00 | ¥368.00 | ¥309.70 | ¥1,190.70 |



**1** 将“Sheet3”命名为“销售额统计分析”，然后按照前面的方法创建如左图所示的销售额统计表格。

**2** 选择要创建比例图的单元格区域 B2:E2 和 B9:E9，然后单击“插入”选项卡上“图表”选项组中的“饼图”按钮，从弹出的饼图列表中选择“饼图”。

**3** 单击“图表工具”下的“设计”选项卡上“图表布局”选项组中的其他按钮，在展开的列表中选择“布局 1”。

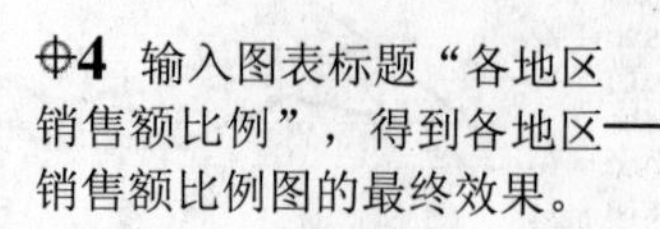

⊕4 输入图表标题“各地区销售额比例”，得到各地区销售额比例图的最终效果。

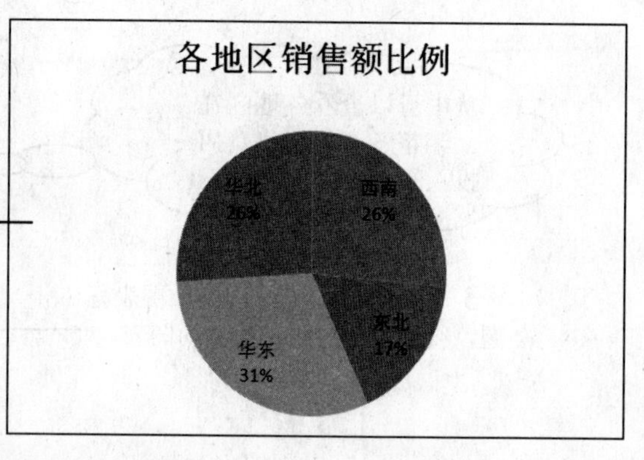


下面再来创建各月销售额比例图，操作步骤如下图所示。

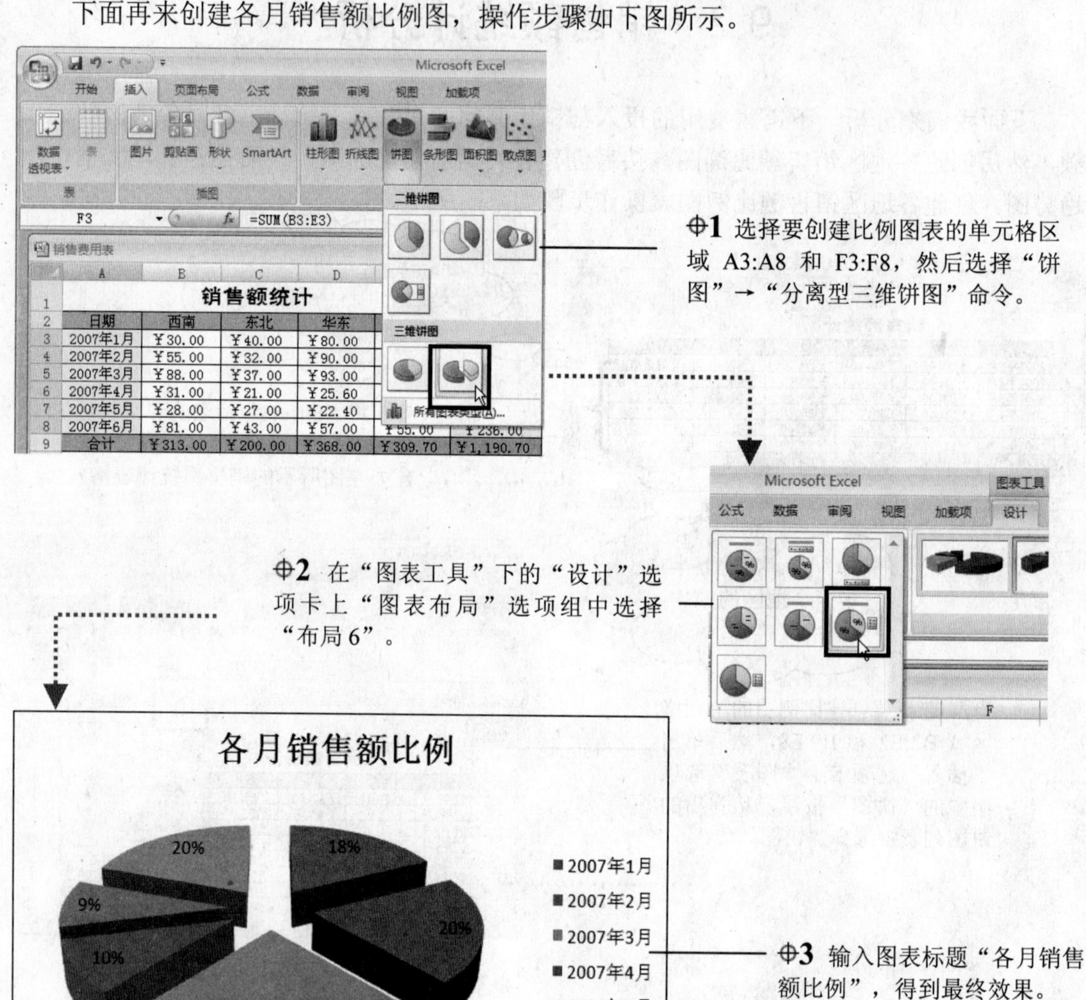

⊕1 选择要创建比例图表的单元格区域 A3:A8 和 F3:F8，然后选择“饼图”→“分离型三维饼图”命令。

⊕2 在“图表工具”下的“设计”选项卡上“图表布局”选项组中选择“布局 6”。

⊕3 输入图表标题“各月销售额比例”，得到最终效果。

创建各地区销售额趋势图表的操作步骤如下图所示。

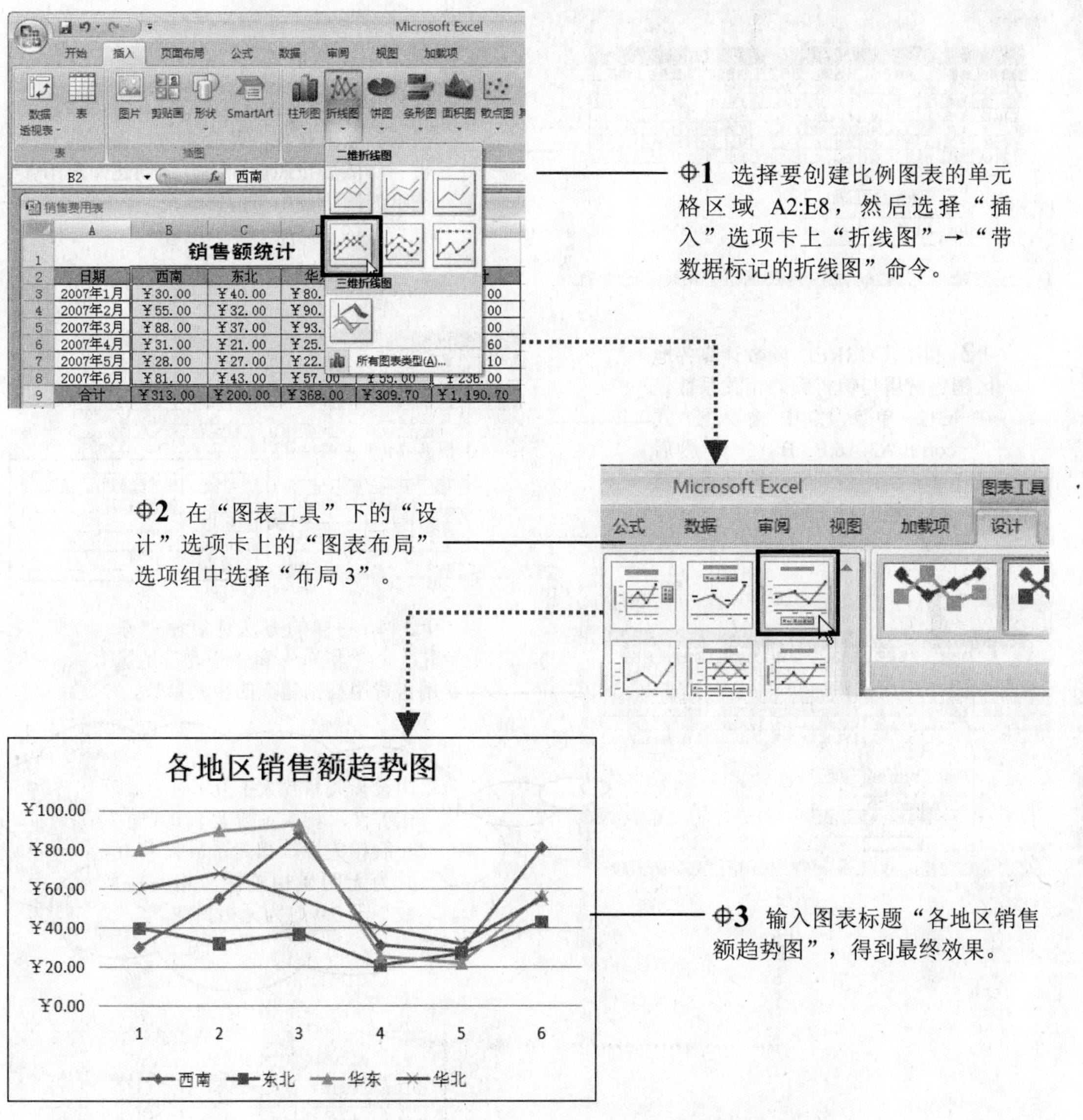


⊕1 选择要创建比例图表的单元格区域 A2:E8，然后选择“插入”选项卡上“折线图”→“带数据标记的折线图”命令。

⊕2 在“图表工具”下的“设计”选项卡上的“图表布局”选项组中选择“布局3”。

⊕3 输入图表标题“各地区销售额趋势图”，得到最终效果。

## 9.3　销售费用与销售额相关性分析

下面我们利用 CORREL 统计函数来分析销售费用与销售额之间的相关性，操作步骤如下图所示。

提示

CORREL 统计函数的作用是返回两个数据集之间的相关系数。

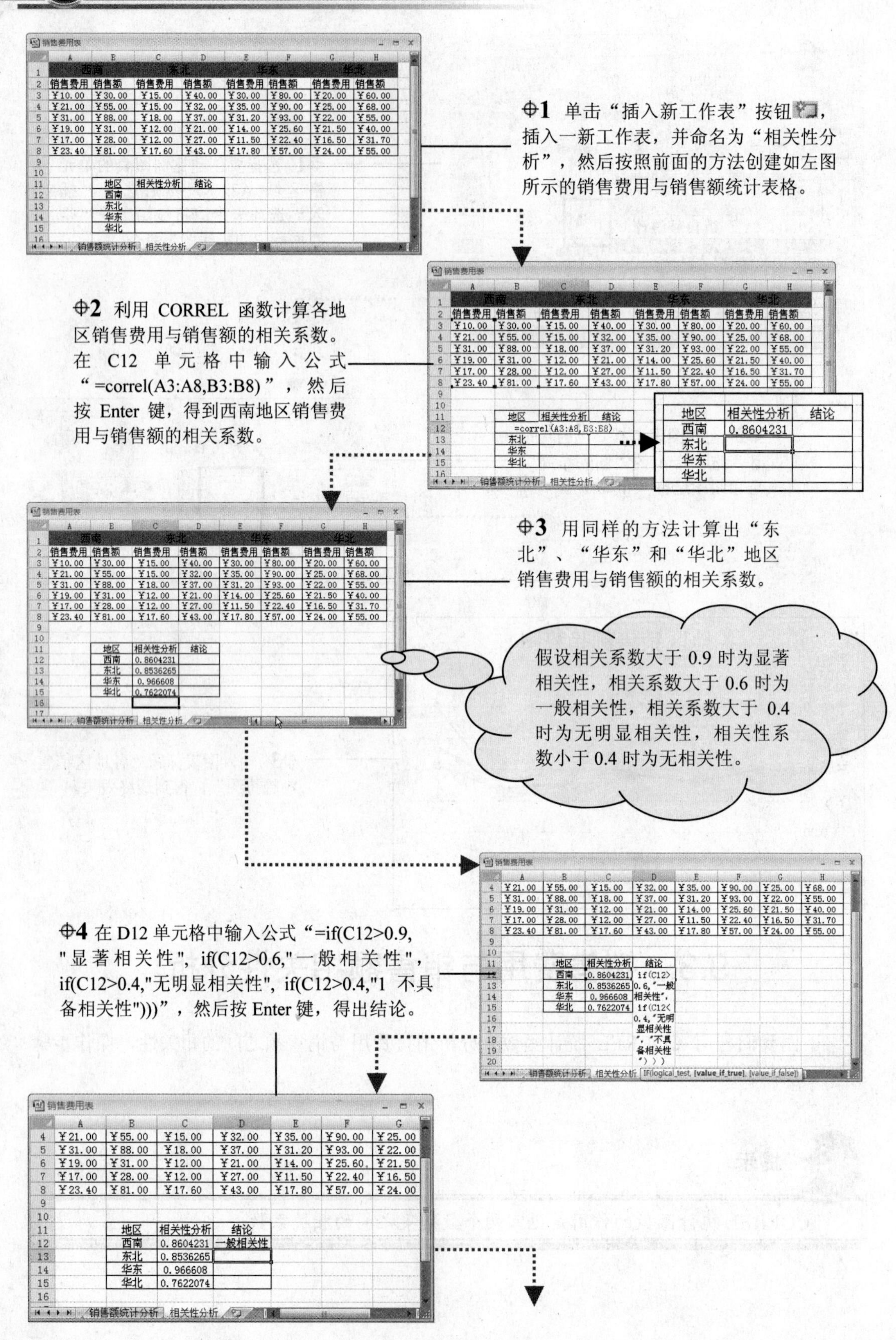
1 单击“插入新工作表”按钮，插入一新工作表，并命名为“相关性分析”，然后按照前面的方法创建如左图所示的销售费用与销售额统计表格。
2 利用 CORREL 函数计算各地区销售费用与销售额的相关系数。在 C12 单元格中输入公式“=correl(A3:A8,B3:B8)”，然后按 Enter 键，得到西南地区销售费用与销售额的相关系数。
3 用同样的方法计算出“东北”、“华东”和“华北”地区销售费用与销售额的相关系数。
假设相关系数大于 0.9 时为显著相关性，相关系数大于 0.6 时为一般相关性，相关系数大于 0.4 时为无明显相关性，相关性系数小于 0.4 时为无相关性。
4 在 D12 单元格中输入公式“=if(C12>0.9, "显著相关性", if(C12>0.6,"一般相关性", if(C12>0.4,"无明显相关性", if(C12>0.4,"1 不具备相关性")))”，然后按 Enter 键，得出结论。

**5** 按住鼠标左键不放，拖动 D12 单元格右下角的填充柄至 D15 单元格，得出其他地区的相关结论。最后将该工作簿保存(素材与实例\实例\第 9 章\销售费用表(分析))。

销售费用表

| | A | B | C | D | E | F | G |
|---|---|---|---|---|---|---|---|
| 4 | ￥21.00 | ￥55.00 | ￥15.00 | ￥32.00 | ￥35.00 | ￥90.00 | ￥25.00 |
| 5 | ￥31.00 | ￥88.00 | ￥18.00 | ￥37.00 | ￥31.20 | ￥93.00 | ￥22.00 |
| 6 | ￥19.00 | ￥31.00 | ￥12.00 | ￥21.00 | ￥14.00 | ￥25.60 | ￥21.50 |
| 7 | ￥17.00 | ￥28.00 | ￥12.00 | ￥27.00 | ￥11.50 | ￥22.40 | ￥16.50 |
| 8 | ￥23.40 | ￥81.00 | ￥17.60 | ￥43.00 | ￥17.80 | ￥57.00 | ￥24.00 |
| 9 | | | | | | | |
| 10 | | | | | | | |
| 11 | | 地区 | 相关性分析 | 结论 | | | |
| 12 | | 西南 | 0.8604231 | 一般相关性 | | | |
| 13 | | 东北 | 0.8536265 | 一般相关性 | | | |
| 14 | | 华东 | 0.966608 | 显著相关性 | | | |
| 15 | | 华北 | 0.7622074 | 一般相关性 | | | |
| 16 | | | | | | | |

销售额统计分析　相关性分析

可以看到销售投入促进了销售额的增长。

快乐学电脑

# 第10章 典型实例2——财务报表综合分析

**本章学习重点**

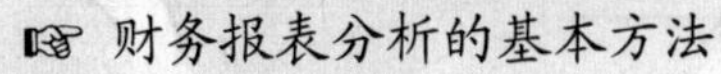
☞ 财务报表分析的基本方法

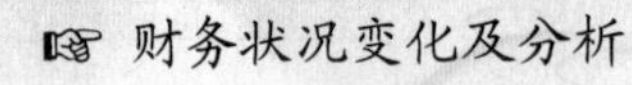
☞ 财务状况变化及分析

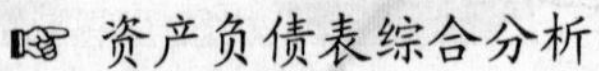
☞ 资产负债表综合分析

☞ 利润表综合分析

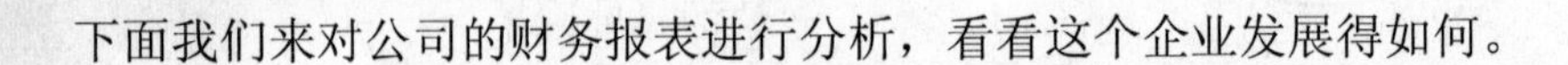
下面我们来对公司的财务报表进行分析，看看这个企业发展得如何。

## 10.1 财务报表分析的基本方法

财务报表分析是以财务报表为主要依据，对经济活动与财务收支情况进行全面、系统的分析。财务报表分析的目的是为有关各方提供可以用来进行决策的信息。

通过分析资产负债表，可以了解公司的财务状况，对公司的偿还能力、资本结构是否合理、流动资金是否充足作出判断。

通过分析损益表，可以了解、分析公司的盈利能力、盈利状况、经营效率，对公司在行业中的竞争地位、持续发展能力作出判断。

财务报表分析的方法主要有：比较法、比率分析法、趋势分析法、因素替换法4种。

### 1．比较法

比较法是通过经济指标的比较，来揭示经济指标数量差异的一种分析方法。经济指标出现了数量差异就说明有值得进一步分析的原因。所以，比较法的主要作用在于揭示客观存在的差距，发现问题，为进一步分析问题、寻找潜力指出了方向和线索。在财务报表分析中比较法的应用比较广泛。

### 2．比率分析法

比率分析法是通过计算、比较经济指标的比率，来确定相对数差异的一种分析方法。比率就是相对数，采用这种方法把分析对比的数值变成相对数，计算出各种不同的比率，然后进行比较，从确定的比率差异中发现问题。采用这种分析方法，可以把某些条件下不可比的指标变为可以比较的指标，以利于进行比较和分析，因此比率分析法也是一种比较法。一般的比较法只是经济指标绝对数的比较，而比率分析法却是经济指标相对数的比较。

### 3．趋势分析法

趋势分析法有时又称水平分析，它是最简单的一种分析方法，其具体分析方法为：将某特定企业连续若干会计年度的报表资料在不同年度间进行横向对比，确定不同年度间的

差异额或差异率，以分析企业各报表项目的变动情况及变动趋势。

### 4. 因素替换法

因素替换法又称连环代替法，是用来计算几个相互联系的因素对经济指标影响程度的一种分析方法。

应用比较法和比率分析法可以确定财务报表中各项经济指标发生变动的差异。至于差异形成的原因以及各种原因对差异形成的影响程度，则需要进一步应用因素替换法来解决。

本章以资产负债表和利润表为例(如下图所示)，对一些常用指标进行分析。

财务报表

**资产负债表**

编制单位：　　　　货币单位：元

| 资　产 | 2007-12-31 | 2006-12-31 | 负债及所有者权益 | 2007-12-31 | 2006-12-31 |
|---|---|---|---|---|---|
| 流动资产： | | | 流动负债： | | |
| 货币资金 | 735,203,479.84 | 467,610,680.59 | 短期借款 | 273,998,500.00 | 300,698,500.00 |
| 短期投资 | | | 应付票据 | 90,581,183.91 | 73,483,299.22 |
| 应收票据 | 624,374,347.86 | 363,146,263.88 | 应付账款 | 199,902,945.71 | 217,737,814.01 |
| 应收股利 | | | 预收账款 | 584,722,063.43 | 102,297,781.63 |
| 应收利息 | | | 应付工资 | 32,885,652.35 | |
| 应收账款 | 2,500.00 | 121,221.58 | 应付福利费 | 31,230,462.56 | 22,084,355.67 |
| 其他应收款 | 1,415,348.35 | 3,640,709.58 | 应付股利 | | |
| 预付账款 | 86,446,881.65 | 54,309,670.97 | 应交税金 | 446,963,536.63 | 174,430,425.89 |
| 应收补贴款 | | | 其他应交款 | 1,770,203.37 | 952,353.52 |
| 存货 | 1,254,542,080.86 | 622,648,196.61 | 其他应付款 | 54,523,528.23 | 212,528,390.24 |
| 待摊费用 | 12,644,943.79 | 8,737,427.97 | 预提费用 | 1,692,779.29 | 2,979,780.43 |
| 一年内到期的长期债权 | | | 一年内到期的长期负债 | 403,984,500.00 | 399,998,500.00 |
| 其他流动资产 | | | 其他流动负债 | | |
| **流动资产合计：** | **2,714,629,582.35** | **1,520,214,171.18** | **流动负债合计：** | **2,122,255,355.48** | **1,507,191,200.61** |
| 长期投资： | | | 长期负债： | | |
| 长期股权投资 | | | 长期借款 | 1,607,626,100.00 | 1,037,758,500.00 |
| 长期债权投资 | | | 应付债券 | | |
| 长期投资合计 | | | 长期应付款 | | |
| 固定资产： | | | 其他长期负债 | | |
| 固定资产原值 | 6,120,699,422.58 | 4,058,187,562.93 | **长期负债合计：** | **1,607,626,100.00** | **1,037,758,500.00** |
| 减：累计折旧 | 1,874,771,920.31 | 1,520,623,395.97 | 递延税项： | | |
| 固定资产净值 | 4,245,927,502.27 | 2,537,564,166.96 | 递延税项贷项 | | |
| 减：固定资产减值准备 | 21,857,577.15 | 9,551,898.08 | **负债合计：** | **3,729,881,455.48** | **2,544,949,700.61** |
| 固定资产净额 | 4,224,069,925.12 | 2,528,012,268.88 | 所有者权益： | | |
| 工程物资 | 392,907,504.54 | | 股本 | 838,198,500.00 | 447,198,500.00 |
| 在建工程 | 716,897,775.36 | 1,225,629,281.84 | 资本公积 | 1,906,667,623.71 | 1,521,738,148.01 |
| 固定资产清理 | | | 盈余公积 | 351,650,131.88 | 204,390,911.64 |
| **固定资产合计：** | **5,333,875,205.02** | **3,753,641,550.72** | 其中：法定公益金 | 117,215,710.62 | 68,129,303.87 |
| 无形资产及其他资产： | | | 拟分配现金股利 | 251,458,500.00 | |
| 无形资产 | | | 未分配利润 | 970,935,376.30 | 555,546,461.64 |
| 长期待摊费用 | | | **股东权益合计：** | **4,318,910,131.89** | **2,728,874,021.29** |
| 其他长期资产 | | | | | |
| 无形资产及其他资产合计 | | | | | |
| 递延税项： | | | | | |
| 递延税项借项 | | | | | |
| **资产总计** | **8,048,504,787.37** | **5,273,855,721.90** | **负债和所有者权益总计** | **8,048,791,587.37** | **5,273,823,721.90** |

资产负债表　利润表　Sheet3

财务报表

**利润表**

编制单位：　　　　货币单位：元

| 项目名称 | 2007年度 | 2006年度 |
|---|---|---|
| 一、主营业务收入 | 7,160,862,275.53 | 4,430,831,020.53 |
| 减:主营业务成本 | 5,596,196,414.00 | 3,740,861,287.41 |
| 主营业务税金及附加 | 39,677,411.70 | 25,902,207.79 |
| 二、主营业务利润（亏损以“－”号填列） | 1,524,988,449.83 | 664,067,525.33 |
| 加:其他业务利润（亏损以“－”号填列） | 17,476,039.66 | 7,374,815.40 |
| 减:营业费用 | 18,289,277.96 | 23,526,913.89 |
| 管理费用 | 129,316,989.08 | 104,414,856.90 |
| 财务费用 | 30,467,265.19 | 20,500,541.67 |
| 三、营业利润 | 1,364,390,957.26 | 523,000,028.27 |
| 加:投资收益（亏损以“－”号填列） | | |
| 补贴收入 | | |
| 营业外收入 | 130,930.63 | 1,114,398.72 |
| 减:营业外支出 | 25,504,103.02 | 9,551,398.72 |
| 四、利润总额 | 1,339,017,784.87 | 514,563,028.27 |
| 减:所得税 | 357,281,679.34 | 165,475,223.91 |
| 五、净利润 | 981,736,105.53 | 349,087,804.36 |
| 加:年初未分配利润 | 555,565,961.64 | 258,848,127.44 |
| 六、可供分配的利润 | 1,537,302,067.17 | 607,935,931.80 |
| 减:提取法定公积 | 98,170,813.49 | 34,905,980.49 |
| 提取法定公益金 | 49,084,406.75 | 17,451,990.24 |
| 分配普通股股利 | 419,098,000.00 | |
| 七、年末未分配利润 | 970,948,846.93 | 555,577,961.07 |

资产负债表　利润表　Sheet3

# 10.2 财务状况变化及分析

本节将根据资产负债表的相关内容分析企业的财务状况。

## 10.2.1 财务状况分析

下面首先分析企业的财务状况，然后绘制一张增长率的变化图，操作步骤如下图所示。

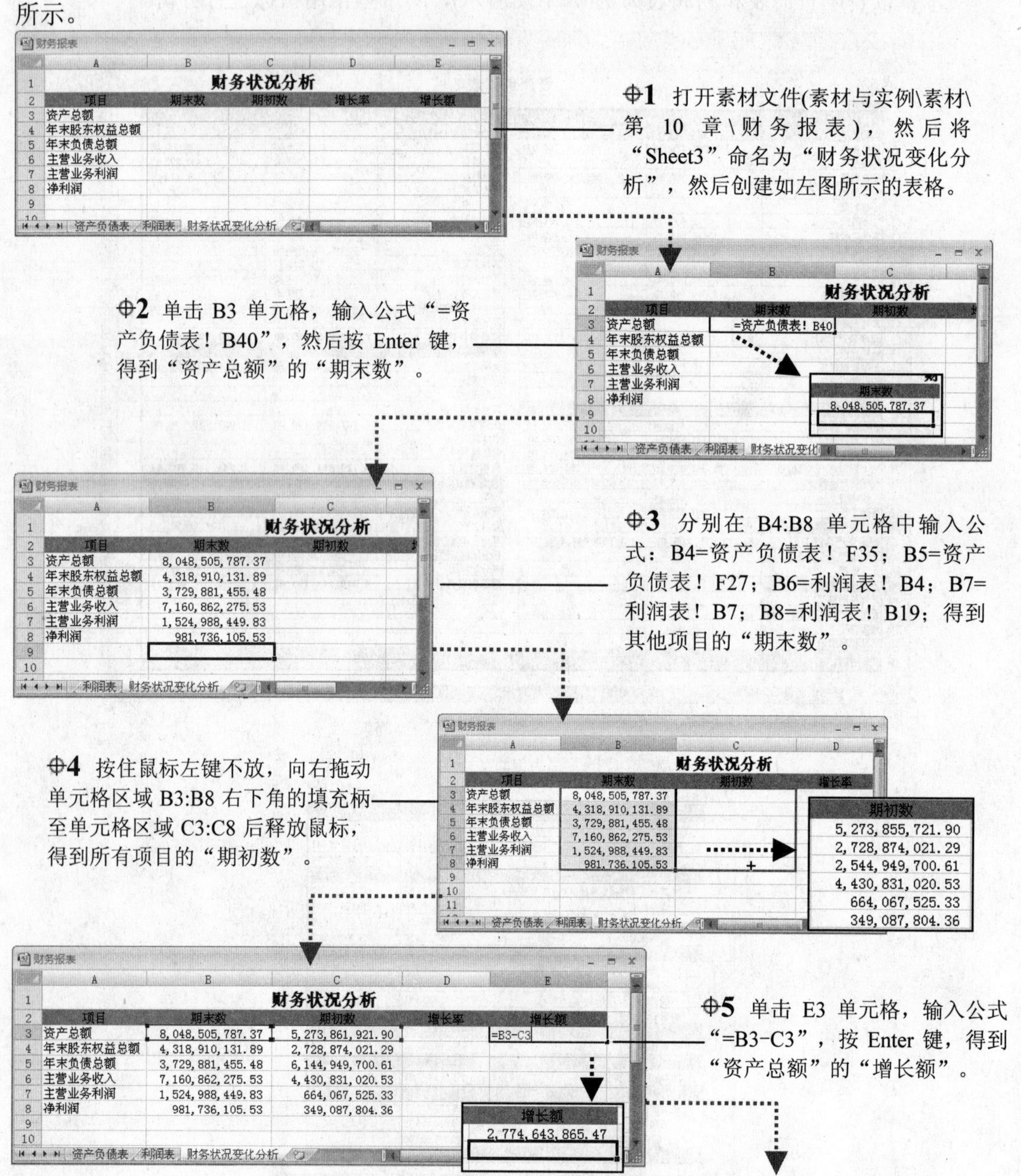


⊕1 打开素材文件(素材与实例\素材\第 10 章\财务报表)，然后将“Sheet3”命名为“财务状况变化分析”，然后创建如左图所示的表格。

⊕2 单击 B3 单元格，输入公式“=资产负债表！B40”，然后按 Enter 键，得到“资产总额”的“期末数”。

⊕3 分别在 B4:B8 单元格中输入公式：B4=资产负债表！F35；B5=资产负债表！F27；B6=利润表！B4；B7=利润表！B7；B8=利润表！B19；得到其他项目的“期末数”。

⊕4 按住鼠标左键不放，向右拖动单元格区域 B3:B8 右下角的填充柄至单元格区域 C3:C8 后释放鼠标，得到所有项目的“期初数”。

⊕5 单击 E3 单元格，输入公式“=B3-C3”，按 Enter 键，得到“资产总额”的“增长额”。

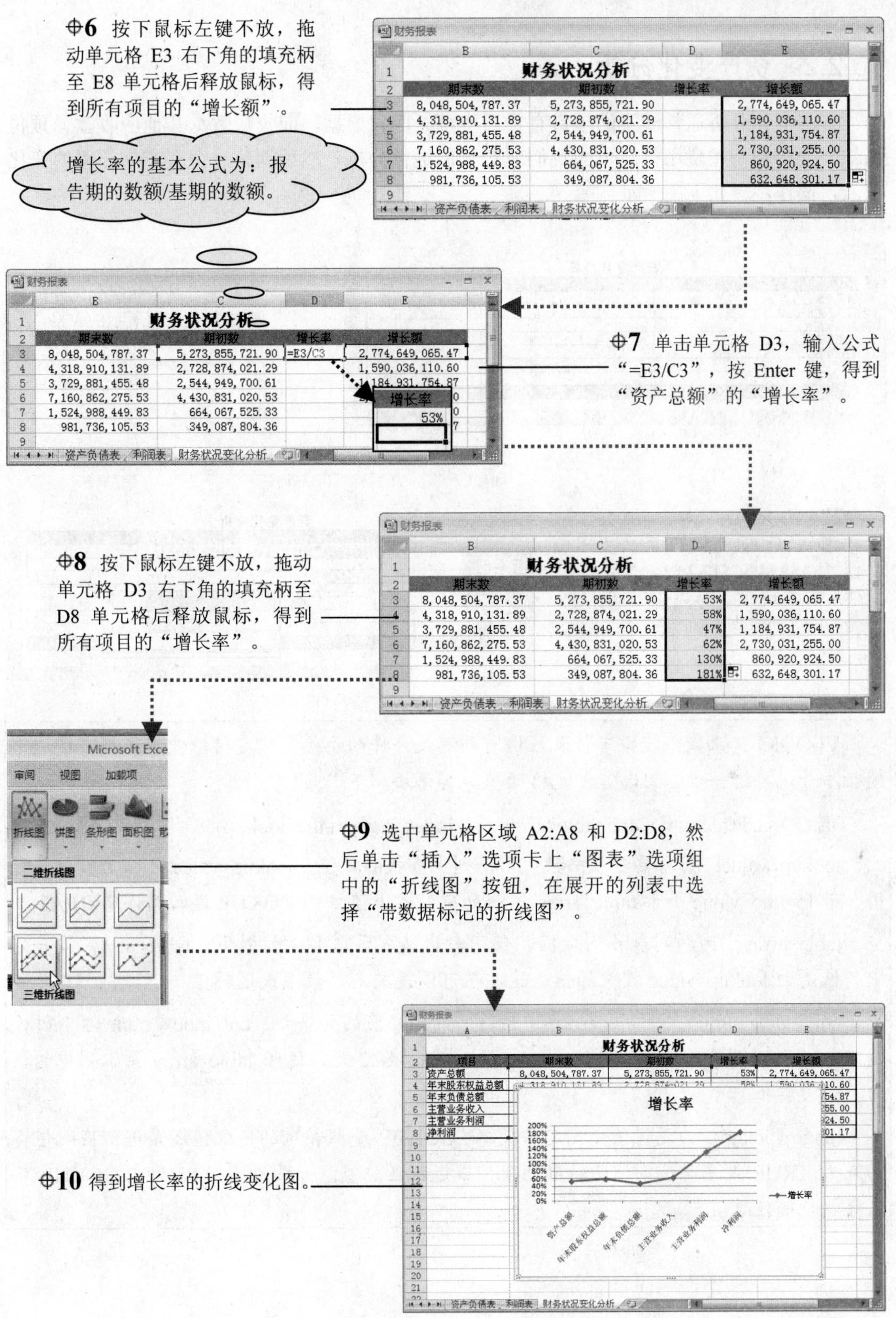


⊕**6** 按下鼠标左键不放，拖动单元格 E3 右下角的填充柄至 E8 单元格后释放鼠标，得到所有项目的“增长额”。

增长率的基本公式为：报告期的数额/基期的数额。

⊕**7** 单击单元格 D3，输入公式“=E3/C3”，按 Enter 键，得到“资产总额”的“增长率”。

⊕**8** 按下鼠标左键不放，拖动单元格 D3 右下角的填充柄至 D8 单元格后释放鼠标，得到所有项目的“增长率”。

⊕**9** 选中单元格区域 A2:A8 和 D2:D8，然后单击“插入”选项卡上“图表”选项组中的“折线图”按钮，在展开的列表中选择“带数据标记的折线图”。

⊕**10** 得到增长率的折线变化图。

快乐学电脑

## 10.2.2 资产变化分析

资产变化分析通常涉及的项目有货币资金、应收票据、应收账款、其他应收款、预付账款、存货和待摊费用等。下面我们就对它们进行分析，然后创建一个资产增长率的变化图表，操作步骤如下图所示。

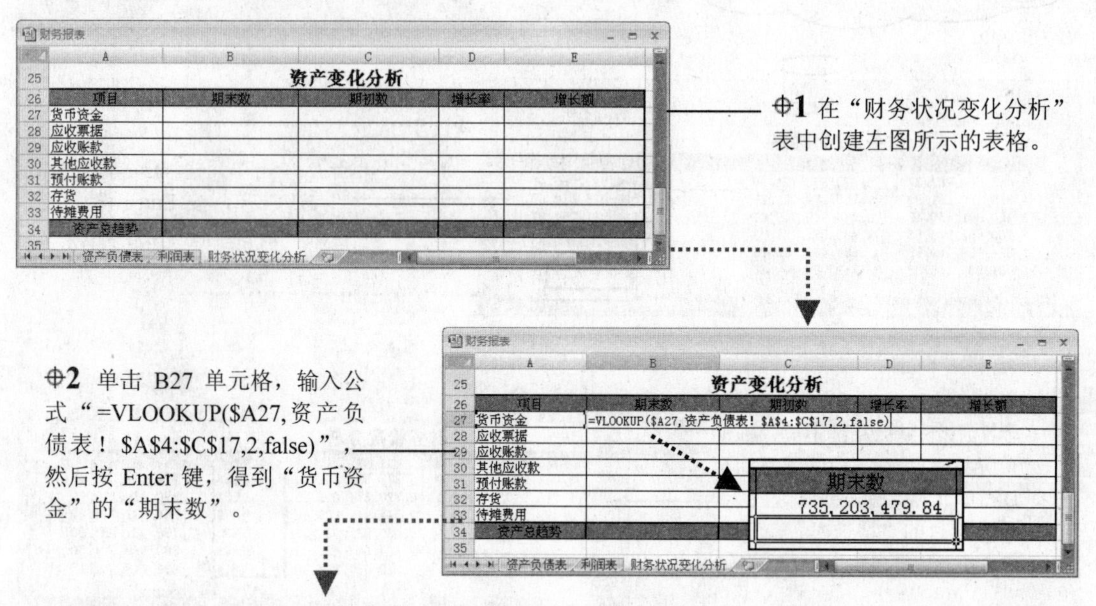


VLOOKUP 函数：搜索工作表区域首列满足条件的元素，确定待检索单元格在区域中的行序号，再进一步返回选定单元格的值。其语法如下：

VLOOKUP(lookup_value,table_array,col_index_num,range_lookup)

lookup_value：为需要在表格数组第一列中查找的数值。lookup_value 可以为数值或引用。若 lookup_value 小于 table_array 第一列中的最小值，VLOOKUP 返回错误值#N/A。

table_array：为两列或多列数据，使用对区域或区域名称的引用。table_array 第一列中的值是由 lookup_value 搜索的值。这些值可以是文本、数字或逻辑值。

col_index_num：为 table_array 中待返回的匹配值的列序号。col_index_num 为 1 时，返回 table_array 第一列中的数值；col_index_num 为 2 时，返回 table_array 第二列中的数值，依次类推。

range_lookup：为逻辑值，指定希望 VLOOKUP 查找精确的匹配值还是近似匹配值。如果为 TRUE 或省略，则返回精确匹配值或近似匹配值；如果为 FALSE，VLOOKUP 将只寻找精确匹配值。

| | A | B | C | D | E |
|---|---|---|---|---|---|
| 25 | 资产变化分析 | | | | |
| 26 | 项目 | 期末数 | 期初数 | 增长率 | 增长额 |
| 27 | 货币资金 | 735,203,479.84 | | | |
| 28 | 应收票据 | 624,374,347.86 | | | |
| 29 | 应收账款 | 2,500.00 | | | |
| 30 | 其他应收款 | 1,415,348.35 | | | |
| 31 | 预付账款 | 86,446,881.65 | | | |
| 32 | 存货 | 1,254,542,080.86 | | | |
| 33 | 待摊费用 | 12,644,943.79 | | | |
| 34 | 资产总趋势 | | | | |

⊕3 按下鼠标左键不放拖动单元格B27右下角的填充柄至单元格B33，复制公式，得到其他项目的“期末数”。

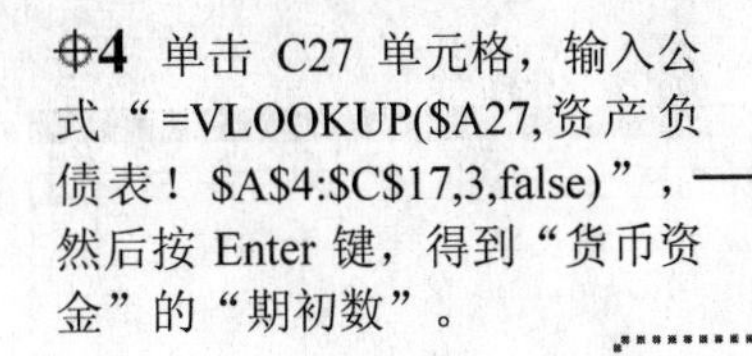

⊕4 单击C27单元格，输入公式“=VLOOKUP($A27,资产负债表！$A$4:$C$17,3,false)”，然后按Enter键，得到“货币资金”的“期初数”。

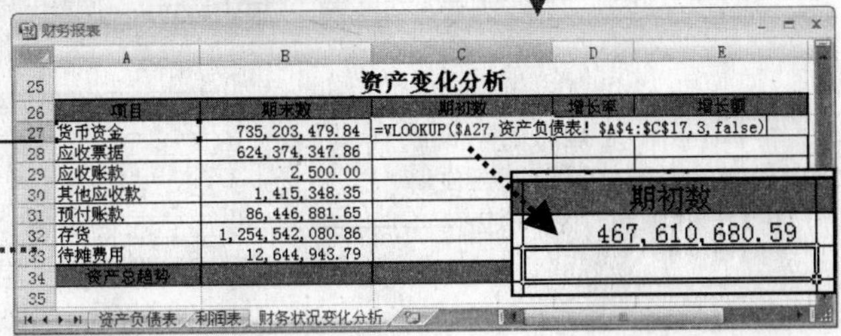



| | A | B | C | D | E |
|---|---|---|---|---|---|
| 25 | 资产变化分析 | | | | |
| 26 | 项目 | 期末数 | 期初数 | 增长率 | 增长额 |
| 27 | 货币资金 | 735,203,479.84 | =VLOOKUP($A27,资产负债表！$A$4:$C$17,3,false) | | |
| 28 | 应收票据 | 624,374,347.86 | | | |
| 29 | 应收账款 | 2,500.00 | | | |
| 30 | 其他应收款 | 1,415,348.35 | | | |
| 31 | 预付账款 | 86,446,881.65 | | | |
| 32 | 存货 | 1,254,542,080.86 | | | |
| 33 | 待摊费用 | 12,644,943.79 | | | |
| 34 | 资产总趋势 | | | | |

| | A | B | C | D | E |
|---|---|---|---|---|---|
| 25 | 资产变化分析 | | | | |
| 26 | 项目 | 期末数 | 期初数 | 增长率 | 增长额 |
| 27 | 货币资金 | 735,203,479.84 | 467,610,680.59 | | |
| 28 | 应收票据 | 624,374,347.86 | 363,146,263.88 | | |
| 29 | 应收账款 | 2,500.00 | 121,221.58 | | |
| 30 | 其他应收款 | 1,415,348.35 | 3,640,709.58 | | |
| 31 | 预付账款 | 86,446,881.65 | 54,309,670.97 | | |
| 32 | 存货 | 1,254,542,080.86 | 622,648,196.61 | | |
| 33 | 待摊费用 | 12,644,943.79 | 8,737,427.97 | | |
| 34 | 资产总趋势 | | | | |

⊕5 按下鼠标左键不放拖动单元格C27右下角的填充柄至单元格C33，复制公式，得到其他项目的“期初数”。

⊕6 分别在单元格E27和D27中输入公式：E27=B27-C27，D27=E27/C27，得到“货币资金”的“增长额”和“增长率”。

| | A | B | C | D | E |
|---|---|---|---|---|---|
| 25 | 资产变化分析 | | | | |
| 26 | 项目 | 期末数 | 期初数 | 增长率 | 增长额 |
| 27 | 货币资金 | 735,203,479.84 | 467,610,680.59 | 57% | 267,592,799.25 |
| 28 | 应收票据 | 624,374,347.86 | 363,146,263.88 | | |
| 29 | 应收账款 | 2,500.00 | 121,221.58 | | |
| 30 | 其他应收款 | 1,415,348.35 | 3,640,709.58 | | |
| 31 | 预付账款 | 86,446,881.65 | 54,309,670.97 | | |
| 32 | 存货 | 1,254,542,080.86 | 622,648,196.61 | | |
| 33 | 待摊费用 | 12,644,943.79 | 8,737,427.97 | | |
| 34 | 资产总趋势 | | | | |

| | A | B | C | D | E |
|---|---|---|---|---|---|
| 25 | 资产变化分析 | | | | |
| 26 | 项目 | 期末数 | 期初数 | 增长率 | 增长额 |
| 27 | 货币资金 | 735,203,479.84 | 467,610,680.59 | 57% | 267,592,799.25 |
| 28 | 应收票据 | 624,374,347.86 | 363,146,263.88 | 72% | 261,228,083.98 |
| 29 | 应收账款 | 2,500.00 | 121,221.58 | -98% | -118,721.58 |
| 30 | 其他应收款 | 1,415,348.35 | 3,640,709.58 | -61% | -2,225,361.23 |
| 31 | 预付账款 | 86,446,881.65 | 54,309,670.97 | 59% | 32,137,210.68 |
| 32 | 存货 | 1,254,542,080.86 | 622,648,196.61 | 101% | 631,893,884.25 |
| 33 | 待摊费用 | 12,644,943.79 | 8,737,427.97 | 45% | 3,907,515.82 |
| 34 | 资产总趋势 | | | | |

⊕7 按下鼠标左键不放，拖动单元格区域D27:E27右下角的填充柄至单元格E33，复制公式，得到其他项目的“增长额”和“增长率”。

| | A | B | C | D | E |
|---|---|---|---|---|---|
| 25 | 资产变化分析 | | | | |
| 26 | 项目 | 期末数 | 期初数 | 增长率 | 增长额 |
| 27 | 货币资金 | 735,203,479.84 | 467,610,680.59 | 57% | 267,592,799.25 |
| 28 | 应收票据 | 624,374,347.86 | 363,146,263.88 | 72% | 261,228,083.98 |
| 29 | 应收账款 | 2,500.00 | 121,221.58 | -98% | -118,721.58 |
| 30 | 其他应收款 | 1,415,348.35 | 3,640,709.58 | -61% | -2,225,361.23 |
| 31 | 预付账款 | 86,446,881.65 | 54,309,670.97 | 59% | 32,137,210.68 |
| 32 | 存货 | 1,254,542,080.86 | 622,648,196.61 | 101% | 631,893,884.25 |
| 33 | 待摊费用 | 12,644,943.79 | 8,737,427.97 | 45% | 3,907,515.82 |
| 34 | 资产总趋势 | =sum(B27:B33) | | | |

⊕8 在B34单元格中输入公式“=sum(B27:B33)”，得到“期末数”的“资产总趋势”。

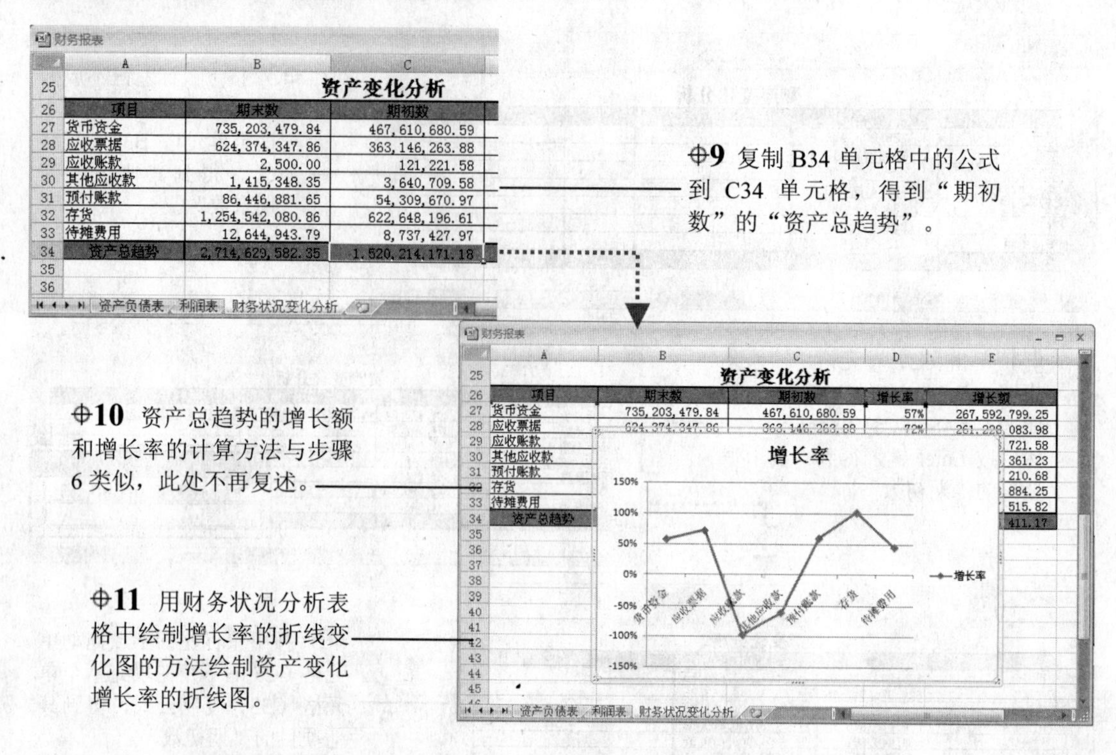


⊕9 复制B34单元格中的公式到C34单元格，得到“期初数”的“资产总趋势”。

⊕10 资产总趋势的增长额和增长率的计算方法与步骤6类似，此处不再复述。

⊕11 用财务状况分析表格中绘制增长率的折线变化图的方法绘制资产变化增长率的折线图。

## 10.2.3 负债变化分析

负债项目主要包括应付票据、应付账款、预收账款和其他应付款。下面我们对它们进行分析并对增长率创建折线图，操作步骤如图10-4所示。

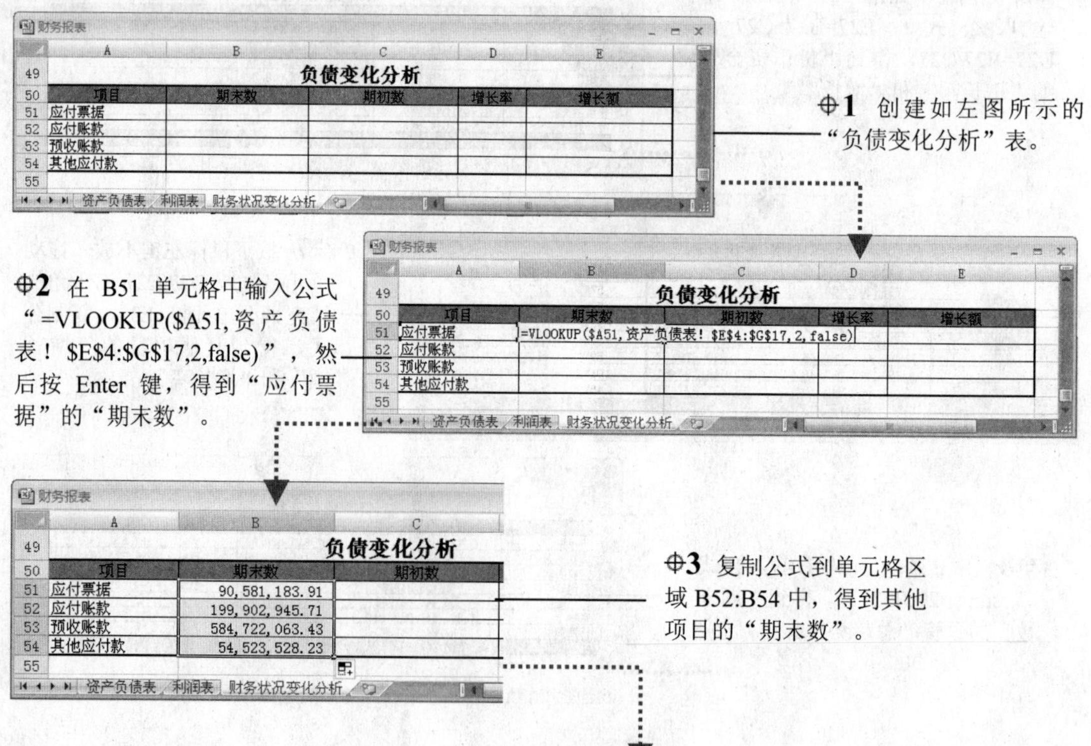


⊕1 创建如左图所示的“负债变化分析”表。

⊕2 在B51单元格中输入公式“=VLOOKUP($A51,资产负债表！$E$4:$G$17,2,false)”，然后按Enter键，得到“应付票据”的“期末数”。

⊕3 复制公式到单元格区域B52:B54中，得到其他项目的“期末数”。

⊕4 在 C51 单元格中输入公式"=VLOOKUP($A51,资产负债表！$E$4:$G$17,3,false)"，然后按 Enter 键，得到"应付票据"的"期初数"。

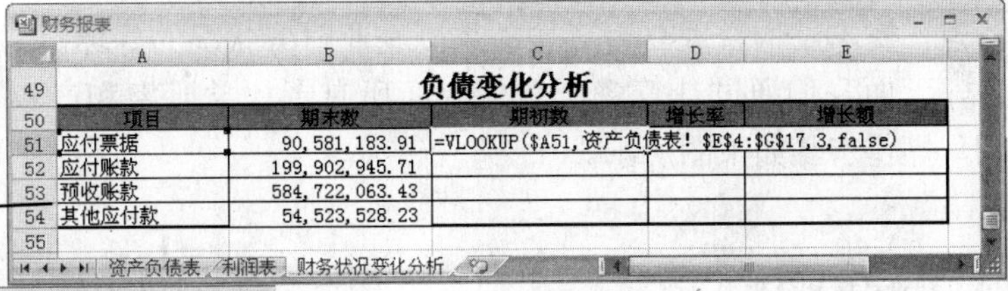

负债变化分析

| 项目 | 期末数 | 期初数 | 增长率 | 增长额 |
|---|---|---|---|---|
| 应付票据 | 90,581,183.91 | =VLOOKUP($A51,资产负债表！$E$4:$G$17,3,false) | | |
| 应付账款 | 199,902,945.71 | | | |
| 预收账款 | 584,722,063.43 | | | |
| 其他应付款 | 54,523,528.23 | | | |

⊕5 复制公式到单元格区域 C52:C54 中，得到其他项目的"期初数"。

⊕6 "增长额"和"增长率"的计算方法与财务状况分析表中的步骤 6 相似。

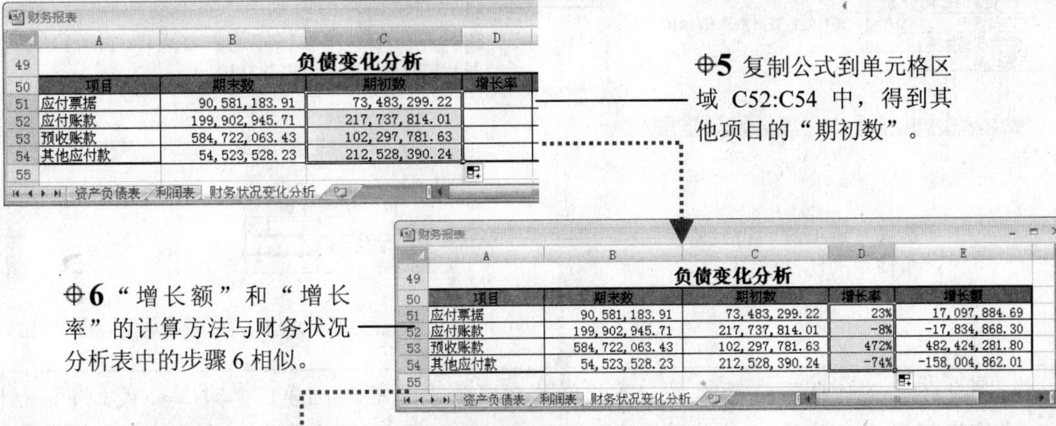

负债变化分析

| 项目 | 期末数 | 期初数 | 增长率 |
|---|---|---|---|
| 应付票据 | 90,581,183.91 | 73,483,299.22 | |
| 应付账款 | 199,902,945.71 | 217,737,814.01 | |
| 预收账款 | 584,722,063.43 | 102,297,781.63 | |
| 其他应付款 | 54,523,528.23 | 212,528,390.24 | |

负债变化分析

| 项目 | 期末数 | 期初数 | 增长率 | 增长额 |
|---|---|---|---|---|
| 应付票据 | 90,581,183.91 | 73,483,299.22 | 23% | 17,097,884.69 |
| 应付账款 | 199,902,945.71 | 217,737,814.01 | -8% | -17,834,868.30 |
| 预收账款 | 584,722,063.43 | 102,297,781.63 | 472% | 482,424,281.80 |
| 其他应付款 | 54,523,528.23 | 212,528,390.24 | -74% | -158,004,862.01 |

⊕7 用"财务状况分析"表中绘制增长率的折线变化图的方法绘制资产变化增长率的折线图。

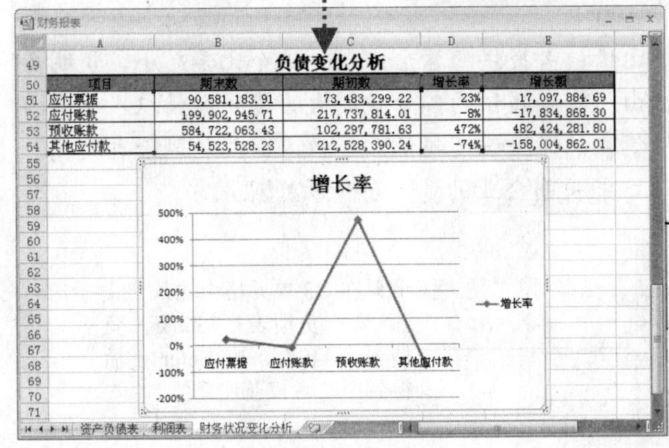


# 10.3　资产负债表综合分析

资产负债表是反映企业某一特定日期财务状况的报表，也称财务状况表，是根据资产、负债、所有者权益三个基本要素的相互关系，按照一定的分类标准和程序排列而成的。资产负债表所提供的资料，既为企业管理决策所必需的，又对与企业有利害关系的集团和个人极为重要。它表明了企业资产、负债、所有者权益的实力状况，反映了企业经营活动的规模和企业的发展潜力。

## 10.3.1　资产结构分析

企业的资产结构包括负债与所有者权益之间的比例，负债中流动负债与长期负债之间的比例等。通常，负债与所有者权益比例的大小会影响到债权人与投资者所冒风险的大小，负债与资产比例的高低会影响到企业债权的权益保障程度，也反映了企业财务结构的特点。资本结构合理与否直接关系到企业财务状况的好坏。

下面我们通过计算资产负债率、所有者权益比率和产权比率来分析资产负债表的结构，操作步骤如下图所示。

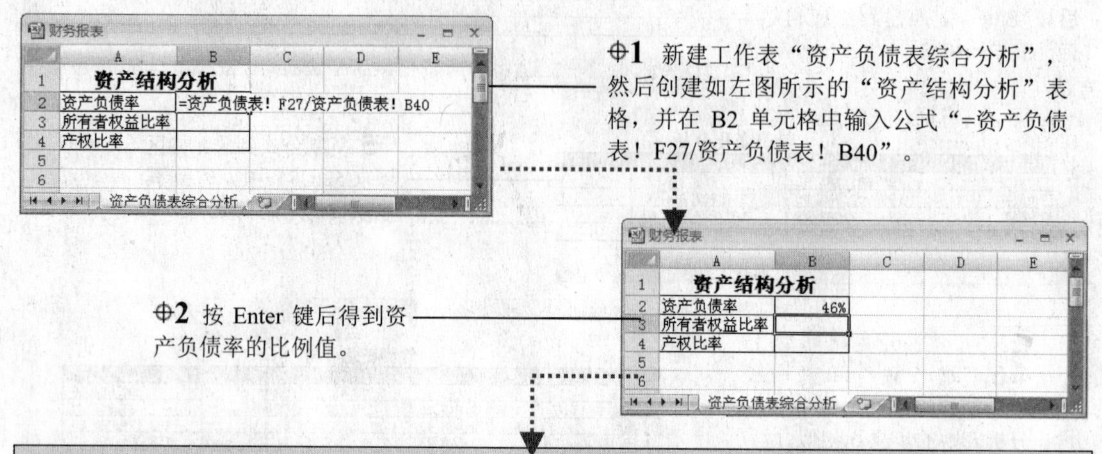

1 新建工作表“资产负债表综合分析”，然后创建如左图所示的“资产结构分析”表格，并在B2单元格中输入公式“=资产负债表！F27/资产负债表！B40”。

2 按Enter键后得到资产负债率的比例值。

资产负债率又称举债经营比率，是负债总额与资产总额的比率，其计算公式如下：

资产负债率 = 负债总额/资产总额 × 100%

资产负债率反映了在企业总资产中由债权人提供的资金比例。这个比率越小，说明企业资产中债权人有要求权的部分越小，由所有者提供的部分就越大，资产对债权人的保障程度就越高；反之，资产负债率越高，债权的保障程度越低，债权人面临的风险也越高。根据经验，资产负债率一般在75%以下才能说明企业的资产负债的情况正常。

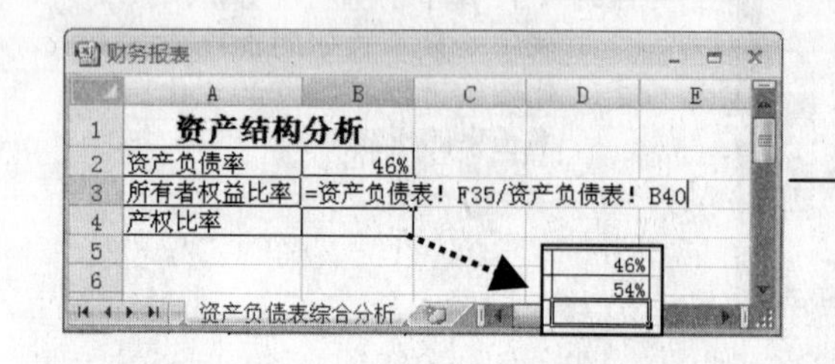

3 在B3单元格中输入公式“=资产负债表！F35/资产负债表！B40”，按Enter键后得到所有者权益比率值。

所有者权益比率是指所有者权益与资产总额的比率，其计算公式如下：

所有者权益比率 = 所有者权益总额/资产总额

所有者权益比率与资产负债率之和按同口径计算应等于1。所有者权益比率越大，负债比率就越小，企业的财务风险也就越小。所有者权益比率是从另一个侧面来反映企业长期财务状况和长期偿还能力的。

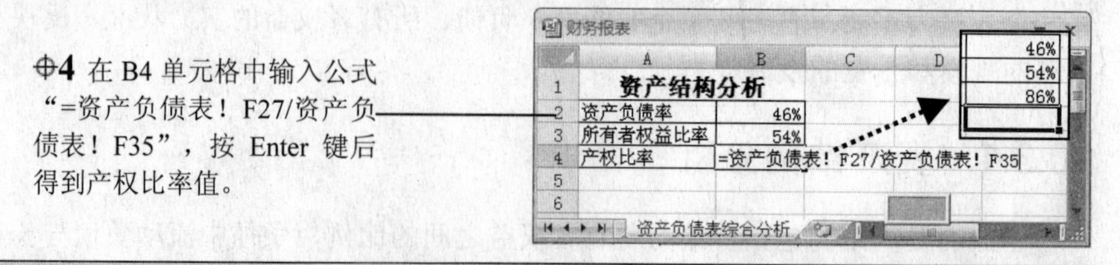

4 在B4单元格中输入公式“=资产负债表！F27/资产负债表！F35”，按Enter键后得到产权比率值。

产权比率是指负债总额与所有者权益的比率，是企业财务结构稳健与否的重要标志。其计算公式如下：

产权比率 = 负债总额/所有者权益总额

它反映企业所有者对债权人权益的保障程度。这一比率越低，表明企业的长期偿还能力越强，债权人权益的保障程度越高，承担的风险越小，但企业不能充分地发挥负债的财务杠杆效应。该比率与资产负债率的区别是：资产负债率侧重于分析债务偿付安全性的物质保障程度，产权比率侧重于揭示财务结构的稳健程度以及自有资金对偿债风险的承受能力。

产权比率不仅反映了由债务人提供的资本与所有者提供的资本的相对关系，而且反映了企业自有资金偿还全部债务的能力，因此它又是衡量企业负债经营是否安全有利的重要指标。一般来说，这一比率越低，表明企业长期偿还能力越强，债权人权益保障程度越高，承担的风险越小，一般认为这一比率为1:1，即100%以下时，应该是有偿还能力的，但还应该结合企业的具体情况加以分析。当企业的资产收益率大于负债成本率时，负债经营有利于提高资金收益率，获得额外的利润，这时的产权比率可适当高些。产权比率高，是高风险、高报酬的财务结构；产权比率低，是低风险、低报酬的财务结构。

由上分析得知：该企业的资产负债情况不正常，企业的财务有点风险，长期偿还能力也不强。

## 10.3.2 企业偿还能力分析

企业偿还能力的大小，是衡量企业财务状况好坏的标志之一，是衡量企业运转是否正常，是否能吸引外来资金的重要方法。企业的偿还能力分为短期偿还能力和长期偿还能力。反映企业偿还能力的指标主要有流动比率和速动比率。

下面我们计算一下这两个指标的值，以此来分析企业的偿还能力，操作步骤如下图所示。

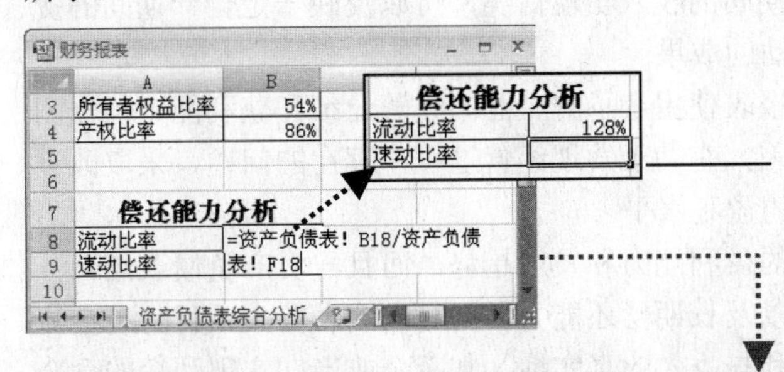


❶ 创建如左图所示的“偿还能力分析”表，并在B8单元格中输入公式“=资产负债表！B18/资产负债表！F18”，按Enter键后得到流动比率值。

流动比率是反映企业流动资产总额和流动负债比例关系的指标。企业流动资产大于流动负债，一般表明企业偿还短期债务能力强。流动比率以2∶1较为理想，最少要1∶1。其计算公式如下：

流动比率 = 流动资产总额/流动负债总额 × 100%

2 在 B9 单元格中输入公式“=(资产负债表！B18-资产负债表！B14)/资产负债表！F18”，按 Enter 键后得到速动比率值。

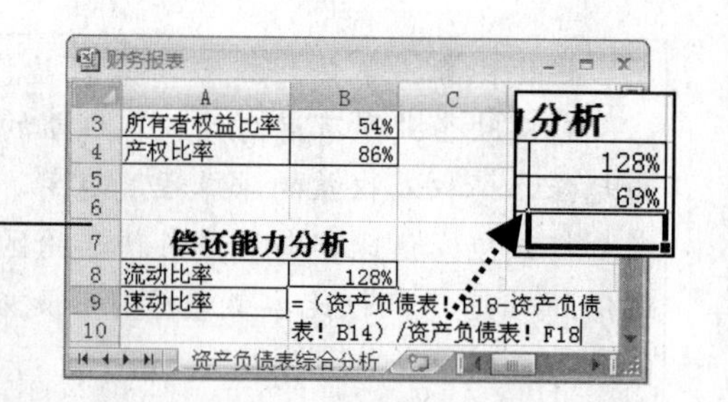


速动比率是反映企业流动资产项目中容易变现的速动资产与流动负债比例关系的指标。该指标还可以衡量流动比率的真实性。速动比率一般以 1∶1 为理想，该值越大，偿还能力越强，但不可低于 0.5∶1。其计算公式如下：

速动比率＝(流动资产－存货)/流动负债×100%

由上分析得知：这两个指标值都不是很理想，偿还能力可能会有问题。但是，在实际工作中，仅凭一年的指标有时并不能说明问题，通常还需要将近年来的这些指标进行对比，才能更深入地说明企业的经营状况和偿还能力等。

## 10.4　利润表综合分析

利润表也称损益表或收益表，是反映企业在某一会计期间的经营成果的财务报表。它反映的经营成果是企业一定期间的收入与费用配比形成的净收益(或净亏损)。

利润表上所反映的会计信息，可以用来评价一个企业的经营效率和经营成果，评估投资的价值和报酬，进而衡量一个企业在经营管理上的成功程度。

通过利润表可以反映企业一定会计期间的收入实现情况，可以反映一定会计期间的费用耗费情况，可以反映企业生产经营活动的成果。

利用利润表揭示的财务信息，便于报表使用者了解企业的经营业绩和获利能力，预测利润趋势；通过分析利润增减变化的原因，有助于发现经营过程中存在的问题，采取改进措施，按照企业经营意向不断提高企业的盈利水平。

对利润表的分析不仅能够了解企业的盈利能力和发展趋势，而且与资产负债表结合分析还能评价企业的营运能力、发展能力以及长期偿还能力，同时利润表有关项目与现金流量表的净流量比较，还可以了解企业盈利与收入的真实性，判断企业当期实现利润的含金量。因此，利润表是会计报表使用者最为关心的三大会计报表之一。分析利润表主要从以下两个方面来进行：一是盈利能力，二是成本费用消化能力。

### 10.4.1　盈利能力分析

盈利能力是指企业获取利润的能力。企业的盈利能力越强，给投资者带来的回报越高，企业价值越大。同时，企业盈利能力越强，带来的现金流量越多，企业的偿还能力就会得以加强。

反映企业盈利能力的主要指标有主营业务利润率、主营业务毛利率、总资产报酬率、净资产收益率和资本收益率等。

下面我们分别来计算上述指标，操作步骤如下图所示。

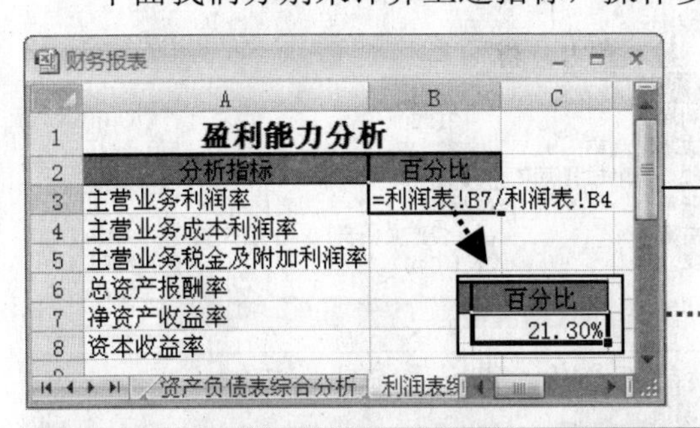


⊕1 新建工作表“利润表综合分析”，然后创建如左图所示的“盈利能力分析”表，并在B3单元格中输入公式“=利润表！B7/利润表！B4”，按Enter键后得到主营业务利润率值。

主营业务利润率是主营业务利润与主营业务收入的百分比。其计算公式如下：

主营业务利润率 = 主营业务利润/主营业务收入 × 100%

该指标反映公司的主营业务获利水平，只有当公司主营业务突出，即主营业务利润率较高的情况下，才能在竞争中占据优势地位。

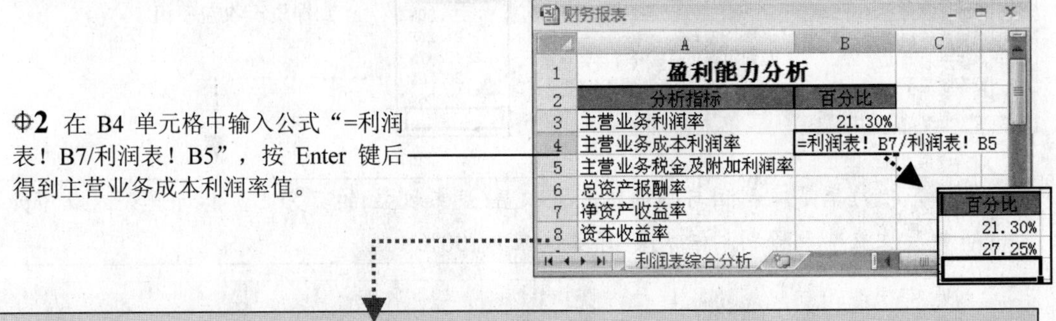


⊕2 在B4单元格中输入公式“=利润表！B7/利润表！B5”，按Enter键后得到主营业务成本利润率值。

主营业务成本利润率是分析主营业务成本对主营业务利润的影响，其计算公式如下：

主营业务成本利润率 = 主营业务利润/主营业务成本 × 100%

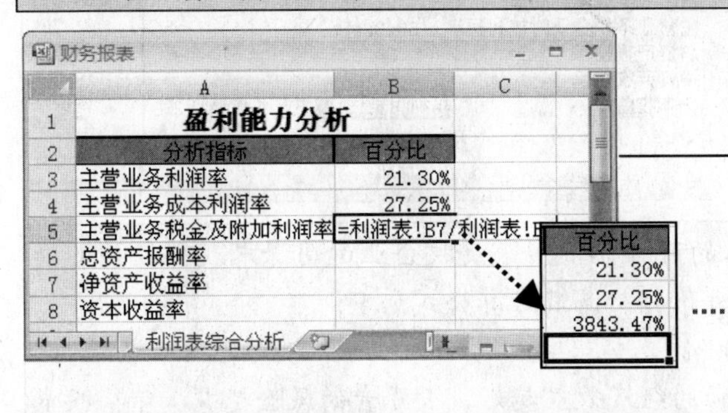


⊕3 在B5单元格中输入公式“=利润表！B7/利润表！B6”，按Enter键后得到主营业务税金及附加利润率值。

分析主营业务税金及附加利润率的目的是分析主营业务税金与附加对主营业务的影响。其计算公式如下：

主营业务税金及附加利润率 = 主营业务利润/主营业务税金及附加 × 100%

⊕4 在 B6 单元格中输入公式“=(利润表！B17+利润表！B11)/((资产负债表！B40+资产负债表！C40)/2)”，按 Enter 键后得到总资产报酬率值。

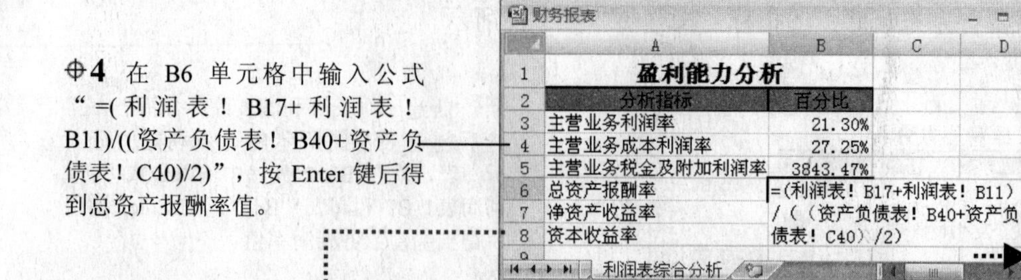


总资产报酬率是企业利润率与平均资产总额的百分比，其计算公式如下：

总资产报酬率 = (利润总额+利息支出)/平均资产总额 × 100%

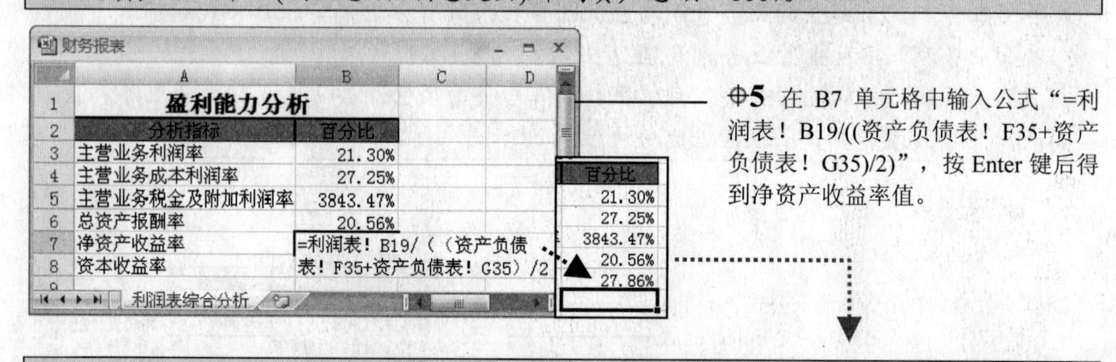


⊕5 在 B7 单元格中输入公式“=利润表！B19/((资产负债表！F35+资产负债表！G35)/2)”，按 Enter 键后得到净资产收益率值。

净资产收益率是净利润与平均所有者权益(股东权益)的百分比，其计算公式如下：

净资产收益率 = 净利润/平均所有者权益 × 100%

⊕6 在 B8 单元格中输入公式“=利润表！B19/资产负债表！F29”，按 Enter 键后得到资本收益率值。

资本收益率是指净利润与实收资本的百分比，用来反映企业运用资本获得收益的能力，也是财政部对企业经济效益的一项评价指标。其计算公式如下：

资本收益率 = 净利润/实收资本 × 100%

资本收益率越高，说明企业自有投资的经济效益越好，投资者的风险越少，值得投资和继续投资。因此，它是投资者和潜在投资者进行投资决策的重要依据。

## 10.4.2 成本、费用消化能力分析

成本是指生产某种产品、完成某个项目或者做成某件事情的代价，即发生的耗费总和。

费用是指一定时期内为进行生产经营活动而发生的各项耗费。

由此可见，费用是成本的基础，没有发生费用就不会形成成本。

成本、费用消化能力分析主要是分析企业主营业务收入的流向。企业主营业务收入主要有：成本、费用和税金。它的主要分析指标有：主营业务成本率、管理费用率、财务费用率和成本、费用利润率。通过分析，可以为成本考核提供依据、为未来预测和计划提供依据，还可以促进企业改善经营管理，提高成本管理水平，增强市场竞争能力。

下面我们就来分析上面所说的各项指标，操作步骤如下图所示。

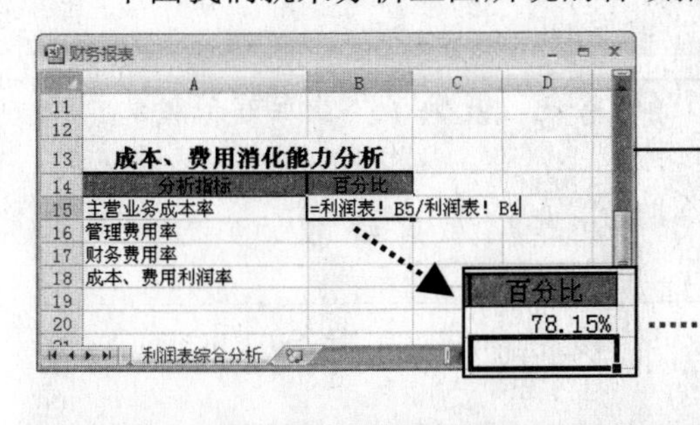


⊕1 创建如左图所示的“成本、费用消化能力分析”表格，并在B15单元格中输入公式“=利润表！B5/利润表！B4”，按Enter键后得到主营业务成本率值。

主营业务成本率是指主营业务成本与主营业务收入的百分比，反映了每百元主营业务收入中收回垫支的成本是多少，其计算公式如下：

主营业务成本率 = 主营业务成本/主营业务收入 × 100%

⊕2 在B16单元格中输入公式“=利润表！B10/利润表！B4”，按Enter键后得到管理费用率值。

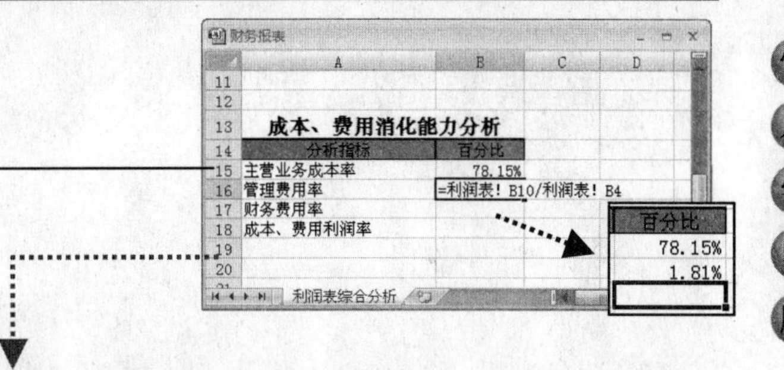


管理费用率是指管理费用与主营业务收入的百分比。管理费用是影响企业盈利能力的重要因素，反映了企业经营水平。其计算公式如下：

管理费用率 = 管理费用/主营业务收入 × 100%

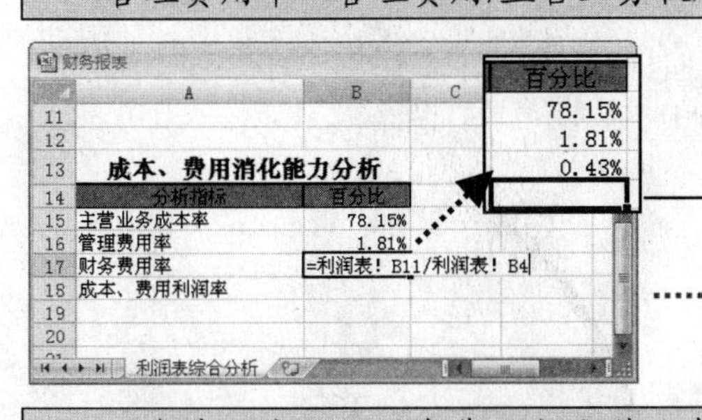


⊕3 在B17单元格中输入公式“=利润表！B11/利润表！B4”，按Enter键后得到财务费用率值。

财务费用率是指财务费用与主营业务收入的百分比。其计算公式如下：

财务费用率 = 财务费用/主营业务收入 × 100%

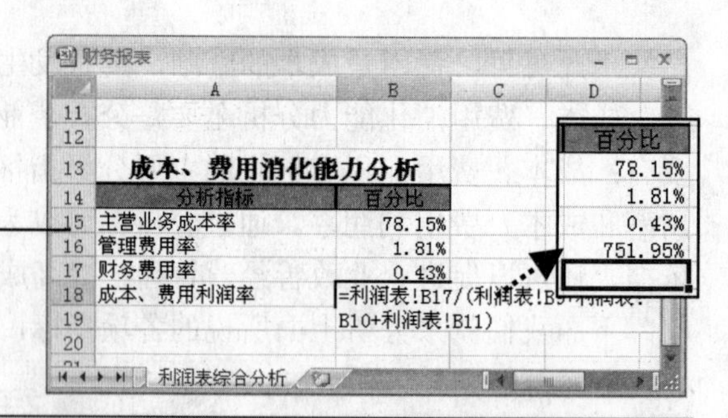


⊕4 在 B18 单元格中输入公式“=利润表！B17/(利润表！B9+利润表！B10+利润表！B11)”，按 Enter 键后得到成本、费用利润率值。最后将该工作簿保存(素材与实例\实例\第 10 章\财务报表(分析))。

> 成本、费用利润率是指利润总额与成本、费用的百分比，反映了企业每百元成本、费用支出获得的利润。其计算公式如下：
>
> 成本、费用利润率 = 利润总额/(主营业务成本+期间费用) × 100%
>
> 期间费用包括管理费用、财务费用和营业费用。

通过对成本、费用的分析，目的就是要合理控制，降低成本费用，提高企业经营管理水平，增强市场竞争力，最终获取良好的经济效益。

# 附录 Excel 2007 快捷键速查表

| 序号 | 快捷键 | 功能 |
| --- | --- | --- |
| 1 | Alt+' | 打开“样式”对话框 |
| 2 | Alt+↓ | 打开选择列表 |
| 3 | Alt+A | 切换到“数据”选项卡中 |
| 4 | Alt+BackSpace | 依次取消刚才的操作 |
| 5 | Alt+F | 单击“Office 按钮”，展开菜单列表 |
| 6 | Alt+F11 | 进入 VBA 编辑窗格 |
| 7 | Alt+F2/ F2 | 打开“另存为”对话框 |
| 8 | Alt+F4 | 退出 Excel(可能有保存提示) |
| 9 | Alt+F8 | 打开“宏”对话框 |
| 10 | Alt+H | 切换到“开始”选项卡中 |
| 11 | Alt+L | 切换到“开发工具”选项卡中 |
| 12 | Alt+M | 切换到“公式”选项卡中 |
| 13 | Alt+N | 切换到“插入”选项卡中 |
| 14 | Alt+P | 切换到“页面布局”选项卡中 |
| 15 | Alt+R | 切换到“审阅”选项卡中 |
| 16 | Alt+Shift+F1 | 插入空白工作表 |
| 17 | Alt+W | 切换到“视图”选项卡中 |
| 18 | Alt+加号 | 输入 SUM 函数 |
| 19 | Alt+数字键 | 执行“快速访问工具栏”中数字对应的按钮 |
| 20 | Ctrl+-(减号) | 显示用于删除单元格的“删除”对话框 |
| 21 | Ctrl+;(分号) | 输入当前系统日期 |
| 22 | Ctrl+` | 在工作表中切换显示单元格值和公式 |
| 23 | Ctrl+0 | 隐藏当前列(可以是多列) |
| 24 | Ctrl+1 | 打开“设置单元格格式”对话框 |
| 25 | Ctrl+2/Ctrl+B | 为字符设置加粗格式(再按一次取消) |
| 26 | Ctrl+3/Ctrl+I | 为字符设置倾斜格式(再按一次取消) |
| 27 | Ctrl+4/Ctrl+U | 为字符设置下划线格式(再按一次取消) |
| 28 | Ctrl+5 | 为字符设置删除线格式(再按一次取消) |
| 29 | Ctrl+8 | 隐藏/显示分级符号(必须设置分组功能) |
| 30 | Ctrl+9 | 隐藏当前行(可以是多行) |
| 31 | Ctrl+A | 选中整个数据单元格区域 |
| 32 | Ctrl+Alt+F9 | 重算所有打开的工作簿文档 |

续表

| 序　号 | 快捷键 | 功　能 |
|---|---|---|
| 33 | Ctrl+C | 执行复制操作 |
| 34 | Ctrl+D | 将上一单元格(行)中的内容复制到下一单元格(行)中 |
| 35 | Ctrl+F/Shift+F5 | 打开“查找和替换”对话框，定位到“查找”选项卡中 |
| 36 | Ctrl+F1 | 隐藏显示菜单区域 |
| 37 | Ctrl+F10 | 还原/最大化当前工作簿窗口 |
| 38 | Ctrl+F11 | 新建一个宏工作表(Macro1) |
| 39 | Ctrl+F12/Ctrl+O | 打开“打开”对话框 |
| 40 | Ctrl+F2 | 打印预览 |
| 41 | Ctrl+F3 | 打开“名称管理器”对话框 |
| 42 | Ctrl+F4/Ctrl+W | 关闭当前工作簿(可能有保存提示) |
| 43 | Ctrl+F5 | 还原当前工作簿窗口 |
| 44 | Ctrl+F6/Ctrl+Tab | 若打开多个工作簿，可以在不同工作簿窗口切换 |
| 45 | Ctrl+F9 | 最小化当前工作簿窗口 |
| 46 | Ctrl+G/F5 | 打开“定位”对话框 |
| 47 | Ctrl+H | 打开“查找和替换”对话框，定位到“替换”选项卡中 |
| 48 | Ctrl+K | 打开“插入超链接”对话框 |
| 49 | Ctrl+L/Ctrl+T | 打开“创建表”对话框 |
| 50 | Ctrl+N | 新建空白工作簿文档 |
| 51 | Ctrl+P | 打开“打印内容”对话框 |
| 52 | C trl+R | 将左列单元格(列)中的内容复制到右列单元格(列)中 |
| 53 | Ctrl+S Alt+1/Shift+F12 | 执行保存操作 |
| 54 | Ctrl+Shift+! | 设置带有两位小数、千位分隔符和减号(-，用于负值)的数值格式 |
| 55 | Ctrl+Shift+# | 设置带有日、月和年的日期格式 |
| 56 | Ctrl+Shift+$ | 设置带有两位小数的货币格式(负数放在括号中) |
| 57 | Ctrl+Shift+% | 设置不带小数位的百分比格式 |
| 58 | Ctrl+Shift+& | 为选定单元格(区域)添加外框 |
| 59 | Ctrl+Shift+( | 取消隐藏选定范围内所有隐藏的行 |
| 60 | Ctrl+Shift+) | 取消隐藏选定范围内所有隐藏的列 |
| 61 | Ctrl+Shift+* | 选择环绕活动单元格的当前区域(由空白行和空白列围起的数据区域) |
| 62 | Ctrl+Shift+: | 输入当前时间 |
| 63 | Ctrl+Shift+@ | 设置带有小时和分钟以及 AM 或 PM 的时间格式 |
| 64 | Ctrl+Shift+^ | 设置带有两位小数的指数格式 |
| 65 | Ctrl+Shift+_ | 清除选定单元格(区域)的外框 |
| 66 | Ctrl+Shift+~ | 设置常规数字格式 |

续表

| 序号 | 快捷键 | 功能 |
|---|---|---|
| 67 | Ctrl+Shift++(加号) | 显示用于插入空白单元格的“插入”对话框 |
| 68 | Ctrl+Shift+F<br>Ctrl+Shift+P | 打开“设置单元格格式”对话框，并定位到“字体”选项卡中 |
| 69 | Ctrl+Shift+F3 | 打开“以选定区域创建名称”对话框 |
| 70 | Ctrl+Shift+F4 | 移动到数据区域最后一列单元格中，反复按动时，逐行上移 |
| 71 | Ctrl+Shift+O | 同时选中所有包含批注的单元格 |
| 72 | Ctrl+Shift+U | 展开/折叠编辑栏 |
| 73 | Ctrl+Shift+方向键 | 扩大选定区域至数据区域边缘 |
| 74 | Ctrl+Shift+空格键 | 选中整个工作表(如果有数据，先选中数据区域) |
| 75 | Ctrl+V | 执行粘贴操作(在复制操作后) |
| 76 | Ctrl+X | 执行剪切操作 |
| 77 | Ctrl+Y/Alt+2 | 执行恢复操作(必须有恢复的可能) |
| 78 | Ctrl+Z/Alt+3 | 执行撤销操作(必须有撤销的可能) |
| 79 | Ctrl+方向键 | 移动到连续数据区域的边缘 |
| 80 | End | 在 Scroll Lock 键激活状态下，移至窗口右下角单元格 |
| 81 | F1 | 启动帮助 |
| 82 | F10 | 显示菜单区域的快捷键 |
| 83 | F11 | 以默认图表类型为选定数据区域建立图表 |
| 84 | F2 | 进入单元格编辑状态 |
| 85 | F3 | 打开“粘贴名称”对话框 |
| 86 | F4 | 重复上一次操作 |
| 87 | F7 | 启动“拼写检查”功能 |
| 88 | F8 | 启动“扩展式选定”功能，通过方向键选定相应区域 |
| 89 | F9 | 重算整个工作簿文档 |
| 90 | Home | 移到行首单元格；在 Scroll Lock 键激活状态下，移至窗口左上角单元格 |
| 91 | PageDown | 窗口下翻一屏 |
| 92 | PageUP | 窗口上翻一屏 |
| 93 | Shift+F10 | 打开右键快捷菜单 |
| 94 | Shift+F11 | 插入空白工作表 |
| 95 | Shift+F2 | 为选中的单元格添加批注 |
| 96 | Shift+F3 | 打开“插入函数”对话框 |
| 97 | Shift+F4 | 重复上一次查找操作 |
| 98 | Shift+F4 | 移动到数据区域最后一列单元格中，反复按动时，逐行下移 |
| 99 | Shift+F7 | 展开“信息检索”窗格 |
| 100 | Shift+F9 | 重算当前工作表 |
| 101 | Shift+Tab | 左移一个单元格 |

续表

| 序 号 | 快捷键 | 功 能 |
|---|---|---|
| 102 | Shift+方向键 | 选中多个单元格区域 |
| 103 | Shift+空格键 | 在关闭中文输入法状态下，选中激活单元格所在行 |
| 104 | Tab | 右移一个单元格；若保护工作表，则在未锁定的单元格中移动 |

# 读者回执卡

欢迎您立即填妥回函

您好！感谢您购买本书，请您抽出宝贵的时间填写这份回执卡，并将此页剪下寄回我公司读者服务部。我们会在以后的工作中充分考虑您的意见和建议，并将您的信息加入公司的客户档案中，以便向您提供全程的一体化服务。您享有的权益：

★ 免费获得我公司的新书资料；
★ 寻求解答阅读中遇到的问题；
★ 免费参加我公司组织的技术交流会及讲座；
★ 可参加不定期的促销活动，免费获取赠品；

## 读者基本资料

姓　　名＿＿＿＿＿＿＿＿ 性　　别 □男　　□女 年　　龄＿＿＿＿＿＿＿＿

电　　话＿＿＿＿＿＿＿＿ 职　　业＿＿＿＿＿＿＿＿ 文化程度＿＿＿＿＿＿＿＿

E-mail＿＿＿＿＿＿＿＿ 邮　　编＿＿＿＿＿＿＿＿

通讯地址＿＿＿＿＿＿＿＿＿＿＿＿＿＿＿＿＿＿＿＿＿＿＿＿

请在您认可处打✓（6至10题可多选）

1、您购买的图书名称是什么：＿＿＿＿＿＿＿＿＿＿＿＿＿＿＿＿

2、您在何处购买的此书：＿＿＿＿＿＿＿＿＿＿＿＿＿＿＿＿

3、您对电脑的掌握程度： □不懂 □基本掌握 □熟练应用 □精通某一领域

4、您学习此书的主要目的是： □工作需要 □个人爱好 □获得证书

5、您希望通过学习达到何种程度： □基本掌握 □熟练应用 □专业水平

6、您想学习的其他电脑知识有： □电脑入门 □操作系统 □办公软件 □多媒体设计 □编程知识 □图像设计 □网页设计 □互联网知识

7、影响您购买图书的因素： □书名 □作者 □出版机构 □印刷、装帧质量 □内容简介 □网络宣传 □图书定价 □书店宣传 □封面，插图及版式 □知名作家（学者）的推荐或书评 □其他

8、您比较喜欢哪些形式的学习方式： □看图书 □上网学习 □用教学光盘 □参加培训班

9、您可以接受的图书的价格是： □ 20元以内 □ 30元以内 □ 50元以内 □ 100元以内

10、您从何处获知本公司产品信息： □报纸、杂志 □广播、电视 □同事或朋友推荐 □网站

11、您对本书的满意度： □很满意 □较满意 □一般 □不满意

12、您对我们的建议：＿＿＿＿＿＿＿＿＿＿＿＿＿＿＿＿

请剪下本页填写清楚，放入信封寄回，谢谢！

1 0 0 0 8 4

贴邮票处

北京100084—157信箱

读者服务部　　收

邮政编码：□□□□□□

技术支持与课件下载：http://www.tup.com.cn　http://www.wenyuan.com.cn

读 者 服 务 邮 箱：service@wenyuan.com.cn

邮　购　电　话：62791864　62791865　62792097-220

组　稿　编　辑：章忆文

投　稿　电　话：62770604

投　稿　邮　箱：bjyiwen@263.net